A LADRA AMALDIÇOADA

MARGARET OWEN

A LADRA AMALDIÇOADA

Tradução
LAURA POHL

SEGUINTE

Copyright © 2021 by Margaret Owen
Publicado mediante acordo com Henry Holt and Company.
Henry Holt é uma marca registrada de Macmillan Publishing Group, LLC.
Todos os direitos reservados.

O selo Seguinte pertence à Editora Schwarcz S.A.

Grafia atualizada segundo o Acordo Ortográfico da Língua Portuguesa de 1990,
que entrou em vigor no Brasil em 2009.

TÍTULO ORIGINAL Little Thieves
CAPA Rich Deas e Kathleen Breitenfeld
ILUSTRAÇÃO DE CAPA MS Corley
LETTERING Lygia Pires
ILUSTRAÇÕES DE MIOLO Molduras e ilustrações das fábulas © 2021 by Margaret Owen;
Crânio animal © 2021 by bazzier/ Shutterstock; Luas © 2021 by Sundora14/ Shutterstock
PREPARAÇÃO Helena Mayrink
REVISÃO Marise Leal e Luciane H. Gomide

Dados Internacionais de Catalogação na Publicação (CIP)
(Câmara Brasileira do Livro, SP, Brasil)

Owen, Margaret
   A ladra amaldiçoada / Margaret Owen ; tradução Laura
Pohl. — 1ª ed. — São Paulo : Seguinte, 2024.

   Título original: Little Thieves.
   ISBN 978-85-5534-315-5

   1. Ficção juvenil I. Título.

24-188545   CDD-028.5

Índice para catálogo sistemático:
1. Ficção : Literatura juvenil 028.5

Cibele Maria Dias – Bibliotecária – CRB-8/9427

Todos os direitos desta edição reservados à
EDITORA SCHWARCZ S.A.
Rua Bandeira Paulista, 702, cj. 32
04532-002 — São Paulo — SP
Telefone: (11) 3707-3500
www.seguinte.com.br
contato@seguinte.com.br

Para as meninas com alma de gremlin:
Adoraria dizer algo motivador,
a verdade, porém, é que,
quando a vida fecha uma porta para nós,
nem sempre abre uma janela.
Mas tenho boas notícias:
É pra isso que servem os tijolos.

NOTA DA AUTORA

Esta é uma história sobre muitas coisas, bonitas e feias, dolorosas e verdadeiras. No enredo, há discussões sobre agressão e abandono infantil, viver em ambientes violentos, e o trauma deixado por uma tentativa de violência sexual. Para muitos de nós, esses assuntos são feridas difíceis de fechar, e tentei arejá-las aqui sem arrancar nenhum ponto. Ainda assim, confio que você conhece suas cicatrizes melhor que ninguém.

"O pequeno ladrão rouba ouro,
mas o grande rouba reinos inteiros,
e só um deles vai parar na forca."
Provérbio almânico

PARTE UM

A MALDIÇÃO DE OURO

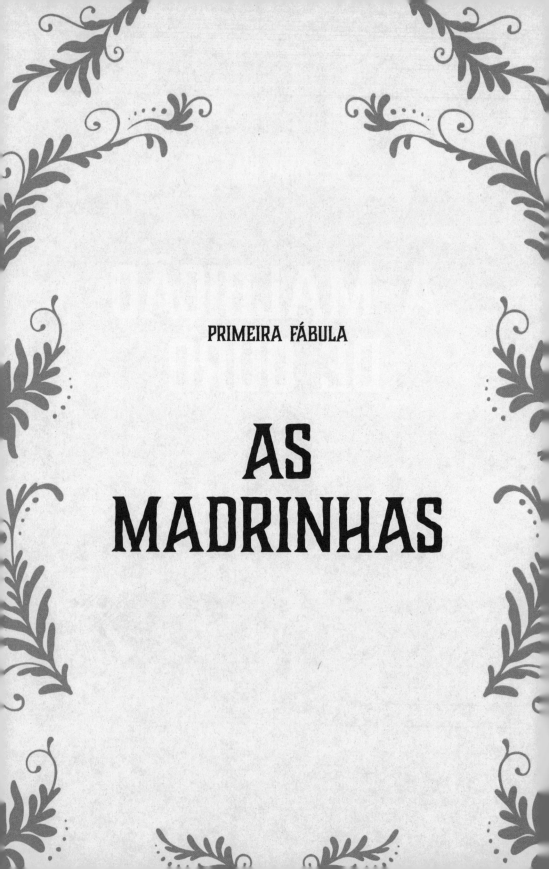

PRIMEIRA FÁBULA

AS MADRINHAS

ERA UMA VEZ AS DEUSAS MORTE E FORTUNA. Na noite mais fria do inverno, no canto mais escuro da floresta, elas se viram numa encruzilhada.

Pairavam, inescrutáveis, na neve lisa como vidro, a Morte com seu manto de fumaça e sombras, a Fortuna com seu vestido de ouro e ossos. Mais do que isso não pode ser dito, já que nenhuma alma vê a Morte e a Fortuna da mesma forma, embora todas saibam reconhecer quando estão diante delas.

Naquela noite, uma mulher foi fazer justamente isso: encontrá-las. Os cachos cor de cenoura e sem vida escapavam do gorro de lã, o rosto corado pelo vento estava tão castigado quanto a capa puída nos ombros. Trazia um lampião fraco, ardendo apenas o bastante para iluminar os flocos de neve que dançavam como vaga-lumes antes de se desfazer na escuridão.

Na outra mão, segurava a luva surrada da menininha ao seu lado.

— Por favor — disse a mulher, tremendo, com a neve até as canelas. — Já estamos com a corda no pescoço para alimentar doze bocas, e essa daqui... ela dá azar. Aonde ela vai o leite azeda, a lã emaranha e os grãos se esparramam. Tudo que ela toca cai em desgraça.

A menininha ficou em silêncio.

— Ela só tem... — Fortuna inclinou a cabeça, e sua grinalda de moedas cintilou e tilintou, mudando de cobre para carvão, de prata para ouro. — Três anos? Dez? Perdão, nunca sei quando se trata de humanos.

— Quatro — disse a Morte, com a voz baixa e sombria, pois a Morte sempre sabe.

A Fortuna torceu o nariz.

— Ela é uma criança. Está na idade de esparramar grãos e quebrar coisas.

— Ela é a décima terceira — insistiu a mulher, erguendo o lampião para enfatizar, como uma vaca teimosa. A luz fraca do fogo refletiu na grinalda de moedas da Fortuna, na barra fina do capuz da Morte. — Assim como eu. Ela é a décima terceira filha de uma décima terceira filha. A sorte dela é apodrecida.

— Você disse aos seus outros filhos que a traria à floresta para encontrar sua sorte.

A Deusa Menor tirou uma moeda da grinalda e deixou que dançasse entre os dedos, passando de cobre para prata, ouro e preto.

— Quando, na verdade, estava procurando por *mim* — completou a Morte, com a voz aveludada da noite, e a mulher contorceu o rosto de vergonha. — No entanto, aqui estamos nós duas. Você veio de longe e atravessou a escuridão e o gelo para nos fazer um pedido.

— Pedir uma bênção para a Dama da Sorte... É arriscado. Nunca dá para saber o resultado.

O rosto da Fortuna variava de crueldade a compaixão conforme passava a moeda pelos dedos ágeis, brilhando entre o dia e a noite, o vermelho e o branco.

Ao seu lado, a Morte não se mexia.

— Quem conhece meus dons sabe que, apesar de tirar bastante, dou muito pouco em troca. Mas posso afirmar: apenas uma de vocês voltará para casa.

A mulher prendeu a respiração.

Fortuna sorriu, e a moeda brilhou como o sol e a neve, a sombra e o sangue.

— Você procurou a Morte na floresta. Achou que o caminho de volta seria assim tão fácil?

A mulher ficou em silêncio. A chama do lampião diminuiu.

— Peça — ordenou a Morte. — O que quer de nós?

O lampião tremia na mão da mulher, os nós dos dedos enrugados pelos calos e pelo frio.

— Eu quero o melhor... para todos.

— Escolha — ordenou a Morte mais uma vez. — Qual das duas voltará?

A mulher soltou a filha.

A Fortuna ergueu o queixo da menina. Ali encontrou dois olhos do preto mais profundo, um rosto pálido e sardento e duas tranças da cor da chama do lampião, amarradas com trapos.

— Qual é o seu nome? — perguntou a Morte, enquanto a mulher saía correndo da encruzilhada, levando consigo a última migalha de luz.

—Vanja — foi a primeira coisa que eu disse às minhas madrinhas. — Meu nome é Vanja.

UM

Jogos de cartas

Faz quase treze anos que a Morte e a Fortuna me reivindicaram. Depois de tantos invernos e um longo e gelado caminho, hoje quase ninguém mais me chama de Vanja.

Tum-tum. Duas batidas no teto da carruagem. A voz abafada do cocheiro ecoa aqui dentro:

— Quase lá, *prinzessin*.

Não respondo. Não preciso — aprendi há muito tempo que princesas não devem resposta nenhuma aos criados.

E, durante boa parte do último ano, foi este o rosto que eu vesti: o da princesa.

Ou, para ser mais exata: Gisele-Berthilde Ludwila von Falbirg, do principado de Sovabin, *Prinzessin-Wahl* do Sacro-Império de Almândia. Futura *markgräfin* Gisele blá-blá-blá von Reigenbach do maior território do império, a comarca de Bóern, assim que o marquês conseguir marcar o casamento.

O que, se eu conseguir evitar, não vai acontecer.

(A gente já volta nesse assunto.)

Com os olhos semicerrados, espio pela janelinha da carruagem contornada de ouro, estudando os blocos de madeira e gesso que compõem a mansão Eisendorf, da qual vamos nos aproximando. Vejo sombras nas janelas do primeiro andar, transformando o vidro em olhos rosados brilhando na penumbra crepuscular. Já parece estar cheio, até para uma festa domingo à noite. Ótimo — uma princesa deveria ser a última dos convidados dos Von Eisendorf a chegar. Fiquei enrolando no meu quarto no castelo Reigenbach por um motivo, afinal: me certificar de que pegaríamos o auge do trânsito de Minkja quando partimos, uma hora atrás.

Tenho outras motivações para analisar o cenário da mansão, no entanto, além de me certificar de que *prinzessin* chegue elegantemente atrasada. Há menos janelas acesas no terceiro andar, mas eu ainda vejo duas ladeando as portas duplas de uma varanda grandiosa no quarto principal.

A pergunta real dessa noite é se essa é a *única* varanda.

Não. Consigo ver balcões menores dos dois lados — a luz das lamparinas só ilumina um deles, do quarto adjacente que parece compartilhar a chaminé maior do quarto principal.

Essa chaminé solta fumaça no céu em estado de penumbra. Alguém poderia se perguntar *por que* os Von Eisendorf estão com a lareira do quarto acesa se passarão a noite ocupados com convidados no andar de baixo.

Eu apostaria três *gilden* inteiros que estão na verdade aquecendo o quarto de convidados vizinho, para o caso de eu — bem, para o caso de a *prinzessin* precisar de um descanso. Eles não podem perder uma oportunidade de puxar o saco da futura esposa do marquês.

Alguém também poderia se perguntar por que me importo com chaminés, balcões menores e puxa-sacos. É porque, esta noite, os Von Eisendorf estão me dando uma oportunidade completamente diferente.

E eu *detestaria* que essas oportunidades fossem desperdiçadas.

O leve reflexo do meu sorriso surge na janela da carruagem. Um instante depois, desaparece, minha respiração esfumaçando o vidro por conta do frio do fim de novembro.

Eu não deveria me arriscar. Deveria me acomodar no assento e voltar ao rosto sereno e gracioso da *prinzessin*.

Em vez disso, rapidamente calculo a distância entre nós e o primeiro guarda que encontraremos, e logo desenho curvas simples e distintas no vidro embaçado. E só *aí* eu me recosto e deixo meu sorriso mais plácido.

Quando passamos pelo primeiro guarda, noto sua expressão de estranhamento. Ele acotovela o guarda ao lado, apontando para a janela da carruagem, e tenho quase certeza que ouço:

— ... *uma bunda!*

— E nunca ninguém vai acreditar em você — digo baixinho enquanto o desenho some no vidro.

O tilintar dos sinos dos cavalos para quando chegamos à porta de carvalho antiga da mansão. Dou uma espiada no assento à frente e confirmo que minha sacola, uma bolsa de toalete discreta, ainda está guardada. Por enquanto, vai ficar ali.

Então, fecho os olhos, oscilando com a carruagem enquanto o lacaio salta, e imagino três cartas de baralho viradas para baixo dançando em uma mesa. É hora de começar o meu jogo mais antigo: Encontre a Dama.

Tem muitos truques para fazer esse jogo dar certo, mas a regra crucial é: apenas uma pessoa deve saber onde a carta certa está em todos os momentos. Essa pessoa sou eu.

Passo os dedos pelo cordão de pérolas perfeitas e pesadas no meu pescoço. É mais por hábito; eu saberia se estivessem soltas. Eu *saberia*.

A porta da carruagem abre. Na minha mente, viro a primeira carta para cima.

A *prinzessin*. Olhos prateados, cachos de um dourado-claro, pérolas impecáveis sob veludo azul-glacial e brocado bordô, um sorriso gentil com um quê misterioso. Até o nome *Gisele* é intrigante, descartando a pronúncia almânica forte em prol da bourgiennesa, de vogais doces e um *G* suavizado. É o tipo de afetação pretensiosa que a dama Von Falbirg adorava esbanjar, sabendo que pessoas como os Von Eisendorf iriam cair aos seus pés.

É assim que o jogo começa, entendeu? Primeiro passo: mostre a carta que estão procurando.

A *prinzessin* desce da carruagem como uma visão. Ezbeta e Gustav von Eisendorf estão esperando no saguão de entrada, os rostos radiantes quando finalmente me veem indo em direção à porta. O atraso, claro, não se trata apenas de mostrar que posso chegar quando bem quiser. Mas de garantir que os *outros* convidados vejam que Ezbeta e Gustav estão me esperando.

Somente eu percebo o sinal de que a noite vai ser um sucesso — afinal, quando a Fortuna é sua madrinha, impossível não vê-la em ação: nuvens leves e cinzentas como poeira de carvão se acumulam em volta dos Von Eisendorf conforme eles seguem pelo corredor. É um agouro da má sorte que vou trazer para a casa deles.

O conde e a condessa Von Eisendorf estão festejando vinte anos de casados esta noite — ou ao menos comemorando. "Festejar" é uma palavra muito forte. Tudo que estou dizendo é que existe um motivo para a *komtessin* Ezbeta já estar com as bochechas vermelhas e escondendo um cálice atrás de um vaso no móvel do saguão.

Algo nela sempre me lembra uma cegonha, apesar de eu não saber por quê. Ela tem a pele alva como boa parte das pessoas do Sacro-Império, com cabelos castanhos e feições angulosas — *ahá*. É isso. Ezbeta tem o hábito de apontar com o queixo, e, como tem o pescoço comprido e uma tendência a inclinar a cabeça, dá sempre a impressão de que está vasculhando a área em busca de um sapo para engolir.

Pelo menos está vestida para a ocasião, uma pequena fortuna em ouro e esmeraldas brilhando nos pulsos e no pescoço. É quase certo que são as joias mais caras que ela possui. Meus dedos quase coçam: talvez seja mais uma oportunidade.

— Ah, *markgräfin* Gisele, que bom você ter vindo! — A voz dela ressoa como um trompete, e eu ouço o burburinho ansioso da multidão lá dentro enquanto a condessa segura seu vestido de seda pesado verde-escuro, fazendo uma reverência.

— Foi bondade sua ter me convidado — respondo, estendendo a mão a Gustav.

Ele beija meus dedos enluvados.

— Ficamos absolutamente encantados.

O velhaco *komte* Gustav usa uma túnica cara o bastante para alimentar todo o vilarejo de Eisendorf durante o inverno, item que *incrivelmente* não aplaca nem um pouco sua severa ausência de personalidade. E a marca molhada que ele deixa na minha luva também não ajuda.

Eu retiro a mão e dou uma batidinha de brincadeira com um dedo na ponta do nariz de Ezbeta.

— Eu ainda não sou a *markgräfin*, sabe. Não até meu querido Adalbrecht voltar e me tornar a mulher mais feliz de todo o Sacro-Império.

Meu *querido* noivo, Adalbrecht von Reigenbach, marquês da extensa comarca de Bóern, passou todo o nosso noivado de um ano nas fronteiras a sul e a leste do Sacro-Império de Almândia. Como um bom e velho nobre adepto da filosofia do *vamos-invadir-um-reino-porque-o-papai-não-me-ama*, ele tem instigado alguns conflitos por lá, e enquanto isso eu apenas aguardo no castelo dele. Por mim, ele poderia muito bem ficar por lá.

— Bem, você já é extremamente generosa — *komtessin* Ezbeta cacareja enquanto um criado tira meu manto e as luvas. — As almofadas que mandou são divinas!

— Eu não poderia deixar de presentear ambos em uma ocasião tão importante. Fico feliz que chegaram sem problemas. — Isso nem é mentira, *estou mesmo* feliz. Só não pela razão que eles imaginam. — O hidromel com especiarias também foi do seu agrado?

Gustav pigarreou.

— Muito — ele diz, com um ar levemente afetado. — Pensei em servi-lo hoje à noite, mas minha esposa… gostou especialmente dele.

— A princesa Gisele tem um gosto impecável, não posso evitar. — Ezbeta dá uma piscadela. Santos e mártires, se a mulher já está bêbada o bastante para piscar para mim, pode ser que ela mesma me entregue esse colar absurdo em mãos antes de a festa acabar. — Venha, venha! Todos estão esperando!

Eu deixo que ela me leve para o salão principal da mansão, repleto de membros da pequena nobreza. Muitos dos presentes são cavaleiros e representantes da aristocracia rural que servem aos condes, mas os Von Eisendorf também conseguiram atrair um punhado de vassalos de Adalbrecht equivalentes à sua própria posição. Vejo *komte* Erhard von Kirchstadtler e seu marido, e lady Anna von Morz em uma atrocidade ameixa de cetim que só com muita boa vontade para chamar de vestido. Até a ministra Philippa Holbein se deslocou do Estado Imperial Livre de Okzberg para Bóern.

Procuro na multidão por um rosto em particular e felizmente vejo que não está aqui. Minha madrinha Fortuna pode ter deixado a sorte a meu favor hoje, ou talvez Irmgard von Hirsching pense que é boa demais para se embebedar na companhia dos Von Eisendorf. De qualquer forma, um problema a menos.

— Espero que os guardas não tenham te dado muito trabalho, *prinzessin* — lady Von Morz brinca, vindo até mim com um cálice de *glohwein* em cada mão. Ela tenta me passar um e se atrapalha um pouco, até eu segurá-la. — Ora, Gustav, nem mesmo o marquês põe tantos soldados na própria porta.

Gustav bufa, insatisfeito.

— Todo cuidado é pouco. Disseram que os Von Holtzburg perderam quase cinquenta *gilden* para o Centavo Fantasma.

Todos arfamos, surpresos. Não é uma quantia qualquer; um comerciante habilidoso teria sorte de juntar cinquenta *gilden* em uma estação inteira.

— Não fazia ideia de que o *Pfennigeist* também tinha atacado por lá — digo, arregalando os olhos.

Ezbeta assente, se aproximando.

— Ah, *sim*. A mansão Holtzburg foi roubada em janeiro, mas eles não sabiam o que o centavo vermelho significava até a antiga duquesa Von

Folkenstein dizer que encontraram um depois do roubo *deles*. Achamos que os Von Holtzburg foram as primeiras vítimas.

— Que terrível — murmuro. — E o meirinho não descobriu nada?

— Não. Ele jura que apenas um fantasma ou um *grimling* poderia ter entrado na casa sem deixar rastros. — A animada expressão de pena no rosto da condessa se transforma em um conforto doce. — Mas não tema, princesa Gisele. Tomamos todas as precauções, assim como pediu. O *Pfennigeist* não vai conseguir pegar nem um único botão do seu vestido.

Lady Von Morz ri no cálice de *glohwein*. Ninguém nunca pegou o Centavo Fantasma. Ninguém nunca nem *viu* o Centavo Fantasma. Nem mesmo meu prometido foi capaz de impedir o demônio de entrar no castelo Reigenbach, onde Marthe, a criada, encontrou minha caixa de joias limpa, apenas um único centavo vermelho marcando a visita.

E se até as paredes do marquês podem ser violadas, que chances os Von Eisendorf têm contra tal criatura?

Passo pela multidão, cumprimentando pessoas e admirando roupas, discretamente esvaziando meu cálice em um vaso quando a barra está limpa e garantindo que todos me vejam pedindo mais e mais vinho aos criados. *Komte* Von Kirchstadtler quer saber a data do casamento (só depois que Adalbrecht voltar), a recém-casada Sieglinde von Folkenstein me atazana sobre o quanto tem se sentido mal durante as manhãs (faço um lembrete para encomendar um chocalho de bebê) e a ministra Philippa Holbein pede desculpas pela ausência do marido.

— Kalsang se atrapalhou com a papelada durante o sabá — suspira ela, distraidamente passando os dedos pelas cordas de seda branca drapeadas no ombro.

Os membros da Casa Superior costumam usar os cordões apenas durante as preces do sabá, mas os funcionários públicos usam os seus dia e noite.

Suspeito que seja pelo mesmo motivo que o marido dela, um mercador gharês de fala mansa que fica muito mais feliz com os dois cachorrinhos apso em casa, está evitando esta festa. Lidar com diversos aristocratas almânicos bêbados que adoram competir para ver quem é mais importante faria qualquer pessoa rezar por intervenção divina.

Estou tranquila com a ausência dele. Eu gosto de Kalsang e de Philippa. Como sei exatamente o que vai acontecer com a mansão Eisendorf, prefiro que os dois tenham um papel diminuto.

Passo a hora seguinte conversando e fingindo beber *glohwein* como se fosse capaz de curar bolhas. (Não que a princesa Gisele sofra de qualquer imperfeição. As pérolas garantem isso.) E durante todo esse tempo fico de olho na *komtessin* Ezbeta.

Por fim, vejo minha oportunidade, e vou na direção da porta.

— *Nãoooo*, Gisele!

Sinto agarrarem minha manga de brocado: Ezbeta mordeu a isca.

A essa altura, ela já tomou pelo menos um cálice de *glohwein* por cada esmeralda brilhante no seu colar pesado. Isso seria cerca de sete a mais do que eu tomei, e, a julgar pelo rosto corado, uns cinco a mais do que deveria.

E foi por isso que esperei até agora para ir para a saída, quando eu sabia que ela começaria a fazer cena.

Ezbeta, é claro, faz questão de colaborar.

— Não pode sair assim tão cedo! Fizemos um jantar de cinco pratos apenas para você!

Alguém poderia se perguntar por que estou prestes a afligir de forma tão extrema anfitriões tão graciosos. E por que nesta noite, em suas bodas? Por que eles, que só querem agradar?

E a verdade é: se eles me vissem sem as pérolas e o rosto da *prinzessin*, se tivessem *alguma* ideia de quem eu realmente sou, não dariam a mínima se eu tivesse que revirar o lixo atrás de comida.

Então é *por isso*.

Solto um soluço na cara dela e começo a rir. Minhas saias enormes farfalham enquanto oscilo no lugar como um navio em um porto instável.

— *Claro* que não vou embora, sua boba! Eu só preciso... eu preciso...

Deixo o fio da meada se perder, enrolando um cacho loiro-claro no dedo. O cálice de *glohwein* estremece na outra mão e derrama algumas gotas no meu corpete. Não é o bastante para estragar o vestido, lógico, apenas para passar a ideia de que estou pelo menos tão bêbada quanto a querida *komtessin* Ezbeta.

Lady Von Morz me lança um olhar divertido e murmura algo para o *komte* Von Kirchstadtler.

— O que eu estava dizendo? — pergunto, meu olhar percorrendo o salão de forma avoada.

— Talvez você devesse descansar um pouco — sugere *komtessin* Ezbeta.

— Se recuperar antes do jantar. Temos um sofá adorável no quarto de visitas. *HANS!*

Metade da sala dá um pulo, encarando nós duas. Ezbeta está bêbada demais para notar. Aproveito a oportunidade para apalpar as bochechas, como se maravilhada por vê-las tão quentes. Na realidade, tem uma camada de rouge sob o pó de talco, e quando espalho o talco minhas bochechas ficam vermelhas como as de Ezbeta. Enquanto todo mundo ainda nos observa, deixo escapar outra rodada de risadinhas, só para garantir.

Preciso que todos os convidados presentes testemunhem essa bagunça e achem que é ideal exilar Gisele von Falbirg da festa. Tirar a *prinzessin* da jogada. Preciso de vinte minutos para mim mesma, e já que Gisele não pode sair de uma festa sem ser notada, ela sairá com um bom motivo.

— *HANS!* — Ezbeta berra mais uma vez.

Um homem abatido em um uniforme de criado aparece perto dela, estremecendo ao ouvir seu nome soar como uma buzina.

— Pois não, milady? — Hans pergunta com uma mesura.

— Leve a *mar*... — Um olhar confuso cinge o rosto da condessa enquanto ela tenta se lembrar da forma correta de se referir a mim. Quase dá para ver ela fazendo as contas. É cedo demais para *markgräfin*, ainda não sou oficialmente uma princesa-eleitora; pode-se dizer que estou em um período entre títulos. Por enquanto, Ezbeta vai no que é garantido. — Leve a princesa ao quarto de visitas.

Seguro o braço de Hans e cambaleio até a porta, escondendo um sorriso. Ezbeta von Eisendorf já errou muito hoje à noite.

Eu não estou bêbada. Não preciso descansar.

Eu não sou Gisele-Berthilde Ludwila von Falbirg.

Numa coisa a condessa acertou, porém: até onde todo mundo sabe, ainda sou Gisele, e não uma plebeia impostora. E isso significa que, por enquanto, todos me chamam de *prinzessin*.

Como toque final, apoio o cálice de *glohwein* na mesa perto da porta, deixando-o perigosamente na beirada. Alguns instantes depois, um baque me diz que caiu no chão.

Agora, todos ali poderão jurar aos Deuses Menores e Maiores que, nesta noite, Gisele von Falbirg estava completamente bêbada e inteiramente incapaz da vilania que aconteceria a seguir.

O pobre Hans aguenta firme a caminhada lenta pelos corredores mal iluminados do andar de cima da mansão Eisendorf enquanto eu elogio seus senhores. O olhar amargo no rosto dele diz que os elogios são infundados. Não posso dizer que fico chocada.

— *Marthe* — eu balbucio quando Hans abre a porta do quarto de visitas.

Uma criada está atiçando o fogo da lareira, mas vai embora assim que Hans entra e me acomoda no sofá que Ezbeta elogiara. É realmente adorável, de um veludo verde-claro, aquecido pelo fogo.

E melhor ainda: está com as almofadas de pendões dourados que mandei de presente pelas bodas. Assim como eu imaginava.

Eu me jogo sem nenhuma graciosidade no sofá, abanando o braço na direção de Hans.

— Minha criada, Marthe. Traga-a para mim. Deve estar na copa. Ou na capela, ela é muito devota. Ela usa um... — Faço um gesto vago na direção da cabeça, encarando o teto. — Um chapéu. Azul-Reigenbach. Eu preciso dela *imediatamente*.

— Sim, *prinzessin*. — Hans faz uma mesura, pede licença e fecha a porta.

Espero parada, prendendo a respiração, até os passos desaparecerem no corredor.

Então saio do sofá e sento no chão. Subo as saias e encontro uma faquinha escondida em uma das minhas botas de couro elegantes.

Para esse pedaço, eu tenho pelo menos cinco minutos, e no máximo dez. Da última vez que recebi os Von Eisendorf, Gustav não *calava a boca* sobre a nova capela, então eu sei que fica do outro lado da copa na mansão. Hans, tragicamente, não vai encontrar Marthe em nenhum dos dois lugares. E isso significa que tenho cinco minutos até ele voltar para se desculpar.

Pego uma das almofadas que mandei e faço um corte cuidadoso. Um pouco do estofado sai. Quando enfio a mão dentro, encontro um saco de algodão pequeno, uma faixa de tecido escura e duas capas de almofadas idênticas à que acabei de abrir, até com os mesmos pendões de seda.

Rasgo a outra almofada com a mesma rapidez. Essa contém um vestido de linho e um vestido azul-cinzento simples de criada, que guardei aqui antes de mandar as almofadas de presente para os Von Eisendorf. Dentro de uma manga está um lenço cinza-escuro. Na outra, um chapeuzinho modesto no azul-Reigenbach.

Cinco minutos depois, minhas anáguas, chemise, o vestido cuidadosamente dobrado, a maior parte das minhas joias e uma quantidade respeitável das joias de *outras* pessoas estão dentro das almofadas novas. O bracelete de ouro de Anna von Morz, roubado na hora que ela me passou o *glohwein*. O brinco da ministra Holbein, para ajudá-la a não entrar na lista de suspeitos. Anéis e quinquilharias que peguei da multidão, só o suficiente para sugerir que o ladrão estava entre eles.

Existe uma chance de culparem os criados da mansão. Já aconteceu antes. O meirinho chega, os criados fazem filas, e eles vasculham as camas e reviram bolsos. Mas nem mesmo uma única bugiganga aparecerá ali, então a criadagem sairá dessa mais ou menos incólume.

E eu sei muito bem que isso não é nem de longe a pior coisa que podem fazer com um criado.

Jogo as capas de almofada arruinadas no fogo, as chamas consumindo tudo quase na mesma hora, e um leve cheiro de cabelo queimado aflora da seda. Tento não respirar aquilo enquanto tranço o cabelo e o coloco embaixo do chapéu azul-Reigenbach. Uma das capas de almofada também limpa os restos da minha maquiagem, já que nenhuma criada poderia usar uma coisa dessa... e meu tempo como *prinzessin* está acabando.

No entanto, o toque final exige um espelho — e não porque preciso ver o que estou fazendo, mas para garantir que funciona. Por sorte, não tem nada que Gustav von Eisendorf ame mais do que se exibir, e há espelhos caros de corpo inteiro dispostos por todo o quarto de hóspedes.

Paro diante do espelho mais perto: do pescoço para baixo, sou uma criada em um discreto uniforme do castelo Reigenbach, preenchendo-o bem com curvas que seriam chamadas de *ambiciosas* para uma donzela de quase dezessete anos como eu. Do queixo para cima, algumas mechas de cabelo platinado escapam do chapéu azul, e olhos prateados piscam de um rosto em formato de coração. Mesmo sem maquiagem, rosas vermelhas florescem nas bochechas de marfim, e meus lábios cheios exibem um brilho corado natural.

O cabelo é como o brilho do sol, os olhos, como o luar, e os dois são cruciais para a imagem da garota que a comarca de Bóern conhece como Gisele von Falbirg.

Assim como o seu famoso colar de pérolas perfeitamente idênticas.

Eu o tiro do pescoço. O efeito é imediato.

Meu rosto se alonga, fica mais magro, e exibe uma fartura de sardas; meus olhos escurecem até ficarem pretos; os poucos fios soltos de cabelo assumem um tom laranja-enferrujado. O vestido fica mais largo — apesar de eu ter ganhado peso depois de um ano finalmente comendo o bastante — e mais comprido — porque os centímetros perdidos em anos de labuta no castelo Falbirg já não voltam, por mais que eu coma bem.

Eu sou comum. Sou esquecível. Sou o que fui por dez anos: a criada perfeita de Gisele.

Guardo as pérolas em um bolso e fecho o botão. Não posso arriscar deixá-las em uma almofada. Não quando estou tão perto de me livrar delas e de Gisele pelo resto da vida.

Bem a tempo, os passos de Hans ecoam pelo corredor. Encolho os ombros, abaixo a cabeça e saio do cômodo, exibindo um olhar de irritação preocupada.

Na minha cabeça, viro a segunda carta do baralho: Marthe, a criada.

— *Aí* está você — diz Hans. — Marthe, *ja?*

Dou um pulo como se ele tivesse me assustado e fecho a porta do quarto, fazendo uma mesura. Passo minha voz para um sussurro agudo.

— Mil desculpas, parece que minha senhora mandou diversas pessoas me procurarem. Temo que ela tenha tido… — fico observando quando o cheiro da seda queimada chega a Hans — … um *acidente* — concluo, com um toque de irritação que sugere que não é uma ocorrência atípica. O rosto de Hans se suaviza por simpatia. — Não posso deixá-la, mas preciso pegar a bolsa de toalete da carruagem.

Hans suspira e abaixa a voz.

— Tudo bem, posso ir buscar. E se essa pirralha Von Falbirg causar mais acidentes, tente se certificar de que sejam acidentes baratos.

Faço mais uma mesura.

— Muito obrigada.

Assim que ele sai pelo corredor, entro de volta no quarto e grito em minha melhor voz de Gisele bêbada:

— *Marthe!* Pelo amor do Sacro-Império de Almândia, por que você está demorando tanto?

Hans *com certeza* ouve. Se ele for um homem zeloso, vai se apressar para a garagem, que fica ainda mais longe do que a nova capela.

Se Hans for um criado tão rancoroso quanto eu era no castelo Falbirg, porém, ele vai demorar.

Pelo menos dez minutos. Quinze, no máximo.

Na minha mente, Marthe, a Criada, e Gisele, a Princesa, voltam para a mesa, ao lado da terceira e última carta, que ainda vou revelar.

Sabe, é assim que se ganha o jogo. Mostre o que querem ver, deixe eles acharem que podem ganhar, deixe que acompanhem as cartas. Faça com que olhem para onde você quer.

E nunca, nunca perca de vista o alvo de verdade.

Troco o chapéu por um lenço cinza, cobrindo meu cabelo inconvenientemente ruivo. Em seguida, pego a bolsinha e a guardo em outro bolso, verificando um dos cantos atrás de um peso familiar: um único centavo vermelho.

Está aqui. E chegou a hora.

Viro a última carta. É uma sombra inconstante, um borrão na noite, um espectro sem rosto. Poderia ser um fantasma. Poderia ser qualquer coisa.

Afinal… ninguém nunca viu o *Pfennigeist*.

Era uma vez uma menina tão astuciosa quanto a raposa no inverno, tão faminta quanto o lobo na primeira geada e tão fria quanto o vento gélido que os mantinham em um embate eterno.

O nome dela não era Gisele, não era Marthe, e não era *Pfennigeist*. Meu nome era — ainda é — Vanja. E esta é a história de como eu fui pega.

DOIS

O convidado

A MADRINHA FORTUNA ESTÁ TENTANDO chamar minha atenção.

Ela negaria, insistindo que eu teria encontrado a vela sozinha, mesmo sem o brilho da sorte dourada. Mas um dos poucos benefícios de ser a afilhada da Morte e da Fortuna é que sempre vejo o dedo delas nas coisas.

Os da Fortuna, inclusive, estavam por todo canto na festa. Vi borrões de dourado da sorte quando deliberei se deveria pegar um anel, nuvens de poeira do azar me avisando para não esvaziar o *glohwein* em um vaso logo antes de um cavaleiro se virar na minha direção. Em teoria, ela e a Morte deveriam me deixar por conta própria esses dias, mas quando está com disposição de fuxicar a vida alheia a Fortuna não consegue se segurar.

Ainda não vi sinal da Morte por aqui, e provavelmente melhor assim. É da natureza da Fortuna testar meus limites, mas quando tem um assunto a tratar com você a Morte não precisa de convite.

E *eu* não preciso da ajuda das minhas madrinhas. Mesmo que precisasse, não poderia pedir. Elas não deixam.

Só mais nove minutos.

Olho emburrada para o brilho da sorte na vela, mas não tenho tempo de achar outra só por birra. Eu a levo até a porta do balcão do quarto de visitas e aproximo a chama das dobradiças. Gotas de sebo escorrem pelo latão. Não posso esquecer de olhar aqui quando voltar, para limpar os resquícios endurecidos. Quando ergo o trinco, a porta abre com facilidade e sem fazer barulho.

O ar noturno me cumprimenta. Essa é a segunda época que mais odeio do ano, com toda a chuva e a umidade, as folhas de outono se transformando em maços encharcados, o solo que não decide se vai congelar ou não.

Ainda assim, outra ganha essa disputa. Para mim, a pior época, apesar de toda a alegria e as festas, é o auge do inverno.

Isso, porém, é um problema da Vanja, e não do *Pfennigeist*.

Uma camada de névoa se esparramou pelos campos lamacentos, e a lua nova não emite nenhum brilho. Minha respiração condensa no ar gelado, mas só dá para ver contra o reflexo da luz das tochas lá embaixo. Um murmúrio de vozes baixas vem do térreo.

O punhado de guardas do lado de fora vai manter os olhos fixos na névoa, talvez procurando algo nos galhos esqueléticos da floresta de Eiswald mais além.

Eles não vão estar olhando para a mansão.

Estimo a distância entre o balcão do quarto de hóspedes e a varanda do quarto do conde e da condessa. Eles mesmos haviam me contado todas as precauções que tomaram contra o Centavo Fantasma, colocando não só *um* guarda do lado de fora do solar, mas *dois*, jurando que era a única forma de entrar. Tinham até pedido a um sacerdote da deusa Eiswald para benzer o cômodo com o intuito de afastar fantasmas.

Eu poderia ter dito que não havia fantasma nenhum, só euzinha e alguns boatos criativos. Poderia ter dito que havia diversas formas de entrar no quarto, eles que só tinham entrado pelo solar. Poderia ter dito que não deveriam contar suas medidas de segurança para *ninguém*, mesmo que acreditassem que a princesa Gisele era muito conhecida, e bem de vida, para se dar ao trabalho de roubar um centavo de cobre que fosse.

Só que eu *não* fiz isso. Porque quando se está lidando com pessoas como o conde e a condessa Von Eisendorf, a grande questão é: provavelmente elas merecem ser roubadas. E, em vez de ficarem guardadas pegando poeira, suas riquezas podem ir para alguém que merece ser rica.

(Eu. Normalmente eu.)

Existe um ditado no Sacro-Império: o pequeno ladrão rouba ouro, mas o grande rouba reinos inteiros, e só um deles vai parar na forca. Não sei se concordo. Não me interesso muito por reinos, menos ainda por dançar com o carrasco. E fiquei muito boa — talvez até *ótima* — em roubar ouro.

A distância entre o meu balcão e a varanda é maior do que eu gostaria, mas não impossível. Além disso, eu não mandei tantos presentes de bodas para os Von Eisendorf para sair de mãos abanando.

Subo na balaustrada do balcão e cuidadosamente me encaminho para a viga de madeira na parede à minha direita. Não é larga o bastante para que eu atravesse por cima, mas oferece um apoio para os pés. Me preparo e pulo, firmando o pé direito na madeira e me impelindo o resto da distância até a varanda. Com um baque, eu bato na balaustrada mais firme da varanda e abraço a pedra fria, rolando o mais rápido possível e prendendo a respiração. Tento ignorar o som do meu batimento cardíaco acelerado e prestar atenção a qualquer barulho diferente.

Os guardas lá embaixo não chegam nem a parar de conversar.

Fico de pé e cuidadosamente tento abrir as portas da varanda — estão trancadas. Já imaginava, assim tão perto do inverno.

O que nos leva ao presente ao qual eu sabia que Ezbeta não ia resistir: o hidromel de especiarias.

Não é nenhum segredo que Ezbeta gosta de uma garrafa, e não tem nada que ela ame mais do que um bom hidromel de especiarias em uma noite de inverno. Ela também está na casa dos quarenta e provavelmente sofre de suores noturnos. Se for pelo menos um pouco parecida com a dama Von Falbirg, deve piorar quando ela bebe.

Olho para a janela mais próxima da cama de Ezbeta e Gustav. E lá está: destrancada.

Não tem poeira no parapeito, então ela deve usar a janela com mais frequência do que eu suspeitava, e quando empurro cuidadosamente o painel as dobradiças nem fazem barulho, o que confirma minha teoria. Estão engraxadas para não acordar Gustav quando a esposa precisa de um pouco de ar fresco.

É fácil demais entrar. Tem um solar inteiro entre o quarto e os guardas, então não preciso tirar as botas de couro, só pisar com cuidado. E já passei anos fazendo isso no castelo Falbirg.

Normalmente, o quarto estaria escuro, para conservar as velas e o óleo. Se eu trabalhasse nesta mansão, porém, em uma noite em que minha senhora com certeza vai cambalear para o quarto praticamente transpirando *glohwein*, eu deixaria as lamparinas queimando.

Os criados dos Eisendorf fizeram exatamente isso, então tenho luz para enxergar. Atravesso o quarto e vou até a penteadeira quase sem emitir som.

Encontro uma história nas caixas de joias de Ezbeta, como de costume. Há uma caixa aberta de anéis ao lado, sete deles do lado de fora, em um montinho, todos extravagantes e dourados, para combinar com o bordado do vestido daquela noite. Todos os sete anéis retirados de uma vez só, provavelmente pela insistência de Gustav de que ela não cobrisse a aliança naquela celebração de vinte anos de matrimônio. Brincos, pulseiras e colares estão em uma desordem semelhante, mas só alguns foram tirados da caixa, como se ela os tivesse escolhido na pressa, para compensar a falta de joias nas mãos. Algumas pedras preciosas, porém a mais valiosa está no seu pescoço.

Talvez ela consiga ficar com o colar. Vamos ver se a Fortuna decide continuar se intrometendo.

Admiro aquele esplendor por um instante, notando os ângulos nas portas do armário, a inclinação das tampas das caixas. Então, pego a bolsinha de linho, tiro de dentro o centavo solitário, o coloco no bolso e começo a colheita.

O *Pfennigeist* vem trabalhando arduamente o ano inteiro, pegando joias da aristocracia bóernenha como se fossem maçãs de um pomar sem dono. (Eles certamente deixavam muita coisa dando sopa.) Eu nunca teria conseguido me safar dessa nos Estados Imperiais Livres, onde os habitantes mais espertos e implacáveis de Almândia treinavam por anos para se juntar à Ordem dos Prefeitos das Cortes Divinas, que servem como instrumentos das leis dos Deuses Menores.

Nos principados e comarcas governados pela nobreza, porém, o meirinho normalmente é o cunhado folgado de alguém, que não vai ficar criando caso se houver alguma inconsistência nas finanças de um *komte*. Então, se eu for pega na comarca de Bóern, a culpa vai ser só minha.

Mas não vou ser pega. Não posso ser. Os Von Eisendorf estão entre os vassalos mais ricos de Adalbrecht, e eu estava secretamente torcendo para que o roubo de hoje à noite fosse meu último, mas a soma dos meus esforços ainda está menor do que precisa ser. Juntei setecentos *gilden* até agora. E preciso chegar a mil.

Esse vai ser o preço da segurança. Da minha liberdade.

Porque tem duas coisas que ninguém conta sobre ser afilhada de deuses:

Primeiro, nada é de graça, nem mesmo o amor de uma mãe.

E, segundo, é muito, muito caro ter uma dívida com um deus.

Encaro os itens de ouro e prata e as joias no meu saco. Não consigo dizer ao certo — aceito o que o penhor me pagar —, mas chutaria que depois desta noite devo ficar com algo entre oitocentos e novecentos *gilden*.

Não é o suficiente, mas estou quase lá.

Tem um truque para fazer isso — colocar primeiro as coisas menores para se encaixarem no fundo e não ficarem sacudindo no saco. Anéis, brincos, broches; depois pulseiras e aí colares, às vezes uma coroa ou tiara, se eu estiver me sentindo sortuda.

Um borrão prateado rola da penteadeira. Pego segundos antes de cair no chão de pedra. É pesado, mais do que deveria. Quando abro os dedos, vejo um anel que não parece se encaixar na coleção de Ezbeta. Não é de prata, mas de estanho frio, moldado como garras, com uma pedra da lua perfeita encaixada entre elas.

Bom, *isso* conta uma história completamente diferente.

Ouço um barulho do lado de fora. Primeiro decido ignorar; o anel é muito mais interessante do que a chegada de um convidado atrasado.

Então, o barulho fica mais alto do que deveria. Dezenas de cavalos, talvez uns cinquenta. Os Eisendorf são ricos, mas não importantes o bastante para receber uma visita que esbanja uma comitiva dessas.

Uma corneta ressoa, e ouço a comoção no térreo, o que significa que a festa notou o recém-chegado surpresa. E isso significa que minha janela de tempo para terminar esse trabalho está diminuindo, já que o pátio vai se encher de convidados boquiabertos.

Não tenho tempo de pensar mais sobre o anel ou qualquer outra coisa; enfio todas as joias no saco e aperto o cordão. Faço questão de organizar todas as caixas e tampas como encontrei, como se uma assombração devoradora de ouro tivesse simplesmente passado pela penteadeira.

Assombração, não. Fantasma.

Deixo o toque final em uma caixinha forrada de veludo, como já fiz dezenas de vezes: um único centavo vermelho, com o lado da coroa para cima.

Então verifico mais uma vez o nó no cordão da bolsinha e a amarro na minha faixa. Quando saio pela janela do quarto, vejo as flâmulas dos primeiros cavaleiros atravessando a névoa: a imagem de um lobo branco de pé, com adornos dourados no pescoço, em contraste com um campo do inconfundível azul-Reigenbach.

É a insígnia pessoal de Adalbrecht von Reigenbach, marquês de Bóern.

O prometido de Gisele.

— *Scheit* — xingo baixo.

Empurro a janela até praticamente fechar, subo na balaustrada e me atiro no balcão do quarto de hóspedes antes que eu comece a pensar demais. Minhas memórias de Adalbrecht vão arrancar a carta do *Pfennigeist* da minha mão, se eu permitir. É impossível pensar em fechaduras e centavos e planos astutos quando todos os nervos do meu corpo só querem fugir.

Porém, existe uma solução fundamental para sair de uma encrenca, e esta nunca muda. O truque é *não entrar em pânico*.

Já estive em situações piores, acho. Talvez não. Quando pisco, vejo a poeira do azar pelo canto do olho, já que minha sorte definitivamente mudou.

Mas não pode ser tão ruim assim, já que não vejo a Madrinha Morte em ação. Por enquanto.

Não entre em pânico.

O barulho dos cascos de cavalos está tão alto agora que nem preciso temer que os guardas lá embaixo me ouçam entrando no quarto. Puxo as cortinas dos painéis de vidro da porta do balcão, desamarro o saquinho e o enfio embaixo das almofadas no sofá, junto com o lenço.

A carta do *Pfennigeist* desaparece; Marthe, a Criada, ressurge. Ainda estou ajustando o chapéu azul na cabeça quando corro até a porta do quarto para olhar lá fora.

Hans acabou de virar no corredor, trazendo a bolsa de toalete de couro que o mandei buscar. Ele me vê olhando e acelera o passo.

— Precisa se apressar, *frohlein* Marthe, o marquês está vindo…

Pego a bolsa da sua mão, tomando cuidado para impedir que ele veja o quarto.

— Já ouvi. Obrigada pela ajuda. Minha senhora estará pronta em cinco minutos.

Fecho a porta antes que ele possa protestar. Eu sei o que ele diria: ninguém em sã consciência pediria a Adalbrecht von Reigenbach para esperar por meio instante, muito menos cinco minutos. Só preciso de uma desculpa para os barulhos que vão vir do quarto.

— *Maaaarthe* — resmungo na voz de Gisele bêbada, sabendo que Hans vai repassar o que ouvir para a condessa —, me deixe *bonita*.

Então, rasgo a bolsa e começo o trabalho.

Dentro há potes de argila com rótulos de pó, pomadas e tônicos — itens que uma nobre senhora poderia pedir a qualquer instante. Na verdade, são potes cheios até a metade de banha, óleo de lamparina e talco em pó, misturados à essência de qualquer óleo ou erva fedorenta que consegui arranjar. É o jeito perfeito de transportar joias roubadas: escondidas em gosmas pesadas o bastante para abafar o barulho, opacas demais para que seja impossível ver através delas e com um aroma tão pungente que ninguém vai querer inspecionar por muito tempo.

Assim que fecho rapidamente todos os potes, tiro o resto da roupa de dentro das almofadas e me troco o mais rápido que consigo, apesar do suor que gruda o vestido à minha pele. A bolsa tem um painel com um fundo falso, e tiro o enchimento dali para esconder o uniforme de criada no lugar.

Escuto vozes no pátio quando o som dos cascos cessa. Adalbrecht já deve estar à porta. Sinto náusea. Suponho que pelo menos isso vai ajudar com a impressão de enjoo do vinho.

Não consigo entender o que o conde Gustav diz enquanto pego o enchimento e enfio nas almofadas novas, mas ouço as risadas dos convidados.

Enrolem, imploro em silêncio, *enrolem o máximo que der*.

Soco os últimos pedaços do enchimento de volta nas almofadas e as fecho, depois corro até o espelho com as pérolas nas mãos. A porta da mansão range dolorosamente quando abre.

Não entre em pânico, ordeno a mim mesma, e ponho as pérolas no pescoço. O pânico faria meus dedos estremecerem, e ninguém tem tempo para isso. Logo encontro o fecho do colar e fecho bem.

Minhas bochechas ficam lisas e rosadas, meus quadris e peito aumentam, e a cor se esvai do meu cabelo enquanto desfaço a trança. As mechas loiras formam cachos bem definidos que amarro frouxos na nuca, já que Gisele certamente vai ter bagunçado o cabelo em seu estupor de bebida. Dou mais uma olhada em tudo: a bolsa de couro acomodada no sofá, as almofadas de veludo novas e cheias, as capas de almofada velhas queimadas até virar cinza...

O sebo. Esqueci o sebo nas dobradiças. Pego a faquinha na lareira, onde a deixei, corro até a porta do balcão e limpo o metal.

Conversas surgem na escadaria próxima, e o som de botas pesadas ecoa no assoalho.

Jogo os pedaços de vela no fogo, desabo no sofá e enfio a faca de volta na bota. Meu pé volta ao chão no instante em que a porta do quarto estremece com uma batida.

Para minha surpresa, é a voz de Ezbeta que ressoa pela madeira:

— Gisele, venha rápido! O marquês mandou um mensageiro!

Solto a respiração como um balão esvaziando. Só um mensageiro? Mas *preciso* ter certeza.

— Meu querido Adalbrecht! Ele está aqui? — Com sorte, Ezbeta vai interpretar o tremor na minha voz como um resquício da bebedeira.

— Não, *prinzessin*. — Ezbeta abre a porta e se aproxima depressa, enquanto escondo meu alívio. — Ele mandou um mensageiro para você. Rápido, rápido!

Argh. Tem que ser um metido como o Adalbrecht para mandar a escolta de um príncipe com um mero mensageiro, só porque ele pode. Mesmo assim... vi o aviso da Fortuna, as nuvens de carvão. Deve haver *algo* preocupante.

Deixo Ezbeta me guiar cambaleando pelo lance de escadas. Hans está esperando no patamar, a cabeça inclinada quando passamos. Puxo a manga dele e digo com a fala arrastada:

— Marthe foi me buscar ááágua. Leve a bolsa... para a carruagem... pronto, isso. — Dou um tapinha na bochecha dele. Com sorte, vai estar irritado demais para pensar em outra coisa.

Quando enfim chego ao salão principal, meio arrastada por Ezbeta, o mensageiro de Adalbrecht já atraiu toda a atenção do cômodo apenas por existir, o restante dos convidados murmurando e cochichando, já compondo uma plateia. O homem se endireita e faz uma mesura para mim, e então desenrola duas páginas de uma carta e começa a ler em voz alta:

— "De Adalbrecht Auguste-Gebhard von Reigenbach, lorde de Minkja, marquês de Bóern, Nobre e Alto Comandante das Legiões do Sul e Servo Leal do Sacro-Império de Almândia: *meus cumprimentos*."

Santos e mártires, isso precisa ser *pelo menos* metade da carta.

— "Foi com enorme pesar que deixei meu mais querido tesouro, a adorável e graciosa *prinzessin* Gisele, esperando enquanto garanto a segurança das fronteiras de nosso império." — (Estava mais para "enquanto expando as fronteiras por diversão".) — "Porém, o longo inverno de espera do nosso coração está próximo de se encerrar. Por fim, nós dois nos tornaremos um."

Suspiros maravilhados ecoam pelo cômodo, e todos se viram para mim. Até mesmo o mensageiro para de falar.

Vou vomitar. *Longo inverno de espera do nosso coração?* Seja lá qual trovador foi consultado para escrever esse lixo, preciso descobrir quem é e estrangulá-lo com as cordas do próprio alaúde.

— Nada vai me trazer mais alegria — digo em um tom doce.

Ninguém precisa saber que estou pensando em assassinar o trovador.

O mensageiro continua, impassível:

— "Eu retornarei ao castelo Reigenbach pela manhã, e esperamos que todos aqui se juntem a nós em Minkja para o casamento, que acontecerá em duas semanas. Os convidados serão recebidos..."

Não ouço nada do que ele diz depois disso, me esforçando demais para parecer que não levei um soco. Duas semanas? Duas *semanas*?

Não à toa vi o aviso de azar. Eu só tenho quinze dias para juntar os últimos duzentos *gilden* e completar minha grande fuga.

Não entre em pânico.

É mais difícil do que parece.

Não, não, eu... Eu vou conseguir. Só preciso de mais um roubo, talvez dois. Ainda vou conseguir sair dessa.

A porta da mansão solta outro rangido e treme ao abrir mais uma vez, e um sujeito encurvado e um pouco deplorável entra. Há duas insígnias bordadas com uma linha prateada no peito do manto preto simples. Uma delas eu reconheço: as três estrelas dos oficiais dos Estados Imperiais Livres. A outra eu não consigo identificar: uma balança com um pergaminho de um lado e um crânio de outro. Já ouvi falar desse símbolo, mas *onde*?

O mensageiro o vê e passa para o outro papel.

— O marquês também deseja que eu anuncie o seguinte: "Esta é uma época de celebração, e não de tristeza. Vosso senhorio compreende que Bóern tem sido atormentada por um fantasma persistente nos últimos tempos. E isso também chegará ao fim".

Ah, não. Agora eu sei *exatamente* o que o símbolo significa. Quem esse homem é.

Posso ter duas semanas para ir embora de Almândia, mas preciso sair da mansão Eisendorf o mais rápido possível.

— "A pedido especial, Bóern recebeu a dispensa para conduzir a investigação, a captura e o julgamento do *Pfennigeist* pela Ordem dos Prefeitos das Cortes Divinas.

TRÊS

Rubis e pérolas

Apenas uma coisa me impediu de ser pega até agora: nobres ricos se recusam a aceitar que foram roubados na própria casa.

Não vou mentir, fiquei irritada quando roubei os Von Holtzburg e eles seguiram a vida como se nada tivesse acontecido. Só mais tarde percebi que eles não admitiriam ter sido vítimas. Ao menos não até entrar na moda. Para nobres acostumados à garantia de segurança, é vergonhoso que alguém — sempre a *mesma* pessoa — desrespeite tantas vezes a posição social e o dinheiro deles e saia pegando o que têm de mais precioso.

(Eu sei por que deixei meu primeiro centavo vermelho, mas, para ser sincera, é por isso que *continuo* deixando. Quero que saibam que sou eu, sempre eu, atingindo onde dói mais.)

A nobreza, porém, não tem como impedir isso. O meirinho folgado vai só torcer as mãos ao ver as caixas de joias vazias e aí murmurar algo sobre fantasmas e *grimlingen*. Eles podem até prender os criminosos mais óbvios, mas não fazem ideia de como farejar os tipos mais perigosos que nem um cão de caça.

O brutamontes no saguão de entrada foi treinado para fazer justamente isso. Os prefeitos das Cortes Divinas vêm dos Estados Imperiais Livres, onde as pessoas elegem os próprios líderes, como a ministra Holbein — ou ao menos quem os Deuses Menores os *aconselham* a eleger. As Cortes Divinas são os juízes, júri e carrasco das divindades, e o dever de um prefeito é apurar os fatos de cada caso para que os Deuses Menores possam dar seu julgamento.

Dizem que os prefeitos sabem onde olhar, o que perguntar e quem escutar; dizem que eles têm ferramentas e poderes concedidos pelos próprios Deuses Menores para descobrir a verdade.

Já ouvi falar de situações em que prefeitos foram chamados para os principados e comarcas imperiais, mas sempre para investigar os piores vilões, como sequestradores de criança ou grandes assassinos. Que alguém tenha sido enviado até Minkja por causa de um mero ladrãozinho significa três coisas:

Primeiro, Adalbrecht brandiu espadas e fez um showzinho para isso acontecer.

Segundo, preciso sair da mansão Eisendorf antes que vejam a penteadeira vazia de Ezbeta.

E terceiro, *talvez* eu bem consiga pôr em prática um último roubo antes de sair correndo de Bóern — e, se tudo der certo, da própria Almândia — de uma vez por todas.

A pequena multidão se afasta para abrir caminho para o prefeito.

— "Caros amigos, eu vos apresento o prefeito Hubert Klemens..." — declara o mensageiro.

— Prefeito *mirim*. — A voz vinda da entrada é abafada por camadas e mais camadas de lã e peliças, mas ainda sai clara o bastante para o mensageiro parar no meio da frase. Provavelmente porque parece bem mais jovem do que qualquer um de nós esperava.

Um instante depois, o porteiro ajuda o prefeito — prefeito *mirim* — a tirar o manto e o cachecol. É como tirar o caroço de uma azeitona: o que parecia ser um homem do tamanho de um urso de repente se transforma em um menino franzino que não deve ter mais de dezoito anos. O casaco de lã escura está largo nos ombros — nitidamente um uniforme para alguém mais... corpulento. O que consigo ver do colete cinza e das calças escuras parece servir um pouco melhor, o que não chega a ser grande coisa. O cabelo preto é curto, similar ao de um plebeu, mas partido de lado e tão bem penteado quanto o de qualquer nobre. No geral, ele dá a impressão de um conjunto de tacos de bilhar que se sindicalizaram e resolveram solucionar crimes.

Do pouco que lembro dos meus irmãos, esse garoto parece exatamente o tipo de pessoa que eles teriam atirado em um chiqueiro só por diversão. O efeito só aumenta quando ele vasculha o bolso do peitoral, tira óculos redondos e os coloca no rosto pálido e estreito.

— Prefeito mirim Emeric Conrad, ao seu dispor — diz o garoto, piscando intensamente. Então lembra que não está mais em um dos Estados Imperiais Livres e acrescenta, nervoso: — Senhor.

Meu pânico começa a esmaecer. Ao menos em relação ao prefeito.

— O marquês requisitou o prefeito Klemens — replica o mensageiro de Adalbrecht, em tom de acusação.

O garoto inclina a cabeça em um pedido de desculpas, curvando os ombros. Com as pérolas, quase posso encará-lo nos olhos. *Acho* que ele seria alguns centímetros mais alto que eu se ficasse reto, mas seu principal objetivo parece ser ocupar o menor espaço possível.

— S-sim, senhor, ele ficou preso em Lüdz. Fui mandado na frente para começar a investigação preliminar. — Ele tira de outro bolso um pequeno caderno e um bastão de carvão embrulhado em papel. — Eu gostaria de começar a recolher depoimentos...

Komte Von Eisendorf ergue a mão.

— Duvido que alguém aqui esteja sóbrio o bastante para dar um relato útil dos acontecimentos, prefeito. Não quer comemorar conosco esta noite e deixar as perguntas para amanhã?

Ouço o garoto murmurar um "prefeito mirim" aflito baixinho, antes de dar de ombros.

— Se for melhor assim. Senhor.

Com certeza é melhor para *mim*, considerando que, em algum lugar da propriedade, Hans, o criado, está deixando na minha carruagem uma bolsa cheia de joias roubadas dos Eisendorf sem nem saber.

A próxima uma hora e meia vira um borrão. Só estou vagamente presente durante o jantar, mas não é difícil manter a fachada de Gisele — alegre, brilhando e ainda meio bêbada enquanto recebe todas as felicitações. Enquanto isso, minha mente continua girando como as engrenagens de um relógio. Algumas almas corajosas tentam iniciar uma conversa com o prefeito *mirim* Emeric Conrad, que está sentado emburrado na ponta da mesa, mas desistem logo, parecendo quase tão infelizes quanto ele.

Pela primeira vez, é fácil ir embora com relativamente pouco alarde depois do jantar. Os outros convidados estão ou conversando sobre o casamento, ou empanturrados demais de comida e vinho para me notarem pedindo baixinho pelo meu manto e as luvas. (Até Ezbeta está cochilando em uma poltrona gigantesca.) Meu cocheiro foi convocado, e parte do séquito do mensageiro vai me acompanhar de volta a Minkja, capital de Bóern. Tudo que resta é esperar no saguão pela carruagem.

Ou era o que eu achava. Estou parada do lado da janela em meu manto de veludo azul-claro com pelica de marta — que me deixa verdadeiramente angelical —, olhando a noite, quando um reflexo no vidro se mexe atrás de mim. Eu viro.

O prefeito mirim Emeric Conrad está parado a poucos metros. De perto, é fácil ver como está praticamente nadando no uniforme grande demais. Ele dá uma tossidinha constrangida.

— Mil desculpas se te assustei, er... *prinzessin?*

Eu assinto, graciosa.

— Posso ajudar?

— Queria oferecer meus parabéns pelo casamento iminente — diz ele, muito rápido, empurrando os óculos nariz acima — e perguntar se não seria problema ouvir seu depoimento amanhã cedo. O Centavo Fantasma roubou de você também, correto?

— Isso mesmo — confirmo, e com isso quero dizer que me certifiquei de que todos me viram usando alguns dos bibelôs mais valiosos de Gisele, dei uma festa do tipo que o *Pfennigeist* costuma invadir, e imediatamente vendi todas as joias para o meu receptor. — Ficarei feliz de contar tudo que sei — minto.

Então, abro um sorriso beatífico no meu rosto. No rosto de *Gisele.*

Eu sei o efeito que esse sorriso tem nas pessoas. Eu estava lá na primeira vez que as pérolas encantadas foram colocadas no pescoço da verdadeira Gisele. Vi a transformação dela, como o seu sorriso parecia iluminar o ambiente e partir o coração de todos, tudo de uma vez só, do melhor jeito possível.

Anos atrás, enquanto eu remendava o manto de inverno de Gisele e ela estava caçando na floresta, refinei uma teoria sobre o desejo. No meu mundo, existiam três motivos para alguém ser desejado: lucro, prazer ou poder. Se você preenchesse apenas um requisito, as pessoas te usavam. Dois, elas te enxergavam.

Três, te serviam.

Pelo que vejo, as pérolas completam a trindade. Identificam o que alguém pode querer, que nem sabia que queria, e então o fazem acreditar que apenas o portador do colar pode lhe dar tal coisa. As pessoas querem a amizade, a companhia, a aprovação de quem usa as pérolas. E, muitos, compartilhar a cama com ela.

A julgar pelo olhar levemente estupefato de Emeric, deduzo que nem mesmo um prefeito das Cortes Divinas é imune a isso.

Ouço as rodas da carruagem do lado de fora, e a porta da mansão se abre. É a minha deixa. Faço uma mesura rápida para Emeric.

— Prefeito Conrad.

Enquanto a porta se fecha atrás de mim, ouço a correção agitada:

— *Prefeito mirim.*

É, não acho que ele vá ser um problema.

Um dos empregados me ajuda a subir na carruagem azul-Reigenbach, e eu olho para o canto. A bolsa está lá, os jarros de cerâmica tilintando baixinho com o movimento da carruagem assim que entro. Me acomodo perto dela, ajustando as saias de forma a cobri-la, e aceito uma bolsa de água quente do lacaio, posicionando-a no colo para me esquentar enquanto a porta fecha, e então me enrolo com um cobertor de peles pesado para me proteger do frio. É um percurso longo até Minkja, mas ao menos terei tempo para pensar.

A carruagem dá partida, e eu me encolho mais na pele.

Pelo que consigo avaliar, estou com três problemas.

Primeiro: não tenho dinheiro suficiente para ir embora agora. Nas mãos de uma condessa gastadeira, mil *gilden* durariam cerca de cinco meses; na de uma trabalhadora comedida, cinco anos. É o suficiente para que eu consiga ir embora do Sacro-Império de Almândia, atravesse uma das fronteiras em que não esteja acontecendo um banho de sangue e compre... não sei ainda. Um navio? Uma loja? Uma fazenda? Tudo que importa é que vai me comprar uma vida bem longe daqui.

E precisa ser longe, se é para fugir das minhas madrinhas. Longe o bastante para que as duas percam qualquer controle sobre mim.

A Morte me disse uma vez que ela e a Fortuna são diferentes além das fronteiras do Sacro-Império. Que os Deuses Menores e seus fiéis são como rios e vales, um ajudando a moldar o outro ao longo dos anos. Em outras terras, ela é uma mensageira, um cachorro preto, uma rainha guerreira; a Fortuna é uma cornucópia, uma deusa de oito faces, um titã de cabeça de serpente. Exibem formas diferentes e cumprem leis diferentes.

Então, talvez, fora do Sacro-Império, elas não sejam mais minhas madrinhas. É a única forma que consigo pensar de me ver livre delas. O que tenho agora me possibilitaria atravessar a fronteira, mas eu seria mais uma vez uma plebeia, estaria sozinha, sem amigos e sem um tostão, e sei o que acontece com garotas assim. Planejei resolver esse problema com outro roubo, mas...

Agora que Adalbrecht vai voltar, tenho duas semanas para resolver o problema do dinheiro *e* descobrir como fugir do meu segundo problema: o futuro marido de Gisele.

Normalmente, o único transtorno para resolver quando se está lidando com um problema como Adalbrecht seria decidir entre arsênico ou cicuta. O que me impede de ir por essa rota é o meu terceiro problema: os prefeitos. Bem, não o prefeito mirim molenga, só a ameaça iminente do prefeito Klemens. Um prefeito experiente vai ser capaz de me ligar ao assassinato de Adalbrecht e convocar os Deuses Menores para decidir minha punição. Acho que nem a Morte nem a Fortuna poderiam me salvar nessa.

É um quebra-cabeça, como arrombar uma fechadura, tentando alinhar os pinos até a trava abrir. *Se* eu arrumar uma visita a outra família nobre... não, Gisele é conhecida demais, especialmente considerando o casamento, e certamente vai ser conectada ao crime. E se fizermos uma festa no Castelo Reigenbach? Poderia dar certo...

Demoro um instante para perceber que a carruagem não está mais se mexendo.

Estico o pescoço. Não há mais o barulho abafado dos cascos, e pelas janelas só consigo ver a noite escura e uma luz passando por entre os galhos dos abetos. Franzo a testa, confusa. Estamos nas profundezas da floresta de Eiswald, e não há necessidade de parar.

É aí que vejo.

A luz da tocha está firme, imóvel, como se as chamas estivessem congeladas. E se eu olhar com atenção vejo as cinzas da minha sorte se desfazendo e se transformando em azar.

Quando a porta da carruagem abre, lenta e silenciosamente, o único som que ouço é o das batidas do meu coração.

Não tem nada ali.

Sinto um calafrio na nuca. Isso poderia ser o trabalho de um *grimling*, um espírito perverso e faminto à procura de uma refeição.

Só que um *grimling* não se daria ao trabalho de dar todo esse toque teatral. Eu lido com duas Deusas Menores desde que tinha quatro anos; sei reconhecer o trabalho de um deles.

E se eu aprendi alguma coisa é que só há um jeito de lidar com um Deus Menor: terminar tudo o mais rápido possível. Reviro os olhos, me afasto do meu cantinho de cobertas, visto o capuz do manto para afugentar o frio e saio da carruagem.

E lá está: uma figura inumana parada na estrada, envolta pela névoa da floresta, com talvez o dobro do tamanho de um homem. Minha escolta só não está fugindo porque não consegue vê-la. Eles não veem nada. Todos os cavaleiros, soldados e criados estão completamente imóveis, a luz das tochas inerte, como se fosse feita de vidro. Isso significa que, seja lá qual Deus Menor está fazendo isso, é ao menos poderoso o suficiente para parar o tempo por um instante.

Tenho um mau pressentimento.

Esse Deus Menor tem a cabeça de um crânio de urso, e luzes vermelhas idênticas iluminam cada órbita. Um par de chifres sai do topo do crânio, com folhas vermelho-sangue nas pontas. Uma estranha esfera sombria flutua entre os chifres. Cabelos longos perfeitamente partidos ao meio escorrem pelo crânio, as raízes pretas se transformando em pontas brancas, e as mechas trançadas com fios escarlates. Dois braços humanos esqueléticos saem de um conjunto de peles que se movem como as costelas de um cadáver esquecido, pálido como osso em todos os lugares menos nas juntas, que são de um carmim sobrenatural. Há um corvo empoleirado em uma das galhadas, os olhos também de um vermelho incandescente.

Vida e morte, fera e planta, sangue e ossos, os dentes de um predador e os chifres de uma presa. É a deusa dessa floresta. É claro que Eiswald é forte o bastante para parar o tempo. Sua floresta se estende praticamente até a fronteira do império.

Faço uma mesura um pouco mais sincera do que a que fiz para o prefeito mirim.

— Eiswald. Que ho...

— Silêncio, ladra. — A voz é uma mistura de uivo, sibilo e rosnado.

Ok, isso não é bom.

— É *senhora* Eiswald para gente da sua laia. Achou que poderia vir às minhas terras e tomar o que bem quisesse? Achou que nunca pagaria? — grita Eiswald. Em um piscar de olhos, ela já se aproximou mais, ainda mais alta que a carruagem, os olhos ardendo. — *Achou que poderia roubar de um dos meus?*

— Não sei do que está falando — ofego, cambaleando.

Ouço um estalo. Uma nuvem brilhante escapa da porta escancarada da carruagem: tudo que tomei dos Eisendorf, pairando no ar feito marimbondos.

O anel de estanho paira mais alto, a pedra da lua brilhando entre as garras gélidas.

— Isso — diz Eiswald — é um símbolo da minha proteção. Você não pode roubar.

— Ezbeta e Gustav não precisam da sua proteção — rebato.

Eiswald arreganha os dentes.

— *Todos* na floresta precisam da minha proteção. Fazem sacrifícios em todos os solstícios. Eles respeitam os velhos costumes. Eles *me* respeitam.

— Fácil respeitar um deus — resmungo, pensando na cara de Hans quando Ezbeta gritou o nome dele. — Enfim, seu *símbolo* estava juntando poeira no fundo de uma caixa de joias. Ninguém estava usando.

— Ainda assim essa não é sua única transgressão, não é mesmo, pequena Vanja?

Ouvir meu nome me deixa sem palavras.

Durante o último ano, eu fui Marthe, Gisele, o *Pfennigeist*. Não Vanja.

Não consigo lembrar da última vez que alguém me chamou pelo nome. Esqueci qual era essa sensação.

Eiswald chega mais perto, e eu sinto o cheiro da noite, de milefólio e podridão.

— Não pense que suas madrinhas podem ajudar agora. Tudo que você fez no último ano foi tomar, tomar, tomar. Você pegou tudo o que desejou. Mas esta noite passou pela minha floresta e roubou aqueles que estão sob minha proteção. Então agora...

Ela estica a mão pálida, os nós dos dedos vermelhos. Meu capuz cai para trás, o forro de marta apertando meu pescoço como uma forca. Tento me mexer ou gritar, mas não consigo. Não consigo nem respirar — meus pulmões estão pegando fogo, minha visão é tomada pela poeira carvão do azar.

Ela pressiona minha bochecha com a ponta gélida do dedo, bem embaixo do meu olho direito. Sinto uma dor lacerante.

— ... vou te dar um presente — sussurra Eiswald, e desliza para trás. —Você *terá* o que deseja.

Ofego como se tivesse sido esfaqueada. Consigo me mexer de novo, e levo a mão ao rosto — ali, sinto algo duro, pouco maior do que a ponta do meu mindinho.

Eiswald não tem lábios para sorrir, mas a mandíbula do crânio do urso se abre mais. A luz das tochas reflete nos dentes.

— Rubis e pérolas você se *tornará*, pequena Vanja, e conhecerá o preço de ser desejada. Já que a verdadeira ganância fará de tudo para...

— Espera aí. — Arranco a luva e passo os dedos na coisa que ela colocou na minha bochecha. Parece áspero demais para ser uma pérola. — Isso é pra valer?

Eiswald tenta de novo:

— Fará de tudo para...

— É um rubi de verdade? — Tiro a faca da bota e olho o reflexo na lâmina.

E bem ali vejo um rubi no formato de uma lágrima, impecável e robusto, bem abaixo do meu olho.

— *Scheit* — comento, e imediatamente começo a cutucar a pedra preciosa com a ponta da faca. — Dá pra eu comprar uns cinco cavalos com isso.

— *A verdadeira ganância* — ribomba Eiswald —, fará *de tudo* para tomar o que deseja.

Lanço um olhar impaciente para ela enquanto a lâmina cutuca o rubi, talvez perto demais do meu olho direito. Eu sei que cortar uma pedra preciosa da minha própria cara não é bem ideal, mas... *cinco cavalos*.

— Me dá licença? Estou tentando me concentrar aqui.

Só que não importa o quanto eu cutuque a pedra, ela não se mexe, como se tivesse crescido diretamente da minha bochecha.

Eiswald afasta a faca e segura meu queixo com uma força que faz com que eu me debata.

— Por respeito às suas madrinhas, darei a você ainda mais um presente.

— Eu passo — consigo dizer.

— Você tem até a lua cheia para compensar o que roubou — ela rosna. — Quanto mais tempo demorar, mais sua ganância te consumirá, até não sobrar nada.

A coisa dos Deuses Menores é que eles gostam muito de falar como se fossem um livro de profecias apocalípticas. Se perguntar para a Fortuna a previsão do tempo, ela é capaz de falar algo tipo "a lealdade do vento é enviesada, o véu levantará" só para avisar que vai parar de chover na terça-feira. A única forma de receber uma resposta direta deles é perguntando com todas as letras.

— Então pedras preciosas vão continuar aparecendo na minha pele?

— Na lua cheia, você será *apenas* pedras preciosas, e nada mais. A única forma de se salvar é abandonar sua ganância e se redimir pelo...

— Pelo que eu roubei, tá, já escutei. — Faço um biquinho. Se vão começar a nascer joias em mim igual verrugas, pelo menos isso significa que resolvi meu problema de dinheiro. — Vai tudo crescer na minha cara, ou em algum lugar menos... essencial?

— *Basta*. Já me cansei disso. — Eiswald gesticula com a mão, e o corvo desce das galhadas e pousa sobre um dedo vermelho. — Minha filha, Ragne, vai acompanhar você até meu presente terminar, de uma forma ou de outra.

— Sua maldição, no caso. — Encaro o corvo enquanto começo a compreender a gravidade da situação.

Eiswald inclina a cabeça, e as folhas nas galhadas farfalham.

— Será o que você decidir, pequena Vanja.

Todas as joias flutuando caem no chão, a não ser pelo anel de estanho, que desaparece. Com um xingamento, me abaixo para começar a catar as coisas, me esforçando para não sujar o manto azul-claro. O corvo — Ragne, pelo visto — pousa na estrada, vai pulando para longe e volta um instante depois, arrastando a minha faca. Eu a enfio de volta na bota.

— Pelo menos sua filha me ajuda — resmungo para Eiswald.

Ela não responde. Quando ergo o olhar, já se foi.

Em seu lugar está a Madrinha Morte, o manto se misturando à névoa da estrada.

Levanto, as joias roubadas escapando entre os dedos.

— Não me olha assim.

A Morte não nega. A Fortuna é evasiva de vez em quando, mas a Morte é direta. Sua reprovação é como o orvalho acumulado em um túmulo.

Dou um suspiro e indico com a cabeça a porta aberta da carruagem.

— Se vai gritar comigo, melhor fazer aqui. Ainda falta bastante para chegar a Minkja.

QUATRO

Na calada da noite

— Não estou brava — diz a Morte no assento à minha frente —, só decepcionada.

Encaro a janela e as árvores passando, a boca espremida. A carruagem voltou a andar depois que me acomodei, como se não tivéssemos feito uma pausa rápida para eu ser amaldiçoada.

A Morte aguarda um instante e fala exatamente o que eu sabia que ela diria:

— Não precisa ser assim. Você sabe que posso ajudar.

E é aí que a Fortuna chega, com um tilintar de moedas e ossos, aparecendo no assento ao lado da Morte com uma nuvem de poeira e brilho. Para mim, ela se parece com Joniza, a trovadora do castelo Falbirg, com a pele marrom-escura e cachos pretos fechadinhos e sedosos.

— Nós *combinamos* — ela diz, indignada — que se fôssemos discutir a servidão dela, faríamos isso juntas. Nada mais justo. — Ela vira e dá um tapinha no meu joelho. — Oi, Vanja, querida.

— Não vim falar com ela sobre servidão — a Morte protesta, bem irritada. Ou ao menos soa assim. Fico enjoada se olhar para o rosto dela por tempo demais. Já é difícil ver o que tem debaixo do capuz, e as feições dela mudam constantemente, tomando a forma das pessoas que vão morrer a cada segundo. — Vim porque ela vai morrer.

A Fortuna fecha a cara.

— Todos os humanos morrem. Isso não é desculpa para desrespeitar o combinado.

— Ela vai morrer em duas semanas — a Morte explica. — Na lua cheia. Era questão de negócios, e não de família.

A Fortuna relaxa um pouco mais do que eu gostaria, considerando que estamos discutindo meu fim iminente.

— Ah, entendi. Bem. Como isso foi acontecer? Sua sorte mudou bastante essa noite, mas não percebi que tinha sido assim *tão* drástico.

— Não quero falar disso — resmungo, me aconchegando mais nas peles. — Está tudo sob controle.

Considerando que agora tenho duas semanas para juntar uma fortuna, fugir de um dos homens mais poderosos no Sacro-Império de Almândia e escapar do caçador de criminosos altamente treinado que está atrás de mim, *tudo enquanto lentamente me transformo em pedras preciosas*, nada de nada está sob controle. Só que não vou falar isso para minhas madrinhas.

Além do mais, tenho um mau pressentimento sobre o que pode significar quebrar essa maldição. E se eu precisar compensar *tudo* que peguei… bom, preciso de todo o tempo possível.

— Ela roubou um símbolo de proteção de Eiswald de uma condessa — diz a Morte, simplesmente.

— *Vanja* — a Fortuna ralha, balançando a cabeça. A grinalda de moedas cintila. — Você já deveria saber que é muito mais seguro roubar dos impotentes.

(Se você estava se perguntando por que eu sou assim, talvez agora esteja entendendo melhor. Mas uma coisa é preciso reconhecer: pelo menos a Fortuna e a Morte tratam os pobres e os poderosos com o mesmo desdém.)

— Em represália, Eiswald amaldiçoou a Vanja — a Morte continua. — Se ela não se livrar da maldição até a lua cheia, Vanja morrerá.

— Uma maldição de morte só por causa de uma lembrancinha? Não é um pouco de exagero? — A Fortuna cruza os braços. — Sério, a *audácia* de alguns deuses.

Um grasnado abafado ressoa do canto vazio da carruagem, e lembro que não está vazio. Ragne está acomodada no assento, as penas se misturando à escuridão.

— Claro que não, querida, tenho certeza de que sua mãe teve seus motivos — a Fortuna diz, rapidamente. Então vê meu olhar espantado e acrescenta: — Acredito que Vanja não consiga te entender quando você está assim.

Ragne pisca lentamente os olhos vermelhos e grasna, depois rola para o lado. De repente, um gato preto está encolhido no lugar do corvo. Ela balança a cabeça, então diz em uma voz gutural e abafada:

— Melhor assim?

— Odiei — digo, com veemência. — Nada disso. Nada de animais falantes.

— O Vanja entende agora. Melhor. — Ela se enrosca, enfiando o nariz embaixo do rabo. — Boa noite.

Apoio o rosto nas mãos. *Não* vou passar minhas últimas duas semanas de vida sendo monitorada por uma metamorfa selvagem falante.

A Fortuna interrompe meu momento:

— Você vai conseguir quebrar a maldição?

— Eu *disse* que está tudo sob controle.

Um silêncio constrangedor se segue.

— Bom, já que nós duas estamos aqui... — começa a Fortuna. — *Existe* uma forma de sair d...

— Não. — Abaixo as mãos e encaro a Fortuna e a Morte. — Eu não preciso da ajuda de vocês.

— Eiswald não teria nenhum poder sobre você — a Fortuna insiste. — Você vai precisar escolher um dia. Já faz o quê, uns dois anos? Sete?

— Quatro — diz a Morte. Ela sempre sabe. — Daqui a duas semanas.

— *Eu não preciso da ajuda de vocês* — praticamente cuspo, tremendo.

O fato é que preciso. Preciso desesperadamente da Morte e da Fortuna do meu lado.

Só que não posso pedir isso.

Toda a ajuda delas tem um preço.

Depois que minha mãe me abandonou, eu morei com as duas em um chalé no reino delas, e as poucas recordações que tenho são agradáveis. Lembro da Morte toda noite me contando histórias de ninar sobre os reis que ela levou durante o dia; lembro da Fortuna fazendo um estardalhaço por causa de diversas plantas que pareciam murchar por puro despeito. Lembro de me sentir segura e confortável. E acho que lembro de algo semelhante a amor.

Quando eu tinha quase seis anos, não dava mais para ficarem com uma criança humana em seu reino, então elas me levaram ao castelo Falbirg. A Fortuna se intrometeu, como sempre, e, de repente, eu era a nova copeira dos Von Falbirg. Elas me deixaram com suas bênçãos: ao contrário de outros humanos, eu conseguia ver as ações da Morte e da Fortuna no reino dos mortais e usar tal conhecimento em benefício próprio.

Quando completei treze anos, elas apareceram mais uma vez. Disseram que eu era uma moça e que fora dada a elas. Então estava na minha hora de servir.

O presente que recebi foi uma escolha. Eu escolheria qual ofício seguir: o da Morte, ou da Fortuna. Seguiria e serviria uma delas até o fim dos meus dias.

Minha resposta foi o que se esperaria de qualquer adolescente de treze anos a quem pedissem para escolher um dos pais: *não*.

Minhas madrinhas ficaram desconcertadas. Bravas. A Fortuna brigou mais, mas eu conseguia ver a grama esfarelando aos pés da Morte, sentia a dor que emanava do manto. Não sabia como contar a elas que não queria escolher qual das minhas duas madrinhas eu amava mais.

Não sabia como dizer que queria ser mais do que só uma serva.

Não tinha palavras para expressar que eu pensava que era filha delas, e não uma dívida pendente.

Elas fizeram um acordo entre si, como de hábito. Concordaram que um dia eu pediria a ajuda de uma delas. Pediria um favor, imploraria por intervenção da Morte ou da Fortuna — e naquele instante eu teria feito minha escolha.

E assim faz quatro duros e longos anos desde a última vez que chamei minhas madrinhas.

A Morte poderia me salvar da maldição de Eiswald ao simplesmente se recusar a tirar minha vida. A Fortuna poderia mover o mundo a meu favor, deixar todas as respostas caírem no meu colo para que a maldição praticamente se quebrasse sozinha. Eu, no entanto, preferia deixar Almândia e tudo que conheço a passar o resto da minha vida servindo alguém.

— Não vou pedir a ajuda de vocês — declaro, seca. — Consigo resolver isso sozinha. Se não tiverem mais nada para falar, me deixem em paz.

A Morte e a Fortuna se entreolham. Então, desaparecem em um coro de moedas, ossos e mantos farfalhantes.

— Que grossa — Ragne diz do canto, balançando o rabo.

Resisto ao impulso de atirá-la da carruagem. Se Eiswald me amaldiçoou por roubar uma porcaria de anel, imagino que não gostaria que eu atirasse a filha dela na estrada feito o conteúdo de um penico.

— Quem te perguntou? — retruco em vez disso, e cubro meu rosto com o capuz até só conseguir ver peles.

Compensar o que roubou. Os Deuses Menores amam uma charada, mas, se Eiswald estivesse falando só das joias, ela teria dito.

Roubei essa vida de Gisele. Agora, de alguma forma, preciso devolver.

Fico cochilando, mas acordo com o barulho do portão principal do castelo Reigenbach se levantando ao entrarmos. Em uma noite soturna como essa, o castelo é um conjunto de colunas sombrias de pedra, mas durante o dia é uma visão — torres de pedra calcária entalhadas e telhas azuis aglomeradas na curva final do rio Yssar. O rio faz um fosso natural praticamente perfeito ao redor das muralhas do castelo antes de cair em uma linda cachoeira e serpentear pelo coração de Minkja lá embaixo.

Ragne se espreguiça e boceja ao meu lado. Não vi que ela tinha se enroscado no canto do meu cobertor enquanto eu dormia.

— Não posso trazer um gato — digo a ela.

O barulho dos cascos dos cavalos nas pedras abafa a minha voz, mas ainda assim falo baixo, para que os cocheiros não pensem que a futura *markgräfin* fala sozinha.

— Por que não?

Santos e mártires, a voz uivada dela me irrita.

— Nobres não pegam vira-latas para criar.

Quando ela pisca, um brilho leve ainda emana dos olhos vermelhos.

—Você não é da nobreza.

— E você não é um gato. Estamos as duas fingindo ser algo que não somos. — Empurro-a para longe do cobertor. — Fique escondida na estrebaria hoje. Pode me encontrar amanhã.

—Tenho outra ideia.

Ragne se abaixa e parece sumir. Então, sinto patinhas minúsculas agarrarem minha luva e subirem pela minha manga.

Dou um gritinho.

—Tudo certo, *prinzessin*? — grita o cocheiro.

—Tudo — respondo, cerrando os dentes e fechando a cara para o pequeno ratinho preto de olhos escarlates que está na minha manga franzindo o nariz para mim.

Odeio isso, talvez mais do que o rubi na minha bochecha.

O que me lembra que eu preciso encontrar uma desculpa para isso ou alguma forma de escondê-lo. Eiswald teve a decência de arrancar as joias da minha bolsa sem destruir os jarros, então pego uma das pomadas menos fétidas e cubro a pedra enquanto a carruagem segue para os portões duplos magníficos do castelo, cobertos de ouro. Se for necessário, esta noite vou arranjar alguma desculpa sobre ter sido picada por um inseto, e amanhã posso falar que a coisa da lágrima de rubi é uma nova moda.

Além disso, a criadagem do castelo tem preocupações *muito* maiores.

— Bem-vinda, *prinzessin* — Barthl, o mordomo, diz em um tom azedo enquanto se oferece para pegar meu manto com suas mãos esqueléticas.

Ouço o rebuliço abafado dos criados correndo pelos corredores.

— Já souberam sobre o marquês, imagino?

— Sim, *prinzessin*. — A resignação está estampada no rosto comprido de Barthl. Ele tem quase trinta anos, a idade de Adalbrecht, e nunca gostou de mim, mas tenho certa empatia. É trabalho dele garantir que o castelo Reigenbach esteja um brinco antes da inspeção surpresa de amanhã. — Precisa de mais alguma ajuda hoje à noite?

— Não. — Não há nenhuma necessidade de fazer eles trabalharem ainda mais, e é melhor que nem olhem para mim. Forço minha voz para parecer desinteressada. — Vou descansar pelo resto da noite e não quero ser incomodada.

— Entendido. — Ele faz uma mesura rápida e se afasta.

Eu também me apresso a subir as escadas para minha ala do castelo Reigenbach. Tecnicamente, existe um jeito mais rápido de chegar aos meus aposentos, mas Gisele não deveria saber disso. As passagens dos criados são domínio de Marthe, a criada.

Quando cheguei, um ano atrás, a primeira coisa que fiz foi roubar um uniforme de criada, esconder as pérolas e correr pelo castelo, implorando por direções. *Estou cumprindo uma tarefa que milady pediu, pode me dizer como chegar aos estábulos? Ao salão de baile? À biblioteca?*

Eles me mostraram cada atalho e passagem do castelo, apenas me avisando sobre o *kobold* da residência, Poldi, e nada mais, de tão ocupados que estavam. Assim que dei ordens para que permitissem que minha criada, Marthe, entrasse e saísse quando bem quisesse, ganhei um passe livre para todo o castelo Reigenbach.

Imagino que poderia ter continuado a ser chamada de Vanja, mas uma ou outra pessoa em Minkja ainda me conhecem por esse nome. *Marthe*

Schmidt não tem história, bagagem ou objetivo. Não tem cicatrizes. E eu posso parar de ser Marthe quando quiser.

A lareira está acesa quando entro nos meus aposentos, e há um candelabro na cômoda ao lado da porta. Coisa do Poldi, certamente, pois eu sei o valor de ter um *kobold* amigável, e o perigo de um *kobold* desprezado. O *kobold* do castelo Falbirg quase botou fogo em Gisele quando pensou que ela havia rido dele. Na minha primeira noite no castelo Reigenbach, peguei uma tigela de madeira, enchi-a de grãos e mel e a coloquei ao lado da lareira, junto a um pequeno cálice de hidromel.

Acordei no meio da noite e encontrei Poldi na lareira, na forma de um homenzinho baixinho e flamejante, que não batia nem no meu joelho. Sentei na cama e ergui meu cálice, que tinha deixado na mesa de cabeceira.

— À sua saúde e honra.

Ele brindou comigo e sumiu, deixando a tigela vazia e o fogo aceso na lareira. Desde então, nunca esqueço de colocar a tigela com mel e grãos à noite, e sempre, sempre compensou.

Acendo mais algumas velas e me jogo na cama, de barriga para baixo. Ragne escapa da minha manga e começa a investigar o travesseiro e o edredom, mexendo os bigodes.

Parte de mim quer desesperadamente continuar nessa posição, talvez até dormir com o vestido e deixar que as lavadeiras passem o tecido para tirar os amassados de manhã. Roubei uma pequena fortuna, fugi temporariamente de um prefeito, fui amaldiçoada por uma deusa e levei sermão das minhas madrinhas.

Pode-se dizer que foi uma noite *bem* longa.

No entanto, há uma bolsa cheia de joias roubadas na estrebaria, e preciso me livrar delas antes da volta de Adalbrecht. Com um grunhido, saio da cama e sento no tapete azul-escuro macio. É quase tão confortável quanto o edredom. Levanto e tiro os vestidos e as pérolas.

Tem uma mancha de vinho gritante no chemise, então pego um novo na cômoda. Um saquinho cai, e eu o guardo de volta na gaveta com a roupa.

Quando as malas de Gisele chegaram de Sovabin e foram entregues nos meus aposentos, logo peguei todos os saquinhos de lavanda seca que eu mesma tinha costurado meses antes e guardado entre camadas de algodão e seda — assim como ela tinha pedido — e atirei todos no rio Yssar. Pedi ao mordomo para me trazer amostras de todos os aromas de que eu gostava, casca de laranja seca, baunilha, pétalas de rosa e até canela — tudo isso riquezas que eu nunca tive, considerando que passei a maior parte da vida cheirando a sabão de sebo. Era um luxo impensável ficar tão limpa quanto eu gostaria, quando eu quisesse. E decidir qual seria meu cheiro.

Ao fim do mês, os últimos traços de lavanda tinham desaparecido, e todas as meias tinham o *meu* cheiro.

Eu me pergunto se Gisele vai voltar a usar lavanda quando eu devolver tudo.

Não posso pensar nisso agora. Acabei de tirar o chemise quando ouço a voz de Ragne:

— Isso é de uma briga?

Dou um pulo e viro, segurando o chemise contra o corpo. Esqueci que ela estava ali, ou eu nunca teria deixado minhas costas expostas.

— Não é da sua conta.

Ragne está na forma de gato de novo, enroscada ao pé da cama.

— Está brava? Essas cicatrizes são boas. *Eu* ficaria orgulhosa de sobreviver a uma...

— Cala logo essa boca. — Pego o chemise limpo, o rosto ardendo. — Já disse que não é da sua conta.

Ragne apenas boceja.

— Você é muito estranha.

Não me dou ao trabalho de responder. Visto meu uniforme de criada e enfio o cabelo sob um gorro simples. Também visto o manto de lã sem graça com o distintivo da criadagem da casa Reigenbach. Dependendo das partes de Minkja em que eu estiver, o distintivo ou chama atenção indesejada, ou me deixa intocável. Meu receptor, Yannec Kraus, trabalha em uma taverna bem na divisa entre essas regiões.

Ao olhar no espelho da penteadeira, vejo o rubi por baixo da pomada. Isso não é bom. Yannec tem uma regra: tudo que eu roubo eu vendo para ele, e só para ele. Ele também é supersticioso, ou ao menos tão temente aos deuses que não vai querer arriscar irritar um Deus Menor comprando minhas coisas se souber que o rubi é uma maldição.

Há um pequeno estojo de remédios escondido na penteadeira para ajudar nos arranhões que coleciono durante meus roubos. Coloco um pedacinho de atadura em cima do rubi e torço para que cole melhor do que a pomada. Enquanto faço isso, algo no reflexo me chama a atenção.

Um fantasma, uma garota assombrada por sentimentos bem familiares de inquietação e dúvida, agora que não está mais sob efeito do encanto das pérolas. Achei que tinha deixado essa garota para trás no castelo Falbirg.

— Aonde você vai?

— *Scheit!* — Pulo outra vez, sacudindo a penteadeira. Quando olho para a cama, Ragne não parece nem um pouco arrependida. — Vou sair — digo. — Tratar de negócios. Fique aqui e não fale com ninguém.

— Por que não?

— Porque animais não falam — respondo, e começo a amarrar as botas.

— Ou são vocês que não escutam. — Ouço um farfalhar e um silêncio suspeito. — Posso falar com as pessoas assim?

Quando ergo o olhar, uma garota humana está esparramada na coberta, a pele pálida como ossos, os olhos vermelhos com pupilas rasgadas brilhando sob cabelos negros bagunçados. De alguma forma, Ragne parece tanto ter a minha idade quanto ser uma anciã. Ela também está nua como no dia em que nasceu.

(Presumo que ela tenha nascido. Talvez tenha sido conjurada de teias de aranhas e um coração de bode, vai saber.)

— *Não.* — Desvio os olhos, sem paciência. — Você *não pode* falar com ninguém assim, de jeito nenhum. Nós usamos roupas.

— Não o tempo todo. — Ragne se senta. — Está desconfortável?

O problema não é estar pelada — eu me banhava com as outras criadas no castelo Falbirg, mas conhecia a maioria delas, a vida toda. Não sei reagir a alguém que consegue se expor assim sem nenhuma hesitação. Sem qualquer medo.

Aponto para a cômoda.

— Troque de forma de novo ou vista uma roupa. As camisolas estão na última gaveta.

Quando termino de amarrar as botas, ela está vestindo uma camisola... como se fossem calças. Os pés estão saindo das mangas, a barra erguida até o pescoço. Ragne remexe os dedos dos pés.

— Melhor assim?

Nesse ritmo, se eu a deixar aqui, pode ser que ela decida usar uma calcinha no lugar de chapéu.

— Não. Tá, tudo bem. Pode vir comigo *se* você se transformar em um animal bem pequeno *e* se ficar de boca fechada.

Ragne fecha a boca estalando os dentes.

— Quis dizer sem falar nada — digo. — A não ser que estejamos sozinhas, entendeu?

Ela assente e some, a camisola cai no chão. Um segundo depois, um esquilo preto surge do tecido, sobe pelo meu casaco e se enrola dentro do meu capuz. Tento não estremecer ao sair do cômodo e seguir para uma das escadarias da criadagem.

Primeiro, desço até a cozinha e pego grãos e mel para Poldi. Assim que deixo a tigela na lareira do meu quarto, rapidamente busco a bolsa na carruagem (*minha senhora esqueceu seus itens de toalete*) e passo pelos portões principais (*minha senhora precisa fazer um pedido urgente na costureira para o casamento*). Os guardas até acendem meu lampião e oferecem uma bebida para me manter aquecida. Eu recuso, educadamente.

Também me oferecem uma pequena adaga com o símbolo da guarda do marquês no cabo. Isso eu aceito.

Minkja é muitas coisas: uma cidade, um sonho, uma promessa mantida e uma promessa quebrada. Nunca é segura, porém, muito menos durante a noite.

Os guardas no castelo Reigenbach chegaram a tais posições por bravura e condecorações. Adalbrecht é bem menos rígido com a guarda de Minkja, os chamados "Wolfhünden" — ele entrega um bastão pesado e um uniforme para os fracassados do exército e assim permite que paguem suas dívidas ou sentenças. Então, solta as coleiras.

Em teoria, eles mantêm a paz. Na prática, são só uma gangue com um nome idiota. (Cães de caça? Que inovador.) Estão envolvidos em tudo quanto é crime que ocorre em Minkja, de comércio de rapé de papoula a extorsão para proteção. Quer que a padaria de um rival pegue fogo? Wolfhünden. Quer que um membro do conselho municipal caia de uma ponte e suma no Yssar? Os Wolfhünden podem providenciar.

E se os Wolfhünden descobrirem que eu roubei e ganhei quase mil gilden em joias no último ano sem pagar a "taxa de proteção" deles... bom, pelo menos a maldição não vai ser mais um problema.

Vejo os olhares que os guardas nos portões trocam quando escondo a faca na bota. (Ironicamente, a bota que já tem uma faca escondida, mas eles não sabem disso.)

— Fique longe de Lähl, Marthe — diz um deles por fim. — Ou nunca mais vamos ver você.

Quero fechar a cara — que tipo de negócios uma nobre como Gisele teria em Lähl? —, mas só faço uma mesura.

—Vou ficar dentro da Alta Muralha, obrigada.

Aquilo não parece apaziguá-los muito, mas não importa. Preciso me livrar das joias Eisendorf antes de Adalbrecht chegar amanhã. E a ideia que as pessoas têm de Gisele… bem, é de que ela é uma senhora exigente.

Com a faca, o lampião e a bolsa de joias roubadas, deixo o castelo para trás.

CINCO

Jogando limpo

Minkja não é bem uma cidade, está mais para uma ocupação arquitetônica hostil. No passado, consistia basicamente em um monastério tranquilo e um punhado de fazendeiros que trocavam produtos entre si — lã e trigo por hidromel e queijo —, e todo mundo estava satisfeito com aquela fórmula.

A certa altura na formação do Sacro-Império, a família Reigenbach olhou para o braço comprido cheio de bancos de areia do rio Yssar e viu uma oportunidade naquelas travessias seguras. Foi assim que a cidade dentro da Alta Muralha nasceu, com suas fileiras apertadas de paredes brancas de estuque, molduras e madeira clara. Os prédios se espalham a partir das praças cheias da mesma forma que aglomerados de fungos brotam em troncos de árvore, listras e mais listras de marrom e branco subindo até não poder mais. Completando o horizonte, tantos telhados abarrotados de telhas que ameaçam ultrapassar os limites da Alta Muralha.

E Minkja fez exatamente isso há um ou dois séculos. As casas e estalagens e ruas enlameadas começaram a se estender para além da muralha, até os Reigenbach serem forçados a expandir ainda mais a cidade. Em um dia sem nuvens, do alto do castelo Reigenbach, é possível ver a velha Minkja dentro da Alta Muralha, a nova Minkja dentro da Baixa Muralha, depois as fazendas e, por fim, o paredão azul das montanhas Alderbirg, com os picos nevados ao sul.

Nessa noite, no entanto, só se vê névoa e sombras para além da Alta Muralha.

Eu avanço rápido pela escuridão, descendo o morro em que o castelo Reigenbach está empoleirado e passando pela Ponte Alta, que atravessa o Yssar. Puxo mais o manto para afastar os borrifos gélidos da cascata abaixo.

A Ponte Alta continua a leste pelo viaduto Hoenstratz, uma espécie de ponte de pedra cujo objetivo é possibilitar que os comerciantes passem por cima dos becos serpenteantes de Minkja e cheguem diretamente ao mercado.

No entanto, eu preciso descer a Minkja em si. Desço uma escada de tijolos e dou a volta no Göttermarkt, onde há velas acesas nas janelas dos templos diversos que cercam a enorme praça. Algumas barracas de *sakretwaren* ainda estão abertas, vendendo velas votivas, oferendas e amuletos variados para qualquer um que procure assistência dos deuses a essa hora decididamente profana. Alguns também vendem pó-de-bruxa para aqueles que querem resolver seus problemas com as próprias mãos.

A magia é uma coisa letal, ainda mais para quem está desesperado. Bruxas usam seus poderes em dosagens. Pegam ossos, peles e qualquer outra coisa descartada por Deuses Menores, espíritos e *grimlingen*, queimam até virar cinzas e acrescentam uma dose disso ao chá quando cataplasmas e rituais não são o suficiente. (Também não precisa necessariamente ser chá. Uma bruxa de rua no Obarmarkt ficou conhecida por seus doces de pó-de-bruxa.)

Não é o domínio dos humanos, porém, e pó-de-bruxa demais envenena tanto a mente quanto o corpo. Encantamentos poderosos, como o das pérolas, requerem o trabalho de um mago. Em vez de usar pó-de-bruxa, os magos se utilizam do poder de um espírito vinculado a ele, normalmente com certas ressalvas tenebrosas. A trovadora do castelo Falbirg, Joniza, sempre falava dos magos com pena e ao mesmo tempo desconfiança.

"Minha mãe tem um ditado", ela dizia. "Poderes terríveis vêm com preços terríveis."

Ao menos as barracas de *sakretwaren* não lidam com vínculos de magos. Não sei se Minkja conseguiria arcar com os custos.

Há um punhado de guirlandas de sempre-viva nas portas e janelas do Göttermarkt, mas só vão colocar as decorações de verdade do festival de inverno na semana que vem. Os templos, oferendas e lembrancinhas do mercado são principalmente para deuses almânicos, seja para altares de diferentes Deuses Menores, seja para a Casa Superior, que cultua todos eles como manifestações de um Deus Maior inominável. Ainda assim, um bocado de lojas também deferem a divindades de fora do império. Os mercadores frequentemente ficam presos em Minkja enquanto Ungra ou Östr interpelam o império para ficar com as travessias das fronteiras mais lucrativas; às vezes, sabe-se lá por qual motivo, os mercadores percebem que gostam daqui e decidem ficar.

Os vendedores do Göttermarkt nem olham quando eu me afasto com pressa. Uma névoa pesada dança pelo Yssar, e, entre o frio e a umidade, todos fizemos um acordo tácito de que é melhor cuidar da própria vida.

Infelizmente, preciso adentrar mais na névoa. A taverna de Yannec fica nas docas do Untrmarkt, onde se vende mercadorias mais comuns, como gado e verduras. As tavernas ao longo das docas costumam se encher de barqueiros virando só mais um *sjoppen* de cerveja antes de voltarem pelo Yssar para os próprios vilarejos. A essa hora, imagino que só os mais bêbados e mais encrenqueiros tenham sobrado.

A taverna de Yannec se esconde na névoa em frente, uma monstruosidade de gesso e madeira grosseira que nem tenta parecer nada diferente disso. *Loreleyn* idênticas foram pintadas de cada lado da porta, as caudas de escamas e enroladas já de um verde-claro apagado. O gesso cinza das paredes fica à mostra no torso, onde os bêbados passaram as mãos suadas nos peitos exagerados tantas vezes que a tinta foi descascando. Imagino que qualquer porto sirva, em uma tempestade.

Tiro o distintivo da criadagem de Reigenbach e o enfio na bolsa.

O cheiro azedo de cerveja barata e homens mais baratos ainda me recebe como um tapa quando entro na taverna, mas ao menos está quente. As pessoas na taverna estão tão bêbadas quanto eu imagino que a *komtessin* Ezbeta esteja bem agora, todas segurando *sjoppens* de madeira, porque ninguém mais confia nelas com uma de cerâmica.

Dois homens no canto estão em um debate voraz, a voz arrastada. Pelo que ouço, os dois concordam, só que estão bravos e bêbados demais para entender isso. Ragne chilreia, desgostosa, provavelmente por conta do cheiro forte do lugar, mas fica quieta quando cutuco o capuz.

Yannec não está cuidando das bebidas, mas o ouço cantando na cozinha, a voz desafinada. A taverneira limpa uma poça de cerveja e acena para que eu prossiga. Não sei que mentira Yannec contou a ela, que sou filha, amante ou amiga dele. Não sou nada disso, mas ela nunca faz perguntas, e, para manter as coisas andando, eu também não.

Atrás de nós, bancos de madeira caem ao chão, e grunhidos e palavrões indicam que o "não debate" se tornou uma concordância violenta.

A taverneira joga o pano molhado nos homens, balançando a cabeça, e sai de trás do bar para resolver a briga pessoalmente.

Passo por ali em direção ao Yannec, um homem troncudo com os braços grossos de alguém que passa o dia mexendo ensopado. Ele está ocupado areando uma panela de ferro pesada na cozinha pequena e úmida. Um lenço fino cobre sua cabeça, onde eu sei que a careca está se alastrando em ritmo desenfreado. Ele ergue as sobrancelhas quando entro no cômodo e pigarreio.

— *Rohtpfenni* — ele grunhe.

— Marthe — corrijo.

Estou cansada demais para isso. Tenho vários nomes que ele pode usar, mas o sujeito insiste no que eu odeio. Provavelmente porque sabe do motivo.

Yannec indica a porta com a cabeça.

— Já estou acabando. Vamos conversar nos fundos.

Ele deixa a panela de lado e pega um escorredor e um balde de lata cheio de água, então se abaixa para passar na porta. Eu o sigo.

— Ele fede — Ragne sussurra.

Cutuco o capuz de novo. Ela bate na minha nuca com o rabo de esquilo, e, assustada, eu engasgo um palavrão.

Nos acomodamos na sala dos fundos, onde Yannec faz os registros para a taverneira. É um cômodo apertado, sem janelas, com apenas uma porta para o beco, onde uma barra de ferro bloqueia a entrada de visitantes indesejados.

Yannec larga o balde e aponta para ele. Não me dei ao trabalho de guardar as joias em jarros individuais de novo depois da bagunça que Eiswald fez, só enfiei tudo no uniforme de criada escondido na bolsa. Tiro o uniforme e sacudo as joias no escorredor, depois o mergulho na água. Os óleos e pomadas flutuam e coagulam em uma camada de sujeira fácil de limpar.

Passo o escorredor pingando para Yannec, que toca em cada anel e pulseira, murmurando valores para si mesmo.

Você pode estar se perguntando por que confio em um homem como Yannec, e a verdade é que não confio. Eu o conheço desde que a Fortuna me mandou trabalhar na cozinha do castelo Falbirg; eu confio no ressentimento e na ganância dele.

Sei que quando Yannec veio comigo e com Gisele para Minkja, foi para servir a donzelas nobres, e não para esfregar sujeira nessa taverna caindo aos pedaços.

Confio que Yannec acredita que *merece* coisa melhor, mesmo que seja culpa dele por pensar que o melhor cozinheiro nos cafundós de Sovabin seria qualquer coisa perto de mercadores do mundo todo. (Na verdade, Joniza provavelmente era a responsável pelo sucesso dele, considerando que colocava mais temperos nas panelas quando ele não estava prestando atenção.)

E confio na trindade do desejo: eu ofereço a ele lucro e, já que ele é meu único receptor, poder. Ele me vê, mesmo que seja apenas como um recurso, e não colocará em risco a própria margem de lucro.

— Cento e sessenta — ele conclui, por fim. — Tirando a minha parte. Essa coleta foi das boas.

Isso ainda não cobre o que eu preciso, como eu temia.

— Você consideraria... me emprestar dinheiro? — pergunto. — Eu pagaria com um trabalho futuro.

(Estou planejando um trabalho futuro? Não. Ele precisa saber disso? Também não. Já vou ter dado o fora quando descobrir.)

Ele abre o cofre e balança a cabeça, contando a pilha de moedas.

— *Ja*, mas não hoje. Acabamos de pagar os salários, então só temos oitenta *gilden* aqui. Você recebe oitenta agora, eu levo a mercadoria ao comprador antes do amanhecer e você pode pegar os outros oitenta amanhã.

Mordo os lábios, tentando apaziguar uma careta. Não gostei disso. Oitenta *gilden* é muito dinheiro para deixar pendurado. E também para uma taverna ter à disposição *depois* de pagar os salários.

Foi Joniza quem me ensinou o truque do ilusionismo. Havia apenas uma pessoa em quem eu confiava no castelo Falbirg, e era Joniza, porque ela me ensinou a mentir. Ou, de um ponto de vista mais romântico, ela viu uma menininha exausta, coberta de cinzas e sujeira, e decidiu compartilhar um pouco da sua magia.

"Suas mãos precisam sempre estar mexendo", ela explicou, passando cartas entre os dedos marrons elegantes. "As duas. As pessoas já sabem que é um truque, certo? Então elas ficam de olho nas suas mãos para ver tudo. Mas só podem olhar *uma* de cada vez."

Joniza me ensinou o truque de jogos de cartas como o Encontre a Dama. A colocar uma moeda no bolso de alguém. A tirar uma margarida de tecido de trás da orelha de alguém.

Só que o que ela estava *mesmo* me ensinando era a ler as pessoas. A manter a atenção delas onde eu queria. A fazer com que elas vissem apenas o que eu queria.

Yannec nunca se deu ao trabalho de aprender nada disso. Então ele não me dá nada para olhar a não ser o cofre que está vasculhando, o cofre que, segundo ele, não contém mais do que oitenta *gilden*. Pelo barulho, ele já contou vinte *gilden*.

Consigo ver pelo menos outros cem *gilden* ali dentro em moedas amarelas. E outros cinquenta em pilhas de centavos brancos.

Não sei por que ele está mentindo e não me importo. Minkja tem muita coisa em que se pode gastar dinheiro, tanto para o bem quanto para o mal. O que importa aqui é ele achar que pode mentir para *mim*.

— Se você só tem metade do dinheiro, então fica só com metade das joias — digo a ele, com frieza.

Ele fecha a porta do cofre. Um brilho nos olhos me diz que está ficando irritado.

—Você tem outro receptor, *Rohtpfenni*?

Existem muitos outros receptores no distrito de Lähl, mas nós dois sabemos que não posso ir até lá sozinha à noite, e não tem por que uma criada Reigenbach passear por lá durante o dia. Além disso, todos eles precisam pagar uma parte para os Wolfhünden, e essa parte vai sair do meu bolso, não do deles.

Mesmo assim, não vou deixar ele me ludibriar.

— Você com certeza não tem outro fornecedor — rebato. — Ninguém mais traz coisas desse tipo. É melhor jogar limpo comigo, ou não vai mais jogar.

Nada atiça a ira dele como ciúmes, mas, no passado, ele cedeu a ameaças. Essa noite, o brilho no olhar dele fica mais intenso. Ele me encara com os olhos semicerrados — na verdade, encara minha bochecha. Aponta um dedo carnudo na minha direção.

— O que é isso?

Sinto uma brisa onde a atadura escondia o rubi. Um segundo depois, um quadrado branco flutua até a mesa dele.

Pela segunda vez na noite, alguém segura meu queixo como uma prensa.

— Para quem mais você está vendendo? —Yannec exige saber, me levantando até eu ficar na ponta dos pés. Ragne solta um guincho assustado e se revira no meu capuz. — Uma pedra assim vale *duas vezes* mais do que o que você me trouxe! *Quem é ele?*

— Que audácia sua presumir que é um homem — digo, tentando inutilmente me desvencilhar. — Mas não é ninguém, seu tonto. O marquês vai voltar amanhã, e isso é um presente para o casamento. Não posso vender.

— Mentirosa. — Ele tenta puxar o rubi, mas a pedra nem se mexe, apenas range na pele, como um molar enraizado na minha bochecha. — Que bruxaria é essa? Por que não sai?

—Eu já *falei*, é um presente, é um tipo de cola especial...

Ele me segura pelo queixo como um pano molhado. Meus dentes doem por conta da pressão.

— *Pare de mentir* —Yannec ruge, a respiração ofegante.

Ele desiste de tentar arrancar o rubi do meu rosto e tateia os papéis na mesa. Prendo a respiração quando ele encontra o que procura: uma faca cega.

Você conhecerá o preço, Eiswald sussurra na minha lembrança, *de ser desejada.*

Considerando que a primeira coisa que *eu* tentei fazer foi arrancar o rubi da minha própria cara, já deveria ter previsto essa situação.

Não é muito eficiente se debater contra um Deus Menor que está segurando você, masYannec é só um homem, e um homem ganancioso e desesperado. Me debato até ele afrouxar o aperto e afundo os dentes na pele dele, entre o dedão e o indicador. Ele uiva e me solta.

Eu cambaleio para trás, limpando o sangue dos dentes. Ragne está guinchando, assustada, mas eu ignoro.

—Você *enlouqueceu*? — pergunto. — Eu não quero fazer isso,Yannec!

Ele aponta a faca para mim, a mão tremendo. Uma fina camada de pó brilha na lâmina.

De repente, entendo por que ele está tentando me enganar por dinheiro. Por um segundo horrível, fico com medo de que seja pó-de-bruxa — mas se fosse eu já teria me transformado em pedra ou algo do tipo.

— Me dá isso — rosnaYannec, quase soluçando. — Por que você só *não me dá isso?*

Não, ele não quer poder, mas sim a válvula de escape do rapé de papoula. Com oitenta *gilden*, pode comprar o suficiente para ficar sonhando pelo resto do inverno. A lágrima de rubi compra ainda mais.

Ele está com o buço suando, um sintoma de abstinência, assim como a paranoia e a agressividade. Eu deveria ter notado os sinais, e agora estou prestes a pagar o preço por isso.

Ele tenta dar a volta na mesa, cambaleando, e eu passo rápido para o outro lado, mantendo a mesa entre nós.

— Pare! A gente ainda pode conversar!

— Eu vou cortar isso da sua cara, se precisar — ele sussurra.

Percebo tarde demais que cometi um erro de cálculo terrível: ele está na frente da porta da cozinha. Ainda posso chegar na porta que dá para a viela, mas, quando conseguir levantar a barra de ferro, ele já vai ter me alcançado.

De repente sinto um peso no pescoço, e garras descendo rapidamente para meu ombro. Um gato preto pula do meu capuz e aterrissa na mesa, o rabo eriçado e chicoteando de um lado para outro.

— Ela disse para você parar — Ragne grita naquela voz miada horrível e estridente.

Yannec a encara, embasbacado, depois brande a faca sem instabilidade.

— Para trás, demônio!

— Pare de ajudar, Ragne! — Tento pegá-la pela nuca, mas ela se desvencilha, me lançando um olhar indignado. — Sua mãe...

— Você está trabalhando com um *grimling*? — O rosto de Yannec está coberto de suor.

— Você me ofende, fedorento — Ragne sibila. — Eu não sou um *grimling*. Dê ao Vanja o que deve.

— Não vou pagar nem um centavo vermelho a uma criatura maligna —Yannec diz, agitando a faca na direção de Ragne, mas errando por um quilômetro —, e nem a seu *lacaio*!

Ele tenta me golpear, mas Ragne pula da mesa em uma massa de pelos pretos, aterrissando entre nós na forma de um lobo. Ela dá uma mordida, ameaçadora. Yannec cambaleia para trás, tropeça, cai no chão...

... e então fica terrivelmente imóvel, dando um último engasgo — a própria faca cravada no peito.

Ragne se senta. Então inclina a cabeça, uma orelha de lobo para baixo, a outra para cima.

— Ah! Acho que agora ele morreu.

A voz de cachorro é ainda pior que a de gato.

Eu deslizo pela parede e, por um instante, tudo que ouço são as batidas do meu próprio coração. Então vejo o cabo da faca que os guardas me deram aparecendo na bota, e solto uma risada incrédula. Eu tinha me esquecido completamente dela.

Não que fosse me ajudar mais do que a outra faca escondida. Quando a pessoa está sedenta pela papoula, é capaz de andar em cacos de vidro só para conseguir mais uma provinha. Pessoas sedentas por qualquer coisa, na verdade. Especialmente por ouro.

A Morte aparece sobre o corpo encurvado de Yannec, sem se abalar pela poça de sangue crescente. Ragne mostra os dentes em um sorriso canino.

— Oi! Bom ver você de novo assim tão cedo.

— Igualmente — a Morte responde.

Sinto o olhar dela em mim. Passo as mãos pelo rosto.

— Eu *não* preciso da sua ajuda.

Quando olho de novo, ela já se foi. Me apoio na mesa, encarando o corpo no chão, perto demais de mim.

Yannec está morto. Yannec, que eu não amava e que não me amava, mas que era a última pessoa que me ligava ao castelo Falbirg. Ao menos a última com quem eu ainda falo.

Falava.

Yannec, que tentou me matar por um rubi, para conseguir comprar rapé de papoula suficiente para esquecer a própria decepção. Eu sabia que ser meu receptor dava a ele lucro e poder, mas não era o bastante. No fim das contas, eu ainda era um objeto para ele.

Yannec, cujo corpo agora é mais um problema na minha lista de tarefas. Assim como as joias de Eisendorf. E como os mil *gilden* que preciso arrumar nas próximas duas semanas. E a maldição que preciso quebrar antes que me mate — ou antes que alguém me mate por ela.

Pelo menos o problema do corpo eu consigo resolver.

— Ragne. — Levanto devagarzinho. — Você já jantou?

SEIS

*O grande despertar desjejunal do
prefeito mirim Emeric Conrad*

Esqueci de trancar a porta do quarto. Descubro isso da pior forma na manhã seguinte.

— Mil desculpas, princesa Gisele, mas a senhorita tem visita.

Cubro o rosto com o braço. Uma criada amarra as cortinas e deixa uma faixa de luz entrar, enquanto outra chega às pressas com a bandeja de desjejum.

— Que horas são? — pergunto em um resmungo, virando de bruços.

As pérolas de Gisele se fecham no meu pescoço, já que durmo com elas para situações como esta: intrusos inesperados.

— Quase nove da manhã, *prinzessin*.

— A visita pode esperar — resmungo no travesseiro, e então abafo um palavrão quando abruptamente me deparo com pelos na boca.

Ouço um guincho. Ragne se enfiou entre dois travesseiros, novamente na forma de rato preto. Faço cara feia para ela.

Na noite passada, deixei uma cadeira boazinha para ela dormir na forma que ela preferisse. Avisei que sob circunstância nenhuma ela podia ficar na cama.

Metade do meu travesseiro está coberto de pelo preto de gato. Meu *travesseiro*. Sabe, onde descanso o meu *rosto de ser humano*.

— Com seu perdão, mas ele, er, disse que tinha marcado ontem à noite com a senhorita.

Semicerro os olhos para a criada enquanto ela termina de abrir as cortinas. O nome dela é Trudl, e foi a primeira a me oferecer os seus serviços como dama de companhia (os quais recusei educadamente). Tenho certeza de que ela acha que Marthe está fazendo um trabalho horrível.

— Um jovem? — Trudl dá de ombros, pedindo desculpas, e a outra criada se retira fazendo uma mesura. — Emeric Conrad.

— Quem? — resmungo.

Ela dá de ombros outra vez.

— Disse que está aqui para receber um depoimento para as Cortes Divinas, mas parece muito jovem para ser prefeito.

Não consigo conter um suspiro de desgosto.

— Prefeito *mirim*. Certo. Ele deve ter saído depois de mim.

— Não, *prinzessin*. Ele disse que saiu da mansão Eisendorf agora pela manhã. Deve ter pulado o desjejum para chegar tão cedo. — Trudl me ajuda a sentar. — Devo buscar... ah.

— O que houve? — pergunto, com medo de que ela tenha visto Ragne no travesseiro.

Ela balança a cabeça. O olhar fica mais atento.

— Nada. Fiquei apenas surpresa por... bem, é um rubi adorável, *prinzessin*.

Scheit. Talvez ela aceite a desculpa que Yannec não aceitou. Eu fico de pé, cambaleando.

— Achei que ficaria bonito para o casamento. Ele gruda com uma cola especial. Está na última moda em Thírol.

Trudl assente. Posso até imaginar o que ela pensa sobre eu ter uma pequena fortuna grudada no rosto.

— Muito bem. Devo chamar Marthe para ajudar a senhorita a se vestir?

— Não — digo, rapidamente, me segurando em uma das hastes da cama. — Eu pedi que me acordasse às nove, então ela deve aparecer logo.

Ontem à noite... bem, as coisas não aconteceram como eu gostaria, de uns quinhentos jeitos diferentes, e não estou em condições de ficar correndo por aí fingindo ser duas pessoas ao mesmo tempo. Meu reflexo no espelho diz que essa é uma escolha sensata: mesmo com a magia das pérolas, Gisele está péssima, os cachos loiros tão amassados quanto a camisola. Tudo bem que as pérolas fazem isso parecer proposital, mas...

Isso me dá uma ideia.

— Peça ao prefeito para subir até minha sala particular e leve um desjejum para ele, igual ao meu. Leve minha bandeja para lá também. — Olho a comida. Está faltando um toque final. — E mais uma coisa...

Dois minutos depois, entro na minha sala particular apenas um pouco mais arrumada do que quando acordei. Calcei pantufas e arrumei o cabelo em um rabo de cavalo positivamente provocante, caindo no ombro, mas estou usando apenas um robe de brocado escarlate por cima da camisola. É pesado o bastante para eu não me preocupar que alguém vá ver alguma coisa.

Ainda assim é *altamente* inapropriado. Nenhuma *prinzessin* que se preze deveria receber convidados usando as roupas de dormir. Especialmente uma *prinzessin* jovem que está prestes a se casar com o governante da maior comarca do sul de Almândia. As pérolas podem não ter o mesmo efeito com todo mundo, e eu não queria presumir que o querido prefeito nutrisse um interesse por mulheres, quanto mais pessoas no geral. A julgar pelo fascínio levemente apavorado no rosto de Emeric Conrad ao me encarar da mesa posta para dois, porém, ele ainda está muito, muito longe de ser imune.

Quase derruba a cadeira ao levantar e faz uma mesura rígida.

— P-princesa Gisele. Eu...

— Gostou? — Eu me sento e deixo a pergunta pairar antes de gesticular para os pretzels torrados macios, o pão de centeio, as fatias de queijo e as cumbucas de molho de maçã e mostarda doce. — Do seu desjejum, no caso.

Emeric fica me olhando por tempo demais, avaliando o rubi, o robe, a camisola, e finalmente se recupera. Senta quase murcho na cadeira e se atrapalha com a jaqueta enorme do uniforme, fazendo um esforço excruciante para tirar de lá uma caderneta e um bastão de carvão, o embrulho de papel do bastão amassando nos dedos trêmulos.

— Eu, hum. É muita gentileza sua, *prinzessin*. Se não se importar, eu gostaria de...

Ele é interrompido por uma batida na porta.

— Entre — peço.

Emeric pigarreia.

— Eu gostaria de...

A porta da sala se abre, e um homem entra trazendo um prato de salsichas vermelhas compridas, gordas e *extremamente* sugestivas. Elas estremecem escandalosamente quando ele deposita o prato entre mim e Emeric.

— Sua *rohtwurst*, milady.

— *Divino*. — Eu espeto uma com o garfo.

Emeric deixa o bastão cair.

Aceno com a *rohtwurst* na direção dele, a pele crocante da salsicha estalando com banha de porco.

— É um prato típico de Sovabin. Me faz lembrar de casa.

— Entendo. — A voz de Emeric falha. Audivelmente.

É nesta parte que preciso admitir que não tenho ideia do que fazer com a... *rohtwurst pessoal* de alguém. Quer dizer, já ouvi fofocas bem detalhadas e piadas sujas, e Joniza explicou a mecânica da coisa quando eu cheguei na idade. Eu até diria que a ideia tem seu apelo, ao menos com a pessoa certa. Mas sempre tive prioridades diferentes, muito antes de ter interesse em, bem, *rohtwurst*, e essas prioridades vêm em primeiro lugar.

Isso significa que não sei bem que mensagem Gisele está enviando ao pobre prefeito mirim Emeric Conrad nesta manhã, apenas que as orelhas dele estão ficando muito vermelhas, e ele parece ao mesmo tempo fascinado e profundamente perturbado quando coloco a salsicha no meu prato, entre o molho de maçã e o pretzel.

— O que estava dizendo, *meister* Emeric? — pergunto, inocente.

Rasgo o pretzel e coloco um pedaço na boca.

O prefeito mirim está encarando o rubi mais uma vez. Eiswald falou sobre o preço de ser desejada, afinal; talvez algo na maldição traga a ganância das pessoas à tona, da mesma forma que as pérolas trazem à tona o desejo.

Emeric volta o olhar para a mesa com uma determinação admirável.

— Gostaria de fazer anotações enquanto conversamos. E é prefeito mirim Conrad, por favor. Eu ainda não fui ordenado.

Mastigo devagar, engulo e abro um sorriso.

— Entendo.

Ele baixa a cabeça, depois abre a caderneta e passa pelas páginas.

— Er. Vamos começar com...

— Você não está comendo. — Faço um biquinho.

Emeric pisca atrás dos óculos e passa manteiga em um pedaço de pão de centeio, aparentemente só para me satisfazer.

— P-poderíamos começar confirmando alguns fatos básicos, por favor? Meu superior, o prefeito Klemens, não é muito versado em... — A faca escorrega. — Relações bóernenhas.

— Continue.

Ele franze a testa para o caderno, e seu cabelo preto arrumado cai no rosto. Eu me divirto ao perceber que ele pulou o desjejum na casa dos Von Eisendorf, mas não deixou de lado a higiene pessoal antes de ir embora.

— Pouco mais de um ano atrás, o *markgraf* Von Reigenbach viajou para Sovabin para pedir sua mão em casamento, correto?

Não. Ele praticamente assaltou o castelo Falbirg. Fez isso como todos os nobres almânicos roubam coisas uns dos outros: mencionando que todas as estradas na parte sul do império passavam — propositalmente — por Minkja. Encheu o príncipe e a dama Von Falbirg, os pais de Gisele, de histórias de seus grandes exércitos nas fronteiras, e contou que às vezes eles *precisavam* fechar todas as rotas de comércio que levavam a Sovabin, só *por segurança*. Ele abriu o seu sorriso lupino e disse que uma joia como Gisele pertencia a uma coroa.

Só depois ele *pediu* a mão dela.

— Correto — respondo.

Ele me olha rapidamente mais uma vez, depois desvia o olhar.

— Logo depois, você veio para Minkja acompanhada de... — Ele verifica as anotações. — Três criados de Sovabin: seu cozinheiro, Yannec Kraus; sua trovadora, Joniza Ardîm; e sua criada pessoal, Vanja Schmidt. Correto?

Deixo o garfo cair de forma desajeitada no prato.

Esta é a segunda vez que ouço meu nome da boca de um estranho nas últimas doze horas. Não gosto disso. É a diferença entre entrar usando as pérolas de Gisele e um robe, e alguém me pegar — a verdadeira eu — nua no banho.

Me recupero rapidamente.

— Quase. Yannec deixou meus serviços quando chegamos. Joniza veio até Minkja depois de mim e então decidiu buscar outras oportunidades. Desejo aos dois muita sorte.

Dou um sorriso benevolente, como se eu *não* tivesse acabado de jogar o corpo de Yannec no rio Yssar nove horas atrás.

Foi assim que a noite acabou, aliás. Revirei o escritório para fazer parecer um assalto que deu errado e peguei os *gilden* no cofre, as joias Eisendorf e o livro-registro da taverna. Seria mais fácil se Ragne cuidasse do corpo sozinha, mas no fim a assistência dela tinha duas limitações.

Uma era que aparentemente ela é vegetariana.

"Vai me deixar doente", ela explicou, saindo na viela na forma de um urso preto, o corpo de Yannec jogado no dorso. "E se eu comesse ele e virasse humana? Eu teria carne humana na minha barriga humana? *Não*, eu não gostaria disso. Além disso, ele fede."

O outro limite era mais literal. Estávamos a meio caminho da doca mais próxima quando ela estremeceu e abruptamente se transformou em um esquilo, guinchando até eu tirar Yannec de cima dela.

"É difícil tomar formas grandes na lua nova", Ragne murmurou, e se curvou em uma bolinha, com a cauda sobre o focinho, fechando os olhos. "Boa noite."

Foi um momento estranho, estar largada nas docas com o cadáver de um dos meus conhecidos mais antigos. Se despedir de alguém que influenciou quem a gente é acaba deixando um gosto ruim na boca; e um gosto ainda pior quando essa influência causou cicatrizes.

Falei algumas palavras, que ele não era um homem bom, mas só chegou a erguer a mão para mim uma vez antes de ontem, e talvez a Morte o parabenizasse por isso. Coloquei um centavo vermelho entre os dentes dele para que Yannec pudesse pagar ao Barqueiro para levar sua alma adiante.

Então o joguei no rio, o último homem em Minkja que conhecia meu nome verdadeiro, e fiquei observando as águas escuras do Yssar o engolirem por completo.

— E Vanja Schmidt?

A voz de Emeric me faz voltar ao presente.

— Vanja se foi — digo, uma mentira parcial, rápida demais. — Ela foi embora antes de chegarmos. Não acho que Minkja era do seu gosto.

Então, corto a ponta da *rohtwurst*.

Emeric empalidece, depois fica muito vermelho.

— E-entendi. Sabe onde eles estão agora?

— Não. — Isso é uma mentira completa. Delicadamente ergo a fatia da salsicha até a boca. — Mas meu querido Adalbrecht cuidou de *todas* as minhas necessidades.

Decido tentar fazer a voz de Emeric fraquejar mais uma vez antes de ele terminar as perguntas.

Ele pigarreia e vira as páginas do caderno com um ar de desespero muito satisfatório. Definitivamente está tremendo, e *acho* que pode estar suando.

— Obrigado, estou certo de que o prefeito Klemens vai achar tudo isso muito... esclarecedor. Poderia me contar sobre o roubo que ocorreu aqui?

Eu até posso, mas gostaria que ele estivesse distraído. Empurro um pouco o prato de *rohtwurst* na direção dele.

— Você ainda não comeu! Não está com fome?

As salsichas oscilam ameaçadoramente no prato. Ele puxa o *krebatte* de linho amarrado no pescoço.

— Perdoe-me, *prinzessin*, é claro. O roubo, se pudesse...?

— Ah, sim. — Deixo o robe cair um pouco nos ombros e arranco outro pedaço de pretzel, encarando o horizonte, distraída. — Aconteceu em abril, acho? Talvez no final de março? Eu estava dando uma festa de comemoração pelo equinócio da primavera. Fazem isso na sua terra? Festas do equinócio?

Emeric acabou de dar uma mordida grande no pedaço de pão com manteiga. Constrangido, ele assente, a mão sobre a boca.

— Bem, a minha foi magnífica. Você deveria ficar até o casamento, vai ser um espetáculo. — Eu me acomodo no assento, um sorrisinho convencido enquanto enrolo um cacho no dedo. — Coitada da Sieglinde von Folkenstein. Ela acabou de se casar na véspera da Noite de Todos os Deuses, e agora temo que o casamento dela vá parecer uma reunião de plebeus se comparado ao meu.

Aí está o truque, sabe? Todo mundo presume que ladrões são desesperados e não têm onde cair mortos. A futura marquesa tem tudo de que precisa e muito mais; por que, em nome da Sacra-Imperatriz, isso não seria o suficiente?

— Por favor. — Emeric engole em seco. — O... o roubo.

— Certo. Um assunto horrível. — Empurro a *rohtwurst* com o garfo, fazendo-a passear pelo prato. A interpretação de Emeric do gesto ou é muito obscena ou errônea, mas ele parece suficientemente atordoado. — Bom, foi como os outros. Eu... — *empurrão* — voltei para o quarto depois da festa — *empurrão-garfada-empurrão* — e minha caixa de joias estava bem onde eu tinha deixado, completamente vazia. — Paro de mexer no prato para ele se lembrar ao menos de um detalhe: — Exceto pelo centavo vermelho, é claro.

— E os guardas do castelo não viram nada?

Balanço a cabeça.

— Ninguém nunca viu o Centavo Fantasma, você já deveria saber disso.

(Viram Marthe, Gisele e a Criada Sem Nome Número Trinta-e-sete diversas vezes, mas Emeric não vai ouvir isso de mim. Ou de mais ninguém, provavelmente.)

Ele se recosta na cadeira e remexe o *krebatte*, franzindo a testa.

— Notou algo estranho naquela noite? Alguém que não foi convidado, ou criados mal-humorados?

— *Mal-humorados?* — pergunto, incrédula, surpreendida pela minha própria irritação.

Que os Deuses Maiores nunca permitam que um criado pareça infeliz com sua vida enquanto esvazia o quinto penico do dia.

Então eu me recupero. É lógico que Gisele não veria dessa forma.

Forço uma risada.

— Que boa piada, prefeito Co... Mirim Conrad, perdão. Meus criados nunca me disseram uma palavra atravessada! — Eu rasgo ao meio o último pedaço de pretzel e dou uma piscadela. — Não, eu não lembro de nada extraordinário naquela noite. Ezbeta von Eisendorf já tinha tomado alguns copos, mas eu não diria que isso é incomum.

Emeric passa uma colher no molho de maçã.

— E a festa dos Von Hirsching, se lembra de algo?

Resisto ao impulso de revirar os olhos. Era de esperar que até um prefeito mirim teria feito o mínimo de pesquisa prévia.

— Os Von Hirsching... Ah, sim, aquela festinha no jardim no verão? Temo que estava me sentindo indisposta e não pude comparecer.

Teria sido incrivelmente suspeito se Gisele estivesse em *todos* os locais que foram roubados, claro. A mansão Hirsching é perto o bastante de Minkja para eu ter conseguido pegar um cavalo emprestado para "cumprir um afazer para a minha pobre senhora doente" e voltar antes do pôr do sol com o conteúdo completo da penteadeira de Irmgard von Hirsching.

— Que pena — Emeric murmura baixinho, parecendo resignado. — Consegue pensar em alguém que tenha algo contra a senhorita ou alguma das outras famílias?

Se ele tivesse perguntado algo a Vanja, a criada, eu poderia ter dito a ele que essas famílias praticamente *nutrem* ressentimentos nos criados, em seus súditos e em qualquer um que considerem abaixo deles, o que é a maior parte de Bóern. Eu poderia ter dito que os roubos são culpa deles mesmos, por nos tratarem como se fôssemos invisíveis, na melhor das hipóteses, e como brinquedos, na pior.

Eu poderia contar a ele como recebi aquelas cicatrizes nas costas. Como Irmgard von Hirsching deixou aquelas marcas simplesmente porque estava *entediada*.

A doce e vaidosa Gisele, porém, vive em um mundo onde apenas criaturas diabólicas teriam algo contra uma pessoa como ela. E Vanja... Para ele, Vanja se foi. Assim, eu digo:

— Não.

Em seguida, enfio o garfo na *rohtwurst*, ergo a salsicha inteira e dou uma mordida voraz na ponta, encarando o prefeito mirim Emeric Conrad diretamente nos olhos enquanto a gordura escorre pelo meu queixo.

— Ah — ele diz, a voz fraca.

E então pega a xícara de café com ardor demais, derrubando-a.

Levantamos, e fico surpresa ao ouvi-lo praguejar. Chamo Trudl e levo a mão ao rosto, chocada, de olhos arregalados.

— Que *palavreado* de um representante das Cortes Divinas!

— Perdoe-me — ele repete, limpando o café da caderneta enquanto Trudl entra para limpar a bagunça. — Isso foi indecoroso. Tenho apenas uma última pergunta, *prinzessin*, e não irei mais incomodá-la.

— Não é incômodo nenhum. — Deixo o robe escorregar mais um pouco para ver se ele derruba a caderneta.

Tragicamente, ele só se atrapalha.

— Ainda tem o centavo, por acaso?

Inclino a cabeça.

— O centavo?

Pode ser só imaginação, mas poderia jurar que vejo um vislumbre de poeira cinza de azar no ar.

— O centavo vermelho que o ladrão deixou. — Emeric coloca o carvão atrás da orelha e seca as páginas da caderneta com um guardanapo. — O prefeito Klemens tem uma luneta especial que foi encantada para utilizar os princípios da possessão secular para reconstruir a sequência de... Bom, para nos levar diretamente até o Centavo Fantasma.

— Como assim? — Não posso ter ouvido certo.

— Em resumo, ela foi encantada para revelar a cadeia de donos do objeto. Podemos usá-la para encontrar o dono antigo do centavo, que seria o *Pfennigeist*.

— Ah — é a minha vez de dizer, muito fraca. Então ponho em prática minha melhor habilidade: mentir. — Sinto muito, dei o centavo para o *kobold* do castelo no solstício. Para dar sorte, sabe.

O infortúnio está *definitivamente* condensando agora.

— Que pena. — Emeric suspira mais uma vez. — Temos apenas o centavo dos Eisendorf.

— É preciso mais do que um? — pergunto, tentando disfarçar de curiosidade minha esperança. — Eu poderia perguntar às outras vítimas.

Ele me encara e fecha a caderneta com um baque definitivo.

— Não. Estava torcendo para fazer uma referência cruzada para ter certeza, mas um só basta. Preciso partir. Muito obrigado pela refeição.

—Vá com os Deuses.

Eu gesticulo para a porta, e ele segue Trudl para fora.

Eles se vão na hora certa. Sinto uma pontada afiada e rápida na barriga. Chego até mesmo a ofegar. Quando toco no ponto onde dói, sinto algo redondo, liso e pequeno.

Cambaleio de volta para o quarto, fechando a porta, e ergo a camisola. Uma pérola do tamanho da minha unha apareceu no meu umbigo.

— *Eca*.

De alguma forma, o fato de ter crescido neste lugar específico deixa tudo pior. Abaixo a camisola de novo e sento na lareira, descansando a cabeça nos joelhos.

Achei que eu tivesse um plano vago: quebrar a maldição antes de o prefeito Klemens chegar, pôr em prática um último roubo antes do casamento e dar o fora sem que qualquer um conseguisse seguir meus rastros.

A Fortuna, no entanto, não deixou dúvidas: a luneta muda as coisas. Se Klemens conseguir me pegar *minutos* depois que chegar, se puder me seguir...

Se não fosse por essa porcaria de maldição, eu já teria ido embora. E, se eu não der conta de quebrá-la logo — para me livrar não só das minhas madrinhas, mas também das Cortes Divinas —, talvez eu nunca consiga escapar.

SETE

Hilde

— Ragne. — Fico parada ao pé da cama, as mãos na cintura.

Ela voltou a ser um gato preto peludo, deitada no meu travesseiro com as patinhas embaixo do queixo. Um olho escarlate se abre e ela boceja.

— Oooi?

— Como eu quebro a maldição da sua mãe?

Ragne se estica, rolando de costas, chutando o ar com uma das pernas.

— Ela já falou. Compense o que você roubou.

— Mas o que isso *significa*?

— Significa compensar o que você roubou.

Dou um rosnado raivoso e puxo o travesseiro embaixo dela.

— Dá pra você *tentar* não ser completamente inútil?

— Eu já fui útil ontem à noite e agora estou cansada — Ragne diz, irritada, se enrolando em uma bolinha. — E você é malvada, então não quero te ajudar. Boa noite.

Ela esconde o focinho atrás do rabo e fecha os olhos.

Enfio o rosto no travesseiro e abafo um grito frustrado. Então engasgo e tiro os pelos de gato da cara de novo. Aparentemente não existem mais travesseiros seguros.

Compense o que você roubou.

A resposta óbvia é Gisele. A *pior* resposta é Gisele.

Eu sei que uma hora ela chegou a Minkja. E até veio ao castelo pelo menos umas duas vezes, abrindo passagem em meio aos pedintes que imploram por sobras à porta da cozinha. Da primeira vez, ouvi duas criadas rindo da louca que dizia ser a verdadeira princesa.

Da segunda vez que ela veio ao meu castelo, eu a segui no caminho de volta. Não foi difícil; ninguém me vê de verdade sem as pérolas.

Eu disse a mim mesma que era para me certificar de que ela havia ao menos encontrado um teto. Afinal, um dia tínhamos sido amigas, ou o mais perto de amigas que se é de alguém que pode mandar chicotear você igual a um cachorro caso der na telha.

Parte de mim, porém, gostou de ver os ombros dela tremendo no trajeto pelo viaduto, rumo ao distrito abatido de Hoenring. Parte de mim ficou feliz por cada gota de ranho no rosto molhado de lágrimas, cada rasgo no vestido pequeno e encardido, cada tropeço quando *ela* precisava sair do caminho de alguém pela primeira vez na vida.

E quase todo o meu ser se alegrou ao vê-la entrar numa estalagem pequena e acabada. Eu queria que ela soubesse como era dormir em palha mofada, ter apenas um único vestido fedido e esfarrapado, viver à mercê de um mundo que não se importa com você. Eu queria que ela conhecesse o meu mundo como eu conhecia o dela.

Era egoísta. Era horrível. E era verdade.

Eu a deixei em Hoenring e nunca mais a vi.

Não há nenhuma garantia de que preciso de Gisele para quebrar a maldição. Eiswald não disse que eu precisava *devolver* o que tomei, apenas compensar. Mas não tenho tempo para ficar pensando muito. Melhor resolver logo isso.

Me visto às pressas. Escolho um vestido simples de veludo cinza e ajeito o cabelo em uma massa elegante de cachos. Preciso deixar a lágrima de rubi exposta, porque uma atadura no rosto da *prinzessin* geraria mais fofocas do que boatos sobre um acessório cafona. Com isso e as pérolas, a roupa inteira segue bem a linha do que os ricos usam quando se misturam aos plebeus: simples o bastante para fingir humildade, caro o bastante para lembrar a todo mundo quem é que vive em um castelo.

Também me certifico de que o livro-registro de Yannec está escondido na penteadeira. Depois que der um jeito na maldição, vou ver se descubro quem comprava as joias roubadas e levar eu mesma o que roubei dos Eisendorf.

Ao sair dos meus aposentos na ala de frente para o rio, deixo Ragne dormindo na cama. Se ela for pega, problema dela.

Os corredores estão em silêncio, um tipo de imobilidade estéril.

Sinto o coração acelerar quando me dou conta do motivo: o marquês deve estar chegando.

Adalbrecht von Reigenbach não *entra* simplesmente em um castelo. Ele faz uma entrada triunfal. As pessoas avisam com antecedência assim que o veem no horizonte, e não se sabe por que está tudo tão quieto de repente, até perceber que todas as criaturas vivas com bom senso já se esconderam.

Não posso me esconder no próprio castelo dele. Por sorte, eu já precisava sair.

— Preparem minha carruagem — ordeno aos guardas a postos quando chego no saguão de entrada. — Vou até a cidade.

— Agora mesmo, *prinzessin*.

— Aonde vai? — A voz de Barthl ecoa pelo teto abobadado.

Quando me viro, eu o vejo descendo uma escada recostada na parede, onde estava apoiado para tirar o pó dos enormes bustos de mármore do último marquês e da última marquesa, em suas alcovas no alto. Ele parece de mau humor e cansado igual a um... bem, igual a um mordomo que passou a noite acordado comandando legiões de criados.

No entanto, isso não significa que ele pode se intrometer na minha vida. Inclino a cabeça para ele, a voz gélida:

— Perdão?

Barthl faz uma mesura apressada, mas o tom dele também é de aviso.

— Minhas sinceras desculpas, *prinzessin*. — (Até parece.) — O marquês chegará a qualquer instante, e seria... isto é, estou *certo* de que a senhorita não gostaria de perder a sua chegada.

Eu só gostaria de estar aqui quando Adalbrecht chegasse se fosse para jogar piche quente na cabeça dele.

— Certamente não — minto. — Tenho afazeres urgentes, mas não vou demorar.

— Muito bem. — Barthl não comprou. — Caso o marquês volte antes da senhorita, onde devo dizer que está?

Isso está ficando absurdo. Ninguém fala assim com Gisele desde que vesti as pérolas; como a *prinzessin*, praticamente esqueci qual é a sensação de ser contrariada.

— Temo que seja confidencial.

Barthl ergue o queixo, a boca contraída.

— Ah. Devo dizer que são mais… *afazeres* com o prefeito mirim, então? Isso não é um aviso — é uma ameaça.

Adalbrecht será a primeira pessoa com um título superior ao meu no castelo Reigenbach, e Barthl aparentemente me deduraria para ele sem nem piscar.

— Não — balbucio —, os prefeitos e eu já terminamos. Se *precisa* saber, eu… — *Scheit*. Não posso simplesmente dizer que vou atrás da Gisele de verdade. Essa mentira precisa ser impecável, em termos morais e práticos. — Eu preciso de…

Preciso de algo inocente, humilde, preciso de…

Ahá.

— Órfãos.

— Você precisa de… órfãos — Barthl repete lentamente.

— Caridade — digo, como um trunfo. Agora posso dar a ele uma ordem, e ele precisará ir embora sem mais perguntas. — Prometi que entregaria pessoalmente uma doação para um orfanato necessitado. Agora seja gentil e vá pegar três *gilden* para mim dos cofres.

— Como a *prinzessin* desejar — ele diz, entre dentes, e sai.

Ajeito o fitilho do manto, silenciosamente me parabenizando por esse golpe genial. Essa é a desculpa perfeita para procurar Gisele no distrito de Hoenring.

A carruagem chega no instante em que Barthl volta do cofre, de cara emburrada e uma bolsa tilintando. A julgar pelo tamanho da bolsa, ele retirou o valor em centavos brancos. Um *gelt* são dez desses centavos, e, considerando o peso, está faltando uns cinco. Não há tempo para fazê-lo contar de novo, porém.

— Muito agradecida — digo, seca, e me afasto antes que ele possa continuar o interrogatório.

O criado na carruagem abre a porta.

— Aonde vamos, *prinzessin*?

— Distrito de Hoenring. Me encontre órfãos — ordeno, praticamente pulando dentro do veículo. — Me leve ao primeiro orfanato que encontrar.

Me acomodo no banco enquanto a carruagem sai. Deixo os cobertores de peles empilhados no outro assento. Então, praticamente dou um pulo quando uma vozinha sibila no meu ouvido:

— Você soa como um *grimling*.

Ragne sai do capuz do meu casaco na forma de um esquilo preto e pula na pilha de peles. Alguns instantes depois, a forma humana pálida surge debaixo de cabelos muito pretos, escorridos e oleosos que mais parecem penas de corvos, na altura do queixo. As pupilas afiladas rasgam as íris vermelhas.

— Você *parece* um *grimling* — rebato, o coração ainda acelerado. Fecho as cortinas da carruagem antes que alguém a veja comigo.

— Mas é você que está caçando órfãos. — Ela dá uma gargalhada enquanto ajeita as peles ao redor de si, deixando as pernas nuas para fora, e então mexe as mãos, os dedos curvados como garras. — Grr! Argh! Me traga criancinhas para comer!

— Eu... olha, é complicado — resmungo. — Vejo que você decidiu ajudar.

Ragne dá de ombros.

— Eu só sei o que você sabe. E sei que preciso ficar de olho em você. O que você tirou das órfãos que precisa compensar?

— Nada. Estou procurando a verdadeira Gisele.

— Ela é órfã?

— Não. — Vejo Ragne franzir a testa e a interrompo. — Pode estar morando perto do orfanato. É uma desculpa para procurar por ela sem as pessoas saberem que eu... não sou a princesa de verdade.

— O que você tirou do Gisele de verdade?

Mordo os lábios.

— Tudo.

— E agora vai devolver?

— É complicado — resmungo de novo, cutucando o nariz. — Não sei se isso vai quebrar a maldição, e se não quebrar, ou se der errado, e eu acabar trancada em um calabouço, vai ser bem difícil compensar o que roubei.

— Elas vão prender você se você devolver? — Ragne franze ainda mais as sobrancelhas.

— Gisele provavelmente está com raiva de mim. E se eu der a ela... — faço um sinal indicando a carruagem — ... tudo isto de volta ela vai ter o poder de me machucar. Entendeu?

Ragne dá um sorriso tranquilo mostrando todos os dentes. São afiados demais para serem humanos.

— Não! Não entendi.

Reviro os olhos.

— Não precisa se preocupar com isso. Enfim, quando eu sair, você pode ficar na carruagem ou vir comigo, mas precisa estar pequena, para não ser vista. *Por favor*, me diga que pelo menos isso você entende.

Ela se joga de lado no assento, ainda sorrindo.

— Sim. Vou ser um esquilo de novo.

Não me dou ao trabalho de responder. Aproveito para contar os centavos brancos. Eu estava certa: Barthl me deu cinco a menos. Por outro lado, dividir os *gilden* em centavos significa que posso fazer o dinheiro durar mais, se precisar. Quanto mais "caridade" eu estiver fazendo, mais isso pode me ajudar com a maldição. E vou fazer quantas visitas for preciso até encontrar Gisele.

Sinto uma familiaridade terrível naquelas moedas prateadas enquanto elas passam por meus dedos.

Sinto uma dor na mandíbula. Depois de um instante, ergo o olhar para Ragne, que está ocupada tateando o teto da carruagem com os pés descalços.

— Então... você é serva de Eiswald?

Ela olha para mim, tão aturdida com isso quanto com todas as outras coisas.

— Não. Sou filha. Mamãe viu um homem humano que ela queria na floresta, e ele a queria, e assim eles me fizeram, e eu moro com ela desde então. Posso contar tudo sobre as florestas dela pra você, são cheias de bichinhos legais e ossos...

— Ela não disse que você precisava servir a ela? — interrompo. — Quando você fez treze anos? Ou fez você escolher entre ela e seu pai?

Ragne coloca os pés de volta no chão e levanta a cabeça.

— Por que ela seria cruel assim?

Não sei o que responder. Esperava é que ela me dissesse.

A carruagem diminui o ritmo. Ragne se encolhe até virar um esquilo e se esconde de novo no meu capuz enquanto abro a cortina. Passamos pela Alta Muralha e entramos em Hoenring, onde as casas são um pouco menores, as ruas, um pouco mais estreitas, e os rostos, muito mais duros.

Não é tão ruim quanto o distrito de Sumpfling, mais ao sul, que passa a maior parte da primavera inundado, sob três centímetros de água, mas, mesmo assim, entre a Alta Muralha e a Baixa a vida ainda é bem difícil.

Paramos na frente de uma construção baixa de madeira com uma placa dizendo *Gänslinghaus*, com várias coisinhas que imagino que deveriam ser margaridas, se o pintor responsável estivesse bêbado e vendado. Há uma caixa de doação abandonada do lado da soleira, a tampa ainda coberta de sujeira da rua e da geada da manhã. Alguma coisa na casa fisga minha memória, mas não consigo identificar o que é quando saio da carruagem.

Um rosto redondo aparece na janela, pressionando o nariz no vidro.

— Tia Umayya! — Mesmo se não conseguisse ver a boca da criança se mexendo, teria ouvido através do vidro. — Tem uma princesa aqui fora!

Imediatamente, cinco outras pessoas aparecem nas janelas, se empurrando para olhar melhor. Ouço um murmúrio baixo de repreensão antes de a porta se abrir. Uma mulher sai, usando um vestido de lã desbotado que parece conter mais manchas do que tinta, ao contrário do lindo xale magrabino índigo que leva nos ombros. Ela parece ter quarenta e poucos anos, o cabelo escuro com fios grisalhos preso em uma trança prática, e a expressão risonha no rosto claro e enrugado explica a tranquilidade das crianças.

— Ah, eles não estavam brincando! — A mulher inclina a cabeça rapidamente. — Eu sou Umayya. Posso ajudar, *prinzessin*?

É então que percebo que não pensei muito em nada além de "encontrar Gisele".

— Hum — digo, de forma muito, *muito* inteligente.

Um menino de cerca de nove anos passa correndo por Umayya e desce a rua, gritando:

— Vou comprar pão de passas!

— *JOSEF!* — Umayya se desespera e começa a correr atrás dele, então vira para mim: — Sinto muito, a outra ajudante não está aqui agora, então... só não deixa eles botarem fogo em nada!

Ela se vai antes que eu possa protestar. A porta logo se enche de ao menos uma dúzia de outras crianças, todas me encarando como se não tivessem descoberto ainda se sou uma bruxa má ou uma fada madrinha. O mais velho é um menino que não parece ter mais de doze anos e está segurando o mais novo no colo, um bebê de talvez um ano. Muitas crianças parecem ser de Almândia, Bourgienne e outras terras centrais, mas algumas têm o cabelo loiro-platinado do Norte Profundo, feições escuras sahalianas como Joniza ou os cabelos pretos e bochechas âmbar dos ghareses.

— Você é uma princesa de verdade? — uma menininha pergunta.

— Hum. É complicado. — Olho para onde Umayya correu, mas ela já sumiu, e a porta ainda está escancarada, deixando o calor sair.

— Vou entrar — digo aos meus guardas.

— Princesa Gisele, é seguro?

Encaro o homem com um olhar de desdém.

— Estamos esperando alguma armadilha de uma criança de dois anos? Não espero que ele responda, apenas entro no orfanato e fecho a porta.

Dentro é tão decrépito quanto fora. Vejo um banheiro separado por uma cortina, uma cozinha simples e uma escada estreita. Alguns poucos brinquedos e livros estão espalhados na sala, assim como algumas cartas de baralho, e consigo sentir o cheiro pós-desjejum na longa mesa do canto, mas há duas vezes mais crianças do que este espaço comporta.

E todas estão olhando para mim na expectativa.

— Então... — Passo a mão no rosto. — Vocês... moram aqui?

— Isso.

Outro longo silêncio se segue. Eu *não sou* boa com crianças.

— Vocês... — Vasculho o cérebro em busca de qualquer coisa que preencha o silêncio. — Vocês gostam de Minkja?

Um menino sahaliano assente, os olhos escuros solenes.

— Gosto da neve.

Silêncio.

— Bom... muito bom. — Olho em volta, procurando uma cadeira. Ainda estão todos me encarando. Tenho uma ideia e tiro Ragne do capuz, onde ela tinha começado a roncar. — Querem conhecer meu... esquilo de estimação?

Ragne rola nas minhas mãos, roncando mais alto. As crianças não ficam impressionadas.

Eu a deixo na mesa e passo a mão no rosto de novo.

— Você não é uma princesa muito boa — alguém murmura.

Uma risadinha se espalha.

— Quer saber? — rebato, feroz.

A risada para, e na mesma hora eu me sinto irritada. Isso não está me ajudando em *nada*, nem com Eiswald, nem com Adalbrecht, nem com o bando de órfãos na minha frente que julga todos os meus movimentos.

Só preciso ocupar as crianças até Umayya voltar. Depois posso fazer minha doação e ver se ela conhece alguém em Hoenring que bata com a descrição de Gisele.

Bom, se não posso ser legal com eles, ao menos posso ser interessante.

— Quem quer ver uma faca?

— *EU!*

É como uma barragem se rompendo. Eles se juntam ao meu redor conforme tiro a faca da bota e mostro como ela se encaixa direitinho no calcanhar.

No fim das contas, o caminho para o coração de uma criança são armas e truques de cartas. Na hora em que Umayya volta, metade do orfanato está se revezando para atirar facas em um tronco de lenha no canto (recuperei a minha e fiz eles usarem as da cozinha) e a outra metade está me encarando enquanto ensino a Fabine, uma menina bourgiennesa mais velha, como jogar Encontre a Dama.

— O segredo é manter as mãos em movimento — digo a Fabine no instante em que Umayya entra, segurando o colarinho do fujão. — As pessoas sempre querem saber o truque...

— Você deixou que eles atirassem facas? — Umayya se choca, fechando a porta. — Isso é um *rato* na minha mesa?

Ragne acorda quando eu a agarro, mas por sorte continua mole.

— Só um... um... uma marionete — minto, enfiando-a num bolso. — Pensei que eles fossem gostar, mas eles ficaram entediados.

— Então agora estão atirando facas. — Umayya balança a cabeça, avaliando o prejuízo. — Bom, poderia ser pior. Ao menos não estão atirando uns nos outros. *Não é pra atirar um no outro!*

Três órfãos murcham, decepcionados.

— A culpa foi minha por ter deixado a senhorita aqui. — Umayya suspira. — Tudo bem, pessoal, entreguem os utensílios. O que a trouxe até a Gänslinghaus, *prinzessin*?

Entrego o baralho para Fabine e levanto, envergonhada.

— Bem, estou procurando uma antiga amiga...

A porta dos fundos da cozinha se abre. Uma voz familiar me atinge como um soco.

— Boas notícias, tia — Joniza quase canta enquanto entra pela viela dos fundos sacudindo uma bolsinha de moedas. — Foi dia de pagamento em Südbígn, e nossas últimas três apresentações estavam esgotadas!

Mal consigo respirar ao vê-la.

Logo depois que cheguei a Minkja, quase dei de cara com Joniza no Obarmarkt, mas me escondi atrás de um barril de peixes bem a tempo, impedindo que ela me notasse.

Acabei voltando todos os outros dias naquela semana. Esperava ela passar e a seguia até o restaurante sahaliano na Travessa dos Mercadores, onde Joniza pedia bolinhas de massa de banana e ensopado com amendoim, e terminava com uma bebida que era mais leite do que café. Ela parecia mais feliz do que no castelo Falbirg. Feliz o bastante sem mim.

No fim das contas, doía mais vê-la ali do que não vê-la, então parei de segui-la. Agora, porém, é como se estivéssemos de volta perto da grande lareira do castelo Falbirg, ela me ensinando como fazia para colocar temperos escondidos nos ensopados de Yannec quando ele não estava olhando, ou cantarolando uma canção animada enquanto eu praticava o truque de fazer flores de seda aparecerem do nada. Em vez de formar cachos soltos, seu cabelo preto está preso em tranças compridas e finas permeadas por fios de ouro, e suas roupas estão melhores do que antes, mas ainda é ela. A única pessoa em quem eu confiava em Sovabin.

Ela me vê parada do lado da mesa e congela, de queixo caído.

— Temos uma convidada — Umayya diz, apressadamente.

Outra pessoa surge atrás de Joniza, distraída, com um manto tão manchado e desbotado quanto o vestido de Umayya.

— É mesmo? Quem...

O capuz cai quando a figura para de repente. Ela tem dezesseis anos, ombros mais largos que os meus e é mais alta. O cabelo loiro-escuro foi trançado com força demais, o que não ajuda em nada seu rosto comum, e os olhos cinzentos ficam duros feito granito quando ela me encara.

— *Você.* — A voz dela é um sopro de gelo.

O cômodo fica em silêncio.

Ela está com quase a mesma aparência desde a última vez que a vi, há mais de um ano, quando a larguei furiosa na margem lamacenta de um rio.

— Hilde, você conhece a princesa Gisele? — pergunta Umayya, perplexa.

É esse nome que você está usando agora?

— Precisamos conversar — começo.

Isso é um erro. A poeira do infortúnio começa a invadir minha visão.

Gisele-Berthilde Ludwila von Falbirg me encara, manchas vermelhas surgindo nas bochechas.

Então, ela parte para cima de mim, gritando:

— SUA FILHA DA PUTA!

Pego uma cadeira e a jogo entre nós, gritando em meio aos berros das crianças:

— Para com isso... eu estou tentando...

— ME DEVOLVE ISSO, SUA IMUNDA...

Empunho a cadeira como um domador contra um urso de circo.

— Eu não... Para com isso, estou aqui para ajudar...

— *MENTIROSA!* — Gisele arranca a cadeira das minhas mãos e a joga para o lado. — Você é só uma ladrazinha horrível!

— Você não *ESTÁ OUVINDO!* — Corro em volta da mesa, com Gisele atrás de mim. A fúria sacode meu crânio, saindo dos meus lábios de forma impensada: — Você *nunca* escutou — eu rosno —, só se importava em — passo embaixo do braço dela — me *usar* — ela tenta me agarrar, mas não consegue — para se livrar dos *seus* problemas!

— Você roubou *tudo* de mim! — grita ela, tentando me agarrar de novo.

Chuto a cadeira novamente para ficar no caminho dela.

— Por que você acha que eu estou aqui, sua idiota?

— Eu é que pergunto! Não tenho mais nada para você roubar!

Um olhar me diz tudo que preciso saber: vejo o fogo nos olhos dela, nos dentes arreganhados, e não vai se esvair com facilidade.

Preciso ir embora. Cambaleio na direção da porta, mas tropeço na barra do vestido e caio no chão. Gisele pula em cima de mim em um instante, as mãos se fechando no meu pescoço — ela vai me sufocar...

Não. Pior. Ela vai tirar minhas pérolas.

Ouço um uivo arrepiante. Um gato preto — *Ragne* — se debate nos braços de Gisele, sibilando e chiando até ela se afastar. É o suficiente para eu conseguir ficar em pé.

Vou até a porta e consigo abri-la antes que algo segure minha capa e me puxe de volta. Escuto o criado chamando os guardas.

Em seguida, dois homens trajando o uniforme dos Wolfhünden entram. Um deles empurra Gisele, que cai no chão. O outro me ajuda a levantar.

— Está tudo bem, princesa Gisele? — grunhe ele.

Me apoio no batente para recuperar o fôlego.

— S-sim, obrigada.

A verdadeira Gisele ainda me encara com um ódio mortal e amargo ardendo em seus olhos.

Até o outro Wolfhunder falar.

— Atacar a noiva do Lobo Dourado… homens já foram enforcados por menos. — Ele bate o bastão na palma da mão. — Se a senhora conceder o perdão, vamos nos contentar com o chicote.

O cômodo fica em silêncio mais uma vez, fora as fungadas baixas das crianças velhas o bastante para compreender que isso pode dar muito errado.

Gisele olha para mim, espantada, uma ânsia nervosa evidente no rosto.

Quem mora em Hoenring por um ano conhece bem os jogos cruéis dos Wolfhünden. Percebo que ela ainda está familiarizada com o chicote apenas pela perspectiva de espectador. Sem dúvida disse a si mesma que, se mantiver a cabeça baixa, cuidar da própria vida e seguir as regras, não vai acabar amarrada em um poste.

Não vai acabar gritando, agonizando diante de uma multidão com as costas ensanguentadas. Não vai acabar dividida entre o pavor pelo próximo golpe do chicote e a avidez para chegar mais perto do fim da punição.

Não vai acabar como eu.

Apenas alguém que cresceu como princesa poderia acreditar que seguir as regras iria protegê-la.

Agora, somente eu posso impedir isso. Somente eu posso impedir os cães.

Posso fazer o que ela *nunca* fez, em nenhuma das vezes que sua mãe bebeu demais e me bateu simplesmente porque eu estava ali, nem quando Irmgard mandou que me chicoteassem a troco de nada.

Ela nunca impediu aquilo. E eu posso salvá-la. Como ela nunca me salvou.

Tanto ela quanto eu sabemos que não tenho nenhum motivo para fazer tal coisa.

Vergonhoso admitir, mas é o choro dos órfãos que faz a balança pender mais pro outro lado. Eu cresci pisando em ovos ao redor da nobreza, uma camada de pessoas que não presta contas a ninguém. Essas crianças ainda não precisam aprender uma lição dessas. E só de Gisele *saber* que essa decisão depende de mim já satisfaz meu pior lado.

— Não será necessário — digo, frígida e tranquila como uma geleira, mesmo enquanto evito o olhar de Joniza. — Deixe-a. Não é uma surra que fará uma criatura enlouquecida criar bom senso. — Largo a bolsa de moedas no chão. — Só vim deixar uma doação. Bom festival de inverno.

Em seguida, vou embora. Não é à toa que achei a Gänslinghaus familiar. Quando segui Gisele até ali meses atrás, achei que fosse uma estalagem.

— De volta ao meu castelo — digo ao cocheiro, alto o bastante para a voz ecoar dentro da casa. Ênfase em *meu*.

Ragne está esperando por mim na carruagem na forma de um gato preto, praticamente escondida nas peles. Conforme nos afastamos, passo a mão na barriga. A pérola dura ainda está ali.

Lógico que Gisele não é a resposta. Ela nunca foi, em toda a minha vida.

— Bom, eu tentei — murmuro.

— Tentou? — Ragne inclina a cabeça.

Eu a olho feio.

— Sim. Dei dinheiro para Gisele e tentei consertar as coisas e não resolveu nada. — Desabo contra o encosto, revirando a maldição na minha mente como uma fechadura, tentando encaixar os pinos. — Acho que não é só devolver o que tirei das pessoas. Já que a maioria das pessoas mereceu, faz até sentido… Então preciso pensar em dar coisas aos outros. Vou pegar dinheiro dos cofres e tentar de novo.

— Aquela era o Gisele? — Ragne pergunta depois de um instante.

— Sim.

— Acho que ela não gosta muito de você. — Ragne boceja, se enrolando para outro cochilo.

— Não. Não mesmo.

— Mas o cheiro dela é bom.

— Cianeto também tem cheiro bom.

Penso nos centavos brancos e penso nos vermelhos e digo a mim mesma que foram as escolhas de Gisele que nos trouxeram até aqui.

SEGUNDA FÁBULA

CENTAVO BRANCO, CENTAVO VERMELHO

Era uma vez duas menininhas que moravam em um castelo, entre as montanhas de neve e a floresta escura e densa.

Uma dormia em uma cama macia e usava vestidos macios e tenros, e as palavras que eram ditas a ela também eram macias e tenras. Era chamada de *prinzessin*.

A outra menina dormia no chão duro e frio da dispensa, tentando afastar os ratos. Nem sempre funcionava.

Seu único vestido era pequeno demais, já que ninguém queria comprar um novo para ela pois o novo também ficaria manchado e rasgado e logo não serviria mais. As palavras que ela ouvia eram duras e frias: esfregue isso, limpe aquilo, sua destrambelhada, não deixe que os convidados te vejam assim tão suja. Quando a seguravam, era de forma ainda mais dura.

Chamavam meninas como ela de *russmagdt*, borralheira, pois era só para isso que serviam: limpar a borralha e todo o resto da sujeira.

No castelo vivia uma linda e astuciosa maga que conhecia encantamentos, e certa noite ela sentiu pena da pobre *russmagdt*. Ensinou à menina truques para impressionar os senhores do castelo, usando elogios e artimanhas, e a ajudou a praticar noite após noite, mesmo quando as duas estavam exaustas.

Então, certo dia, uma grande dama veio visitar o castelo, e uma criada ficara doente. A *russmagdt* recebeu um banho pesado e um uniforme limpo e grande demais para ela, e ficou no lugar da criada. Quando a grande dama partira e o castelo começava a se aquietar mais uma vez, foi requisitado que a borralheira ajudasse a *prinzessin* a se preparar para a cama.

A menina das cinzas viu que a mão dourada da Fortuna estava estendida para ela e que uma oportunidade como aquela não surgiria novamente.

— Claro — disse a *russmagdt* —, mas... tem uma coisa no seu cabelo, milady.

Ela tirou uma margarida de seda de trás da orelha da *prinzessin*.

A mãe da princesa soltou uma risada espantada.

— Quanta esperteza! Joniza lhe ensinou isso?

Tanto a mãe quanto a filha ficaram encantadas. Ao fim da semana, a *prinzessin* tinha uma nova dama de companhia, e a (antiga) *russmagdt* tinha um novo vestido e uma cama de palha ao lado da lareira.

E, por um tempo, as coisas foram boas.

A *prinzessin* e sua criada passavam o dia juntas. A pequena criada aprendeu mais truques para fascinar os senhores do castelo: cambalhotas, virar de ponta-cabeça e fazer tigelas de sal desaparecerem. Sob a insistência da *prinzessin*, a criada também aprendeu a ler, escrever e somar.

Então, por vontade própria, ela começou a escutar sorrateiramente os tutores chamados para ensinar à futura princesa-eleitora história, política e todas as coisas que um governante deveria saber. A criada aprendeu sobre aqueles que moravam em castelos. Quem roubava para conseguir o seu próprio. Quem tirava moedas de quem, e por quê.

As duas meninas se tornaram amigas de uma forma estranha, pois, quando as duas estavam sozinhas, era como se tivessem sido feitas do mesmo barro. As duas compartilhavam segredos, sonhos e brincadeiras. Subiam nas mesmas árvores, liam os mesmos livros, e, às vezes, a princesa pegava os doces do seu prato e os guardava para a criada. Quem encontrasse uma delas sabia que a outra não estava muito longe. A mãe da princesa começou a chamá-las de *Rohtpfenni* e *Weysserpfenni*. Centavo vermelho, centavo branco.

A rachadura era nítida, porém, quando outras pessoas estavam presentes, porque, mesmo as duas meninas sendo quase da mesma idade, uma nascera para ser dona do castelo, e a outra lhe chamava de *senhora*.

Quando eu tinha nove anos e conhecia pouco das histórias do castelo Falbirg, achei que a dama Von Falbirg me chamava de seu centavo vermelho por causa do meu cabelo ruivo.

Lembro do dia em que estava espanando o pó das estantes enquanto um dos tutores de Gisele lecionava sobre a importância dos padrões na cunhagem de moedas. Lembro de ter revirado os olhos furtivamente para Gisele, tentando não rir da careta que ela fazia pelas costas do professor.

— Antigamente havia apenas centavos brancos — falava o homem. — Eram inteiramente de prata. Então o *komte* de Kaarzstadt começou a acrescentar cobre nas moedas para fazer sua prata render mais, e essa prática se espalhou, e ninguém chegava a um acordo sobre o valor de um centavo prateado quando não era puro. O sacro-imperador Bertholde, seu ancestral, declarou que qualquer moeda que tivesse cobre seria chamada de centavo vermelho e valeria um quinquagésimo de um centavo branco. Logo depois, as casas da moeda se resolveram.

Lembro do olhar chocado e horrível de Gisele. Era comparável ao sentimento no meu peito.

Era a primeira vez que entendíamos por que ela era o centavo branco e eu era o vermelho.

E não seria a última.

OITO

O Lobo Dourado

ANTES QUE A HISTÓRIA PROSSIGA, existem algumas coisas que você provavelmente precisa saber sobre meu prometido, *markgraf* Adalbrecht von Reigenbach de Bóern.

Primeiro: ele é todas as coisas que um nobre do Sacro-Império deve ser: bonito, charmoso e ousado. Ganhou apoio ao expandir as fronteiras da comarca — e, portanto, do império —, engolindo pedaços dos reinos de Thírol e Östr ao sul e até mesmo pegando um pedaço de Ungra ao leste. Ele *reteve* esse apoio com um sorriso fácil, uma risada calorosa e seu punho de ferro com os outros nobres.

Segundo: Adalbrecht ainda está vivo porque ele não é uma ameaça direta à sacra-imperatriz. Há muito tempo, as casas nobres de Almândia tiveram que fazer uma escolha: a coroa ou a espada. As casas que escolheram a coroa mantiveram sua elegibilidade ao Sacro-Trono, mas precisaram desistir da maior parte dos seus exércitos. Casas que escolheram a espada cederam seu direito ao Sacro-Trono e, em troca, receberam o controle dos exércitos e das fronteiras do império.

A casa Reigenbach escolheu a espada, e, portanto, o *Kronwähler* não pode escolher alçar Adalbrecht ao trono imperial. A assembleia do *Kronwähler* — um emaranhado confuso de política interna e facadas pelas costas só por diversão — é composta de ume princeps-eleitor para cada uma das sete linhas reais remanescentes e de treze a vinte e sete outros representantes ou cardeais, dependendo da eficiência do assassino daquela semana. No entanto, apenas um indivíduo dentre sete *princeps-wahlen*, incluindo o pai de Gisele, pode ser eleito imperador ou imperatriz.

Ainda assim, quando Adalbrecht fez dezoito anos, a sacra-imperatriz o mandou para a frente ao sul para morrer, assim como fez com os dois irmãos dele antes disso, porque aquela imperatriz não corria riscos.

Em vez disso, durante cinco anos, Adalbrecht construiu sua reputação: se tornou o Lobo Dourado de Bóern. (Ele é loiro, e o símbolo da casa de Reigenbach é um lobo. O que eu posso dizer? Soldados não são muito conhecidos pelo uso de imagens poéticas.)

Ele sobreviveu; o pai, não, nem a imperatriz, já doente. O *Kronwähler* elegeu alguém um pouco menos sanguinário no lugar dela, e a nova sacra--imperatriz Frieda não tinha interesse em uma contenda com alguém que nunca poderia tomar sua coroa. Assim, esses últimos oito anos foram surpreendentemente tranquilos.

A terceira coisa a saber sobre Adalbrecht é: se você fez as contas, sabe que ele tem praticamente o dobro da minha idade. Boa parte da nobreza não se incomoda em arranjar um romance primaveril para ter ganhos políticos, mas eu fui educada para ser uma criada, e não uma princesa. Uma criada logo aprende que quando um homem adulto quer uma menina que tem metade da idade dele não é por amor, e sim por desejo.

Quarto, e último, eis a coisa que você precisa saber se quiser sobreviver: Adalbrecht von Reigenbach deseja principalmente aquilo que ele não pode ter.

Por isso, quando vejo o castelo Reigenbach pela janela da carruagem, com as grandes portas do saguão abertas e as carroças do marquês amontoadas no caminho, só quero fugir.

— Fica aqui — digo a Ragne, baixinho, tentando não pensar muito na nuvem escura de azar que embaça minha vista.

A porta da carruagem abre antes que ela possa protestar. Eu me preparo, pensando na *prinzessin*, segurando essa carta como se fosse um escudo entre mim e o marquês — e saio.

— *Aí está você.* — O retumbar rouco da voz de Adalbrecht ricocheteia pelo chão duro e vem pela porta, ainda mais alto naquele silêncio nada natural. Ele caminha na minha direção, a capa cor de cobalto esvoaçando sob um manto de pelica de lobo. — Minha noiva, minha *joia*.

Quando o Lobo Dourado foi até Sovabin, eu sabia que não era apenas porque queria uma noiva jovem e tenra. É a trindade, sabe: Gisele não oferece só prazer, mas o poder do prestígio, de se casar com a filha de um *prinz-wahl*.

Na noite passada, errei ao pensar que duas pontas da trindade me protegeriam de Yannec. Eu nunca teria cometido esse erro com Adalbrecht von Reigenbach.

Criados e soldados ainda passam pelo saguão, descarregando os bens de Adalbrecht, mas todos parecem prender a respiração e deixar bastante espaço para o marquês passar. Mesmo assim, ele parece ocupar quase tudo, um monumento de conquista ambulante, maior que eu mesmo com as pérolas, grande demais para parecer de verdade. Seu rosto pálido quadrado, largo e impecável; um único cacho dourado escapa da trança curta, emoldurando seu rosto como uma filigrana dourada, impactante.

Ele segura minhas mãos antes que eu possa escondê-las. Os dedos dele parecem mais pesados do que deveriam, como algemas. Respiro com cada vez mais dificuldade.

Tem um detalhe importante sobre Adalbrecht von Reigenbach: ele não é perigoso apenas da mesma forma que todos os nobres de Almândia são, aquela ameaça casual de trabalhar para gente que valoriza mais sua obediência do que sua vida.

Não, o perigo do Lobo Dourado é que ele toma para si tudo que quer.

A *prinzessin*, porém, não tem motivos para temer ainda. Escondo minha repulsa com uma voz cantada e doce:

— *Querido!* Bem-vindo ao lar.

— Você tinha saído. — Cada palavra sai como uma acusação formal.

Dou um pulinho na ponta dos pés, a imagem perfeita de uma futura-noiva alegre e insípida. Por dentro, estou xingando uma torrente de palavrões que fariam até mesmo os donos de bordel mais antigos em Lähl corar (e talvez anotar sugestões para seu elenco de *mietlingen*).

— Achei que talvez você quisesse descansar depois da longa jornada — minto —, e já que nosso casamento está tão próximo pensei que era a hora certa de compartilhar nossa alegria com aqueles menos favorecidos.

Adalbrecht aperta minhas mãos.

Aqui, diante de tantas testemunhas, e com o peso do nome de Gisele, ele mantém um semblante de graciosidade. Sua expressão é paciente e plácida, e as ondas gentis do cabelo loiro são como uma auréola sob a luz da manhã.

Mas eu sei como ele é quando não tem ninguém por perto. Sei o que ele faz com meninas que não são protegidas por sangue real.

Só posso imaginar que ele seja ainda pior dentro do próprio castelo.

Mesmo agora, o sorriso dele endurece como vidro.

— Pelo que soube, já compartilhou um pouco dessa *alegria* com o prefeito mirim esta manhã.

De soslaio, vejo Barthl começar de repente a arrumar uma tapeçaria. Sinto uma onda de irritação. *Claro* que ele já me dedurou.

No entanto, existe uma saída fácil. Inclino a cabeça, piscando aqueles enormes e prateados olhos de Gisele.

— Bem, sim, ele veio pedir meu depoimento sobre o roubo, e seria grosseria mandá-lo embora sem desjejum! O pobre garoto é praticamente só pele e osso.

Adalbrecht passa os dedos calejados nos nós dos meus dedos, pressionando com um pouco de força demais. Lá fora, ouvimos o barulho das rodas de uma de suas carroças.

—Talvez as coisas sejam diferentes em Sovabin, mas em Bóern não é adequado que uma jovem dama receba convidados sem estar... *vestida* apropriadamente. Não quer me envergonhar, quer?

Ele finca os dedões nas minhas mãos, entre os ossos.

Puxo a mão para cobrir a boca, com um espanto ensaiado.

—Ah, minha nossa... que horror! Eu compreendo. Nunca mais, meu querido...

— Ótimo. — Ele olha para trás de mim. — Ah, pronto. Trouxe um presente para você.

Dois pares de soldados se aproximam, cada par carregando um pacote embrulhado quase tão grande quanto um homem.

— Onde você quer que os coloque, milorde? — um dos soldados pergunta, ofegante.

— Ali. — Adalbrecht aponta para os bustos de mármore do seu pai e da sua mãe na alcova. —Tirem aqueles ali.

O rosto comprido de Barthl murcha. Ele parece que só não começou a dormir em pé ainda por algum acordo demoníaco. Ainda assim, se apruma da melhor forma possível.

—Temos espaço na galeria leste...

— Não me importo onde vão colocá-los — Adalbrecht replica, sem sequer olhar para ele, analisando os pacotes serem depositados.

Assim que estão no chão, ele vai até um, tirando uma adaga do cinto. Corta as amarras e o tecido que o cobre. O primeiro embrulho cai no chão, revelando uma estátua dourada em tamanho real de um lobo apoiado nas patas traseiras, no meio de um salto.

Ele não pode estar falando *sério*.

A segunda estátua é... outro lobo dourado. Esse com os dentes enterrados em um bode de granito que está balindo apavorado, e granadas adornam a ferida.

Adalbrecht olha para mim com expectativa.

— Ah — balbucio —, que atencioso.

Ele finalmente vira para Barthl.

— Quero as duas estátuas arrumadas dentro de uma hora.

— Dentro... mas, milorde, não queremos danificar nada na pressa — Barthl começa.

Adalbrecht o encara com seus olhos azuis intensos. Segura o ombro de Barthl exibindo um sorriso feroz.

— E eu tenho *certeza* de que não quer decepcionar minha noiva. Afinal, esses são os presentes dela.

Barthl fica com cara de dor de dente.

— É claro que não, milorde.

Eu teria rido daquele absurdo se fosse qualquer outra pessoa, mas apenas junto as mãos.

— São verdadeiramente extraordinárias, querido, não sei nem como agradecer. Agora, por favor, faz um ano que você não volta para casa, então não deixe que eu te segure aqui nem por mais um momento. Vou levar mais doações a Minkja enquanto você se acomoda.

— Hum. — O sorriso vítreo de Adalbrecht fica afiado. — Doações do meu cofre?

Ah, *scheit*, eu deveria ter previsto isso. Bom, eu não preciso tirar todos os mil *gilden* do cofre, só o bastante para testar se as doações vão curar a maldição.

— Não estava pensando em mais de cinquenta *gilden*. Nada excessivo, claro, apenas algumas moedas para os pobres e necessitados.

— Os pobres raramente são necessitados — rebate Adalbrecht. — Precisam de menos esmolas, e sim um pontapé no... perdão, preciso lembrar que não estou mais no acampamento de guerra. Um homem esquece do dinheiro assim que gasta em bebida, jogos ou *mietlingen*. Um ato de bondade é mais proveitoso do que uma quantia de dinheiro.

Diz o homem que não dá nem um, nem outro.

— Barthl. Minha senhora poderá ter cinco *gilden* do cofre. — Ele dá um tapinha na minha bochecha como se eu fosse um cachorrinho ansioso, enquanto Barthl faz uma mesura e se afasta. — Faça isso durar. As dificuldades dos pobres não serão curadas com dinheiro, minha pombinha, e sim com atos.

O anel de sinete de ouro dele é um toque gelado incômodo na minha bochecha. Cubro a mão dele com a minha e me obrigo a sorrir antes de cuidadosamente baixar seus dedos. Ele enfim parece notar o rubi embaixo do meu olho direito, encarando por um longo momento, como se estivesse se perguntando se o custo daquilo veio do cofre dele também.

Lentamente, o olhar dele começa a ferver com algo que se assemelha demais a desejo.

Eu seguro a mão dele para distraí-lo. Funciona. Adalbrecht dá um passo para trás quando o ruído de rodas anuncia a chegada de outra carroça, e cada novo centímetro entre nós parece afrouxar o aperto nas minhas costelas.

Quando ele afasta a mão, o anel de sinete fica escondido na minha. Ele não parece notar a ausência e nem quando eu o escondo em uma das mangas de renda.

Acho que vou jogar o anel em um penico, só para dar uma dor de cabeça para ele.

Barthl volta para o saguão carregando outra bolsa, e Adalbrecht faz sinal para dois soldados perto da porta.

—Vocês. Acompanhem minha senhora em seus afazeres hoje e certifiquem-se de que nossa demonstração de caridade seja... — Ele faz uma pausa enquanto vira, seguindo para um corredor. — Pragmática.

A pequena bolsinha cai na minha mão com um tilintar, e Barthl segue Adalbrecht sem falar mais nem uma palavra.

Por um instante, fico parada no saguão, os dedos apertando a bolsa de couro. A fachada da *prinzessin* me escapa.

Eu odeio esse homem. Com *tanta* força. Odeio como ele fala, como me toca, como o castelo inteiro congela ao redor dele.

Odeio como ele, mesmo em plena luz do dia, com dezenas de pessoas à nossa volta, ainda consegue deixar claro que na sua presença... estou completamente sozinha.

A trindade do desejo não vai me proteger dele. Nada vai, a não ser eu mesma.

Adalbrecht, no entanto, se deu ao trabalho de anexar Gisele von Falbirg por um motivo, disso eu tenho certeza. Enquanto eu estiver em posse das pérolas, ele acha que precisa de mim viva.

Ao mesmo tempo, não vou esquecer de trancar a porta do meu quarto esta noite.

Volto a focar no trabalho. Melhor quebrar a maldição e dar o fora assim que possível. O peso na bolsa é promissor... até eu ver que na verdade está cheia de *sjillings* de bronze apagado, cada um valendo um quinto de um centavo branco, somando talvez três *gilden* no total. Barthl me sabotou de novo.

Se Eiswald está medindo minha punição em moedas, isso não vai dar nem para começar a cobrir o que devo. Se eu derreter tudo, mal terei o bastante para comprar um único bastão de *um* dos sete candelabros de prata brilhantes do saguão.

Olho de novo.

Os candelabros cintilam de leve com o dourado da sorte. A Fortuna está de bom humor novamente. Mas por que...

Então percebo.

Pode ser que exista uma forma melhor de usar o anel de sinete do marquês do que jogá-lo em um penico. Só vou conseguir me safar desta uma *única* vez, mas vai valer a pena se quebrar a maldição.

Além disso, Adalbrecht disse que não se importa com o local onde vão colocar a decoração velha.

Abro o maior sorriso de cabeça de vento e viro para os soldados que precisam ficar de olho em mim. Até mesmo jogo o quadril, para a saia e o manto se abrirem em uma explosão de tecido, e bato palmas feito uma criança alegre.

—Ah, meu *markgraf* é o mais sábio dos homens, não é mesmo? *Atos*, e não moedas. Mas é claro. Podem me ajudar?

Eles ajudam. Não são pagos o bastante para dizer não.

Quando sai de volta para a cidade, a carruagem carrega quatro tapeçarias, seis estatuetas de bronze, duas cortinas de renda fina, três urnas de porcelana, cinco bustos de mármore (não os Von Reigenbach da última geração, porém, cujo tamanho é incompatível com a pequena viagem) e todos os sete candelabros de prata, todos protegidos pelo tapete macio e grosso bourgiennês importado. Sobra apenas um canto para mim, e Ragne sobe em tudo na forma de esquilo.

Essencialmente, peguei tudo no saguão de entrada que não estava preso por parafusos. Adalbrecht não tem por que voltar para lá por um tempo, então, quando descobrir o que aconteceu, as mercadorias já vão estar espalhadas por toda Minkja. E se ele ficar bravo... Não, não "se", *quando* ele ficar bravo, vou pestanejar os longos cílios de Gisele, soltar um lindo choro e dizer que pensei que ele estivesse se referindo a isso quando falou em *atos de bondade*.

Seguimos na direção da Salzplatt, onde a câmara municipal, o tribunal e outros prédios governamentais cercam a praça de tijolinhos. Há uma estátua de bronze de Kunigunde von Reigenbach, a primeira *markgräfin* de Bóern, em uma coluna de mármore no meio da praça, observando com cuidado a pesagem do sal e a identificação das caixas.

Algumas centenas de anos atrás, a própria Kunigunde teve a ideia de proibir a venda de qualquer sal em Bóern que não tivesse o selo de Minkja, forçando todos os mercadores de sal a passarem pela capital de Bóern, ou fazer um custoso desvio. Essa manobra brilhante e brutal tornou Bóern o território mais poderoso do sul e manteve a memória de Kunigunde viva... de diversas formas.

Ninguém sabe bem se a estátua dela é assombrada ou se um Deus Menor simplesmente resolveu transformá-la em sua residência, mas periodicamente a estátua bate sua lança no mármore com um *crec*. E então a aponta para quem estiver tentando roubar os escriturários de sal. Neste momento, ela está imóvel sob o céu cinza, mas duvido que não esteja acompanhando tudo que acontece na praça.

E certamente o resto da Salzplatt acompanha nossa chegada na ridiculamente luxuosa carruagem Reigenbach. Paramos diante da câmara municipal, um grande edifício de pedra calcária cheio de espirais e gárgulas (apesar de a maior parte das gárgulas estar tirando um cochilo). Uma fila de pessoas maltrapilhas está na entrada, esperando para implorar uma indulgência do Magistrado das Dívidas.

A política bélica de Adalbrecht o torna popular com a nobreza do império, mas ele está sugando a maior parte de Bóern para alimentar, vestir e dar armas aos seus batalhões. A expressão de muitas pessoas que se viram para examinar a carruagem é um misto de ressentimento e curiosidade.

— Espera aqui — ordeno mais uma vez a Ragne.

Escancaro a porta e observo as pérolas no meu pescoço derreterem qualquer ressentimento. Brilhos dourados que só eu consigo ver pairam na cabeça deles: a sorte vai mudar drasticamente.

—Você — digo, estendendo a mão para uma mulher de olhos fundos, ombros encolhidos e roupas impecavelmente remendadas que só uma costureira faria. — Minha querida. A quem você deve?

Ela faz uma mesura, baixando a cabeça.

— Mil desculpas, senhora, eu… eu não consegui pagar os impostos, são quinze centavos brancos, e eu…

— Ótimo. Venha comigo. — Viro para o restante da fila. — Na verdade, se algum de vocês está com os impostos atrasados ou deve algum dinheiro ao marquês, por favor, dê um passo para o lado e aguarde um instantinho. Quanto ao resto… — Tiro um dos candelabros da carruagem enquanto as pessoas saem da fila e jogo para um dos devedores que ficaram nela. Pela expressão dele, deve valer o salário inteiro da temporada. — Bom festival de inverno. Próximo?

Os guardas trocam olhares irrequietos.

— Princesa Gisele — começa um deles —, o marquês…

— Sim, como Adalbrecht disse — anuncio, alegre, entregando uma urna inestimável para um fazendeiro chocado. — *Atos* em vez de moedas. Isso tudo é muito pragmático. Quem quer uma tapeçaria?

Depois que esvaziamos a carruagem, levo o resto dos devedores para dentro da câmara municipal, seguindo direto para a janelinha do escriturário, completamente aturdido.

— Olá — digo, alegre. — Eu sou a Gisele-Berthilde Ludwila von Falbirg, noiva do marquês Adalbrecht von Reigenbach, e preciso de alguns documentos.

— C-claro — o escriturário gagueja, procurando um pergaminho limpo. — O que milady deseja?

— Creio que vai precisar de mais páginas. — Gesticulo para a pequena multidão atrás de mim e mostro o anel de sinete de Adalbrecht. — Em nome do marquês, vou perdoar todos os impostos, taxas e outras dívidas civis dessas pessoas aqui.

Ouço suspiros e gritos, então o caos irrompe enquanto os devedores se aglomeram na janela, desesperados para se certificar de que seus nomes estejam na lista. Até o magistrado deixa seus aposentos para inspecionar o tumulto.

Fico apenas tempo o bastante para ditar a ordem e pressionar o anel de Adalbrecht na cera. Então, começo a me desvencilhar da multidão, sorrindo graciosamente, cumprimentando as pessoas e me dirigindo à porta. A atmosfera é de uma alegria distinta, a estática de um alívio milagroso, e vejo lágrimas em alguns olhares.

Tento *não* vê-las, arrumando o fitilho do manto. Há menos de um ano, teria sido eu ali, chorando por um golpe de sorte tão trivial.

Então, um emaranhado triste de lã preta já familiar surge no meu caminho.

Paro.

— Prefeito mirim. O que está fazendo por aqui?

Emeric Conrad abre e fecha a boca, então lembra de fazer uma reverência, imediatamente derrubando um pedaço de carvão.

— L-lady... er... *Prinzessin*. Olá. Estava só falando com o administrador da guarda da cidade. Sobre o *Pfennigeist*, no caso.

— Eles ajudaram? — pergunto.

É óbvio que não, estou *bem* confiante disso. As únicas pessoas que querem apagar o rastro dos meus roubos mais do que as vítimas são os Wolfhünden. Não querem que nenhum outro ladrãozinho cogite não pagar suas taxas de proteção.

Sem falar que, como representantes dos Deuses Menores, os prefeitos são uma das poucas entidades que podem investigar as forças policiais, independentemente da localização. Os Wolfhünden não vão ajudar Emeric a enfiar o nariz nas coisas quando sabem exatamente o que ele vai encontrar.

E, como previsto, Emeric ajusta o *krebatte*, envergonhado.

— Eles estavam... ávidos por receber a assistência da Ordem.

Como ele mente mal. Decido mostrar como que se faz.

— Fico alegre de ouvir isso.

— Se eu puder inquirir, o que lhe traz à câmara municipal, *prinzessin*?

Ele guarda o carvão em algum lugar nas profundezas do casaco do uniforme gigantesco. Então, incrivelmente, se apoia em um dos pilares que separam a fila de devedores e faz uma das tentativas mais premeditadas e desajeitadas que já testemunhei em toda a minha vida de se inclinar casualmente.

Dou um sorriso inocente, só para ver se consigo fazer ele cair do outro lado da fila.

— Ora, nada assim tão *emocionante*. — O pilar oscila. — Só compartilhando um pouco de conforto com meu povo. — Emeric está assentindo com força demais. — Eu realmente adoro poder tocá-los dessa forma, é um enorme *prazer*...

Pronto. O pilar cai no chão com um baque. Emeric quase vai junto, se equilibrando por um triz.

—Ah, minha nossa! Bem, melhor eu ir. Boa sorte com sua caçada ao *Pfennigeist*!

Saio da câmara municipal reprimindo um sorriso. Fora atormentar esse pobre coitado, entre perdoar as dívidas e doar objetos de valor, sinto que fiz bastante bem no dia de hoje. Definitivamente foram algumas centenas de *gilden* em caridade.

Contudo, quando toco no umbigo discretamente, a pressão da pérola ainda está lá. Meu coração aperta.

Quanta... Isso é só... Quanta *grosseria*.

— Para onde vamos agora, princesa Gisele? — o cocheiro pergunta enquanto desço a escadaria de pedra.

—Ah... preciso de um instante — respondo, voltando para a carruagem em pânico.

Não, nada de pânico. Hora de *pensar*.

— Funcionou? — Ragne põe a cabeça de gato para fora do monte de peles.

— Não.

Mordisco a ponta do dedão. Acabei de doar uma fortuna nem tão pequena assim, sem qualquer motivo. Talvez só não tenha funcionado porque o valor total não era o suficiente. Ou talvez porque o dinheiro não era meu. Ou porque eu tecnicamente ainda não gastei dinheiro nenhum. Ou...

Existem possibilidades demais. Preciso começar a eliminá-las.

Enterro o rosto nas mãos e solto um grunhido.

Então tento de novo. E de novo. E de novo.

Seguimos até o Obarmarkt, na margem noroeste do Yssar, onde tento encomendar um vestido de casamento de uma costureira humilde, mas ela só irrompe em lágrimas e se recusa, porque não vai conseguir a tempo. Tento encomendar de um padeiro docinhos para o casamento. Como será em um domingo, ele também se recusa, miserável, já que só poderia começar a cozinhar tudo no forno depois do pôr do sol no sábado. Pior ainda, ele praticamente joga para mim uma cesta de biscoitos de gengibre e se recusa a receber, dizendo que minha visita já era propaganda o bastante para o estabelecimento. (Pelo menos Ragne fica feliz de comer os biscoitos. Infelizmente, isso significa que eu preciso ficar observando enquanto ela come, o que é como assistir a um massacre da família dos bonequinhos de gengibre.)

Depois vamos ao leste do Yssar, para o Göttermarkt, deixar oferendas para Eiswald. Penso em procurar mendigos no Untrmarkt, mas é mais perto de Lähl e das ilhotas Stichensteg, onde o cadáver de Yannec pode ter ido parar. Não quero chegar mais perto do que o necessário.

Subimos para o distrito de Südbígn, empoleirado na curva superior do Yssar, perto do castelo Reigenbach, onde mercadores ricos dão os trocados que têm sobrando para empreendimentos artísticos. Inscrevo a casa Reigenbach para patrocinar um grupo amador de atores. Contrato uma peça para a festa de casamento de uma companhia que está prestes a falir. Contrato até mesmo um quarteto de músicos coordenado por um monastério das redondezas.

Desesperada, cedo e finalmente nos levo até a fronteira entre o Göttermarkt e o Untrmarkt, o mais próximo de Lähl que ouso chegar. Tiro a bolsa de *sjillings* e atiro as moedas pela janela aos pés dos pobres, que gritam de surpresa e felicidade.

Nada disso funciona. Nada disso parece importar.

Eu mesma me desfaço do resto do dinheiro, dando *sjillings* para o proprietário de um lar de necessitados. O rubi e a pérola não desaparecem.

Quando retorno para a carruagem, o cocheiro pergunta, tímido:

— De volta para o castelo, milady?

Quero encostar a cabeça na porta e tentar não pensar onde o próximo rubi ou pérola pode estar crescendo dentro de mim neste exato instante. Mais ainda, quero evitar pensar no que — e em quem — estará me esperando agora no castelo Reigenbach.

Mas não tenho tempo de fazer nada disso. Preciso dar um jeito nessa maldição.

— De volta ao castelo — confirmo, resignada, e subo na carruagem.

NOVE

Dez de Sinos

Quando volto ao castelo Reigenbach pouco depois do meio-dia, o saguão de entrada foi rapidamente redecorado com móveis velhos que não parecem combinar com o resto da decoração. Não posso dizer que estou arrependida de ter dado mais trabalho para Barthl, embora as estátuas dos lobos dourados agora definitivamente sejam o centro da atenção. Ser um inconveniente para Adalbrecht me anima um pouco, mesmo que não tenha ajudado em nada a resolver a porcaria do rubi na minha cara.

Um bilhete me espera em meus aposentos, na caligrafia de Adalbrecht.

Eu o deixo no balcão e, em vez de ler, me jogo na cadeira em frente à penteadeira, escondendo o rosto nas mãos.

Não sei o que Eiswald quer de mim. Não sei quebrar esta maldição. Roubei o anel de sinete de uma das pessoas mais poderosas do Sacro-Império, saqueei um salão inteiro e gastei um monte do seu dinheiro, mas nada disso importa. No instante em que abrir aquela carta, vou começar a pagar o preço pelo que fiz.

Durante um bom tempo, fico ali sentada, respirando. *Não entre em pânico* me fez atravessar diversas crises, e, apesar de essa ser muito pior do que as que já enfrentei até o momento, ainda assim ajuda.

Pense. Tenho cerca de oitocentos e cinquenta *gilden* agora. Se ficar insustentável, posso pegar o dinheiro e fugir. Não vai ser o suficiente para a vida que quero levar, mas melhor que nada.

Especialmente se essa vida só durar até a lua cheia.

Tenho um plano de emergência, algo a que posso recorrer se tudo estiver perdido. E tenho pouco mais de treze dias para descobrir como quebrar a maldição, então não posso desperdiçar mais tempo. Me obrigo a levantar e pego a mensagem de Adalbrecht.

É breve e opressora. Diz que Gisele não pode mais sair do castelo sem sua permissão. Que não deve dar nada a ninguém sem perguntar a ele primeiro. Que ela vai acompanhá-lo no desjejum amanhã cedo e passar o resto do dia ocupada com os detalhes do casamento.

Ele não menciona o anel de sinete, o que significa que ou não notou que desapareceu, ou não sabe que fui eu quem pegou. Decido ficar com o anel caso ele toque no assunto.

Solto o ar e olho para o céu prateado. Meio-dia e meia. Ainda está claro, mas, perto assim do solstício de inverno, só tenho cerca de quatro horas antes do pôr do sol. Gisele pode estar presa ao castelo, mas Marthe, não. Posso tentar algumas respostas com o pouco de luz que me resta.

Desde que fique longe da Gänslinghaus, deve dar tudo certo. E não é como se ser legal com os órfãos tivesse me ajudado com alguma coisa.

Ragne se joga no tapete.

— Nada funcionou?

Balanço a cabeça, frustrada demais para formular palavras.

— Por que não?

— Pergunte pra sua mãe. Ajudei órfãos, tentei consertar as coisas com Gisele, doei dinheiro, mas acho que nada disso foi *bom o suficiente*.

Ragne franze a testa.

— Por que doar dinheiro ajudaria?

— Porque os necessitados podem usar para comprar coisas, e eu… não… hum.

Sinto a raiva murchar. Bom, eu doei o dinheiro de *Adalbrecht*, e não o meu. Gisele não tem um centavo no bolso, e muito menos onde conseguir.

Eu não consegui quebrar a maldição como *prinzessin*. Talvez precise fazer isso na forma do *Pfennigeist*.

Guardo as pérolas, visto o uniforme da criadagem rapidamente e vou dar as devidas desculpas para a governanta do castelo: Gisele está se sentindo mal, vai permanecer em seus aposentos durante a noite e ninguém deve perturbá-la. O "estômago sensível" de Gisele é um velho conhecido dos criados. Eu cheguei a fazer coisas genuinamente nojentas para convencer a todos de que entrar no quarto enquanto ela está doente só pode resultar em tragédia e roupas novas.

Em seguida, pego um pretzel dormido e *wurst* seca da cozinha, troco minha roupa por um vestido simples e um gorro de tricô no quarto e coloco Ragne — em forma de rato e roncando outra vez — e um baralho na bolsa. Desta vez, cobri o rubi não apenas com uma atadura, mas também com uma pomada que não vai sair tão fácil. Se alguém perguntar, vou dizer que Gisele me fez experimentar a cola do rubi primeiro, que deixou uma queimadura.

Uso o corredor da criadagem na ala em frente ao rio e me apresso pelo que parecem inúmeros lances de escada. O subsolo do castelo Reigenbach é tão imenso quanto a parte visível, com diversos cofres e salões esculpidos atrás do penhasco onde foi construído. Os quartos de Gisele ficam apenas dois andares acima do rio Yssar, mas quando finalmente chego ao ar livre desci quase seis andares.

Sinto a névoa no rosto, um lembrete do motivo de escolher essa rota apenas enquanto está sol. Essa saída em particular leva à base da cachoeira. O rio se derrama de uma plataforma com o formato de uma bigorna, deixando espaço para um caminho estreito atrás da cachoeira, mas é escorregadio e impossível de ver à noite. Nessa época do ano fica ainda mais mortal, coberto de uma fina camada de gelo.

Atravesso com cuidado para a margem oposta, então vou na direção do Göttermarkt. É puro caos durante o dia, os sinos e cantos de dezenas de templos ressoando sem uma ordem particular, frequentemente em conflito. Há uma fogueira acesa no meio da praça, onde visitantes podem escrever seus infortúnios em pedaços de papel e jogá-lo nas chamas, e devotos perambulam pela área fazendo diversos rituais, alguns exibindo runas pintadas nas mãos e no rosto, outros usando vendas ou máscaras com chifres. Entre as filas das barracas de *sakretwaren*, peregrinos se destinando aos altares populares e uma pequena multidão reunida embaixo de um dossel de casamento na Casa Superior, há pouco espaço até para usar uma vassoura. Em um canto, uma mulher que parece verdadeiramente exausta dá instruções para crianças sobre uma apresentação das festividades de inverno.

É uma anarquia desenfreada, e, portanto, serve perfeitamente às minhas necessidades.

Encontro um mendigo e dou a ele um centavo branco. Prometo lhe dar mais cinco se ele fizer propaganda para mim.

Alguns minutos depois, arrastei uma caixa vazia até um dos bancos de pedra do Göttermarkt. Vai servir como mesa para o jogo. As cartas deslizam de um jeito familiar e agradável conforme eu as embaralho, e então começo a posicioná-las na caixa. Ragne também sai da bolsa, se empoleirando no banco ao meu lado na forma de um estorninho curioso, preto com manchas brancas.

O mendigo se aproxima com o centavo branco. Aposta um quinto em uma rodada de Encontre a Dama, assim como combinamos.

O jogo começa: ele perde a primeira rodada, lógico, e reclama, consternado. Assim como foi discutido. Ofereço outra rodada e dobro a aposta dele. Ele aceita e vence. Mais uma vez, faz um estardalhaço. Como combinado.

Continuamos nesse jogo por tempo suficiente para atrair um público, e assim apostadores de verdade embarcam. Eles ganham quando eu decido que eles podem ganhar, que é só o suficiente para fazer com que voltem. Eles perdem quando eu quero que percam, que é na maior parte das vezes. Tomo cuidado para guardar tudo que ganho na bolsa, para ninguém ver o tanto de dinheiro que estou juntando.

Quando já consegui juntar quase um *gilden* inteiro, o sol está tocando o horizonte. Guardo as cartas e espero que a multidão disperse, então entrego tudo que ganhei para o mendigo. Ele aceita e vai embora.

Nada acontece. O rubi e a pérola nem sequer estremecem.

— *Arrrrrrgggggh*. — Eu murcho, baixando a cabeça por um instante, e Ragne pia ao lado. — O que sua mãe *quer* de mim?

Não preciso falar a língua dos pássaros para entender que Ragne também não sabe.

Sinto um nó na garganta. Tento não pensar onde pode eclodir a próxima joia — pérolas nascendo nos pulmões? Uma língua de rubi? —, mas a conclusão repentina e terrível de que em menos de duas semanas eu estarei morta é a única coisa que prende minha atenção.

Vou estar morta, e ninguém vai ficar de luto por mim exceto a Morte e a Fortuna, por perderem uma serva.

— Quem te ensinou a jogar cartas, *frohlein*?

Já ouvi essa voz antes, mas não sei onde. Ergo o olhar.

O prefeito mirim Emeric Conrad está parado na minha frente, tão protegido com seu manto enorme e cachecol que chega a ser absurdo. Os braços estão carregados de embrulhos com o selo da Ordem dos Prefeitos.

A Ordem dos Prefeitos, que é *muito bem financiada*.

Sinto os pinos da fechadura deslizarem só um pouco, com esperança. Já roubei quase mil *gilden*; talvez não tenha notado uma mudança porque só ganhei e doei um.

— Uma amiga — respondo, me endireitando, e abro as cartas na caixa mais uma vez. Isso não é um trabalho para a *prinzessin* ou Marthe, e sim para o *Pfennigeist*: sem rosto, sem nome, apenas o que eu quero ser. Neste instante, quero ser uma golpista de origem duvidosa. — Quer jogar Encontre a Dama, prefeito?

Tenho quase certeza de que ele murmura "prefeito mirim" antes de ajeitar os embrulhos dos braços.

—Talvez. Eu tenho algumas perguntas e talvez você possa me ajudar.

Prefeito mirim Conrad, sempre focado no trabalho. Isso pode ser uma oportunidade de desviar a rota dele para longe de mim. Gesticulo para um dos barris que os apostadores estavam usando como cadeira.

Ele consegue derrubar literalmente todos os embrulhos ao sentar, então balança a cabeça, resignado, e os coloca em uma pilha, escondendo as mãos no mar de tecido embaixo de cada braço.

—Você parece alguém que toma certa liberdade com a lei, *frohlein* — ele diz, tenso. — E talvez tenha ouvido falar de... outras liberdades que foram tomadas.

Sem as pérolas, ele fala de outro jeito comigo. Estou acostumada, mas ainda assim dói. Só que o *Pfennigeist* é nada e ninguém. É uma das vantagens de ser pouco mais do que sombra e sussurros. Nada deixa marca.

— Isso é uma baita suposição — replico, a fala arrastada, embaralhando três cartas em cima da caixa ao paço de lesma. Tirar dinheiro dele vai melhorar *muito* meu humor. — Mas, claro, talvez eu ouça uns boatos.

— Já ouviu falar do Centavo Fantasma?

Indico as cartas com o queixo e baixo a voz, num sussurro conspiratório.

— Já ouvi falar de dez. Uma rodada é dez.

Ele se inclina para a frente, o entusiasmo iluminando o rosto como uma vela.

— Dez...? Certo. — Coloca uma pilha de moedas de cobre na caixa. Eu espero.

—Ah. Você queria... — Emeric oscila um momento, então pega um *sjilling*. — Pronto.

Continuou esperando. Nós dois sabemos que a Ordem tem dinheiro de sobra.

O prefeito mirim cede e desliza outros nove *sjillings*.

— Muito bom — digo com um sorriso maldoso, a figura perfeita de um golpista de origem duvidosa.

Ragne dá um pio e pula no meu ombro. Viro as cartas na caixa para mostrar: Dez de Sinos, Valete de Escudos, Dama de Rosas. Então, as viro novamente e começo a embaralhar, ávida.

— Dez — repito na minha melhor voz de vendedora de rua. — Você não está procurando um *Centavo Fantasma*, e sim a Gangue do Centavo Vermelho. Não ouviu isso de mim, *ja*?

Emeric assente, de olhos arregalados.

— Procure em Lähl uma taverna chamada Dez Sinos, perto das Stichensteg. Tem uma entrada secreta pelo beco. Ouvi falar que está marcada com uma pedra vermelha.

Nenhuma palavra do que falei é verdade, mas vai mantê-lo longe de mim por uns dias. E, sinceramente, é preciso apreciar a poesia disso tudo: um prefeito pagando o *Pfennigeist* por informações que vão levá-lo a um beco sem saída.

Então, alinho as três cartas, viradas para baixo. Troquei a posição da Dama de Rosas mais do que o bastante para ele ter perdido a carta de vista.

— Sabe onde está a dama?

Emeric estica o braço e para, a mão pairando entre a dama e o Valete de Escudos. Por fim, indica o valete. Eu viro a carta e guardo todos os *sjillings* na minha bolsa.

— Que azar — ele resmunga. — Você foi de muita ajuda. Obrigado.

O sol se esconde atrás dos telhados enquanto ele coleta os embrulhos e vai embora, e minha alegria fica com um gosto agridoce. Consegui afastar um prefeito ávido demais, mas agora preciso tomar o caminho mais difícil de volta para o castelo Reigenbach. O caminho gelado da cascata é muito traiçoeiro na escuridão, e não posso arriscar voltar pela entrada principal parecendo alguém que mora na rua.

Uso um pouco do dinheiro de Emeric para comprar um copo quente de *glohwein* enquanto espero a noite de verdade chegar, tentando entender o que aprendi da maldição, cutucando aquele enigma, aquela fechadura com pinos e mais pinos, tentando fazer tudo se alinhar. Ragne persegue outros estorninhos no Göttermarkt até os sinos dos templos começarem a badalar, anunciando as cerimônias noturnas.

A esta altura, está escuro o bastante para voltar. Ragne se empoleira no meu ombro e subo as escadas até o viaduto Hoenstratz, depois cruzo a Ponte Alta até o castelo Reigenbach, pulo a mureta e me escondo nos arbustos da estrada quando os guardas não estão olhando.

Existe outra trilha aqui que vai até o castelo de fato, atrás das casernas e depósitos. Trudl me contou sobre ela com uma piscadela indecente (bem, contou a Marthe, antes de decidir que Marthe era uma preguiçosa). Chamam a rota de Estrada dos Amantes. Eu descobri exatamente o que ela queria dizer quando, na primavera, ficou quente o bastante para os casais se esgueirarem para lá durante a noite, e, de repente, cada arbusto particular com vista para a cascata do Yssar estava... ocupado. E barulhento.

A noite está fria demais para os pombinhos, no entanto, então eu sou a única que caminha pela trilha de terra tortuosa. Finalmente, ela se nivela ao chegar na cascata. A estrada faz uma curva no canto do armazém de gelo, mas eu abandono esse caminho, ficando perto da muralha de pedra do castelo.

O castelo Reigenbach foi construído tão perto do rio que só existe uma faixa estreita de terra entre a parede e as águas geladas do Yssar, tão insignificante que os guardas não se dão ao trabalho de patrulhar a área. Quando cheguei, tinham colocado Gisele na ala dos visitantes, perto demais dos aposentos de Adalbrecht para o meu gosto, e longe demais de qualquer rota de fuga. Em uma semana, fiz com que me mudassem para a ala que ficava de frente para o rio, para um quarto com varanda emoldurada por treliças de rosas, e me presenteei com outra forma de sair.

Ou de entrar. Depois de alguns minutos me esgueirando pela margem estreita, chego às treliças e balanço as mãos. Mantive as duas fechadas para preservar o calor, e ainda estão com movimentos fluidos apesar do frio. Encontro os apoios de mão na madeira e começo a subir.

Às vezes, em momentos como esse, eu começo a pensar...

Não lembro dos meus irmãos assim tão bem; doze é muita coisa para uma menina de quatro anos acompanhar. Sei que eram barulhentos e silenciosos e doces e ousados, e alguns se pareciam com o meu pai, um ferreiro, e outros se pareciam com a minha mãe, uma tecelã.

Eu me pergunto... eu me pergunto o que achariam de mim. Minhas irmãs iriam gostar de saber que subo em treliças, entro e saio escondida de castelos e visto peças das mais ricas sedas? Meus irmãos iriam gostar de saber que consigo roubar o anel de sinete do Lobo Dourado e que mentir para mim é tão fácil quanto respirar?

Minha mãe ainda acreditaria que eu só trago azar?

Me pergunto se dormir em um chalé lotado e fedido teria me transformado na mesma pessoa que sou depois de dormir com os ratos na despensa.

Ragne dá um cutucão na minha orelha.

— Vou jantar — ela anuncia, voando para longe depois de um instante, se transformando em morcego.

— Achei que você era vegetariana — resmungo.

Talvez insetos não contem. Não sei se quero perguntar.

Chego na varanda e subo pela balaustrada. A luz do fogo brilha atrás das cortinas das janelas, um lembrete de que ser gentil com um *kobold* vale muito. Estou mais do que pronta para buscar meu próprio jantar e depois dormir em um quarto quentinho.

Abro a porta e estico a mão para a lamparina ao lado da penteadeira...

... e algo gelado se fecha ao redor do meu outro pulso.

Com a outra mão, seguro a primeira coisa que alcanço, mas então esse braço também é puxado para trás. Ouço um clique metálico. Quando tento me desvencilhar, percebo que estou algemada.

Meu captor ainda está atrás de mim.

— Vou chamar os guardas — sibilo. — Eu...

A porta da varanda se fecha.

— Acho que não.

Desta vez, reconheço a voz.

O prefeito mirim Emeric Conrad dá um passo para a minha frente, pouco mais do que uma silhueta contra a lareira, as chamas refletindo nas lentes dos óculos.

Uma poeira cinzenta nos envolve. Minha sorte mais uma vez mudou para pior.

— Se chamar os guardas — ele diz, calmamente —, precisaria explicar o porquê de *você* estar aqui, com as pérolas de Gisele von Falbirg, e por que Gisele von Falbirg não está.

Então, ele pega um livro da cadeira da penteadeira e faz sinal para que eu sente.

— Agora, por favor, *prinzessin*. Tenho mais algumas perguntas para você.

DEZ

Flagrante

Tento não ficar de boca aberta enquanto Emeric vai até a lareira, onde o uniforme grande demais para ele foi dobrado e depositado em uma cadeira. Ele coloca o livro por cima.

Não é qualquer livro; ele está com o livro-registro de Yannec. Com as anotações que eu preciso para encontrar o comprador.

Isso significa que Emeric encontrou a gaveta secreta na penteadeira. Que também é onde escondi meu depósito de *gilden* e as joias Eisendorf. E lá estão: em uma pilha organizada ao lado da cadeira.

O que significa que ele é *muito* melhor nisso do que eu imaginei.

Esse não é o menino atrapalhado que pensei que poderia engambelar com um prato de salsicha provocante.

Ele *parece* igual: cabelo preto arrumadinho, nenhum amassado na camisa de linho, *krebatte* bem amarrado e um colete de lã cinza. Mas arregaçou as mangas, como quem se prepara para fazer negócios, e, agora que não está mais se afogando naquele casaco gigantesco, parece menos um acadêmico desajeitado e mais... bem, ainda um acadêmico desajeitado, mas com uma postura melhor e carregando pelo menos cinco facas que eu consigo ver.

— Posso especular a origem dos *gilden* — ele diz, sério —, mas nós dois sabemos que essas são as joias Eisendorf. Vamos ver... "Remoção de propriedade com intenção de roubo, de valor maior ou igual a um *gilden*, deverá ser considerada furto e punida de acordo com as leis locais." Estou bem certo de que essas joias valem mais do que um *gilden*. Mas você vai ter que me contar o que fazem com os ladrões em Bóern.

Existe um motivo para todas as moedas serem estampadas com uma coroa de um lado e um crânio do outro. Um dos lados é para os grandes ladrões. Você pode adivinhar qual lado é o dos ladrões pequenos.

Não entre em pânico. Não entre em pânico. Não entre em pânico.

Ainda existe um papel que eu sempre posso fazer: o da provinciana impotente e abismada. Faço uma expressão desolada e caio na cadeira da penteadeira, mantendo a respiração ofegante para forçar o sangue a subir para as bochechas.

— *P-por favor*, senhor, não é meu lugar questionar aonde ela vai, eu sou só a criada...

— Vanja. — Ele está consultando a caderneta, ainda manchada de café. — Vanja Schmidt, imagino? Esse foi o sobrenome pelo qual chamavam você no castelo Falbirg.

— Vanja é minha prima, ela me arrumou este emprego para eu poder alimentar minha mãe que está doente, *por favor*, senhor...

Emeric suspira. Em seguida, arranca a atadura da minha bochecha.

A lágrima de rubi brilha sob a luz do fogo.

Emeric descarta a atadura com um gesto incisivo e aguarda.

— *Scheit* — murmuro, depois de um segundo.

Emeric cruza os braços.

— Uhum.

Eu relaxo na cadeira, com cara de derrota.

— Tudo bem, Mirim. Quando você descobriu?

Pergunto por dois motivos. Um é que ele parece satisfeito demais consigo mesmo. Isso significa que tem muita certeza de que me pegou em flagrante, e eu quero saber *como*.

O outro é que eu consegui pegar um grampo da penteadeira e estou pronta para começar a soltar minhas algemas.

— Confirmei ontem à noite na mansão Eisendorf. — Emeric volta até a lareira e pega um dos palitos de acender o fogo da urna de cobre na cornija.

Ele olha de novo para mim, e me esforço para parecer devidamente emburrada e humilhada. Não é de todo artificial; estou um pouco envergonhada de que ele tenha me pegado assim tão rápido.

— Para falar a verdade, eu tinha uma teoria há cerca de uma semana — ele continua, e está até *falando* de outra forma, as palavras precisas e bem pronunciadas.

Ele leva uma ponta do bastão às chamas, e o pedaço de madeira pega fogo. Em seguida, anda até outro candelabro com a caderneta embaixo do braço.

—Tomei a liberdade de visitar Sovabin primeiro — diz.

— Isso é roubo — reclamo.

— A dama Von Falbirg me deu uma descrição muito clara da sua filha, Gisele — ele prossegue como se não tivesse me ouvido, apesar de revirar os olhos. — Ela é comedida. — Ele acende uma vela. — Prefere o ar livre a socializar. — Outra vela. — Gostava de livros. — Ele acende a terceira vela e me lança um olhar expressivo do outro lado do aposento. — E não gostava de beber.

Que desgraçado insuportável e melodramático.

—Você já *conheceu* Adalbrecht? — pergunto, seca. — Me conta você se não teria pulado em uma adega se fosse casar com ele.

Ele ergue as sobrancelhas.

— Verdade. No entanto, os roubos começaram em Bóern só depois da chegada de Gisele, o que levava a crer que era ela ou alguém da sua comitiva. A dama me contou sobre o colar de pérolas que deu para a filha, mas que o encantamento altera apenas a aparência de quem o usa, e não sua personalidade. Além do mais... existia a questão dos centavos. Você não conseguia se conter, certo?

Aquilo me acerta direto na garganta. Agora estou corando de verdade.

— Qualquer um poderia ter deixado um centavo.

— Mas você deixou doze, com o lado da coroa virado para cima, nos lares de doze famílias nobres depois de ter roubado todas as posses. Isso é *pessoal*, srta. Schmidt. Você queria que eles se sentissem impotentes. Queria que soubessem que foi você. — Parece que ele está lendo de uma bula, como se eu fosse um inseto estranho sendo examinado por uma lupa, e detesto a análise clínica que ele narra em voz alta de algo que nunca falei para ninguém. — Gisele não tinha motivos para guardar rancor de outros nobres. Já a sua criada, aquela que convenientemente desapareceu?

Ele está tentando me deixar com raiva. E está funcionando: é como se estivesse casualmente olhando todo o meu guarda-roupa, se aproximando demais das coisas feias escondidas lá no fundo. O que os Von Falbirg contaram a ele? Eles contaram todos os apelidos humilhantes que eu recebi? Que fizeram uma menininha solitária dormir com os ratos?

Como eu recebi as cicatrizes nas minhas costas?

Se eu deixar que ele me irrite, vou ficar descuidada. Mês passado, consegui escutar Irmgard von Hirsching por cinco minutos inteiros sem empurrá-la em uma fonte. Consigo manter a calma agora.

— Não compro essa — minto, sabendo que a teimosia pura e simples deve irritá-lo. E acertei, porque ele tensiona os ombros. — Que típico, tentando culpar a criada, quando você mal conseguia andar em linha reta perto de Gisele.

Ele bufa.

— Dificilmente. Desde o momento em que nos conhecemos, você estava esperando um garoto nervoso e apaixonado. Eu só mostrei o que você queria ver.

— Uma suposição bem grande de que eu *queria* ver você — murmuro. Então, ergo a voz para cobrir o barulho do grampo deslizando para dentro da fechadura da algema. — E pare de se achar. Você me perguntou de uma festa a que Gisele nem *foi*.

— Para ver se você ia se entregar.

Ele agora acendeu velas suficientes a ponto de eu ser capaz de ver algo inquietantemente familiar naqueles olhos escuros: a emoção abafada e convencida de saber que está ganhando.

Eu sei porque… porque…

Porque é assim que me sinto todas as vezes que deixo um centavo vermelho.

—Você quase jogou seu café em mim quando falei mal dos seus colegas criados. — Emeric volta para a lareira e joga o palito usado no fogo. — E se entregou *de novo* quando mencionei o centavo Eisendorf. Só descobriram o roubo depois que "Gisele" tinha ido embora, mas você não ficou surpresa.

Uma algema range ao abrir. Eu rapidamente me acomodo mais na cadeira, mexendo os braços para chacoalhar as correntes e disfarçar o barulho.

—Tá, *talvez* você tenha me pegado aí.

Emeric apanha o livro-registro de Yannec e o guarda na bolsa que carrega enquanto volta até mim.

— Eu peguei. E só precisei fazer você pensar que seria pega quando Klemens chegasse, e você entrou em pânico, como esperado. Confesso que não estava esperando aquela extravagância de doações, porém…

— Espera. A… coisa da luneta. Não era verdade? — Eu o encaro, me sentindo bem mais idiota do que gostaria. — Klemens não... vocês *não conseguem* ver a origem do centavo?

Emeric dá de ombros, parando não muito longe de mim.

— Era tudo mentira. Tenho certeza que você está familiarizada com isso. As pessoas ficam desleixadas quando entram em pânico.

— *Desleixadas...* — começo, revoltada.

— Desleixadas, sim — interrompe ele. — Preciso lembrar qual de nós dois está algemado?

— Acho que entendi — anuncio, com ares de descoberta. — Você é como se uma enciclopédia tivesse feito um desejo pra uma estrela para virar um menino de verdade, se a enciclopédia fosse uma babaca de marca maior.

— Que desnecessário. — Ele apalpa o colete, tirando o pedaço de carvão e abrindo a caderneta. — Agora, *frohlein*, eu não estava mentindo sobre ter mais perguntas...

— Você realmente não tem *nenhuma* forma de ligar os roubos a mim? Emeric franze a testa, e sei que o atingi de verdade.

— Nunca é assim tão simples. Se fosse, o meirinho poderia ter cuidado disso. Não seria necessária a ação de um prefeito como eu.

A outra algema se abre.

Dou uma risada enojada.

— Prefeito *mirim*.

Então eu o chuto na canela com toda a minha força.

Ele pragueja e cambaleia para trás enquanto eu pulo na direção das mãos dele. Emeric nitidamente está mais acostumado a algemar pessoas do que evitar ser algemado, porque é muito fácil fechar as algemas ao redor dos seus punhos. Eu só chego na altura do queixo dele sem as pérolas, mas também é ridiculamente fácil fazê-lo tropeçar com uma bota estrategicamente posicionada. Ele cai no tapete, entre a lareira e a porta da varanda.

Então, piso no peito dele para mantê-lo no lugar.

— É o seguinte, Mirim — digo, a voz gélida. Ergo a corrente de pérolas que estava no meu bolso. — Se você der um pio sem a minha autorização, eu vou gritar como se todos os *grimlingen* de Bóern estivessem entrando pela janela. Aí vou colocar as pérolas, e *você* é que vai ter que explicar aos guardas por que estava ameaçando Gisele von Falbirg no quarto dela.

Ele olha para minha bota com desprezo.

— Isso é extremamente desnecessário, srta. Schmidt.

— Aposto que você diz isso pra todas. — Apoio o peso nele até ele estremecer. — Como me encontrou no Göttermarkt?

— Eu não estava procurando por você — ele diz, entre dentes. — Estava recebendo atualizações do posto da Ordem dos Prefeitos. Eu teria dito isso se você tivesse perguntado, você *realmente* não precisa continuar pisando em...

Não movo o pé.

— Você nunca me viu sem as pérolas antes desta tarde. Como sabia que era eu?

— O rubi.

Balanço a cabeça.

— O rubi estava escondido.

— Ainda consigo ver a maldição nele — Emeric chia. — E as marcas das deusas da Morte e da Fortuna. Com ou sem as pérolas.

Eu congelo.

— Você consegue ver a maldição?

— De Eiswald. — Ele assente.

Por um instante, hesito.

Imediatamente percebo que é um erro. Emeric agarra meu outro tornozelo com a corrente entre as algemas e puxa com força. Eu caio no chão. As pérolas voam da minha mão e rolam para longe. Viro de costas enquanto Emeric avança para cima de mim...

E o ferro gelado alcança meu pescoço. Ele me prende com a corrente, uma mão em cada lado do meu pescoço, e parece tanto exasperado quanto estranhamente desconfortável.

— Eu preferia... não... continuar com isso. — Ele tenta recuperar o fôlego, me encarando, a voz rouca. — Passei os últimos dez anos treinando para apreender criminosos muito melhores do que você. Podemos chegar a um acordo se você se render.

Criminosos melhores. *Ladrões maiores*, penso. Do tipo que ele não precisa mandar para a forca.

O problema de pessoas como Emeric Conrad é o seguinte: eles não sabem o que fazer quando não são a pessoa mais inteligente do recinto. Ele acha que ganhou porque me enganou por um dia, e não importa que eu esteja enganando metade de Bóern durante um ano todo.

Ele acha que pode apreender criminosos melhores do que eu, porque nunca conheceu um criminoso como eu.

Então, pisco meus grandes olhos negros para ele e digo:

— *Poldi.*

Uma bola de fogo irrompe da lareira e colide com Emeric como um touro.

Eu vou ficar devendo *tanto* hidromel para ele.

Emeric cai no chão, sem fôlego. Poldi o agarra pelo colarinho.

— *Para onde eu o levo, senhora?* — o *kobold* grunhe em uma voz que estala e chia, como lenha seca ardendo.

— Lá para fora.

As portas da varanda se escancaram, e eu me levanto e espano o pó, saboreando os protestos que Emeric cospe. Poldi o leva com uma enorme ausência de cuidado. Na varanda, fecho as portas e aponto para a balaustrada.

A forma de Poldi se assentou novamente na forma de um homenzinho de fogo, mas ele se move como nenhum outro homem, subindo o ar como se fosse uma escadaria, levando Emeric junto. As botas do prefeito mirim mal tocam o corrimão da balaustrada.

— Olha só meu acordo — digo para ele. — Você tem menos de um minuto antes de Poldi queimar esse seu colarinho. Seria bom me contar *tudo* o que sabe da maldição de Eiswald primeiro.

— De novo — Emeric diz, irritado —, você poderia *simplesmente perguntar.*

Cruzo os braços e dou um sorriso frio.

— Mas aí eu não estaria com a sua vida nas mãos. Qual seria a graça?

A corrente das algemas tilinta enquanto ele tenta gesticular, irritado.

—Tem alguma coisa *muito* errada com você.

— E tem uma... — eu me inclino para a frente, semicerrando os olhos — queda de uns dez metros, por aí, antes de você chegar no Yssar. Me fala da maldição, Mirim.

— Eu já contei tudo que sei.

Faço um gesto com a cabeça para Poldi. Emeric escorrega um pouco.

— É verdade! — insiste ele. — Eu consigo ver que é uma maldição, que é de Eiswald...

Minha voz fica mais estridente sem que eu consiga controlar.

— E por acaso sabe como faz para quebrar? Ou o que Eiswald quer de mim? *Qualquer* outra coisa?

— Só que... — Emeric hesita — ... a maldição vai matar você até a lua cheia.

A lua crescente vai aparecendo sobre o horizonte, fina como uma lâmina.

— Disso eu já sei — respondo, séria. — Então não tenho tempo pra desperdiçar com você. Poldi, pode fazer as honras.

— Espere... o marquês...

Seja lá o que Emeric tem a acrescentar, se perde no ar quando o *kobold* o solta.

Ouço um grito, o som de algo caindo na água, então o prefeito mirim Emeric Conrad virou oficialmente problema do rio Yssar.

Olho por cima da balaustrada, as mãos na cintura.

— Acha que ele consegue nadar com as algemas? — pergunto a Poldi.

Poldi e eu aguardamos um momento, observando o rio. Nada emerge da superfície.

— *Parece que não* — sibila ele.

Espero mais alguns segundos, então me viro para voltar ao quarto.

— Hum. Ele vai dar um jeito. Com sorte antes de chegar na cachoeira. Vamos lá buscar um pouco de hidromel pra você.

PARTE DOIS

A MENTIRA DAS PÉROLAS

TERCEIRA FÁBULA

UM ANEL DE RUBI

ERA UMA VEZ UMA PRINCESA QUE MORAVA EM UM CASTELO com sua melhor amiga, a criada leal. Ela levava a criada quando ia explorar as ruínas nas montanhas. Ela levava a criada quando caçava na floresta. Ela levava a criada a todos os lugares, mesmo quando sua mãe não gostava.

Certo dia, quando a princesa e sua criada tinham quase treze anos, outra jovem chegou. Era filha de um conde que viera de uma terra ao leste e passaria uma quinzena no castelo discutindo questões entediantes de Estado com os pais da princesa. A condessinha era a menina mais linda que a princesa e a criada já tinham visto, com cabelos castanhos sedosos, rosas gêmeas em suas bochechas de porcelana e olhos tão azuis quanto as profundezas de uma geleira.

A condessinha queria ser amiga da princesa. Queria ser a *melhor* amiga da princesa. Sua *única* amiga.

E a condessinha estava entediada.

No começo, importunou a criada da princesa de pequenas formas, beliscando-a quando ninguém estava vendo, colocando o pé na frente sempre que ela passava e puxando suas tranças. Se a criada protestava, a condessinha dizia que tinha sido um acidente, que sentia muito e que estava *muito envergonhada*. Então, os olhos dela se enchiam de lágrimas, e a criada fugia antes que alguém ralhasse com ela por fazer a condessinha chorar.

Depois, a condessinha fez a princesa ajudá-la.

A condessinha não queria ler ou subir montanhas ou caçar. Então, inventou um jogo. Disse que devia ser um tédio para a criada fazer a mesma coisa todos os dias e que, com a princesa, poderia deixar a vida da criada mais interessante. No começo, a princesa achou que era uma boa ideia, já que sua amiga *realmente* tinha tarefas muito entediantes, e talvez elas pudessem fazer com que seu trabalho fosse mais divertido.

Começou aos poucos: saltavam de um canto para assustar a criada. Trocavam a cera por alvejante quando a pobre não estava olhando. Então, veio a crueldade, elevando aquele *jogo* a um novo patamar. Jogaram uma aranha dentro do vestido. Enfiaram um prego na vassoura para arranhar o chão. Colocaram um prego dentro do sapato.

E se a criada ficasse magoada os olhos da condessinha se enchiam de lágrimas, e ela dizia que era apenas uma brincadeira e que não havia necessidade de ser tão *malvada*.

Certo dia, ao acordar, a criada encontrou a condessinha ao pé de sua cama de palha, rindo e apontando para os cobertores.

— É por isso que chamam você de centavo *vermelho*?

A criada não compreendeu, até sentir a dor na barriga e ver o sangue na palha, percebendo que sua menarca havia chegado na pior hora possível. Ela correu ao lavatório o mais rápido que pôde. Durante o resto do dia, a condessinha fez questão de chamá-la de *Rohtpfenni*, até a criada pensar que teria de empurrá-la dentro da lareira.

Foi então que a princesa percebeu que aquilo estava indo além do jogo.

A princesa pediu a seus pais que mandassem o conde embora, mas eles não podiam, pelo mesmo motivo que haviam pedido a ela para ser amiga da condessinha: o conde Von Hirsching controlava uma importante rota mercantil que passava por Sovabin. Eles não podiam romper esse elo.

A princesa, portanto, tentou ajudar sua criada, e disse que a condessinha deveria pedir desculpas.

A condessinha ficou cabisbaixa, garantindo que sentia muito que a criada tivesse se magoado. Ela até mesmo tirou um anel de rubi dos seus dedos e disse que era um presente, para consertar as coisas.

E a pobre da criada acreditou nela.

A noite caiu. No jantar, a condessinha ofegou alto e declarou que seu anel de rubi tinha desaparecido. Ela apontou para a criada e a acusou de roubá-la. Quando reviraram os bolsos da criada, é claro que lá estava o anel.

Eu nunca vou me esquecer daquela noite, de como insisti em meio às lágrimas que Irmgard tinha me dado o anel, que eu nunca roubaria nada, até que a dama Von Falbirg me calou com um tapa. O pai de Gisele prometeu ao conde Von Hirsching que eu seria punida.

E Gisele… Gisele não disse nada.

Ela não disse nada quando os Von Hirsching exigiram que eu fosse chicoteada, por ser uma ladra. Vinte chicotadas, em uma menina que não tinha nem completado treze anos.

Ela não disse nada quando os guardas ataram minhas mãos a um poste de madeira e rasgaram minha roupa para expor minhas costas.

Não disse nada quando fizeram Yannec me chicotear treze vezes, até eu sangrar. Não disse nada enquanto Joniza implorava por misericórdia, a voz engolindo meus gritos. Não disse nada quando me concederam tal misericórdia, me poupando das últimas sete, mesmo enquanto o conde Von Hirsching reclamava que tinham estragado seu jantar.

E, depois do ocorrido, quando Gisele apareceu na cozinha, onde tinham me deitado de bruços em uma mesa de madeira como se fosse o último prato do jantar, ela continuou em silêncio.

Yannec estava ocupado demais empratando molhos, envergonhado, e Joniza tinha ido buscar a curandeira da região. Joniza sabia uma coisa ou outra sobre ervas, mas aquilo estava além do seu alcance. Ninguém chicoteava crianças na terra dela.

A curandeira custaria um mês do seu salário, mas Joniza não hesitou. Tudo o que eu conseguia pensar em meio àquela neblina de dor era que precisaria pagá-la por isso, e nem sabia como.

Os olhos de Gisele estavam molhados quando ela chegou ao cômodo. Eu queria perguntar por que ela não tinha dito nada. Por que não dissera que Irmgard estava mentindo. Por que não impedira Irmgard antes.

Ou por que as lágrimas de Irmgard valiam mais do que o sangue nas minhas costas.

Eu conhecia Gisele, porém. Ela não tinha resposta para isso.

Então tudo o que ela fez foi entrar, depositar algo na mesa ao meu lado e correr para fora, abafando as próprias lágrimas, o rosto vermelho. Quando virei, tive um vislumbre de algo prateado na madeira: um único centavo branco.

Fechei os olhos.

Ao menos me ajudaria a pagar a curandeira.

— Vai precisar melhorar na próxima vez que tentar ganhar um trocado — murmurou Yannec por fim.

Recostei o rosto na madeira. Qualquer coisa para me distrair da ardência dos cortes nas minhas costas.

— Eu não roubei o anel — sussurrei, a voz já rouca de tanto chorar. — Ela estava mentindo. Ela me deu de presente.

Yannec sibilou quando um molho ameaçou escorrer para fora do prato.

— Então não vá cair nessa de novo. Mas aqui vai um conselho, menina. O mundo está cheio de nobres assim. Você até pode seguir as regras deles, mas ainda vão dar um jeito de te bater e te chamar de ladrazinha. Mesmo a srta. Gisele. É só questão de tempo.

Eu não disse nada. Já tinha sido o suficiente.

Achei que poderia ser criada de Gisele, sua amiga, talvez pelo resto da nossa vida. Ela se casaria com outro nobre, e eu seria a governanta do seu lar e talvez encontrasse um cavalariço bonito ou algo parecido, e nós seríamos... como uma família, e isso bastaria para mim.

Yannec suspirou, colocando o prato na mesa. Então, foi até onde eu estava e acariciou meu cabelo grudado de suor, um gesto breve e grosseiro, um conforto maior para ele do que para mim.

— O que estou dizendo é que vão te chicotear de novo, *Rohtpfenni*. Se não te chicotearem, vão te roubar, te cegar, ou o que mais der na telha deles, tenha você roubado ou não. É assim que o mundo funciona. Sua única chance é fazer com que valha a pena. Da próxima vez que te pegarem, é bom garantir que não seja por um anel, e sim um bolso cheio de ouro.

À meia-noite, a Morte e a Fortuna vieram me ver.

Elas me disseram que eu completara treze anos, e, portanto, era hora de escolher uma delas.

Elas me disseram que iriam me reivindicar como serva.

Não disseram nada sobre me reivindicar como filha.

Não disseram nada sobre as feridas recentes nas minhas costas, ou sobre eu ter *florescido* nas minhas regras, ou sobre o olho roxo que recebera da dama Von Falbirg. Deuses não se importam com essas coisas, sabe. Nem mesmo os que têm uma afilhada.

Eu não queria ficar no castelo Falbirg. Tinha medo de que Yannec estivesse certo, que Gisele permitisse que me machucassem de novo, que um dia ela mesma pudesse empunhar o chicote.

Mais temível ainda, porém, era a ideia de servir a Morte ou a Fortuna e esperar o dia em que elas me puxariam por uma coleira.

Elas nem sequer me ofereceriam um centavo branco depois.

Então, falei *não* para a Morte e a Fortuna.

E comecei a sonhar com bolsos cheios de ouro.

ONZE

Tirando um peso dos ombros

Ragne volta na hora que eu percebo que cometi um erro realmente terrível.

E esse erro foi ter jogado um ser humano algemado em um rio gelado, condenando-o, portanto (provavelmente), à morte? Não exatamente. Acho que podemos todos concordar que aquela enciclopédia humana babaca já foi tarde.

É só que, neste instante, a bolsa dele está (provavelmente) afundando no Yssar junto com ele. E dentro da bolsa está o livro-registro de Yannec, que eu preciso para encontrar o comprador de Yannec e me livrar das joias Eisendorf.

Acabei de entrar no quarto quando percebo o que fiz. Ragne entra batendo as asas atrás de mim. Ela está na forma de uma coruja-das-torres preta, piscando sob a luz das velas ao se empoleirar em uma das hastes da cama dossel.

Eu aponto para fora depressa.

— Ragne. Tem um garoto afundando no Yssar e eu preciso da bolsa dele. Você pode cuidar disso?

Ela pia e se joga na noite. Passo a mão pelas tranças bagunçadas, tentando pensar.

Poldi estala educadamente, sentando na lareira.

— Certo. O hidromel. — Grudo a pomada e a atadura sobre o rubi, corro até a cozinha pela passagem dos criados e volto com uma garrafa.

Ragne já está de volta e na forma humana. Além de completamente nua e pingando no tapete.

— Por… quê? — pergunto, exausta.

— Humanos secam mais rápido. Não têm pelo.

— Humanos usam toalhas. E roupas. — Entrego a garrafa para Poldi. — Obrigada pela ajuda.

Ele agarra a garrafa e some chaminé acima.

— *Vou manter o fogo aceso para a semideusa.*

Viro mais uma vez para Ragne, procurando uma toalha.

— E aí?

— Eu cuidei do assunto — ela diz, alegre, e balança a cabeça, água voando para todos os cantos.

— Cadê a bolsa?

— Com o garoto.

Eu fecho a cara e tiro uma toalha limpa de uma cesta.

— E cadê o garoto?

— Do outro lado do rio.

— Ele…? — Passo um dedo pelo pescoço.

Ragne inclina a cabeça, confusa.

— Ele se afogou? — explico.

Ela cutuca o próprio pescoço.

— Por que alguém se afogaria assim? Ele tem guelras?

— Morto! Esse gesto indica que alguém morreu. Tipo uma garganta cortada. Ele morreu?

— Ah. Não tinha entendido. — Ragne se aconchega perto do fogo. — Ele ainda está vivo.

Jogo a toalha nela.

— Então como é que você *cuidou do assunto*?

— Eu cuidei do garoto — Ragne responde, atônita. — Arrastei ele até a margem e…

— Eu precisava que você pegasse a bolsa, Ragne! — Ergo as mãos. — Não ligava pro que ia acontecer com ele, eu precisava da *bolsa*!

Meus dedos formigam. Praguejo, balançando a mão, e então vejo uma camada de pequenos rubis cobrindo os nós.

— Estou vendo — diz Ragne.

Lanço a ela um olhar mortal.

— Eu gostava mais de você antes de você aprender a ser sarcástica — comento.

Em seguida, me jogo na cadeira ao lado da lareira, soltando as tranças bagunçadas e penteando as mechas com os dedos enquanto penso.

Emeric ainda está vivo. O livro-registro de Yannec... com sorte, ele escreveu com carvão e as páginas não estão arruinadas.

A não ser que Emeric possa usá-lo para arrumar provas contra mim.

Por enquanto, estou segura. Ele não vai me pegar de surpresa de novo. Sem evidências concretas, é apenas a sua palavra contra a da noiva do marquês. E sei exatamente o que acontece em casos como esse. Mas ainda preciso do livro-registro.

O infeliz prefeito mirim também me deixou algumas lembrancinhas: na luta, ele derrubou a caderneta e uma das facas, e o paletó do uniforme ainda está dobrado em cima da minha cadeira. Verifico os bolsos. Encontro alguns centavos vermelhos e *sjillings*, um lenço dobrado de forma meticulosa e nada mais.

Acabo lendo o casaco, assim como leio todas as caixas de joias que esvazio. Esse paletó me conta uma história inesperada: é grande demais para Emeric, cheio de arranhões antigos e rasgos cuidadosamente remendados, até mesmo com um retalho ou dois costurados nos cotovelos. Uma constelação de buracos em cima do bolso do peitoral marca o lugar de onde foram retirados brasões e medalhas, e em uma linha vermelha fina um nome foi bordado no colarinho: H. KLEMENS.

Ou foi roubado, ou foi presente, ou foi herança. Posso descartar esta última hipótese, já que a Ordem dos Prefeitos é muito bem financiada — jamais reutilizaria uniformes. E posso descartar a primeira, porque a impressão que tenho de Emeric Conrad até agora é que seria física e emocionalmente impossível para ele desrespeitar uma única lei sem gritar. Portanto, foi um presente. Algo sentimental.

Sinto um cheiro forte, condimentado e estranhamente familiar, então reconheço: óleo de junípero. A curandeira acrescentou um pouco no unguento que usou nas minhas feridas de chicote anos atrás.

Uma raiva antiga se engancha nas linhas das minhas cicatrizes. Levanto e jogo o casaco no meu guarda-roupa, depois pego a caderneta e a faca de Emeric no chão. Ao menos posso ver o que ele já anotou sobre mim, para me preparar para o pior.

Quando folheio as páginas, porém, estão todas em branco, exceto por uma breve inscrição na primeira folha:

PROPRIEDADE DE E. CONRAD
Em caso de perda, por favor, entregue ao posto mais próximo
da Ordem dos Prefeitos das Cortes Divinas

Bom, pelo menos ele é otimista.

Mordisco a ponta do dedão. Não é uma caderneta falsa; eu o vi escrevendo nela durante o desjejum. Ainda está até com o cheiro de café, embora eu não veja mais as manchas. Deve ter algum tipo de encantamento escondendo as anotações. Levo a caderneta para perto da lareira, me jogando de frente para o fogo, aproveitando a luz forte das chamas.

É uma caderneta surpreendentemente bem-feita, considerando que não tem nenhuma estampa de livreiro na capa de couro. Esse foi meu primeiro chute, procurar um encanto nos adornos, porque a magia normalmente deixa marca. Precisa ter uma âncora, da mesma forma que as pérolas funcionam como âncora para firmar a ilusão da *prinzessin*. Passo os dedos pela capa, as guardas, até mesmo pela caligrafia de E. CONRAD, mas nada se sobressai.

Isso me deixa com mais raiva do que deveria. Que *injustiça*. Ele invadiu meu quarto e praticamente esfregou na minha cara um conhecimento excruciante de todos os meus segredos. Este livrinho idiota não tem o direito de guardar os deles. E eu estou tão, tão cansada das coisas darem errado hoje.

Só queria que uma coisa, uma *única* coisa abençoada funcionasse hoje.

Ao longe, os sinos do Göttermarkt começam a soar, marcando a hora. Fecho os olhos e me permito sentir minha raiva por inteiro durante cada batida, cansada e temporariamente derrotada. Quando o último e sétimo sino fica em silêncio, respiro fundo.

Então começo a pensar nas formas de arrombar essa fechadura.

A maioria das fechaduras é mais um mecanismo de enrolação do que qualquer outra coisa. Não é que elas sejam complexas: dentre os cinco ou seis pinos, só um ou dois realmente dão trabalho, e o segredo é fazer a pessoa passar dez minutos descobrindo qual deles. Mas, se estiver aproveitando a troca da guarda, você *precisa* economizar tempo.

Eu não tenho dificuldade com essas fechaduras, porque hoje em dia descubro bem rápido quais são os pinos problemáticos. Basta testar um de cada vez. E é isso que preciso fazer agora, testar esse problema um pino por vez.

O primeiro: com o que estou lidando? Uma ilusão, para fazer com que as páginas simplesmente *pareçam* em branco, ou um encantamento que apagou tudo de verdade?

Folheio as páginas e esfrego a ponta dos dedos no papel. Eles saem limpos. Faço isso em três outras páginas, e o resultado é o mesmo.

O primeiro pino se encaixa.

Emeric escreve com carvão. Se fosse uma ilusão para fazer as páginas parecerem brancas, minhas mãos ainda ficariam sujas. Tem que ser um encantamento, que resguarda a escrita. Então o próximo pino é: *onde?*

Cutuco mais o livro, mas nada se sobressai. Isto é, até eu notar uma faixa cinza fina e perfeita na base da mão quando vou virar uma página. Assim que eu a esfrego, ela desaparece. *Carvão.*

O segundo pino trabalhoso está parecendo bem promissor.

Uma costura preta conecta as páginas da caderneta à lombada, bem ao meio, com pontos longos e compridos. Eu a cutuco com cuidado. A ponta do meu dedo fica com outra mancha cinza.

— Hum — murmuro.

Então, tiro a faca de Emeric da bainha e corto a linha.

É como abrir um saco de ervilhas secas. As letras se esparramam de todos os lugares, se encaixando em linhas organizadas, as linhas da costura embranquecendo, conforme o carvão se esvai dela. As páginas da caderneta estremecem, amassam, e as manchas de café reaparecem, assim como arranhões e rabiscos nas margens. Solto uma risada desvairada.

Posso não ter desvendado as regras da maldição de Eiswald, mas ao menos isso eu consegui resolver.

Assim que as letras se acomodam, volto para o início da caderneta e começo a ler sob a luz do fogo. As primeiras páginas são inúteis, datadas do começo do ano, antes de eu roubar sequer um brinco. Estão todas cheias de anotações do tipo:

Olhar atrás da estátua de santa Frieda
Viúva DEFINITIVAMENTE mentindo sobre a ordem dos chapéus
Escrevendo isso só para deixar o suspeito nervoso, ele
definitivamente não gosta disso, ainda estou escrevendo.
Vou SUBLINHAR isso para ver se

E imediatamente depois disso:

Confissão completa.

Desgraçado convencido.

Sigo folheando, mas meu dedão bate em algo entre as páginas. Um papel dobrado cai, e com certeza não estava aqui antes de eu cortar a costura. É uma carta, curta e em uma caligrafia estranha, datada de uma semana atrás.

Garoto,
Acho que você tem pistas sólidas no caso de Minkja, mas esse é um dos grandes. Ainda assim, melhor continuar da forma de sempre. Vou encontrar com você no dia seis e vamos resolver isso. Lembre-se de que os casos são construídos e não apenas resolvidos. Não basta apenas estar certo, é preciso provar isso — você tem um olho bom, mas de nada adianta se não puder fazer os outros verem o que você vê. Não negligencie as evidências.
H

Franzo a testa. *H*, de *H* Klemens, de prefeito Hubert Klemens. Adalbrecht requisitou a presença de Klemens, o que significa que ele deve ter um histórico forte. Um prefeito que se destaca entre os outros, que teria lidado com os criminosos mais monstruosos do Sacro-Império.

Então por que um homem como esse julgaria pequenos roubos de joias um caso grande?

A carta estava entre duas páginas, uma delas em branco. A outra página foi usada para rascunhar a resposta, com alguns começos trepidantes:

Hubert,
~~Não me diga como~~
~~Eu sei o que eu estou~~
Anotado. Vou lidar

Acaba por aí. Provavelmente ele foi interrompido. Então eu *realmente* acertei em cheio mais cedo, quando disse que Emeric não tinha provas.

As páginas seguintes estão vazias. Volto para as anteriores e me deparo com as anotações do último mês.

PFENNIGEIST

Começou no início do ano, logo depois do noivado
Falbirg-Reigenbach
Assaltos apenas à nobreza em Bóern
Sem sinais de grimling ou influência divina até então
Deixa um centavo vermelho como marca — quer atenção

Ora, mas que cretino… eu *não* quero atenção.

A próxima página contém uma lista de coisas para levar na viagem. Passo adiante, a irritação chegando à minha garganta, e encontro o que estou procurando: as anotações de ontem em diante.

Impostora carrega as marcas da Morte e da Fortuna, além das pérolas encantadas. O V Falbirg mentiu, encantamento não é só para charme, e sim ilusão. Verificar identidade e localização dos antigos funcionários pela manhã + confirmar identidade Pfennigeist.

Ele não estava blefando sobre saber desde ontem à noite então. As anotações da manhã:

Impostora tentando distrair da ~~salgar~~
Distrair de tudo na verdade
Impostora adquiriu uma maldição de Eiswald durante a
noite, acabando na lua cheia; relacionada ao roubo Eisendorf?
Confirmado: única criada Falbirg que falta é Vanja, o
"Centavo Vermelho"
Confirmado: impostora sabe do roubo Eisendorf, apesar de ter
ido embora antes da descoberta
Por enquanto, sem indicação de envolvimento com AvR +
Nmn, Wfhdn
Confirmado: garota encontrada no Göttermarkt, tentou
emplacar uma pista falsa; carrega a mesma maldição +
marcas da impostora, corresponde à descrição de V.
Confirmado: Vanja (Schmidt?) é a impostora

Sinto o rosto corar a cada linha. Eu nunca o enganei, não até colocar as próprias algemas de volta nele.

Ele não tem nenhum direito de saber esse tanto sobre mim, muito menos escrever sobre isso. Odeio isso. Odeio que alguém saiba uma fração que seja de quem eu sou. E odeio o fato de que ele não está no fundo do Yssar neste instante.

As chamas dão um estalido vingativo. Encaro o fogo e olho de novo para a caderneta, contemplando aquilo, em fúria. Bem, é uma forma de garantir que essas anotações não podem mais me machucar, de fato.

E, para ser sincera, é isso que eu quero. Não lembro da última vez que me senti verdadeiramente segura, mas passei o último ano me sentindo segura *o bastante* por trás da fachada da *prinzessin*. Esqueci quanto a exaustão é capaz de se entranhar quando se vive com medo.

Quero me vingar de Emeric por colocar mais uma rachadura na minha segurança. Por me chamar de Centavo Vermelho. Quero queimar tudo que me machucou até só sobrarem cinzas.

Fecho a caderneta, erguendo-a sobre o fogo.

— O que você vai queimar? — Ragne pergunta, me encarando com curiosidade.

Ela se enrolou embaixo da toalha, o cabelo esparramado para secar nas pedras em frente à lareira.

Aquilo me tira da névoa de raiva. Idiota, idiota, *idiota*. Puxo a caderneta de volta.

— Nada.

Emeric disse que foi a Sovabin. Preciso descobrir o que ele sabe sobre mim, se quero continuar um passo na frente dele. Para conseguir manter distância.

E se ele conhece meu apelido... o que mais sabe?

Esfrego o rosto.

— Vou dormir um pouco. Fique longe da cama.

— Não — Ragne rebate.

Eu poderia discutir, mas duvido que vá mudar alguma coisa.

Tranco a porta do quarto. Então, depois de raciocinar, tranco a porta da varanda também. Escondo as joias Eisendorf e minha pequena pilha de *gilden* de volta na gaveta secreta da penteadeira, visto uma camisola e apago a maior parte das velas.

Levo a caderneta e a faca comigo para a cama, as duas pelo mesmo motivo: Emeric Conrad ainda está vivo, e é provável que queira retomar suas posses.

Deixo a faca na mesa de cabeceira, me apoio nos travesseiros e abro a caderneta outra vez. Preciso de algumas tentativas até encontrar as anotações de Sovabin.

Castelo Falbirg: muitas novas reformas. Financiamento novo? AvR pagou um suborno por G?
Definitivamente extorsão, comércio na cidade principal aumentou dramaticamente desde o noivado. AvR possivelmente extinguindo rotas mercantis
O que AvR ganha com isso fora G?

A próxima linha me pega de surpresa:

Príncipe + dama abertamente abusivos com seus funcionários, ofensas e ameaças a não pagar salários, potencialmente violentos

Não sei por que fico tão atônita. Acho que... pensava que ninguém mais visse isso. Ou que só ignoravam. Ou que, na verdade, bem, não era assim tão ruim.

Mesmo agora, sinto uma vozinha insistindo: *era só quando eles ficavam bravos, ou preocupados. Eles te deram um lar no castelo, e você poderia ter trabalhado mais e se esforçado mais, e... e poderia ser pior...*

Essa voz, no entanto, vem da parte de mim que perdoaria qualquer coisa apenas para receber um carinho materno. E, se eu der ouvidos, ela vai me devorar por completo.

Me forço a continuar.

As próximas linhas estão mais organizadas e completas, como se Emeric estivesse reunindo seus pensamentos ao final do dia.

É quase certeza que o Pfennigeist vem do castelo Falbirg. Escreverei um apanhado completo de teorias depois que entrevistar os criados, mas em resumo:

- Presença de centavos vermelhos → culpado(s?) querem que as vítimas conectem os crimes; querem que as vítimas se sintam impotentes
- Alvos são apenas nobres → ressentimento baseado em classe
- Os V Falbirg maltratam os criados e estavam desesperados por dinheiro até recentemente → criadagem provavelmente mal paga, forçando uma dependência completa no salário, o que os impede de irem embora apesar das condições insalubres

No geral, o suspeito provavelmente é alguém que busca vingança, humilhado pela nobreza, e querendo retribuir o favor. Sabe como navegar círculos aristocráticos a partir de observações pessoais, é provável que necessidades básicas tenham sido negadas na juventude e agora está propenso a compensar demais. Criadagem de alto nível, próxima à família, sujeito à negligência prolongada na infância, possivelmente abuso.

Minhas costelas se transformaram em grades de ferro, fechadas, impiedosas.

Como ele… como ele *ousa*…

Na página seguinte, há uma lista de nomes sob a palavra ENTREVISTAS. Reconheço alguns criados do castelo, outros são novos. Anotações foram feitas ao lado de cada um, como "Bettinger — guarda, contratado na primavera" e "Nägele — cozinheira nova, diz que o último tinha um temperamento ruim". Emeric riscava cada nome conforme avançava.

Na metade da lista, as anotações param no nome da camareira. Ela trabalhava no castelo Von Falbirg desde muito antes de mim; estava no salão de jantar, com um jarro de vinho nas mãos trêmulas, na noite em que fui chicoteada pelos Von Hirsching.

O resto dos nomes foram cortados em um único risco grande e selvagem; ela foi sua última entrevista.

No fim da página, em letras certeiras, mortais e grandes, Emeric escreveu apenas uma palavra:

ROHTPFENNI

Fecho a caderneta.

Enrolo a fita de couro nela o máximo de vezes que consigo e a enterro embaixo de um travesseiro afastado, longe da minha vista. Meu coração ainda está disparado, furioso, envergonhado, e, chocada, percebo que meus olhos ardem.

Não choro desde que saí do castelo Falbirg.

Achei que tinha deixado essa menina para trás. Eu construí Marthe, construí a *prinzessin*, o *Pfennigeist*, tudo para fugir do fantasma que me assombrava no espelho.

Ragne pula na cama na forma de um gato, olhando para mim, e se enrola atrás dos meus joelhos sem dizer nada.

Lanço um olhar beligerante para o dossel de veludo da cama e não desvio, deixando as lágrimas queimarem até secarem.

Vou quebrar essa maldição. Vou fugir do controle de Adalbrecht. Vou vencer Emeric Conrad e deixar ele, Gisele e *tudo isso* para trás.

E vou fazer isso... nos próximos treze dias.

Sem perceber, caio no sono.

Não demora muito para os sonhos me encontrarem. Ou para ficarem sinistros: Eiswald me transformando em pedra, que se esfarela a cada passo dado. Gisele apontando para mim enquanto rubis jorram da sua boca. Um lobo de pelo dourado e olhos azul-claros de Adalbrecht com um corvo na boca.

Só que esse lobo não some.

Ele devora o corvo em uma explosão de penas. Então, morde uma marmota pesada da hibernação. Sangue escorre dos dentes em chamas azuis. Depois uma raposa, um bode, um veado, um alce...

Sinto uma dor no braço, mas não consigo me mexer.

Os olhos ardentes do lobo se voltam para mim, e ele dá o bote.

Ouço um farfalhar de cobre, prata, ouro e ossos, como um sino badalando. Penso ouvir meu nome. Quando abro os olhos, no entanto, parece que ainda estou presa nos sonhos.

A luz fraca das velas destaca uma figura monstruosa no escuro.

Uma criatura de pele pálida e enrugada, talvez um homem, está sentada sobre meu peito, embaraçando meus cabelos, dentes afiados alegremente à mostra. Os olhos cor de safira brilham.

Quando tento respirar, mais parece um engasgo, meus pulmões gritando enquanto lutam contra o peso da criatura. Ragne sibila, as garras acertando a coisa, mas o monstro mal parece notar, balançando para a frente e para trás.

A sorte emite seu brilho dourado ao lado, na faca de Emeric que ainda está na mesa de cabeceira.

Pego e balanço para tirar a bainha, enfio a lâmina de aço com toda a força na costela da criatura. É como esfaquear uma saca de grãos. O homenzinho enrugado gorgoleja, rolando nos cobertores, e o feitiço que lançou em mim, seja lá qual foi, se rompe. Me jogo da cama e consigo ofegar:

— *Poldi!*

A lareira apagada incha com o fogo, como se o *kobold* estivesse acordando de um cochilo. Em seguida, o fogaréu se impele para a frente com raiva quando Poldi se atira na cama. A criatura deixa escapar um grito fino e se joga na parede, subindo por ela como uma aranha enorme e gorda de quatro pernas, enquanto Poldi a persegue até o teto.

Então o maldito homenzinho mergulha em direção à porta, diminui de tamanho até ficar quase invisível e escorrega pela fechadura.

Encaro a porta e me esforço para não entrar em pânico, ainda tentando recuperar o fôlego.

— O que… — ofego. — O que era *isso*?

— Um *nachtmahr* — rosna Ragne, a cauda eriçada. — Desculpa, eu tentei te arranhar para acordar. Mais um pouco e teria te roubado.

Vejo uma fileira de arranhões vermelhos no meu braço. Me apoio na cabeceira da cama, o coração batendo rápido, tentando organizar meus pensamentos ainda sonolentos. É como tentar pegar óleo com uma peneira.

Já ouvi falar nos *nachtmären*, mas nunca tinha visto. São *grimlingen* menores, pequenos goblins que envenenam sonhos e os bebem. Se nada os impedir, levam o sonhador da cama e o cavalgam pela noite. Não são muito fortes, mas existem na mesma proporção que sonhadores.

Não lembro se algum visitou a casa da minha antiga família, mas o *kobold* do castelo Falbirg mantinha todos os *grimlingen* longe. Era para Poldi fazer o mesmo.

Ele flutua até mim, coçando a cabeça.

— *Desculpe, senhora* — murmura. — *Sei lá como ele entrou.*

A silhueta dourada da Fortuna se materializa ao pé da cama, sólida o bastante apenas para que eu a veja pegar a bainha da faca e a entregar para mim. Então, lembro do seu vislumbre dourado nos sonhos.

Sinto uma onda gelada descer pela coluna.

— Não pedi a sua ajuda — digo rapidamente. — Isso não contou. Eu não te devo nada.

Ouço um sussurro distante e farfalhado, como palavras caindo feito moedas:

— Não. Desta vez, não.

Pego a bainha da faca, e a Fortuna desaparece. Guardo a lâmina, pego o cobertor mais pesado e o arrasto até a lareira. Estou cansada demais para ficar acordada até o nascer do sol, mas... Mas...

Pelo menos por um tempo, preciso me sentir segura.

— Pode ficar de guarda? — peço a Poldi, a voz rouca.

O *kobold* assente, voltando para a lareira e puxando mais lenha seca com ele.

Me embrulho no cobertor, fecho as mãos no punho da faca e, então, pela primeira vez em quase um ano, descanso a cabeça ao lado dos borralhos.

DOZE

Organização

——Você parece cansada, minha joia.

Considero quebrar o prato na cabeça de Adalbrecht, mas decido que seria esforço demais. Especialmente depois do que aconteceu ontem à noite. Ele ordenou que fizéssemos o desjejum nos aposentos *dele*, e por mais que a mesa não seja tão exagerada quanto as do salão de jantar, eu ainda precisaria levantar e andar até onde ele está sentado, e isso daria muito trabalho.

Além do mais, Gisele nunca recusou um prato de *damfnudeln*, nem mesmo por uma causa tão nobre.

Então apenas ponho mais morango nos pãezinhos doces e dou um sorriso fino.

—— É que fiquei tão empolgada com o casamento que mal consegui dormir.

Scheit, eu queria que ele não tivesse insistido em fazer essa refeição a dois. Preciso acalmá-lo depois das aventuras de ontem, eu sei, eu *sei*, mas foi difícil lembrar disso nessa manhã quando precisei me arrastar para longe da lareira e me arrumar.

Por sorte, a sala nos aposentos do marquês é tão arrumada que pede luvas de renda delicadas como parte do traje. Não sei de que outra forma teria conseguido explicar os meus nós nos dedos incrustados de rubi.

Os aposentos de Adalbrecht ficam do lado oposto dos meus no castelo, com vista para o oeste de Minkja. Consigo ver até mesmo a estátua de Kunigunde acima dos telhados na Salzplatt. Torço muito para que a vista dela não alcance o quarto dele, e se alcançar espero que não seja intencional. Mesmo que fique no lado oeste, a sala está tão iluminada que chega a doer, a luz refratando nas paredes, pedra e vidro.

Não parece incomodar Adalbrecht nem um pouco enquanto ele se esbalda na *weysserwurst*. Confesso, talvez seja minha vez de ser atormentada por salsichas, já que não gosto muito da *wurst* esbranquiçada e nem de como é servida, boiando na água do cozimento. O *gosto* não é ruim, mas a apresentação é um pouco... perturbadora.

Adalbrecht, que nunca foi avesso a atos perturbadores, corta a pele na ponta da salsicha, chupa toda a carne pelo buraco e acrescenta mais uma meia de pele molhada no prato. Tento não vomitar.

— Bom dia, mestre Von Reigenbach. — Franziska, a camareira-chefe do castelo, bate na porta e entra, com Barthl em sua cola. Ela faz uma mesura rápida e examina os papéis nos braços. — Trago os documentos que pediu, e Barthl está aqui para fazer as anotações. — Vejo que ele carrega uma tábua e giz. — Mas, antes de começarmos, o jovem prefeito Conrad está aqui para solicitar uma audiência.

Quase engasgo no *damfnudeln*. Sério mesmo que ele vai tentar me expor no meu próprio castelo?

— Hum. — Adalbrecht me lança um olhar breve, e em seguida descarta outra pele murcha de salsicha. — Ele pode esperar. Temos assuntos mais urgentes.

— Ele insistiu bastante em falar com a *prinzessin*, milorde. Disse que era um assunto... urgente.

Santos e mártires, vou atirar esse garoto de novo no Yssar. Só que agora vejo que tenho outro problema: Adalbrecht apoia o garfo e me lança um olhar demorado e insatisfeito.

— Q-que foi? — Engulo em seco, e para garantir: — Meu querido? Adalbrecht crispa os lábios.

— Tem alguma coisa que gostaria de me contar sobre a visita que recebeu do prefeito ontem? Qualquer coisa mesmo, *minha joia*?

Balanço a cabeça, com meu melhor olhar abismado e inocente.

— Não, nada.

(A resposta para perguntas como essa é sempre, *sempre* "não", aliás. É um truque. Você pode dizer algo que já sabiam ou pode acabar confessando uma transgressão maior do que imaginavam. Se vão acabar te pegando de qualquer jeito, que ao menos se esforcem para isso.)

Adalbrecht me encara por mais um tempo e vira para Barthl.

— Certo. Traga-o aqui. Ele não tem nada para dizer a Gisele que não possa ser dito na minha frente.

Ah, não. Já era.

— Precisamos mesmo, querido? — arrisco dizer. — Eu odiaria adiar mais o planejamento do nosso dia tão especial.

— Não vamos adiar nada. — Ele estala os dedos para mim e aponta para uma cadeira vazia do seu lado da mesa, como se eu fosse um cachorro fujão. — Venha aqui. — Ele tamborila os dedos na mesa enquanto eu relutantemente me desloco, carregando o prato de *damfnudeln*. Assim que estou mais perto, ele aponta para a camareira com o queixo. — Franziska, pode começar.

A camareira, uma mulher magra de quarenta e poucos anos, se endireita e consulta os papéis.

— Retiramos toda a indumentária matrimonial da família de onde estava guardada. A coroa matrimonial Reigenbach está sendo limpa e polida, e o terno de casamento do seu pai está sendo ajustado para as últimas medidas do senh…

— Quero um novo — Adalbrecht diz, incisivo.

— Um terno novo, milorde?

Adalbrecht assente.

— O que gostaria de mudar do… traje mais tradicional? — pergunta ela.

Adalbrecht começa a proclamar uma lista: forro de arminho no manto, tinta fresca azul de pastel-dos-tintureiros, botões de ouro polido, e por aí vai. Eu me esforço para manter uma expressão plácida. Como Marthe, a Criada, espiei os baús e vi a indumentária matrimonial. Já tem botões de ouro, arminho e é azul-clara. Ele está pedindo um terno novo exatamente igual só porque pode.

Que desperdício.

Barthl entra. Emeric está no corredor, atrás dele, um pouco além do batente. Parece ter arranjado um uniforme que de fato lhe serve desta vez, mas ainda está inquieto como uma chaleira.

A questão é… por que continua com essa atuação? Emeric já me pegou ontem à noite; deveria marchar para dentro da sala e me arrastar até o julgamento. Ainda assim, nem ele, nem Barthl parecem prestar atenção em mim.

Adalbrecht ignora os dois, continuando a ditar coisas para Franziska.

— Me fale sobre a programação.

— No domingo teremos o baile, no qual a assembleia vai testemunhar a assinatura do decreto de casamento — Franziska diz. — Então devemos esperar uma semana inteira...

— Já mandei dar um jeito nisso.

Franziska hesita, escolhendo as palavras e indicando o corredor com o olhar.

— Os oficiais foram firmes quanto a isso, milorde. Sete dias inteiros, de acordo com a lei.

Mal consigo conter um suspiro de alívio. A dama Von Falbirg dizia que essa lei era para dar aos casais tempo de refletir sobre a beleza e a santidade do matrimônio; Joniza dizia que era para impedir que nobres raptassem esposos com vantagens políticas e disparassem para o altar. (Lógico que era Joniza quem tinha razão.)

Adalbrecht encara mortalmente o vislumbre da manga de Emeric pelo batente. Eu não sei o que mais incomoda o marquês — o fato de que não conseguiu subornar a câmara municipal para deixá-lo fazer o que bem entendia, ou não poder mandar Franziska aumentar o suborno, porque um prefeito das Cortes Divinas pode ouvir.

— Continue — ele resmunga.

— Depois, faremos uma celebração diferente todas as noites até o domingo seguinte, quando o casamento será consagrado diante dos olhos dos Deuses Maiores e Menores. — Franziska posiciona um esquema elaborado das decorações na mesa. — Usaremos a capela tradicional do castelo Reigenbach para...

— *Bah.* — Adalbrecht joga o guardanapo em cima do desenho. — Qualquer plebeu comum pode usar uma capela. Quero o Göttermarkt.

Barthl e Franziska trocam olhares.

— Qual templo, mestre Reigenbach? — Barthl pergunta. — E devo dizer que *meister* Conrad...

— Eu *disse* que quero o Göttermarkt. Não fui claro? — Parece que a fúria de Adalbrecht encontrou um novo alvo. — Quero todos os templos, todas as capelas, todas as catedrais. Quero a benção de *todos* os Deuses Menores. Vamos fazer a cerimônia na praça. Vocês têm duas semanas para expulsar a ralé e deixá-la apresentável. Resolvam.

O pomo de adão de Barthl sobe e desce.

— Muito bem, milorde. E aviso que o prefeito está aqui.

Adalbrecht faz uma careta.

— Entre, garoto, vamos ver o que tem a dizer.

Emeric entra na sala a passos nervosos. Adalbrecht o examina, nada impressionado — o que também não é nenhum choque —, e deixa isso bem explícito em sua pergunta seguinte:

— Quando Klemens chega?

— S-segunda, senhor. — Emeric contorce as mãos.

Agora que sei que é tudo uma farsa, identifico os movimentos calculados, os olhares afiadíssimos na minha direção.

Espere aí. A carta de Klemens dizia que ele chegaria no dia seis, que é domingo. Por que Emeric está mentindo? Para me fazer achar que tenho mais tempo antes de encarar um prefeito *de verdade*?

— Hum. — Adalbrecht pesca mais uma *weysserwurst* da panela e abre um buraco na ponta. — Pois bem. O que quer com minha noiva?

Emeric olha para mim quando Adalbrecht começa a chupar a carne da pele que vai murchando. Estou começando a me perguntar quantas manhãs consecutivas o prefeito mirim vai passar sendo assediado por salsichas.

— Peço desculpas — ele diz, com um tom levemente mais duro —, mas acredito que minhas anotações tenham sido... extraviadas. Preciso anotar o depoimento da *prinzessin* mais uma vez, e concluí que não gostaríamos de interromper o dia do marquês.

Ah, mas de jeito *nenhum*. No momento que estivermos sozinhos ele vai tentar me algemar de novo. É por isso que está aqui. Mas não sou a única que tem algo a esconder.

— Que notícia grave. Seria terrível se *todo* o seu precioso trabalho fosse descoberto pela pessoa errada. Tentou refazer seus passos?

Um leve toque de irritação perpassa o rosto de Emeric.

— De fato já fiz isso, princesa Gisele. Voltei até a Gänslinghaus.

Até a...

Meu sorriso congela. É o orfanato de Gisele.

Scheit, scheit, scheit.

Ele a encontrou. E, embora os apelos de Gisele não fossem ser levados a sério quando ela apareceu entre os mendigos, a situação fica bem diferente se a Ordem dos Prefeitos se envolver: eles podem ajudá-la a exigir uma audiência.

Como ele *ousa* se intrometer nisso?! Esse é um assunto meu e de Gisele, ele não tinha *nenhum* motivo para interferir.

Sinto uma fúria gelada me atravessar. Decido que vou devolver na mesma moeda.

— Limparam minha sala depois da nossa conversa — digo, docemente —, mas vou pedir a minha criada, Marthe, para checar com a *russmagdt* se ela não encontrou nada em meio às cinzas.

Vejo que Emeric ligou os pontos, porque primeiro ele empalidece quase tanto quanto o seu *krebatte*, depois fica de um vermelho lívido. Não importa que as anotações estejam atualmente escondidas embaixo do meu travesseiro. Até onde ele sabe, podem ter virado cinzas na minha lareira, e o brilho de uma raiva mal disfarçada em seus olhos *quase* faz eu me sentir novinha em folha.

Então, a mão grande do marquês pousa na minha. Desta vez, congelo por inteira, mesmo com a camada de seda entre nós. Uma parte distante de mim nota que Adalbrecht já conseguiu substituir seu anel de sinete, o contorno dourado tocando minha pele.

Sinto um nó na garganta. Faz mais de um ano que aprendi que tipo de homem o *markgraf* Von Reigenbach é, mas esse é o tipo de lição que nos marca.

— Prefeito. — Adalbrecht larga a pele vazia da salsicha na pilha. — Minha noiva ficará ocupada pela maior parte da semana. Eu avisarei quando ela encontrar um tempo. — Algo no tom dele fica ainda mais duro. — Compareça ao baile no domingo. Vamos assinar o contrato de casamento, e uma testemunha a mais é sempre útil.

Emeric franze de leve a sobrancelha por um instante.

— Agradeço a honra, senhor, mas um cidadão comum como eu...

— Bobagem. Você será nosso convidado.

Adalbrecht segura minha mão com ainda mais força. Não consigo pensar em nenhuma desculpa para me afastar — me sinto zonza de medo, como se estivesse em queda livre, só quero que ele desencoste de mim...

— Então devo aceitar, senhor — Emeric responde, parecendo ter pressa. — Agradeço mais uma vez.

Adalbrecht me solta para espetar mais uma *weysserwurst*.

— Ah, e sinta-se livre para levar acompanhante.

Emeric olha direto para mim, pressionando a boca em uma linha fina.

— É muita generosidade sua, senhor. Acredito que sei exatamente quem devo levar.

Esse dramático *ridículo*. Vai levar Gisele.

— Ótimo — Adalbrecht diz. — Você está dispensado.

Uma pausa estranha se segue. Emeric não é um criado, súdito ou soldado do marquês, e não precisa seguir as ordens de Adalbrecht. Porém, evidentemente, é esperto o bastante para não rebater, já que só faz uma mesura.

— Um bom dia para ambos os senhores.

Ele me lança outro olhar do corredor antes de ir embora.

Adalbrecht o observa, a expressão ficando sombria.

— Suspeito que o garoto esteja nutrindo um interesse por você — ele declara, azedo. — Um interesse *impróprio*. Não vou encorajar tal coisa.

Encaro Adalbrecht. De alguma forma, eu tinha esquecido essa história, mas suponho que Emeric tenha acabado de corroborar com ela, de fato. É tão absurdo que dou uma risadinha praticamente histérica, de pânico.

— Por mim, está de bom-tom.

Adalbrecht franze mais a testa.

— Pois deveria mesmo. — Ele pega o papel com os planos de Franziska para a decoração da capela e o atira preguiçosamente na lareira. — Quero toda a organização refeita e readequada ao Göttermarkt até a hora do almoço. Agora, quanto aos convidados...

Barthl fica com uma expressão apreensiva conforme observa o papel queimar, mas faz apenas uma anotação na sua tábua.

Eu me sentiria mal, mas quando a hora do casamento chegar planejo já ter vazado de Minkja há muito tempo, e isso vai ser um problema consideravelmente maior para eles.

(Eu provavelmente deveria me sentir mal por isso também, mas considerando que a alternativa é me tornar uma estátua um tanto excêntrica, ainda que incrivelmente valiosa, não estou nem aí.)

O resto da manhã é exatamente como Adalbrecht ameaçou: tratamos apenas de preparativos para o casamento. E quando digo "tratamos", quero dizer que é ele quem dá todas as ordens. Vamos servir carne de veado no baile. Fazer um banquete de desjejum na manhã do casamento. Meu vestido de casamento será azul-Reigenbach.

A certa altura, desesperada para fugir, eu gentilmente me ofereço para verificar com minhas criadas o melhor penteado para a ocasião. Adalbrecht apenas dá um tapinha na minha mão.

— Impossível — declara, firme. — Eu valorizo *muito* a sua opinião.

E então pede mais café.

Quando chega a hora do almoço, percebo que a intenção dele é me manter presa ali só porque ele pode. E não só hoje, mas todos os dias até o casamento.

Eu não tenho tempo para isso. Não com a maldição e a chegada do prefeito Klemens em menos de uma semana, ou Emeric e Gisele na minha cola.

Enquanto Adalbrecht tagarela a respeito de alguma idiotice sobre quem vai sentar onde, começo a pensar em um plano. A maldição é a única coisa que me mantém em Bóern no momento. Consigo me virar com o dinheiro que já tenho. Depois que for embora, Gisele é mais do que bem--vinda a fazer um retorno triunfante; só preciso que ela fique quieta por mais uns dias. Tenho certeza que ela vai concordar, se for para morar num castelo de novo, especialmente no castelo Reigenbach.

Considerando que ela tentou me estrangular da última vez que conversamos, porém, talvez eu precise de outra pessoa para entregar essa mensagem.

Consequentemente, preciso voltar a Minkja. E, consequentemente, a *prinzessin* precisa se sentir... indisposta.

Então, quando ninguém está olhando, pego a jarrinha de leite da mesa, coloco um guardanapo lá dentro para absorver o leite, impedindo que ele derrame, e seguro a jarra com as duas mãos.

Quando há uma pausa na conversa, entre a discussão da caçada de quarta-feira e o baile de sábado, peço licença para ir ao banheiro.

— Não demore — Adalbrecht ordena.

Dou um sorriso doce, a jarra escondida com segurança nas mangas convenientemente gigantescas e cobertas de renda.

— Claro — minto.

Assim que chego ao quarto, fecho a porta, coloco a jarra na lareira e torço o leite do guardanapo. As cinzas da lareira ainda estão quentes. Vai servir para fazer o leite azedar bem rápido.

Minha mãe de sangue disse uma vez que aonde eu vou o leite azeda. Eu com certeza não conseguia fazer isso aos quatro anos, mas agora já aprendi o truque. E também descobri o segredo de forjar algum mal do estômago: cheiro de leite azedo.

Antes de sair do quarto, também passo uma camada de pó verde-claro nas bochechas. As pérolas dão um efeito elegante à náusea.

— Santos e mártires — Franziska diz quando volto. — Srta. Gisele, está doente de novo?

Dou um sorriso corajoso, como se estivesse me candidatando ao papel de Primeiro Mártir em um dos nossos teatros sagrados mais horripilantes, e me afundo na cadeira.

—Vou ficar bem, é só minha constituição fraca. Por favor, não parem por minha causa.

Como pouco no jantar mais tarde. Consigo ver os funcionários do castelo fechando a cara; eles sabem que uma tempestade está se assomando no horizonte, e vindo da ala em frente ao rio.

Antes do que o costume, a *prinzessin* se retira para o quarto, que já está começando a feder com o cheiro de leite azedo; o ponto crucial para essa coisa toda dar certo. (Eu avisei que meus métodos eram nojentos.) Cubro o rubi, mudo rapidamente para o uniforme de criada, coloco luvas velhas e corro até a cozinha para jantar de verdade. O pessoal lá não me incomoda — já está acostumado a me ver correr até a dispensa nas horas mais estranhas, por conta das necessidades de Gisele.

Por outro lado, Trudl me segura pelo cotovelo quando estou reunindo um balde com sobras. Sua voz é hesitante no começo, mas bem clara.

— Marthe. Você não estava aqui antes, quando o marquês estava em casa. Você deveria saber... — Ela engasga com as palavras, depois lança tudo de uma vez só. — As criadas trabalham em duplas quando ele está aqui, não importa qual seja o trabalho. Ou andam com outro criado. Nunca sozinhas. Você entendeu?

Aperto a alça do balde com mais força.

— Entendi.

— Pode ser que as coisas mudem quando ele casar — Trudl acrescenta. — Com a bênção da Fortuna, ele só vai ficar poucos meses até ter garantido que colocou um bebê na barriga daquela pobre moça, e então vai correr de volta para os campos de batalha. Mas o que quer que você faça, não deixe que ele te pegue sozinha.

Encaro o repolho no balde de sobras e faço que sim, sem saber como falar que ele já fez isso um ano atrás. Se Joniza não tivesse entrado no corredor antes que ele...

Bom. Eu aprendi minha lição.

— Obrigada — é tudo que digo.

Então, pego o balde com sobras, grãos e mel para Poldi e volto pelo caminho de onde vim.

TREZE

A carta

Quando disse a Ragne que ficaria presa no castelo o dia todo, ela decidiu visitar a mãe. Agora voltou e está na forma humana, fazendo uma careta enquanto se agacha perto da lareira. Ao menos desta vez conseguiu vestir uma das minhas camisetas mais largas.

— Por que o quarto está fedendo?

— Porque... — Eu ia dar uma resposta atravessada, mas me contenho.

Tenho tratado Ragne como uma imbecil, mas quanto mais tempo passo com ela mais suspeito de que ela seja mais esperta do que deixa transparecer. Só segue regras diferentes.

— Estou fazendo vômito — concluo, uma vez na vida, contando a verdade.

— Você não pode só... *blergh*? — Ragne bota a língua para fora.

— Posso, mas isso aqui não deixa gosto ruim na boca. — Pego o jarro de água da bacia e despejo um pouco no balde de restos, depois acrescento o leite azedo, mexo um pouco e deixo para marinar durante a noite no meu banheiro. — De manhã, vou fingir que sou a criada de Gisele e avisar aos outros que ela está doente. Aí a gente pode sair do castelo.

Ragne franze o nariz.

— Que confuso. Por que você só não sai?

— Adalbrecht, o marquês dono do castelo, não vai me deixar sair. Ele... — Tento pensar de uma forma que ajude Ragne a compreender. — Sabe como você não gosta de comer carne? Adalbrecht é o oposto. Ele *gosta* de devorar pessoas, gosta de saber que elas estão na barriga dele.

— Se ele tentasse me devorar, eu iria embora pra sempre.

— Bom, eu não posso me transformar em um urso, então é perigoso sair sozinha. — Esfrego os olhos. — Sua mãe disse alguma coisa?

Ragne inclina a cabeça.

— Eu disse para ela que não era justo dar uma maldição para você e não contar como se quebra. Ela disse que... se você não descobrir, o problema é justamente esse.

— Nossa, que ajuda — resmungo.

— Eu não acho justo. Se a maldição não fosse te matar, você resolveria do seu próprio jeito. Mas não tem tempo, e é errado fazer você gastar seus dias procurando uma resposta. Então fiquei enchendo a paciência dela até ela me dar uma dica. — Ragne abre um sorriso, mostrando os dentes afiados. — Mamãe disse que é para você lembrar que está amaldiçoada a ter o que quer.

Tiro as luvas e examino os rubis. Eles se espalharam agora para os pulsos, como brotoejas escarlates brilhantes. Se Eiswald acha que é isso que eu quero...

Ela não está errada. Mas... será que *eu* estou?

— Então devo só *não* querer joias? — Faço uma careta. — É tipo pedir pra eu não querer comer.

Ragne dá de ombros.

— Ela só disse isso, mas vamos tentar de novo amanhã. Aonde vamos?

Vou até o guarda-roupa e vasculho os fundos, atrás de botas, cachecóis e meias, até encontrar o que estou procurando: um vestido maltrapilho vermelho-escuro desbotado. Vermelho-Falbirg.

Não o visto desde que saí de Sovabin. Mas amanhã vou precisar me atirar aos pés de alguém que não tem nenhum motivo para demonstrar misericórdia, e ela vai reconhecer o vermelho à primeira vista.

—Vamos encontrar uma velha amiga.

Quase consigo sair do castelo sem qualquer incidente na quarta-feira de manhã.

O truque clássico do vômito foi executado sem problemas, como sempre. Quando Trudl bate na porta pouco depois do nascer do sol para convocar Gisele para o desjejum, eu atendo a porta vestida de Marthe, com uma atadura em cima do rubi, olheiras forçadas à base de cinzas e a roupa coberta de, bem, do conteúdo do balde de restos. Está *muito* fresco. Na verdade, Ragne está ajudando, vomitando no banheiro só de sentir o cheiro.

Trudl cambaleia para trás, ofegando:

—Vou avisar ao marquês. Está muito ruim?

— Faz três horas que ela está trancada lá — digo, exausta até no olhar. — Pelo menos mais um dia, talvez dois. Ela não consegue ingerir nada a não ser água.

Outro refluxo de Ragne salienta a frase.

Trudl chega a lacrimejar.

— Que os Deuses Maiores e Menores te deem forças, Marthe.

E, assim, consigo ganhar pelo menos um dia. (Talvez dois.) Ainda consigo sentir o cheiro do vômito falso à medida que me apresso pelos corredores da criadagem.

— Você aí, *frohlein*. — Barthl chama minha atenção quando estou prestes a chegar à cozinha. — Espere um instante.

Viro, mantendo os olhos baixos. Sei que não é por causa da lágrima de rubi; me certifiquei de cobrir tudo com uma atadura e pomada antes de sair, e até agora todo mundo aceitou minha história sobre a queimadura de cola. Ainda assim, quase nunca encontro com Barthl quando estou vestida de Marthe, e se ele vir o velho uniforme Falbirg embaixo do casaco que todos os criados usam vou precisar inventar alguma mentira.

— Por favor, senhor, minha senhora está muito doente. Preciso ir buscar...

— Sim, sim, você vai a Minkja, correto? — O tom de Barthl é estritamente profissional. Ergo um pouco o olhar e assinto de leve. O rosto comprido de cachorro está mais abatido que o normal, e a barba está por fazer, o que é incomum. Até mesmo o cabelo castanho-claro parece desarrumado. Ele coloca um envelope selado e sem endereço nas minhas mãos.

— Leve isso com você. Tem uma taverna na Madschplatt chamada Lança Quebrada. Deixe isso com o homem do balcão.

Bom. Isso é bem suspeito.

Barthl parece reconhecer o problema, porque diz:

— Estão... fazendo a comida... do casamento. De um dos eventos, no caso. Não faça perguntas.

Nunca imaginei que Barthl fosse muito de contar mentiras, mas esperava *pelo menos* um pouco de competência. Nitidamente o julguei mal.

— Não, senhor, vou imediatamente, senhor — respondo, dócil, e vou embora com a carta.

A Madschplatt fica em Lähl. Isso me dá uma desculpa para ficar ainda mais tempo longe do castelo. Não que seja muito necessária; deixei o balde de leite azedo no quarto para manter a ala inteira em frente ao rio fedendo, e o resto do castelo Reigenbach já está um caos por causa dos preparativos para a semana que vem.

Passo pelos portões principais como sempre, mas espero até estar longe da vista dos guardas para cobrir o cabelo com um gorro verde-escuro. Amarrei as duas tranças em coques e as cobri com o gorro, já que a última coisa que quero é que meu ruivo fique à vista. Há também um gorro amarelo extra guardado na bolsa; caso alguém me descreva para as autoridades, gostaria que fosse com uma cor diferente.

Também trouxe a caderneta, o carvão e a faca de Emeric, junto do dinheiro que tirei dele. Teoricamente, vou só falar com Joniza, mas foi a própria Joniza que me ensinou: é melhor estar preparada do que contar com a sorte.

Vou em direção ao Obarmarkt no lado noroeste do Yssar, que atrai compradores mais ricos do que os mercados a sudeste. Quando chego ao viaduto Mittlstratz, eu o sigo até cruzar com a curva oeste da Hoenstratz, então desço a primeira escadaria até a rua. Já tracei essa rota tantas vezes que a única coisa que me faz hesitar é o gelo nos degraus de pedra. Ragne também não arrisca, voando acima de mim na forma de pardal preto.

Quando chego na rua, me encontro no coração da Encruzilhada Mercantil. Se Minkja fosse um relógio com o castelo Reigenbach no centro, a Encruzilhada Mercantil estaria precisamente no lugar que o ponteiro das horas apontaria o número nove. O bairro começou com uma única mercadora de temperos — alguns dizem magrabina, outros dizem surajana. A única coisa certa é que, em paralelo, a esposa dela vendia salgados e doces tradicionais, até que as vendas das comidas começaram a dar mais lucro que os temperos. Os mercadores saíam de suas rotas para passar ali antes de seguir para a Salzplatt, ao norte. Essa movimentação criou os alicerces para o surgimento das primeiras casas de chá e dos mercadores especializados, depois vieram os mercadores de produtos têxteis, vendedores de cerâmica e apotecários tradicionais. As vielas estreitas agora estão repletas de guirlandas de bandeiras de preces gharesas, cestos de vime sahalianos chamativos e murais geométricos complexos desenhados nas paredes, com pequenos altares para deuses distantes escondidos entre as casas.

Eu me escondo ao lado de um desses altares e deixo um *sjilling* na bandeja de oferta diante da estátua de uma raposa piscando, enquanto Ragne se empoleira no telhado acima do pequeno ídolo e espera. Talvez Joniza tenha mudado sua rotina de desjejum, mas, se não mudou, vou vê-la descendo a viela a qualquer momento para jogar uma moeda no altar a caminho do restaurante.

Tudo o que preciso fazer é convencê-la a me ajudar. Bem, na verdade, não. Primeiro preciso pedir desculpas. Em segundo lugar preciso convencê-la a levar minha oferta para Gisele: eu devolvo as pérolas de bom grado *depois* que a maldição for quebrada, mas apenas se Gisele mandar o prefeito mirim Emeric Conrad ir ver se estou na esquina.

E se isso não for incentivo suficiente, se ela recusar minha oferta, faço questão de jogar as pérolas no Yssar quando estiver indo embora.

Quando ergo o olhar, porém, descubro que Gisele não é a única que precisa dizer para Emeric Conrad ver se estou na esquina.

Joniza está caminhando pela multidão, tão enrolada em um casaco de pele de raposa que parece absurdo. (Ela nunca gostou do frio.) Ao lado dela, entretido no que parece uma discussão, está o prefeito mirim em pessoa.

Desgraçado. Não acredito que ele já conseguiu localizá-la. Mas, também, se sabe sobre a Gänslinghaus, não deve ter sido muito difícil.

Ergo o capuz do meu manto-padrão da criadagem e abaixo a cabeça, avançando pela rua. Emeric disse que conseguia ver a maldição que me marcava, então preciso sair da Encruzilhada Mercantil antes que ele note qualquer coisa.

Só que, quando chego na esquina e ouso olhar para trás, ele está avaliando os passantes, os olhos semicerrados.

Ele é um pé no saco inveterado.

Viro a esquina, acelerando pela viela apertada, rumo ao sul. Depois de virar mais algumas vezes, verifico de novo: a barra está limpa. Sibilo, irritada.

— Por que você foi embora? — Ragne pia, pousando no meu ombro.

— Acho que estavam me seguindo. — Os sinos batem às dez horas, e eu me apoio na parede, escondida e pensando. — Vamos para Lähl entregar a carta de Barthl, depois eu volto e tento encontrar Joniza de novo.

Continuamos indo para o sul. Cruzamos o portão da Alta Muralha e adentramos o distrito de Sumpfling; se a Encruzilhada Mercantil fica na marca das nove horas, estou me dirigindo agora para onde o ponteiro dos minutos encostaria no oito. Aqui, os prédios são bem distantes do padrão imaculado de madeira, floreiras e paredes pintadas que se vê no Obarmarkt. Nos melhores casos, combinam com os tijolos firmes e gesso de Hoenring. Nos piores... bem, as enchentes de Sumpfling acontecem ao menos uma vez por ano, então muitas das construções de madeira são sustentadas por vigas tortas que eu não confiaria nem contra uma brisa mais forte, muito menos para aguentar o peso de diversas pessoas.

Passada a Alta Muralha, troco o manto da criadagem pelo xale velho que carrego na bolsa. No Obarmarkt, uma criada do castelo Reigenbach pode ir aonde quiser, mas Lähl é uma das partes de Minkja em que o manto me transforma em alvo.

Basta uma caminhada rápida ao longo do Yssar para chegar às ilhotas Stichensteg, que marcam a fronteira não oficial de Lähl. Os bancos de areia não são firmes o bastante para construir uma ponte de fato, e os Wolfhünden viram nisso uma oportunidade, então são eles que controlam a rede de pontes fajutas de corda que se conectam às ilhotas a cada margem. Por sorte, só preciso atravessar duas, mas mesmo assim sou obrigada a pagar um centavo vermelho para os brutamontes que coletam o pedágio ao fim de cada ponte. Há um pequeno tumulto de um lado das ilhotas; as pontes de corda têm uma tendência a enroscar em corpos. É provável que tenha aparecido um cadáver no banco de areia.

Lähl é o tipo de bairro cujo cheiro te recebe primeiro, um sete manchado e apagado reluzindo com um brilho malicioso ao fim do grande ponteiro do relógio de Minkja. É cheio de docas como o Obarmarkt e o Untrmarkt, mas aqui elas parecem adentrar o Yssar sem pudor, feito um bêbado com uma moeda e de olhos abertos para qualquer *mietling* disponível. *Mietling* já foi apenas o nome que davam para quem era contratado para fazer bicos diversos, mas hoje em dia é o termo mais educado para alguém que costuma trabalhar entre quatro paredes. Lähl também é o tipo de lugar onde não faltam bêbados e *mietlingen*.

Não é bem um mercado nem bem um gueto, e é mais agitado que as duas coisas. Quando não estou evitando poças das mais variadas substâncias que podem ser expelidas pelo corpo humano, estou passando por dependentes decrépitos de papoula, bruxas de cara amarrada e vacas magras e velhas a caminho do abate.

Ragne estava me seguindo na forma de um corvo, presumivelmente para evitar o cheiro das latrinas, até que pousa no meu ombro e vira a cabeça.

— Essas pessoas estão vendendo coisas estranhas. Uma delas gritou que estava vendendo *wurstkuss*. Por que alguém pagaria a ela para beijar uma salsi...

— É só uma expressão — respondo, apressada. — Er, tipo um apelido. Significa...

Explico nos termos mais vagos, tentando não corar, mas não funciona muito.

Ragne pisca os olhos escarlates, a cabeça ainda inclinada.

— Outra pessoa disse que faz rala e rola por uma moeda. O que isso significa?

— Hum, quase o mesmo que acabei de falar, mas em outros lugares, mais barato, e provavelmente você vai acabar com piolho.

— O que significa "esmola para o vigário"?

— Não faço ideia.

— E "esconda o *nudel*"?

— Você provavelmente consegue adivinhar — digo, mais desesperada, pensando em abaixar o gorro para esconder as bochechas vermelhas. — Dá pra gente...

— Você sabe o que significa "cinco Johanns martirizados"?

Escondo o rosto nas mãos.

— *PARA. DE. PERGUNTAR. EU. NÃO. SEI.*

Então, esbarro em alguma coisa. *Alguém*, a julgar pelo grunhido irritado. Ragne grasna e voa.

— Veja por onde anda, porquinha — a pessoa rosna baixo enquanto eu cambaleio.

O homem me olha de cara fechada, sacudindo o braço. Ele tem mais ou menos a idade de Yannec, uma barba que até um ou dois dias atrás poderia ser considerada charmosa e, nas costas da mão, uma tatuagem preta: duas lanças no formato de X.

É a marca de um soldado rebaixado, que desertou ou foi dispensado em desonra, como a maioria dos Wolfhünden. Esse aqui não parece estar uniformizado, mas ainda assim leva um bastão-padrão no cinto. Ou ele não está de serviço, ou eles só não querem que tal coisa possa ser conectada à organização de alguma forma depois.

Os Wolfhünden podem me proteger como *prinzessin*, mas não são amigos de Marthe, a criada. E, se me pegassem como o *Pfennigeist*, poucos dias depois meu cadáver seria encontrado em uma das margens das Stichensteg.

Então, baixo os olhos assim como fiz com Barthl, puxo mais o gorro e murmuro:

— Desculpe, senhor, não vai acontecer de novo.

O Wolfhunder cospe aos meus pés e marcha para longe.

Alguns minutos depois, eu o vejo de novo quando chego à Madschplatt. Ele está praguejando em voz alta, a bota em uma das diversas poças que dão nome ao lugar. Ela não é bem como as outras praças de Minkja. Parece mais com uma fossa imensa de lama que deixaram aberta porque não dava para construir nada naquele terreno instável. À sua volta, há uma profusão de bordéis, açougues e clínicas para a população carente, com montes de lixo entre uma coisa e outra. O ar esfumaçado fede a tijolos baratos sendo produzidos e estrume seco, e todas as pessoas que passam por aquele lamaçal dão a impressão de que te venderiam para um *grimling* em troca de um único *sjoppen* de cerveja. Até mesmo as crianças. Inferno, *especialmente* as crianças.

Então, vejo a placa da tal taverna Lança Quebrada, onde devo entregar o envelope de Barthl. Assim que entro, e meus olhos se acostumam à escuridão, vejo que o interior é tão detonado quanto a fachada. Tem uma meia dúzia de clientes, todos de olhos inchados, e meio jogados nas mesas bambas, num ângulo que sugere que não devem sair dali por um tempo. O atendente ergue o olhar quando entro, espirrando água suja das mãos.

— O que você quer?

Pego o envelope de Barthl na bolsa e o deslizo pelo balcão.

— Pela, hum, comida?

Ele assente.

— Entendido. Agora… — A porta abre atrás de mim com um estrondo. É o Wolfhunder à paisana, com uma bolsa pendurada no ombro. A expressão do atendente fica sombria, mas ele vira para o cofre, com um suspiro exagerado. — Pode ir, menina.

Saio logo do caminho, mantendo a cabeça baixa. O Wolfhunder não parece me notar e joga a bolsa para o atendente.

— Sessenta *sjillings*.

—Vou te dar o dinheiro em centavos brancos, Rudi. Preciso das moedas menores para dar troco. — Ouço uma série de tilintares enquanto o atendente conta doze *pfennis* prateados. — Cadê o menino, Steffe? Achei que era ele o responsável por coletar as taxas nessa rota.

— Está atrasado — grunhe Rudi, o Wolfhunder. — E não vou ficar esperando aquele pirralho. Tenho que resolver... *assuntos urgentes.* — Ele dá uma risada maliciosa.

Dou uma espiada. Vejo que tem um X malfeito estampado na bolsa de couro, como a tatuagem. Ele está coletando as taxas de proteção.

— Ah. — O atendente pega o envelope de Barthl. — E aqui uma mensagem do Papai Lobo.

Papai Lobo? Eu poderia chamar Barthl de muitos apelidos, mas *disso aí* certamente não. Já não posso dizer o mesmo de Adalbrecht...

Mas ele é o Lobo Dourado, brilhante e respeitável, e os Wolfhünden já recebem ordens dele em público.

Então o que exatamente o marquês de Bóern está pedindo para fazerem nas sombras?

CATORZE

Trocados

Não vou conseguir resposta nenhuma por aqui. O Wolfhunder pega a carta e a enfia dentro do gibão. Então, joga os centavos brancos na bolsa e vai embora.

Espero para sair, até o atendente do balcão me expulsar. Infelizmente, Rudi ainda está por perto, indo na direção de um bordel. Fico atrás de uma multidão ao redor de um profeta do apocalipse que berra para os céus, mas não consigo deixar de notar que o Wolfhunder enfia a mão na bolsa da coleta das taxas de proteção.

Uma *mietling* com um vestido que mostra todo o seu comprometimento com o trabalho segura a manga dele e passa a mão em seu braço.

— O de sempre? — ela ronrona. Seu rosto se ilumina quando ele entrega um centavo branco para ela. — Aaaah, *Rudi*, isso te compra a hora inteira.

— Só preciso esperar o Steffe.

Mal consigo ouvir a resposta, por causa dos gritos do profeta. Então o Wolfhunder dá um beliscão na bunda da mulher, que solta uma risadinha estridente.

Desvio o olhar, os pinos dessa fechadura começando a deslizar. Não preciso dizer o tamanho da idiotice que é roubar a coleta das taxas de proteção *uma* vez. Pelo visto, Rudi está fazendo isso com tanta frequência que até a *mietling* conhece sua rotina... Sem falar que ele ainda é tão preguiçoso que depende desse tal de Steffe para fazer a coleta normalmente. Vou chutar que os Wolfhünden também não sabem sobre isso.

Não se passou sequer meia hora. Ainda não posso voltar para a Encruzilhada Mercantil, e ainda não descobri como quebrar a maldição. Talvez seja uma boa oportunidade de tentar algo novo.

Quando o sino da meia hora ecoa pelo ar cheio de fuligem, Rudi, o Wolf-hunder, aparentemente conclui que já esperou tempo o bastante. Pendura a bolsa em um gancho embaixo de uma lamparina vermelha, avisa para as outras *mietlingen* na porta para ficarem de olho para quando Steffe chegar e segue a *mietling* para dentro do bordel com uma explosão de gargalhadas verdadeiramente perturbadora. Espero mais um minuto antes de me desvencilhar do público do profeta e me escondo em um beco, vasculhando minha bolsa.

Troco o gorro verde pelo amarelo, tiro o xale e, na minha cabeça, viro a carta do *Pfennigeist*. Como o Centavo Fantasma, eu sou qualquer um e não sou ninguém. Sou quem quero ser.

Desta vez, sou a irmã mais velha de Steffe. E é hora de jogar.

Volto para a Madschplatt a passos rápidos, transtornada, na direção do bordel.

— Quer curtir, menina? — uma das *mietling* pergunta.

Decido aproveitar a estratégia de Emeric e engulo em seco, nervosa, puxando o gorro para baixo.

—Ah, não, senhorita, eu... estou procurando por *meister* Rudi? Sou a irmã do Steffe, ele ficou doente, e vim coletar as coisas por ele.

As *mietlingen* reviram os olhos uma para a outra. Uma delas aponta para a bolsa.

— Ele está... ocupado. Aí está a bolsa da coleta. Só ir de porta em porta na praça e dizer para quem você está fazendo a cobrança.

— Obrigada.

Me atrapalho ao tirar a bolsa do gancho, mas a aperto contra o peito e vou até a loja de penhores com uma camada de tinta fresca e brilhante na porta além de três bolas de latão brilhantes penduradas na placa. Conheço bem o tipo: penhoristas como esse topam fazer "empréstimos" para pessoas desesperadas que deixam algo bem mais valioso como garantia. Se você precisa de vinte *sjillings* e deixa uma herança de família que vale trinta, certamente vai tentar pagar rapidamente a dívida. Parece um bom negócio, certo?

Só que aí é que está: quando o devedor volta para pagar, descobre que a dívida dobrou por causa de taxas e juros absurdos. Para recuperar o bem deixado, eles têm que pagar muito, muito mais que seu valor. Então eles não recuperam, e o penhorista pode vender o objeto pelo que vale.

É a trindade do desejo, afinal. Se você só pode oferecer lucro, vai acabar na mão das pessoas.

Quando entro na loja de penhores, fico de olhos arregalados diante das estatuetas, joias e até de uma viela de roda polida. O balconista se apruma e abre um sorriso de dentes brilhantes.

— O que posso fazer por você, *frohlein*?

Faço uma rápida avaliação: vinte e poucos anos, sem calos nas mãos, cachos loiros penteados a gel, uma fivela de cinto exagerada. Ávido por algo que quebre a rotina. Impossível parecer mais boa-vida, nem se tentasse. Dou uma tossida frágil.

— Eu sou a irmã do Steffe — digo, erguendo a bolsa, mostrando o lado com o X. — Ele ficou doente hoje, então estou aqui para coletar as taxas? Acho que são sessenta *sjillings*?

Os olhos do balconista se iluminam, encantado ao ouvir minha vozinha chiada. Ele se afasta para procurar o cofre — exatamente como pensei, não faz muito tempo que trabalha aqui — e diz, lá dos fundos:

— Que pena que Steffe está doente, mas com uma substituta tão bonitinha, não vou reclamar!

Eca. Qualquer hesitação que eu tinha evapora. Dou uma risadinha, encarando uma caixinha de joias.

— Os anéis são tão lindos.

O balconista volta com o cofre e o coloca atrás do balcão, em seguida se inclina para mim.

—Você poderia ter um — ele incentiva, entrando no modo vendedor. Tento não fazer careta ao sentir o hálito dele. Como pode alguém feder a mel estragado e queijo ao mesmo tempo? — Um pequenininho. Rudi gasta bastante consigo mesmo por aqui, não vai nem saber a diferença.

Faço um "hum" meio ansioso, mas aponto para um anel que custa um *sjilling*, segundo a etiqueta.

— Posso pegar esse? — Então, vasculho a bolsa de coleta e tiro um centavo branco. — Sinto muito, só tenho centavos brancos.

— Não se preocupe, *frohlein*, eu te dou o troco — o balconista diz com um sorrisinho convencido.

Ele tira o anel da caixa e o entrega para mim, depois pega minha moeda e se vira de novo para o cofre.

—Ah, e a taxa da coleta é sessenta *sjillings* — acrescento —, ou doze centavos brancos.

Começa a contar meu troco e então para, franzindo a testa.

— Er. Certo.

— Ou talvez você possa me dar meio a meio, assim eu não fico sem trocados? Trinta *sjillings* e seis centavos brancos?

O balconista ergue o cofre até o balcão, parecendo um pouco em pânico enquanto tenta não se perder na conta do meu troco *e* da taxa de proteção simultaneamente.

— Certamente, *frohlein*.

Ele desliza quatro *sjillings* para mim enquanto eu tiro um *sjilling* do bolso do vestido.

— Ah, encontrei um *sjilling*! Pronto, eu troco pelo meu centavo branco.

— Quê? — Ele parece prestes a chorar.

— Eu te dei um centavo branco, *ja*? E o anel custa um *sjilling*, então, se eu te der isso, você pode devolver meu centavo branco. — Eu me inclino de novo para examinar a caixa de joias. — Quanto custam os brincos?

O balconista ergue o olhar.

— Ah, três *sjillings*.

— Aaaah — digo, apreciativa —, quem sabe? — Então, volto para o balcão e pego algumas moedas. — É o meu troco? Não, espera, você me deu um centavo branco a mais. Posso te dar nove e receber um *gelt*? Ou a gente tira isso da taxa de proteção? Que coisa mais complicada!

O homem solta uma risada artificial e abafada.

— Quer os brincos também, *frohlein*?

Abro um sorriso animado.

— Quer saber? Quero, sim.

Um penhorista com experiência saberia reconhecer um golpe de trocados de longe, mas esse palerma não tem ideia de que o estou engambelando com o dinheiro. Percorro a loja, balbuciando operação matemática atrás de operação matemática, fazendo com que ele me dê troco a mais todas as vezes. Quando saio dali, estou carregando três anéis, os brincos, um broche, uma estatueta de bronze de um carneiro, um par de candelabros de bronze e um lucro de quase cem centavos brancos na bolsa, *além* da taxa de proteção.

Em seguida, vendo toda a mercadoria para a próxima penhorista que encontro e, de quebra, também aplico o golpe do troco nela. Vingança por me fazer esperar enquanto uma viúva implorava aos prantos por sua aliança de casamento de volta.

Levo a aliança de casamento quando vou embora. Sem querer querendo, tropeço na viúva ao sair e, com um suspiro, finjo tirar o anel da lama.

— Ah, acho que você derrubou isso.

A mulher irrompe em lágrimas mais uma vez agarrada em mim. Finalmente consigo me desvencilhar e ir embora.

Ragne pousa no meu ombro outra vez quando estou mais distante.

— Legal isso que você fez pela moça.

Dou de ombros.

— Foi fácil.

A próxima parte é mais difícil.

Completo o circuito ao redor da Madschplatt, coletando as taxas e mais dinheiro de vendedores de curas milagrosas, financiadores de fianças, barbeiros-cirurgiões, mais tavernas e até mesmo uma capela de um santo local que tenho certeza que é fachada para traficantes de papoula. No entanto, em lugares como bazares de caridade, hospitais para a população carente e a guilda das bruxas, aplico o mesmo golpe com o troco e as transações — só que em reverso, deixando todos com mais dinheiro do que quando entrei. Até mesmo escondo centavos brancos entre as folhas dos livros-registros, encho as latas de doação e me certifico de que cada um tenha o bastante para cobrir as taxas de proteção dos próximos meses.

Ainda tem um pouco de prata sobrando quando saio da última loja, abarrotada com uma riqueza secreta. Separo cuidadosamente a prata dos centavos vermelhos, guardando as moedas prateadas na bolsa, que estará pesada o bastante para ser convincente, ao menos até Rudi, o Wolfhunder, olhar dentro.

A beleza de tudo isso é que Rudi não pode forçar os lojistas a pagarem de novo. Para fazer uma coisa dessas, ele precisaria do apoio dos Wolfhünden, mas ele não pode falar para o chefe que levou um golpe enquanto coletava as taxas, porque para isso precisaria confessar que deixou um garoto qualquer fazer a coleta enquanto ele próprio estava por aí martirizando um Johann ou cinco, e isso só faria todos eles lançarem um olhar mais atento ao livro-registro de Rudi. Alguém roubando algumas moedas com frequência não sobreviveria a esse tipo de escrutínio.

A hora de Rudi com a *mietling* está quase chegando ao fim, então deixo a bolsa no gancho do bordel e saio. Quando estou longe de vista, troco de gorro novamente e jogo o xale nos ombros. Isso deve despistar qualquer um que esteja procurando pela "irmã do Steffe" com seu gorro amarelo. Vou só espalhar os outros centavos brancos nas caixinhas de doação pelas quais passar na saída de Lähl.

Saio de uma viela e...

Vejo Gisele.

Ela não me vê. Está com alguns dos órfãos mais velhos esperando em uma fila na porta de uma capelinha delgada no fim da rua, todos segurando bolsas vazias. A Casa Superior coordena alguns bancos de alimentos nos templos dos bairros menores em toda a Minkja, repassando boa parte do dízimo coletado em sacas dos fazendeiros e sobras doadas de tavernas e estalagens confiáveis. Enquanto observo, uma senhora de rosto bondoso leva a família no começo da fila para o vestíbulo onde a comida está separada.

Suponho que a caixinha de doação da Gänslinghaus estivesse um pouco escassa. Ainda assim, deixei quase três *gilden* lá. Deveria ter durado mais que um dia.

Um grito de raiva ecoa pela viela atrás de mim. Pelo visto, Rudi deu uma olhada dentro da bolsa.

Gisele olha para trás, procurando a origem dos berros. Rapidamente faço um desvio, em direção à Madschplatt. Preciso parecer tranquila, como se fizesse isso todos os dias. Preciso rezar para que ela esteja tão distraída que não reconheça o vermelho-Falbirg desbotado do meu vestido.

Viro a primeira esquina que encontro e quase tropeço em um bode amarrado na frente da guilda das bruxas.

Uma placa lista todos os serviços oferecidos, e finjo examiná-la, atenta a qualquer sinal do Wolfhunder.

Bem nessa hora, Rudi entra na rua, xingando como um marinheiro. Ele nem me olha. Ótimo. Se for esperto, vai começar a correr agora e torcer para que os seus superiores nos Wolfhünden não queiram segui-lo.

Dá uma volta ao redor da Madschplatt, inutilmente procurando pelo culpado, mas não encontra nada. Quando enfim começa a se conformar, a voz de uma criança chama minha atenção:

— Licença, senhor, quer jogar Encontre a Dama?

Sinto o sangue gelar.

Fabine, a menina bourgiennesa a quem eu ensinei a roubar nas cartas lá na Gänslinghaus acabou de entrar na praça.

O viciado em papoula que ela abordou apenas resmunga, recostado na fachada craquelada de uma loja de penhores. Viro um pouco, para ver os dois. Não sei se Gisele notou a ausência de Fabine, mas não é nada seguro para a garota vir aqui, especialmente sozinha.

Eu vou só... ficar de olho nela.

Fabine se afasta do viciado e segue para um grupo de *mietlingen* em círculo na frente de uma fogueira aberta. Ela ergue o baralho, mas as mulheres dão risada.

— Não vai encontrar nenhuma dama por aqui — replica uma, gargalhando. — Volta pra casa, pequenina.

Isso, eu quero dizer, *volta para a capela, volta logo*.

Mas Fabine entra bem no caminho do Wolfhunder em fúria. E, assim como eu, ela tromba nele.

Só percebo que estou correndo quando já cheguei na metade da Madschplatt. Ouço Rudi gritar com Fabine, vejo ele erguer a mão, estou quase lá...

Tiro Fabine do caminho antes que ele possa acertá-la. Não faço isso da forma mais gentil, mas ainda é melhor do que o que teria acontecido.

— *Aí* está você. Precisamos ir logo. Sinto muito pelo inconveniente, senhor...

Fabine se desvencilha, em pânico.

— Quem é *você*?

Só então lembro que ela não sabe que não sou uma estranha. Da última vez que me viu, eu estava usando as pérolas.

— Ah, não começa — digo, frenética, dando uma piscadela. — Não temos tempo pra essas brincadeiras. Precisamos voltar pra... — *Scheit, scheit, scheit*. Como é mesmo o nome que Gisele está usando? — Pra encontrar nossos amigos.

Fabine me encara, atônita. Então, abre a boca e solta um berro que deveria pertencer a um palco de ópera:

— ESTRANHA! ME RAPTANDO! SOCORRO!

Os instintos dela são ótimos, mas não ajudam em nada.

— Não, Fabine, por favor...

— Ei. — O Wolfhunder se aproxima. — Eu não te vi antes?

Isso não poderia ficar pior.

— Algum problema aqui? — A voz atravessa a Madschplatt, fria, dura e horrivelmente familiar.

Emeric Conrad marcha ao nosso encontro. E, pela expressão dele, sabe *exatamente* com quem ele está falando.

Decido que pode ser mais fácil só me entregar no açougue e pedir para resolverem meu problema de uma vez. Talvez eles consigam fazer uma bolsa bonita com a minha pele.

Rudi ergue as mãos e balança a cabeça.

— Essa aí pode até ser uma sequestradora de crianças, mas comigo não vai encontrar problemas, prefeito.

— Então pode seguir sua vida. — Emeric segura meu antebraço antes que eu consiga correr. — Srta. Schmidt. Uma palavrinha.

QUINZE

Sineira

— Eu passo — digo, tentando me desvencilhar de Emeric.

Ele não cede.

— Isso não foi um pedido. Fabine, tenho certeza de que Hilde precisa mais da sua ajuda do que essas pessoas precisam de um jogo de cartas.

Hilde. Isso, esse é o nome que Gisele está usando.

— Como foi que você a encontrou? — resmungo enquanto Fabine corre rua acima.

— É incrível quem se encontra quando você está sendo arrastado para fora do Yssar — ele responde baixinho. — Aparentemente, ela estava indo falar com você. Existe alguém em Minkja que você *não* roubou, trapaceou ou esfaqueou pelas costas?

Franzo a boca.

— Bom, analisando o estado do mundo, você não concorda que financiar a extravagância da nobreza com o sangue dos plebeus é o *verdadeiro* golpe...

Emeric resmunga com um desgosto profundo, me empurrando para o beco apertado atrás da guilda das bruxas.

Por enquanto, ele não dá sinal daquela fachada de menino atrapalhado e tímido. Suponho que seja mais difícil passar a imagem sem o casaco gigantesco de Klemens, apesar de que, devo admitir, fico um pouco mais impressionada ao ver que o uniforme preto dele continua impecável, considerando que estamos saindo de uma praça que recebeu seu nome literalmente pela quantidade de lama.

— Você pode fugir — Emeric diz, entre dentes —, e, quando fizer isso, eu vou alegremente escolher a verdadeira Gisele von Falbirg ao marquês, e nesse caso torça para conseguir sair de Bóern com o que está levando na bolsa.

Interessante. É como no desjejum de ontem: se ele quisesse me prender ali, poderia ter feito isso. Mas escolhe apenas me ameaçar.

Minha experiência diz que isso significa que eu tenho algo que ele quer.

Estranho é que não faço ideia do que seja. Os prefeitos não precisam se preocupar com lucros, *certamente* não tem nenhum poder que eu possa dar a ele, e ninguém recorre a uma garota sem graça como eu em busca de prazer.

Por enquanto, decido entrar no jogo.

— Você só ficou bravo porque taquei você no rio.

— Acho que é razoável eu não ter gostado de você quase ter me afogado.

— Tá, mas você não ficou bravo porque quase se afogou. Você está bravo porque teve todo aquele trabalho para bolar uma armadilha, fazer a revelação triunfal, e eu *ainda assim* taquei você no rio.

Emeric não responde, mas um músculo salta na sua mandíbula. A-há. Estou certa.

Paramos ao lado de uma poça de... hum, melhor não especular, e de uma pilha de sinos de bruxa redondos enferrujados — o que não é nenhuma surpresa, considerando que estamos bem perto da guilda. Já devemos ter nos embrenhado o suficiente no beco, na percepção de Emeric.

No instante em que ele solta meu braço, Ragne voa sobre nós como um corvo, e então abruptamente toma sua forma humana.

— Oi de novo!

Emeric levanta o queixo imediatamente, erguendo o olhar, as orelhas coradas.

— Er... olá?

— Roupas, Ragne. A gente já falou sobre isso. — Jogo meu xale para ela. É comprido o bastante para cobrir o essencial. — Pronto.

Emeric ainda assim evita olhar direito, mas um pingo de curiosidade fica nítido no rosto dele.

— Espere. Não foi você que me empurrou até a margem?

— O Vanja me mandou — Ragne diz, alegre. Emeric me encara, chocado, mas azeda quando Ragne acrescenta: — Era só para eu ter salvado sua bolsa.

— *Sabia* — ele murmura.

— Eu só queria dizer oi de novo — Ragne continua, abrindo um sorriso cheio de dentes — e avisar que é meu trabalho cuidar do Vanja, mesmo que ela seja malvada. Se você machucar ela, eu vou me transformar em urso e te matar. Só isso. Tchau!

Ela pula no ar em uma explosão de penas e pousa em um telhado próximo na forma de corvo.

— É a filha da Eiswald — explico, me envolvendo com o xale de novo. — Então, sabe como é. A Morte está logo ali no telhado. Melhor não fazer nenhum abs*urso.*

Eu não achei que fosse possível Emeric me detestar mais do que quando eu tinha tentado afogá-lo, mas, santos e mártires, acho que consegui.

Ele me lança um olhar de puro desdém e continua, como se a ameaça de morte por ataque de urso não fosse nenhuma novidade.

— Qual assunto você tem com os Wolfhünden? O que estão pedindo para você fazer?

Balanço a cabeça.

— Nada.. Não me meto no caminho deles.

— Seria muito mais rápido para nós dois se você parasse de me tratar como um idiota — ele responde, gélido.

— É só não falar igual a um idiota, Mirim — rebato. — Se os Wolfhünden soubessem que o Centavo Fantasma não está pagando a taxa de proteção deles, teriam me feito de exemplo. Diversos exemplos, considerando em quantos pedaços eu seria desmembrada. Eu tento não chamar a atenção deles.

Essa não é a resposta que Emeric quer. Ele franze a testa.

— Você espera que eu acredite que estava fazendo a coleta para eles como boa ação?

— Pergunte ao Wolfhunder sobre a coleta que eu fiz. E por que aquela bolsa está cheia de cobre. Depois que acabar, pode ir olhar todos os bazares de caridade que de repente ficaram cheios de prata, e aí pode começar a cuidar da sua própria vida em vez de atormentar meus amigos e me perseguir.

Emeric já parecia cético antes, mas fecha a cara ao ouvir a palavra "perseguir".

— Estatuto dos Prefeitos, Artigo Um: "Um prefeito deve investigar e resolver qualquer caso que lhe foi designado por seus superiores, utilizando o máximo de suas habilidades". É *literalmente* meu trabalho investigar você.

— É seu trabalho memorizar o juramento do seu clubinho também ou você estava a fim de nota extra? — murmuro.

Ele me ignora.

— E a impressão que recebi da srta. Ardîm é que vocês não são exatamente amigas. Mas, só para registrar, eu estava em Lähl para seguir o Wolfhunder que você irritou. Na verdade, precisei estragar meu disfarce para... Por que você... O que está achando tão engraçado?

Seguro a barriga, tentando não morrer de tanto rir.

— Você achou que estava disfarçado? Com essa roupa? — Eu indico as paredes ao nosso redor, cobertas de cinzas, sujeira e uma variedade respeitável de estrume. —Você está vendo onde a gente tá? Você chama bastante atenção.

— De jeito *nenhum* — Emeric diz, puxando a jaqueta preta impecável do uniforme inconscientemente.

—Você mais parece um garoto tentando comprar seu primeiro *wurstkuss*.

O rosto dele fica em um tom incandescente de vermelho.

— E *você* parece um assassina desprezível, mas a diferença é que *isso* é verdade.

—Tá vendo?Você ainda está bravo — bufo. — E ainda está respirando, então talvez "assassina" seja meio melodramático, não acha?

— Não estou falando de mim. — Emeric tira o livro-registro deYannec do casaco. — Seu antigo colega, que respondia por *meister* Kraus, acabou de ser encontrado essa manhã nas Stichenstegs com uma faca no coração e um centavo vermelho na boca, bem a marca que é sua *assinatura*. Que peculiar que o livro-registro dele estivesse em sua posse. Você tem um hábito bem ruim de descartar as coisas noYssar.

Abro um sorriso venenoso para ele.

— Só o lixo.

Então, tento pegar o livro-registro.

Dou de cara com a palma da mão dele, que continua espalmada na minha testa, me mantendo longe. Com a outra mão, Emeric segura o livro-registro fora do meu alcance.

— Nem pensar — ele diz, impaciente. — Eu tenho irmãos mais novos, posso fazer isso o dia todo.

—Yannec caiu em cima da própria faca — eu rosno, me debatendo enquanto tento pegar o livro.

— Que desculpa inovadora. Ele caiu na *própria* faca. Imagino que o centavo tenha sido só decoração.

— Foi para pagar o Barqueiro, seu sonso... *pedante*... — Tento pular mais uma vez, em vão.

— E só por acaso é o que *você* deixa nas suas cenas de crime. Claro.

— Pode pensar o que quiser, mas é verdade. Ele estava com abstinência de papoula e perdeu o equilíbrio tentando tirar o rubi da minha cara.

Abaixo um centímetro e a mão de Emeric escorrega para o meu gorro. Ele acaba segurando apenas lã e dá um pulo para a frente. Eu passo embaixo do braço dele.

Então, congelo.

Madrinha Morte está parada atrás de Emeric.

Com a mão esticada na direção dele.

— *Não quero a sua ajuda!* — grito, e me atiro em cima dele para afastá-lo dela.

Vejo a expressão de choque dele antes de nós dois cairmos no chão.

Um grande estrondo ecoa no lugar em que Emeric estava parado segundos atrás.

Quando saio de cima dele e ergo o olhar...

Nem sei compreender o que estou vendo.

Parece um pouco com um cavalo de guerra, mas com a pele despelada e pálida de um *nachtmahr*, a crina e cauda feitas de fumaça. Consigo ver buracos nas laterais do corpo, como um tecido apodrecido, e onde seus cascos batem, a lama ferve, cozinha e racha.

Nunca ouvi falar de um *mahr* assim tão grande. Nem com a forma tão sólida durante o dia. E que aparece assim do nada.

Porém, se Emeric estava procurando um assassino, aí está, naqueles olhos azuis incandescentes.

O *mahr* infla as narinas uma, duas vezes, enquanto levanto lentamente. Ouço o barulho de Emeric levantando atrás de mim.

Uma língua quase preta e gorda desliza dos lábios em decomposição do *mahr*, e, conforme sente o ar, vai deixando à mostra dentes tão afiados quanto os de um lobo.

— Corre — eu digo. — *Agora*.

Nós começamos a correr.

Uivos e cascos ressoam no beco. Ao olhar para trás, vejo Ragne, na forma de um falcão preto, dando rasantes sobre a cabeça do *mahr*, que se debate.

Então, sou puxada para um buraco entre as casas. É tão estreito que preciso virar de lado para passar entre as paredes de gesso e madeira. Emeric está na minha frente, seguindo para a rua aberta do outro lado. Com sorte, o *nachtmahr* não vai caber ali e conseguiremos escapar.

Incrivelmente, ouço Emeric murmurar:

— *Óbvio* que tinha que ser um cavalo.

— *Esse* é o problema pra você?

Estamos quase na metade do caminho para a outra rua quando o *mahr* nos encontra. Ele enfia a cabeça e o pescoço na passagem, dando mordidas no ar, mas seus ombros são largos demais. Ragne ainda está tentando atacar os olhos dele, e penso que por um momento talvez dê certo...

Então, algo horrível acontece.

A criatura se estica como barro quente e molhado. O crânio equino se afunila, as fibras musculares ondulando feito água sob a pele apodrecida, os dentes arreganhados.

Pego a faca de Emeric na minha bolsa, desferindo golpes aleatórios contra o *mahr*. Como antes, a lâmina de aço não o incomoda de forma alguma. Todos os cortes que consigo abrir no focinho parecem ser velhos.

Dentes se fecham na minha mão.

Dou um grito e me afasto bem a tempo: as presas do *mahr* acabam arrancando apenas a minha luva velha. A faca cai no chão com um estalido.

Um puxão bem mais humano me arrasta mais para dentro do espaço.

— Está vendo? Cavalos são horríveis. Você sabe se é um *grimling*? — Emeric parece perto demais e convencido demais para mim, mas já que nós dois estamos espremidos entre essas paredes nojentas, tenho outras coisas piores de que reclamar.

Além disso, estou ocupada demais observando a criatura rasgar a luva com os dentes, então só consigo responder:

— *Nachtmahr*.

— Então é cobre — ele murmura.

O pescoço do *mahr* se estica ainda mais, e Emeric passa o braço por mim, empunhando uma outra faca, parecida com a que acabei de derrubar, só que de lâmina vermelha como um centavo.

Desta vez, quando a arma acerta o focinho do *nachtmahr*, a fera ruge.

Ouço um grito e um estalido quando as janelas acima de nós se rompem em estilhaços. Escondo o rosto para me proteger da chuva de vidro. Emeric continua me puxando, murmurando uma série de palavras ritmadas em algum dos dialetos do norte de Almândia. Eu já ouvi dizer que existem encantamentos falados que podem afastar *nachtmären*, mas ou essa criatura é imune, ou está muito motivada, e não tenho tempo de descobrir qual das duas opções é.

Por fim saímos, livres, na rua lindamente aberta. Porém não há tempo nem de respirar. O *mahr* surge atrás de nós, estremecendo e sacudindo o corpo até novamente estar tão largo quanto um touro. Gritos irrompem no ar. Outros pedestres fogem para dentro de casas e lojas, esvaziando a rua inteira até sobrar só nós dois, o *mahr* e um punhado de viciados em papoula que estão drogados demais para saber que deveriam fugir.

A criatura não presta atenção neles, os olhos azuis fixos em Emeric e em mim.

— O que é que ele quer? — sibilo.

Antes que Emeric possa responder, o *nachtmahr* dispara.

Corro na direção de outra viela, e Emeric vai depressa atrás de mim. Lähl é um labirinto de curvas fechadas e passagens estreitas, se não conseguimos nos livrar do *mahr* com as passagens, melhor tentar as curvas.

Cascos ocos e fumegantes nos seguem pela rua. Nós corremos e viramos uma esquina, depois outra. Baques nos seguem conforme a fera se bate contra as paredes e continua o galope.

Sinto um cheiro forte de junípero no ar. Não sei qual é a fonte até passar por Emeric, que parou de correr. Ele abriu um frasco pequeno e, enquanto fico parada ali, leva uma gota de óleo prateado aos lábios.

Em seguida, começa a proclamar outra série de palavras, e acena com a mão para a viela. Linhas de luz prateada iluminam as paredes como relâmpagos idênticos. Um instante depois, o *mahr* aparece...

... tropeça e para entre aquelas linhas. A magia se divide em uma rede, forçando a fera a ficar de joelhos. O monstro solta outro grito de estilhaçar janelas conforme se debate.

— Hum — consigo ofegar, me aproximando. — Bom, e agora?

Emeric me segura pelo ombro, e o rosto dele me diz que algo está errado.

— Isso — ele diz, a respiração entrecortada — deveria ter banido...

Com um gemido furioso, o *mahr* se força a ficar em pé novamente, os fios de luz se esticando com a força.

— Banido? — Dou um passo para trás. — Eu chamaria isso de no máximo uma bronca séria.

— Então dá *você* um jeito de se livrar dele! — Emeric rebate. — Pelo menos eu estou tentando...

Um dos fios de luz se rompe com um estalido.

Nós chegamos a um acordo imediato e tácito de que devemos deixar esse debate para mais tarde e começamos a correr de novo.

O rugido do *nachtmahr* nos segue por viela atrás de viela e só fica mais alto conforme adentramos Lähl para fugir. Consigo ver a beira da Alta Muralha cada vez mais perto. A criatura está nos levando para aquele lado, onde não vamos poder usar esquinas estreitas para desacelerar a perseguição.

Então, quando entramos cambaleando em outra rua aberta enlameada, tropeço em uma coisa que libera uma cachoeira de tilintares. Nós dois caímos na lama com um grunhido unânime.

Emeric me ajuda a levantar, mas não é rápido o bastante. O *mahr* surge logo atrás.

Assim como antes, os transeuntes gritam e fogem. Todos menos uma mulher em quem eu tinha tropeçado, que está encarando o nada, os olhos vítreos.

Ela senta. E um coro de sinos pontua o movimento.

O *nachtmahr* solta um relincho agudo e recua alguns passos.

Fico olhando a cena. Ela é uma sineira, uma bruxa esgotada, e usa sinos nos pulsos, nas orelhas e no pescoço, pendurados em uma guirlanda. Cada um marca um tanto de pó-de-bruxa que ela deveria ter deixado de lado. Quem usa pó demais de uma vez começa a ver *todos* os Deuses Menores, todos os *grimlingen*, da mesma forma que eu vejo a Morte e a Fortuna, até a mente da pessoa se curar. Se é que consegue.

Elas vestem sinos porque o som afasta a maior parte dos espíritos. E, pela forma como o *nachtmahr* está sacudindo a cabeça, ele também não gosta dos sinos.

— Preciso pegar isso emprestado — aviso a mulher, tirando o colar de sinos do seu pescoço.

O *mahr* recua a cada movimento.

Dou uma boa balançada nos sinos. O monstro empina nos cascos dianteiros, gritando. As janelas pela rua toda começam a rachar.

— Isso é… alguma coisa — Emeric diz, relutante. — Será que ele vai embora sozinho?

Antes que eu possa responder, um ressoar alto e frio de bronze ecoa pela rua. É o badalar dos sinos das horas cheias, no Göttermarkt.

O *mahr* simplesmente… se rompe.

Bem, *rompe* não é bem a palavra. É como uma visão dupla, só que o *mahr* não se divide em duas formas idênticas, e sim em formas estranhas, como uma horda de fantasmas. Aí todas elas rodopiam e formam o cavalo novamente. Fumaça azulada escorre por seus dentes.

Os sinos das torres badalam mais uma vez. A fera se parte, se debatendo. Antes que possa se reorganizar, um terceiro soar dos sinos ecoa pela rua enlameada.

O *mahr* relincha uma última nota de lamento, então explode, virando pó.

A rua fica em silêncio, a não ser pelo badalar restante dos sinos, até que a sineira dá uma puxada nos sinos na minha mão.

— Preciso deles de volta — ela sussurra.

Eu os solto.

— Muito obrigada.

Então, olho de novo para Emeric e começo a gargalhar.

— Que foi? — Ele me encara, como se aquilo fosse a coisa mais estranha que viu hoje.

Aponto para a lama no casaco dele, agora torto, as manchas no rosto, nos óculos. Até mesmo o cabelo está tão imundo e suado que quase ficou mais claro. Como toque final, limpo a mão na manga dele, que salta para longe.

— Finalmente. Agora, sim, você está disfarçado.

Emeric não parece achar isso tão engraçado quanto eu.

— Precisamos sair do meio da rua. E então precisamos *mesmo* conversar.

Cruzo os braços, e Ragne pousa no meu ombro.

— Faço outra oferta: você me devolve o livro-registro, eu paro de te zoar por parecer um manual jurídico, e nós seguimos nossos caminhos separadamente como adversários mutuamente frustrados.

— Antes ou depois de eu levar a verdadeira Gisele ao castelo Reigenbach? Agora, uma *palavrinha*.

Ele aponta para uma porta ali perto. As janelas foram tapadas com tábuas, e a porta em si pende das dobradiças, há muito tempo sem uso.

O lugar não gritaria *armadilha* mais alto nem se houvesse um balde de água bem visível ali em cima da porta aberta.

Ragne deve sentir minha inquietação, já que pula do meu ombro e cai na lama na forma de um lobo preto. Emeric quase morre de susto.

— Lembre, se você tentar machucar o Vanja — Ragne avisa —, vou te morder muitas vezes. E *eu* não tenho medo de sino nenhum.

Então, ela passa pela porta.

—Você ouviu o que ela disse — acrescento, e a sigo.

Assim que meus olhos se ajustam à penumbra, dá muito bem para ver por que esse prédio foi abandonado. As vigas do teto apodreceram, oscilando perigosamente, e a parte de trás do primeiro cômodo está afundada em quase trinta centímetros de lama. Mas pelo visto está bom o bastante para Emeric, que entra logo depois de nós. Tenta fechar a porta, mas, quando não dá certo, desiste e me pergunta, sem rodeios:

— Como sabia que o *nachtmahr* estava vindo? Você me empurrou para longe.

Penso no que responder, mas ele já sabe metade da história, não consigo imaginar por que seria um perigo saber o resto.

— Fui dada para a Morte e a Fortuna quando era criança. É por isso que tenho as marcas delas. São minhas madrinhas. Eu consigo ver quando estão trabalhando.

— Então você viu a Fortuna agindo contra mim?

Balanço a cabeça.

— Eu vi a Morte.

É outra resposta que ele não esperava. Estava de olho lá fora, mas vira e me lança um olhar quase indignado.

— Então você salvou minha vida.

— Eu... acho que sim. — A ideia é desconfortável, especialmente já que estou quase certa de que a Morte estava tentando me ajudar. Volto para um território mais familiar: exploração. — Isso precisa valer *no mínimo* um maldito livro-registro.

Emeric olha para baixo, e acho que não me ouviu, ou já estaria carrancudo. Então, ergue o rosto. Um olhar faminto toma sua expressão, como se ele estivesse prestes a fazer uma aposta.

— O marquês Von Reigenbach é o responsável.

— *Quê?*

— Klemens e eu não estamos atrás de você — ele continua, depressa. — Não de verdade. O caso do *Pfennigeist* é apenas um disfarce para conseguirmos investigar Von Reigenbach e os Wolfhünden. E tenho quase certeza de que ele mandou aquele *nachtmahr* para me matar antes que eu descubra o que ele está fazendo.

— Espera, espera. — Eu ergo a mão. —Você *não* está tentando me prender? E toda aquela presepada quando invadiu meu quarto?

— Achei que poderia te chantagear e fazer você espionar o marquês.

Por um instante, contemplo pedir a Ragne para rasgar o pescoço dele. Passei esse tempo todo estressada com a ameaça desse palito salgado velho com sede de justiça... e era tudo um blefe.

Eu é que não vou admitir que funcionou.

— Você realmente sabe como fazer uma menina se sentir especial — resmungo.

Então, algo na minha mão sem a luva chama minha atenção. Franzo a testa e dou uma olhada mais de perto.

Emeric dá de ombros.

— Faz um ano já que você está vivendo essa vida dupla. Preciso de alguém que se aproxime de Von Reigenbach, e alguém que consiga roubar o anel de sinete da mão dele provavelmente vai conseguir as evidências de que preciso. Além do mais, não é só chantagem. Pediríamos ao meirinho para reduzir sua sentença, e a Ordem talvez tenha informações que podem te ajudar com a sua maldição.

Só estou escutando parcialmente quando tiro a outra luva.

— Eu ia te dizer tudo isso antes de você me jogar no...

— Não preciso disso — replico, encarando os nós dos meus dedos.

Os rubis sumiram.

Algo — *alguma coisa* que eu fiz hoje — funcionou.

Essa é a terceira vez que dou a Emeric uma resposta que ele não está esperando e que não quer ouvir.

— Como assim?

— Não preciso disso — repito, sorrindo que nem uma idiota. — Não, obrigada. Eu *passo*.

Posso curar a maldição, sair do império, deixar tudo isso para trás. E posso fazer isso *sozinha*.

Então é melhor começar logo.

—Vem, Ragne.

Emeric move de leve a mão direita na direção de algo que leva no bolso — o livro-registro, imagino. Mas aí ele fecha o punho.

— Não era um pedido. Eu *vou* levar Gisele ao marquês.

Não consigo me conter e chego a dar um rodopio enquanto valso na direção da porta. Ele estava blefando sobre levar Gisele ao castelo esse tempo todo. É uma *delícia* poder desafiá-lo assim.

— O homem mau que você acha que está conspirando com *nachtmären* e sei lá mais o quê? *Esse* marquês? Duvido muito. — Dou uma limpadinha em um pouco de lama no ombro dele quando passo. — Mas aprecio a oferta.

Ele segura meu braço assim que estou prestes a alcançar o livro-registro no bolso dele. *Droga*. Seria mesmo o ato triunfal de hoje.

Ragne rosna baixinho, e Emeric me solta. Então me lança um olhar lívido, praticamente desesperado.

—Von Reigenbach é um monstro, srta. Schmidt. Ele poderia destruir todo o império.

— E eu não sei? — Praticamente saio dançando pela porta, de volta para a luz solar áspera do inverno, e aí faço uma continência para me despedir. — Que bom que já estou indo embora.

DEZESSEIS

Pérolas no vinagre

Pouco mais de um dia depois, estou decididamente menos confiante.

Não só porque quando me esgueirei de volta para o castelo e tomei um banho encontrei novas pérolas florescendo embaixo da lama nos meus calcanhares. Mas porque quando penso em tudo que fiz antes dos rubis desaparecerem das minhas mãos, concluo que as alternativas para o que pode ter remediado um pedaço da maldição não são lá essas coisas.

Eu... *redistribuí* os fundos dos Wolfhünden. Tentei ajudar Fabine, por mais desastroso que tenha sido. Acho que salvei a vida de Emeric. (Um erro tremendo, quase certeza.)

E agora que a quinta-feira chegou tenho só mais quatro dias para descobrir o que foi e quebrar a maldição antes de Klemens chegar e eu ter que me preocupar com um prefeito de *verdade*.

A desculpa do estômago sensível da *prinzessin* tem limite. Estava torcendo para conseguir tirar dois dias inteiros desse último teatro, mas Adalbrecht mandou entregar uma mensagem nos meus aposentos mais cedo: a primeira onda de convidados do casamento chegaria em menos de uma hora, e eu deveria comparecer à recepção de boas-vindas. Pior, usando o vestido que ele escolheu.

Aí está o problema de fazer o papel de criada e senhora por um ano: escolho o que visto especificamente para conseguir me vestir sozinha. Algumas coisas, como corpetes de amarrar, são até difíceis, mas dou conta. Outras, porém, requerem outro par de mãos. Como mangas que precisam ser abotoadas em cima do chemise em diversos lugares ao longo dos braços.

E adivinhe que tipo de mangas tem o vestido que Adalbrecht *pediu* que eu vestisse?

É por isso que quando Ragne chega na varanda na forma de um gato, me vê lutando com um laço no cotovelo. Eu a deixo entrar, e ela inclina a cabeça.

— Quer ajuda?

— Não, eu consigo. — Apoio meu braço na cabeceira da cama para segurar uma das fitas no lugar. — Você viu alguma coisa?

— O Gisele ficou o dia inteiro em casa com as crianças. Elas gostam muito dela. — Ragne se enfia na camisola que deixei separada para ela perto da lareira. Um instante depois, a cabeça humana dela surge, os braços aparecendo nas mangas. Ela esqueceu de mudar as pupilas afuniladas, mas ao menos a coisa da roupa está melhorando. — Eu não vi Emeric Conrad. E estava bem frio.

— Foi você que se voluntariou — eu a lembro.

Uma frente fria chegou a Minkja na noite de ontem, deixando os telhados cobertos de geada. Eu ainda assim planejava passar a manhã observando a Gänslinghaus, mas Ragne se ofereceu para fazer isso por mim.

— Sim. — Ragne se esparrama nas pedras quentes perto da lareira, semicerrando os olhos para mim. — Tem certeza de que não quer ajuda?

— Você realmente não precisa fazer tudo sozinha, querida. — A voz de Fortuna cascateia pelo quarto como uma bolsa de moedas com as costuras estouradas.

Ergo o rosto e vejo que ela está parada com a Morte ao pé da cama.

— *Você* — digo, apontando para a Morte. — Quase matou alguém por mim ontem. Mesmo se eu quisesse ajuda, não ia ser esse tipo de ajuda.

A Morte ajeita o seu capuz inconstante com um breve gesto.

— Não fui eu. Quer dizer, sim, eu estava lá para levar o garoto, mas só porque ele estava prestes a morrer por conta própria.

— Então... eu salvei mesmo a vida dele?

Paro de duelar com os laços da manga. *Não* gosto da ideia de ser responsável por isso. É melhor que Emeric seja um santo a partir de agora, ou Eiswald que não encrenque com isso.

A Fortuna dá um passo à frente.

— Forças perigosas estão agindo por aqui, Vanja, e você está perto demais do coração de tudo. — Ela ergue meu queixo. — A Morte e eu estivemos conversando e decidimos que... você não precisa escolher entre nós duas.

Qualquer protesto que eu estava prestes a fazer morre ali.

Se eu não precisar escolher, não precisar servir, não vou precisar fugir do império, não vou precisar continuar fugindo delas. Eu poderia *ficar*, eu poderia... talvez ter alguma coisa próxima de um lar...

—Você pode servir a nós duas — complementa a Morte. — Nós concordamos. Nós...

— *NÃO!* — Eu me afasto quando a Fortuna tenta pegar os laços das mangas.

Ela se afasta como se tivesse levado um tapa.

— Estamos tentando ser razoáveis, Vanja. Eiswald não pode amaldiçoar um dos nossos servos. Você poderia se revezar entre nós duas, me servindo em uma semana...

— Eu nunca quis ser serva de vocês! — praticamente grito. — Eu queria ser *filha* de vocês!

O silêncio toma o quarto.

— Nós só queremos proteger você. — A Morte parece magoada. Não sei por que eu esperava que uma deusa pudesse compreender. — Por favor, Vanja. Nos deixe ajudar.

Balanço a cabeça, endireitando as costas, mesmo que esteja sentindo o nó na garganta crescer.

—Vocês não ajudam. Vocês barganham. Tudo que têm a oferecer vem com alguma condição. Se não têm nada a dar livremente, podem ir embora.

Não obtenho resposta. O quarto fica em silêncio, quebrado apenas pelo crepitar do fogo, e a tarde parece ainda mais fria. Elas foram embora de novo.

Ouço Ragne se sentar, mas ela não diz nada.

Apoio o ombro outra vez na cabeceira da cama e volto a me concentrar nas fitas.

—A... — Minha voz fraqueja, e pigarreio, com pressa. —A sua mãe é assim também?

— Não — Ragne responde. Uma parte de mim quebra. — Ela é legal, às vezes, e é fria, às vezes, mas não espera receber nada quando dá uma ajuda. — Ela atravessa o quarto e começa a atar a fita da minha outra manga. — Eu também não espero.

Quero me desvencilhar dela e fazer as coisas por conta própria... mas só tenho uma hora até o pôr do sol. Os convidados vão chegar a qualquer instante.

— Obrigada — murmuro, enfim.

— O Gisele não quis nada em troca da ajuda também.

Franzo a testa.

— Quando foi que a Gisele te ajudou?

Ragne dá um laço apertado na fita do cotovelo.

— Quando eu estava tirando Emeric Conrad do rio. O Gisele estava cruzando a ponte e correu para ajudar. Disse que estava indo ver você, mas ajudou o menino em vez disso, já que estava frio e ele estava muito molhado. Não pediu nada em troca.

— Que bom que ela finalmente aprendeu — respondo, irritada. — Não imagino que vá continuar nessa.

— Acho que ela pode ser legal — Ragne insiste. — Ela...

— Então é só ir lá com ela! — As palavras explodem da minha boca, e me desvencilho de Ragne. — Vai ser o brinquedinho novo dela, e não volte chorando quando ela também te der as costas!

Ragne me encara, os olhos vermelhos arregalados igual a um pires. Então, se transforma em um esquilo e se esconde debaixo da cama, deixando a camisola em um montinho no chão.

Eu... não.

Eu me *recuso* a sentir culpa.

Termino de amarrar as mangas sozinha. Demora mais tempo do que eu gostaria. E evidentemente mais do que Adalbrecht gostaria também, porque ouço uma batida na porta ao terminar de dar o último nó. Verifico o espelho mais uma vez para garantir que as pérolas estão no lugar, aliso os cachos prateados e abro.

Barthl está no corredor, os lábios espremidos como se tivesse pisado em uma fruta madura.

— Devo escoltá-la para a galeria de recepção menor. — Ele funga. — O mais *oportunamente* possível.

Quando chego, Adalbrecht está andando em círculos do lado de fora da galeria. Ele praticamente agarra meu braço e abre as portas, nos levando para dentro.

— Perdão por mantê-los esperando — a voz dele retumba. — Meu *floquinho de neve* não estava se sentindo muito bem.

Ouço murmúrios de empatia dos nobres atochados na pequena galeria claustrofóbica. Já estava repleta de retratos pintados da têmpera de diversos Reigenbach e estátuas deles enfiadas em cada canto e alcova, como se pudéssemos esquecer quem manda em Minkja. Agora, tem ainda mais corpos aglutinados ali.

Reconheço a maioria dos rostos da festa dos Von Eisendorf. Também há um que conheço mais do que bem: Irmgard von Hirsching, ainda preciosa e vazia como uma boneca de porcelana.

— Ah, querida Gisele, que terrível — ela choraminga, vindo até nós em seu vestido de cetim dourado bem ostentoso. — Eu admiro *tanto* a sua coragem, vindo nos cumprimentar nesse estado.

Penso na faca escondida na minha bota. E na garrafinha de arsênico na penteadeira. E na corrente dourada que ela está usando no pescoço — se você não tem um garrote próprio, sempre pode pegar emprestado o de uma amiga. E penso em tudo isso sem nenhum motivo específico, lógico.

— Qualquer coisa por você, Irmgard — respondo.

Abruptamente, Adalbrecht me arrasta para a parede de retratos oficiais. Um lençol branco foi colocado em cima de uma moldura, ocultando uma pintura que nunca vi antes. É consideravelmente... maior do que o retrato dos pais de Adalbrecht.

—Tenho outra surpresa para você, *docinho*. Atenção a todos!

Ele já *era* o centro das atenções, então todo mundo se move de forma constrangedora enquanto tenta parecer ainda mais interessado.

— Meus leais súditos, vocês têm a honra de serem os primeiros a ver o nosso retrato oficial.

Eu só tenho tempo de pensar "mas eu nem me lembro de posar para um retrato" antes de Adalbrecht arrancar o lençol. Fico boquiaberta. Coletivamente, todos parecem prender a respiração, desconfortáveis.

Algumas liberdades artísticas foram tomadas. Primeiro, eu duvido sinceramente que Adalbrecht tenha posado em cima de uma pilha de soldados inimigos mortos com três lobos uivando embaixo da lua cheia. Em segundo lugar, o pintor foi *extremamente* generoso com as calças de Adalbrecht, deixando o seu, er, *weysserwurst* bastante sugestivo. O soldado morto mais proeminente aos pés de Adalbrecht também compartilha uma estranha semelhança com o retrato do pai, a poucos centímetros dali.

Sabe, muito *sutil*.

Para completar, de fato tem uma loira platinada segurando o braço de Adalbrecht, mas claramente não sou eu. Ou melhor, não é a imagem da *prinzessin*. O corpo é bastante detalhado, curvas absurdas por baixo de um traje de seda branca translúcida, quase indecente. O rosto, porém... falar que foi feito às pressas seria ainda mais gentil do que minhas doações ontem em Lähl. Parece mais com um dos autorretratos que Gisele tentou desenhar quando era criança: um nariz feito uma cenoura anêmica colada no rosto, lábios parecendo fatias de presunto dobradas e olhos tortos.

— *Incrível* — eu comento, sendo completamente sincera.

Quando olho para os convidados reunidos, porém, noto que Irmgard está com uma expressão de completa fúria. Logo a careta desaparece, como uma aranha afogada em cobertura.

Adalbrecht me faz ficar parada ali enquanto extrai elogios do público, o braço ao redor do meu feito uma algema. Tudo o que preciso fazer é dar um sorriso vago conforme ele tagarela com um ou outro conde, então deixo meus olhos passearem.

Acabam encontrando um retrato da infância de Adalbrecht. Ele está parado entre os dois irmãos mais velhos, parecendo bastante emburrado para um menino de sete anos. É bastante inspirador como o artista conseguiu capturar a mistura de arrogância e distúrbio de personalidade em uma idade tão tenra.

No entanto, algo ali parece errado. Não sei bem o que é.

Quando temos um respiro dos vassalos puxa-saco, eu digo, baixinho:

— Querido, os Von Hirsching precisam *mesmo* ficar até o casamento? Irmgard é uma fofoqueira tão cansativa.

Adalbrecht franze a boca.

— Sim, eles vão ficar. São convidados do meu castelo. Não quero ouvir você falando mal deles outra vez.

Então, ele marcha até um grupo de mulheres ao redor de Irmgard, todas empoleiradas em sofás, e me descarta como um guardanapo sujo.

Argh. Bom, se tenho que aguentar Irmgard, pelo menos não preciso estar sóbria. Pego uma taça de *glohwein* de uma bandeja e me afundo no único assento disponível, que infelizmente é do lado de Irmgard.

— Então — digo, usando um tom de voz que expressa que estou escandalizada —, *o que* Anna von Morz estava fazendo com aquele chapéu na semana passada?

— Exatamente o que eu gostaria de saber. — Irmgard se lança em uma crítica espirituosa.

Eu mal ouço, apenas assinto de vez em quando.

Por que Adalbrecht se importa com os Von Hirsching? Para os Von Falbirg, a resposta é simples: eles precisavam da rota mercantil que passa primeiro pelo território controlado pelos Hirsching e depois segue para Sovabin. Já os Von Hirsching e os Von Reigenbach possuem uma relação de parasitismo mútuo. Poucas coisas passam pelo território dos Von Hirsching sem parar em Minkja primeiro. Não há necessidade nenhuma de puxar o saco deles.

E se for para ser sincera... bom, não é que eu venha pensando no que Emeric disse, mas uma de suas teorias absurdas ficou na minha cabeça: o motivo de *nachtmären* estarem aparecendo em Minkja como se fossem ervas daninhas.

— Onde você comprou, Gisele? — Irmgard interrompe meus pensamentos.

Scheit. Sei lá o que ela está perguntando. Pisco lentamente, com uma expressão majestosa.

— Eu não devo dizer.

Sieglinde von Folkenstein limpa delicadamente algumas migalhas da boca.

— Por favor, *prinzessin*, meu marido talvez me deixe comprar um de topázio enquanto estivermos em Minkja. Pode nos falar ao menos o nome do joalheiro?

Ah. A lágrima de rubi. Dou um sorriso de alerta.

— Eu jurei que guardaria segredo.

— Sério. Como é que fica grudado? — Irmgard se inclina para a frente e passa os dedos na minha clavícula. Vejo um brilho aguçado no seu olhar.

Sieglinde também se aproxima, assim como as outras mulheres, se fechando mais ao meu redor, o olhar vítreo de cada uma delas focado no rubi.

— Nos conte — pede uma. — Nos conte, Gisele. Não é justo que só você tenha.

— Não é justo — Irmgard repete, aquela fúria aracnídea deixando à mostra uma única perna peluda na superfície.

É um olhar levemente maníaco, como... como quando Yannec tentou cortar o rubi do meu rosto. É como se a maldição de Eiswald derramasse sangue sobre as raízes da avareza, forçando-a a florescer brutalmente. Esse é o preço do desejo deles: ser devorada.

Irmgard cutuca meu rosto de repente.

— Posso tocar? — Ela não espera uma resposta, empurrando a pedra preciosa até minha bochecha doer, e de repente tenho quase treze anos, e ela está rindo enquanto eu piso no prego que ela escondeu no meu sapato...

— Opa — digo, sem emoção, e viro a taça de *glohwein* no seu vestido de cetim dourado.

Ela se afasta com um gritinho. Aquele olhar vítreo se esvai.

— Ah, Irmgard — eu falo —, foi só um *acidente*.

Irmgard me encara, a respiração ofegante, a raiva transparecendo atrás dos olhos, até... ela erguer a voz.

— *Markgraf*, nossa *querida* Gisele não está se sentindo bem.

Essa *dedo-duro* sem vergonha. Alguém segura meu antebraço.

— Minha doce noiva — Adalbrecht diz, sério. — Sinto que ainda está doente. Que tal voltar para o seu leito de descanso, hein?

Ele praticamente me arrasta do sofá antes que eu possa dizer qualquer outra coisa.

— Volto em breve! — ele diz, virando para trás, a voz alegre e objetiva. — Só vou cuidar do meu pobre floquinho de neve.

Porém, quando chegamos ao vestíbulo, ele não segue na direção das escadas que levam à ala em frente ao rio.

Em vez disso, continua apertando meu braço e me leva para o lado oposto, na direção dos seus aposentos.

Penso mais uma vez na faca escondida na bota, mas agora por um motivo bem diferente.

— Vou te dar um tônico para acalmar seu nervosismo — Adalbrecht diz. — Já que está tão agitada por causa dos meus convidados.

Ah, isso não é *nem um pouco* sinistro.

Mas consigo me livrar dessa. Ou ao menos posso... me virar. Afinal, ele ainda precisa de uma noiva, e seja lá o que for me dar não vai ser letal. A pior parte vai ser ficar sozinha com ele, e mesmo isso — bom, as pérolas me protegem. Ele é corajoso o bastante para encurralar uma criada sozinha no castelo Falbirg, mas se machucar Gisele haverá consequências.

Eu posso cuidar disso.

Os guardas de Adalbrecht o saúdam no topo das escadas. Ele ergue o punho, no que parece uma saudação — mas então ouço um ruído pequeno de algo frágil quebrando.

Balanço a cabeça, surpresa, certa de que imaginei. Então, quando passamos pelos guardas, dois baques ecoam pelo corredor. Quando olho para trás, os dois caíram no chão, de olhos fechados.

Antes que eu consiga processar o que aconteceu, Adalbrecht abre uma porta em que eu nunca havia prestado muita atenção e me puxa para o seu escritório.

Não sei bem o que eu esperava: crânios empalados? Caldeirões gorgolejantes? Piche escorrendo das paredes? Na verdade, é meio... tedioso. Janelas altas com cortinas azuis de veludo, a coroa pétrea distante de Kunigunde visível através dos painéis de vidro em formato de diamantes que compõem as janelas. As paredes estão repletas de cabeças de animais empalhadas e tapeçarias. Há estantes, mapas e poltronas perto da lareira imponente, e o pôr do sol lança uma luz vermelha no cômodo, como se tudo fosse feito de ferro, e essa sala fosse uma fornalha.

Adalbrecht me solta e vai para o balcão perto da janela, depositando na mesa algo que estava no punho. Eu semicerro os olhos. Acho que vejo fragmentos de ossos, uma mandíbula pequena de roedor...

— Isso vai te acalmar. — Adalbrecht está parado em frente a uma coleção surpreendentemente expressiva de garrafas na bancada.

Algumas claramente são hidromel e álcool, outras são tinturas com ramos de louro, tomilho e borragem em líquidos de cores diferentes. Ele puxa uma garrafa pouco maior do que minha mão, algo brilhando que nem fogo no líquido transparente.

Descubro que Adalbrecht é muito parecido com Yannec.

(E não como eu teria preferido, que é morto no Yssar.)

Desde que o conheço, sei que ele acredita que o mundo lhe deve algo simplesmente por ele ter nascido como parte da nobreza de Almândia. Ele gosta de se sentir poderoso e lembrar aos outros que eles não são. E, assim como Yannec, ele não sabe nada sobre ilusionismo.

Então não me dá mais nada para olhar a não ser a garrafa que escolheu, enquanto tira uma taça de cristal de uma cristaleira próxima.

Não passei os últimos doze meses reunindo uma respeitável coleção de venenos para não reconhecer Lágrimas de Áugure bem diante de mim. O brilho é o que entrega tudo: flocos de folhas douradas dançando em espirais perfeitas e lentas na garrafa transparente, refletindo a luz do crepúsculo. Essas espirais perfeitas são uma propriedade curiosa dessa mistura, e o ouro aumenta sua potência.

Não é necessariamente um veneno. É feito das lágrimas de Verdade, Deus Menor, e quando os áugures fazem profecias tomam um dedal do líquido para arrancar o véu do mundo e ver a verdade das coisas — ao menos durante uma hora. Mais do que isso os deixa loucos, e mais do que um golinho é fatal.

Adalbrecht está servindo bem mais do que um golinho na taça de cristal.

Então eu percebo: talvez eu não consiga dar conta disso.

Seja lá o que o Lobo Dourado abocanhou... não requer que a *prinzessin* esteja viva.

Este último resquício de segurança, o último fragmento de poder que eu tinha sobre ele vai se dissolvendo como uma pérola em vinagre.

Adalbrecht se aproxima e me entrega a taça. Vermelha como papoulas, a luz do sol nos inunda e deixa sombras afiadas.

Somos só eu e o marquês. Estou sozinha.

— Vou só levar isso para os meus aposentos, então — digo, me virando para a porta. — Imagino que não tenha uma tampa...

Ele afasta a taça de mim.

— É parte do conjunto que fica aqui. Beba agora.

Eu...

Eu não sei o que fazer.

Poderia derramar o líquido, mas ele ainda tem de sobra na garrafa.

Poderia correr, mas ele manda nos guardas.

Poderia chamar Poldi, mas Adalbrecht é o mestre do castelo.

Poderia tentar pegar a faca na bota a tempo, poderia chutá-lo, poderia...

Ele é um soldado treinado, líder de exércitos em Bóern, bem mais alto e mais pesado do que eu. E vai me devorar viva.

Estou sozinha, e nada e nem ninguém poderá me salvar a não ser eu mesma.

Talvez — eu possa fingir beber e cuspir depois que for embora. É o que dá.

Aceito a bebida.

E então a Madrinha Morte aparece ao meu lado, apenas para mim.

Ela está com a mão na taça de cristal, e pela primeira vez seu rosto não está mudando conforme mostra pessoas prestes a morrer.

Ela está com o meu rosto. O meu rosto *verdadeiro*, e não a ilusão de Gisele.

— Me peça ajuda, Vanja — implora a Morte. — *Por favor*.

Eu não quero... eu *não* vou viver o resto da minha vida como serva dela.

Eu vou fazer isso sozinha. Mesmo que acabe me matando.

Levo a taça aos lábios e bebo.

DEZESSETE

Assombrada

—Vanja!

Ignoro a Morte. Acho... acho que consigo fazer isso.

Deixo apenas um gole descer pela garganta. Queima como licor, mas tem um gosto estranho de sal e cobre no fim. Se estiver certa, é bem perto da dose que os áugures tomam, então só terei uma hora muito reveladora.

Faço um teatro, tossindo e franzindo o nariz.

— Nossa, isso é horrível. Acho que vou...

— Beba o medicamento — Adalbrecht ordena. — *Tudo.*

Arregalo os olhos, encarando-o.

Então, arregalo os olhos um pouco mais. Agora percebo o que tinha de errado no retrato dele quando criança. Ele e os irmãos tinham olhos cor de mel.

Agora, os olhos de Adalbrecht são azuis feito o coração de uma chama. Na verdade, parece que estão quase brilhando... ou melhor, queimando...

O cômodo ao nosso redor oscila como um pudim. Eu prendo a respiração. Então... Então...

É como se as paredes, o chão, Adalbrecht, *tudo* estivesse pegando fogo e descascando. Vejo camadas de tinta nas paredes, décadas de pintura, sangue no tapete que não está lá há quarenta anos. A parede de troféus de caça está tomada apenas de coisas mortas e velhas, com exceção de um crânio monstruoso ardendo com o mesmo fogo azul que brilha nos olhos de Adalbrecht.

Quando olho para ele, não vejo o rosto de um homem, e sim a cabeça de um cavalo que foi pregada a seus ombros, uma coroa de pregos de ferro flutuando acima, os dentes arreganhados e olhos como um incêndio cerúleo.

— *Beba* — ele vocifera, sangue e chamas azuis saindo de sua boca.

Só que eu vejo, eu *vejo*...

Vejo cabelos dourados em um campo de batalha sangrento durante a noite, um soldado de no máximo vinte anos deitado, imóvel, o sangue lentamente escorrendo de uma ferida aberta no peito, os olhos cor de mel semicerrados por conta da dor e do estado de delírio. A cada respiração agonizante, ele amaldiçoa o desgraçado do general que perdeu essa batalha, a imperatriz que o enviou para morrer com a plebe, o pai, por ter permitido isso. Fraco. O seu pai era fraco. A casa Reigenbach era uma casa de *reis*. E agora...

Ele é o último sobrevivente entre os irmãos, e deveria ser grandioso, o maior. Agora ele é só um grandioso cadáver na lama.

Ele era tão bom quanto qualquer príncipe. Ele merecia ser rei.

Vejo um *nachtmahr* se sentar em seu esterno, rindo enquanto as patas apertam seu rosto. Vejo um corvo saltitar até ali, bicando a orelha dele, curioso.

Fraco. Ele não pode impedir isso. Seus pulmões são esmagados e o ar desaparece.

Fraco. Assim como o pai.

Ele abre os olhos de repente. Segura o corvo, torce seu pescoço com apenas uma das mãos. O *nachtmahr* solta um guincho, se debatendo, e se transforma em um corvo apodrecido.

Ele olha para o soldado, à espera de ordens.

O soldado senta, as feridas cobertas por chamas azul-safira. Agora... agora eu vejo o mesmo azul incendiar seus olhos.

Ele nasceu para usar uma coroa, mesmo que precise criá-la por conta própria.

Agora vejo-o matando feras e mais feras pelos *nachtmären*, trocando a vida delas por atos ímpios e migalhas temporárias de poder. Uma marmota compra a morte do general, uma raposa cuida do pai, um bode, da imperatriz, e muitas outras mortes, até perder a conta. Agora eu o vejo jurar que vai mantê-los fartos com sonhos terríveis enquanto leva seus soldados para uma batalha após a outra, fundando os alicerces de um reino, reivindicando o que sempre deveria ter sido seu.

Agora eu *vejo* o marquês à minha frente no escritório, esticando a mão...

Um grito ressoa parecendo vir de um gato, uma criança e uma mulher, tudo ao mesmo tempo, e um borrão de pelagem negra e olhos vermelhos entra na sala por trás de mim. Dou um pulo e derrubo a taça no chão de verdade.

O borrão arranha as pernas de Adalbrecht e uiva, dá algumas voltas no peito dele e se lança sobre a escrivaninha, fazendo os papéis voarem. Ragne. *Ragne* me salvou.

Ela se joga perto da lareira, ainda rodopiando, e rasga uma tapeçaria, arrastando-a para a lareira. As chamas avidamente consomem os lobos bordados. O tapete abaixo começa a fumegar. Seu golpe final é derrubar o jarro de água antes de sair pela porta, impedindo que Adalbrecht possa apagar o fogo sozinho.

— Eu vou... vou buscar ajuda — solto, e saio correndo, seguindo Ragne.

Acho que Adalbrecht grita alguma coisa, mas quando ouso olhar para trás ele está tentando apagar as chamas, em vão.

O corredor é ainda pior do que o escritório. Vejo fantasmas, memórias, o que os Von Reigenbach fizeram aqui, as manchas e cicatrizes que simplesmente esconderam atrás de retratos, todas expostas pelas Lágrimas de Áugure. Não me sinto bêbada, mas *com certeza* também não me sinto estável. As paredes mudam ao meu redor com os séculos de transformações.

Vou tropeçando até o corredor da criadagem mais próximo. Está deserto, como eu esperava. Todos estão ocupados cuidando dos convidados, e agora entendo por que Adalbrecht apagou os únicos dois guardas que estavam de serviço.

Os corredores escuros e apertados são só um pouco melhores, mas finalmente consigo chegar ao meu quarto, na ala em frente ao rio. Ele também borbulha com fantasmas, e consigo *ouvir* cada grão de poeira, cada ponto no tecido do edredom, cada espiral de geada subindo pelas janelas geladas.

Caio de joelhos, tremendo, e me encolho no chão. Como vou aguentar isso durante uma *hora*? Quero que o mundo se estabilize, quero me sentir segura de novo, quero a minha mãe, qualquer uma delas...

Me seguro antes que aquele desejo se manifeste por inteiro. Sei qual é o preço. Não vou pagar. Me recuso.

Sinto algo macio empurrar minha mão.

— Não, você precisa levantar — Ragne uiva. — Você está doente, precisa de ajuda.

Abro os olhos. É difícil olhar para ela, assim como foi olhar o *nacht-mahr* em Lähl se dividindo em milhares de versões de si mesmo ao ouvir o badalar dos sinos. Só que cada uma das formas de Ragne é diferente, e vejo todas de uma vez, ancoradas em pontos gêmeos de um vermelho flamejante. Uma lua paira acima da sua cabeça, crescendo da lua nova à lua cheia.

Vejo sangue na neve, uma bolinha de sombras se mexendo nas mãos gélidas de Eiswald. Vejo Ragne rolando e rastejando com as feras da floresta, aprendendo os costumes delas e as formas delas, mas nunca se acomodando em nenhuma. Sua mãe é uma Deusa Menor, e seu pai é humano, e ela não é nenhuma das duas coisas, e não parece com nada, e não pertence a mundo algum.

Ouço sua empolgação ao se aventurar comigo pelo mundo do pai dela, ressoando a cada batida do coração.

Ouço sua decepção quando a primeira humana que ela conhece só quer saber de ouro e de salvar a própria pele.

— Você me ajudou — sussurro. — Por quê?

— Porque é o que as pessoas fazem — ela responde, como se fosse a coisa mais óbvia do mudo. — Os humanos complicam tudo. Agora levanta. Você bebeu demais.

Me sinto muito pesada.

— Desculpa por ter gritado com você. Eu estava com raiva, mas não era culpa sua. Foi... maldade.

Ragne não responde por um momento. Acho que vejo sua cauda balançando. A certa altura, ela diz:

— Foi maldade, mas as suas madrinhas são cruéis, e acho que o Gisele machucou você. Mas não faça isso de novo. Por favor, levanta.

Eu rolo para o lado. A sala gira. Em algum lugar acima de mim, um casal está discutindo em uma época em que isso foi um quarto de hóspedes. Posso ver o vulcão que fez a lava que se transformou em pedra e desceu pelas montanhas, até ser escavada, cortada em quadrados e usada para construir as paredes.

— Não estou aguentando — ofego.

Ragne empurra minha mão com a cabeça mais uma vez.

— Vou buscar ajuda. Você tem algumas horas até chegar ao seu coração e te matar.

— Ah. Incrível.

—Vou ser rápida — ela promete, e então desaparece.

— *Senhora? Posso fazer alguma coisa?* — Poldi pergunta da lareira.

Cubro os olhos.

—Fique aí. Eu tomei Lágrimas de Áugure, e acho que, se eu vir como você é de verdade, meu cérebro vai derreter.

— *Está certa mesmo. E cuidado com o que diz, pois enquanto as Lágrimas tiverem poder sobre você, você vai apenas falar a verdade.*

Que complicação nova superdivertida e horrível.

A cada instante que fico ali de olhos fechados, a verdade se força sobre meus outros sentidos de forma mais incisiva. Ouço o vento das florestas da madeira que fez a cama. Sinto o gosto das mentiras de Irmgard como leite azedo. Eu não...

Não posso ficar assim.

Me obrigo a levantar. O chão *parece* mesmo que está estremecendo agora. Cambaleio até a cama para me segurar, ergo o rosto e encontro...

O espelho da penteadeira.

Eu vejo a mim mesma.

Vejo meu próprio rosto sob as pérolas, vejo o vestido todo errado, porque ele não me *serve*, serve em Gisele, tudo isso serve em Gisele, e eu sou só uma ladra mentirosa covarde demais para ser... eu mesma. Vejo a mão da Morte e a da Fortuna, cada uma repousando sobre um ombro. Vejo minha mãe de sangue atrás de mim, da mesma forma que estava na noite em que me deixou na floresta, e os fantasmas disformes dos meus irmãos atrás dela.

Uma lua paira sobre a minha cabeça, minguando de cheia para nova. O inverso da de Ragne. A marca de Eiswald.

Vejo uma lágrima maligna e sangrenta embaixo do olho direito, veias se expandindo dela e arrebatando todo o meu corpo, indo para as pérolas nos meus tornozelos, no umbigo, e para dezenas de outros pontos marcados. Quando pressiono o dedo no fim de uma das veias, no meu braço, eu *sinto* um caroço, uma protuberância que não estava lá antes, aguardando para irromper na pele.

No espelho, as veias incham a cada batida do meu coração, adquirindo um tom mais forte de escarlate. Rubis e pérolas irrompem da minha coluna, dos meus olhos, das cicatrizes, me engolindo em pedras preciosas até não sobrar nada.

Nada a não ser minha ganância.

É um reflexo, a covarde dentro de mim insiste, só um reflexo... Só um espelho e o veneno e nada mais.

Não sei se é real, mas o que importa é que é verdade.

Lágrimas escorrem dos meus olhos, e no espelho mais parecem pérolas.

Não existe uma *prinzessin*. Não existe Marthe. Não existe o *Pfennigeist*. Não importa quantas cartas eu coloque entre mim e o resto do mundo, não importa quantas mentiras eu conte, não importa quantas vidas eu roube, nunca vai ser o suficiente. Nunca vou conseguir fugir do fantasma no reflexo.

Nunca vou escapar dela, porque sou assombrada por mim mesma.

Me vejo como realmente sou: uma menina assustada, sozinha em um mundo cruel, abandonada pela família e pelos amigos, que prefere se tornar uma pedra ensanguentada a permitir que alguém se aproxime o bastante para deixar outra cicatriz.

Uma menina que prefere morrer a servir a alguém de novo. Até a si própria.

E isso está me matando.

As lágrimas ardem ao escorrerem pelo meu rosto. Não consigo mais olhar.

Ragne ainda não voltou. Quanto tempo já faz? Ela disse horas. Talvez alguma coisa tenha acontecido com ela. Talvez eu não possa esperar. Adalbrecht está tentando me matar. Quanto tempo tenho até ele aparecer na minha porta?

Não posso ficar aqui. Eu preciso... preciso de ajuda.

Todas as minhas opções vêm com uma etiqueta de preço. Tudo que posso fazer é escolher qual pagar.

Não posso fazer isso sozinha. Não mais.

Preciso de ajuda.

Preciso sair daqui.

Trocar de vestido é um processo longo e tortuoso (enquanto vejo as mãos que fiaram os fios que... você já entendeu) e envolve topar com diversas coisas. Acho que perco pelo menos dez minutos encarando uma tapeçaria. Quando enfim consigo pôr um vestido e um manto simples, o sol já se foi e uma lua em formato de foice corta o céu escuro e profundo.

Estou quase completamente delirante agora. Vejo rodas nas estrelas, olhos nas paredes, e talvez seja a verdade, mas nada disso faz sentido para mim.

Escolho descer pela passagem da criadagem, porque, nesse ritmo, ficaria presa nas treliças, encarando rosas mortas até eu mesma congelar e morrer. Fantasmas e memórias me observam, e eu poderia jurar que as escadas estão me fazendo andar em espiral, mas... já percorri esse caminho milhares de vezes. Sei o que estou fazendo.

Preciso saber o que estou fazendo.

Quando cambaleio na saída ao sopé da escadaria, entretanto, percebo que deveria ter arriscado com as rosas.

A noite é de um frio implacável, e ainda mais ali, na base da cachoeira, onde camadas de névoa congelada se acumularam. E o caminho estreito que passa embaixo da cortina de água está coberto de gelo.

Fico parada ali um instante, me perguntando se estou com a respiração ofegante por causa das escadas ou porque as Lágrimas de Áugure estão quase chegando no meu coração.

Preciso de ajuda, e não posso ficar aqui.

Vou em direção ao caminho escorregadio.

Yssar, o Deus Menor personificado, me observa de dentro de seu rio. Vejo essa verdade. Não tenho ideia do que ele pensa disso enquanto escolho cada passo — como um cirurgião bêbado tentando costurar uma ferida —, tentando ignorar as eras de história, os assassinatos e mal-entendidos e pessoas comuns que passam por aquele caminho antes e depois de mim.

Deveria ter imaginado que não adiantaria. Mal consigo chegar na metade do trajeto antes de escorregar.

Não existe espaço para erro em uma cachoeira. Meu pé desliza, eu escorrego e, antes que possa gritar, caio.

Não é uma queda longa, mas de um frio horripilante, e a força da cachoeira me leva direto para o fundo de pedra do rio. Meus pulmões se contraem de choque, tento puxar o ar, mas inspiro uma espuma que me faz engasgar. Me debato e movo os membros até chegar à superfície, cuspindo. Mal consigo respirar uma única vez antes e já fico presa entre duas correntes, que me puxam de volta para a cascata e ao mesmo tempo me empurram para longe. Meus pulmões ardem, queimando, e tudo o que eu quero é *respirar*, alguma parte de mim entrando em pânico...

E outra parte, distante, se sente um pouquinho culpada por ter desejado esse fim a Emeric. Não sei o que é mais irritante: que talvez eu morra aqui graças às minhas próprias decisões horríveis, ou que, com as Lágrimas de Áugure no sangue, eu saiba que essa culpa não é mentira.

Essa irritação me faz focar. *Não entre em pânico* é um mantra praticamente entalhado nos meus ossos, e pelo menos eu posso contar com isso.

Preciso me afastar da cachoeira primeiro, ou nunca vou sair. Me debato e chuto até me afastar da correnteza. Algo pressiona minha coluna, fazendo com que eu suba mais rápido. Chego à superfície.

Ouço vozes por cima da minha tosse violeta, e estou vagamente ciente de que me empurram para uma doca próxima. Então, alguém me puxa para fora. Sob a água, vejo o borrão escuro do focinho de uma lontra com olhos vermelhos incandescentes. Ragne encontrou ajuda.

Alguém me ergue até as tábuas da doca, e eu prontamente desabo ali, encharcada. Cobrem meus ombros com um manto comicamente grande.

Cometo o erro de olhar para a lã.

Vejo um homenzarrão passando por uma cidade à beira-mar enquanto as árvores descartam folhas douradas e vermelhas ao vento. Vejo um garoto pará-lo a caminho de uma estalagem, segurando uma bolsa grande demais para uma criança de apenas oito anos. Cabelo arrumadinho, olhos castanhos bem atentos e óculos grandes demais. Ouço o garoto dizer que tem uma petição para as Cortes Divinas.

O menino vai embora com o homem, o recruta mais jovem em toda a história dos prefeitos.

E outros recrutas não o deixam esquecer disso. O menino é capaz de conectar as pontas soltas de um crime, achar pistas que ninguém mais vê, mas não consegue descobrir como fazer para sentar na mesma mesa do almoço que seus colegas. Não entende por que seu professor precisa conter um suspiro cada vez que ele levanta a mão; não é bom que ele saiba todas as respostas, afinal? Não percebe que deve prestar muita atenção a onde pisa até a terceira vez em que põem o pé na sua frente na biblioteca e escondem risadinhas enquanto ele recolhe seus pedaços de carvão quebrados.

É assim que ele aprende que não basta ter as respostas.

Vejo o homenzarrão oferecer a ele o manto e a jaqueta do uniforme anos depois, quando ele entra para a história mais uma vez, o garoto mais jovem a passar no primeiro rito de iniciação.

Vejo o manto e a jaqueta irem com Emeric até Minkja.

Sinto uma onda de vergonha. Eu *não* deveria ver isso. Não é da minha conta, para ficar bisbilhotando.

— ... Schmidt. Pode me ouvir, srta. Schmidt?

— Ela precisa sair do frio o quanto antes — diz alguém que segura firme meu ombro, me mantendo ereta, enquanto sinto um arrepio na espinha.

Se tem duas pessoas no Sacro-Império cuja verdade eu *não* quero ver, essas pessoas são Emeric Conrad e Gisele von Falbirg.

Bato os dentes e levo as mãos aos olhos. Tento encontrar palavras, mas saem abafadas e confusas:

— Eu não... não posso olhar para vocês.

Emeric pragueja baixinho, e consigo ouvir cada emoção como se estivessem sendo dissecadas em uma mesa: irritação, desconfiança, urgência, preocupação, medo.

— O veneno já avançou demais. Ela não vai aguentar até a Gänslinghaus. — Sinto o cheiro de junípero e pó-de-bruxa. — Srta. Schmidt, isso... não vai ser muito agradável, sinto muito. Mas tem minha palavra de que vai ajudar. Certo?

— E o que eu vou ficar te devendo? — As palavras saem arrastadas. Consigo ouvir a confusão naquele silêncio. Por fim, ele responde:

— Nada.

Ele fala isso no mesmo tom com que Ragne disse que as pessoas ajudam umas às outras, como se devesse ser tão óbvio quanto o nariz no meio da minha cara. E a verdade mais terrível desta noite é que eu gostaria de conseguir compreender isso.

Não sou uma boa pessoa.

Não sei se disse isso em voz alta. Tudo parece estar se esvaindo.

— Srta. Schmidt... — Alguém tira minha mão do rosto. — *Sério*. Você é irritadiça demais para morrer aqui. Vou fazer um cortezinho no seu dedo, certo?

Eu me obrigo a assentir, tremendo, os olhos fechados. Sinto uma fisgada de dor na ponta do indicador esquerdo. Ouço Emeric respirar fundo, como se precisasse se preparar. Então, diz:

— Eu *juro* que vai ajudar. E deve acabar rápido.

Você já sentiu a pontada de uma farpa, olhou e percebeu que ia doer quase o mesmo tanto para tirar aquilo dali?

Já puxou um fio solto e assistiu ao tecido todo enrugar?

Já olhou para as veias e artérias das suas mãos e perguntou quantas delas se espalham pelo seu corpo, frágeis e imensuráveis, como raízes no solo?

Agora imagine essa rede delicada de veias sanguíneas cheia de farpas e que estão *todas* sendo repuxadas como um fio solto, e seus nervos são o tecido amarrotado que fica para trás.

É aí que aprendo que o prefeito mirim Emeric Conrad tem um dom para eufemismos, porque *não vai ser muito agradável* nem *começa* a descrever a sensação. A única vantagem é que é rápido, rápido demais para eu lutar contra. Se Gisele não estivesse me segurando, eu teria caído de novo no Yssar.

Ouço o som de um líquido esborrifando no chão, e de repente é como se eu tivesse saído de um teatro em chamas com a orquestra ainda tocando, mesmo em meio aos gritos, e caído em um banco de neve no meio de uma floresta vazia. Tudo parece abafado, entorpecido agora que não estou sentindo o gosto do som da infinidade e sei lá mais o quê.

Scheit, como está frio.

Abro os olhos e vejo uma poça nojenta nas docas, sarapintada pelo sangue que ainda pinga do meu dedo. Meu coração está batendo loucamente, minha respiração, ainda ofegante, e, no geral, cada centímetro do meu corpo parece nauseado. Essas dores, porém, são familiares e mundanas.

Um floco de neve grande cai na minha mão e derrete. Pisco bem no momento que outro se prende em um cílio. *Claro* que a primeira neve cairia nesta noite.

— Me fala que você não bebeu Lágrimas de Áugure para tentar encontrar uma solução para a maldição — Emeric diz, trêmulo.

Balanço a cabeça, me embrulhando mais na capa molhada, e finalmente levanto o olhar para ele e para Gisele.

— Adalbrecht... t-tentou me matar... Ou Gisele... achei... o q-que houve com você?

Vejo um cintilar estranho nos olhos de Emeric. Não, está mais para um brilho de verdade. Não como os olhos de Adalbrecht, com aquela chama azul, mas como os de curandeiras quando consomem pó-de-bruxa, com o branco nos olhos e tudo, como se o crânio tivesse se transformado em um lampião. Surpreendentemente, uma camada de suor cobre seu rosto pálido, mesmo naquela noite nevada, grudando algumas mechas de cabelo, que ele nem tenta consertar.

Emeric faz um sinal de "deixa pra lá" com as mãos e levanta com um esforço considerável.

— Depois discutimos isso. Vamos te levar até a Gänslinghaus antes que você congele.

Ragne sai da água e pula na margem, estremecendo e mudando de pele até tomar a forma de um grande cavalo negro. Então se abaixa, sacudindo a cabeça, e a mensagem é clara: *Suba*.

Espero alguma reclamação de Emeric sobre cavalos, mas não há. Ele e Gisele pegam meus cotovelos, mas é Gisele quem faz a maior parte do trabalho.

Seja lá o que Emeric fez, ele está pior do que deixa transparecer.

Tudo vira um borrão cinza quando tento me levantar, e caio de novo. Ouço vozes como se vindas da água, como se eu tivesse caído no Yssar de novo, mas não parecem em pânico, apenas tensas. A voz de Gisele consegue atravessar:

— ... encontro você lá. Vai.

Então, vejo os olhos vermelhos ardentes e uma crina escura, e estou sentada de lado em um dorso largo, mal conseguindo ficar ali. A neve está mais forte, os flocos rodopiando como as folhas de ouro nas Lágrimas de Áugure.

O mundo cambaleia e fica em pé, mas tem alguma coisa quente e firme para me apoiar, um braço diante de mim e outro nas minhas costas, punhos firmes segurando a crina de Ragne. O último pensamento que tenho antes de apagar é que se eu fosse qualquer outra pessoa talvez isso tivesse sido bom.

DEZOITO

Mantenha seus inimigos mais perto

Através da névoa cinzenta do sono, ouço uma voz aveludada e inevitável.

— Estávamos tentando ajudar.

Acho que alguém encosta na minha testa e alisa meu cabelo. Não sei. Estou flutuando em uma neblina.

— Vimos que você estava sofrendo no castelo Falbirg — continua a Morte. — Não podemos manter os mortais no nosso reino por muito tempo, você sabe disso. Mas se você jurasse servir uma de nós... poderíamos proteger você. Poderíamos ter tirado você de lá.

Uma longa pausa se segue. O peso da mão dela quase chega a doer — não por causa do peso, e sim porque faz muito tempo que eu queria sentir isso.

— Não compreendemos os mortais. Não podemos, na verdade, se quisermos fazer nosso trabalho direito. Porém achávamos saber o que estávamos pedindo. Só não sabíamos o que estávamos pedindo... de você.

A Morte ergue a mão.

— Deuses não podem errar, sejam Maiores ou Menores. Não cometemos erros e não podemos voltar atrás em nossas barganhas. Enquanto você for nossa filha, haverá um dia em que precisará decidir a quem servir. — Ela suspira. — A Fortuna e eu vamos parar de insistir por enquanto. Podemos esperar.

Abro os olhos.

Não sei o que esperava ver ao acordar, mas definitivamente não era uma banheira.

Também não esperava acordar *suando*. Ainda mais porque parece que estou usando uma camisola larga e mais nada. Porém fui embrulhada em um casulo de cobertores, e o ar no cômodo parece razoavelmente quente.

Não vejo a Morte em lugar nenhum. Estou sozinha em um quarto simples e mal iluminado, pouco maior do que um armário, onde há também uma chaminé de ferro que vai do chão ao teto. Minhas roupas, chemise, vestido, meias, casaco e manto, foram penduradas no varal ao lado dela.

Sinto o pânico subir pela garganta até notar um peso familiar no bolso do vestido. Pelo menos eu lembrei de guardar as pérolas ali, por mais atordoada que estivesse.

Escuto murmúrios vindo do andar de baixo, abafados demais para que eu consiga distinguir as palavras. Acho que lembro de alguém dizer que me levaria a Gänslinghaus, mas está quieto demais para ser Gänslinghaus — a não ser que seja muito tarde.

Levanto da banheira lentamente, dolorida. Parte de mim quer fugir da coisa que preciso enfrentar. Mas se teve algo que aprendi com as Lágrimas de Áugure é que não consigo sair dessa bagunça sozinha.

Me vestir é mais difícil do que imaginei, e descer as escadas é ainda pior. A conversa abafada cessa assim que se ouve o primeiro rangido dos degraus.

Duas pessoas viram para mim quando cambaleio para dentro da cozinha, iluminada apenas pelo lampião e pelo carvão: Ragne, sentada no balcão vestindo outra camisola, e Gisele, parada ao lado de uma chaleira quente ao fogão. Há um montinho sentado à mesa comprida que acho que é Emeric, dormindo em cima de uma pilha de misteriosos papéis dobrados.

— Me diz que não foi ele que me despiu — resmungo.

— Esse garoto apagou no instante em que arrastou você para dentro. — Joniza não ergue o olhar, sentada à outra ponta da mesa, franzindo a testa para um papel, as inúmeras tranças com fios de ouro presas no topo da cabeça. Conheço aquela careta pensativa; ela deve estar trabalhando em uma música nova. — Mas, já que ele dormiu na banheira na segunda-feira à noite, você poderia dizer que estava na cama dele.

— Eca — murmuro.

—Você melhorou! — Ragne diz, alegre, e se encolhe, tímida. Baixa a voz. — Não é para eu falar alto.

—Tudo bem. As crianças devem estar dormindo agora. — Gisele sorri, as bochechas coradas por causa do calor do fogo. Então, vira para mim, e é como se carregasse o inverno nos olhos. —Tem alguma coisa que você queira dizer para mim ou para Joniza antes de acordarmos *meister* Conrad?

Joniza ergue o rosto. A cara dela diz "não me envolve nisso" muito nitidamente.

Um ressentimento antigo se contrai no meu estômago. Eu sei que fiz isso com Gisele, mas não é certo que ela esteja agindo como se eu não tivesse feito isso *por* ela também. Lembro das palavras exatas que ela usou na margem enlameada do rio, um ano atrás. Lembro de como ela implorou.

Sinto o peso das pérolas contra a minha perna.

— Eu bebi um veneno que deveria ter sido pra você — devolvo, tão gélida quanto ela. — Do *seu* noivo. É isso que eu tenho a dizer.

— Alguém quer chá? — Joniza pergunta inocentemente, se afastando da mesa.

— Sim, por favor — diz Emeric, do nada levantando a cabeça e acidentalmente derrubando uma pilha de papéis, e todas nós damos um pulo.

Ele levanta os óculos para a cabeça e esfrega os olhos.

— Eu também — digo.

Penduro o manto em um gancho e me viro para a prateleira de canecas pendurada na parede. Uma bolinha de fuligem pula da primeira que eu tiro e cai atrás do fogão, chiando. Imagino que não deve ter nenhum *kobold* aqui para se livrar delas.

Gisele passa por mim e pega uma única caneca.

— Eu mesma faço o meu.

Se eu pudesse revirar os olhos com mais força, daria para ouvir em Sovabin.

Um minuto depois, deslizo uma caneca de chá para Emeric e sento na sua frente. (Ele precisa saber que a caneca dele era a da bolinha de fuligem? Claro que não.) Ele levanta a cabeça, os olhos sonolentos, e diz:

— Obrigado. Algum... efeito colateral?

— Não me peça pra dar nenhuma cambalhota em breve — digo, amarga. — O que aconteceu com você?

—Tecnicamente, não devo praticar magia até completar meus ritos de iniciação como prefeito — ele confessa, recolocando os óculos no lugar. — O pó-de-bruxa que usamos tem um, er, uma espécie de efeito rebote. Só ganhamos o encantamento para minimizar os efeitos *depois* da segunda iniciação, para impedir que idiotas como eu corram por aí usando dois dias seguidos. É só para emergências e... — ele aperta o nariz —, entre o *nachtmahr* e as Lágrimas de Áugure, um número inédito de emergências tem ocorrido.

— Então foi bem corajoso da sua parte arriscar tudo isso por Vanja — Gisele diz, sentando na cadeira ao lado dele.

Ele balança a cabeça enquanto Ragne se acomoda no banquinho ao meu lado.

— É gentileza sua, mas não acredito em coragem. Apenas em alternativas desagradáveis.

— Não *tão* desagradáveis — Gisele murmura baixinho para o seu chá.

— Eu não preciso ficar aqui — rebato. — Não devo nada pra você.

Ragne vira a cabeça para mim.

— Você estava morrendo — ela diz, como se explicasse para uma criança pequena —, muito, de um jeito bem ruim.

— Tá, beleza...

— Você foi envenenada e quase se afogou e, se não tivesse vindo até aqui, provavelmente teria congelado...

— Eu *entendi*, Ragne.

— Você está aqui porque não tem mais para onde ir — Gisele declara, ácida. — Então mostrar um pouco de gratidão não vai te matar.

Joniza pigarreia. Ela voltou a trabalhar na música, mas segue com a sua expressão de não-me-envolvam-nisso.

Emeric olha de Gisele para mim, como se nós fôssemos dois bêbados briguentos em uma taverna que podem começar a se socar a qualquer instante, e depois alisa os papéis dobrados.

— Certo, então. Considerando que o *markgraf* Adalbrecht von Reigenbach agora já tentou assassinar nós dois e a princesa Gisele, por consequência, acho que — ele contorce a boca como se tivesse mordido um limão azedo — a *cooperação* é do interesse de todos.

— Nossa, como você está empolgado — provoco.

Ele olha para mim por cima dos óculos.

— Estatuto dos Prefeitos, Artigo Sete: "Em caso da necessidade de buscar ajuda de um criminoso ou delinquente para resolver uma investigação, essa associação deve ser o mais breve possível, para evitar a deterioração das provas, caráter e julgamento do prefeito". Colaborar com uma criminosa como você deveria ser meu último recurso. O meu trabalho é me certificar de que a lei seja aplicada igualmente para todos, e não ignorá-la quando é inconveniente.

A forma como ele diz "criminosa" me incomoda. Não é com nojo —

mais parece com um tom de irrelevância. Antes que eu consiga me segurar, rebato:

—Ah, *não*, você não gostaria de decepcionar o papai Klemens.

Emeric se empertiga mais do que eu esperava, mas se controla, tomando um gole de chá.

— Hubert vai ficar mais interessado nos resultados. Além disso, esse é o nosso padrão. Eu chego primeiro, parecendo um idiota novinho, e resolvo o caso, porque todos acreditam na minha atuação e baixam a guarda.

A parte do "exatamente como você fez" fica implícita. Decido que estava mais do que certa de ter dado a ele a caneca da bolinha de fuligem.

— Então, quer gostem ou não, não creio que nenhum de nós está em posição de recusar ajuda agora, especialmente a srta. Schmidt. Deveríamos, pelo menos, começar compartilhando o que sabemos. Isso é aceitável?

—Vanja primeiro — Gisele diz, de imediato. — Se ela for por último, qual a chance de tentar nos extorquir em troca do que sabe?

— Hum — respondo. — Muito bem. — Emeric solta um muxoxo, e eu dou de ombros. — Que foi? Ela está aprendendo.

Ele pega outro carvão embaixo dos papéis e tira uma folha da pilha.

— Comece com o marquês.

Meu cabelo está solto, então o divido em duas mechas para fazer tranças e manter as mãos ocupadas.

— Ele pediu a mão de Gisele em casamento ano passado, mandou soldados nos buscarem, e quando eu cheguei em Minkja ele já estava de volta no fronte. Eu nem sabia que ele estava voltando até o mensageiro aparecer no domingo e declarar que o casamento seria dali a duas semanas.

— Isso... — Gisele começa, e depois cruza os braços e desvia o olhar, como se não pudesse me dar mais credibilidade do que o estritamente necessário.

— Princesa Gisele? — Emeric pergunta.

Ainda assim, ela não me olha.

— Só parece, não sei, rápido demais. Ele é o nobre mais poderoso no sul do império, e Sovabin é um principado real, mesmo que pequeno. Um casamento como esse deveria ter meses de preparativos.

— Um casamento às pressas e ainda assim está tentando matar a noiva antes. Interessante. — Emeric anota algo e olha para mim. —Talvez alguma coisa tenha mudado. Me conte mais sobre o envenenamento. Você viu algo com as Lágrimas que poderia ser útil?

Faço um resumo, desde a postura protetora de Adalbrecht com os Von Hirsching até a insistência para que eu bebesse as Lágrimas. Então, eu lembro. Levanto da cadeira e bato as mãos na mesa.

— Os olhos dele!

Joniza faz "shh" para mim.

— Eu *não vou* ficar tocando mais uma hora de canções de ninar se aqueles monstrinhos acordarem!

Baixo a voz e me inclino sobre a mesa.

— Tem uma pintura dele e dos irmãos quando pequenos, todos com olhos cor de mel. Só que os olhos dele agora são azuis. E com as Lágrimas, vi que brilhavam como um *nachtmahr*, e ele tinha uma cabeça de cavalo, e tinha um crânio no escritório dele e...

— Espera aí. — Emeric ergue a mão, escrevendo a toda velocidade. — Ele tinha o *quê*?

— Uma cabeça de cavalo. Tipo a do *mahr* que nos atacou, mas pregada nos ombros. — Descrevo a visão que tive de Adalbrecht morrendo no campo de batalha, os *nachtmären*, os bichos mortos. E aí estalo os dedos. — E naquela noite que você tentou me pegar, eu fui atacada por um *mahr* dentro do castelo.

— Mas um *kobold* teria impedido isso — Gisele diz, suspeitando.

A suspeita é contagiosa, porque Emeric me lança um olhar irritado e cético, como se eu estivesse desperdiçando o tempo de todo mundo com uma lorota.

— Eu estou *excruciantemente* familiarizado com o *kobold* do castelo Reigenbach, srta. Schmidt.

Fico de pé, congelada. Alguma coisa entala na minha garganta. Eu sei que os dois têm seus motivos para duvidar de mim, mas sinto um pânico antigo que me faz engasgar quando digo a verdade uma vez na vida e mesmo assim ninguém acredita. É como tropeçar porque não vi um degrau, e, por um instante, estou mais uma vez diante dos Von Hirsching, jurando, em vão, que não roubei ninguém.

Ragne se empertiga ao meu lado.

— Eu também vi o *mahr*. Tentei acordar o Vanja. — Ela aponta para o meu pulso, ainda com os arranhões vermelhos embaixo da manga.

O momento passa. O pânico ameniza.

— Talvez Adalbrecht tenha deixado o *mahr* entrar. Sei lá. — Sento de novo e dou de ombros para Ragne, meio constrangida, agradecendo. — Ah, e o mordomo, Barthl, mandou eu entregar uma carta sem nenhuma marcação para os Wolfhünden.

— Era *isso* que você estava fazendo na Madschplatt — Emeric diz.

— Er. Em parte. Estava trabalhando na maldição. — Vejo que estou coçando o rubi, então volto a trançar o cabelo. — A lua cheia está chegando. Enfim, é isso que eu sei.

Emeric olha para mim como se quisesse dizer algo, mas muda de ideia, dobrando o papel outra vez. Em algum lugar da pilha ele encontra uma agulha pesada e fio encerado, runas entalhadas no carretel de madeira.

— Obrigado, isso foi de uma ajuda genuína.

— Não precisa ficar tão chocado.

— Não? — Ele passa o fio na agulha e começa a costurar os buracos nas dobras do papel. — Agora é minha vez. Obviamente seria melhor se eu tivesse minha caderneta de anotações, mas *alguém* a queimou. — Ele me lança um olhar de ressentimento palpável. — Seis meses atrás, a Ordem dos Prefeitos recebeu uma dica anônima sobre a morte do antigo *markgraf* Von Reigenbach. Todos os registros dizem que ele morreu dormindo há oito anos, mas nós precisávamos do mordomo do castelo para verificar isso, e não o encontramos em lugar nenhum. Quando Klemens e eu finalmente descobrimos seu paradeiro, ele tinha deixado toda a família e os amigos para trás e se aposentado em Rósenbor.

— É um lugar meio longe para ir só curtir a aposentadoria — digo.

Rósenbor é o lugar mais ao norte do império almânico.

Emeric puxa o fio até ficar retesado.

— Exatamente. O homem ainda demorou três dias para sequer abrir a porta. Por fim, nos contou que quando encontrou o antigo marquês os pés estavam… — ele faz uma careta — esfolados. E pegadas humanas ensanguentadas iam da janela, que estava trancada por dentro, até a cama.

— Então um *nachtmahr* o cavalgou até a morte — conclui Joniza.

Ela deixou a letra da música de lado por um instante e se aproximou de Gisele.

— Aparentemente, sim. Klemens disse que não tínhamos evidência suficiente para invocar as Cortes Divinas, mas o *markgraf* Adalbrecht chamava a atenção da Ordem há um tempo. Ele está deixando a própria comarca cheia de dívidas para financiar suas guerras, a guarda da cidade de Minkja é basicamente sua gangue pessoal, ele não ganha quase nada de uma aliança com Sovabin...

— Está dizendo que ele *não* vai se casar com Gisele por amor? — Finjo estar chocada. — As pérolas são bem convincentes.

Gisele apoia a caneca na mesa com força demais.

— São *mesmo*.

— Enfim — Emeric acrescenta, rapidamente —, existem rumores também de que, nos últimos anos, nenhum dos seus soldados consegue lembrar direito das batalhas noturnas, apesar de serem as mais bem-sucedidas. Coletivamente, era o bastante para abrir uma investigação, e aceitamos o caso do *Pfennigeist* do marquês como um disfarce.

— Mas por quê? — Joniza bate a pena no pergaminho. — Por que ele convidaria os prefeitos para o castelo dele?

Emeric balança a cabeça e passa o fio por mais uma leva de papéis dobrados.

— Isso eu não sei. Arrisco que ele está tentando manter os inimigos por perto, para controlar o que é reportado para a Ordem. Eu também não sei qual é o papel dos Wolfhünden nisso, mas, bem, houve uma movimentação de dinheiro do tesouro do marquês para os cofres deles nos últimos dias, uma quantia além do pagamento dos salários, então tem algo aí.

— Como você sabe disso? — pergunto, fascinada.

Ele me lança um olhar demorado, passando o fio por mais alguns buracos.

— Acho que todos nós sabemos por que não vou contar isso para você. Princesa Gisele, tem algo a acrescentar?

Gisele encara a própria caneca, apertando os lábios.

— As pessoas estão falando sobre os *nachtmären* nas ruas. Vimos mais na última semana do que no ano todo, mas ninguém conectou isso à volta do marquês, e ninguém mais viu um monstro como o que perseguiu vocês em Lähl. Tirando isso... imagino que eu possa verificar se tem algo estranho com os convidados, se me arrumarem a lista.

Emeric deixa de lado os papéis e o fio, e percebo que uma nova caderneta está começando a tomar forma.

— Em suma, acho que podemos dizer com segurança que o marquês está por trás dos ataques dos *nachtmären*, e o objetivo é algo ambicioso e desagradável. Agora...

—Você não tem provas — Joniza argumenta. Emeric fica tenso. Ela dá de ombros. — Quer dizer, quem sou eu para dizer, você que é o prefeito, mas parece mais a sua palavra contra a dele. Você pode pelo menos usar o que Vanja viu com as Lágrimas?

Ele se remexe na cadeira, desconfortável.

— É... complicado. A Verdade comparece a todas as audiências das Cortes Divinas, mas, bem, estamos falando de uma divindade com certa fluidez, porque a verdade é diferente para cada pessoa. A Verdade só pode confirmar se a testemunha acredita que o seu testemunho é verdade. Então a srta. Schmidt pode testemunhar dizendo que *acredita* que o marquês ordenou que um *mahr* matasse seu pai. O antigo mordomo pode testemunhar que *parecia* que um *mahr* o havia matado. Porém não é o suficiente para provar que ele foi morto pelo *nachtmahr* do *markgraf* Adalbrecht especificamente.

E eu sei muito bem qual a força que a minha palavra tem contra a de Adalbrecht.

— Precisamos de mais evidências, então. Até agora temos só uma pintura velha dele parecendo uma criança chata e doente, tudo que eu *alucinei* enquanto estava envenenada e um monte de coincidências.

— E se você não tiver alucinado tudo? — Joniza pergunta. —Você viu ele derrubar os guardas com magia antes de entrar no escritório, né?

Mordisco a ponta da unha do dedão.

— Isso. Ele esmagou uma coisa que parecia um crânio de rato.

Emeric se endireita, girando o bastão de carvão nos dedos.

— Qualquer coisa do tipo ajudaria. No mínimo, devemos encontrar mais pistas no escritório dele.

— Tem guardas nas entradas principais, mas posso levar você para dentro pelo corredor da criadagem — digo, lentamente. — Poderíamos entrar durante o baile no domingo. Você já tem até convite.

Gisele franze a testa.

— Um marquês convidando um plebeu para o baile de casamento? Parece uma armadilha.

— Ah, não, é... bom, é tipo uma armadilha — respondo, tentando manter uma cara impassível. — É só Adalbrecht sendo um filho da mãe.

Ele acha que o Mirim aqui tem um *interesse impróprio* em você. Quer dizer, eu fingindo ser você. Nós duas? Teve todo um incidente no desjejum.

— *Incidente no desjejum?* — Gisele indaga, a voz estridente.

As orelhas de Emeric ficam vermelhas, e ele enfia a agulha na futura caderneta com um entusiasmo alarmante.

— *Enfim*. Eu sei o que procurar, se a srta. Schmidt puder me levar ao escritório.

— Mas a noiva não pode simplesmente sair do próprio baile — protesta Gisele.

— Posso ficar no lugar do Vanja — oferece Ragne.

Então, ela estremece de leve, e de repente estou olhando para a *prinzessin* de camisola, até mesmo com a lágrima de rubi sob meu, er, sob o olho *dela*, um sorriso incrivelmente ingênuo no rosto.

— Você sempre conseguiu fazer isso, esse tempo todo? — exijo saber.

Ragne balança a cabeça. Então, o cabelo dela fica ruivo e sardas aparecem no seu rosto, e eu encaro meu próprio reflexo.

— Eu cresço e mínguo com a lua. Na lua cheia vou estar ainda mais poderosa.

Agora que parei para refletir, ela de fato não está mais cochilando tanto, e até aguentou ficar com formas maiores por mais tempo.

— Assustador — digo. — Mas você consegue falar que nem eu?

Ragne vira para o resto da mesa e faz cara de nojo.

— Eu sou o Vanja. Eu roubo coisas e sou malvada sem motivo algum.

Emeric tem um ataque abrupto de tosse. Gisele e Joniza nem tentam disfarçar, cobrindo a boca enquanto quase caem da cadeira de tanto gargalhar.

Eu só fecho a cara.

— Falso. Eu sempre tenho motivo para ser malvada.

— *Sempre tenho motivo para ser malvada* — Ragne imita.

— Fofo, mas ela ainda precisa saber conversar — Joniza diz. — Ragne, o que você diria se a condessa Von Folkenstein te dissesse que está esperando?

Ragne pisca.

— Esperando o quê?

— Sieglinde ficou grávida? — Gisele indaga na mesma hora.

— Aí está sua resposta. — Joniza olha para Gisele. — Devolva as pérolas. Gisele pode ser ela mesma.

Fico surpresa ao ouvir Gisele dizer "não" na mesma hora que eu.

— Você não quer as pérolas? — pergunto, incrédula.

Ela se afasta da mesa, balançando a cabeça.

— Não enquanto o marquês estiver tentando me matar. Não é seguro.

— É mesmo. Melhor perder um centavo vermelho do que um branco — digo, gélida.

— Não foi isso que eu disse...

— Posso proteger o Gisele — Ragne interrompe, mudando até retomar a própria forma humana, com cabelos escuros e olhos vermelhos. — No baile. Posso me esconder como criada, ou como um ratinho, ou basicamente qualquer coisa. Posso manter o Gisele segura.

Começo a soltar um comentário ácido, mas me contenho. Gisele e eu estamos separadas por um mar de espinhos no momento e podemos ficar nos destroçando alegremente até de manhã.

— Pode funcionar — digo. — Acho que ela vai ser sua acompanhante no baile, no fim das contas, Mirim. — Então, eu paro. — Não, espera aí. Irmgard vai estar lá. Se chegar como convidada, ela vai te reconhecer sem as pérolas.

Gisele fica corada.

— Então, como eu vou entrar?

— Está ficando tarde. — Emeric dá um nó no fio. — E todos poderíamos dormir um pouco. Vamos bolar um plano amanhã. Vamos nos reunir...

— Não acabamos por aqui — Gisele interrompe, um tom gélido na voz. — O que acontece com Vanja depois disso?

Semicerro os olhos.

— Como assim?

— O prefeito Klemens deveria prender você — Gisele cospe. — Você roubou meu nome, meu noivado, meu rosto e, aparentemente, quase mil *gilden* em joias. Não pode simplesmente se safar dessa.

E com essa simples fala estamos de volta ao mar de espinhos, e não me importo de sangrar, desde que eu consiga enfiar alguns no pescoço dela.

— Roubei um rosto que nem era o seu pra início de conversa — sibilo. — Se você quer seu maridinho fofo de volta, pode ficar com ele. E tá, eu roubei seu nome e algumas joias, mas acho que poderia dizer que estamos quites pelo tanto que sua família me deve.

Gisele levanta, as mãos espalmadas na mesa, agora falando mais alto.

— Você tinha comida, roupas e onde dormir. Minha família te deu *tudo*.

Fico em pé em um instante, uma fúria explosiva e animalesca correndo por todas as veias. O mundo bruscamente se limita a apenas nós duas nesta sala, o centavo branco e o vermelho.

— Se é para fazer uma lista, espero que você tenha uma compensação por cada cicatriz nas minhas costas. Espero que tenha uma compensação para a minha maldita infância, Gisele, porque sua família roubou isso de mim e se safou. Você está com raiva por ter perdido um ano, eu estou com raiva por ter perdido uma *década*.

Ela me encara, estupefata e sem resposta. Deuses Maiores e Menores, como é bom falar isso na cara dela. É ainda melhor que ninguém na mesa tente defendê-la. Quero que ela sinta aquele pavor terrível e solitário. Quero que sinta isso nas veias.

— Que foi, agora não tem mais nenhum centavo branco pra me entregar? — eu rosno, gostando demais de vê-la se encolher. — Você *queria* que eu ficasse com as pérolas. Deveria estar *implorando* para eu não atirar o colar no Yssar depois que eu...

Uma dor repentina lacera minha coluna. Não consigo engolir um grito, me apoiando na mesa. Emeric faz menção de levantar.

Eu o afasto com a mão e me endireito, constrangida, tentando apalpar entre as escápulas. E lá estão: meus dedos encontram um calombo duro de pedra, depois outro. Não vou ter certeza até me ver num espelho, mas, a julgar pela forma angulosa, imagino que uma linha de rubis tenha irrompido por toda a minha coluna.

— Não foi nada — murmuro. — Só a maldição.

A escada range, e o rosto redondo de Umayya aparece, olhando para a cozinha.

— Está tudo bem aí?

—Tudo — minto. — Estou indo embora. Amanhã vocês vão receber uma visita de caridade da *prinzessin* para finalizarmos o plano.

Joniza levanta abruptamente.

—Tenho um trabalho hoje em Südbígn. Vou com você até o Göttermarkt.

Eu vacilo.

— Não precisa, Ragne já vem comigo...

— Não vou fazer isso pra ser legal — ela diz, pegando o casaco de pele sintética de raposa. — Posso levar Gisele ao baile, mas só vou contar como depois que receber um pedido de desculpas daqueles.

DEZENOVE

Tente e tente de novo

ANDAMOS NA DIREÇÃO DA ALTA MURALHA em silêncio por um minuto ou dois, flocos de neve caindo à nossa volta, Ragne no meu ombro na forma de gato preto para não ter que levar as roupas emprestadas do orfanato. Estou tentando pensar: por onde exatamente eu deveria começar a pedir desculpas?

O fato de que existem diversas possibilidades talvez seja parte do problema. Por fim, pigarreio e tento adivinhar.

— Desculpa por não ter arrumado trabalho pra você enquanto estava fingindo ser a Gisele.

Joniza pisca lentamente.

— Tenta de novo.

Scheit.

— Hum — digo. — D-desculpa... por ter usado o que você me ensinou pra roubar.

Ela bufa.

— Você acha que eu me importo com aqueles ricos otários? Tente de novo.

— Me desculpa por... — Estou ficando sem ideias. — Eu nunca terminei de pagar a você pela curandeira? Espera aí, acho que tenho troco no meu bolso...

Joniza se vira enquanto vasculho os bolsos atrás de um centavo branco e alguns *sjillings*, e preciso me abaixar para não ser esbofeteada pelo *koli* de cinco cordas sahaliano preso às costas dela.

— Eu nunca me *importei* com o dinheiro — ela diz, irritada. Mesmo assim, pega as moedas da minha mão. — Tá, é mentira. Me dá isso.

Ela enfia as moedas no casaco.

Nenhum "tente de novo" desta vez. Eu me preparo.

— Você sabe como fiquei assustada quando cheguei no castelo Reigenbach ano passado e disseram que Gisele não queria me ver? — Joniza pergunta, andando pela rua. — Achei que aquele loiro canalha tinha matado vocês duas, até ver Gisele andando por aí na carruagem dele. Aí eu fiquei brava. Achei que teria um *lar* com você e ela aqui. Com o que eu tinha, mal dava para pagar um teto. Fiquei morrendo de preocupação com o que tinha acontecido com você.

— Mas você estava bem! Eu… eu te vi na Encruzilhada Mercantil, vi você todos os dias durante uma semana, e você estava bem! Você estava bem sem mim!

Joniza balança a cabeça.

— Você nunca aprendeu, né? Acho que não posso te culpar por isso, com o inferno que a gente viveu em Sovabin. Só porque você consegue sobreviver sem alguém não quer dizer que esse alguém é indesejado. Eu estava com tanto medo do que aquele monstro poderia fazer com você… Aí, um mês depois de eu chegar aqui, a Gisele *de verdade* aparece na minha porta pra me contar tudo. E sabe o pior? Eu entendi por que você fez aquilo.

— Entendeu? — pergunto, espantada.

Por um instante, Joniza só encara a fileira de lampiões de rua que levam à Alta Muralha.

— Mesmo que as coisas fossem ruins no castelo Falbirg, com o marquês seria muito pior. Você viu uma saída e aproveitou. Eu não te culpo por isso. — Ela olha para mim. — Eu te *culpo* por fazer tão pouco-caso de mim que preferiu me afastar e fazer toda… — ela gesticula vagamente na minha direção — *essa coisa* sozinha. Eu poderia ter ajudado. Agora olha só pra bagunça em que você se enfiou. Foi amaldiçoada por uma deusa, envenenada por um marquês e…

— Eu já sei — resmungo.

— *Não* me interrompa. — Ela usa o tom especificamente calculado para me lembrar que é dez anos mais velha do que eu. — E não fique emburrada por estar em uma cova que você mesma cavou. Nada que é roubado é seu de verdade. E você ainda precisa responder pelo que tomou e pelos que machucou. Incluindo a mim.

— É isso que as pessoas ficam me dizendo — murmuro. — Só que ninguém me conta como.

Joniza expira, soltando um fiapo de fumaça no ar frio, e treme mesmo com o casaco de peles. Ela nunca gostou desse clima.

—Vamos, ou eu vou me atrasar.

Outro silêncio pesado cai entre nós. Acho que é para eu tentar pedir desculpa mais uma vez, mas não sei o que dizer. Sei pedir perdão e fazer mesuras e puxar saco, como uma boa criadinha tentando manter seu emprego, mas não sei pedir desculpas sinceras.

Isso me lembra que preciso falar de outra coisa, mas não sei nem por onde começar: Yannec. Será que eles ainda se falam? Será que ela sabe que ele morreu?

Eu... acho que não consigo contar isso para ela. Pelo menos não esta noite.

—Tenho uma pergunta — Ragne diz, de repente.

Sinto o rabo dela indo de um lado para outro nas minhas costas.

Que estranho. Ragne pode ser um livro aberto, mas é a primeira vez que a vejo *nervosa*.

— Pois não? — eu encorajo.

— O que eu faço se gostar de uma pessoa humana?

Eu e Joniza trocamos olhares, ambas chocadas. Abro a boca, e ela imediatamente a cobre com a mão.

— De jeito nenhum. Eu não deixaria você dar conselhos amorosos nem pro meu arqui-inimigo.

— Focê tem um arfi-inimifo? — tento falar por cima dos dedos dela.

Ela me solta.

—Tenho, sim. Ele fica tentando me ofuscar no palco toda vez que a gente toca no mesmo lugar. Odeio ele. E também é tão lindo que deveria ser ilegal. *Enfim*. Ragne, você gosta dessa pessoa como amiga, ou é um pouco diferente? Como se sente perto dela?

Ragne se remexe no meu ombro.

— Como se eu estivesse flutuando? E estivesse quentinha. E como se eu quisesse rir muito. E como se eu quisesse botar minha boca n...

—Tá, sim, entendido. Você tá caidinha. — Joniza ri baixo. — Bom, os humanos são...

— Complicados? — Ragne sugere.

Joniza e eu rimos ao mesmo tempo, e é quase um alívio.

— Sim — Joniza confirma. — Então às vezes seus sentimentos podem deixar a pessoa desconfortável se ela não sentir o mesmo, mas nem sempre. E às vezes ela pode sentir o mesmo por você. — Ela dá um sorriso. — E aí você pode colocar sua boca onde essa pessoa quiser.

— Que *nojo* — murmuro.

— Você diz isso como se eu não tivesse te pegado uma vez beijando seu travesseiro fingindo que era Sebalt, o menino do estábulo.

Escondo o rosto nas mãos.

— Como você *ousa*?!

— Como sei se a pessoa sente o mesmo que eu? — Ragne indaga.

Pela primeira vez, fico feliz que a mente dela só trabalhe com uma coisa por vez. Acho que Joniza pode estar amolecendo, e tenho muito, muito medo de estragar isso.

— Também é meio complicado. — Joniza crispa a boca. — Aqui vai o segredo para lidar com humanos, Ragne. Existem humanos bem, bem ruins. E muitos que não são nem bons *nem* ruins. Mas, às vezes, você encontra gente que se prova digna da sua atenção e da sua confiança. E você sempre pode dizer a pessoas assim como se sente. Aliás, deve, se quiser ter essas pessoas por perto.

— Sutil — digo, baixinho.

Joniza me dá um soquinho no braço. E, simples assim, sinto um nó na garganta.

— Eu estava com muita saudade. — As palavras saem de uma vez, como estilhaços, e eu não consigo impedir. — Achei que você tinha seguido em frente e que eu ficaria tranquila com isso, mas senti tanta saudade, e desculpa por ter te deixado preocupada e por ter te afastado, eu...

Joniza me dá um abraço apertado, e aí não preciso dizer mais nada.

É a primeira vez que me abraçam assim em... nem sei quanto tempo. Pelo menos um ano. Talvez até mais.

— Tudo bem, tudo bem — ela diz, depois de nós duas secarmos o rosto. — Aceito seu pedido de desculpas. Prometi um jeito de fazer Gisele entrar. Bom, um baile não acontece sem música, né? Então o primeiro passo é me colocar na lista...

— *A-r-d-î-m* — eu soletro para Franziska na manhã seguinte enquanto marchamos pelas escadas da ala de Adalbrecht —, com acento no *i*, sabe, aquele chapeuzinho fofo. Eu gostaria que ela tocasse depois que o contrato de casamento for assinado, mas antes que fique tarde *demais*.

— Sim, milady — a camareira-chefe diz, anotando algo na tábua. Em seguida, ela empalidece quando vê para onde estou indo. — Ah, *prinzessin*, o marquês queria uma audiência particular...

— O que disse? — pergunto, inocente, escancarando a porta da sala de Adalbrecht.

— ... não sei por que precisou *enven*... — o conde Von Hirsching está dizendo antes de ser interrompido. Ele e Adalbrecht tomam o desjejum sozinhos, e não há nem um criado ali para tirar os pratos. — Envernizar... as... cadeiras... — o conde vacila — dessa... forma.

Que interessante. Não posso dizer que fico chocada que os Von Hirsching estejam envolvidos; anoto isso para contar a Emeric. (Talvez por um preço. Quem não arrisca não petisca.)

Já Adalbrecht começou a engasgar no café no instante em que entrei.

— Ah, querido, eu me sinto *tão* melhor — digo, a voz estridente. Não é uma mentira completa. Fisicamente, me sinto como se uma carroça tivesse me atropelado. Emocionalmente... bem, o pavor que Adalbrecht tenta conter está acrescentando anos na minha expectativa de vida. — Dormi tão bem! O que era aquele remédio? Nossa, eu poderia ter bebido a garrafa inteira.

Ele ainda está tossindo com um guardanapo na frente da boca, erguendo a mão.

— Por que não se junta a nós no desjejum, *prinzessin*? — o conde Von Hirsching pergunta com o sorriso forçado de um homem que foi ferrado pelo decoro.

Adalbrecht lança um olhar mortal para ele, mas o olhar do conde está fixo na lágrima de rubi, ficando mais cortante, assim como o da filha ontem à tarde.

Dou uma risadinha alegre e roubo um rolinho doce do prato de Adalbrecht.

— Não vai ser necessário, não posso ficar por muito tempo. Vi um orfanatozinho muito charmoso outro dia e pensei em levar doces do festival de inverno, passar um tempo com as crianças. Elas são tão inteligentes. *Tão* cheias de potencial.

— Que graça — Adalbrecht consegue dizer, ainda atrapalhado. Porém não vai brigar comigo por isso, já que é um motivo para me tirar da sala.

Isso me dá outra ideia.

— Ouvi dizer que tem um problema com as cadeiras? Franziska estava aqui agora há pouco! — Qualquer desculpa para atrapalhar essa sessãozinha de planejamento nefasto com uma testemunha vai ser proveitosa. Grito para trás: — *Franziska! FRANZISKA!* O marquês precisa de você!

— Está tudo bem — Adalbrecht interrompe.

— Mas nós queremos que tudo esteja perfeito! Para o dia! *Especial!* — Aperto o ombro dele assim que Franziska entra. — Pronto! Volto de tarde para receber os próximos convidados. Tchauzinho!

E, assim, consegui ganhar a manhã inteira. Melhor ainda, tenho uma desculpa para ficar longe dos corredores do castelo Reigenbach até tudo estar lotado de aristocratas famintos por um escândalo.

Preciso continuar fazendo esse papel, a versão de coração nobre e cabeça vazia de Gisele, porque, se ele achar que sou uma ameaça de verdade, vou estar morta antes do amanhecer.

Porém, ao sair da sala, dando uma mordida no pão doce, sei que mandei o recado que queria: Gisele já sobreviveu ao veneno e ao *nachtmahr*. Se ele quisesse que ela morresse, deveria ter tentado com mais afinco.

Para um homem que tentou assassinar sua noiva repetidas vezes, fico um pouco surpresa de que Adalbrecht queira tantas testemunhas para assinar o contrato de casamento no baile, um dia e meio depois.

A música produzida por flautas e violinos toma o ar regado a vinho e se mistura aos candelabros do salão de baile, chegando aos murais do teto, divididos por arcos de pedra geométricos. Há ramos de azevinho e abetos--prateados pendurados acima das cortinas em azul-Reigenbach, e heras banhadas a ouro cobrem todas as colunas de mármore.

Ainda que a decoração seja um destaque, os convidados também não ficam atrás. Todo mundo está guardando as melhores roupas para o casamento em si, mas as *segundas* melhores roupas não são de se desdenhar. Sedas vívidas, brocados cheios de detalhes e quilos e mais quilos de joias brilhantes se movimentam na pista de dança durante um tordion bourgiennês animado.

Ao lado de Adalbrecht, espero a dança acabar, meus dedos coçando. Tem *tantas coisas* que eu poderia estar roubando agora se não tivesse uma obrigação social com o homem que tentou me envenenar essa semana. E se não fosse pela maldição... Bom, e a lei também, imagino, apesar de todo mundo saber que minha preocupação com ela é no máximo decorativa.

Porém, a imagem da *prinzessin* não oscila, com uma expressão de coragem e graciosidade, enquanto Marthe e o *Pfennigeist* aguardam sua vez.

O contrato do casamento está exposto em uma mesinha à nossa frente. Eu dei uma espiada sempre que consegui. Emeric, Joniza, Gisele e eu não conseguimos pensar por que Adalbrecht teria tentado assassinar Gisele antes do casamento mas ainda assim dar um baile enorme só para todo mundo ver nós dois assinarmos a papelada. Uma festinha pequena é costume para a assinatura do decreto, mas não... isso.

A conclusão a que chegamos é de que tem alguma coisa errada com o decreto. Todo casamento almânico oficial precisa de um decreto assinado, mas especialmente em uniões entre nobres, delineando limites, para que pessoas como Adalbrecht não aproveitem para começar uma onda de casamentos seguidos de assassinatos para adquirir as propriedades de suas esposas mortas. A linguagem do contrato é clara: se Gisele morrer, o título de Sovabin permanece com os Von Falbirg. Tem até mesmo uma cláusula grotesca para tratar do fato de que Gisele tecnicamente não tem idade suficiente para ser considerada adulta sob a lei imperial. Até completar dezessete anos, em abril, ela vai estar legalmente sob a tutela de Adalbrecht.

Por mais que seja de arrepiar, no entanto, é padrão para os decretos de casamento.

— Você parece nervosa, meu... — Adalbrecht para de falar, avaliando meu vestido, e se decide por: — ... moranguinho.

Eu escolhi o vestido desta noite e não dei nenhuma abertura para que ele opinasse. É de um veludo vinho intenso, bordado com renda branca e fios de ouro, e o mais importante é que, se em algum momento der para ver os rubis espinhosos na minha coluna, as pessoas vão achar que fazem parte do visual.

— Só pensando na semana que vem — digo, doce.

Não é bem uma mentira. Desperdicei uma semana inteira. Só tenho mais uma até a maldição me matar, se ele não conseguir fazer isso primeiro.

Adalbrecht não está escutando, mas sim encarando alguma coisa. Eu acompanho o olhar dele até o outro lado do salão, onde Emeric está colado na parede ao lado do que parece uma verdadeira cachoeira de ramos de pinheiro, recusando convites para dançar, constrangido. Ele se destaca, um graveto simples de uniforme preto em meio a todo aquele brilho e exagero. Tenho certeza que alguns nobres querem muito fazê-lo dançar, e assim aproveitar todo o potencial da piada.

Essa é a questão, na verdade. Adalbrecht convidou um plebeu para lembrá-lo do seu lugar. E do meu, mesmo que meu noivo não saiba a verdade.

— Alguma coisa errada, querido? — pergunto, inocente.

Ele faz um beicinho.

— Temo que seu pequeno admirador não esteja compreendendo a deixa. Ele está te olhando a noite toda.

Eu *não* preciso que Adalbrecht fique de olho em Emeric agora.

— Tenho certeza que outra pessoa logo vai chamar a atenção dele. Mas, se você quiser, eu poderia dançar com o prefeito e pisar no pé dele. Certamente vai curar qualquer interesse que tenha por mim.

Também me daria a oportunidade de gritar com ele por estar sendo tão óbvio.

Os sorrisos verdadeiros de Adalbrecht são tão raros quanto cruéis. Um desses surge em seu rosto agora.

— Acho que precisaria quebrar os pés dele, frutinha... Mas talvez você tenha tido uma boa ideia.

Felizmente, a música vai baixando até cessar, e o tordion desacelera antes que meu noivo se agarre demais àquele pensamento. É hora de assinar o decreto.

Depois de um discurso rápido (feito inteiramente por Adalbrecht, claro), a camareira-chefe, Franziska, traz uma pena de avestruz espalhafatosa (incrustada de safiras no cabo, claro). Nós assinamos o pergaminho. E, assim, é oficial: dali a uma semana, assim que a cerimônia de casamento tiver sido completada, Gisele se tornará *markgräfin* Von Reigenbach sob os olhos dos deuses e do império.

Porém, assim que o decreto é assinado e a música recomeça, Adalbrecht estala os dedos para chamar Franziska. Antes que eu me dê conta do que está acontecendo, ela foi enviada para buscar Emeric. Ele vem, parecendo genuinamente infeliz.

— Chamou, senhor?

— Você não dançou nenhuma vez, garoto. — Adalbrecht me agarra pelo cotovelo. — Certamente não vai recusar uma volta pelo salão com minha noiva.

— Ah, er, senhor, eu não iria querer me... — Emeric está exagerando no nervosismo, mas noto uma pontada de irritação.

Todos conhecemos essa jogada simples e infantil de malícia. Adalbrecht quer esfregar na cara de Emeric o que ele não pode ter.

— Não iria querer? — Adalbrecht repete, mostrando aquele sorriso verdadeiro e terrível. — Está dizendo que minha noiva não é do seu gosto?

— Claro que não. Eu... eu ficaria honrado. — Emeric faz uma mesura e estende a mão.

Adalbrecht me empurra para a frente. Deixo Emeric me conduzir até a pista, ignorando os risinhos de Irmgard e Sieglinde. (Sieglinde convenceu o marido a deixá-la grudar um topázio na cara, afinal, assim como ela tinha ameaçado. Ficou horroroso.)

— *O que* você falou para ele? — Emeric diz, entre dentes.

Notas longas e estridentes ecoam pelo ar, começando uma pavana. *Argh*. O objetivo da pavana é mostrar o que se está vestindo e com quem está dançando. Já que Emeric está vestindo uma versão apenas um pouco melhor do uniforme, não tenho dúvida de que Adalbrecht arrumou isso também.

— Eu disse que pisaria no seu pé se a gente dançasse — sibilo de volta. — Porque ele notou que *você* estava me encarando.

Seguimos para a fileira de dançarinos, todos os casais com o rosto voltado para a frente, de mãos dadas conforme avançamos. Emeric já parece desgostoso, e olha que eu nem sequer chutei a canela dele ainda, como estou querendo. Ele baixa a voz, para ninguém mais ouvir:

— Eu estava encarando *ele*.

— Não é como se ele fosse me esfaquear no meio do baile.

—Tem certeza?

Nos afastamos, contornando os outros dançarinos antes de nos encontrarmos de novo. Desta vez, precisamos ficar parados encarando direções opostas e dar uma volta lenta.

— Bastante certeza. — É uma mentira daquelas, mas prefiro virar um cadáver a concordar com essa haste de atiçar fogo metida a besta. Levanto a palma da mão para encontrar a dele. — Siga minha deixa.

— Eu sei dançar. — Emeric soa levemente ofendido.

Eu o encaro, duvidando.

— Onde é que *isso* se encaixa no currículo dos prefeitos?

Nós trocamos as mãos e a direção da volta.

— Não se encaixa — ele replica. Um segundo de silêncio se segue antes de elaborar. — Minha irmã perdeu a maior parte da visão quando éramos mais novos. Ela queria aprender e precisava de um parceiro. — Fecho a cara, e ele semicerra os olhos. — *Que foi?*

— Não posso te zoar por isso, seu babaca sem consideração — resmungo. — Mas se você continuar com essa cara, como se estivesse com dor de dentes só por dançar comigo, Adalbrecht não vai parar de nos obrigar a dançar até fazer você chorar. — Emeric franze mais a testa, e eu reviro os olhos. — Só *finja* que você está gostando da experiência. Eu sei que as pérolas ajudam.

Ele habilmente me tira do caminho de Ezbeta von Eisendorf, que continua a ser um belo exemplo de por que valorizamos as virtudes da abstinência. O rosto de Emeric muda da infelicidade completa para um desconforto irrequieto.

— Não da forma que você pensa — é tudo o que ele diz.

Antes que possa investigar mais *essa* questão, diversas notas alegres e contundentes ressoam — o som inconfundível de um *koli* sahaliano. Joniza sobe no palco, tinta dourada cobrindo os lábios e a ponta dos dedos que voam pelo braço do instrumento. O flautista que ela está interrompendo parece ao mesmo tempo maravilhado e furioso, e preciso concordar com a avaliação anterior dela: o tal arqui-inimigo é despropositadamente bonito.

E então a música vira um duelo. Joniza começou a tocar uma galharda jovial, mas o flautista tenta domar a música para voltar a ser uma pavana imponente. O salão de baile é tomado por *caos* já que ninguém sabe qual dança seguir.

Assim como foi planejado.

É nosso sinal. Hora de começar o jogo.

VINTE

Evidências

Emeric solta minha mão como se fosse feita de lava.

Tento não levar isso para o pessoal, esticando o pescoço para me certificar de que Adalbrecht está distraído.

— Se ele perguntar, eu...

— Foi retocar o pó, já sei. Pode ir.

O banheiro mais próximo do salão de baile está com fila, como era esperado. Eu paro por um instante, franzindo a testa de forma bem óbvia, e me afasto, seguindo para um banheiro mais longe, ao lado do saguão de entrada.

Sem fila. E Gisele está me esperando lá dentro.

Sabe, alguns músicos precisam de assistentes para carregar seus instrumentos, roupas de apresentação, partituras, etc. Gisele poderia ter sido reconhecida no baile, mas ninguém, especialmente pessoas como Irmgard, vai olhar para a criadagem.

Ela leva uma bolsa que preparei com antecedência e veste o uniforme da criadagem Reigenbach que escondemos embaixo do seu manto.

— Desculpe, senhorita, só estou procurando o brinco da minha senhora — ela diz em voz alta quando eu entro, e então percebe que sou eu. — Argh. Acho que nunca vou me acostumar com isso.

— Melhor se acostumar — rebato. Tiro as pérolas e entrego para ela. — Coloque por último.

Nós trocamos os vestidos e vasculhamos a bolsa. Pego a pomada e uma atadura para cobrir a lágrima de rubi, e ela pega os pós de maquiagem e um rubi falso. Não foi tão difícil quanto eu esperava encontrar um pedaço de vidro vermelho no formato certo, porque meu *acessório* virou moda, se você tiver dinheiro para pagar. O que não faltam são réplicas esta noite.

Gisele não precisa de muito tempo para copiar minha maquiagem, e assim que ela acaba esfrego com o mindinho um pouco de pó logo abaixo do olho direito. Então, coloco um pingo de cola no vidro vermelho, seguro o queixo dela e pressiono a lágrima.

— Fica parada — digo. — Deixa secar.

Gisele fecha os olhos, mexendo no cadarço do corpete. A costura vai rasgar se ela tentar amarrar tudo antes das pérolas a transformarem. Vejo que ela está corada de nervoso.

— Tem... tem quantas pessoas lá?

— Umas cem, talvez? Metade dos convidados do casamento não chegou. Já fiz a maior parte da falação, você só vai precisar dançar, sorrir e acenar. Adalbrecht está chato por causa do Emeric, mas é só fazer graça disso e ele vai se acalmar.

Ela suspira.

— Então... Acho que consigo fazer isso por vinte e cinco minutos. Trinta, no máximo.

— Se demorar mais do que isso é porque a gente tem problemas maiores. — Solto o rubi falso, e ele fica no lugar. — Pronto. Agora veste as pérolas. Elas ajudam com o cabelo.

Percebo meu erro na hora em que ela põe as pérolas no pescoço. A imagem que elas produzem é a mesma não importa quem as use, mas, para Gisele chegar lá, o caminho é o oposto ao meu. As pérolas estreitam seus ombros, diminuem as curvas em vez de aumentá-las e até lhe tiram alguns centímetros de altura. A dama Von Falbirg deve ter pedido por essa forma específica quando comprou o encantamento. Eu nunca disse nada a Gisele sobre o assunto, mas é estranhamente parecido com os retratos mais antigos da mãe dela quando jovem.

Aqueles retratos, porém, não contêm um encantamento que me torna benevolente e submissa só de vê-los. As pérolas, sim.

Há quase quatro anos, meu sangue borbulha de ressentimento por Gisele. Já faz tanto tempo que me sinto assim que nem sei mais quem eu sou sem essa reação. Mas, no instante em que as pérolas estão no pescoço dela, eu lembro de como era feliz ao servi-la.

Viro, fincando as unhas nas mãos.

— Você pode arrumar seu próprio cabelo.

Então, tiro da bolsa mais um uniforme da criadagem, atiro ele na cadeira e me afasto antes que eu me deixe levar por algo tão perigoso quanto o perdão.

Um gato preto mia perto da porta, piscando os olhos vermelhos para mim. Abro a porta o suficiente para Ragne entrar e sigo de volta para o salão de baile.

Meu couro cabeludo dói conforme faço minhas tranças, apertadas demais.

Emeric se apoiou na parede mais perto da saída, examinando uma moeda de estanho do tamanho de um centavo na palma da mão. Tenho certeza que não está ajudando em nada a paranoia de Adalbrecht.

Saio de perto antes que ele me aviste. A última coisa que Adalbrecht precisa ver é Emeric sair mais cedo do baile só para Gisele aparecer instantes depois, ofegante e amassada como se tivesse acabado de sair de um encontro com um prefeito mirim apaixonado.

Algo naquele pensamento me deixa inquieta. Não sei por que e não *quero* saber.

Não demora muito para Gisele chegar, com Ragne logo atrás dela, vestindo seu próprio uniforme da criadagem, o cabelo preso cuidadosamente em um coque, os olhos vermelhos agora castanhos. Nós a ensinamos a cumprir seu papel: se alguém perguntar, ela é a dama de companhia de Gisele e não deve sair de perto dela.

Assim que elas entram, Emeric sai pelo corredor. Vou atrás dele e, quando ele olha em volta, percebo que não notou que estou ali. Quando estamos quase no vestíbulo, ele para e pega a moeda de estanho do bolso.

— *Bu!* — sussurro.

Eu não sabia que era possível dar um pulo tão alto a ponto de chegar no primeiro patamar da escada, mas Emeric é a prova viva disso.

Depois que ele para de me xingar, eu comento:

— Você sabe um monte de palavras bem sujas para um homem dos deuses.

— Você é um *terror absoluto*. A essa altura, fico francamente chocado de nada ter te amaldiçoado antes.

Dou de ombros.

— Quem disse que ninguém tentou? Vem, a gente tem uma meia hora no máximo.

Ele resmunga, mas me segue até uma tapeçaria de bom gosto usada para disfarçar uma porta que se mescla perfeitamente à alvenaria. Ela nos leva para os corredores da criadagem, onde preciso de um instante para meus olhos se ajustarem à penumbra. As tochas são mais espaçadas do que nos corredores normais, apenas o bastante para tornar a navegação possível e nada mais.

Emeric me segura pelo ombro.

— Espere... — sussurra ele. — Está ouvindo...

— Não estamos sozinhos — digo, seguindo pela passagem estreita. — Não se preocupa com isso.

— Como assim, não estamos...

Ele é interrompido por uma risadinha ofegante de motivação extremamente reconhecível, vindo de um dos caminhos para a direita. As sombras lançadas pela luz distante das tochas fornecem outra explicação também bem reconhecível.

— Sabe — eu digo, séria —, quando duas pessoas se amam muito, ou ao menos acham que a outra é aceitável se fecharem um pouco os olhos...

— *Sim, eu entendi agora, muito obrigado.*

Eu praticamente ouço ele corar.

— Sabe que se a gente for pego essa é a nossa desculpa, né? — comento. — Somos só um casal jovem alvoroçado que se perdeu enquanto procurava um lugar para, hum, trocar carinhos.

— Então eu prefiro não ser pego — ele diz, soturno.

Forço uma risada enquanto sigo para uma escada.

— Somos dois. — Então, mostro a moeda dele. Para alguém que supostamente é um detetive altamente treinado, é muito fácil roubar coisas dele. — O que é isso aqui? Foi presente especial do papai Klemens?

Ele arranca a moeda da minha mão.

— Pode *por favor* parar — declara ele, quando eu entrego o carvão com que ele costuma escrever — de me roubar — e a caderneta improvisada — enquanto estou *trabalhando*? — Por fim, ele dá um suspiro exasperado. — Preciso dos meus óculos para enxergar, srta. Schmidt.

Estou ocupada demais segurando as lentes perto da tocha mais próxima e examinando a distorção.

— Não brinca. Míope? Ninguém diz.

— É a primeira vez que escuto essa piada, com certeza — Emeric diz, obviamente de forma irônica, arrancando os óculos da minha mão. — Eles

também me permitem ver coisas como encantamentos, armadilhas mágicas e sua maldição, então é do interesse de nós dois que permaneçam no
meu rosto.

— Você não disse o que é isso. — Jogo a moeda de novo para ele. Incrível, ele só botou de volta no mesmo bolso.

Ele pega a moeda fazendo uma careta.

— Conversamos depois.

Saímos das passagens da criadagem e entramos em um corredor na ala
do marquês. Assim como eu suspeitava, não tem guardas à vista, e se eu me
esforçar consigo ouvir pessoas conversando bem longe do corredor. Adalbrecht não quer ninguém perto dos aposentos dele.

A porta do escritório está trancada, então Emeric fica de vigia, inquieto, enquanto pego minhas ferramentas. Abrir a fechadura é quase risível
de tão fácil — apenas algumas batidinhas nos cilindros e uma remexida na
chavinha, como se o marquês estivesse confiante de que sua reputação, por
si só, fosse impedir qualquer um de tentar algo contra ele.

Lá dentro está tudo escuro. Até as cortinas foram fechadas, impedindo a visão dos telhados de Minkja abaixo. Ainda assim, ouço Emeric ofegar.

— Ah. Era a *isso* que você estava se referindo quando falou no crânio
no escritório.

— Aham, claro. Poldi pode acender umas velas… — Eu me viro para
voltar, mas acabo trombando com Emeric.

— Espera.

Ouço um farfalhar de tecido, e então uma luz fantasmagórica brilha
por entre os dedos dele, como uma pequena lua. A luz vem da moeda. Ele
a deposita no balcão, iluminando todo o cômodo com uma luz fria. Percebi que já deixou a jaqueta esticada na base da porta para impedir que a
luz nos denuncie.

Bem. Eu não sou generosa o bastante para dizer que estou impressionada, mas respeito o raciocínio dele.

— Todos os prefeitos têm uma moeda dessa. — Emeric segue falando baixo e arregaça as mangas, indo até a parede de troféus de caça. — O
entalhe também muda quando tenho um recado a receber do entreposto
mais próximo. É para *isso* que serve.

Ah. Que mensagem será que ele está esperando?

— O que estamos procurando? — pergunto.

— Esse foi um uso de plural muito ousado, srta. Schmidt. Apenas fique fora do caminho e não roube nada. Quanto tempo ainda temos?

Enfio as mãos no bolso, irritada, e irritada por ficar irritada.

— Desculpa, não falo com cabideiros esnobes.

— Isso nem faz sentido. O tempo, srta. Schmidt. — Quando não respondo, ele solta um suspiro longo e irritadiço de puro martírio. — Nós queremos evidências ou pistas. Algum apetrecho de *nachtmären*, correspondência dos Von Hirsching, qualquer coisa que pareça fora do normal. E, pelo amor dos Deuses Maiores e Menores, tente não mexer em nada.

— Temos vinte minutos no máximo, quinze no mínimo — digo, prontamente. — Vou começar pela escrivaninha.

Não restam papéis na escrivaninha de Adalbrecht e não há nenhuma decoração; somente penas enfileiradas, sal para secar e um tinteiro. É uma fachada tão falsa quanto a da *prinzessin*. Não vou encontrar nada ali que ele não queira que eu veja.

Porém, conhecendo Adalbrecht, ele ainda deve manter seus segredos ao alcance. Paro atrás da escrivaninha e olho em volta. O balcão com as garrafas, tapeçarias de árvores genealógicas e conquistas passadas, estantes cheias de obras sobre história militar e exemplares sobre as leis imperiais almânicas...

Pronto. Algo chama minha atenção: uma faixa limpa na camada de poeira que cobre a estante.

— Ele não está deixando a criadagem entrar para limpar — informo a Emeric. — E só tirou um livro da estante desde que voltou.

Emeric está ocupado tirando cuidadosamente da parede a cabeça de um alce.

— Pode escrever o título? Minhas anotações estão... bom, você já sabe.

Eu sei mesmo: exatamente no bolso em que as deixei. Pego o carvão e a nova caderneta da jaqueta no chão, parando para escutar à porta e me certificar de que não vamos ter uma surpresa desagradável. Não ouço nada.

Escrevo o título do livro e o volume, então verifico se Adalbrecht marcou alguma das páginas. Dito e feito: há um papel dobrado na página que consta a SEÇÃO 13.2: FILIAÇÃO E TUTELA; SUBSEÇÃO 42.

— Adrogação e sucessão intestada — leio em voz alta. — O que isso quer dizer?

Emeric inclina a cabeça.

— Faz parte da lei de sucessões. Mas por que ele iria...?

Ele para de falar, então fica balbuciando para si mesmo como se eu nem estivesse ali. Tudo que ouço são fragmentos, como "copropriedade" e "continuidade proprietária" e "ultimogenitura", que eu tenho bastante certeza que é algo que se paga a *mietlingen* para receber.

Penso em jogar o carvão nas costas dele, mas me contento a dar a língua. Então volto para o livro jurídico, escrevendo a seção e a subseção, e finalmente desdobro o papel. É uma lista de nomes na caligrafia de Adalbrecht.

— Interessante.

É a minha vez de dar um pulo, quase derrubando o tinteiro da mesa quando noto Emeric olhando por cima do meu ombro.

— Com *licença*! — sibilo.

— Desculpe — ele diz, sem nem tentar esconder o sorrisinho convencido antes de indicar o papel. — Acho que são todas cidades na fronteira... ao norte. Anote esses também.

Dou o bastão para ele.

— Suas mãos funcionam direitinho. Escreve você.

Ele arranca uma página limpa do caderno, quebra o carvão ao meio e aponta para a parede de troféus.

— Temos no máximo dez minutos, e preciso documentar aquelas runas.

Ergo o olhar. A cabeça de alce está no chão, e na parede atrás, um crânio de cavalo alvejado foi pregado na parede. Há runas escritas nele em círculos e padrões que me deixam nauseada se olhar por muito tempo.

É o crânio que vi com as Lágrimas de Áugure. Pelo visto aquela parte foi real.

— E se a gente só esmigalhar ela? — sugiro. — Tem um atiçador de fogo bem ali.

Emeric balança a cabeça enquanto volta para a parede de troféus e tira uma das suas facas da bainha.

— Pela sua visão, parece que o acordo que ele fez com os *nachtmären* foi de sacrificar um animal cada vez que quiser que uma dessas criaturas faça o que ele pede. Isso é parecido, mas... — A lâmina brilha, dourada, quando ele a usa para cutucar o crânio.

— Pior? — ofereço.

Emeric assente.

— Estou bem certo de que ao menos parte disso é um feitiço de união, como o de um mago. Só que se unir a apenas um *nachtmahr* não adiantaria muita coisa. Se soubéssemos a origem desse crânio de cavalo, poderíamos conseguir respostas do seu fantasma, mas, sem isso, temos apenas suposições. Acho que é melhor descobrir ao que o marquês se uniu antes de destruirmos o pacto, não é?

— Você estraga a graça de tudo. — Começo a copiar os nomes das cidades. — Isso é o suficiente para invocar as Cortes Divinas?

— Ainda não. Um mago pode legalmente se unir a qualquer criatura de sua preferência. Precisamos provar que sua intenção com isso era maligna. Além do mais, deveríamos esperar por Hubert, para ele invocar a corte.

— Espera, papai Klemens não deixa...

— *Por favor* pare de chamá-lo assim — diz Emeric, de forma mais incisiva do que em qualquer outra ocasião que o tenha ouvido.

Eu estremeço, sentindo uma pontada de pânico. Uma vergonha quente segue essa sensação. Um ano não é o bastante para me livrar dos instintos que criei no castelo Falbirg.

— Tá, mas não precisa ser tão horrível — murmuro.

Emeric não fala nada por um instante. Ouço apenas o carvão riscando o papel. Por fim, ele diz:

— Meu pai faleceu há dez anos. Não é muito engraçado para mim.

Lembro do que vi com as Lágrimas: um menininho parado diante de Klemens, dizendo muito sério que tinha uma petição para as Cortes dos Deuses. Um pino começa a deslizar na fechadura.

— Hum — digo, astuciosamente.

— E precisamos de Hubert porque um prefeito com sua iniciação completa pode perder um caso de vez em quando. Eu, não.

Decido não cutucar aquela ferida.

— Quando Klemens deve chegar? — Sei o que está escrito na carta na caderneta velha, mas não consigo lembrar de jeito nenhum, e mesmo se lembrasse não poderia deixar transparecer. Aquelas anotações eram para ter virado cinzas na minha lareira.

Emeric olha para a moeda brilhante no balcão.

— Oito horas atrás.

É por *isso* que ele está tão apreensivo.

Decido que as coisas estão ficando tensas demais para nós dois.

— Quais as chances de ele ter um coração mole e perdoar ladrões de joias charmosos mas que não se arrependem de seus atos?

Emeric relaxa os ombros. A mudança de rumo na conversa deixa nós dois mais confortáveis.

— Nunca se sabe. Você viu se Von Reigenbach alterou alguma coisa no decreto de casamento?

Passamos um tempo considerável no sábado analisando o que procurar na linguagem do contrato, já que eu seria a única com uma chance garantida de examinar o de Gisele.

— Não, tudo parecia bem típico.

— Estamos deixando passar alguma coisa — Emeric diz, entre dentes, enquanto põe a cabeça de alce de volta no lugar. — Ainda mais se ele está investigando leis de sucessão. O herdeiro dele com Gisele poderia ser elegível ao trono imperial, mas, para isso, Gisele precisaria sobreviver por um tempo depois do casamento. — Ele desvia da galhada. — E eu não consigo entender por que ele iria querer uma aliança imediata com Sovabin.

Dou de ombros.

— Você mesmo viu, ele aparentemente estava acabando com rotas mercantis. Se ele não tivesse subornado os Von Falbirg, talvez eles nem tivessem dinheiro para vir para o casamento.

Emeric fica quieto. Quando ergo o rosto, ele me encara com o olhar de escrutínio de um gato que acabou de ver uma corda pendurada. De alguma forma, conseguiu sujar o rosto de carvão.

— Eu nunca te contei isso — ele fala, cada palavra mais rápida na frase. — Eu só escrevi nas minhas anotações.

Scheit.

No entanto, ele não parece com raiva. Na verdade, praticamente saltita ao atravessar a sala.

— Você leu tudo, não leu? Você viu minhas teorias sobre os Wolfhünden? Eu *sabia* que Von Reigenbach estava...

— Só li uns pedaços.

— Que pedaços? Você acha que deixei alguma coisa passar? — Então ele vira a cabeça de lado, franzindo a testa. — ... Srta. Schmidt?

Enfio a lista de nomes de volta no livro e o devolvo à prateleira.

— Li suas anotações sobre Sovabin e os Von Falbirg. — Não consigo olhar para ele enquanto recolho os papéis da mesa. — Você não deixou nada passar. Acertou tudo mesmo.

Cada detalhezinho amargo.

Me esforcei para não tocar nesse assunto até agora, para fingir que ele não sabe sobre as velhas feridas embaixo desse uniforme... mas acho que isso nunca ia durar.

Ergo o olhar a tempo de ver a expressão de Emeric mudar, como se sua ficha tivesse caído. Ele empalidece, fazendo a mancha de carvão ficar ainda mais chamativa. Tenho certeza que gostou de especular e fazer teorias e ler as folhas de chá, mas... é a minha *vida*. São as minhas cicatrizes.

E eu não vou, não *posso* aceitar a piedade dele. Penso na neve, na geada, em uma floresta escura com um lampião solitário na encruzilhada, e deixo que aquele gelo percorra minhas veias.

— Exceto por uma coisa. Eu não quero atenção.

Entrego o bastão e as anotações para ele e vou examinar a coleção de garrafas.

— Srta. Schmidt... — ele começa, e seu tom de voz é tão estranhamente suave que chega a ser quase cruel.

Mas ele para quando ouvimos uma saudação gritada no corredor.

São os guardas na porta de entrada dessa ala.

Adalbrecht está vindo.

VINTE E UM

Uma paixão improvável

Corremos em direção à porta. Jogo a jaqueta para Emeric e ele apaga a luz da moeda. Os guardas estão postados na entrada da ala, então, se saudaram Adalbrecht assim que o viram, temos menos de dez segundos para sair daqui antes de ele virar no corredor.

Abro a porta, deixo Emeric sair e subo a tranca quando fecho, para que Adalbrecht não se pergunte por que seu escritório está destrancado.

Uma voz distinta ecoa pelo corredor: Irmgard.

Talvez não tenhamos uma chance como essa de novo.

Vejo um armário de lençóis discreto a alguns metros dali. A porta está destrancada quando testo.

Emeric solta um suspiro perplexo assim que o puxo comigo e fecho a porta quase por inteiro.

— O que você...

Tapo a boca dele e sussurro:

— Escutando a conversa, *óbvio*. Irmgard von Hirsching está vindo com ele.

A luz das tochas passa pela porta entreaberta apenas o suficiente para eu ver Emeric franzir a testa. Faço um gesto de "shh", colocando o indicador na frente dos lábios de forma exagerada quando as vozes chegam mais perto, e tento não pensar no quanto este lugar é apertado. É generoso para um armário de lençóis, mas nem *tanto* assim.

— ... pintado em cima do *meu rosto*.

— Foi necessário — Adalbrecht diz, sua voz retumbante, enquanto uma auréola de luzes dos candelabros bruxuleia no tapete. Ouço o roçar de uma chave na fechadura, e a porta se abre, e as luzes saem do corredor para o escritório.

Tiro a mão da boca de Emeric antes que fique distraída com isso. Não que eu vá ficar. É só que sinto cada respiração dele, e isso...

Me distrai, uma vozinha irritante diz na minha mente. Afasto essa ideia e deixo a porta do armário abrir um pouco mais.

— Era para ser o *nosso* retrato — Irmgard choraminga de dentro do escritório. — Quando você consertar, todo mundo vai achar que foi só refeito para mim.

— Preciso manter as aparências. Agora, você tem atualizações do seu pai, ou só está aqui para reclamar do retrato?

Ouço Irmgard bufar.

— Ficamos um pouco confusos, e esperamos que você possa explicar: você vai matar Gisele ou não?

— Devo lembrá-la de que os planos originais... *chegam a uma conclusão* na semana seguinte ao casamento. Não posso admitir que os Von Falbirg tentem contestar a legitimidade da cerimônia.

Emeric se remexe ao meu lado, e eu quase consigo ouvi-lo praguejar em silêncio por não ter espaço o bastante para pegar a caderneta.

— Você estava disposto a matar Gisele na quinta-feira.

A raiva transparece na voz de Adalbrecht:

— Não venha com seus joguinhos para cima de mim, menina. Você mesma me disse que Gisele está usando algum tipo de ilusão. Uma substituta poderia facilmente fazer o papel dela no casamento.

Agora sou eu xingando em silêncio. Pelos menos não ocorreu a eles que isso já aconteceu, um ano atrás.

— Eu agi porque o comportamento dela estava ficando errático — Adalbrecht continua. — Ela já se corrigiu desde então. Vamos voltar para o plano original.

Uma pausa tensa se segue. Consigo ouvir o tom ácido de Irmgard em seguida:

— Espero que não esteja se afeiçoando a ela, *markgraf*.

Ela o está provocando, por mais insana que seja essa ideia. Porém Adalbrecht já compreendeu, ou não se importa, porque a resposta vem em um tom frio e monótono:

— Não estou.

— Então não entendo o motivo do atraso. O decreto já foi assinado, e meu pai...

— A porcaria do *kobold* protege Gisele, ou ela já estaria morta. Todas as lareiras no castelo são praticamente seu cão de guarda.

(Estou devendo uma adega inteira de hidromel a Poldi, aparentemente.)

A voz de Irmgard fica estridente.

— Perdão, achei que estivéssemos no castelo *Reigenbach*. O goblin deveria seguir os seus comandos.

Um silêncio desconfortável se segue.

— Ela reconheceu o *kobold* formalmente antes de eu fazer isso — Adalbrecht responde apenas.

— Eita, que vergonha — Emeric sussurra, perto demais de mim.

— Então conserte isso — Irmgard replica. — Meu pai não gosta de investir em coisas que não se pagam.

—Tudo vai se resolver depois que eu cuidar dos prefeitos. — A paciência de Adalbrecht parece estar perigosamente se esgotando. — Não tenho nenhum desejo de mantê-la viva depois da noite de núpcias, e os Wolfhünden estão de prontidão se uma oportunidade surgir na próxima semana.

Vejo uma sombra na faixa estreita visível do corredor. Então, para minha surpresa, uma manga aparece — a manga de um uniforme da criadagem.

Barthl está se aproximando sorrateiramente da porta do escritório. Acho que ele deve ter vindo do corredor da criadagem.

O que *ele* está fazendo aqui?!

—Você precisa mesmo da noite de núpcias? — Irmgard inquere.

— Eu não terei outra por um tempo — Adalbrecht responde. —Vai precisar perdoar meus caprichos.

Santos e mártires, ainda ter que ouvir isso enquanto estou a alguns metros enfiada em um armário apertado com um garoto que tem cheiro de — argh, *sim*, isso me distrai — junípero... Para piorar, ao ouvir a palavra "caprichos", ele responde com o mesmo som de nojo abafado que eu soltei.

Barthl está perto demais para o meu gosto. Ele não nos notou, o olhar fixo no batente do escritório, os dedos compridos ajeitando o *krebatte*.

—Tudo bem. Mas sem mais desculpas. Se tiver uma abertura para eliminá-la, deve aproveitar. Fizemos um esforço significativo para identificar e organizar os simpatizantes, e destinamos à causa mais do nosso tesouro do que você tem direito.

— Sou eu quem decide a que tenho direito. — O tom de voz de Adalbrecht fica mais alto; ela passou do limite. — Eu sou o marquês e seu *superior*...

Um rangido alto e inconfundível do assoalho ecoa pelo corredor. Os dois no escritório se calam.

Barthl estremece e volta correndo para o corredor da criadagem.

— Olá? — Irmgard chama. — Quem está aí?

Começo a ver o pó cor de carvão do azar.

Emeric e eu nos encaramos, ambos de olhos arregalados. A porta do armário ainda está aberta de forma suspeita. Eu rapidamente a fecho o máximo que consigo, mas se a fechadura fizer um clique vai parecer um trovão neste silêncio.

— Fique aqui — Adalbrecht ordena.

Os passos ecoando são como a sentença do machado de um carrasco. Adalbrecht passa pelo armário. Do ângulo que ele está, é difícil ver que a porta está aberta, mas, quando ele voltar, vai ficar na cara. E eu sei que ele vai ver, porque o azar se acumula ao nosso redor.

Estamos encurralados.

Eu me preparo e sussurro:

— Bom, é isso. Hora dos jovens trocando carinhos.

Emeric retorce a jaqueta nas mãos.

— Precisa haver uma alternativa...

— Somos pegos e aí morremos. Essa é a alternativa — sibilo de volta.

Arranco a jaqueta dele e a jogo sem pensar muito em uma prateleira, como se tivesse sido descartada em meio à nossa paixão improvável, e desabotoo alguns botões da minha blusa para aumentar essa ilusão. Então, me forço a agarrar a camisa dele e a puxá-lo.

— Se serve de consolo, não é bem assim que imaginei meu primeiro...

— Não. — Ele apoia as mãos na prateleira atrás da minha cabeça, se afastando como se eu fosse um veneno. — Eu não... *eu não quero fazer isso*.

Eu o solto, um pouco atordoada.

Ele não quer me beijar.

Não, não é só que ele *não quer*. A ideia do beijo é tão repulsiva que ele prefere ser pego por Adalbrecht, o monstro que está tentando nos matar.

Meus Deuses, eu quero *morrer*. Quero que o chão se abra e eu possa afundar. Quero diminuir de tamanho a ponto de ficar tão minúscula que conseguiria me esconder atrás das toalhas. Não que eu queira beijá-lo — acho que não —, mas é horrível ser lembrada de que sem as pérolas eu não sou...

Eu não sou a Gisele.

Isso não significa nada, tento convencer a mim mesma.

Não sei o que eu estava esperando.

Posso não ser uma boa pessoa, mas sei muito bem como é ter alguém se forçando para cima de mim, e não quero isso com ninguém.

— A gente não precisa fazer, *sabe*, só precisa parecer — digo, com pressa. — Só me acompanha. Tá?

Adalbrecht chegou ao fim do corredor agora; ele deve dar meia-volta a qualquer instante.

Emeric assente, atordoado. Passo um pouco da mancha de carvão da bochecha dele na minha. Depois, coloco sua mão na minha cintura, passo os braços pelo pescoço dele e dou uma bagunçada no seu cabelo, só para garantir.

— Baixa a cabeça.

Eu deveria ter dado uns beliscões nas minhas bochechas, mas quase consigo ouvir todo o meu sangue naturalmente indo para o rosto e me deixando corada. Que idiota eu era, pensando que a simples respiração de Emeric na minha mão era distrativa. Fica *muito* pior quando ouço cada respiração entrecortada a apenas um centímetro do meu ouvido e sinto o ar quente no meu pescoço.

— Eu... me desculpa — ele murmura contra meu ombro. — Eu...

Alguém escancara a porta do armário.

Solto um gritinho e empurro Emeric para longe. Ele cambaleia para trás, e a vergonha e o rosto corado realmente ajudam a vender essa mentira, mesmo que seja lamentavelmente autêntico.

— Prefeito Conrad — Adalbrecht diz lentamente. — Que inesperado.

— Prefeito mirim — ele murmura —, senhor.

Baixo a cabeça e faço uma mesura, encarando o chão.

— Sinto muito, milorde, eu devo ter feito uma curva errada nos corredores da criadagem, nem sei em que ala estamos...

Ele segura meu queixo com seus dedos ásperos e ergue meu rosto. Mantenho os olhos baixos, mesmo que eu fosse adorar morder essa mão infeliz de Adalbrecht.

— Encontrei com você no castelo Falbirg, não foi? — ele pergunta.

— É a criada pessoal da minha senhora.

Encontrei. Quase dou um grito. Ele me viu no corredor sozinha, prendeu minhas mãos na parede e já havia soltado metade do meu corpete quando Joniza apareceu, então simplesmente seguiu caminho como se nada tivesse acontecido. Foi rápido e desinteressado, como se ele já tivesse muita prática naquilo. Como se eu fosse apenas outro aperitivo disponível na mesa dos Von Falbirg.

Então, na manhã seguinte, ele exigiu — *pediu* — a mão de Gisele em casamento.

— É verdade, milorde. — O tremor na minha voz é verdadeiro e humilhante.

Ele solta meu queixo com uma risadinha de dar náuseas.

— Se quiser experimentar mais da minha mercadoria, Conrad, podemos providenciar um quarto de visitas.

Emeric baixa a cabeça, e não sei se o rosto dele está corado de vergonha ou de raiva.

— Não será necessário, senhor.

— Então vamos voltar às festividades, que tal? — Adalbrecht dá um tapa no ombro dele e abana a mão para mim. — Pode ir, menina. Na verdade... espere no saguão de entrada. Talvez um pouco de vinho ajude o prefeito a encontrar sua coragem.

— Imediatamente, milorde.

Nunca fiquei tão feliz de sair de um armário.

Não estou com raiva de Emeric, só... não quero olhar para ele agora. Ou pelo resto do ano. Ou talvez do próximo século.

Minha vontade era virar no corredor da criadagem, mas me obrigo a ir atrás deles, calculando minha distância, como que tentando evitar maiores danos. Você aprende a pensar assim quando cresce com uma família que pode te bater a qualquer momento só porque teve um dia ruim e você era o saco de pancada mais próximo.

Adalbrecht até pode estar sendo cordial, mas vai cortar o pescoço de Emeric antes mesmo de chegarmos aos guardas se isso facilitar sua vida. Fico perto o bastante para que ele tenha em mente que posso acabar sendo testemunha do que quer que aconteça, mas não tanto a ponto de não conseguir fugir e chamar os guardas caso ele resolva agir.

E, cada vez que Adalbrecht olha para trás e vê que estou ali, baixo os olhos, sabendo que vir foi a decisão certa.

Eu os acompanho até o saguão de entrada e fico plantada ali como me foi instruído. Me sinto um pouco nauseada, e, sendo bem honesta, preciso de tempo para pensar e respirar.

Quando peguei as pérolas, há um ano, logo na primeira hora aprendi a diferença entre navegar o mundo como alguém desejável e como alguém feito... eu.

Não era só o status de Gisele, nunca foi. De repente, as pessoas sorriam para mim, riam das minhas piadas da mesma forma que faziam com Irmgard, faziam de tudo para me deixar confortável e me traziam presentinhos só porque eu estava lá.

No último ano, só tirei as pérolas quando queria passar despercebida. Não ser desejada. Eu sei o que sou sem elas.

Até esta noite, porém, nunca me senti tão *repugnante*.

— Srta. Schmidt.

Ah, que *ótimo*, Emeric conseguiu escapar de Adalbrecht.

Quero afundar o rosto nas mãos, e só resisto por pura teimosia. Não sei por que me importo com a opinião de um garoto que atirei no rio há menos de uma semana.

— Precisamos de um lugar melhor para esperar — murmuro, olhando para qualquer outro ponto que não seja ele —, e você viu que o Barthl...

— Não é você — Emeric diz ao mesmo tempo que eu. — Quer dizer... eu não queria... ou deixei de querer... — Ele passa as mãos pelo cabelo e não parece se importar que uma mecha fique em pé. —Você tem razão, precisamos encontrar um lugar melhor do que esse.

Faço meio que um beicinho, depois silenciosamente sigo para uma alcova no vestíbulo em que Gisele vai ter que passar depois. Me escondo em um canto, me abaixando até poder apoiar o queixo nos joelhos. Emeric hesita do lado de fora da alcova por um instante e se encolhe no chão no canto oposto, remexendo os dedos.

— Eu... eu nunca entendi pessoas que nem... aquelas nos corredores da criadagem — ele declara, a voz oscilante. — Não sei qual é a sensação de querer... *qualquer coisa* daquelas... com alguém que não se conhece direito. E não consigo fingir. Eu só... só não consigo.

Tenho um pensamento muito desconfortável: entendo *perfeitamente* o que ele está dizendo. Eu li os contos de fada, claro, e escutei canções de amor chorosas, mas nunca entendi por que alguém acordaria depois de cem anos dormindo e resolveria se casar com o príncipe que arrombou a porta do quarto para beijar você. Ou dançaria com um estranho uma vez e chegaria à conclusão de que preciso passar o resto da vida com ele. Sempre me senti melancólica e desconcertada quando os outros falavam sobre amor à primeira vista, como se talvez alguma coisa estivesse errada comigo, como se eu talvez não soubesse amar alguém.

Não sabia que não era só eu que me sentia assim.

— O problema é comigo — Emeric diz. — Me descul...

— Não — interrompo, mais incisiva e mais rápida do que gostaria. — Eu... eu entendo como você se sente. Você não tem que pedir desculpa.

Ele faz uma careta.

— Eu sinto que tenho.

Essa conversa está ficando muito mais íntima do que eu previa.

— *Eu* calculei errado. Você não me deve uma... — gesticulo com a mão — ... troca de carinhos de consolação. Não é assim que funciona. Nunca.

Emeric contorce a boca.

— Troca de carinhos de consolação — ele repete lentamente. — Você conseguiu. Eu realmente acho que nunca ouvi essa antes.

Eu *não* vou sorrir para ele. Me recuso, por princípio. (O princípio é que já alcancei a cota de disponibilidade emocional de hoje.) Mordo o lábio e olho para o corredor. Ainda nenhum sinal de Gisele.

— Como... como você conseguiria? — Emeric pergunta. — Você disse que seria seu primeiro beijo. Não se importa que não fosse real?

Sinto o rosto arder. De *todas* as coisas que ele poderia lembrar... Essa é a pior parte, sinceramente. Escutar outras meninas fofocando sobre quem beijavam atrás dos estábulos ou em festivais, ou em segredo sob o luar. Escutá-las sussurrando a palavra *língua* como se fosse um ato de ousadia delicioso. Eu me perguntava se algum dia poderia dar os mesmos risinhos e convencia a mim mesma de que não me importava.

Por um instante horrível, minha mente fica simplesmente vazia, porque, a essa altura, já estourei minha cota. Não sei como colocar essa verdade tenebrosa em palavras sem me magoar. Porém, por algum motivo, sinto que posso dizer isso para ele.

Eu *quero* dizer isso para alguém que entende como me sinto.

— Teria importado, sim — digo, baixinho. — Como teria importado pra você. Mas você ouviu como estavam falando sobre mim. Sobre a Gisele. E a gente sabe o que Adalbrecht está disposto a fazer. É como você disse: não existe coragem. Eu só consegui sobreviver tanto tempo porque estou acostumada a só ter escolhas desagradáveis disponíveis.

Ele dá uma risada amarga.

— Você deve achar que eu sou um covarde.

— Não muito. Só alguém que valoriza os seus princípios mais do que a própria vida.

Emeric dá outro sorriso, e, apesar de tudo, me vejo violando os *meus* princípios e permitindo, a contragosto, devolver o sorriso.

— Só para você saber — ele diz, constrangido —, acho que nós dois merecemos... algo melhor.

Então ele se endireita.

— Elas estão voltando.

Gisele e Ragne sobem as escadas, e eu já sei minha deixa. Fico em pé e espano o uniforme.

— Vejo você daqui a pouco, então.

Saio da alcova e olho para Ragne. Ela assente e vai na direção de Emeric. Mais cedo, mostrei a Ragne como chegar ao quarto usando os corredores da criadagem, e, assim que pegarem o casaco e o cachecol dele, ela vai levar Emeric até o quarto para compararmos nossas descobertas. Dessa forma, os criados na ala em frente ao rio não vão se perguntar por que uma estranha, e não Marthe, está cuidando da princesa.

Ainda assim, um nó se forma na minha garganta quando fico atrás de Gisele. É sufocante e familiar — eu, apenas um acessório de cabeça baixa, e ela trajando um vestido elegante e as pérolas que a protegem, o queixo para cima enquanto sobe as escadas. A risada retumbante de Adalbrecht ecoa atrás de nós.

Essas pérolas desgraçadas arrancando os espinhos do meu coração...

Parece que estou voltando a ser quem eu era, o que eu era, quando eu ainda pensava que Gisele cuidaria de mim, sua criada leal. E, desta vez, talvez eu não consiga escapar.

QUARTA FÁBULA

O LOBO E SUA ESPOSA

ERA UMA VEZ UMA PRINCESA E SUA CRIADA, e, no passado, elas eram amigas.

Se perguntasse à princesa se ainda eram amigas, ela diria que sim. O que aconteceu quando as duas tinham treze anos havia sido um infortúnio, mas sua criada era a criada mais astuta e forte que ela conhecia, e, dentro de poucas semanas, estava boa como nunca.

Se perguntasse à criada se ainda eram amigas, ela diria que talvez nunca tivessem sido.

Ou talvez ela não dissesse isso; apenas sorriria e diria que claro que sim. Ou diria que sim, e então perguntaria sobre o estado de saúde da família de quem perguntou. Ou ela riria e seguiria com seus afazeres.

A criada estava aprendendo a mentir, compreenda, porque aprendera que a verdade não a protegeria. Ela estava aprendendo a arrombar fechaduras e passar óleo nas dobradiças, e enquanto espanava o pó dos poucos tesouros do castelo pensava de que maneiras poderia roubá-los.

Era apenas um jogo, ela se convencia. Apenas se precisasse.

Certo dia, durante o outono mais intenso e vermelho, o castelo recebeu a notícia de que um lobo grande e terrível faria uma visita. O príncipe pensava que o lobo queria ouro, soldados, poder... mas a dama olhou para a sua filha — e soube que o lobo queria era devorar outra coisa.

A princesa não era feia, mas não era bonita a ponto de fazer com que criaturas como o lobo se sentissem bem consigo mesmas. Se o lobo procurasse uma caçadora, ele a encontraria na princesa.

No entanto, o lobo não queria uma caçadora. Ele queria uma esposa.

E a dama sabia que o lobo tomaria tudo o que quisesse.

Antes de o lobo chegar, a dama mandou esconder todos os retratos da princesa, à exceção daqueles que a retratavam como bebê. Tirou todo o ouro que restava do cofre e foi embora.

Quando a dama retornou, as mãos estavam vazias, a não ser por um colar de pérolas encantado.

A criada observou as pérolas serem colocadas ao redor do pescoço da princesa. A criada observou como as pérolas reduziram a princesa até ela ficar miúda, suavizaram sua pele até ficar macia e tiraram a cor dos seus cabelos e olhos até restarem apenas resquícios do que foram um dia.

E assim que as pérolas foram colocadas no pescoço da princesa, a criada percebeu que elas voltaram a ser amigas. Elas sempre foram amigas, não é mesmo? Por que ela não gostaria de ter uma amiga tão adorável?

Os olhos da dama se encheram de lágrimas de alegria e alívio.

— Isso vai proteger você — ela disse à filha. — Os homens são cruéis, mas serão menos cruéis enquanto você for linda.

— Eu não quero casar com ele — confessou a princesa.

As lágrimas nos olhos dela não eram nem de alegria nem de alívio.

— Ninguém quer casar. — A dama se certificou de que o fecho do colar estava bem preso. Depois de uma longa pausa, ela declarou: — Mas a beleza vai te proteger.

O lobo apareceu no castelo, e a dama estava certa.

Ele farejou todas as portas e cômodos. Ele farejou as mesas e os banquetes. Ele farejou as saias da princesa. Porém não fechou sua bocarra, porque a beleza da princesa o acalmava.

Então, naquela noite, ele encontrou a criada, e afundou seus dentes nela, porque ela não tinha pérolas para protegê-la. Ele a deixou sangrando no corredor quando a única amiga dela pôs o lobo para correr.

Pela manhã, o lobo anunciou que ia levar a princesa embora como sua noiva, e ela chorou. E a princesa também estava aprendendo a mentir, porque disse que eram lágrimas de alegria.

A criada não chorou, porque era a criada mais fria e astuta de Sovabin. Ela sabia que o príncipe e a dama a mandariam junto com a princesa para manter o lobo ocupado. Ela sabia que suas madrinhas estavam aguardando um momento como aquele, em que ela estivesse encurralada e a única coisa com que pudesse contar fosse a ajuda delas.

Eu sabia que precisaria ir a Minkja, ou os Von Falbirg iriam me largar nas terras áridas de Sovabin. Eu sabia que as pérolas só protegeriam Gisele por um tempo. Não haveria nada nem ninguém para me proteger.

Eu sabia, por causa das cicatrizes nas minhas costas, que Gisele fecharia os olhos enquanto Adalbrecht me devorava viva. Ela me atiraria para os lobos, se isso garantisse sua sobrevivência por mais um dia.

No entanto, Gisele não esperava que eu, sua criada leal e obediente, pudesse fazer o mesmo com ela.

VINTE E DOIS

Espinhos

Quando voltamos para meus aposentos, não consigo decidir se quero perdoar Gisele ou arrancar aquelas pérolas do pescoço dela.

Por sorte, ela faz isso por mim, tirando o colar no instante em que entra no quarto. Seu cabelo fica mais escuro, e a silhueta, maior. Ouço um rasgo nas costuras do tecido, repentinamente forçadas.

— Esqueci o quanto eu odiava isso — Gisele diz, o tom seco, e joga as pérolas na cama.

Sem o feitiço nublando o meu ressentimento, não preciso mais ficar repensando o assunto. Aquele caldeirão já ferve sozinho. Eu desamarro o avental e declaro, bruscamente:

— Adalbrecht sabe das pérolas.

Gisele olha para mim e vira o rosto, ficando séria.

— Eu não me importo. Nunca pedi por isso.

Mas se importava muito quando *eu* estava com elas. Guardo o comentário para mim.

— Notou alguma coisa útil no baile?

— Prefiro esperar os outros chegarem.

Então tá. Parece que não sou a única guardando rancor.

Passo por ela para pegar uma camisola na cômoda, mas tudo o que quero fazer é me arrastar até a cama sem pensar no que aconteceu naquela noite — com Adalbrecht, com Emeric, tudo. Então, repenso. Emeric vai chegar com Ragne a qualquer instante, e, mesmo se eu puser um robe por cima da camisola, eu... não sei se quero que ele me veja assim.

(Era diferente com as pérolas. Não era *eu*.)

Escolho um vestido simples do armário. Ainda é um dos trajes da futura marquesa, mas é de lã de carneiro verde-escura macia, para ser usada em um dia silencioso na biblioteca ou em um passeio particular nos jardins. Vai ficar confortável por cima do chemise de algodão que estou usando.

— A Ragne é fofa — Gisele comenta. — E engraçada. Ela ficou inventando nomes para todo mundo. Chamou Anna von Morz de "a do vestido assustador" e Irmgard de "a que fede a chulé".

Dou uma risada enquanto desabotoo o uniforme da criadagem.

— Que pena que ela não pode estar em todos os eventos do casamento. Me dá um segundo e aí você pode vestir esse aqui.

Essa é a última parte do plano: a *prinzessin* se recolhe mais cedo do baile, apesar de Adalbrecht querer que a festa continue até de noite, só para provar que pode. Joniza vai ficar esperando por Gisele para as duas irem embora juntas, assim como chegaram. (Joniza também pode estar se encontrando neste momento com seu arqui-inimigo. Não tenho certeza e tenho medo demais para perguntar.)

Gisele não está escutando. Ela anda pelo quarto, avaliando o tapete azul-escuro macio, os rios de cortinas de veludo e a vista para a parte leste de Minkja se estendendo além do Yssar. Percorre o dossel da cama, a penteadeira e a lareira com os dedos, cuidadosamente, como se fosse um sonho feito de vidro que vai estilhaçar se ela apertar com muita força.

Muito mais cuidadosa do que foi a vida toda comigo.

Esse quarto — tudo nele, na verdade — é centenas de vezes mais luxuoso do que qualquer coisa que ela teve em Sovabin. É mil vezes mais luxuoso do que a Gänslinghaus lotada e cheia de correntes de ar. Tudo isso teria sido dela, se não fosse por mim.

Só que ela não está mais usando as pérolas, então o feitiço não pode me causar arrependimento.

Eu pigarreio e tiro as mangas do vestido da criadagem, virando de costas para ela.

— Vai logo. Ragne e Emeric vão chegar a qualquer segundo.

Ouço Gisele ofegar.

— É da maldição?

Droga. Me esqueci dos rubis na minha coluna. A gola do chemise é larga nas costas, deixando alguns centímetros à vista.

— Sim.

— Quanto tempo você tem?

Respiro fundo e olho pela janela, encarando a lua pela metade que me encara de volta.

— Uma semana. A não ser que eu compense o que roubei. — Tiro o uniforme. — No fim, não é tão fácil fazer isso.

Outro silêncio toma conta, e tudo o que ouço é o barulho de Gisele abrindo os botões do vestido. Então, ela quebra o silêncio:

— Falei com Joniza sobre o que você disse antes. Eu não entendia… eu não *via* como as coisas eram ruins com os meus pais.

Mentirosa, quero gritar, as mãos tremendo enquanto dobro o uniforme. Ela estava lá quando eles me chicotearam em nome dos Von Hirsching. Mas já faz um ano que saiu de Sovabin. Ela não é a mesma. Nenhuma de nós duas é.

— Sinto muito — ela diz. — Eu deveria ter impedido os dois.

Deixo o uniforme na cama ao lado das pérolas. Talvez ela tenha aprendido. Talvez… talvez nós possamos começar a fechar essas feridas.

— A gente era muito nova…

— Mas você não deveria ter roubado isso de mim — Gisele continua por cima da minha fala, e meu estômago revira. — Você roubou tudo de mim, meu nome, meu futuro, minha *vida*. Você…

Dou meia-volta, praticamente cuspindo de tão furiosa.

— Nada disso era seu. Você fala como se merecesse tudo isso, mas *nada disso te pertence*. Você não mereceu o seu nome, você não mereceu esta vida. Não tem nada aqui exceto por aquilo que você nasceu recebendo ou pegou emprestado, e o que *eu* consegui.

— O que você roubou! — ela grita, gemendo ao tirar o rubi falso do rosto. — Você acha que alguma coisa daqui te pertence?

— Você nem quer nada disso!

— Eu não queria casar com Adalbrecht! Não finja que é a mesma coisa!

Não consigo acreditar na minha inocência, achando que ela pudesse ter mudado.

— Então você queria tudo isso, as joias, os vestidos, o castelo, a criadagem, desde que fosse eu a pagar por isso e não você. Porque é isso que um *weysserpfenni* vale…

— Minha própria mãe não achava que eu era boa o suficiente para ele — Gisele interrompe, saindo das saias pesadas. — Tinha vergonha de mim, porque queria uma filha como Irmgard.

— E eu precisava de alguém para me proteger de Irmgard! — Marcho até a cama para pegar o vestido, o *meu* vestido, e mesmo em meio à fúria ainda tomo o cuidado de dobrar para não amassar, porque um ano vivendo como Gisele não é capaz de apagar os dez anos que passei como sua criada. — Eu precisava de alguém para me proteger do Ada*AAAAAAAAAAAAAAA*...

Algo está se contorcendo nas saias.

Largo o vestido e dou um pulo para trás. Uma criaturinha cinza do tamanho de um punho se esgueira para fora dos montes de veludo vermelho. É um homenzinho horrível e minúsculo, que rasteja como um caranguejo, os olhos azuis ardentes.

Gisele solta um grito.

Ragne irrompe pela porta, e é minha vez de dar um grito assustado.

E aí Emeric entra logo depois, e tanto eu quanto Gisele damos guinchos em pânico idênticos e tentamos pegar o robe mais próximo ao mesmo tempo, já que nós duas estamos vestindo apenas um chemise de algodão fino, e nisso ambas acabamos tentando vestir a peça ao mesmo tempo. (Uma metáfora dolorosamente adequada.)

— Desculpa... *desculpa*... eu não estou olhando — Emeric diz.

Ele faz menção de sair do quarto, mas vê o *nachtmahr* e começa a visivelmente pensar tanto em lutar quanto em correr, tudo em uma velocidade nunca antes observada em um simples ser humano. Enquanto isso, ouço um tecido rasgando, e aí Ragne pula no chão na forma de um lince negro, os retalhos do uniforme ainda ao redor do corpo dela. Ela derruba o *nachtmahr* — que estava pulando na direção da cama — com uma de suas patas enormes e o prende ali.

Desisto do robe e agarro um cobertor, enrolando-o nos ombros.

— Imagino que nenhum de nós tenha sinos, né? Mirim, fecha logo a porta. — Ele fecha. Encaro Ragne e ele. — Há quanto tempo vocês estavam parados ali no corredor?

— A Emeric disse que parecia ser uma conversa importante — Ragne uiva, jogando o *mahr* de uma pata para a outra enquanto a criatura geme — e que deveríamos dar um pouco de privacidade a vocês, e fizemos isso, e aí você começou a gritar.

Emeric olha para qualquer outra coisa que não seja nós duas.

Não. Eu é que não vou acabar esta noite começando a gostar desse desgraçado convencido, mesmo que seja contra a minha vontade. Me recuso, também por questão de princípio (o princípio: só tem espaço o bastante nesta cidade para um desgraçado convencido. No caso, eu).

Gisele ofega, e eu descubro que temos um novo problema.

O *nachtmahr* está inchando, praticamente borbulhando, indo da forma de um homenzinho para uma mistura híbrida horrível entre humano e cavalo. O crânio se distorce horrendamente, os membros se esticando como patas de cavalo, ainda com aquelas mãos cinzentas e nodosas. Enquanto cresce, o monstro grita, exibindo punhados de caninos tão compridos e finos quanto agulhas.

Ragne rosna, se transformando em uma leoa de pelos pretos, mas — um choque, com certeza — esse quarto não foi projetado para abrigar três humanos, um leão e um monstro humanoide equino. Para piorar, Poldi acende a lareira, gritando uma série de ofensas indignadas.

— Fica aí, Poldi — brado enquanto Ragne tenta golpear o *mahr*, que agora está do tamanho de um homem.

O monstro geme e tenta pular na jugular dela, mas erra e morde o ombro. Ela solta um berro, e meu coração vai à boca.

— Vanja! — Emeric grita.

Eu o encaro. O que aconteceu com a *srta. Schmidt?*

— Pega isso! — Emeric está encurralado atrás do leão Ragne, mas joga uma das suas facas por cima dela.

Consigo pegá-la em um vislumbre de pó dourado da sorte. Quando puxo da bainha, vejo que é a lâmina banhada a cobre. A que machucou o *nachtmahr* em Lähl.

Esse *mahr* vê o cobre e solta Ragne. Balança a cabeça e relincha, a língua esticada, mas Ragne e Emeric bloquearam a porta para o corredor, e Poldi e eu estamos vigiando a porta da varanda.

Ele pula em cima de Gisele.

E não sei o que faz eu me mexer.

Talvez seja reflexo, por anos a colocando em primeiro lugar.

Talvez seja o cálculo de relâmpago do instinto: eu tenho uma faca, e ela não.

Talvez seja a garota no espelho, o meu fantasma que me assombra, aquele que ainda está se agarrando aos resquícios de esperança de que podemos mudar, podemos passar pelos espinhos e parar de machucar uma à outra.

Eu me atiro em cima do *mahr* e vamos para o chão. A textura dele é úmida, quase pegajosa, os dedos compridos furiosamente puxando meus cabelos e fazendo nós. Enfio a faca de cobre de qualquer jeito em todas as partes que consigo ver — barriga, olho, entre as costelas, até ele dar um último relincho horripilante e estremecer, ficando completamente imóvel.

Me desvencilho daquela coisa e largo a faca no chão, ficando de quatro.

— Tudo bem, Poldi — digo, ofegante —, pode fazer as honras.

— *Deixe comigo, senhora* — o *kobold* diz, alegre, arrastando a carcaça até a lareira.

Ouço uma série de barulhos de coisas quebrando, amassando e fervendo, que eu realmente não tenho qualquer desejo de investigar.

Vejo um par de botas impecavelmente polidas. Assim que ergo o rosto, Emeric se abaixa do meu lado, depositando o cobertor nos meus ombros. A expressão dele é estranha.

— Tá, talvez você tenha razão quanto aos cavalos — resmungo.

Ele balança a cabeça e diz, em tom formal:

— Os rubis. Na sua… — Ele gesticula para as próprias costas. — Eles desapareceram.

Apalpo entre os ombros. A fileira de rubis afiados que percorria minha coluna desapareceu.

— Você salvou o Gisele — Ragne acrescenta, gemendo quando manca até mim.

Por um instante, deixo a cabeça pender. É mais um acerto de contas do qual não posso fugir. Não mais. Preciso compensar o que tomei.

— Eu sei como quebrar a maldição — confesso. Então, endireito a postura e olho para Gisele. — Eiswald disse que eu deveria compensar tudo que roubei, e não são só as joias, é *você*. Preciso te compensar. Preciso devolver seu nome e sua vida.

Gisele se senta ao pé da cama, atordoada, enquanto Emeric me ajuda a levantar.

Então ela me encara, o olhar gélido, e diz:

— Não.

QUINTA FÁBULA

A CRIADA LEAL

ERA UMA VEZ UMA FAMÍLIA QUE VIVIA NO ALTO DAS MONTANHAS, em um castelo em ruínas. Todos diziam que a filha do casal era gentil e sábia, e que ia governar bem seu principado.

Certo dia, quando a filha tinha quinze anos, um lobo bateu à porta e sussurrou que engoliria o castelo se não pudesse desposá-la. Então, os pais deram um encantamento para protegê-la e a venderam para o lobo.

Porém, caso o encanto fracassasse, mandaram outra coisa com a princesa: sua criada. Veja bem, o lobo tinha um apetite voraz por sangue fresco, e a criada era leal. Ela salvara a família uma vez, quando precisaram acalmar um conde cruel, e talvez agora salvasse a filha deles.

Talvez o lobo devorasse a criada primeiro e ficasse satisfeito.

O lobo mandou soldados para buscar a princesa e sua criada. As duas seguiram na carruagem em silêncio por muito, muito tempo, sem falar nada, devido ao medo.

A princesa tinha medo de não satisfazer o apetite do lobo, de que ele pudesse trancá-la em seu lar, que a machucasse.

A criada sabia que todas aquelas coisas iam acontecer, e muito pior. E que ela não teria sequer um centavo branco a que se agarrar depois.

A criada pensou muito tempo nisso, já que tinham um longo caminho a percorrer até o reino do lobo.

Em certo pôr do sol, quando estavam a poucos dias de distância de Minkja, a princesa não aguentou mais guardar seus problemas para si. Disse aos soldados que ia até o rio se lavar antes do jantar e levou sua criada consigo.

A criada viu quando a princesa jogou suas pérolas no rio. O vestido da princesa ficou mais apertado, as costuras, esticadas, e, com um grito de frustração, a princesa atirou o vestido no chão também, sem se preocupar com a lama que precisaria ser esfregada para sair da seda, a costura que precisaria ser refeita e os botões que precisariam ser encontrados e substituídos.

Para a princesa, aquilo era liberdade.

Para sua criada, era mais uma bagunça para arrumar.

A princesa deixou sua bolsa e seus artigos de toalete de lado e foi até a água, as lágrimas escorrendo pelas bochechas.

— Não posso casar com ele! Vou precisar ir a bailes e encontros e todas aquelas festas horríveis com pessoas que odeio, e vou precisar fingir gostar disso por causa de *política*, e vou precisar usar as pérolas o resto da minha vida ou ele saberá que eu sou... eu! Eu *nunca* mais vou poder ser eu mesma!

— Isso parece mesmo horrível — disse a criada simplesmente.

— Ele tem o dobro da minha idade, e tenho certeza que vai querer um herdeiro assim que possível, e mamãe disse que acabaria logo e não era para lutar... — A princesa se abraçou, tremendo. — Eu não *quero* Adalbrecht.

A criada não estava escutando totalmente, ao recolher o vestido e as pérolas. O colar enroscou na sua mão, liso e adorável, e ela se perguntou qual seria a sensação de ter uma mãe que daria tudo que tinha para proteger a filha. Mesmo se fosse um tipo de proteção indesejada.

— Preciso do meu lenço — fungou a princesa, e a criada levou o lenço até ela.

A criada notou que o chemise que a princesa usava era muito parecido com o seu. Quase idêntico.

— Não posso me casar com ele, Vanja. Eu não o amo. Eu... eu acho que não consigo fazer isso. — A princesa encarou o rio, as faixas de luz dourada que entalhavam seu próprio reflexo, antes de molhar o rosto com a água gelada. — Você precisa me ajudar. *Precisa*.

A criada não respondeu por um tempo. Então, em um tom frio e objetivo, disse:

—Tudo bem.

Gisele não viu a Morte e a Fortuna paradas entre nós duas na margem do rio naquele dia. Não viu como as duas ficaram ali, me lembrando de que havia uma solução fácil para o dilema. A Morte poderia se abater sobre o marquês, e a Fortuna poderia manter o lobo afastado através de uma série de coincidências improváveis, mas aquilo custaria minha liberdade.

E eu... eu estava segurando as pérolas.

Não havia nada nem ninguém que me oferecesse proteção, então eu precisava me proteger sozinha.

— Eu vou fazer isso — declarei.

Eu já pusera o vestido de Gisele, e no instante em que as pérolas se fecharam no meu pescoço... serviu perfeitamente.

Gisele me encarou do rio, enxugando o rosto. Por um instante, ela não compreendeu. Ou melhor, ela compreendeu, de uma forma perfeitamente Von Falbirg.

— Ah, Vanja, você é *genial*. Pode ficar no meu lugar quando eu precisar, como em um baile, ou com... com o marquês, tenho certeza que você pode...

— Não — eu disse a ela, passando as mãos pelo vestido dela.

O meu vestido.

— Não *quando você precisar de mim* — continuei. — Se você não quer essa vida, eu fico com ela. Vou ficar com tudo.

— Isso não tem graça.

— Eu não estou brincando. — Apontei para o uniforme da criadagem Von Falbirg no chão. O meu era sempre um número maior, caso eu crescesse mais. — Mas agora uma criada me seria útil.

— Você não está falando sério — replicou ela. — Me devolva as pérolas, Vanja. Você nunca poderia se passar por mim, não foi treinada para ser uma dama.

Fiz uma mesura perfeita que eu a observara praticar por anos, um sorriso furioso e enorme no meu rosto.

— É claro que fui. Você só não notou.

Gisele ofegou, as bochechas corando.

— Me devolva. Vou chamar os guardas.

Senti uma pontada terrível de medo. No entanto, um cacho impossivelmente prateado caiu pelo meu ombro, e eu lembrei de quem era a partir dali.

— Vá em frente — eu disse a Gisele.

Ela gritou por ajuda, arrogante, enraivecida e assustada, ainda sem compreender o que significava perder as pérolas. Quando os guardas vieram correndo, moldei meu rosto em uma máscara de histeria e cambaleei para cima deles primeiro, dizendo que aquela louca tinha me atacado, que ela estava dizendo que era a princesa de verdade, que eu estava com tanto medo, tanto medo, *ajudem, por favor*.

Todos eram soldados de Adalbrecht, e nenhum deles tinha visto o verdadeiro rosto de Gisele.

Quando Gisele gritou declarando quem ela era, quem eram seus *pais*, com o rosto inchado e vermelho, chorando e vestindo apenas um chemise enlameado, ela se encaixou perfeitamente no personagem criado pela minha mentira.

—Você está segura agora, *prinzessin* — disse uma soldada, se posicionando entre mim e Gisele, que ainda se mostrava espantada. — Ela não pode mais te machucar.

—Vá embora e deixe a princesa Gisele em paz — gritou outro guarda. —Vá para casa.

Ela se ajoelhou na margem enlameada do rio, atordoada.

Sempre haviam acreditado nela.

Senti uma pontada fraca de pena. Não era páreo para anos e anos de amargura, mas me fez dar um último golpe.

—Vamos ser caridosos — eu falei, gentil —, mesmo em tempos de crise. Alguém poderia buscar minha bolsa?

Os guardas obedeceram de imediato. Assim que eu estava com a bolsa em mãos, abri e caminhei até Gisele.

—Vanja — ela sussurrou. — Não faça isso. Por favor.

Eu lhe entreguei um único centavo branco.

Seria o suficiente para ela chegar até a cidade, pelo menos.

Então, voltei para o acampamento com os soldados de Adalbrecht e não olhei para trás.

Ninguém se perguntou onde estava a criada de Gisele. Yannec estava ocupado demais tentando fazer amigos entre os soldados, e Joniza só sairia de Sovabin dali a uma semana. Ninguém nem mesmo se recordava do meu nome.

A criada leal não existia mais.

E alguns dias depois, Gisele-Berthilde Ludwila von Falbirg, futura marquesa de Bóern, chegou a Minkja e caminhou para a boca do lobo por vontade própria.

VINTE E TRÊS

Mais seguro

Encaro Gisele, completamente embasbacada.

— *NÃO?* Eu estou te dando tudo!

— Eu não quero. Essa noite só me lembrou do quanto isso me deixava infeliz — Gisele diz. —Todo mundo aqui se odeia, e todos pensam que são mais espertos e melhores porque estão fazendo esses joguinhos estúpidos para derrubar os outros. Eu tenho nojo disso. Não quero voltar.

Meu espanto rapidamente se transforma em fúria.

— Então por que está com raiva de mim? Você *não* quer essa vida!

— Porque você tirou isso de mim! — Gisele fecha os punhos no lençol. —Você não perguntou o que eu queria. Talvez eu tivesse concordado com algo do tipo, talvez pudéssemos ter encontrado uma solução, mas você não podia simplesmente fazer a escolha por mim!

— Eu, er, vou esperar lá fora — Emeric diz, e começa a se esgueirar na direção da varanda.

Ragne se senta, inflando as narinas e chicoteando a cauda.

— O marquês está vindo.

— *Scheit*, mas já? — murmuro. O *mahr* está morto não faz mais de dois minutos. — Eu cuido dele. Você — aponto para Gisele e pego o casaco e o cachecol de Emeric no chão, onde ele os largou na hora que entrou —, me dá esse robe. E você. — Jogo os pertences de Emeric para ele. — Está frio demais para ficar lá fora. Se esconda no guarda-roupa com a Ragne. Ragne, se transforme num esquilo ou sei lá.

Ela se encolhe até virar um gato preto e pula nos braços de Emeric enquanto ele vai até o guarda-roupa, e por dentro eu quero gritar, já que acabei de mandá-lo ficar em um espaço apertado com minhas roupas íntimas, mas agora não dá para mudar de ideia.

Arranco a atadura da lágrima de rubi, pego as pérolas, deixo o cobertor que estava usando com Gisele, visto o robe e aperto o fecho das pérolas no instante em que uma batida estrondosa ressoa na porta. Ela se abre um minuto depois.

Estou começando realmente a gostar do pânico no rosto de Adalbrecht quando ele percebe, mais uma vez, que sua noiva adolescente cabeça-oca escapou de outra armadilha.

— Meu... meu orvalho — gagueja ele. — Ouvi dizer que havia gritos.

Fiz um cálculo rápido: não adianta fingir que não vi o monstro que tentou nos matar. Então, enterro o rosto nas mãos, estremecendo.

— Ah, foi *horrível*! Tinha um monstrinho horrendo escondido nas minhas saias, e ele tentou... tentou... — Começo a soluçar, fazendo um drama.

— Passou, passou. — Ele dá um tapinha constrangido na minha cabeça. —Tem certeza que não imaginou isso, querida? Você deve estar bastante nervosa depois de uma noite tão agitada. Talvez você tenha acabado caindo no sono e tido um pesadelo.

Ele está falando *sério*? O tapete está queimado e manchado de sangue da luta com aquela coisa e ele pensa que... não, é assim que homens como ele agem. Fazem uma coisa horrível e então tentam te convencer de que não foi tão ruim assim, fingem que na verdade nada aconteceu.

Em vez disso, trêmula, aponto para a lareira ensanguentada que ele convenientemente decidiu ignorar.

— Se Poldi não tivesse me salvado...

O *kobold* nos cumprimenta acenando com uma mão de cavalo desmembrada.

Uma veia salta na testa de Adalbrecht.

— Que... terrível — ele consegue dizer, entre dentes. —Vou avisar aos guardas para ficarem alertas. Não queremos que nada aconteça com nossos convidados.

— Claro — concordo, fungando.

—Você. Limpe isso. — Ele estala os dedos para Gisele e gesticula para o tapete arruinado e coberto de sangue. — Quero que o quarto fique impecável para a minha senhora.

Gisele se volta para ele com o olhar que lembro de ter visto na margem do rio.

Há pouco mais de um ano, ele virou nossa vida de cabeça para baixo, exigindo desposá-la.

Agora ele nem sequer sabe quem ela é.

Um sibilo leve escapa do guarda-roupa. *Droga*, Ragne, agora não. Adalbrecht fica atento, procurando pela origem do barulho.

— Um dos gatos do castelo fugiu para dentro do guarda-roupa — digo rapidamente.

— Então tire ele de lá antes que eu precise substituir todos os seus vestidos.

— Claro, querido. — Por que parece que estou pedindo desculpas? — Hilde só está em estado de choque, mas logo as coisas estarão em ordem de novo.

Gisele sai do seu transe e faz uma mesura rápida. Ela ainda não entendeu que deveria ficar de cabeça baixa quando acrescenta:

— Sim, senhor, imediatamente.

Deveria ter sido *milorde*, mas Adalbrecht parece preocupado demais para notar. Ele prossegue na direção da porta.

— E ah, orvalhinho — diz, parando no batente —, não conte sobre isso para ninguém. Não queremos preocupar nossos convidados sem necessidade.

Em seguida, ele se vai. Resisto ao impulso de fechar a porta com um pontapé e espero os guardas gritarem a saudação no corredor antes de fechá-la.

—Vocês podem sair… não, por favor, esperem aí um segundo.

Jogo o uniforme da criadagem para Gisele, tiro as pérolas mais uma vez e visto o vestido verde sobre o chemise. As coisas vão ficar bem mais fáceis se não tivermos que trocar robes e cobertores.

— Eu não gosto desse marquês — Ragne rosna de dentro do guarda-roupa. — Eu *não* gosto de como ele fala com vocês duas.

— E além do mais tem a coisa do assassinato, né. — Fecho os botões o mais rápido que consigo. — Pelo menos descobrimos uma coisa. Ele pode estar mandando os *nachtmären*, mas não está, hum, mentalmente conectado com eles na hora que são despachados.

— Por que acha isso? — A voz de Emeric está abafada atrás das portas.

Santos e mártires, espero que ele não esteja olhando nada vergonhoso.

Viro para Gisele. Ela quase acabou de fechar os botões, então ao menos posso resolver a situação do guarda-roupa. Escancaro as portas e ajudo Emeric a sair, enquanto Ragne dá um pulo para fora.

— O *mahr* estava escondido no vestido de Gisele. Poderia facilmente ter nos matado quando estávamos sozinhas, então por que não fez isso? Por que ficar esperando até eu encontrar, a não ser que fosse para nos espionar?

— Uma hipótese razoável. — Emeric tira uma meia-calça do cotovelo que nós dois fingimos que não está ali. — Mas se eles são os olhos e ouvidos do marquês...

Ergo o dedo.

— Adalbrecht chegou aqui rápido demais. Sem chance que um dos guardas tenha ido até o salão de baile, chamado a atenção dele e o trazido até aqui em tão pouco tempo. Então, sim, acho que ele consegue sentir quando um dos *nachtmären* morre, porque correu até aqui para verificar pessoalmente. Mas acho que ele *não* consegue ver e ouvir através deles. Acho que precisam voltar para Adalbrecht para relatar o que descobriram. Porque aquela coisa ali — aponto para a lareira, onde Poldi está alegremente quebrando vértebras como se fossem nozes — me ouviu discutindo com Gisele. E, se tivesse repassado essas informações para Adalbrecht, ele saberia *exatamente* quem era Gisele quando a viu.

Emeric fica com uma expressão peculiar.

— Isso foi... muito astucioso.

— Sim, eu às vezes consigo ser. — Olho ao redor e vejo que Ragne está deitada na frente da lareira, em forma de gato. — Ragne? O que você precisa para o seu ombro?

— Eu me curo quando troco de forma — ela boceja —, mas fico cansada. Vou garantir que o Gisele e o Joniza cheguem em casa bem, e depois vou voltar e dormir muito.

— Antes que você vá, princesa Gisele, notou algo no baile? — Emeric pergunta.

Gisele franze os lábios.

— As famílias nobres que compareceram são de toda a parte sul do império. Algumas a três ou mais territórios de distância. Só que os únicos representantes dos Estados Imperiais Livres são...

— *AAAAH*, os vizinhos de Bóern! — termino, depressa, dando tapinhas frenéticos no braço de Emeric. —Também reparei!

— *Precisa* disso? — ele questiona, se afastando.

— Não, Mirim, a lista lá do escritório, as cidades fronteiriças...

Ele logo entende. Emeric pega a caderneta improvisada e folheia até encontrar a cópia da minha lista.

—Vamos precisar de um mapa para confirmar, mas tenho quase certeza que todas essas cidades estão na fronteira dos Estados Imperiais Livres. Quais as chances de que ele esteja planejando algo desagradável para os governantes que comparecerem?

— Grandinha — digo, lúgubre.

Emeric examina a lista, pensativo. Leva a mão ao bolso onde guarda a moeda de prefeito. Então, suspira.

—Talvez Hubert tenha algumas ideias... mas acho que não podemos fazer muito mais coisas hoje.

— E eu preciso voltar para a Gänslinghaus e ajudar Umayya. — Gisele balança a cabeça. — Gostaria de poder ajudar com a maldição, Vanja, de verdade, mas se é para você compensar o que roubou, não sei como devolver meu nome vai consertar alguma coisa. Você estaria me forçando a viver uma vida que eu não quero. — Ela olha para a lareira. — Srta. Ragne, se estiver pronta.

Parte de mim quer gritar com ela. Outra parte sabe que ela está certa, e eu a odeio por isso.

Eu sei, em meu âmago coberto de pedras preciosas, que preciso devolver o nome dela para quebrar a maldição. Só que se ela não quiser... Eiswald disse que me deu essa maldição por causa da minha ganância. E seria egoísmo puro arrastar Gisele de volta para o castelo só para salvar minha pele.

Quando finalmente engulo minha frustração o bastante para pensar em uma resposta espertinha, Gisele já foi embora levando Ragne. Emeric está respeitosamente vestindo o casaco e o cachecol sem dizer mais nada.

Certo. Essa era a última parte do plano: tirá-lo do castelo, e então posso ir para a cama... só que não, porque preciso esfregar o sangue do tapete e pegar uns grãos para Poldi, e *só depois* posso deitar na cama e não pensar *mesmo* no que aconteceu nesta noite.

Pego um xale de lã quente no guarda-roupa e sigo para a porta da varanda.

—Vem, esse é o jeito mais seguro de sair.

Emeric semicerra os olhos.

— *Certeza?*

Aquilo me faz rir.

— Não vou te jogar no Yssar desta vez, então sim. Além do mais, Poldi está ocupado.

O *kobold* quebra um fêmur em dois na lareira bem nesta hora.

— *Não ocupado demais*.

Nuvens cobrem o céu, e, quando saio, a neve já começou a cair. Pulo por cima da balaustrada, me equilibrando na treliça, e desço pelas rosas. Emeric está me encarando, balançando a cabeça, incrédulo.

— De novo: mais *seguro* mesmo?

— É só tomar cuidado com os espinhos.

Chego no chão e o espero descer logo depois. Ele xinga toda vez que o manto se enrosca nos espinhos, apesar de todo o seu esforço. Assim que ele pisa no chão, seguro seu ombro antes que dê um passo grande demais e caia pelo caminho estreito.

Emeric encara a faixa de terra minúscula entre a parede do castelo e o rio. Então ergue o rosto para a treliça.

— Isso é um absurdo, srta. Schmidt. É assim que você entra e sai o tempo todo?

Fico decepcionada por voltarmos ao "srta. Schmidt", mas só confessaria isso sob ameaça de morte.

— Eu fiz o outro caminho quando estava envenenada — revelo. — Muitas escadas, e sai em um caminho atrás da cachoeira que é puro gelo nessa época do ano. Você viu o resultado. Agora fique de costas para a parede e vamos logo.

— Como é que você sobreviveu fazendo isso por um ano? — ele pergunta baixinho enquanto continuamos lentamente nos arrastando pelo caminho.

Bufo, o ar gelado condensando.

— Teimosia pura, basicamente.

— Eu acredito.

Por um instante, só se ouve o farfalhar do tecido na pedra. A certa altura, eu pergunto:

— O que acontece se o Pap… se o Klemens decidir me prender?

— Então vou argumentar de forma muito persuasiva que sua assistência foi… — Emeric suspira. — Pouquíssimo ortodoxa, frequentemente indecente e, entretanto, insubstituível. Hubert é pragmático. Provavelmente vou conseguir fazer com que ele espere por enquanto.

— Não gostei desse "provavelmente".

— Bom, é o que eu tenho. — Ele suspira quando viramos em um canto e finalmente chegamos a uma parte mais larga da margem.

— Acho que eu não poderia convencer Klemens a se aposentar mais cedo, não é?

Emeric me lança um olhar sério.

— Não.

Eu faço "shh" para ele, passando a sussurrar:

— Foi só piada, Mirim. — Então, aponto para uma parede próxima. — As casernas ficam ali, e talvez os outros prédios no caminho estejam ocupados também, então fala baixo. Você pode pular o muro e subir no viaduto Hoenstratz no sopé da colina. A maioria das pessoas usa esse caminho no verão, então tenta não chamar muita atenção.

Emeric franze a testa, encarando o caminho de pedras.

— Para que usam isso?

— O apelido é Estrada dos Amantes — digo, seca. — Pode adivinhar o motivo.

— Ah. — Está escuro demais para ver se ele está corando, mas os flocos de neve que caem no cabelo dele quase parecem derreter mais rápido. Ele começa a descer pelo caminho, mas aí para e vira de novo para mim. — Você vai ficar bem? Sozinha?

Um dia desses, ele vai parar de me afetar quando faz essas perguntas, mas ainda não foi hoje.

— Normalmente fico — respondo, com apenas um leve tremor na voz.

É uma traição, uma confissão que nunca tive a intenção de fazer, e paira entre nós como a respiração dele, que se condensa no ar. Ele me encara em silêncio, incerto.

Eu... eu preciso sair desse frio.

— Vê se não cai e morre — digo.

Então desapareço antes que possa pensar demais sobre aquela expressão peculiar dele, a mesma de antes.

Consigo voltar bem para o quarto, porque já faço isso há um ano, porque estou *bem* sozinha. Além disso, ainda preciso limpar a bagunça que o *nachtmahr* deixou e pegar o mel e os grãos de Poldi. Passo os dedos pelo cabelo, soltando uma respiração longuíssima, e então vou pegar uma nova atadura e troco para um uniforme da criadagem.

Preciso ir até as cozinhas para buscar um balde de água e o jantar de Poldi, um trajeto ainda maior desta vez para desviar de um casal que transformou o corredor da criadagem mais próximo em sua Estrada dos Amantes particular. Escolho passar pelo saguão de entrada ao voltar. A voz de Adalbrecht retumba enquanto me aproximo. Sem dúvida ele parou ali para se despedir dos convidados que não vão ficar no castelo.

Então, quase tropeço quando ouço a outra voz, precisa, segura e completamente inesperada.

— ... um problema no entreposto, e me encontro precisando de hospedagem, senhor. Pensei em verificar se a sua oferta graciosa de hospitalidade ainda estava disponível.

Ele *não fez isso*.

Eu não corro, porque não se corre com um balde de água em uma mão e uma bacia de grãos na outra a não ser que queira passar muito tempo limpando as duas coisas. Mas ando *muito rápido* em direção à entrada e espio pelo corredor.

E lá está Emeric, remexendo no cachecol. Ele deve ter dado a volta depois... mas... mas... Adalbrecht já tentou matar nós dois agora, e aqui não é seguro para ele... o que deu nele?

Adalbrecht ri como uma onda se quebrando. Ele dá um tapa tão forte no ombro de Emeric que os óculos quase caem no chão.

— Mas é claro, garoto. Quer que eu vá buscar a ruivinha?

Ah, não. Tento me afastar.

— Não será necessário — diz Emeric rapidamente. — Senhor.

— Certeza? — Adalbrecht dá uma olhada ao redor e me nota. — Ah, encontrei ela. Menina! Venha aqui já.

Emeric parece tão abismado quanto eu, as orelhas ficando escarlates.

— Senhor, não é preciso — ele balbucia —, eu só...

— Ela pode te levar para um quarto de hóspedes — o marquês disse. E não era apenas uma *sugestão*, lógico.

— Imediatamente, milorde. — Faço uma reverência rápida, lançando um olhar mortal para Emeric. — Me siga, senhor.

Outro grupo de convidados passa por ali e distrai Adalbrecht, então aproveito a brecha para marchar pelas escadas da ala em frente ao rio da forma mais indignada que consigo, Emeric seguindo logo atrás. Não é que eu não entenda o motivo de ele estar fazendo isso, eu só não *quero* entender.

Eu estou bem aqui sozinha. Estou *bem*.

Deixo o balde ao lado da minha porta e nos levo ao quarto vizinho. Eu sei que está vazio porque garanti que ficasse vazio enquanto estou aqui, para não arriscar que alguém me visse escalando a treliça. Ao abrir, a porta revela uma escuridão fria e imóvel. Poldi aparece na lareira e se serve da lenha empilhada ao lado.

— Você é um tolo, Emeric Conrad — digo, porque não vou admitir que estou feliz por ele estar aqui, com ou sem uma faca no pescoço.

Ele abre um sorriso cansado, torto e *insuportavelmente* convencido, deixando claro que sabe a verdade. Entra no quarto tirando o manto.

— Então deve ser bom não ser a única, uma vez na vida. Boa noite, srta. Schmidt.

VINTE E QUATRO

Pagamento para o barqueiro

A porta se fecha, e volto para o meu quarto batendo os pés, profundamente irritada com ele e ainda mais profundamente perturbada pela sensação estranha no meu estômago. Deixo os grãos e o mel de Poldi na lareira. Quando ele aparece para comer, estou tirando o sangue do tapete com uma esponja.

— *Quer que eu jogue o garoto no rio de novo?* — Poldi indaga, se acomodando em cima das pedras.

Balanço a cabeça, talvez mostrando um pouco de entusiasmo demais ao esfregar o sangue.

— Hoje... hoje não.

Ragne volta na forma de uma coruja alguns minutos depois. Eu estava começando a ficar preocupada, mas isso está no topo da lista de coisas que não vou admitir sem uma ameaça de morte pairando sobre mim. Ela pousa sobre a camisola que deixei para ela na cadeira e se esgueira para dentro, reaparecendo um instante depois na forma humana.

— Tenho outra pergunta — ela declara, se sentando. — Se eu encostar a boca na cara de um humano, ainda é um beijo?

Semicerro os olhos.

— Não era para você dormir muito?

— Eu vou daqui a pouco. Estou muito cansada. — Ela esfrega os olhos. — Mas ainda é um beijo?

— Hum. Bom. Depende de onde. Se você encosta os seus lábios nos de outra pessoa, normalmente dizemos que isso é um beijo.

Ragne balança a cabeça e indica a própria bochecha.

— E aqui?

— É um beijo na bochecha.

— Entendi. — Ela se joga de volta na cadeira. — Então eu beijei o Gisele na bochecha! E ela me beijou, do jeito normal. Foi muito estranho e eu gostei.

Paro a esfregação e olho para ela.

—Você... ela... na boca?

— Sim!

—Você e... *Gisele*?

— Sim!

Muitos, muitos pinos se encaixam *nessa* fechadura.

Quer dizer — preciso falar com Gisele primeiro para garantir que não estou presumindo nada, mas... o príncipe e a dama Von Falbirg foram horrivelmente claros em um quesito quando estávamos crescendo: a melhor coisa que Sovabin poderia oferecer era a linhagem real. O dote de Gisele era pouco mais do que a promessa de um herdeiro que seria elegível ao cargo de imperador pelo *Kronwähler*. Porém, se Gisele prefere meninas, o número de candidatas seria muito limitado, deixando apenas algumas nobres que poderiam conceber um filho com ela. Não é à toa que ela não contou nada aos pais.

Dito isso, estou tirando *diversas* conclusões. Só tem uma coisa que eu sei com toda a certeza.

— Ragne, sabe como os humanos deixam as coisas mais complicadas desnecessariamente?

— Muito — ela diz, se enroscando na cadeira.

— Quem você beija é uma dessas coisas. Nós duas deveríamos falar com Gisele antes de contar para qualquer outra pessoa. Ela pode querer guardar isso para si. Faz sentido?

Ragne fica um pouco abatida, a cabeça descansando nos joelhos.

— Acho que faz. Mas eu gostaria de beijar ela de novo.

Penso na expressão de Gisele quando falou sobre Ragne mais cedo.

— Acho que ela também gostaria.

Então, levanto para esvaziar o balde de água ensanguentada na varanda. Não posso evitar dar uma espiada nas janelas de Emeric ao lado; vejo uma luz fraca através das cortinas diáfanas e uma silhueta debruçada sobre a escrivaninha. Volto depressa para o quarto. Ragne está cochilando enroscada na cadeira.

— Não durma desse jeito, você vai ficar com o pescoço doendo.

Visto uma camisola, deixo apenas uma vela acesa e me arrasto para a cama. Um instante depois, Ragne sobe atrás de mim na forma de gato, se acomodando encostada nas minhas canelas. Estou acostumada demais com isso agora até para fingir que não gosto.

Procuro embaixo dos travesseiros até identificar o couro macio e resistente e a textura de pergaminho, o objeto que deixei escondido aqui durante quase uma semana.

Digo a mim mesma que estou lendo as anotações que roubei de Emeric para me certificar de que não deixamos passar nada, e não porque eu agora as ouço na voz dele, vendo-o girar um bastão de carvão nos dedos antes de escrever outra linha. Não porque isso me faz lembrar que ele está logo ao lado, que voltou para a casa de um homem que está tentando matá-lo só para eu não ficar sozinha.

Não porque essas coisas são reconfortantes de uma maneira apavorante.

Talvez uma gota de Lágrimas de Áugure ainda permaneça em mim, porque preciso dizer a verdade: eu adormeço à luz da vela, pensando no instante antes de Emeric jogar a faca de cobre para mim, quando ele me chamou pelo nome.

Depois do desjejum na manhã seguinte, decido devolver as anotações.

Isso é pelo menos um pouco motivado pelos vergões de pérolas que apareceram nos meus cotovelos? Talvez. Acho que estou começando a conectar os pontos da maldição: ao menos algumas pedras preciosas desaparecem cada vez que eu faço algo, bem, altruísta. Como resgatar Fabine do Wolfhunder, ou me jogar na frente do *nachtmahr*. Acho que vão continuar aparecendo não importa o que aconteça, mas parecem crescer mais rápido quando eu faço algo para me beneficiar, digamos assim.

Isso explica o motivo de a minha onda de caridade na semana passada não ter adiantado; foi tudo só para eu me safar. E talvez devolver as anotações não vá mudar nada também, mas sinto que — argh, não acredito que estou dizendo isso, *quem eu me tornei* — é a coisa certa a fazer.

Infelizmente, fica um pouco mais difícil fazer isso quando Emeric não abre a porta. Preparei um discurso curto e devastador (em resumo: *decidi que você precisa disto aqui, você é claramente inútil sem a caderneta*) e arranjei um disfarce decente (a caderneta está escondida em uma pilha de toalhas que eu, Marthe, a Criada, vou entregar no quarto dele). Porém, bato duas vezes e não ouço resposta.

Trudl aparece de outro quarto no corredor. Vamos receber uma nova onda de convidados esta noite, e todas as camas do castelo devem estar arrumadas.

— Pode entrar. O prefeito não está aí.

— Prefeito mirim — corrijo, sem conseguir me segurar. Decido que vamos fingir que isso nunca aconteceu. — Ele não está no quarto?

— Saiu logo depois do amanhecer. Disse que recebeu uma mensagem urgente ou algo do tipo.

Klemens. Ele deve ter chegado.

Trudl interpreta erroneamente o espanto no meu rosto.

— Não se preocupe, ele vai voltar. O marquês pediu para deixarmos o quarto separado para ele.

Ela completa a frase com uma piscadela que diz que as fofocas sobre o incidente do armário de lençóis já se espalharam. *Fantástico*. Era disso mesmo que eu precisava.

Me apresso de volta para o meu quarto e jogo as toalhas na cadeira. Imagino que eu vá precisar encarar o prefeito Klemens de um jeito ou de outro, e talvez, se devolver as anotações de Emeric de forma cortês na frente dele, o conceito de "ladra arrependida" vá ser mais fácil de vender.

—Vamos para a cidade — digo a Ragne, que, fazendo jus ao que dissera, dormiu até depois do desjejum.

Ao menos Adalbrecht teve a decência de deixar todo mundo comer nos próprios quartos. Deve ter sido um inferno para a criadagem precisar subir com todas aquelas bandejas pelas escadas, mas trabalhar com dezenas de nobres petulantes e de ressaca por perto em um dos salões teria sido bem pior.

Ragne se espreguiça, curvando o rabo, e eu enfio a caderneta de Emeric na bolsa.

—Vamos ver o Gisele?

— Precisamos encontrar o entreposto da Ordem dos Prefeitos primeiro. Mas provavelmente depois podemos fazer isso. — Não escondo meu sorriso. Ragne parece tão feliz. É muito fofo. —Você gosta mesmo dela, né?

— Sim. — Ragne se enrola em um cobertor e senta na forma humana, me encarando, séria. — Eu sei que você não gosta dela. Você está brava comigo?

Penso por um instante, adicionando as coisas de sempre na bolsa: baralho, dados, uma faca.

— Já fui amiga dela — digo. — Talvez algum dia volte a ser. Mas a gente se machucou muito. E nós duas fizemos isso de *propósito*. Quando se machuca uma pessoa de propósito, não importa o quanto goste dela, as coisas mudam. Então não, eu não estou brava com você. Quer dizer, sua mãe me lançou uma maldição para eu morrer, e nós ainda somos amig...

Paro de falar.

Agora já era. O rosto de Ragne se ilumina.

— Nós somos amigas?

Uma semana atrás, eu preferiria ter *me* jogado no Yssar a responder que sim. Porém foi uma semana longa, e ela esteve comigo quase o tempo todo.

— Isso, tá, somos amigas — resmungo. — Mesmo que você tenha um péssimo gosto para namoradas.

— *Eu* acho que ela tem gosto de...

Cubro os ouvidos.

— *AÍ JÁ É DEMAIS*. Não quero ouvir.

Deixo um recado com Franziska dizendo que a *prinzessin* não deve ser incomodada e saio pelos portões, acenando para os guardas quando passo. Preciso tomar cuidado por onde ando; continuou nevando durante a noite, e, apesar de as ruas estarem limpas, pedaços de gelo deixam a caminhada pelo morro mais traiçoeira. Ragne se segura no meu gorro de lã na forma de um pardal, pronta para voar se eu escorregar.

Graças ao gelo, o caminho até o Göttermarkt é mais lento do que eu gostaria. Nos últimos dias, ele passou por uma transformação completa: a praça em si não está mais tomada de fogueiras, penitentes e peregrinos, e todas as barracas restantes de *sakretwaren* foram espremidas contra os templos em si. O falatório foi substituído pelo som de operários trabalhando na praça, cercados de uma multidão de curiosos e frequentadores dos templos.

As maiores atrações são facilmente as três casas cerimoniais que foram erguidas para o casamento. Normalmente, são umas tendas pequenas ou barracas armadas rapidamente, mas lógico que Adalbrecht não aceitaria nada menos do que minipalácios, e, pelo visto, é isso que ele vai ganhar.

Os dois menores ficam um do lado norte e outro ao lado sul da praça, para representar a casa Falbirg e a casa Reigenbach, e o maior e aberto, posicionado em cima de um altar ao lado leste, é para a união das casas. Outra plataforma está sendo erguida do lado oeste da praça, mas deve ser algum costume bóernenho, porque não o reconheço.

Paro em uma barraca de *sakretwaren* em busca de direções e ando pela multidão, passando pelos templos de Yssar, Tempo e a Tecelã. Noto também o vislumbre de moedas e o borrão de carvão na catedral da Fortuna ali na esquina, mas passo longe dela.

Por fim, encontro um predinho firme enfiado entre os templos da Justiça e do Cavaleiro Invisível, parecendo resistente como suas pedras de granito e antiga como a porta de carvalho antiga. Acima da verga está uma placa de bronze com a balança, o crânio e o pergaminho — o símbolo da Ordem dos Prefeitos. Uma janela com barras de ferro dá vista para a rua, mas não consigo ver ninguém lá dentro.

Subo pelos degraus e abro a porta, revelando uma área de espera iluminada por barras de metal reluzentes. Aposto que são feitas do mesmo estanho encantado da moeda de Emeric. Vejo uma escrivaninha com uma xícara de café frio e pergaminhos esparramados, como uma recepção, mas não há ninguém sentado ali. Bancos vazios estão alinhados na parede oposta.

Um corredor se estende além da vista, mas ouço vozes abafadas vindo de lá, embora não dê para identificar as palavras. Respiro fundo, tentando memorizar a configuração — a escrivaninha, os bancos e, mais importante, a porta —, caso o prefeito Klemens decida que uma ladra que decidiu cooperar ainda assim é um risco e eu precise fugir correndo. A não ser que eu esteja errada, vejo as nuvens do azar se acumulando nos cantos. Talvez seja só um mau agouro normal, considerando que sou eu dentro de um lugar de representantes da lei. Ou talvez seja algo pior.

Então uma das vozes fica mais alta, e eu a ouço clara e límpida:

— ... *deveria ter ESTADO LÁ!*

Nunca ouvi Emeric tão... devastado.

Me movo antes mesmo de pensar, seguindo a voz dele com o mesmo propósito indelével que me levou a Madschplatt. Me apresso pelo corredor e o encontro em uma salinha simples, andando em círculos, furioso, enquanto outra pessoa tenta em vão entregar um lenço para ele. Ele fica passando as mãos pelo rosto, levando os óculos ao cabelo.

— É culpa minha, fui *eu* que disse que poderíamos nos separar como sempre, *eu* disse que lidaria com isso, ninguém tem culpa a não ser...

Ragne pia no meu ombro, e Emeric finalmente ergue o olhar.

Ver uma pessoa chorar pela primeira vez é estranho e horrível. Pelo visto, faz um tempo que ele está chorando, os olhos vermelhos, a respiração entrecortada, e uma leve camada de sal mancha as lentes.

Não é para eu vê-lo dessa forma, em um estado bruto que parece irreversível. É ainda pior vê-lo tentar reunir sua força, como alguém andando com um tornozelo quebrado.

—V... Srta. Schmidt — Emeric diz, a voz trêmula. — Eu... sinto dizer que... agora não é...

— O que houve? — pergunto.

Ragne voa até ele e se empoleira no colarinho amassado, alisando o cabelo dele com o bico. Ele engole em seco.

— Eles... en-encontraram... — Ele não consegue continuar, cobrindo o rosto mais uma vez.

— O prefeito Hubert Klemens foi encontrado morto hoje cedo — diz a outra pessoa, baixinho, e finalmente consegue enfiar o lenço na mão de Emeric. — Nas ilhotas Stichensteg.

Prendo a respiração.

— Não foi um acidente.

— A legista está fazendo uma avaliação. — A pessoa espana o uniforme, mais simples que o de Emeric, mas que também contém o brasão dos prefeitos. Há um par de cordões de preces com fios prateados pendurado em seu ombro, torto e bonito demais para ser um item de vestuário do dia a dia. É mais provável que algo tenha interrompido suas preces matinais e não houve tempo de guardá-los. A pessoa inclina a cabeça, o movimento lembrando o de um pássaro. — Perdão, mas quem é você?

— Ela... — Emeric pigarreia. — É uma consultora. Srta. Schmidt, Ulli Wagner. Elu é escrevente-chefe deste entreposto.

— E essa é Ragne. — Eu aponto para ela, que segue empoleirada em Emeric. — Filha da Eiswald. Às vezes ela é um urso.

Ulli ergue as sobrancelhas quando um sino suave ecoa pela sala.

— Entendo. Conrad, é a legista. Volto daqui a pouco.

Elu sai do recinto, e um silêncio dolorido permanece. Então, não consigo evitar, e repouso a mão na manga de Emeric.

— Ei, Mirim. Quem quer que tenha feito isso não tem chance de escapar ileso. Você me desmascarou antes mesmo de chegar em Minkja, e agora eu e Ragne estamos aqui para ajudar. E *ela* pode se transformar em um urso.

Ele respira, trêmulo, e não sei se é bem uma risada, mas é algo parecido, então vou aceitar.

Ulli volta com uma mulher séria usando um avental médico e luvas; a legista, imagino. Ela hesita ao me ver.

— Conrad, essa... essa é sua...?

Emeric se afasta de mim como se tivesse sido pego no flagra roubando doces.

— Só... só minha consultora — ele explica depressa, praticamente escondendo às costas o braço que eu toquei. — Nesse caso. Eu atesto a favor dela.

Consigo assentir, em silêncio. Nos últimos dez segundos, minhas emoções mudaram de empatia para vergonha e depois indignação, e então uma mistura das três coisas, acompanhada de um intrigante quentinho no peito por alguém atestar a meu favor. Qualquer tentativa de articular isso vai sair como um grito incompreensível.

— Muito bem. — A legista tira as luvas e pega um caderno. — Ainda vamos fazer os testes de sempre, mas as primeiras constatações sugerem que a morte do prefeito Hubert Klemens foi homicídio. A causa da morte parece ter sido uma única facada no coração. Uma faca do prefeito foi deixada na ferida, então é provável que seja a arma do crime.

— Do próprio Klemens? — Ulli pergunta enquanto Emeric cobre a boca.

A legista inclina a cabeça.

— Pelo que sei, diria que sim. Foi a faca de ferro, e era a única que estava faltando dos pertences dele. Além do mais...

Percebo depois que era nessa hora que eu deveria ter escutado os avisos da Fortuna.

As nuvens de azar começam a rondar minha visão. Não compreendo o motivo, e, apesar de tudo, não quero ir embora. Não neste instante, enquanto Emeric está desse jeito. Ele voltou para ficar comigo ontem à noite, então devo isso a ele.

— ... é costume deixar moedas para o Barqueiro nos olhos fechados dos mortos...

Sinto o gelo tocar meu coração. Lembro de Emeric na viela na semana passada, relembrando a morte de Yannec: *sua própria faca.*

— ... no entanto, encontramos um único centavo vermelho...

Um centavo vermelho na boca, bem a marca que é sua *assinatura.*

— ... alojado na garganta.

Não consigo respirar.

Quando olho para Emeric, ele está me encarando, o rosto branco como mármore.

— Eu não... eu nunca... — gaguejo.

A voz de Emeric sai afiada como uma lâmina:

— Um centavo vermelho?

Dou um passo para trás, e ele me segura pelo braço.

Meu coração martela mais rápido nas veias.

— Não fui eu. — As palavras saem estridentes, e, *scheit,* parece demais com a minha voz de atuação, de provinciana abismada, mas é real, é real, é real demais. — Eu não fui a lugar nenhum ontem à noite, não fui eu, eu *não faria...*

Estou de volta ao castelo Falbirg, jurando que não roubei ninguém...

Vejo a fúria terrível da traição no rosto de Emeric.

— Há quanto tempo você está mentindo para mim?

— Eu não estou, juro!

Não entre em pânico não entre em pânico não entre em pânico...

— *O que você fez com ele?*

Ragne se posiciona entre nós, rosnando na forma de lobo preto. Emeric me solta enquanto Ulli e a legista cambaleiam para trás, sentando num sofá.

Não consigo respirar. Não acreditam em mim, nunca vão acreditar, eu vou ser pega, eu vou... eu vou...

Quebrar a minha regra mais importante.

Entro em pânico.

E fujo.

PARTE TRÊS

O PREÇO DO RUBI

VINTE E CINCO

Desespero

Disparo pelo corredor, passo pela sala de espera e corro para a rua. Ouço o retumbar de passos atrás de mim. Sei que Emeric está me seguindo.

Se eu não escapar, ele vai me pegar pelo pescoço.

Minha mente espirala por uma névoa vermelha doentia, presa em queda livre, e permite apenas um único pensamento:

Foge, vai embora, o mais rápido que conseguir, corre, corre, corre...

Ragne voa por cima do meu ombro na forma de um corvo.

— Me siga — ela grasna, entrando em uma rua lateral.

Saio correndo atrás dela.

A poeira cor de carvão do azar me envolve como uma nevasca suja.

— pare! — A voz de Emeric ressoa pela rua. Não olho para trás. — alguém pare essa garota!

Passo por uma mulher empurrando um carrinho e quase colido com um operário levando baldes de pregos para a praça. Não penso muito, só chuto um dos baldes com força suficiente para lançar os pregos na rua atrás de mim. Emeric vai precisar desacelerar, a não ser que queira pisar em um.

Ouço uma série de xingamentos e sei que funcionou. Ragne me leva por outra esquina, e depois outra, interrompendo a visão de Emeric o máximo de vezes que conseguimos. Lenha, batentes e floreiras cheias de caules mortos pela geada se transformam em um borrão. Meus pulmões ardem. Sinto as batidas do coração nos meus ouvidos, como um bêbado com raiva. E não ouso desacelerar, nem por um segundo.

— Pra cima — Ragne grasna, e vejo que ela me levou para o viaduto Hoenstratz. A rua acima pode estar vazia o bastante para ela se transformar em um cavalo e aí eu posso... não sei, vou pensar em alguma coisa... eu só preciso fugir...

— *Cuidado!*

Ragne cai nos meus ombros na forma de um gato, me desequilibrando. Eu saio do trajeto de uma bola de luz prateada que emite um zumbido igual ao de um marimbondo.

A bola acerta Ragne. Ela solta um gemido assustado e cai, inerte.

Eu a seguro antes que atinja o chão e... não tenho tempo de descrever o alívio que sinto ao vê-la piscar para mim. Só que apenas os olhos se mexem, e de forma muito lenta.

Vejo o cabelo escuro de Emeric passando pela multidão e descendo a rua. Parte de mim quer continuar correndo até sair de Minkja. Outra parte quer ficar para trás apenas para estrangulá-lo pelo que quer que tenha feito com Ragne.

Só que eu não tenho tempo de estrangular ninguém, e não sei se Ragne tem também. Corro escadaria acima para o viaduto, recebendo olhares estranhos de pessoas que só veem uma garota correndo freneticamente segurando um gato preto inerte.

Os degraus de pedra são uma mistura de gelo e lama congelada. Tento subir o mais rápido que consigo. Estou na metade do caminho quando ouço algo atrás de mim, e viro para olhar.

— *Pare!* — Emeric grita comigo, os olhos ardendo com o brilho de pó-de-bruxa, ainda só de camisa. O idiota nem se deu ao trabalho de vestir um casaco. —Você não pode fugir de mim!

Um segundo depois, eu e ele descobrimos que infelizmente isso é verdade.

Piso em um pedaço de gelo e escorrego. Mal consigo deixar Ragne no degrau antes de cair pelo resto do caminho e colidir com Emeric. Nós dois vamos ao chão com um baque.

O cheiro marcante de junípero permeia o ar, seguido do cheiro de sangue. Emeric solta um sibilo de dor embaixo de mim. Vidro quebrado sai da sua mão esquerda, derramando óleo de pó-de-bruxa prateado e manchado de vermelho. O frasco deve ter se estilhaçado na queda.

Eu nem sei se ele consegue sentir os cortes quando tenta me agarrar. Seguro o pulso ensanguentado dele, mas não vejo que ele pegou meu ombro com a mão direita. Ele consegue subir em mim, e o peso me faz afundar na neve suja, a lama derretida e fria entrando por cada costura. Ele solta meu ombro e segura minha outra mão com toda a força.

— Me *solta*, eu não... — cuspo, aquela nuvem vermelha voltando enquanto me debato e tento empurrá-lo para longe. —Você machucou a Ragne! O que fez com ela?

Emeric se afasta alguns centímetros, alarmado, mas logo em seguida volta à fúria gélida.

— Ela vai ficar bem, é só um feitiço de paralisia. *Eu* não sou um assassino. O que você fez com Klemens?

— *Nada!*

— para de mentir para mim!

Eu o encaro, o pó-de-bruxa incandescente nos olhos dele, aquela convicção certeira de que não importa o que eu diga, sou culpada, sou uma assassina, sou uma mentirosa.

Sou um dos pequenos ladrões, e ele vai me mandar para a forca pessoalmente.

Não sei como pensei que podia confiar nele. Não sei por que pensei que podia...

Ele estava certo sobre uma coisa ontem à noite: foi bom, por um instante, não ser a única tola.

Uma gota de sangue escorre pelos meus dedos, os que seguram o pulso esquerdo dele. Vejo pingos de óleo de pó-de-bruxa ainda marcando os nós nos dedos de Emeric.

Preciso fugir, não importa como.

Puxo a mão dele e passo a língua na palma ensanguentada.

Aquilo causa dois efeitos imediatos: primeiro, Emeric fica completamente imóvel, olhando para mim não com raiva, e sim com algo que nenhum de nós dois sabe dizer o que é, um desespero repentino e atordoado.

E segundo: uma gota de óleo de junípero estala na minha língua, misturada a pó-de-bruxa e o gosto metálico de sangue.

Sinto o pó-de-bruxa dissolver na língua como um relâmpago. Não recebi treinamento para usar magia, mas poder é poder. Os truques e rituais só servem para deixá-la mais forte, com menos efeitos colaterais, um óleo nas dobradiças.

Então, ergo o olhar para Emeric e digo:

— *Vaza*.

E a magia faz o resto.

Ouço algo se partindo. Ele é jogado para longe, mas não vejo onde cai, porque o rebote me atinge como um soco no estômago. Fico de joelhos a tempo de vomitar na neve, sentindo o frio e a febre percorrerem minhas veias, transformando meus músculos em algo que parece argila mole. Com certo atraso, lembro de Emeric mencionar algo sobre a potência do pó-de-bruxa utilizado pelos prefeitos, mas é tarde demais para me arrepender.

Me forço a levantar e cambaleio até as escadas, ofegante, as tranças balançando e ondas cinzentas borrando minha visão. Meu gorro sumiu, e se minha bolsa não estivesse fechada eu também teria perdido tudo nela. Acho que torci o tornozelo, porque sinto uma dor constante, mas não posso parar, não posso, e se eu parar ele vai me pegar, se eu parar vou receber o chicote de novo.

Ragne ainda está na forma de um montinho de pelos nos degraus gelados. Eu a pego e forço minhas pernas doloridas a nos carregar o resto do caminho até o viaduto. Carroças e carruagens passam por nós, as rodas fazendo barulho nas pedras. Ando o mais rápido que consigo até recuperar o fôlego e me obrigo a correr de novo, tentando não pisar nos lugares cobertos de gelo. Dou umas olhadas para trás, mas não vejo Emeric me seguindo.

Uma partezinha de mim não consegue deixar de se preocupar com o fato de que eu posso tê-lo machucado de verdade. Não sei o que estou fazendo com a magia, só queria que ele me soltasse, e se ele...

É a mesma parte de mim que só queria que a dama Von Falbirg, a Morte, a Fortuna, *qualquer pessoa* me tratasse como filha. É o lampião na encruzilhada, sumindo na escuridão. Nada está me esperando se eu seguir essa rota.

O mundo se espreme até ser só meu coração acelerado, meus pulmões ardendo, cada passo dolorido que dou.

Por fim, consigo chegar aonde quero. Vejo a placa de madeira, as margaridas pintadas que agora fazem sentido. Gisele sempre amou margaridas.

Não noto o silêncio da Gänslinghaus quando bato com força na porta. E que os únicos rostos à janela estão no segundo andar.

A porta é escancarada. Gisele está ali, pálida e tensa.

— O que...

— Me ajuda, por favor — eu praticamente soluço. — Preciso de um lugar para me esconder.

Gisele olha para o lado e assente.

— Entra.

— Obrigada, me desculpa, é só até... só até a Ragne acordar...

Quase tropeço na entrada. O calor do cômodo é tão bom que me faz querer chorar de alívio, tão quente que meus dedos parecem estar queimando ao sair do frio.

Tão quente que não vejo a poeira de azar borrando minha visão.

— O que tem de errado com a Ragne? — A voz de Gisele fica mais afiada quando a porta fecha.

Então, ouço a tranca.

— Nada. — A voz de Emeric ressoa do outro lado do cômodo.

Dou meia-volta. Ele está do lado da porta, pálido, ensanguentado e tremendo. Estava aqui esse tempo todo.

Sabia que eu viria.

É claro que sabia, porque ele sabe melhor do que ninguém que não tenho nenhum outro lugar para onde ir.

Olho para a cozinha, e a mesa comprida foi empurrada contra a porta dos fundos. Eu precisaria arrastá-la para conseguir sair.

Estou encurralada.

— Ragne recebeu um feitiço de paralisia que não deveria ter sido para ela. — Parece que o pó-de-bruxa atingiu Emeric desta vez tanto quanto me atingiu, mas mesmo assim ele chegou antes.

O luto e a raiva devem tê-lo carregado para mais longe do que o pó de deuses e monstros.

— Você não mencionou isso, *meister* Conrad — Joniza diz.

Ela está apoiada na parede divisória ao lado da cozinha, enrolando uma trança nos dedos, os olhos semicerrados. Gisele olha para Ragne, depois para mim e por fim para Emeric.

— Tire o feitiço dela.

— Vai passar sozinho daqui a pouco — ele confessa. — E é por isso que vou acabar com isso agora, antes que *ela* — ele aponta para mim — consiga a ajuda de um urso raivoso para fugir de novo.

Eu nem sei do que chamá-lo agora.

— Desista — ele fala para mim. — Eu vou te levar de volta para o entreposto, e você ficará lá até que um prefeito ordenado possa julgar seu caso.

— Não. — Eu recuo até a parede, balançando a cabeça. Não posso ficar apodrecendo na cadeia até a lua cheia. — Eu não fiz nada... eu não tenho *tempo*...

— Espera aí. — Joniza ergue a mão, a voz dura como aço. — Eu concordei em te ouvir e ouvir a Vanja. Então anda logo, garoto. Por que acha que ela tem algo a ver com o assassinato do seu mentor?

O rosto de Emeric desmorona por um instante; em seguida, é como se o vento do norte soprasse, e uma frieza distante se acomoda sobre ele.

— Hubert era uma ameaça para ela. Ela perguntou repetidas vezes se ele estava disposto a ignorar seus crimes, e nunca estava satisfeita com a minha resposta.

— Se "não estar satisfeita com um homem" fosse justificativa para um assassinato, você teria muito mais suspeitos — retruca Joniza. — Que mais?

Ragne estremece nos meus braços.

— Hubert foi esfaqueado com a própria faca e f-foi jogado no Yssar. — A voz de Emeric falha, mas ele continua. — Foi encontrado com um centavo vermelho na boca. Semana passada, o corpo de Yannec Kraus foi encontrado...

— Yannec está morto? — Joniza se afasta da parede, parecendo mal.

Gisele cobre a boca.

— Esfaqueado com a própria faca e com um centavo vermelho na boca. Ele foi encontrado nas Stichenstegs, *exatamente* como Hubert. — Ele aponta para mim. — E *você* admitiu que estava lá quando ele morreu.

— Por que você não nos contou isso? — Joniza pergunta, e o olhar dela me faz querer me esconder debaixo da mesa.

— Não... não encontrei uma hora certa para contar — tropeço nas palavras, sabendo como aquilo soa absurdo, mas, santos e mártires, entre o marquês, o veneno, os *nachtmären* e a maldição, é verdade, é tudo verdade...

Joniza bufa, incrédula.

Eu vou perdê-la. Estou voltando tudo, cada centímetro que me arrastei para fora dessa fossa.

— Ele estava viciado em papoulas! — Minha voz fica estridente. — Estava sofrendo de abstinência e tentou cortar o rubi da minha cara. Ragne assustou ele, só que ele tropeçou e caiu na própria faca! Eu não queria que ele morresse!

Emeric não cede.

— Mas você queria o livro-registro dele.

—Yannec era meu receptor dos roubos, eu queria encontrar o comprador...

— Você só o atirou no rio? — Gisele pergunta, aturdida. — Como se fosse lixo?

— Gisele, por favor... — Minhas costas encontram a parede.

Continuo tentando recuar, me empurrando ao longo da parede só para fugir, mesmo que não haja saída.

— Imagino que você não quisesse continuar pagando a parte dele — Emeric continua, frio e mecânico. — Talvez ele tenha ficado ganancioso demais, talvez estivesse te chantageando. Ou os Wolfhünden estavam perto de te descobrir?

— Não, eu já *disse* que...

Ele não quer minhas respostas.

—Você o eliminou porque ele era uma ameaça. Assim como fez com Hubert.

— Eu não... por favor, só...

Sinto Ragne estremecer outra vez.

Emeric também nota. Ele está falando mais rápido, argumentando antes que ela possa intervir. A cada frase, dá um passo mais para perto.

— Você me enganou — a voz dele fraqueja — para ficar no castelo, para eu não conseguir te impedir.

— Não... eu n-nunca...

— Você veio ao entreposto para garantir que ninguém te conectasse ao assassinato de Hubert.

— Me escuta...

—Você não sabia que encontrariam o centavo.

— Só *me escuta*!

Porém, quando olho para Emeric, Gisele e Joniza, eu compreendo: quatro anos se passaram, e nada mudou.

Chego no canto da sala, e a voz de Emeric fica distante.

Nada pode me ajudar. Não posso correr para lugar nenhum. Quero vomitar de novo. Estou tremendo tanto que nem sei dizer se Ragne está se mexendo nos meus braços.

Me sinto uma estranha no meu corpo, como se estivesse assistindo a tudo acontecer de longe.

Não estou mais nesta sala.

Estou no castelo Falbirg, há quase quatro anos, e não importa quanto eu grite, ninguém vai escutar.

Estamos quatro anos atrás, e me encontro amarrada no poste de açoite, as costas ardendo.

Estamos quatro anos atrás, e me encontro deitada na mesa de bruços em uma cozinha sufocante e mal iluminada, e Yannec diz que é só questão de tempo até o mundo encontrar um novo motivo para me chicotear.

Ele estava certo, e agora está morto.

Só que não estamos quatro anos atrás. Está acontecendo agora, e eu não tenho para onde ir, e não consigo respirar. Emeric está gritando, e Gisele e Joniza não dizem nada, e tudo o que eu faço é me preparar para as feridas.

Ragne rola para longe dos meus braços.

Então fica em pé ao meu lado na forma de uma garota, puxando meu manto molhado para se enrolar e se apoiando no meu ombro.

— Já *chega*! — ela grita, com a fala um pouco arrastada.

Todos ficam em silêncio.

— Eu não vou me transformar em um urso — Ragne diz, com raiva —, porque isso assusta vocês, como *vocês* estão assustando o Vanja. — Ela aponta para Emeric. — Eu estive com ela durante a semana passada quase inteira, e *você está errado*. A Yannec era um homem ruim e destrambelhado que fedia a papoula. Ele tentou roubar o Vanja, e então tentou machucar ela, e ela não fez nada a não ser sair do caminho. Ele caiu na própria faca depois que eu o peguei de surpresa. Eu conseguia sentir o cheiro da tristeza dela quando ele morreu.

— Quando você *não* estava com Vanja? — Joniza pergunta, com frieza.

— Eu deixei o Vanja três vezes. Uma vez antes de *ele* — ela indica Emeric outra vez — atacar ela, outra vez quando ela estava presa no castelo com o marquês o dia inteiro, e ontem à noite quando ajudei você e o Gisele a chegar em casa. Ela não teve tempo de matar um Hubert Klemens. E eu nunca senti cheiro de sangue humano no Vanja até o sangue *dele*, agora. — Ragne se endireita mais, o queixo tremendo enquanto olha para Gisele. — Sim, ela é malvada, mas ela é minha amiga, e ela está *tentando*. E vocês todos estão machucando ela.

Outro silêncio frágil e intenso toma a sala.

— Mas... — Emeric parece perdido. — Por que você foi ao entre-posto?

Eu não sei por que isso é a gota d'água, por que isso é o que me que-bra. Talvez seja porque estou machucada, assustada e perdendo a adrenali-na que afastava aqueles lobos. Talvez porque eu estivesse tentando fazer a coisa certa uma vez na vida. Talvez porque eu estivesse tentando fazer al-guma coisa para *Emeric*.

Abro a bolsa com tanta força que os botões arrebentam, encontro a caderneta de couro e a atiro em Emeric. Ela cai aos pés dele, antes de eu sentir que minha visão está borrada pelas lágrimas.

Minhas pernas escolhem aquele instante para ceder. Deslizo pela pa-rede e escondo meu rosto arrasado atrás dos joelhos. Ragne se abaixa ao meu lado, pousando a mão nas minhas costas.

Cada momento de terror parece borbulhar, cada ferida antiga se abre de novo, cada resquício de um luto estranho, tudo volta à superfície. Estou me derramando, me afogando no gosto de sangue, pó e óleo de junípero, estou desabando de uma forma que não faço há anos. Odeio saber que es-tão todos aqui presentes para me ver chorando, mas não tenho espaço den-tro de mim nem para a vergonha.

Por muito tempo, o único som na sala são os meus soluços altos e um farfalhar baixo enquanto Ragne tira a sujeira e o pó do meu cabelo.

Então, ouço o assoalho ranger.

— *Não* — Ragne vocifera. — Você fica aí atrás.

— Eu... — Emeric parece angustiado. — Eu preciso...

— Acho que vocês dois precisam de um pouco de espaço, Conrad — Joniza diz, de algum lugar distante. — Você fica aqui com Gisele e apro-veita para tomar um pouco de chá. Vou levar Vanja para cima e avisar para Umayya que as crianças podem descer agora.

Ouço quando Gisele passa por mim, o assoalho rangendo enquanto ela vai para a cozinha.

— Ainda não entendo por que alguém se daria ao trabalho de incri-minar Vanja.

— Não incriminaram — Emeric diz com a clareza amarga e exausta de um homem ao perceber que cortaram sua bolsa. — Ontem à noite, Von Rei-genbach disse que cuidaria dos prefeitos. Então ele incriminou o *Pfennigeist*.

Ouço um farfalhar suave quando alguém pega a caderneta e então um baque pesado e a respiração entrecortada de Joniza.

Ergo o olhar. Um *mahr* minúsculo está se debatendo aos pés de Emeric, onde estava a caderneta. É pouco maior do que um besouro.

Joniza congela entre mim e Emeric. Ela solta um guincho de nojo e pisa no *mahr* o mais rápido que consegue. Ouvimos o som de algo sendo esmagado.

— Ah — Gisele diz. — Será que estava espionando...

Ela não termina o pensamento. Chamas azuis irrompem embaixo da bota de Joniza, como óleo de lanterna ao tocar em uma faísca. Joniza dá um pulo para trás, praguejando.

Gisele pega um balde de areia atrás do fogão e o atira nas chamas.

O fogo se apaga. E aí acende mais uma vez ao redor da areia, as labaredas azuis lambendo o assoalho.

Então todos percebemos na mesma hora: o fogo não vai se apagar. Adalbrecht quer queimar todos nós.

— Umayya! — Gisele corre escada acima. — Precisamos levar todo mundo para fora agora!

— Levanta, levanta... — Ragne me ajuda a ficar em pé.

Joniza começa a seguir para a porta da cozinha, mas não há tempo para tirar a mesa do caminho. Ela dá meia-volta, abre a tranca da porta da frente e a puxa com força.

A porta se abre um pouco e... então para. Joniza tenta de novo. A porta não se mexe.

As duas portas estão bloqueadas.

Estamos encurralados.

VINTE E SEIS

A casa da Fortuna

São as coisas pequenas da vida que nos surpreendem, não é mesmo? Você pode estar preso em um prédio em chamas, e isso ainda vai parecer mais fácil do que ser acusada de assassinato por um garoto que você pensou ter... não.

As chamas azuis sobem, e Ragne me puxa do canto. Escuto Umayya e Gisele dizendo aos órfãos mais velhos para calçarem os sapatos o mais rápido possível.

Joniza dá uma sacudida frenética na porta da frente.

— Vamos, *vamos*.

— Está bloqueada pelo outro lado — Emeric diz, tenso. — As janelas...?

Fogo laranja sobe pelo outro lado dos painéis de vidro, e quando ofego sinto o cheiro de óleo de lamparina. *Claro*. Adalbrecht queria dar um jeito nos prefeitos. Dezenas de Wolfhünden devem ter visto Emeric correr até aqui, e Papai Lobo nunca tem ações comedidas.

Ragne me solta e se transforma em um enorme urso negro. Quando ela segue para a porta, Joniza se afasta, e o urso atira todo o peso contra a madeira. Um *craque* horrível ressoa. Outro empurrão e a porta desmorona.

Ouço um grito do topo das escadas. Uma das crianças mais novas está com o rosto escondido nas saias de Fabine, com medo do urso. Ragne se transforma em gato, correndo em círculos no cômodo da frente, agitada.

— Depressa! — ela grita. — Para fora!

Olho para trás. As chamas azuis chegaram na porta da despensa.

Uma parte distante de mim congela ao ver isto: Gisele, Umayya, Joniza e mais de uma dúzia de crianças vivem ali — o que elas vão *comer* se toda a comida queimar? E então uma parte calculista e fria retoma o controle.

Joniza está levando a maioria das crianças para fora, Umayya e Gisele se responsabilizando pelos retardatários. Corro escada acima, dane-se o tornozelo torcido, e pego o braço de Gisele enquanto a fumaça começa a se acumular no teto.

— O dinheiro — sibilo —, da doação que deixei na semana passada, onde está?

— *Agora?* — ela retruca, espantada.

A criança aos prantos que ela está levando no colo puxa seu cabelo. Não tenho tempo para isso.

— Eu sei que você não gastou! Cadê?

Ela aponta para o corredor.

— No último quarto, embaixo do colchão à esquerda...

Não espero para ouvir o resto. Ela grita atrás de mim enquanto cambaleio até o fim do corredor, cobrindo o rosto com o avental. Mais fumaça sobe por entre as frestas do assoalho, o calor como uma facada nos meus pulmões.

Entro no quarto de Gisele, onde há duas camas simples encostadas em paredes opostas. Esquerda, ela disse *esquerda*, né? Tento essa cama primeiro. O colchão é pesado, cheio de palha e tecido e ainda mais palha embaixo, e é difícil mantê-lo levantado enquanto passo a outra mão pela palha. Está ficando ainda mais quente, o ar embaçando com a fumaça.

Por fim, meus dedos encontram algo macio de couro. Gisele nem tirou os centavos da bolsa. Pego e me arrasto para fora do quarto, abaixada para respirar o ar mais limpo.

Meu corpo se sacode a cada tosse, mas chego no patamar da escada. O andar de baixo está quase inteiramente consumido pelas chamas azuis, o buraco da porta da frente arruinada é apenas um alvo que vai se apagando. Ouço Umayya gritar de longe:

— *Não, pare já!*

Então, uma silhueta aparece na entrada. Os degraus rangem de maneira sofrida conforme a figura sobe dois degraus de cada vez, e aí vejo o rosto de Emeric sair das sombras sufocantes, porque *é claro*, é claro que seria ele. Quem mais pensaria o pior de mim e ainda assim correria para dentro de uma casa em chamas para me salvar?

Ele me pega, e nós descemos aos tropeços a escada até sermos recebidos por um frio impossível. As pessoas estão gritando, jogando punhados de neve e baldes d'água no orfanato, mas não adianta. Entre o óleo de lamparina e o *mahr*, só o próprio Yssar seria capaz de apagar esse fogo. Ao menos os telhados vizinhos, cobertos de neve, não vão ser consumidos com as faíscas.

Respiro o ar fresco com força. Emeric ainda está me segurando, e parte de mim quer ficar assim, fingir que agora está tudo bem e que podemos voltar para como estávamos antes dessa manhã.

Porém não sobrevivi esse tempo todo escutando essa parte de mim. Eu o empurro para longe.

Imediatamente alguém segura meu cotovelo — desta vez, Gisele. Seus olhos estão marejados e lívidos.

— Vanja, no que você estava *pensando*? É só dinheiro! Você poderia ter morrido e matado Emeric junto!

— *Só* dinheiro? — Eu ofego, e gesticulo para as crianças observando as chamas devorarem a Gänslinghaus. Só algumas delas estão vestindo casacos. — Como você vai alimentar todas essas crianças? Onde vocês vão ficar? — Balanço a bolsa de dinheiro na frente dela. — Como vão comprar uma *casa* nova, Gisele? Como você pode viver assim durante um ano e ainda achar que é *só dinheiro*?

— Quem é Gisele? — sussurra um dos órfãos.

— Vamos ter outro problema — Joniza diz, a fumaça deixando a voz mais rouca. — As estalagens estão cheias. Com as festividades de inverno e o casamento, quase não existem camas vazias em Minkja.

— Ninguém tem família para ajudar? — Ragne pergunta, na forma de cachorro, o rabo abanando enquanto algumas das crianças se seguram em seu pelo.

Gisele balança a cabeça.

— É um orfanato. Nenhum de nós tem família.

Encaro a neve suja na rua e a bolsa na minha mão.

Isso não é bem verdade.

Nos fundos da multidão, vejo os Wolfhünden parados, os olhos atentos e famintos. Há testemunhas demais para eles atropelarem órfãos quando todo mundo está vendo, mas não podemos ficar aqui. Só existe um lugar para ir.

Scheit, eu vou detestar isso.

— Tenho uma ideia — digo. — Me sigam. E não façam perguntas.

Paramos uma fazendeira passando pelo viaduto Hoenstratz para pegar carona na carroça de feno, porque é um caminho longo para percorrer com uma dúzia de crianças, e muito mais difícil quando muitas precisam ser aquecidas ou carregadas no colo. A mulher aceita de bom grado. O resto de nós vai ao lado, um silêncio terrível pesando mais a cada passo. Ragne fica perto de mim, mas não se pronuncia, só me serve de apoio quando meu tornozelo fica pior e eu manco ainda mais.

Nem tento olhar para Emeric. Não por raiva ou frieza, mas por autopreservação. Se eu pensar nisso, se eu pensar nele, se eu sequer começar a tentar repuxar esse nó, vou começar a chorar de novo.

Deixamos o viaduto e a fazendeira amigável ao norte do Göttermarkt. Por sorte, não é a mesma escada que usei para subir mais cedo, então não precisamos nos preocupar de as crianças terem que passar por cima do sangue de Emeric ou do meu vômito. Algumas das mais novas começam a reclamar conforme andamos pelas ruas, mas não demora muito até eu ver as torres familiares.

Chegamos à casa da minha mãe. Ao menos de uma delas.

A catedral da Fortuna é grandiosa, espalhafatosa e banhada em poeira de carvão de verdade. Urnas gigantescas ladeiam as portas de latão. São quatro urnas, cada uma para um tipo de ajuda que algum passante possa querer: moedas de ouro para a sorte da própria pessoa, prata para a dos outros, cobre para aliviar o azar próprio, e pedaços de carvão para desejar o azar dos outros.

(Pode não ser nenhuma surpresa que as duas urnas mais populares sejam a de cobre e carvão. Talvez isso diga algo sobre a natureza humana, mas também acho que representa a elaboração orçamentária de cada um. Comprar sorte? Nessa economia?)

— Você acha que os sacerdotes vão nos aceitar? — Joniza pergunta, a voz carregada de dúvidas.

Eu não a culpo. Os templos da Fortuna *providenciam* ajuda para os feridos pelos caprichos dela, mas no geral é por conta de um desastre natural, como enchentes ou terremotos, e não apenas um incêndio.

— Vão — digo, entre dentes.

Subo os degraus e escancaro as portas.

O ambiente está mal iluminado e cheira a madeira velha, carvão quente, cera de abelha e incenso. Fiapos de fumaça delicada rodopiam até o teto dos turíbulos pendurados nos cantos, cheios de gardênias. No outro lado do santuário, uma acólita está polindo o arco do altar, feito de ouro e ossos, e ergue o rosto.

— Olá? — Ela larga o pano e se apressa pelos bancos dispostos em círculos. — Posso ajudar? A celebração é só... *BEM*, o que temos aqui.

No meio de um passo, a acólita congela e estremece. Uma grinalda de moedas aparece em sua cabeça, e o traje simples se transforma em um vestido de ouro e ossos.

Ouço a reação de surpresa dos outros atrás de mim. Eu os ignoro.

— Oi — é tudo que eu digo.

A Fortuna coloca as mãos na cintura.

— Então acho que resolvemos isso, certo? Você acha que a Morte deveria estar presente para isso?

A Morte nunca precisa de convite. Ela aparece ao lado da Fortuna, batendo o pé.

— Nós *concordamos* em dar espaço para ela.

— Ela veio me procurar! — A Fortuna protesta enquanto outra rodada de arquejadas surpresas ecoa em meu grupo. — E trouxe todos os amiguinhos! Ela veio até mim pedir a minha ajuda, e não a sua, então eu ganhei e acabou. Ah, Vanja, a gente vai se divertir *tanto*...

— Eu não estou pedindo ajuda — interrompo.

Tanto a Fortuna quanto a Morte me encaram.

— Essa é sua casa — continuo —, então também é minha.

— Espere aí. — A Fortuna franze a testa.

Eu não deixo que ela termine.

— Estou aqui para reivindicar meu lugar na sua casa, como sua filha. Não estou pedindo nada que já não seja meu por direito. — A Fortuna franze ainda mais a testa, e eu prossigo. — É claro que se não me quiser aqui pode renunciar a mim. Se desistir de mim, eu perco minha ligação a você e a possibilidade de reivindicar aquilo que te pertence.

Todas sabemos que isso não vai acontecer.

A Morte dá uma tossida na manga.

— Para de rir — A Fortuna briga. — Não é engraçado.

— É muito engraçado — diz a Morte.

Agora a Fortuna é que parece irritada. Ou melhor, a acólita que ela está possuindo parece irritada.

— Não pode esperar que eu simplesmente abrigue todos os seus amigos até as coisas melhorarem.

— São meus convidados, e eu trouxe dinheiro. Te dou dois *sjillings* por todos os dias que eles ficarem aqui. Isso deve cobrir o custo de comida, alojamento e proteção contra *grimlingen* embaixo deste teto.

— Três centavos brancos por dia.

— Um. — Sacudo a bolsa. — Pago vinte e cinco adiantado. É a melhor oferta que vai receber de mim.

É um momento raro: os ombros da Morte sacudindo com uma risada silenciosa enquanto a Fortuna parece mais traída e indignada do que um gato na banheira.

— Combinado — ela cede, e jogo a bolsa para ela. — Nossa oferta permanece, Vanja. Não precisa escolher. Mas não pode fugir para sempre.

Ela desaparece, deixando a acólita sem entender, segurando uma bolsa de couro com uma doação extremamente generosa. A Morte hesita, e então desaparece também sem falar mais nada.

— Eu, er… — a acólita tropeça nas palavras. — Preciso informar a Alta Sacerdotisa. Os… nossos convidados… podem me seguir, por favor?

Ela leva Umayya e as crianças por um corredor saindo do santuário. Gisele e Joniza ficam para trás, me encarando como se eu fosse jogar um raio na cabeça delas. Emeric está com a testa franzida, mas não diz nada.

— Vanja — Joniza começa, com um tom casual muito falso —, que horas você ia nos contar sobre isso?

Desvio o olhar.

— Então a gente só vai ignorar a regra do "não faça perguntas"?

— Você… — Gisele quase parece amedrontada. — *Você* é uma deusa?

— Se eu fosse, Adalbrecht já teria virado uma mancha no chão — retruco.

Esfrego os olhos. Eles estão secos, e quando estão fechados a ardência só piora, então deixo as mãos ali por um instante, pensativa. Não adianta mais esconder, não agora que já viram um pouco.

— Minha mãe achava que eu dava azar por ser a décima terceira filha de uma décima terceira filha, então me deu de presente para a Morte e a Fortuna quando eu tinha quatro anos. Na noite que os Von Falbirg mandaram me chicotear, minhas madrinhas disseram que eu já estava bem velhinha e podia servir a uma delas, então tentaram me fazer escolher com qual eu ficaria. Eu não quis escolher. Então elas disseram que eu serviria aquela para quem eu pedisse ajuda primeiro.

Alguém puxa a respiração por entre os dentes.

Abaixo as mãos, piscando até meus olhos estarem secos, e continuo, com a voz rouca:

— É por isso que eu estava roubando. Se eu cometer *um* erro que seja, vou virar serva delas pelo resto da vida, então estou tentando juntar dinheiro suficiente para sair do império e fugir. — Dou uma risada amarga. — Sabe. *Só* dinheiro. Enfim, isso deve garantir que vocês fiquem bem até… bom, até depois de eu partir. De um jeito ou de outro.

— Por que você não contou antes? — Gisele pergunta.

Ela quase parece magoada.

Eu a encaro e dou outra gargalhada, áspera e incrédula. Depois de todo esse tempo, ela ainda não sacou.

— Que tal o "Era uma vez as deusas Morte e Fortuna. Na noite mais fria do inverno, no canto mais escuro da floresta, elas se viram numa encruzilhada"? Familiar?

Eu vejo quando ela finalmente compreende.

— Você já conhecia a primeira parte — eu praticamente cuspo. — Adormeceu ouvindo minha história durante anos e anos. Só que não disse *nada* quando precisei de você. Por que eu te contaria qualquer coisa depois disso?

Gisele se afasta como se eu tivesse dado um tapa nela.

Ouço os sinos das horas cheias tocarem. De alguma forma, não é nem meio-dia.

— Vou voltar para o castelo — declaro, exausta. — Preciso ir a um evento e a um jantar hoje à noite, então não posso ficar mais.

Manco até a porta. Emeric começa a esticar o braço para me tocar, mas para. Depois de um segundo, ele engole em seco.

— Eu… eu posso ir com você.

— Você precisa cuidar de outras coisas — digo, empurrando a porta. Desta vez, *estou* sendo fria. Não sei mais como agir perto dele. — Agora está com as suas anotações de volta.

Ragne me ajuda a passar pelo caminho da cachoeira e subir pelo corredor da criadagem. Quando chego ao quarto, estou praticamente engatinhando.

Agora que ninguém está me caçando e nada está pegando fogo, não existe mais nenhuma distração dos efeitos daquela gota de pó-de-bruxa. É quase como na vez em que comi carne estragada e tive uma intoxicação alimentar, como se cada centímetro de mim tivesse virado gelatina só por tempo suficiente para machucar e em seguida tivesse congelado depressa demais. Parece que meus ossos vão se estilhaçar se eu me mexer muito rápido.

Mesmo sem o rebote, quando cambaleio até o espelho da penteadeira, vejo que estou horrível, toda suja e ensanguentada. Meu vestido está rasgado em uma dúzia de lugares, meu gorro já era, e metade do meu xale está queimado. Consigo cobrir a maior parte dos arranhões, mas vou precisar inventar uma história para o hematoma cada vez mais escuro no queixo.

Ou talvez não. *Eu caí das escadas* faz bastante sentido.

—Você precisa descansar — Ragne diz, gentil.

Balanço a cabeça.

— Preciso me limpar antes do evento. — Vai ser só daqui a algumas horas, mas já que estou me mexendo tão devagar, não vou arriscar.

Poldi me ajuda a esquentar a água da banheira, sem pedir hidromel. Eu preciso de ajuda, já que tenho que buscar mais água, considerando que a primeira leva fica toda suja de sangue e lama. Mesmo assim, adormeço na banheira. Ragne me acorda uma hora antes de eu precisar enfrentar os convidados, a tempo só de terminar de me arrumar com ajuda das pérolas.

O resto do meu dia se passa em uma névoa atordoante, como se eu estivesse em um sonho febril. Pessoas riem e sorriem e apertam minha mão, contam fofocas, fazem elogios e se gabam, às vezes encaram a lágrima de rubi com um olhar faminto até eu pedir licença. Só consigo focar em esconder a perna mancando e não me atrapalhar demais com o que falo.

Os Wolfhünden devem ter relatado os acontecimentos do dia a Adalbrecht, a essa altura, mas se ele ficou irado por Emeric ter sobrevivido, não demonstra na frente dos convidados. Ainda assim, mantenho minha distância. Dá para ver que ele gosta mais de mim assim: falando pouco e perguntando menos ainda.

Vários convidados se instalaram na ala em frente ao rio. Assim, quando finalmente peço licença depois do jantar, preciso continuar andando com tranquilidade, a coluna ereta, até chegar ao quarto. Os corredores ainda estão cheios de nobres e da criadagem, e todos são testemunhas.

Porém, essas testemunhas funcionam a meu favor. Vejo rostos novos entre os guardas do castelo e vislumbro a tatuagem de *X* nas mãos. Irmgard queria que Adalbrecht aproveitasse a primeira oportunidade para matar Gisele; e agora parece que ele precisou recorrer a alocar Wolfhünden como guardas dentro do palácio para não perderem nenhuma chance. Eu já tomava bastante cuidado para não ser pega sozinha como Marthe, mas agora vou precisar fazer o mesmo como Gisele.

No momento em que enfio a chave na fechadura, vejo Emeric virando no corredor. Meu estômago aperta. Ao erguer a cabeça, ele acelera o passo, mas nós dois sabemos que não pode fazer barraco diante de toda essa gente. Entro correndo e fecho a porta. Depois, não consigo evitar: me apoio contra a madeira, tirando as pérolas e soltando a respiração.

Estou doente, e tudo dói, e sinto muito *cansaço*. Finalmente posso parar de fingir que não.

Alguém para do lado de fora do quarto, passos silenciosos terminando ali. Ouço um barulhinho, como dedos se arrastando na madeira — e então some. A porta ao lado é destrancada, abre e fecha.

Ragne está largada em frente à lareira na forma humana, e milagrosamente usando roupas. Ela se endireita, os pés esticados.

— Oi! Você conseguiu.

— Consegui. — Atiro as pérolas na cama e começo a desatar os laços do corpete.

— Como está se sentindo?

— Horrível — confesso. — Como se tivesse pegado varíola. E caído de uma árvore.

Me jogo em cima do baú ao pé da cama. Ragne vem até mim e acaricia minha cabeça.

— Como está se sentindo aqui?

Sinto a garganta fechar. Paro de desamarrar o laço por um minuto e repito:

— Horrível.

— Eu também — Ragne diz, para minha surpresa. Quando a encaro, ela se remexe. — Eu gosto muito do Gisele. Mas ela te machucou de novo hoje. E a Emeric é confuso. Eu fico triste por ele, muito brava com o que ele fez com você.

— É um bom resumo da coisa — digo, soltando uma risada nada alegre. — Eu também estou confusa, se isso ajuda.

Troco o vestido de festa pelo primeiro que encontro no chão. Só depois de vestir percebo que é o vestido verde da noite passada, de quando eu mostrei a Emeric a saída do castelo.

Não posso vestir isso. Vou procurar outro no guarda-roupa, e, no meio-tempo, Ragne senta na beirada da lareira, fica em pé, olha para a varanda e senta de novo.

Ela está inquieta desde que voltei. Levo um instante para entender o motivo, e apenas um segundo para pensar em uma solução.

— Ei, Ragne. Eu quero garantir que todo mundo está seguro na catedral da Fortuna, mas não vou conseguir sair. Você pode ir...

— *Sim!*

Ela praticamente implode em uma coruja e só depois percebe que precisa de mãos humanas para girar a maçaneta. Abro a porta para ela e deixo-a voar noite adentro, sem me preocupar. Não vou a lugar nenhum me sentindo assim, e se Adalbrecht tentar alguma gracinha enquanto ela estiver fora, Poldi pode cuidar de mim.

Volto para o guarda-roupa e procuro outro vestido simples, e então sinto uma lã estranha e pesada.

É o casaco que Emeric deixou aqui sem querer há uma semana, quando tentou me prender pela primeira vez. O casaco com *H. KLEMENS* bordado na parte interna do colarinho.

Sinto o peito apertar. Isso não me pertence.

Eu...

Digo a mim mesma que é porque não quero nada dele no meu quarto.

É só uma desculpa, eu sei que é, mas isso é o bastante para apaziguar meu orgulho. Eu o dobro automaticamente, ajeitando-o debaixo do braço, e paro antes de chegar na porta do quarto. Mesmo se os Wolfhünden não estivessem se escondendo em meio aos guardas, não existe um bom motivo para a criada de Gisele ir ao quarto de Emeric devolver uma roupa. Mesmo se inventar uma desculpa... vou precisar falar com ele.

Resolvo então ir para a varanda. É só deixar pendurado na balaustrada, bater na porta e sair correndo antes de ele abrir.

Lá fora a noite está tão gélida que faz meus pulmões expulsarem todo o ar. A única vantagem é que entorpece meu tornozelo quando me seguro na treliça e me esgueiro até a varanda de Emeric.

Estou tão focada em manter o casaco nas mãos e não apoiar peso demais no pé ruim, que só noto meu erro quando tiro a neve da balaustrada e subo na varanda.

Na noite passada, ele deixou as cortinas de dentro fechadas. Hoje, estão abertas. Isso significa que tenho uma visão muito clara de Emeric curvado ao lado da bacia perto da porta, os óculos pendurados nas costas do espelho enquanto ele joga água no rosto.

Eu noto três coisas, nesta ordem:

Primeiro, a camisa dele... bom. Não está lá. Quer dizer, está sim, só não *nele*, onde *deveria*, mas jogada nas costas de uma cadeira. Isso tudo é muito... confuso.

Segundo, ele não é nenhuma fortaleza, mas sem camisa parece muito menos um acadêmico desajeitado, e mais um garoto que também participou de algumas brigas. Tem uma quantidade respeitável de cicatrizes, o bastante para adentrar perigosamente o território do *nada* respeitável. Tem até uma tatuagem em cima do coração, algo que eu não teria acreditado se não estivesse vendo com meus próprios olhos.

Se eu tivesse tempo, poderia ler histórias em cada uma das marcas dele, como faço com todo o resto que não deveria ter visto.

Só que não tenho tempo, porque a terceira coisa que noto é que ele estava chorando de novo. Sei disso porque os olhos estão vermelhos. E noto *isso* porque, mesmo sem os óculos, ele está me encarando, deixando água pingar em cima do tapete.

Um instante agonizante se passa enquanto nos olhamos. Então ele enfim se mexe e vai para a varanda. Jogo o casaco na cara dele e me atiro em cima da treliça. Ainda consigo ouvi-lo dar um grito abafado através da lã:

— *Espera!*

— De jeito nenhum — replico, me segurando na treliça. — Frio demais. Boa noite.

— Por favor...

Continuo me mexendo até chegar na minha varanda.

— Eu não quero isso — ele diz, a voz rouca. — Nós dois assim. Eu te devo um pedido de desculpas, se... se você quiser ouvir.

Algo no que ele fala me prende. Assim como aconteceu no instante em que percebi que, resolvendo seus casos, ele sentia a mesma coisa que eu sentia ao deixar meus centavos vermelhos. Algo nisso reverbera em mim.

Nenhum de nós dois quer ficar sozinho esta noite.

Porém sobrevivi sozinha até agora, digo a mim mesma.

Então, acidentalmente apoio o peso no tornozelo machucado. Não consigo evitar um gritinho.

Emeric praticamente pula em cima da treliça.

— Segura firme...

— Não — digo, erguendo a mão. Ele para com uma perna enganchada em cima da balaustrada. Descanso a testa na pedra fria, os olhos fechados enquanto espero a dor diminuir. — Não vai aguentar o peso de nós dois. Eu estou bem.

Ele não precisa dizer nada; o "mas que teimosa" fica implícito.

Em vez disso, ele fala:

— Posso te ajudar com o tornozelo.

Finalmente, me permito olhar para ele. Esse tonto está segurando o casaco contra o peito, sem camisa, nesse frio congelante. Ele nem mesmo vestiu o casaco. Mal conseguiu pegar os óculos, e até isso está torto no rosto.

A simples lembrança de como ele agiu de manhã ainda dói. A lembrança de quem me tornei para fugir. Eu não me importava se o matasse naquelas escadas.

Não, na verdade eu me importava, *sim*, mas nem isso me impediu.

Nenhum de nós quer ficar sozinho com as pessoas que fomos.

Nenhum de nós dois precisa disso.

— Vista uma camisa — resmungo. — Vou deixar a porta da varanda aberta.

VINTE E SETE

Vanja está ótima

CUIDADOSAMENTE ATRAVESSO O RESTO DA TRELIÇA e manco até o quarto. As rosas mortas se sacodem instantes depois, enquanto jogo um pedaço de lenha novo na lareira.

A maçaneta gira e Emeric entra, vestindo a camisa e o colete, uma bolsinha de couro na mão.

— Você também está sentindo o rebote do pó-de-bruxa, correto? — pergunta ele, nervoso. Faço que sim. — Wagner me deu isso para ajudar. Precisa ser misturado com água quente, ou sidra, porque o gosto é horrível.

— Vinho? — Vou até a penteadeira e pego uma garrafa que estava guardando para situações de emergência. Eu diria que é o caso.

— Funciona.

Entrego a garrafa para ele e pego duas canecas. Ele vira um pozinho de um envelope de pergaminho na boca da garrafa, girando-a, e em seguida a deixa perto do fogo para esquentar. Depois, tira outro frasco de óleo de pó-de-bruxa da bolsa de couro. Ao ver minha expressão alarmada, diz:

— Não tem a mesma força do óleo-padrão dos prefeitos. Eu vou ficar bem.

É a minha vez de lançar a ele um olhar *cheio* de dúvidas.

Ele me ignora.

— Senta, por favor.

Sento no degrau elevado em frente à lareira. Há bastante espaço entre mim e o fogo, mas as pedras sob as palmas da minha mão estão quentes.

Emeric se ajoelha no chão aos meus pés, e minha mente não consegue entender bem o que estou sentindo.

— O direito? — pergunta ele, baixinho. Eu assinto e estico a bota. Um olhar estranho toma o rosto dele. — Desculpa, a bota... no caso, isso precisa de contato direto.

— Faça o que for necessário — digo com um suspiro, inclinando a cabeça para encarar o teto.

Percebo que deveria ter pensado melhor nesta situação, mas agora é tarde. Se eu já estava desorientada com ele de joelhos na minha frente, não sou capaz de raciocinar quando ele, de forma lenta e cuidadosa, começa a desatar os cadarços da minha bota.

—Tem uma faca aí — solto a primeira coisa que penso.

— Eu sei. Tive uma visão bem clara dela quando você pisou em mim na semana passada.

—Ah.

— Eu estava pensando... — Emeric começa, e aí pigarreia. — Na quinta passada, com as Lágrimas de Áugure. Você disse que não era uma boa pessoa.

— *Scheit* — murmuro. Eu estava com esperança de que tivesse guardado esse pensamento para mim. — Mas é verdade, não é? Ou eu não teria dito isso sob efeito das lágrimas.

Ele toma um cuidado excruciante quando afrouxa a última camada de cadarços e começa a deslizar meu pé para fora da bota.

—Acho que em alguns casos ser bom é fácil. Ou o que as pessoas chamam de bom. Quando você tem riquezas, status e uma família, é fácil ser um santo. Não custa nada. Não posso determinar se você é uma boa pessoa ou não, mas quanto mais aprendo a seu respeito mais compreendo que o mundo te faz escolher entre a sobrevivência e o martírio. Ninguém deveria te culpar por querer viver.

Sinto uma pontada quando meu pé sai da bota. Exposto assim, quase dói mais. Encaro o teto mais uma vez, mas desta porque não quero que Emeric veja que meus olhos se encheram de lágrimas.

— Desculpa — ele repete. —A... a meia...

— Eu já disse para fazer o que for necessário.

Eu realmente, *realmente* devia ter pensado nas consequências.

Emeric está tentando ser o mais profissional que pode, mas acho que paro de respirar quando os dedos dele sobem pela minha batata da perna, entrando pela bainha da saia. Ele encontra a barra da meia abaixo do joelho e começa a tentar puxá-la. A cabeça dele está abaixada e não consigo ver seu rosto, mas noto que a nuca está ruborizada.

— Tudo isso só para dizer — ele continua — que o fato é que sua vida foi difícil porque as pessoas continuam escolhendo torná-la difícil. E hoje eu fui uma dessas pessoas, e sinto muito, muito mesmo. Escolhi pensar o pior de você, escolhi te machucar tentando provar que eu estava certo. Escolhi isso mesmo sabendo o que os Von Falbirg fizeram com você. Não sou melhor do que eles.

Sinto o laço da meia ser desfeito, e se eu não disser algo para me distrair, vou começar a gritar.

— Se você fosse tão ruim quanto os Von Falbirg, eu ... — Estava prestes a dizer "teria te jogado de novo no Yssar", mas percebo que não é a melhor escolha de palavras, considerando o destino de Klemens. Infelizmente, o que sai da minha boca, na minha voz trêmula por causa das lágrimas, é ainda pior: — Eu nunca teria deixado você entrar.

Os dedos de Emeric escorregam. Ele para e pega um lenço dobrado com perfeição para me entregar, sem dizer uma palavra, depois se volta mais uma vez para o meu tornozelo.

Seco o rosto, tentando não pensar na sensação da seda descendo pela minha perna ou as mãos que a guiam.

— Além do mais, eu deixei que fosse fácil... acreditar. Se Adalbrecht tentasse incriminar Gisele ou Joniza... se eu não fosse...

— Por favor, não comece. — Emeric ergue o rosto. A luz da lareira reflete nos olhos dele, as brasas incendiando o castanho profundo. — Você não precisa justificar o que eu fiz. Poderia ter sido a maior sanguinária de todas e ainda assim não justificaria a forma como te tratei. Ou como os Von Falbirg te trataram.

Não sei o que responder. Parte de mim sempre procurou um motivo para essas coisas terem acontecido comigo, sempre achou que a culpa fosse minha. Deixei uma mancha na prataria, não vi como a dama segurava sua taça de hidromel, deixei *alguma coisa* acontecer para eles se irritarem, e se eu descobrisse o que fiz de errado, não me chamariam de estúpida ou atirariam coisas em mim ou me bateriam.

Precisava haver um motivo. Assim a coisa toda se tornava algo que eu podia controlar. Algo que eu poderia parar.

Ouvir alguém dizer que nada disso estava no meu controle é o pior tipo de alívio.

Emeric se ajusta para apoiar meu pé nos joelhos dele, e, de repente, tenho *muitíssima* consciência da meia escorregando pelos meus dedos. Era mais fácil esconder sob a bota de couro e a seda, mas meu tornozelo está uma bolota inchada e machucada. Emeric solta um palavrão, a vergonha ruborizando o rosto. Em seguida, pega o frasco de pó-de-bruxa.

— Certeza que não vai te machucar? — pergunto.

Ele balança a cabeça e destampa o frasco, exalando aroma de tomilho, em vez do de junípero.

— O óleo usado pela Ordem tem uma concentração muito maior. Esse aqui é só para uso medicinal. — Emeric toma um golinho e passa algumas gotas no meu tornozelo. — A sensação é estranha, mas não deve doer.

Eu me preparo, assentindo. Não foi um eufemismo desta vez: a sensação é mesmo estranha quando ele começa a murmurar baixinho, como se meu tornozelo estivesse desinchando, mas a dor vai embora. Eu nem percebi o quanto estava incomodando até agora.

Emeric encara um arranhão nos nós dos meus dedos, os olhos brilhando com o pó-de-bruxa.

— Ainda tem mais um pouco de magia. Você quer...?

— Pode ser.

Também é estranho e quase hipnótico observá-lo limpando os arranhões e cortes. Parece outra coisa que deveria ficar só atrás das cortinas: aquela sobrancelha concentrada, os lábios se mexendo praticamente em silêncio, os dedos traçando manchas de óleo de tomilho na minha pele. Por fim, ele chega no hematoma no meu queixo.

Sou arrebatada por um pensamento muito inquietante quando ele segura meu rosto e o cheiro de tomilho invade meu nariz. Eu... eu acho que...

Quero que ele fique assim. Perto de mim, tocando meu rosto de leve como se eu fosse uma coisa preciosa, como se fosse algo a ser cuidado. Como se eu merecesse viver sem feridas, e não apesar delas. Quero que esse momento fique cristalizado no âmbar, para que eu possa me agarrar a ele quando mais precisar.

Emeric me solta, e o momento passa. O frio consolo é que eu finalmente consigo respirar.

Ele levanta e estende a mão para me ajudar a levantar também.

— Como está se sentindo? — pergunta enquanto testo o peso no calcanhar.

— Melhor. — Uma pergunta que não foi feita paira como fumaça entre nós. Prendo o cabelo atrás das orelhas, constrangida. — Então... esse foi um pedido de desculpa bem bom.

(Eu estava *significativamente* distraída na maior parte do tempo? Sim. Estou discutindo a viabilidade de usar um *agora você precisa tirar a outra meia para ficar igual* como argumento convincente? Sim, também.)

Sinto o estômago embrulhar quando Emeric dá um sorriso sofrido.

— Que seja o último que eu precise fazer pra você.

—Vamos beber para comemorar isso. —Vou até a penteadeira pegar as canecas que deixei ali. — Qual de nós dois você acha que Adalbrecht vai tentar matar esta noite?

Emeric estremece.

Imediatamente, percebo o motivo.

— Desculpa, eu não estava pensando...

Ele faz um gesto de "tudo bem", piscando rápido.

— Não é... sua culpa. Provavelmente ele vai vir atrás de mim. Mas você deve ficar segura com Ragne quando ela voltar. — Ele nota minha aflição. — Quanto tempo ela vai ficar fora?

Dou de ombros.

— Ela, hum, queria ver uma pessoa especial. Eu não perguntei.

— Bom, não é ideal. — Ele desvia o olhar, preocupado. — Ainda assim, o *kobold* do castelo...

— Poldi.

— Poldi — ele se corrige — deve ser o bastante. Se bem que se o marquês consegue assassinar até um prefeito treinado, não sei mais do que ele pode ser capaz.

Poldi decide pôr a cabeça para fora da lenha, olhando para nós dois.

— *Não dá pra vigiar os dois quartos* — a voz dele estala em desculpas. — *Não ao mesmo tempo.*

— Então posso esperar a Ragne — digo.

— Não... — Emeric passa a mão pelo cabelo. — Não vou deixar ele levar mais ninguém. — Um momento perdura. —Acho... que eu posso tentar ficar vigiando até a Ragne voltar.

Olho para as canecas vazias e para o baralho na penteadeira. Então, tomo uma decisão.

Passei a maior parte da minha vida querendo independência. Querendo me libertar da Morte e da Fortuna, das migalhas dos Von Falbirg, da memória do lampião se apagando em uma noite fria de inverno.

Porém estou aprendendo a amarga diferença entre ser independente e se exilar por conta própria. Nós dois precisamos drenar o veneno.

E nenhum de nós dois quer ficar sozinho esta noite.

— Ou — eu digo, entregando uma caneca para Emeric — você pode só... ficar aqui.

Ele congela com a caneca a meio caminho da boca, e percebo como a frase soou.

— Não desse jeito! Só até a Ragne voltar!

— Claro — ele gagueja. — Eu nunca... quer dizer...

— Cuidado aí ou você vai acabar machucando sua dignidade.

Fico *um pouco* incomodada com a rapidez com que ele fechou essa porta, mesmo que eu não quisesse abri-la. Volto para a lareira e me acomodo de pernas cruzadas no tapete, deixando minha caneca na parte elevada.

— Só... se for isso que você quer. — Se Emeric segurar a caneca com mais força, ela vai quebrar.

— Eu quero. Tenho uma ideia. — Me inclino e dou uma batidinha no tapete a uma distância modesta. — A gente nunca ia confiar no outro, certo? Você é tipo uma palestra de ética ambulante com algo a provar, e eu sou uma malandra com uma crença crônica de que a propriedade das outras pessoas me pertence.

Emeric senta na minha frente cruzando as pernas meticulosamente, a boca franzida.

— É uma descrição razoavelmente precisa.

— Não podemos mais arcar com os custos disso. O que o Adalbrecht fez hoje funcionou porque a gente não se conhece, mas certeza que não é a última vez que ele vai tentar. Então vamos jogar Encontre a Dama. — Pego a Rainha de Rosas, o Cavaleiro de Escudos e o Pajem de Cálices. — Se você achar a rainha, pode me fazer uma pergunta e eu preciso te dar uma resposta sincera. Se escolher o cavaleiro, eu faço uma pergunta pra você.

— E o Pajem?

Pego um cachecol e o uso para tirar o vinho de perto do fogo.

— A gente bebe. Mesmo se não tivesse essa porcaria pra ajudar com o pó-de-bruxa, acho que nós dois estamos precisando.

Emeric dá um suspiro.

— Sim, acho mesmo. Tudo bem.

Encho as canecas, e quando ele pega a dele vejo que as mãos tremem quase tanto quanto as minhas. Bem, podemos começar as coisas de um jeito mais leve. Encosto minha caneca na dele.

— *Proszit*.

— *Prozt* — ele devolve.

Franzo o nariz.

— Nortenho. — Então, tomo um gole e faço uma careta muito pior. O maior elogio que pode ser feito ao pó é que deixou o vinho com um aroma *forte*. — Santos e mártires, Mirim. Se isso não me fizer sentir cem vezes melhor, eu vou ficar muito brava porque desperdicei esta garrafa.

— Eu avisei — ele comenta, rindo, e bem notei o alívio nos seus olhos quando o chamei pelo apelido.

— Eca. — Começo a embaralhar as cartas e as disponho à nossa frente. Ele hesita um instante e escolhe a do meio. É o Cavaleiro de Escudos.

— Aqui vamos nós — ele diz. — Pergunte.

Empilho as cartas e as viro nas mãos. Não quero machucá-lo, mas o luto é como uma casa pegando fogo. Precisa queimar até se extinguir.

— Me conte sobre o Klemens.

Ele engole em seco.

— O que você quer saber?

— Tudo. Como vocês se conheceram, os hábitos ruins, a comida favorita. Me diz por que você se importa com ele.

Emeric fita a caneca, se recompondo. Quando finalmente responde, está bem distante deste quarto.

— Meus pais eram encadernadores de livros no noroeste do império, perto da fronteira de Bourgienne. Meu pai também mantinha os registros contábeis das pessoas. Quando ele foi assassinado, o meirinho simplesmente disse que o culpado não havia deixado nenhuma prova. Mas então eu avaliei tudo que estava na escrivaninha do meu pai. A última reunião dele era com o meirinho. Quando olhei as contas dele, não estavam batendo. Meu pai mantinha os registros em ordem, ele teria notado... mas eu só tinha oito anos. O xerife não quis me ouvir.

— E então você falou com Klemens. — Inclino a cabeça, constrangida. — Eu... vi um pedaço, com as Lágrimas, por causa do seu casaco. Não queria ter feito isso.

— Eu não me importo. — Emeric dá de ombros. — Hubert estava voltando para Helligbrücke, mas me ouviu. Era o suficiente para investigar, e foi só por causa dele que o meirinho enfrentou a justiça. Então, Hubert disse à minha mãe que eu me daria bem com os prefeitos.

—Você decifrou um caso de assassinato quando tinha oito anos — digo, seca. — Com matemática. Acho que "bem" é um eufemismo.

Ele abre um sorriso.

— O salário também não era ruim. Eu sou o mais velho de quatro irmãos, e minha mãe não estava pronta para casar de novo. Foi uma forma de continuarmos a ter um teto sem que ela se sentisse forçada a cuidar disso. Além do mais, eu queria ser como Hubert. Sabe aquele ditado, sobre os pequenos ladrões e os grandes?

Eu assinto.

— Sempre odiei esse ditado. É tudo que existe de errado no império, o fato de que punimos as pessoas que normalmente estão só tentando sobreviver, enquanto pessoas como o marquês podem fazer o que quiserem. Os prefeitos podem fazer *qualquer um* responder por suas ações perante os Deuses Menores. Então nos mudamos para Helligbrücke, e Hubert ficou de olho em mim durante o treinamento. — Ele assume um tom de pesar. — Eu precisava. No fim, ninguém gosta de perder para um metido a sabichão.

É aí que eu percebo: é por isso que ele continua me fazendo tropeçar, encontrando verdades que me pegam pelo pescoço. Nossas vidas são muito diferentes, mas nós dois falamos o idioma sensível da solidão.

Emeric continua:

— Quando o parceiro dele se aposentou, ele pediu à academia para me deixar fazer a primeira iniciação mais cedo, assim eu poderia começar a trabalhar com ele como aprendiz. Ele era… — Sua voz fraqueja, e Emeric hesita. Eu entrego o lenço de volta. — Ele nunca me deixava esquecer o quanto respostas fáceis podem ser falhas. Como aconteceu hoje. Só que sempre ouvia e nunca me causava a sensação de ser um incômodo quando eu estava certo. — Emeric crispa os lábios. — Ele sempre acordava tarde, e aí ficava irritado por ter perdido o café da manhã. Não gostava muito de nada com massa, mas comia amêndoas confeitadas aos montes. Aí limpava o açúcar no casaco só para me irritar. E tenho bem certeza que ele tentaria convencer você a se juntar aos prefeitos também.

— Isso seria uma ideia horrível — digo imediatamente. —Você imagina a velocidade com que eu seria expulsa? *Muito* rápido.

— Note que *eu* não estou tentando te convencer.

Dou um sorrisinho. Ergo a caneca.

— A Hubert Klemens.

Emeric ergue a dele em silêncio; acho que não consegue falar agora. Ficamos sentados sem dizer nada por um instante, então eu acrescento:

— Estava falando sério antes, sabe. A gente vai derrubar o Adalbrecht.

Emeric precisa de um momento para responder, e quando faz isso ouço o peso das palavras:

— Custe o que custar.

Um baque repentino ressoa na parede mais distante. A parede entre meu quarto e o dele.

Nós dois encaramos o gesso, prendendo a respiração. Não vejo nada, mas ouço um arranhão baixo e abafado vindo de lá, como se a mobília estivesse sendo arrastada.

Poldi estala na lareira, irritadiço.

— *Vou ver o que há.*

O fogo diminui quando ele desaparece.

— Me diz que suas anotações não estão lá — sussurro.

Emeric balança a cabeça.

— Deixei no entreposto.

— *Nachtmären* — a lareira rosna quando o *kobold* reaparece. — *Fazendo a maior bagunça. Quer que bote eles pra correr?*

— Faça as honras — digo, com uma satisfação soturna.

Desta vez, o estalo da lareira é mais alegre quando ele se afasta.

Os barulhos do quarto ao lado param de repente. Ouvimos algumas batidas abafadas, e então fica silêncio. Poldi aparece mais uma vez na lareira, chiando ao respirar.

— *Mais fortes dessa vez. Os corpos devem desaparecer com o próximo sino.*

—Você é o maior. —Viro de novo para Emeric. — Certo, você *definitivamente* não vai voltar pra lá enquanto Ragne não estiver aqui.

Ele fica com aquele olhar estranho mais uma vez.

— Se você insiste. — Então, deixa a caneca de lado enquanto eu embaralho as cartas. —Você me perguntou sobre Hubert para... ajudar, certo?

Alinho as cartas diante de nós de novo.

—Você sabe as regras. Sem perguntas grátis. Encontre a rainha.

Ele escolhe a carta do meio mais uma vez, porque teoricamente as chances de ser uma carta nova seriam maiores. E eu deixei o cavaleiro ali, porque achei que ele pensaria exatamente daquela forma e escolheria a do meio. Ele semicerra os olhos.

— Isso é um interrogatório bem unilateral.

— Bom, com sorte vai ser curta. — Pego as cartas e o encaro. — Estamos cooperando por enquanto, mas você ainda assim aceitou o caso do *Pfennigeist*.

Ele ergue a mão.

— Não desperdice sua pergunta. Eu não quero que você se sinta como se sentiu hoje de manhã. *Nunca* mais. Enquanto estivermos nessa, estamos nessa juntos. Você tem minha palavra.

Juntos. Mais uma vez, ele me pegou pelo pescoço.

—Ah — é tudo que consigo dizer. Então, balanço a cabeça. — Eu... hum... essa não era bem minha pergunta. Mesmo se tudo isso acabar com Adalbrecht e Irmgard em uma masmorra e eu sobreviver à maldição para rir deles... o que acontece depois?

Ele me lança um olhar demorado. Algo brilha ali, como um lampião, como se tivesse muito mais a ser dito.

—Você quer sair do império, certo? — Emeric pergunta.

— Esse é o plano.

Outro sorriso torto agracia o rosto dele.

— Então eu te dou uma vantagem para você começar na frente — ele responde, em um tom de desafio, cansado, mas tão caloroso quanto o vinho.

É aí que eu percebo: eu quero isso. Quero que ele me persiga.

Só que não é só a perseguição. Quero que seja *ele* me perseguindo.

Essa dinâmica entre nós dois traz uma adrenalina brilhante, intoxicante. Eu sou o quebra-cabeça dele, e ele é minha fechadura, e é uma corrida armamentista para ver qual de nós dois decifra o outro primeiro. Porém, em algum lugar entre os nós, as reviravoltas e os alçapões, ele se transformou em um incendiário, deixando brasas nas minhas veias, fumaça na minha língua, e uma chama suave no meu coração.

E que não vai morrer fácil.

Quero que ele corra atrás de mim. Quero saber a sensação de ser pega. Quero queimar junto dele.

Ah, santos e mártires. Estou ferrada.

Acho que quero que ele me beije.

Não paro de olhar para ele. E estou *entrando em pânico*.

Abaixo a cabeça.

— Justo. Próxima pergunta. — Espalho as cartas, esperando que o fogo e o vinho sirvam de álibi para o meu rosto corado.

Ele escolhe o Pajem de Cálices, então nós dois bebemos. É isso, certo? É o vinho que me faz notar as linhas do pescoço dele, como esqueceu de abotoar o último botão da camisa na pressa. É *só* o vinho que destaca a luz da lareira no queixo estreito, e a forma com que o cabelo preto dele cai sobre a testa, e o transforma em algo que eu posso achar lindo.

(Não é o vinho. Não quero falar sobre isso.)

Distribuo as cartas rápido demais. Tenho *quase* certeza que sei onde a rainha está.

Então ele vira a carta, e eu estava certa. Argh.

— O que você quer saber?

Ele hesita, então pergunta:

— O que aconteceu com Irmgard von Hirsching?

— Nada que você já não tenha ouvido falar.

— Quero que você me conte a sua história.

Meu estômago revira, mas essa ideia foi minha. E uma parte de mim, seca e fria como as morainas de Sovabin, deseja muito ser conhecida.

Então conto a ele a história de uma princesa, uma criada leal e uma condessinha monstruosa. Conto a história de anéis de rubi e centavos brancos. Conto sobre a Morte e a Fortuna e um acordo do qual eu nunca quis fazer parte.

Emeric escuta. Quando termino, ele passa a mão pela boca, pensativo.

— Quando é seu aniversário? — ele pergunta.

— Dia treze de dezembro.

— No dia do casamento?

— Ah, *scheit*. Acho que sim. — Dou uma risada incrédula. — Por quê?

Ele aperta o nariz, fechando os olhos com força. Então, recita:

— "Ao chegar aos dezessete anos, qualquer criança do império é, portanto, considerada um adulto pela lei, e recebe todos os direitos de um cidadão imperial. Não estará mais sujeita à custódia dos pais ou guar-

diões, e tampouco sujeita à autoridade de seus tutores." — Ele pisca. —
É uma lei imperial. Você foi dada a Morte e Fortuna ainda criança, certo?

Eu o encaro.

— Então quando eu fizer dezessete anos...?

— Acho que legalmente só vai pertencer a si mesma. — Emeric esfrega a nuca. — Ou. Deveria. Você já deveria ser, em teoria, mas...

Não *consigo* acreditar que estou sentindo atração por um manual jurídico. Uma esperança violenta e eletrizante parece cantar nas minhas veias.

— Eu não precisaria ir embora. Eu... eu poderia ir para *qualquer lugar*.

— Elas são deusas, então eu não quero prometer nada — ele avisa.

Mal ouço o que ele diz.

— Eu poderia procurar a minha...

Então, a lágrima de rubi arde no rosto.

— Sua...? — Emeric incentiva.

Engulo em seco, desviando o olhar quando a realidade me traz de volta.

— Não importa. Talvez eu nem chegue viva no meu aniversário.

— Você vai.

Eu não digo nada, embaralhando as cartas enquanto Emeric observa.

Ele pode observar o quanto quiser, não vai adiantar nada. Dito e feito, pega o cavaleiro de novo, murmurando:

— Que azar.

Decido deixar a atmosfera mais leve.

— Então — digo, em tom maroto —, você tem uma tatuagem.

As orelhas dele ficam vermelhas.

— Er. Eu... não é bem isso. É a marca da primeira iniciação. Não é tão diferente das marcas da Morte e da Fortuna que você carrega.

Esqueci que ele conseguia vê-las.

— O que ela faz?

— Prefeitos são como magos, mas o contrato é feito com os Deuses Menores em geral. Essa parte — ele dá um tapinha no coração com dois dedos — me prende às regras que os deuses têm para nós. Umas políticas gerais do tipo "não seja malvado", já que ninguém deveria ter outra marca sem isso. A segunda marca só recebemos depois da segunda iniciação, quando eu me ordenar como prefeito de fato. Vai permitir que eu use os poderes dos Deuses Menores, com algumas limitações.

— Então como é que o Adalbrecht... — Eu me seguro, mas, como sempre, Emeric não deixa passar.

— Eu sabia que o crânio do cavalo no escritório estava ancorando algo poderoso, mas não *tão* poderoso — ele diz baixinho. — Um prefeito pleno não pode erguer montanhas nem nada, mas já vi Hubert invocar fogo, falar com os mortos... uma vez, até parou o tempo em uma emergência. Só que ele ficou uma semana doente depois. O corpo humano não é feito para canalizar tanto poder, mesmo com a segunda marca.

— Por favor me diz que é você que escolhe como a marca fica — digo. — Eu quero muito que você canalize todo o poder dos deuses através de uma *loreley* sexy.

Emeric engasga no vinho.

— Eu não escolho — ele tosse, rindo. — É uma pena. Acho que eu escolheria um gato.

É minha vez de bufar na caneca. Seja lá o que Ulli Wagner deu a ele para lidar com o rebote do pó-de-bruxa, devo minha vida a elu. Já estou me sentindo muito melhor.

Emeric vira o Pajem de Cálices de novo, e nós viramos as canecas. Poldi volta a enchê-las. Espalho as cartas, e a rainha mostra o rosto mais uma vez.

— Seu primeiro roubo — Emeric diz, pousando os dedos na carta. — Me conte sobre ele.

— O dos Von Holtzburg? Foi a maior bagunça.

Ele balança a cabeça.

—Você ainda poderia ter feito seus roubos como criada de Gisele. Então por que pegar as pérolas?

Mordo o lábio. Essa é uma história mais difícil de contar, ainda mais do que a do anel.

Ele percebe, porque é lógico que percebe.

— Desculpa, você não precisa responder isso, posso perguntar outra coisa.

Tiro a Rainha de Rosas da mão dele e balanço a cabeça. Mesmo que ainda esteja doendo, é isso que eu quero: fazer o veneno sair.

Eu conto a história do lobo que foi até Sovabin e da criada que foi pega por seus dentes. Conto a ele como era esperado que eu caminhasse para a boca do lobo simplesmente para salvar Gisele.

Conto a ele toda aquela história de terror, passando os dedos nas cartas. Quando acabo, ergo o olhar, me preparando para receber perguntas, notar seu ceticismo, aquela pontinha de incerteza.

Os olhos de Emeric brilham com uma fúria gélida, os nós dos dedos brancos no tapete.

— Eu juro a você — diz ele, a voz baixa e trêmula —, vou fazer tudo em meu poder para que ele *nunca* mais te machuque. Von Reigenbach vai enfrentar a justiça nem que eu precise pessoalmente arrastá-lo até lá.

Era de pensar que a coisa mais formidável no castelo Reigenbach não fosse uma biblioteca jurídica na forma de garoto com a voz esganiçada, mas naquele momento ele é, sim, porque eu *acredito* nele.

Emeric desvia o olhar, entrelaçando as mãos.

— Obrigado por me contar.

E isso é tudo.

—V-você vai só acreditar no que eu disse? — gaguejo.

Ele me encara, e seu olhar não vacila nem um pouco.

— Por que não acreditaria?

Não é um desafio. É um fato silencioso e imutável. Com todos os meus esquemas e disfarces e truques, não estava nem um pouco preparada para a intimidade simples e devastadora de acreditarem em mim.

Respiro, trêmula.

— Então, se possível, quero eu mesma chutar os dentes de Adalbrecht.

— Podemos providenciar isso.

Não espero o Pajem de Cálices ser virado para beber.

A próxima rodada é mais fácil. Ele acha a rainha novamente e me entrega com um sorriso tímido.

— Como você conseguiu fazer o roubo dos Eisendorf?

—Você não descobriu? — praticamente grito, encantada.

— Só estão me faltando umas... umas *variáveis* — ele bufa. — Você obviamente roubou as joias enquanto estava na sala de visitas. E enganou o mordomo para levar as joias na bolsinha de toalete. Mas os guardas que estavam postados do lado de fora dos aposentos do *komte* e da *komtessin*...

—Você não olhou as janelas?

Ele fecha a cara.

— Estavam trancadas por dentro. Além disso, seria impossível subir pela varanda sem estragar o vestido, e um uniforme não cabe numa bolsa de toalete.

Mal consigo conter o riso ao me inclinar para a frente, usando os dedos para contar.

— Um: tinha, *sim*, espaço nas almofadas feias que *eu* dei de presente para Ezbeta na semana antes. Lá dentro estavam o uniforme da criadagem...

— Não — Emeric balbucia —, elas ainda estavam na sala...

— *E* capas idênticas — continuo com um sorriso convencido. — Dois: *enchimento de almofada* pode condensar o bastante para caber dentro de uma bolsinha de toalete. E três: Ezbeta estava com suores noturnos por causa do hidromel com especiarias que *também* mandei de presente. Ela deixou uma janela aberta, e aposto que ficou com vergonha e trancou tudo antes que você visse. Está tudo nos detalhes, Mirim. — Ergo a caneca. — À saúde da *komtessin*.

Emeric me encara, as engrenagens girando. Então, dá uma batidinha com a caneca na minha.

— Isso é... brilhante. E aterrorizante.

Não consigo conter um sorriso malvado enquanto embaralho as cartas no chão. Emeric fica em silêncio.

Ele escolhe a Rainha de Rosas de novo.

— Não — protesto, indignada. — Três vezes seguidas? Você está roubando?

Ele ergue as mãos.

— Não estou. Você se entrega.

— Não entrego, *não*! — Eu o encaro. Ele não parece estar mentindo. — O que eu faço?

Ele está tentando não rir.

— Você sabe as regras. Sem perguntas grátis.

Vou estrangular esse garoto. Ou beijá-lo como se o império dependesse disso. Ainda não sei.

— Tá — resmungo. — Pergunta.

— Schmidt não é seu sobrenome de verdade, é?

Essa pergunta eu não imaginava.

— Como você sabia?

— Um palpite.

Enrolo uma mecha do cabelo.

— *Duvido* que seja. Não sei. Quando a Morte e a Fortuna me levaram para o castelo Falbirg, a camareira pediu um sobrenome, e meu pai trabalhava como ferreiro. Funcionou.

—Você quer continuar usando Schmidt?

Engulo em seco.

—Você pode me chamar de Vanja.

Ele ergue a caneca para mim.

— Então à sua saúde, Vanja.

Eu não esperava que gostasse tanto de ouvir meu nome dos lábios dele. Eu *realmente* não esperava soltar uma risadinha, mas ao menos essa posso esconder com o vinho.

Então pego as cartas de novo. Agora o vinho *está mesmo* atrapalhando meus pensamentos, mas nem ferrando que vou deixar Emeric escapar sem me dizer o que é que me entrega. Eu sei que ele vai esperar que eu deixe a rainha no mesmo lugar de novo. Em vez disso, deixo o Cavaleiro de Escudos.

Dito e feito: ele vira o cavaleiro.

— O que me entrega? — exijo saber.

Emeric avalia as cartas de sobrancelhas erguidas.

— O segredo não é olhar para as cartas. É isso que *você* quer que eu faça. Só que, um segundo antes de parar de mexer, você olha para a certa.

Ele se inclina para a frente e vira a carta da direita. A Rainha de Rosas me encara.

Ele... ele sabia onde ela estava esse tempo todo.

— O segredo é olhar para você — Emeric diz.

Eu sinto o olhar dele em mim, e quando ergo o rosto vejo que a luz do fogo está refletida ali de novo.

E, simples assim, eu sou o fogo, preso no olhar dele, dançando e ardendo por ele.

O quarto de repente recai em silêncio, que parece tão alto quanto um trovão. Tudo estremece com uma espécie de febre, não apenas por causa do vinho, mas um calor estranho e doce nas batidas do meu coração, que percorre todo meu corpo.

Uma pergunta completamente nova surge no espaço entre nós.

Estamos muito perto de uma resposta, se algum de nós se mexer...

Uma batida abrupta na porta quebra o silêncio. Nos afastamos. Ao levantar às pressas, descubro que o vinho subiu *muito* à cabeça, mais do que eu pensava. Emeric não parece estar melhor, esbarrando em mim.

Ele começa a pedir desculpas, mas eu cubro a boca dele com a mão e o arrasto para ficar parado ao lado da porta. Quando ela se abrir, ninguém vai vê-lo.

Balanço as mãos, arrumo as saias, faço meu melhor rosto de criada com boas maneiras, e viro a maçaneta.

Barthl está parado no corredor. Ele parece levemente surpreso, mas só se remexe.

— Marthe — ele diz. — Por favor, repasse essa mensagem à sua senhora. Recebemos notícias de que o príncipe e a dama Von Falbirg vão chegar logo pela manhã.

Cada resquício daquela febre doce se esvai.

— O marquês solicita que a princesa Gisele se junte a eles no desjejum, já que os pais querem falar com ela. — Barthl se remexe outra vez. — *Com urgência.*

VINTE E OITO

Espelho a espelho

É SÓ QUANDO ACORDO NA TERÇA DE MANHÃ que percebo meus erros. No plural.

Foi dividir uma garrafa de vinho perto do fogo com um garoto com aroma de junípero que continua aparecendo sempre um passo à minha frente? Bom, talvez. Provavelmente. Quase certo.

Porém, o primeiro erro incontestável foi beber o vinho rápido demais sabendo que depois Emeric precisaria escalar a treliça de volta para seu quarto. Adalbrecht não poderia tentar assassinar Gisele com os Von Falbirg praticamente na porta, então Poldi ficaria livre para cuidar de Emeric... mas, com os convidados e os Wolfhünden, se Emeric saísse pela porta do quarto da *prinzessin* alguém notaria.

Isso levou ao segundo erro: esperarmos acordados para ficar sóbrios. Fizemos uma tentativa fraca de planejar o próximo passo. Isso durou mais ou menos um minuto, pois descobrimos que entre o luto, a exaustão e o vinho, o melhor que conseguíamos sugerir era "acertar Adalbrecht na cabeça com uma pá e ir para Bourgienne".

Assim, ficamos acordados só... conversando. Sobre os casos que ele tinha resolvido, sobre as vezes que quase fui pega, sobre o motivo para ele andar com cinco facas diferentes (os *grimlingen* odeiam cobre, ouro é bom contra maldições e... esqueci as outras) e sobre quando eu comecei a arrombar fechaduras (aos treze anos). Sobre o que ele gostaria de ter falado para Klemens (queria ter se despedido, principalmente), e o que eu gostaria de poder dizer para os Von Falbirg no café da manhã (comam vidro, principalmente).

O terceiro erro, o *maior* erro, no entanto, foi ficar conversando até nós dois começarmos a bocejar, e então fechar os olhos só por um segundo. E eu sei disso porque, quando começo a acordar, percebo que meu travesseiro está... se mexendo. E é quente. E tem um coração batendo.

O fogo da lareira já se extinguiu, mas o quarto brilha com o azul suave pré-amanhecer em dia de neve. Está claro o bastante para que eu perceba que estou deitada de lado, minha cabeça e metade do braço apoiados no torso de Emeric. Ele parece que caiu no sono encostado no degrau em frente à lareira e gradualmente foi deslizando, um braço atrás da cabeça e o outro repousando no peito. Sinto o peso de um cobertor na cintura, e suspeito que a responsável por isso também seja responsável por ter tirado os óculos de Emeric e os deixado cuidadosamente ao lado da lareira. Minha principal suspeita é Ragne, enroladinha ao lado dos óculos na forma de um gato preto.

Ela vai encher *tanto* o meu saco por causa disso.

O castelo Reigenbach está silencioso, sem movimentos, e eu me encontro em um estado de semivigília que desbanca todas as mentiras que poderia contar a mim mesma.

Eu... *estou gostando* disso.

Não era o vinho, nem minhas emoções à flor da pele. O primeiro e último menino de quem gostei foi Sebalt, dos estábulos, que me fazia rir todas as manhãs enquanto colocava feno fresco no chão de Gisele. E aí ele começou a cortejar a filha do padeiro e eu fiquei choramingando em cima do balde de limpeza durante um dia e meio, me sentindo uma otária.

Só que com Emeric não é a mesma coisa. Quero pensar em outro quebra-cabeça que ele não consegue resolver. Quero esvaziar os bolsos dele e ser pega no flagra. Quero a tranquilidade que vem de ele me conhecer. Quero essa esperança estranha e terrível que ele me deu, de que eu posso construir uma vida onde eu quiser, em vez de precisar viver pronta para deixar tudo para trás.

Não sei o que é pior: que ele tenha conseguido adentrar meu coração que nem uma faca, ou a sensação gostosa que é tê-lo ali.

Emeric se remexe, ainda dormindo. A mão que estava no seu peito vai parar no meu pescoço, perto do meu rosto, os dedos ligeiramente entrelaçados no meu cabelo.

Prendo a respiração. Tem lobos demais batendo à porta: o casamento, a maldição e o marquês tentando matar nós dois. A forma como Emeric recuou diante da mera sugestão de que poderíamos ser... algo além disso.

Meu próprio fantasma no espelho, o rosto repugnante de uma ladra cujo dever sagrado de Emeric é capturar.

Só uma tola poderia esperar que algo bom saia disso.

Daqui a uma hora, vou precisar levantar e encarar os Von Falbirg e seja lá o que o noivo monstruoso de Gisele tenha decidido preparar para mim hoje. Ainda assim, é só daqui a um tempo.

Eu me permito fechar os olhos, sentindo o calor da palma da mão de Emeric. Eu tenho isso, tenho ele, por enquanto. Posso ser uma tola só mais um pouquinho.

No fim das contas, foi esperto adiar acordar, porque quando finalmente desperto percebo que a maldição de Eiswald deixou de brincadeira.

Rubis grossos vão do meu tornozelo até os joelhos, como botões enormes e vermelhos. Até agora, todas as erupções foram relativamente discretas, mas essas pedras... são perfurantes o bastante para rasgar até as meias.

Emeric acorda quando estou tentando tirar uma lasca de um deles com a faca banhada a ouro. Ele observa o quarto, percebe a hora, me vê tentando talhar um rubi na canela e diz, ainda grogue:

— Você não sabe quantos princípios de segurança com facas está violando nesse momento.

— Cadê seu desejo de aventura?

— Quando estamos falando de feridas a faca? Tirou um tempo sabático indeterminado. — Ele senta com um grunhido, esfregando o pescoço, e coloca os óculos enquanto Ragne se desenrola perto da lareira. — Bom dia, srta. Ragne. Que horas voltou?

— Bom dia. — Ragne arqueia as costas, se espreguiçando, a cauda enrolada. — Voltei tarde. Fiquei surpresa de vocês dois dormirem juntos.

A faca escorrega e quase tira uma lasca da minha batata da perna.

— Não foi...

— Nós não... — Emeric fala ao mesmo tempo, corando. — Er.

— Explico depois, Ragne — digo rapidamente, e entrego a faca a Emeric. Os rubis estão aqui para ficar, quer eu goste ou não. — Então. A gente tem menos de uma semana agora. Precisamos de um plano de verdade. A gente começa por onde?

Emeric levanta e começa a andar de um lado para o outro, apertando o nariz.

— Sabemos de algumas coisas. O marquês é o responsável pelo assassinato de Hubert e tentou incriminar o *Pfennigeist*. Ele fez tentativas sérias de matar nós dois, apesar de no seu caso ter sido tipicamente enquanto estava disfarçada de Gisele, mesmo que queira que o casamento aconteça.

— Parece que é só para agradar os Von Hirsching.

— Verdade. Hum. Eu também não sei por que ele se daria ao trabalho de requisitar a presença dos prefeitos e depois assassinar Hubert. O que ele ganha com isso? E por que vale a pena, mesmo chamando a atenção da Ordem?

Emeric para de andar e me oferece a mão para que eu levante, ainda franzindo a testa para a janela. Aceito a ajuda e fico em pé.

— E a gente ainda não sabe o que ele supostamente ganha se casando com Gisele.

Ele me dá um sorriso.

— Eu *sabia* que você tinha lido minhas anotações.

Acho que nós dois percebemos ao mesmo tempo que ainda estamos de mãos dadas. Ele me solta, esfregando a nuca.

— Você vai ficar presa com os Von Falbirg pelo menos durante toda a manhã, certo?

— Não vou conseguir escapar dessa — resmungo. — Mas vou aproveitar a oportunidade. Talvez Adalbrecht deixe escapar alguma coisa, com os dois lá.

O olhar de Emeric se ilumina.

— É isso. Já volto.

— Me dá uns minutos — digo quando ele vai na direção da porta da varanda. — Preciso me trocar.

Enquanto ele está fora, eu coloco o vestido mais comprido do guarda-roupa, de samito cor de groselha bordado com enormes rosas douradas. Deve esconder bem minhas canelas. Adalbrecht provavelmente vai ficar ofendido porque não estou usando azul-Reigenbach, mas acho que a cor é boa o bastante para passar por vermelho-Falbirg e dizer que foi escolhido por devoção filial. O couro grosso das botas ajuda também a cobrir os rubis, mas se alguém olhar de perto não vai adiantar.

Prendo a parte de cima do cabelo em um coque apressado, e estou pondo os brincos quando ouço uma batida fraca na porta da varanda.

— Posso deixar ele entrar? — Ragne pergunta, amarrando a faixa do robe que deixei para ela usar.

Assinto, e Ragne abre a porta, deixando Emeric voltar.

— Aparentemente, eu também fui convidado para o desjejum. Não na mesa com vocês, graças aos deuses, só... — Emeric para de falar.

— O que foi? — digo, pegando o outro brinco e indo até ele. — Vai ficar na mesa grande do salão de banquete?

Ele move a cabeça levemente, como um cavalo incomodado por uma mosca.

— Ah. Isso. Essa... essa mesmo. Deveríamos nos certificar de chegarmos separados. Enfim, isso é o que eu queria mostrar a você.

Ele tira duas caixinhas de prata do colete, redondas e do tamanho de espelhos de bolso, e as abre, entregando uma para mim. Eu estava certa: é um espelho em uma metade, e um entalhe genérico de uma pessoa adormecida na outra, à esquerda.

— Respire no espelho.

Quando faço isso, os olhos do entalhe se abrem.

— Se você fechar o espelho quando estiver assim, vai gravar tudo que for dito em um raio de três metros de distância, até você soprar nele de novo — Emeric diz. — E podemos escutar depois, do meu espelho ou do seu. Agora, se você fechar ele *assim*... — Ele vira a dobradiça, e quando fecha, o espelho fica do lado de fora. — Ele para a gravação, mas tudo que você traçar no espelho vai aparecer no meu.

— Qualquer coisa? — Ragne olha por cima do meu ombro quando viro o espelho.

— Sim, dessa forma. — Ele desenha rapidamente uma espiral. Sinto um calor repentino na minha caixinha, e meu espelho embaça. A espiral aparece, desaparece e aparece outra vez. — Para passar mensagens sem que sejam detectadas. Ou... — Ele faz um barulho exasperado. — Vanja.

Ergo o rosto, inocente.

Ragne ri, apontando para o meu espelho.

— Isso é uma *bunda*.

— Eu só estava testando — digo, séria.

Em contraste, a boca de Emeric está torta, como se ele estivesse tentando não incentivar minhas escolhas artísticas.

— Já estou arrependido. A parte importante é que se a conversa ficar interessante você consegue gravá-la. — Ele pausa, então acrescenta: — E se as coisas ficarem ruins e você precisar de ajuda, pode me avisar. Eu dou um jeito.

A preocupação na voz dele faz meu estômago revirar, como se fosse a Rainha de Rosas. Descubro que talvez esse não tenha sido o melhor momento para acrescentar uma nuvem de peido na bunda.

Emeric solta um suspiro exasperado.

—Você vai só ficar fazendo desenhos grosseiros...

Guardo o espelho no bolso antes que ele possa pegar de volta.

— Só o tempo dirá, Mirim.

Ele está se esforçando bastante para ficar sério. Mas então sua expressão fica sombria para valer.

— Ah. E... mais uma coisa. Aqui. — Ele me entrega uma moeda de estanho estampada com o símbolo dos prefeitos.

— Gostaria de lembrar a você da *rapidez* com que eu seria expulsa da Ordem — digo.

— Não é uma moeda dos prefeitos. É uma ficha de anistia. — Ele passa a mão por cima da moeda. Runas e letras brilhantes se erguem no ar; acho que identifico *Vanja Schmidt* entre elas. — Eu pedi a Wagner especificamente para conectar a ficha a você e esse caso. Nós concedemos essas fichas para pessoas que estão, er, fazendo um trabalho de consultoria conosco. Significa que nenhum dos prefeitos pode te deter, nem mesmo um prefeito mirim que é um cabideiro esnobe. — A voz dele se suaviza. — Eu não posso pedir para você confiar em mim enquanto tenho o poder de prender você. Então agora não tenho mais.

Encaro o círculo de estanho na palma da mão.

— Quanto tempo dura?

— Não pode ser revogada por ninguém até depois que o caso com o qual está conectada for encerrado. — Ele inclina a cabeça. — Como pode imaginar, não distribuímos as fichas que nem bala, então vou ficar muito envergonhado e bastante encrencado se você decidir cometer uma série de crimes enquanto estiver em posse dela.

Fico sem palavras. Provavelmente porque estou sentindo uma quantidade arrebatadora de emoções neste instante, a maior delas sendo fúria por estar *muito* atraída pela encarnação de um livro de contabilidade de bolso.

Ouço uma batida na porta. Pego as pérolas, fecho o colar no pescoço e faço sinal para Emeric sair. Ele me encara com uma expressão peculiar; se eu não soubesse, diria que é aturdida.

A realidade esmaga qualquer esperança nas minhas veias. Claro. Ninguém é imune às perolas. Mas ser lembrada do que elas fazem com ele é como levar um soco no estômago.

É um lembrete do que eu não consigo fazer.

Penso em jogar o conteúdo da minha bacia na cara dele, mas Ragne o empurra para a varanda. Ela se encolhe até virar um ratinho e eu abro a porta.

Barthl voltou. Os olhos dele se demoram sobre a lágrima de rubi, mas ele não fala nada, apenas me escolta até o saguão de entrada.

O sol quase parece brilhante demais, refletindo em todo o mármore e alabastro e abrandando apenas nas bandeirolas azuis com franjas vermelhas. Adalbrecht acrescentou mais estátuas de lobos dourados no castelo, porque é claro que sim, e agora uma pequena fortuna de flores está amontoada em urnas pelo saguão: escovinhas para prosperidade, dálias para promessas cumpridas, peônias para esperança... e lírios brancos, uma escolha complicada. Podem significar pureza, mas a Morte gostava de deixar algumas em casa quando eu morava com ela e com a Fortuna. Foi só depois que eu descobri que ela as pegava em funerais.

O marquês em pessoa marcha da sua ala assim que as portas de entrada do saguão se abrem. E lá estão eles: o príncipe e a dama Von Falbirg.

O último ano parece ter feito bem para eles; ou isso, ou eles gastaram bastante dinheiro para aparentar tal coisa. Vejo veludo e pele de esquilo branco em vez de fustão e pele de coelho, bochechas rosadas em vez de abatidas, conforto em vez de fome.

Ainda assim, um ano não é o bastante para esquecer quem são. Gisele — a Gisele de verdade — puxou o pai, com o corpo largo de caçador e cabelos castanho-claros, mas os olhos cinzentos são da mãe.

E quando os vejo uma geada fria toma meu coração, minha coluna, meus pulmões. Estou preparada para a censura. Examino a prataria, porque não vai haver jantar se eu tiver deixado alguma mancha. Estou endireitando a coluna, me preparando para um sermão, porque eles vieram de muito longe só para me ver e mesmo assim minha manga está com um amassado, e será que não consigo fazer *nada* certo?

Porém a dama Von Falbirg se impele para a frente em um ataque de veludo, envolve meu pescoço com os braços e praticamente cantarola:

— *Minha querida!*

Certo. Estou com as pérolas, e agora eu sou a *prinzessin*. Estou segura, digo a mim mesma. Eles *querem* gostar de mim.

Ainda assim, algo nos meus ossos me faz ficar em estado de alerta.

Entro em uma névoa, trocando amenidades enquanto seguimos para o salão de banquete. É quase tão grande quanto o salão de baile e fica acima das cozinhas, na parte norte do castelo, com janelas por toda a parede leste, deixando a luz da manhã entrar. Estou bem certa de que os abetos e as heras douradas que o decoram foram reaproveitadas do baile.

Também está abarrotado. A famosa mesa de banquete de carvalho é uma relíquia da época de Kunigunde, que fazia todos os convidados nobres se sentarem junto dos soldados, e mandou fazer uma mesa grande o bastante para acomodar todos. Um dos seus descendentes achou que isso era degradante e acrescentou uma plataforma para uma mesa alta depois, mas nada nos poupa do barulho dos convidados. As ambições de Kunigunde também foram reduzidas, já que a ponta mais perto da plataforma está cheia de nobres, e a ponta mais distante foi deixada para os sujeitos comuns.

Passo pelo salão, me sentindo afastada de tudo. Não sou eu, e nem mesmo sou a invenção que criei da *prinzessin*. Sou uma garota linda, sem graça e sem objeções, alguém que nem mesmo os Von Falbirg podem criticar.

Quando chegamos à mesa alta, quase arqueando sob o peso do arranjo central estapafúrdio, as coisas pioram. Não só porque preciso sentar em uma ponta, do lado oposto de Adalbrecht, mas porque os Von Falbirg estão à minha esquerda... e os Von Hirsching, à direita.

— Eles são praticamente da família — Adalbrecht diz. — Vocês já se conhecem, acredito eu?

— Fizemos uma adorável visita há o quê, três anos? — Irmgard pisca para mim por trás de conjuntos de mosquitinho branco, o queixo apoiado nos dedos com luvas de renda.

Ninguém pensaria que, duas noites atrás, ela estava atormentando o *markgraf* Von Reigenbach por não ter conseguido me assassinar quando ela queria.

— Quatro — digo, distante. — Quatro anos daqui a menos de uma semana.

A dama Von Falbirg pega minha mão esquerda, apertando-a de leve.

—Vocês duas se tornaram donzelas tão *preciosas*. Tenho certeza de que seu pai está tão orgulhoso de você, *frohlein* Irmgard, quanto estamos da nossa perolazinha.

Acho que vou vomitar.

O que tem de errado comigo? Já aguentei Irmgard antes, os Von Falbirg acham que eu sou sua fonte de salvação, e tem testemunhas demais aqui para Adalbrecht tentar alguma coisa. Ainda assim, sinto que a qualquer momento alguém vai chegar por trás e cortar meu pescoço.

Levo a mão direita ao bolso e encontro o espelho. O peso e o metal frio me firmam um pouco. Ou me dão algo para apertar até meus dedos quebrarem. De qualquer forma, me ajuda.

Adalbrecht se endireita abruptamente, o olhar cortante.

— Franziska — ele chama. A camareira se apressa. —Vá buscar o garoto Conrad, ele acabou de entrar. Preciso de uma palavrinha.

Um tipo diferente de tensão atravessa aquela névoa, familiar e quase bem-vinda. Tomamos cuidado para não ficar no corredor ontem à noite, e nenhum dos outros convidados da ala em frente ao rio estaria na varanda por causa do frio, mas se de *alguma forma* fomos vistos — não, eles teriam visto Emeric com Marthe, a Criada, e não a *prinzessin*...

Só que, quando Emeric chega, descobrimos que Adalbrecht quer virar duas facas de uma vez só.

Emeric para diante da plataforma e faz uma mesura rápida, passando por aquela rotina de ficar se remexendo e distintamente sem olhar para mim.

— Senhor?

Markgraf Adalbrecht fica em pé, dá a volta na mesa e para do lado da minha cadeira. Ele pousa a mão no meu ombro direito, perto demais do meu pescoço.

— Queria oferecer meus pêsames mais sinceros, Conrad. — Ele aperta meu ombro, um pouco mais forte do que a dama Von Falbirg ainda aperta minha mão esquerda. — Soube da morte do prefeito Klemens. Que devastador.

Emeric inclina a cabeça e deixa as mãos para trás — mas não antes de fechar os punhos, eu noto.

— Agradeço muito. Senhor.

— Tem ideia de quem faria algo tão terrível? — Adalbrecht segura meu outro ombro, o dedão roçando o colar de pérolas. Eu congelo, meu rosto vira uma máscara de empatia vazia.

O olhar de Emeric pousa rapidamente sobre mim e depois se desvia. Estou bem certa de que ele está reavaliando sua posição sobre feridas a faca. Ele mantém a compostura, o único sinal de algo errado é um músculo ressaltado na mandíbula.

— Não estou em posição de dizer — ele declara, breve. — Agradeço a preocupação, senhor. Por favor, me dê licença.

Adalbrecht me solta assim que Emeric vira de costas, e eu consigo respirar. *Maldição*.

Só tem uma coisa que consigo resgatar nessa situação: minha raiva. Ela me faz lembrar de quem sou.

Minha cabeça volta para o lugar, ao menos um pouco. Aperto a mão da dama e me liberto. A conversa volta a acontecer — o conde Von Hirsching pergunta a Adalbrecht sobre detalhes do assassinato enquanto ele volta ao assento. Forço uma expressão de horror e então encontro a superfície do espelho no meu bolso, traçando:

Quer
que eu
envenene
ele?

Depois de um instante, sinto uma radiação de calor do metal. Escondo o espelho no colo e leio a mensagem no vidro embaçado.

Sim

E em seguida:

NÃO FAÇA ISSO

Emeric me conhece bem demais.

Irmgard solta um gritinho escandalizado, sem dúvida ao ouvir algum detalhe tenebroso — e percebo que Adalbrecht pode deixar passar algo aqui, sabendo o que sabe sobre a morte de Klemens. Reviro a caixinha para ficar em modo de gravação e a escondo no bolso mais uma vez.

Prinz Von Falbirg fala mais alto, a voz rouca:

— Me perdoe, mas talvez as questões de negócio fossem um tópico melhor para o desjejum. *Markgraf* Adalbrecht, você está com a papelada da adrogação aqui...

Adrogação. Onde eu vi esse termo antes?

Ele é interrompido por um pequeno furor quando o desjejum chega. A mesa é preenchida por *rohtwurst*, pão de centeio e *damfnudeln* quentinho. Irmgard praticamente pula em cima da panela de *weysserwurst*. Uma parte de mim acha aquilo irônico demais para ser real.

— Está no meu escritório — Adalbrecht fala enquanto bebe o café. — Desde que a papelada seja resolvida antes da cerimônia, estou à disposição.

Dou uma cutucada no *damfnudeln*, mordendo a língua. Adalbrecht não fica à disposição de *ninguém*, nunca, e faz questão de que todo mundo saiba disso.

— Muito bem. Gisele, querida, também trouxemos seus papéis de Cidadania Imperial. Você poderá enviá-los ao final do mês.

Adalbrecht fica tenso.

— Levem esses para o meu escritório também. Não queremos que eles sejam perdidos em meio a toda a... — ele corta uma *weysserwurst*, o rosto sério — ... festança.

— Certamente que não. — *Prinz* Von Falbirg se inclina na mesa para olhar para mim. — Você mal tocou no desjejum. Está se sentindo bem?

— C-claro, papai — respondo. — Só estou muito empolgada.

Irmgard inclina a cabeça, a boca retorcida.

— Deve estar mesmo. Sabemos como você ama comer *damfnudeln*.

— Bom, melhor comer logo — o príncipe diz, sério. — Não pode desmaiar no seu grande dia.

Porém a dama tem outras prioridades. Os olhos dela brilham orgulhosos ao ver meu prato ignorado.

— Deixe ela em paz, querido. É ótimo que uma jovem cuide da sua aparência.

Santos e mártires. Lembro da dama Von Falbirg forçando Gisele a comer igual a um passarinho quando éramos mais novas, mas é a primeira vez que estou recebendo isso diretamente. Por que se dar ao trabalho de mandar fazer as pérolas e ainda assim continuar tentando mantê-la mais magra?

Eu me forço a engolir uma colherada enorme, observando o sorriso da dama desaparecer.

— Meu pobre raio de luar tem uma constituição muito delicada — Adalbrecht fala.

O *prinz* Von Falbirg ergue as sobrancelhas.

— Mesmo? Ela tinha um apetite bem saudável em Sovabin.

—Talvez a dieta de Minkja não seja boa para ela — Irmgard opina, fazendo biquinho.

Sinto a garganta fechar.

— Que rubi adorável. — A dama Von Falbirg estica a mão para tocar meu rosto. Eu me afasto por instinto, então me apresso para disfarçar o impulso como tosse. Ela ergue meu queixo quando acabo. — Onde foi que arrumou isso?

— Ela não quer contar — Irmgard declara, abrindo um sorriso desdenhoso.

A dama dá um suspiro de alegria, como um cão farejador que sente o cheiro de sangue, só que, no caso, fofoca. Ela sempre tratou essas coisas como um jogo, um arbusto de rosas que alguém cuidou para ela, enfiando o rosto nas pétalas e ignorando os espinhos.

— É segredo? Presente de um admirador secreto, talvez?

Adalbrecht parece que vai virar a mesa de ponta-cabeça.

— Não, não — balbucio. — Só… um joalheiro. Queria que eu exibisse a sua nova criação.

Eu deveria ter uma resposta inteligente, rápida, *qualquer coisa*. Consegui raciocinar bem quando Emeric me algemou, quando um *nachtmahr* praticamente tentou engolir minha cabeça e até mesmo em uma sala cheia de órfãos me atormentando. Só que não consigo fazer isso agora. Não com o príncipe e a dama.

Alguma parte de mim ainda tem medo deles. E isso vai me fazer ser pega.

A dama dá um golinho no seu café.

—Vamos ter bastante tempo para falar sobre isso depois.

— Depois? — gaguejo.

— Seu pai e eu achamos que seria adorável tomarmos chá juntos depois do almoço, só nós três. — Ela sorri. Mas os olhos estão sérios. — Como uma *família*.

Vejo aquele brilho afiado mais uma vez quando o olhar dela se demora sobre o rubi. Está trazendo sua ganância à tona.

Não quero ficar sozinha com ela, não quero, não posso...

Engulo em seco.

— Seria ótimo.

— E então, Gisele — diz o *prinz*, se inclinando sobre a mesa. — O que tem feito no último ano?

Viro o espelho mais uma vez e traço uma única palavra frenética na superfície fria:

SOCORRO

VINTE E NOVE

Velhos hábitos

Eu murmuro alguma bobagem sobre fazer caridade e explorar Bóern, e então tento continuar respirando enquanto os outros presentes na mesa seguem para outro tópico. Eu não ouso verificar uma resposta até eles estarem distraídos.

Tudo o que o espelho diz é: deixa comigo.

Sinto o nó no peito afrouxar. Então, dez minutos depois, o espelho pulsa mais uma vez. Dessa vez, a caligrafia mudou.

É a Gisele.
Do que você precisa?

Ela me guia pelo resto do café da manhã, e então me dá uma desculpa para sair dali (preciso ir deitar depois de uma refeição *tão* suntuosa). Preciso de todas as minhas forças para não sair correndo para a ala em frente ao rio à medida que os sinos batem onze horas. Um minuto depois que fecho a porta do quarto, ouço as rosas mortas chacoalharem na treliça, e então uma batida na porta da varanda. Deixo as pérolas na penteadeira e abro a porta para Emeric entrar.

— Você está bem? — é a primeira coisa que sai da boca dele.

Eu começo a dizer alguma bobagem tranquila sobre como estou bem, só agitada, até perceber que não quero mentir para ele. Estou cansada demais para continuar mentindo. Ainda consigo sentir os dedos de Adalbrecht perto demais do meu pescoço.

Deixo minha cabeça pender para a frente até descansar no peito dele. Emeric fica imóvel. Então, gentilmente pousa uma das mãos na minha nuca, e o calor firme do seu toque é tão tranquilizante quanto as batidas do seu coração.

— Eu odeio ele — sussurro. — Odeio todos eles com tanta força que não consigo nem raciocinar.

No fim, Emeric tinha entregue o espelho para Ragne, que voou até Gisele para pedir ajuda. Por algum motivo — talvez por serem os pais dela, ou por culpa, ou por achar que estava me devendo, já que encontrei um abrigo para os residentes da Gänslinghaus —, seja lá qual fosse, Gisele concordou em assumir como a *prinzessin*, ao menos pelo resto do dia.

E quando ela entra no quarto logo depois do meio-dia, em um uniforme da criadagem roubado às pressas, eu... fico feliz em vê-la. Ragne põe a cabeça para fora do bolso dela na forma de um esquilo depois que a porta se fecha.

— Pronto. — Gisele devolve o espelho. — Só estão esperando você depois do almoço?

— Falei que o desjejum foi pesado demais, então eu pularia o almoço. Você precisa de ajuda para se arrumar?

Gisele fecha um pouco a expressão, dando uma olhada no quarto.

— Não, acho que eu consigo fazer a maior parte sozinha. Talvez precise de ajuda para saber onde estão as coisas.

— Vou deixar vocês em paz. — Emeric estava sentado ao meu lado no pé da cama, mas levanta, espanando as calças. — Vanja, você gravou alguma coisa?

Assinto.

— Não é muito, mas Adalbrecht disse uma coisa sobre a papelada que parecia... esquisito.

— Papelada? — Gisele franze a testa. — Que papelada?

Emeric mexe no próprio espelho, reproduzindo a conversa inteira do desjejum como um trovador cantando uma música.

Ele franze a testa quando falam em *adrogação*. Eu *sabia* que tinha visto isso em algum lugar.

— *É ótimo que uma jovem cuide da sua aparência* — a dama diz, e Gisele estremece.

— Por favor, já chega — ela pede.

Emeric fecha o espelho.

— Onde ouvi isso antes? Adrogação?

— Eu também lembro! — Levanto depressa. — O que quer dizer que vimos juntos...

— Na noite do baile...

— No escritório...

— *O livro jurídico!* — nós dois dizemos ao mesmo tempo.

Gisele olha de Emeric para mim, semicerrando os olhos. Então, ela junta as duas mãos.

— Isso parece uma boa pista, *meister* Conrad, então por que não vê o que descobre agora? Vanja e eu estamos com a Ragne, em caso de emergência, e vamos usar o espelho para avisar se descobrirmos alguma coisa. Podemos todos nos reunir depois na catedral.

Ela mal deixa ele concordar com a cabeça antes de empurrá-lo na direção da porta.

— Não, pela varanda... — Eu giro os dois.

—Ah, é mesmo. — Gisele dá uma risada um pouco alegre demais, e então abre a porta da varanda só o bastante para empurrar Emeric para fora. Ela espera o som da treliça chacoalhando terminar e aí se vira para mim e abaixa a voz, parecendo satisfeitíssima. — Quando Ragne disse que vocês dormiram juntos, não achei que ela estava falando que *dormiram juntos*.

— Para com isso. — Jogo um chemise de cambraia bordado para ela quando o sino do castelo ressoa. — Aqui, a gente não tem muito tempo. Depois as pérolas, e o vestido por último. E nada aconteceu ontem à noite.

— Sério mesmo? Porque *isso* foi como ver dois namoradinhos dançarem saltitando ao redor do mastro.

— Eu sou alérgica a saltitar — digo, amarga. — A gente conversou sobre as coisas e acabamos dormindo perto da lareira, e foi só isso.

—Vocês estavam dormindo muito perto um do outro — Ragne mia, enrolada na lareira na forma de um gato outra vez. — Qual é a palavra?

— *Aconchegados*, acho — Gisele diz com um sorrisinho.

Eu vasculho o guarda-roupa com a desculpa de encontrar um vestido, mas na verdade é mais para esconder o rosto corado.

— Não importa.

Gisele veste o chemise.

— Lembra quando éramos mais novas, como eu sempre pedia para você ir pegar feno para cobrir o meu chão todos os dias? Para você precisar ir aos estábulos quando Sebalt estava trabalhando?

Olho pela porta do guarda-roupa por cima de um punhado de tecido esmeralda.

—Você *não fez isso*.

— Só estou dizendo que se *eu* fosse você, fingindo ser, bem, eu, Gisele estaria *muito* interessada no caso do *Pfennigeist* e se certificaria de que toda a sua correspondência com o prefeito mirim fosse entregue pessoalmente em mãos pela sua criada.

— O Vanja fez isso — disse Ragne, alegre. — Bom, ela pediu para eu ir ver como você estava na catedral ontem à noite.

Gisele dá uma risada.

— Entendi. Obrigada por melhorar a *minha* noite, então. — Em seguida, a alegria diminui um pouco. — Ragne já... contou sobre nós, certo?

— Contou. — Deixo o vestido estendido na cama. — As pérolas estão na penteadeira. O rubi vai por último.

Tento não olhar para Gisele quando ela coloca as pérolas. Foco em vestir um uniforme da criadagem. Ouço o tecido farfalhar. Então, Gisele pergunta:

—Você não ficou com raiva por eu não ter contado?

— Quê? — Franzo a testa, colocando pomada e uma atadura no meu rubi. — Claro que não. Seus pais... — Paro antes de dizer alguma grosseria. — Eles foram bem *claros*. Sobre você continuar a linhagem. Quer dizer, estou presumindo que você só goste de meninas.

— Eu... eu estou muito certa disso.

— Então faz todo o sentido esconder. Reduz bastante o número de pretendentes em potencial.

Ela faz que sim, séria.

— Existem... opções. Ouvi falar de magos que podem me ajudar a ter um filho. E algumas famílias nobres têm filhas que pensavam que eram meninos ao nascer, então pode ser uma opção... Mas nunca conheci nenhuma delas, e mamãe nunca ia pagar para que eu atravessasse o império só para isso.

Nenhuma de nós duas diz a verdade detestável em voz alta: a dama Von Falbirg pareceu esvaziar os cofres para pegar as pérolas sem nem pensar duas vezes.

— Conhecendo sua mãe, ela falaria que você fez isso de propósito só para deixar a vida dela mais difícil — digo. — Como se as coisas funcionassem assim. — Ainda evito olhar para ela, focando em vestir meias de lã pesadas por cima da meia-calça. É um jeito pouco elegante de esconder os rubis, mas ninguém espera que uma criada seja elegante, muito menos no frio. — Quando você descobriu?

Gisele encolhe os ombros com tanto afinco que eu noto pela visão periférica.

— Quando Irmgard nos visitou. No momento em que a vi pela primeira vez lembro de pensar que devia ser assim que o príncipe se sentia nos contos de fadas, sabe? Ao conhecer a princesa. Ela era tão bonita e engraçada, e mamãe gostava tanto dela... e no fim ela virou um pesadelo.

Não é à toa que Gisele gostou de Ragne. Foi pelo mesmo motivo que Ragne acabou sendo a primeira pessoa que ousei chamar de amiga: Ragne ama quem ela ama sem ressalvas, sem joguinhos.

— Você escolheu melhor dessa vez — comento, firme. — Mas saiba que se magoar a Ragne vou fazer esse seu último ano parecer uma linda viagem pelos campos.

Gisele dá uma risada espantada. Não é que esteja incrédula de raiva — é mais surpresa. Então sorri e diz, com mais ferocidade do que nunca:

— Digo o mesmo.

Uma batida sacode a porta. Aponto para a bochecha e sussurro:

— *Rubi!*

Em seguida, vou abrir. Trudl está ali, acompanhada de outra criada.

— O príncipe e a dama Von Falbirg desejam informar à Sua Alteza que terminaram de almoçar e logo seguirão para a sala de visitas dela. O chá está a caminho.

— Por favor, certifiquem-se de incluir *pfeffernüszen* para minha mãe — Gisele diz por cima do meu ombro, pressionando o rubi no rosto enquanto a cola seca. — Obrigada!

Trudl parece embasbacada pelo agradecimento, mas faz uma mesura e vai embora. Fecho a porta.

— Aliás, todo mundo aqui acha que meu nome é Marthe. É uma longa história. Vem, vou te levar para a sala de visitas.

Isso se prova mais um erro. No instante em que abro a porta antes de Gisele entrar, o príncipe e a dama se alegram.

— Ah, minha pequena *Rohtpfenni*! Como é bom te ver de novo! — A dama Von Falbirg leva a mão ao peito. — Por que não fica e serve o chá? Vai ser como nos velhos tempos.

— Ela tem trabalho a fazer, mamãe — Gisele diz imediatamente.

— Bobagem, nada é mais importante do que a família. Não quero discussão. — A dama gesticula para dispensar a criada perto da porta.

A criada hesita, olhando para Gisele.

Gisele não sabe o que pensar disso, e percebo que ela nunca foi a senhora de um castelo. Nem aqui, nem no castelo Falbirg.

— Não é problema nenhum, princesa Gisele — digo, entre dentes.

A dama exibe outro sorrisinho.

— É claro que não.

Gisele engole em seco. Então acena para a criada, que faz uma mesura e vai embora, fechando a porta.

— O *chá*, Vanja — ralha a dama, e aquele instinto degradante volta a assumir.

É mais fácil ficar em silêncio e fazer o que pedem, não importa o incômodo.

Sirvo o chá: creme e mel para o príncipe, um pouquinho de creme para a dama...

Ela franze o nariz.

— É demais, Vanja. Faça de novo.

— Eu aceito. — Gisele tira a xícara de chá da minha mão antes que sua mãe possa retrucar. — É como estou bebendo ultimamente.

Acerto a quantidade da segunda vez. Em seguida, me retiro para o canto da sala para esperar.

Sem querer, ouço as palavras que Emeric disse ontem à noite: *Não justificaria a forma como te tratei. Ou como os Von Falbirg te trataram.*

Gostaria de poder parar de pensar nele. Gostaria de não *gostar* de pensar nele.

Eu não consigo entender. Olhando pelo lado lógico, eu deveria ter quase tanto medo de Emeric quanto tenho de Adalbrecht. Os dois me ameaçaram e me machucaram; por que importa que um tenha feito isso em nome do dever, e o outro, por desejo?

Porém, suponho que a diferença seja a ficha de anistia escondida no meu bolso. Emeric podia ter me machucado de novo, especialmente com todas as cicatrizes que expus na noite de ontem. Em vez disso, ele me mostrou as suas, me deu armas para que eu o machucasse também, assim estaríamos na mesma. Ele abriu mão do seu poder sobre mim para que eu me sentisse mais segura.

Se Adalbrecht soubesse de uma única ferida entre as tantas que escondo, ele a usaria para me caçar. Emeric conhece muitas, e escolheu ajudar.

Seja lá o que for esse jogo que existe entre nós dois, não segue a regra da trindade do desejo. Não envolve servidão e não é uma caçada. É uma dança. Estamos em pé de igualdade, eu não tenho medo de perder. E isso faz toda a diferença.

—*Vanja!* — A voz da dama interrompe meus pensamentos.

Odeio como prontamente presto atenção, por reflexo. E, pela expressão dela, não é a primeira vez que me chama. Ela ergue a xícara vazia, a boca apertada em uma linha fina.

— Imediatamente, milady — respondo.

Quando volto para a mesa, noto que os pratos estão em outra posição. Lembro dessa história: a dama Von Falbirg sempre afastava gradualmente os pratos de docinhos de Gisele, mesmo que a filha só tivesse comido um. Acho que velhos hábitos não morrem.

— Espero que você não tenha pegado leve com ela, Gisele — ela diz com um ar descontraído enquanto encho sua xícara. — Ela só vai ficar preguiçosa.

Encontro os olhos de Gisele e percebo que está tensionando a mandíbula. Noto uma pontada de raiva, como a minha: um ano suavizou nossas memórias até virarem só um incômodo, mas o veneno sempre foi o mesmo. E queima ao voltar à superfície.

Então, Gisele faz algo novo. Deposita a própria xícara de chá na mesinha com um baque indelicado da porcelana.

— Não fale da Vanja assim.

O príncipe e a dama a encaram, perplexos. *Prinz* Von Falbirg é o primeiro a falar:

— Ela é sua criada — diz, como se explicasse para que lado fica o norte.

Como Ragne, quando me disse que ela ajudou porque é isso que as pessoas fazem. Como Emeric, quando eu perguntei qual seria o custo de me salvar, e ele disse que eu não devia coisa alguma.

Tarde demais percebo que a xícara da dama está muito cheia. Ela levanta quando o chá derrama pela mesa. Algumas gotas caem na sua saia de veludo.

— Sua *pateta atrapalhada...* — a dama rosna, erguendo a mão.

A cadeira de Gisele cai para trás com um baque. Uma onda de seda esmeralda surge entre mim e a dama Von Falbirg quando Gisele segura o braço da mãe.

— *NÃO.*

As pérolas estão no chão. Sem o colar, Gisele é ainda mais alta que a mãe.

— Coloque as pérolas. —A dama desvencilha o braço, sua respiração acelerada, mas a voz e a postura gélidas. —Você não quer que ninguém te veja desse jeito...

Gisele devolve gelo com gelo.

— Não tenho medo de que me vejam como sou. Como vejo *você* por quem você é. Você usou a Vanja todos os dias enquanto ela morava sob o nosso teto. Você comprou os Von Hirsching com o sangue dela. Não tem nenhum direito de erguer a mão contra ela. O *mínimo* que deve a ela é respeito.

O príncipe fica em pé, a expressão mais séria.

— Nós a aceitamos quando ela não tinha mais aonde ir. Demos tudo que ela precisava. Não foi, Vanja?

Passei muitas horas pensando o que eu responderia a essa exata pergunta. Quais ofensas devastadoras e astuciosas eu iria deslanchar, quais argumentos afiados poderia usar para esfaqueá-los. No fim, só a verdade sem nenhum adorno sai dos meus lábios.

— Vocês me pagavam porque eu trabalhava para vocês — digo, no mesmo tom frio de Gisele. — E me fizeram trabalhar até a exaustão em troca de centavos para eu não ter dinheiro para ir embora.

O rosto da dama se retorce, aquele gelo ficando perigosamente fino.

— Suas *ingratas*! Vocês sabem a sorte que têm? O marquês é um nobre de verdade, e *eu* fiz de você a esposa dele. Olhe para isso... — Ela indica os aposentos. — Acha que teria alguma dessas coisas sem nós? Sem essas pérolas?

— Você nos vendeu para um monstro — Gisele retruca. — Não perguntou se ele era gentil, se ele era honroso, porque sabia que não era nenhuma das duas coisas e você não se importava. Só se importava com o dinheiro dele.

Ela pega as pérolas e segue para a porta.

— Não acabamos, mocinha — o *prinz* Von Falbirg brada. — Volte já aqui.

Gisele fecha o colar de pérolas quando eu a alcanço.

— Não, nós acabamos, *sim*, porque eu é que mando. É o meu castelo. — Ela abre a porta, e então quase a fecha de novo, virando, os olhos brilhando com uma alegria feroz. — Ah, e aliás: eu nem gosto de homens. Não que vocês tenham me perguntado isso.

Por fim, ela sai da sala. Eu a sigo com um sorriso enorme e febril, e presto uma continência de brincadeira *completamente* inapropriada antes de ir para o corredor.

Voltamos para o quarto com o frenesi mal contido de pessoas que precisam se apressar mas fingem que não. Assim que a porta se fecha, eu digo, entorpecida:

— *Scheit.* Você acabou de fazer isso mesmo.

— Eu fiz isso mesmo — ela repete, os olhos arregalados. Então, agarra o meu braço. — *Eu fiz isso!*

— *Você fez!*

E, de repente, estamos nós duas rindo, chorando e pulando sem parar. Parece que a maldição se quebrou, uma mais antiga e mais amarga que a de Eiswald.

Não foi só Gisele ter me defendido. Foi que alguma parte de mim precisava ver isso, precisava entender que era *possível* enfrentar o príncipe e a dama, e que nós duas poderíamos nos afastar das garras deles.

— O que você fez? — Ragne pergunta, sentada na lareira. Ela se vestiu, dessa vez com uma camisa enfiada em calças de montaria.

Abro um sorriso em meio às lágrimas.

— Mandou os pais dela irem catar coquinho.

— Eu só, depois de tudo — Gisele ofega —, eu não podia continuar mentindo para mim mesma sobre como eles eram horríveis com você...

— Eu não acredito que sua mãe fez aquela coisa com a comida de novo...

Gisele esfrega o rosto com a palma das mãos.

— Santos e mártires, nem eu. E a questão não foi só eles terem sido cruéis com nós duas. Você estava certa. Umayya e eu cuidamos da Gänslinghaus não só para dar um lar para as crianças, mas para garantir que fosse um lugar onde ainda pudessem *ser* crianças. Você nunca teve isso, não é? Sempre precisou cuidar de mim.

Abaixo a cabeça, as lágrimas me vencendo por um instante.

— Bom — digo, a voz rouca —, agora acabou.

— Aqui. — Ragne nos entrega dois lenços. Depois que aceitamos, ela passa o braço ao redor dos ombros de Gisele. — Vocês duas parecem mais felizes.

Gisele encosta a cabeça na de Ragne, enlaçando os dedos nos dela.

— Eu sei que eu estou. Não estava planejando a explosão, mas, conhecendo minha mãe, ela não vai ficar incomodando a gente agora, para não correr o risco de eu fazer um escândalo.

— Ah, droga. Achei que a gente podia trocar e seria a minha vez de gritar com eles.

Gisele ri de novo.

— Só queria ter feito isso antes. Eu... aprendi muito nesse último ano. Quando consegui chegar a Minkja, meu dinheiro tinha acabado e Umayya foi a única que aceitou me abrigar e me permitiu trabalhar pelo meu sustento. Eu fiquei com muita raiva de você, porque o que você fez me deixou completamente desamparada. E fiquei me dizendo que eu continuava brava porque você tinha tudo... você tinha *tudo isso* e não estava fazendo nada, não estava ajudando as pessoas. Quer dizer, você só precisou de uma tarde perdoando as dívidas das pessoas para me transformar na garota mais popular de Minkja.

— A Eiswald deveria ter me amaldiçoado antes — brinco.

Gisele se senta na cama, percorrendo o quarto com os olhos. Então encara Ragne, depois a mim.

— Mas eu sou uma hipócrita, não sou? Esse tempo todo fiquei com raiva porque acabei tão impotente quanto você quando estava na minha casa. E, por mais que eu tenha falado em ajudar as pessoas, você me ofereceu essa vida de volta e eu recusei. — Ela assoa o nariz. — Na noite do baile, você começou a dizer que eu deveria ter te protegido de Adalbrecht, não foi?

Eu me sento do outro lado da cama, e depois faço que sim com a cabeça.

— Eu sinto muito ter tirado isso de você, mas...

— Você estava tentando se proteger — Gisele completa. — Eu entendo.

Ficamos em silêncio por um instante. Ainda existe certa distância entre nós, que vai demorar a se fechar. Porém os espinhos ficaram para trás.

— Bom, agora já foram você e Emeric, então se minha mãe aparecer para fazer um pedido de desculpas emocionado até o pôr do sol, termino o bingo — digo, por fim.

Gisele solta uma risada nada digna de uma dama. Em seguida, fecha as mãos e respira fundo.

— Se... se a sua oferta ainda estiver de pé... eu aceito.

Sinto um peso sair dos ombros.

—Você vai voltar?

— *Se* pararmos Adalbrecht — ela diz rapidamente. — Podemos ajudar Emeric a derrubá-lo antes que seja tarde demais para nós duas. E aí vou ter minha vida de volta, e sua maldição deve acabar.

Eu a encaro. A princesa e a criada leal morreram juntas naquela floresta há um ano. Agora, somos só duas garotas tentando sobreviver. E é isso. É assim que derrubamos o lobo: juntas.

Eu me deito e encaro o dossel da cama, balançando a cabeça enquanto dou uma risada.

— Depor a segunda figura política mais importante no Sacro-Império de Almândia, que parece ter um exército de monstros de pesadelos à disposição. Claro. Por que não? Não deve ser muito difícil.

TRINTA

Adrogação

A briga com os Von Falbirg nos dá o resto da tarde de presente. Não sei quem é que decide que Gisele não está bem o bastante para comparecer às festividades da noite, se Adalbrecht ou os pais dela, mas, de qualquer forma, o jantar é mandado para o quarto. São pratos simples e que não foram pedidos, portanto o recado é claro. Adalbrecht não vai tolerar nenhuma chance de Gisele causar uma cena.

No entanto, parece que ele quer se certificar de que ela entenda o recado, porque manda um bilhete com a refeição: um lembrete de que Gisele deve participar de uma caçada amanhã com o restante dos convidados.

— Isso é uma ameaça de morte, certo? — Gisele diz, analisando o papel enquanto dividimos a sopa de *leberknödel* e um prato de chucrute ao estilo de Minkja. — Ele vai tentar me matar.

— Provavelmente — digo, engolindo um bolinho. — Mas ele provavelmente também vai precisar ser o melhor caçador. Vai se sentir humilhado se outra pessoa abater a maior presa na caçada de casamento dele. Se você ficar perto dos outros convidados, vai estar rodeada de testemunhas. Na verdade, Irmgard pode ser uma ameaça muito maior se ela decidir ser proativa.

— Você vai comigo?

— Eu mal conseguia te acompanhar quando a gente era pequena.

— Eu posso ser o cavalo do Vanja — Ragne oferece, pegando um pedaço de pão. — Assim você acompanha com certeza.

Penso no assunto.

— Pode funcionar. — Remexo a colher. — Nós, hum, dissemos que íamos encontrar Emeric na catedral, certo?

Gisele dá um sorrisinho.

— Dissemos, *sim*. E tenho certeza que Umayya precisa de um descanso de ficar cuidando das crianças sozinha durante a maior parte do dia, então podemos deixar você e Emeric sozinhos...

Jogo um cachecol nela.

Quando chegamos à catedral da Fortuna, no entanto, descobrimos que Umayya não está sozinha. Os residentes da Gänslinghaus receberam uma pequena ala no dormitório do clero, embora, para falar a verdade, o lugar talvez seja maior do que a casa antiga em que moravam. Pelo menos o salão comunal é, com sofás e poltronas resistentes cujas almofadas foram doadas à força para construir uma fortaleza impressionante, cestos vazios de brinquedos e algumas mesas pesadas com pontas lixadas, e uma parede de lousa no fundo. Suspeito que a sala seja usada para filhos de membros do clero, mas os órfãos parecem ter se acomodado bem, a maioria reunida perto de Umayya enquanto ela lê uma história ao lado da lareira acesa.

Emeric está parado em frente à parede de lousa com alguns outros, as mãos na cintura, as mangas enroladas e de costas para nós. Ele bate o pé no chão, agitado, enquanto examina um diagrama de giz complexo. Algumas das crianças estão desenhando na parte mais baixa da lousa, acrescentando uma moldura dissonante de flores, cavalos e soldados ao trabalho dele. Um dos pequenos puxa sua mão, e Emeric passa seu pedaço de giz para a criança, mas permanece imóvel, provavelmente por causa da menina gharesa em pé numa cadeira atrás tentando fazer uma trança no seu cabelo. Ela não parece estar obtendo sucesso.

— Khidren, deixa o garoto pensar — Joniza diz, distraída, de uma mesa ao lado, franzindo a testa para uma pilha de pergaminhos.

A menininha faz um bico.

— O cabelo dele é curto demais. Posso fazer no seu?

Joniza pressiona os lábios, tentando não rir.

— Meu cabelo já está trançado — ela responde. — E demorou muito tempo, e eu paguei muito dinheiro para uma mulher legal fazer, então acho que vou precisar recusar, muito obrigada.

— Você pode fazer uma trança no meu cabelo — Gisele informa a Khidren conforme nos aproximamos da mesa mais perto da parede de lousa.

Vejo as duas cadernetas de anotação de Emeric escondidas entre alguns exemplares sobre leis imperiais.

Khidren amarra um laço rosa na cabeça de Emeric, para combinar com os laços felpudos absurdos na própria trança escura.

— Pronto. Agora você está bonito.

— Obrigado — ele responde, solene, com os óculos tortos. — Eu estava profundamente preocupado com isso.

— De *nada* — ela declama, da forma que faz uma criança que ainda está aprendendo as palavrinhas mágicas, e então desce da cadeira e vai até Gisele.

Deixo o manto e o cachecol na mesa com os livros jurídicos e examino o diagrama, me esforçando para esconder a alegria pura que sinto com o novo acessório de cabelo de Emeric.

— Então a coisa com o livro não deu certo?

— É definitivamente uma parte do plano, mas eu só não entendo como as coisas se encaixam — ele resmunga, endireitando os óculos. — O mar... desculpe, o *padeiro*...

— Quem é o padeiro? — Ragne pergunta, deixando o manto ao lado do meu. Ela só aceitou vesti-lo para disfarçar, já que uma camada grossa de pelos pretos cobre seus braços.

— *Mäestrin* Umayya permitiu que eu usasse a lousa desde que eu lembrasse que tínhamos um, er, público mais jovem — Emeric explica — que talvez acabe repetindo o que lê e ouve.

Dou uma olhada melhor na lousa.

— "Motivações prováveis para o padeiro... abraçar G"? *Abraçar?* Sério?

— G é para o Gisele, certo? — Ragne se senta em uma cadeira como uma gárgula errática. — Por que o padeiro está abraçando o Gisele?

— Não, é código para, er... — Emeric passa um dedo no pescoço. A fita amarrada no cabelo *realmente* ajuda a ressaltar a gravidade da situação.

Ragne se ilumina.

— Eu sei isso! O Vanja me disse. Significa morrer. — Então, ela para. — Quem está abraçando o Gisele até matar?

Um dos menininhos para de desenhar e se vira, os olhos brilhando.

— Quem vai matar alguém?

— *Eeeeee* está na hora de dormir — Umayya anuncia do outro lado do quarto.

— Eu cuido disso, Umayya — Gisele diz. — Pode descansar. Vamos, todo mundo, hora de se arrumar.

Ela começa a levar as crianças pelo corredor. Joniza larga o pergaminho.

— Essa também é minha deixa. E é melhor que esses monstrinhos se contentem com só uma música de ninar. Tenho que trabalhar hoje.

À medida que o barulho do cômodo começa a cessar, é possível ouvir pedaços de músicas do festival de inverno vindos da rua, acompanhados do som de sinos tilintantes. Normalmente, o grupo de músicos estaria tocando no Göttermarkt para os casais dançarem na praça, mas acho que estão ali fora hoje. Não que isso seja um problema para mim. Os Deuses Menores normalmente não toleram nenhum tipo de *grimlingen* nos seus templos, mas é bom ter outra segurança, já que os *nachtmären* vão evitar os sinos.

Emeric espera até Khidren se afastar para tirar a fita do cabelo, apesar de continuar enrolando-a nos dedos distraído enquanto pensa. Não esperava que isso me deixasse com *extrema* dificuldade de concentração, mas acho que estou descobrindo muitas coisas sobre mim nesses últimos dias.

Quando as crianças já estão longe, ele começa a falar.

— Sinto dizer que tenho péssimas notícias. Primeiro, aparentemente, os prefeitos ordenados mais próximos só conseguem chegar em Minkja daqui a uma semana.

Meu estômago se revira.

— Isso significa que não podemos invocar as Cortes Divinas?

— Não exatamente — Emeric diz devagar. — Não é para eu fazer isso, mas eu posso em caso de emergência. Vai... vai dar tudo certo. Só precisamos de um caso organizado. — A fita prende as mãos dele com força demais. — Enfim, peguei emprestados alguns livros jurídicos da biblioteca do entreposto para poder analisar a seção que o *markgraf* Von Reigenbach deixou marcada, mas não dá pra chegar a nenhuma resposta clara.

Ouço um farfalhar de roupas atrás de mim, e vejo Umayya se aproximando.

— Quero ver no que esse garoto está trabalhando — ela explica, fechando mais seu xale azul. — Gosto de quebra-cabeças quando não preciso ficar recolhendo as peças do chão.

— A princesa Gisele atualizou a senhora da situação? — Emeric pergunta, e ela assente. Ele deixa a fita na mesa. — Então por favor. Talvez vocês três possam compreender algo que deixei passar.

Pego um tomo que ele deixou aberto e acho a SEÇÃO 13.2: FILIAÇÃO E TUTELA; SUBSEÇÃO 42 — ADROGAÇÃO E SUCESSÃO INTESTADA. É essa mesmo. Entrego o livro para Emeric.

— Comece explicando. Talvez alguma coisa se encaixe.

— A seção trata de lei de sucessões para os nobres. — Ele caminha de volta para a lousa com o livro em uma das mãos, pegando um pedaço de giz com a outra. — Especificamente sobre a lei de herança de um herdeiro adotado e os direitos do adotante.

Ragne franze a testa.

— Lei de herança? Por que precisa de uma lei para herdar alguma coisa?

— Porque do contrário os membros da aristocracia começariam a matar uns aos outros por causa de heranças — Emeric responde. — Então as leis são feitas com o conceito de casas nobres em mente. — Ele desenha dois retângulos, rotulando um como *Falbirg* e o outro como *Reigenbach*. — A casa Falbirg produz *prinzeps-wahlen*, o que significa que o pai da princesa Gisele pode eleger *prinzeps-wahlen* ao sacro-trono imperial e pode ele mesmo ser eleito. Sob certas circunstâncias, a princesa Gisele poderia herdar o papel de *prinzessin-wahl* do pai quando atingir a maioridade. Tudo faz sentido até agora?

Ragne assente.

Emeric desenha duas coroas na casa *Falbirg*, e então um círculo simples em *Reigenbach*.

— Aí é que está: um nobre tipicamente pode pertencer a apenas *uma* casa, ou sua casa ancestral, *ou* a casa da qual passar a fazer parte através do matrimônio.

— A pessoa precisa deixar a casa da família se decidir se casar? — Umayya pergunta, tamborilando o queixo.

Emeric balança a cabeça.

— Não, mas aí, em vez disso, o indivíduo com quem ela se casar se unirá à casa dela e não poderá subir de posição. Por exemplo, a dama Von Falbirg era lady Von Konstanz antes de se casar com o *prinz-wahl* Von Falbirg. A sua posição ainda é a mesma, mas ela se juntou à casa Falbirg.

Umayya franze a testa.

— Mas se juntar à casa Reigenbach não é um rebaixamento para Hil... Gisele?

— Correto. Apesar de serem mais poderosos que a casa Falbirg em termos práticos, a casa Reigenbach desistiu da sua designação real e se tornou uma dinastia de marqueses depois do Primeiro Conclave Imperial na Abençoada Era de quatro... — Emeric nota que está começando a palestrar e revira os punhos, tímido. — Isso é só o contexto histórico. Resumindo, é sim. — Então, ele desenha uma seta de uma coroa até o retângulo *Reigenbach* e faz outro círculo simples ali. — Ao se unir à casa Reigenbach, a princesa Gisele não poderá mais ser elegível para o *Kronwähler*.

— E o *markgraf* Von Reigenbach não pode *subir* de posição e ser parte do *Kronwähler* ao se unir à casa Falbirg por meio do casamento, porque ele vai continuar sendo um marquês — Umayya diz, e Emeric assente.

Ragne examina os desenhos.

— Sovabin é muito pequeno, e o marquês é um homem ganancioso. O que ele quer com o Gisele, afinal?

Abraço Ragne de lado, abrindo um sorriso orgulhoso para Emeric.

— Olha só pra gente. Olha o quanto progredimos.

— Eu não sei se quero me alegrar com nossa má influência — ele diz, seco. — Mas sim, essa é a questão. Klemens tinha uma teoria de que a maioria dos crimes acontece por cinco motivos: ganância, amor, ódio, vingança ou medo. Acho que podemos descartar o amor e o medo, no mínimo.

Eu bufo.

— Ele mandou pintar um retrato de si mesmo em cima do cadáver do pai. Algo me diz que tem a ver com ódio e vingança.

Emeric assente.

— E como a srta. Ragne bem lembrou, ganância. Mesmo sendo o marquês da maior comarca do império, seu comportamento sugere que ele é altamente inseguro, então precisa eliminar qualquer ameaça. A resposta óbvia é que Gisele pode dar a ele um filho elegível ao trono imperial. Já que a casa Falbirg vai perder seu único herdeiro, existe uma cláusula que estabelece que o título passaria para o primogênito de Gisele. Porém não acho que essa seja a resposta, já que ele está tentando matá-la antes mesmo do casamento.

Umayya se apoia na cadeira de Ragne, apertando os lábios.

— E do que se trata essa coisa de adrogação? Onde isso entra?

— É aí que eu estou com um problema. — Emeric gesticula para uma lista intitulada POR QUE (borrão) O PADEIRO QUER (borrão) FARINHA. — Adrogação é o processo de adotar um herdeiro quando uma casa nobre não tem nenhum. Poderia ser uma ameaça para Von Reigenbach, se os Von Falbirg usassem isso para nomear um protegido adrogado como herdeiro em vez de esperar o primogênito de Gisele.

Pisco. Alguma coisa nisso me parece familiar, mas não sei o quê.

— Certo — digo lentamente. — E se ele quiser que os Von Falbirg façam *dele* o herdeiro?

Emeric balança a cabeça.

— Ele precisaria ceder o controle de Bóern para a casa Falbirg por um tempo. Um herdeiro adrogado tecnicamente se torna proprietário secundário das propriedades, títulos e dívidas da Casa, mas uma idiossincrasia da adrogação é que é uma via de mão dupla, já que a maioria dos herdeiros adrogados são adultos com posses próprias. A casa Falbirg também se tornaria proprietária secundária de Bóern e teria autoridade pelos pais de Gisele serem mais velhos.

Ganância, ódio, vingança. Não, Adalbrecht nunca deixaria sua soberania em risco.

— E se o marquês obrigar o Gisele a adotar um herdeiro? — Ragne pergunta. Ela, que estava de cócoras, agora senta de pernas cruzadas virada para as costas da cadeira, apoiada no encosto.

— Parece uma forte possibilidade — Umayya diz, estudando parte do diagrama da análise enquanto revira a ponta da trança escura. — Mas não seria meio complicado? O resto do império notaria se ele a matasse e colocasse alguém da sua tutela no trono imperial.

— Espera. Para. Espera. — Puxo minhas próprias tranças. Eu sei o que me chamou atenção, mas por quê? — *Tutela*. Já ouvi isso antes. *Onde* já ouvi isso antes?

— Usamos esse termo para falar do herdeiro adrogado quando é menor de idade. — Emeric me encara, uma mão no ar, congelada a caminho dos óculos. — O que foi?

Consigo sentir os pinos deslizando para o lugar, a fechadura *quase* se abrindo.

— Os Von Falbirg perguntaram sobre os formulários de adrogação no desjejum, porque *eles* precisam assinar tudo para Adalbrecht... porque... porque...

Os pinos se encaixam. A porta do cofre se abre.

Eu sei por que o marquês quer matar Gisele.

TRINTA E UM

Quadrilha

Agarro o braço de Emeric.

— Você está com o livro de lei matrimonial?

— Aqui. — Ele pega um tomo encapado em couro na pilha na mesa.

— Deve ter um decreto de casamento padrão para os nobres, certo?

— Fico ao lado enquanto ele vira as páginas até encontrarmos, e então dou uma olhada nas cláusulas... e acho o que estou procurando. Aponto para a página. — *Isso*. É por isso que Adalbrecht queria que todo mundo visse que tínhamos assinado o decreto. Gisele só vai fazer dezessete anos no fim de abril, então ela ainda é menor de idade perante a lei. E...

— "Até o menor de idade completar dezessete anos e se tornar um cidadão pleno do Sacro-Império de Almândia e representante de sua casa ancestral, estará *sob a tutela adrogada* de seu consorte, e têm direitos completos e recíprocos da sucessão intestada" — Emeric lê, e então joga o livro de volta na mesa como se tivesse sido atingido por um relâmpago. — O que significa que Gisele é legalmente herdeira dele, mas também...

— Ele é o herdeiro *dela* — termino, quase vibrando de empolgação. Agarro os pulsos de Emeric. — Porque *só* a adrogação é uma via de mão dupla! Então, agora que o contrato foi assinado, se ela morrer antes de completar dezessete anos...

Emeric segura minhas mãos, o rosto iluminado.

— *Ele* herda o título dos Von Falbirg de *prinz-wahl* sem precisar ceder Bóern...

— E se torna elegível a Sacro-Imperador...

— Com o apoio das famílias aliadas aos Von Hirsching! — Emeric me rodopia. — É isso, Vanja, é *isso*!

Os músicos do lado de fora aceleram o passo, e, antes que eu dê por mim, estamos nós dois rodopiando pelo cômodo acompanhando a música, eufóricos com aquela vitória. Logo começamos uma quadrilha bóernenha, as mãos dele de repente quentes e firmes nas minhas costas. Ragne agarra a mão de Umayya e a vira para dançar também, a mulher mais velha rindo.

— *Resolvemos, resolvemos* — eu canto (muito mal) —, *o marquês pode ir a...*

— Essa definitivamente não é a letra correta — Gisele comenta, parada no batente. Umayya passa Ragne para ela, recuperando o fôlego. Gisele é rodopiada nos braços de Ragne. — Por que estamos comemorando?

— Finalmente resolvemos! — Emeric me faz girar, sorrindo de orelha a orelha. — Sabemos por que o Von Reigenbach quer te matar!

— Não sei se eu deveria dançar para comemorar isso!

— É *isso* que vocês estão fazendo, é? — Joniza passa por nós para recolher o pergaminho e pegar o *koli* em uma prateleira longe do alcance das crianças. — Podem me ignorar, só estou aqui aproveitando o som de um emprego estável. Vocês têm três minutos para me explicar qual é a desse negócio do assassinato. Vou me apresentar na Küpperplat daqui a uma hora, e o trajeto até Südbígn é longo.

— Sim, eu também gostaria de saber o que meu noivo ganha com a minha morte — Gisele diz por cima do ombro de Ragne quando passa por nós.

Ragne entende bem menos da quadrilha, mas Gisele certamente parece estar gostando. De qualquer forma, a canção está desacelerando, e nós ainda temos trabalho para fazer. Paramos de dançar, e, durante um breve segundo, quase parece que Emeric e eu vamos ficar assim, de mãos dadas, segurando um ao outro — e então percebo que eu não deveria ser assim tão óbvia perto de um garoto que começou a solucionar assassinatos aos oito anos. Eu me afasto.

Assim que acabamos a explicação, Gisele tamborila os dedos nos lábios, pensativa.

— Meus pais também mencionaram a papelada da Cidadania Imperial — ela diz. — Para os nobres, esses papéis precisam ser enviados para o Cartório Imperial Principal, na capital. Ele pode ser enviado com até quatro meses de antecedência do aniversário de dezessete anos, pra que tudo já tenha sido processado quando a data chegar. Os meus podem ser enviados no dia vinte e três de dezembro. Mesmo se eu morrer antes do meu aniversário, já poderiam ter dado entrada nos documentos, e ele teria que brigar na corte para estabelecer se o título seria revertido para a casa Falbirg ou não. Então é *por isso* que ele está fazendo tudo às pressas agora, e é por isso que quer ficar com a papelada.

— Então é isso, certo? — Joniza pergunta enquanto amarra o casaco. — Vocês sabem que ele envenenou Vanja quando pensava que ela era Gisele, vocês ouviram ele e aquela cadelinha Von Hirsching falando sobre matar a princesa, e agora sabem o que ele ganha com isso, além de terem sido atacados por *nachtmären* que ele provavelmente controla. É o suficiente para as Cortes Divinas?

Emeric passa a mão pelo cabelo.

— Não tenho certeza. Ele pode dizer que não sabia sobre o veneno, e a maior parte das declarações incriminadoras vieram da Von Hirsching. O crânio no escritório poderia ser o bastante para conectá-lo aos ataques dos *mahr*, mas ele provavelmente vai saber se nós o tirarmos de lá, então vamos precisar esperar até instantes antes do julgamento. Só vamos ter uma chance, por isso o caso precisa estar à prova de falhas.

— Então deixem o caso à prova de falhas. — Joniza acena com dois dedos. — Vou indo. Sabem onde me encontrar.

— Acabe com eles! — digo enquanto ela sai.

— Especialmente se o *padeiro* estiver lá! — Gisele acrescenta.

— Sabe, Adalbrecht ordenou especificamente que Gisele comparecesse à caçada do casamento amanhã — comento. — Por escrito. Se acontecer uma tentativa de assassinato...

Emeric fica sério.

— *Com certeza* vai acontecer. Me diga que a srta. Ragne vai com você, princesa Gisele.

— Nós duas vamos — respondo.

Ele olha de mim para Gisele, as sobrancelhas erguidas, e então desvia o olhar.

— Duvido que Von Reigenbach vá me convidar também, então... por favor, tenham cuidado.

— Vou manter as duas seguras. — Ragne aperta a mão de Gisele. — Posso vir buscar você amanhã de manhã e te colocar para dentro do castelo.

— Então é melhor todos descansarmos — Emeric declara, e vai apagar o diagrama. — Ainda faltam algumas peças, mas não acho que vamos encontrá-las hoje à noite.

Pego o manto e o cachecol, mas percebo que Ragne não faz o mesmo.

— Se você vai voar de volta para o castelo, posso levar suas roupas comigo.

Acho que é a primeira vez que vejo Ragne corar.

— Vou voltar depois — ela diz, se aproximando um pouquinho de Gisele.

Demoro um segundo para entender, e então amarro o cachecol muito rápido.

— Ah. Hum. Tá. Só lembra de dormir *um pouco*.

Agora é a vez de Gisele definitivamente corar.

— *Obrigada*, muito prestativo, agora boa noite...

— Essa é a casa da minha mãe, hein! Mais ou menos! — digo ao sair. — Ela provavelmente sabe o que vocês andam fazendo!

Emeric me acompanha até lá fora, e então hesita.

— Deveríamos ser vistos andando juntos?

Dou de ombros, um pouco constrangida.

— Graças ao, hum, acidente do armário de lençóis, aparentemente todos os funcionários do castelo acham que a gente... sabe. Então a gente pode só falar que Gisele me deu a noite livre para... — Sinto minha boca seca. — Você sabe — murmuro de novo.

— Entendi. — Emeric me oferece o cotovelo. — Bom, pensando aqui, é provável que o mar... *padeiro* esteja mandando alguém seguir ao menos um de nós dois, então andar sozinhos também não é seguro. Vamos?

Eu engancho meu braço no dele, feliz que a noite gelada pode ser uma explicação viável para o fato de minhas bochechas estarem vermelhas. *Scheit*, eu sou um desastre.

— Que peças você acha que ainda estão faltando? — pergunto, mais para me distrair do que qualquer outra coisa enquanto seguimos para o viaduto Hoenstratz.

— Ah, hum. — Ele semicerra os olhos, pensativo, e então baixa a voz. — Eu tenho algumas perguntas sobre os... ajudantes do padeiro. O turno noturno.

É um jeito absurdo de pensar nos *nachtmären*, mas não consigo evitar dar uma risada que condensa no ar enquanto passamos pela lama congelada.

— Como ele, er, contratou todos eles?

— Quantos são. Não vimos mais do que um por vez em serviço. Não é o suficiente para apresentar uma ameaça séria às... er, padarias do norte.

Os territórios imperiais ao norte, então.

— Talvez ele esteja pensando em *abraçar* a competição.

— Essa é a questão. As forças existentes atuais... do turno diurno são significativas, mas não o bastante para conseguir isso. Então essa é uma dúvida que eu tenho.

— Qual é a outra? — pergunto.

Dou uma escorregadinha em um trecho de gelo sob a neve. Emeric me puxa para mais perto para me equilibrar, esperando eu me recuperar para continuar andando.

— Ainda não sei o que aconteceu com Hubert — ele diz baixinho quando chegamos à escadaria do viaduto e começamos a subir. — Ele era um prefeito veterano ordenado, não era um alvo fácil. Deveria ter sido eu.

— Se o Adaauhhh... o *padeiro* escolheu o mais difícil entre dois alvos, é porque queria algo que só o Klemens tinha. Então sempre tentaria matar ele, e não você. — As palavras pendem no ar como uma placa quebrada. Têm praticamente o mesmo efeito. Engulo em seco e acrescento: — Não tinha nada que você poderia ter feito para impedir isso. Então... pare de se culpar.

Quando viro para Emeric, ele está me encarando com aquela expressão peculiar, aquela da noite do baile, logo antes de voltar para me fazer companhia. Ele logo desvia o olhar.

— Que foi? — pergunto ao chegarmos ao topo do viaduto. Está começando a nevar outra vez, mas a estrada principal deve ficar transitável por tempo suficiente para chegarmos ao castelo Reigenbach.

Ele ajusta os óculos no rosto, os olhos firmes no chão.

— Não me deixe te assustar com isso, mas, às vezes, *às vezes*, Vanja, acho que você é uma pessoa muito melhor do que você acredita ser.

É assim que eu descubro que, apesar de ter recebido uma quantidade ridícula de elogios em nome de Gisele durante o último ano, estou completamente despreparada para ouvir alguém de quem eu gosto dizer uma coisa boa e sincera sobre *mim*.

É assim que eu descubro que minha reação é entrar em pânico e soltar uma risada tão alta que um burrinho passando ao nosso lado responde com um zurro.

Meus *deuses*.

Tento voltar para um território mais familiar.

— Então isso quer dizer que você vai me inocentar por ter ou não roubado uma coisinha ou outra?

— Você quer dizer as joias que valem mais ou menos cinco anos de salário de um trabalhador qualificado? Essas coisinhas? — Ele abre um sorriso. — Duvido. — Então fica mais sério. — Mas... assim que eu for ordenado, vou poder requisitar o acesso a coisas como registros de recenseamento. Se você quiser tentar encontrar sua família de sangue algum dia, nós poderíamos... combinar uma trégua.

Eu sei que o estou encarando, mas não consigo parar.

Eu nem me permiti terminar o pensamento ontem à noite, de que se eu pudesse ir para qualquer lugar quando fizesse dezessete anos... Eu poderia procurar por eles, minha família biológica, minha cidade natal, o meu nome.

Só que nem precisei falar em voz alta. Ele tinha entendido.

Eu sei, eu *sei* que não existe nada pior que a esperança. Que essa anistia só vai durar até o marquês ser derrubado; que, a não ser que consigamos coordenar o tempo, eu vou morrer por causa da maldição de qualquer forma.

Mas, *nossa*, ele faz a esperança ser tão fácil e devastadora.

— Foi só uma ideia — ele acrescenta rapidamente. — Você não precisa...

— Eu quero — confesso. — Eu... eu gostaria muito de fazer isso.

As pontas das orelhas dele ficam vermelhas.

— Ah. Então... que bom.

Chegamos ao sopé do morro que nos leva ao castelo e começamos a subir. Uma carruagem chique passa por nós a caminho de Minkja; a noite ainda é uma criança aos olhos dos aristocratas. Os convidados provavelmente vão entrar e sair até o amanhecer.

— Deveríamos combinar uma história para o caso de perguntarem o que fizemos hoje à noite — digo.

— Certo. — Emeric pensa um segundo. — Que tal o seguinte? Passei a maior parte do dia perseguindo o *Pfennigeist*, mas eu e você nos encontramos depois do jantar. — Ele para de falar quando passamos por uma guarita, depois retorna, quando já não podem mais nos ouvir: — Fomos para a Küpperplat ver *mäestrin* Joniza tocar, *você* bebeu um pouco de *glohwein* demais...

— Por que eu? — questiono, indignada.

— ... e andamos um pouco pelo Göttermarkt até passar, escutando os músicos. — A voz dele muda um pouco, como se isso fosse mais do que um álibi. — Eu perguntei se você queria dançar, e você aceitou. Quando estávamos prontos, fomos embora, e aqui estamos. Que tal?

— Parece uma noite muito boa — admito.

Deixo de fora o resto: parece boa demais para uma garota como eu ter esperanças de que aconteça.

Estamos quase nos portões principais. A guarda do castelo não vai abri-la para nós, mas existe uma porta menor ali perto para os plebeus e criados. Eu solto o braço de Emeric e toco o sino, tremendo um pouco.

— Como é que acaba? — Emeric pergunta, de repente.

Pisco, aturdida.

— Como assim?

— Essa também é a sua história. — Aquela voz diferente continua, como se tivesse sido aprimorada; uma curiosidade faminta e suave estala, feito pequenos relâmpagos nos flocos de neve que caem, me fazendo sentir calafrios. Os olhos dele continuam fixos em mim, como se nós dois fossemos as únicas duas pessoas em Minkja essa noite. — Como você quer que acabe?

Eu não sei se ele está perguntando o que eu acho que ele está. Eu sei o que eu *quero* que ele pergunte. A história. A noite. O jogo entre nós. Eu digo a mim mesma que não sei como quero que acabem, mas é outra mentira. Eu sei. Eu sei, sim.

Pode ser a mesma resposta para as três opções: quero tudo com ele.

A porta de carvalho abre com uma sacudida contrariada, rangendo, sem nenhuma consideração com o ataque cardíaco que estou tendo.

—Vão entrar, *ja*? — diz o porteiro enrugado antes de murmurar algo sobre adolescentes cheios de hormônios.

Nós dois entramos no corredor iluminado, batendo a neve das botas. Não consigo pensar em nada para dizer a Emeric que não seja uma variação do tema *me beije como se o mundo estivesse acabando*.

— Marthe! — A voz de Barthl ecoa pelo corredor. Ele está vindo na nossa direção, com um ar estressado. — Eu estava procurando você. Estou com tecidos que a sua senhora *precisa* analisar assim que possível.

Argh. Faço uma mesura rápida para Emeric.

— Boa noite para você, *meister* Conrad.

Ele olha para Barthl rapidamente, como se me fizesse uma pergunta em silêncio, e eu assinto de leve. Barthl até pode ter pedido para eu entregar uma carta aos Wolfhünden, mas ele também supostamente deveria estar de serviço no saguão de entrada, já que os convidados precisam passar por ali. Quer tenha ou não motivações para me machucar, ele simplesmente não tem *tempo*.

Emeric se curva.

— Boa noite para você, *frohlein* Marthe.

Barthl pigarreia. Por pouco eu contenho um revirar de olhos e vou até ele.

— Pois não, senhor?

— Me siga — ele diz, se virando, e marchamos pelo corredor.

Depois de virar pela terceira vez, percebo que estamos caminhando na direção da adega de vinhos, que não fica nem perto de onde as amostras de tecido estariam. Tem alguma coisa errada.

Barthl pode não ter tempo para assassinato, mas talvez esteja disposto a arrumar.

— Minha senhora deve estar me esperando, senhor — digo, em tom de aviso.

Barthl para no corredor vazio. Ele olha em volta, prendendo a respiração por um instante, atento a qualquer barulho, e então me encara de novo. Dessa vez, noto as olheiras escuras sob seus olhos fundos, escuras como nunca vi antes.

— Acho que você é que vai ter que me dizer — ele sibila. — Não é mesmo, *princesa Gisele*?

TRINTA E DOIS

A faca de cobre

Preciso confessar uma coisa agora.

Dediquei muito tempo nesse último ano a pensar em desculpas caso eu fosse pega. Se alguém me visse em um dos vestidos de Gisele antes que eu pudesse vestir as pérolas, eu choramingaria dizendo que só queria saber uma vez como é ser uma dama *de verdade* e que não fiz nada de errado. Se alguém testemunhasse a transformação enquanto eu colocava as pérolas, eu choramingaria dizendo que fui amaldiçoada com cabelos ruivos quando criança porque o *prinz* Von Falbirg foi grosseiro com o Deus Menor da Ferrugem ou algo do tipo. (Você deve ter notado um padrão: muito chororô.)

No entanto, nunca me preparei para o caso de alguém achar que eu na verdade era *Gisele*, e a criada, só um disfarce.

Encaro Barthl, boquiaberta.

— Quem é Gisele? — eu pergunto.

E então:

— Espera. Hã.

— A senhorita se esqueceu de cobrir o rubi ontem à noite, sua tonta. — Barthl aponta o dedo pálido para meu rosto. — Quando abriu a porta. Lembrou do resto desse disfarce absurdo, mas se esqueceu desse detalhe. E não pense que não ouvi todas as risadinhas bêbadas. Eu não me importo se está passeando por aí com o tal prefeito, mas minha família serve a casa Reigenbach desde a época de *Kunigunde*, e não permitirei que sua indiscrição arruíne esse nome mais do que Adalbrecht já...

Ele para de falar, mas é tarde demais.

— Você não gosta do marquês? — sussurro.

Barthl me encara como se eu estivesse segurando uma faca contra seu pescoço. Ele tenta empunhar a própria.

— E a senhorita está tendo um caso.

— Não estou mesmo — digo —, ou estaria num humor bem melhor agora. Eu vi você parado do lado de fora do escritório de Adalbrecht na noite do baile. Estava espionando?

— O que *a senhorita* estava fazendo se esgueirando pela ala dele? — Barthl devolve.

Nós nos encaramos por um longo momento de tensão, ambos pairando perto de uma confissão perigosa, nenhum dos dois disposto a mostrar as cartas.

De canto de olho, noto um brilho dourado. A Fortuna não consegue não se intrometer; minha sorte está prestes a melhorar.

Barthl semicerra os olhos.

— A senhorita está passando muito tempo com o garoto dos prefeitos.

— Por que será que eu estou fazendo isso, não é? — replico, esticando cada sílaba, tentando passar minha mensagem.

Barthl parece entender. Ele hesita, e então acompanha aquele tom cheio de significado.

— Meu pai... era o mordomo do antigo marquês. Foi ele...

— Que encontrou o corpo do antigo marquês com os pés destruídos — termino, um punhado de fios desconjuntados se transformando em uma trama. — *Você* avisou a Ordem! Estava espionando Adalbrecht esse tempo todo?

Barthl empalidece.

— Por favor, princesa Gisele, a senhorita deve saber que está em perigo. Alguém precisa impedir o marquês. Deixe o prefeito em paz para que ele possa fazer seu trabalho.

As coisas se encaixam. Ele acha que sou só outra nobre egoísta, que vai tratar esse pesadelo como um joguinho, algo para dar risadas depois.

Bem, existe uma forma simples de mostrar a ele que não é o caso. Pego as pérolas no bolso.

— Barthl, acho que precisamos conversar sobre muita coisa. Já ouviu falar do *Pfennigeist*?

Se alguém entrasse na capela do castelo naquela quarta-feira de manhã, a coisa mais estranha que veria seriam quatro tolos devotos o bastante para rezar logo antes do amanhecer. No entanto, todos temos desculpas (Gisele e eu estamos rezando para a caçada ir bem, Barthl está fazendo sua prece diária ao fim de seu turno, e Emeric não pertence exatamente à Ordem dos Prefeitos Agnósticos). O mais importante, porém, é o fato de que esse é o único lugar no castelo que temos certeza que nenhum *nachtmahr* vai invadir.

Falamos baixo caso algum sacerdote resolva passar por ali, e Gisele deixou as pérolas penduradas no pescoço, pronta para prender o fecho a qualquer segundo, mas podemos conversar livremente aqui. Assim como Barthl e eu fizemos, por um bom tempo, dez horas atrás.

— Mirim, Gisele — digo, baixinho —, quero que vocês conheçam meu novo melhor amigo. Barthl, pode contar tudo a eles.

Barthl encara o teto abobadado com santos pintados, como se pedisse aos Deuses Menores por força. Não para cimentar suas convicções — nossa aversão por Adalbrecht já é um baita ponto em comum —, mas provavelmente para suportar a afronta de ser chamado de meu melhor amigo.

— Tenho minhas suspeitas com relação ao marquês desde que ele voltou do campo de batalha com os olhos azuis — Barthl começa. — Toda vez que alguém perguntava, ele insistia que os olhos dele sempre tinham sido assim, que estavam imaginando coisas.

Claro que era essa a explicação. Esse é o custo verdadeiro de alguém que faz você escolher suas batalhas: você até pode ter algumas vitórias, mas raramente valem mais do que os milhares de briguinhas perdidas antes mesmo de começar.

— Alguns anos atrás, ele começou a mandar mensagens frequentes ao conde Von Hirsching, o que achei estranho, dada a diferença em posição das famílias. Acredito que ele tenha queimado as próprias cartas até o verão, quando ficou quente demais para ele fazer isso por conta própria.

— Então ele largou essa tarefa para Barthl — eu digo, convencida. — Preguiçoso desgraçado.

Emeric se endireita no banco.

— Por favor, me diga que você as guardou.

— Apenas as cartas enviadas *para* o marquês, mas o plano é bastante claro. — Barthl olha para trás, e não consigo culpá-lo por essa paranoia.

O pai dele pediu demissão e se mudou para Rósenbor só por ter visto o corpo do antigo marquês. Barthl sabe que está brincando com o perigo ao trair Adalbrecht dessa forma. — Assim que ele obtiver o título de *prinz--wahl*, a sacro-imperatriz será… retirada do cargo. Uma aliança dos territórios ao sul vai apoiar a candidatura dele a imperador e garantir a eleição, e, em troca, assim que ele for coroado, ele vai dissolver os Estados Imperiais Livres e dar as terras para a aristocracia sulista.

Gisele une as mãos.

— Isso seria impossível. Os Deuses Menores nunca permitiriam que os Estados Livres fossem destruídos.

— Eu torço para que não, mas… — Barthl balança a cabeça. — De alguma forma, ele garantiu isso. Diversas cartas referenciam tal promessa. A maioria é do conde Von Hirsching, que parece o responsável por coordenar esse golpe em nome do marquês.

— Isso se alinha com o que ouvimos na noite do baile — Emeric diz. — As cartas não são evidência suficiente de que *ele* executou os planos e cometeu um crime, mas devem provar sua intenção e motivação sem que restem dúvidas. Você participará da caçada, *meister* Barthl?

— Não.

— Então assim que a caçada partir, posso buscar as cartas. Devem ficar seguras no entreposto. Também poderemos vasculhar o escritório mais uma vez.

O sino marcando a hora cheia ecoa pela capela, e todos damos um pulo. Gisele ri, um pouco tensa.

— É melhor voltarmos antes que alguém apareça. Muito obrigada, *meister* Barthl. Você correu um risco terrível e fez um grande serviço ao império.

Barthl fica meio tímido. Ele não parece preparado para aquele elogio, especialmente não vindo da nobre que eu estive grosseiramente fingindo ser no último ano.

— M-meu marido e eu estamos pensando em começar uma família aqui — ele gagueja. — Só quero o melhor para todos nós.

— Você é *casado*? — pergunto, espantada. — Somos melhores amigos e você nem me contou?

Barthl levanta.

—Vou embora.

— Posso encontrar você do lado de fora do salão de banquete depois que a caçada começar — Emeric informa enquanto eu e Gisele passamos para o corredor da capela. Então, Emeric me segura pelo braço. — Vanja, espere. Leve isso com você hoje. — Ele me entrega uma faca, e reconheço o cabo; é aquela banhada a cobre. Dessa eu lembro: mais útil contra *grimlingen*. — Só por precaução.

Quando estamos no meio da tarde, começo a me perguntar se Adalbrecht perdeu a coragem. O maior problema que encontramos até agora é que Gisele não gosta do cavalo que está montando.

Não tem nada de errado com o cavalo, lógico. É uma égua com manchas cinza, uma montaria tão boa quanto o alazão de Adalbrecht. Só que não é o cavalo *dela*, o que ela trouxe de Sovabin.

— Não é a mesma coisa — ela resmungou naquela manhã enquanto saíamos de Minkja. — O galope de Falada é liso como vidro se comparado a isto aqui.

Seu antigo cavalo não teve qualquer utilidade para mim — nas raras vezes que precisei de montaria, foi um pônei resistente apropriado para Marthe, a Criada —, então o cavalo de Gisele provavelmente está só vagando pelos pastos e ficando rechonchudo de tanto comer aveia.

Não que fosse ter feito muita diferença. A caçada matrimonial é uma tradição antiga, mas praticamente sem sentido, com esse tanto de nobres tagarelas passeando pela floresta ao lado de Minkja. Qualquer vida selvagem já deve ter fugido muito antes de chegarmos, e Gisele e eu ficamos no meio da multidão, rodeadas de gente, na intenção de que até mesmo um monstro como Adalbrecht não arrisque nos atacar. Estamos passeando calmamente pela neve iluminada pelo sol, os troncos das bétulas brancas começando a ficar amarelos com o brilho dourado de uma tarde de inverno límpida chegando ao fim.

Os caçadores de verdade estão bem mais à frente, inclusive o marquês. Supostamente, conseguir uma boa quantidade de carne de caça para o banquete de casamento traz sorte, e, conhecendo Adalbrecht, ele vai querer garantir que seja o primeiro a abater uma presa, e que seja a maior possível.

A égua de Gisele balança a cabeça, sem dúvida sentindo a frustração de Gisele. Se estivéssemos em Sovabin, ela estaria na frente de todos. Mas está presa aqui, cutucando as pérolas.

— Quanto mais tempo vamos ter que esperar, você acha? — Gisele pergunta baixinho, para os outros não ouvirem. Eu não sou a única criada aqui, mas ainda assim é estranho que ela prefira a minha companhia a de, suponhamos, Sieglinde von Folkenstein.

— Não muito. As estradas vão começar a congelar de novo depois do pôr do sol.

Aperto as mãos nas rédeas. Ela é puramente ornamental; eu não conseguiria impedir Ragne de disparar nem se eu quisesse, mas, a essa altura, eu confiaria que ela teria um bom motivo para tal. Ela bufa em concordância.

Eu não digo que *espero* que acabe logo, porque, por conta do frio, sinto dor em todos os lugares em que as pedras preciosas surgiram. Incluindo os dois novos aros de pérolas bulbosas que contornam meus pulsos, escondidas por luvas de couro forradas com lã de carneiro. Estou usando um traje de cavalaria, assim como Gisele, com meias grossas por baixo, calças de lã, uma túnica comprida e um casaco pesado embaixo de um manto ainda mais pesado. Mesmo assim, não é o bastante para afastar o frio.

Uma trombeta ressoa na floresta. Os caçadores estão disparando mais uma vez. Até agora não obtiveram resultados. O resto do grupo segue em um trote relutante, sem pressa para alcançá-los.

E então a trombeta ressoa novamente. Um tremular estranho atravessa pelas folhas.

A luz do sol se suaviza e fica prateada, como se estivesse passando por uma nuvem — mas o céu está límpido. Sombras na neve se tornam um borrão azul.

A trombeta retumba pela terceira vez.

A caçada irrompe em um galope, neve sendo atirada para os lados feito água. Ragne solta um relincho assustado e dá um salto para manter o ritmo.

— O que está acontecendo? — eu grito.

Gisele não responde.

Quando olho para onde ela está cavalgando, à esquerda, vejo que um brilho prata-azulado nublou seus olhos e os da égua. Todos parecem presos no mesmo transe, os olhos leitosos, sem enxergar. Apenas Ragne e eu escapamos. Sussurros da luz do sol gelada brilham por entre os cavaleiros, crinas e rabos e dentes fantasmagóricos, cavalos-fantasmas naquela maré.

— Parece a *Wildejogt* — Ragne diz para mim —, mas está tudo errado!

A Caçada Selvagem. Eu a vi passar uma vez pelo castelo Falbirg em uma noite fria e límpida, com a Tecelã na dianteira; eu poderia ter jurado que ela olhou diretamente para mim. Às vezes ela lidera a caçada, tirando cavaleiros das estradas e sonhadores de suas camas; às vezes é o Uivo da Ventania, às vezes o borrão das sombras do Cavaleiro Invisível.

Mas não é nenhum desses que nos lidera no momento. E está ficando cada vez mais frio.

A trombeta ressoa uma quarta vez, mais perto. Um uivo em resposta passa pelas árvores pálidas, mais perto até que a trombeta.

— Por que não nos levou? — pergunto a Ragne.

Ragne balança a cabeça, aflita.

— São os cavalos, o chamado é para os cavalos, e os cavaleiros estão presos com eles!

Então precisamos tirar Gisele de cima da égua, mas não posso só empurrá-la da sela. Isso poderia dar errado de mil jeitos diferentes — o pé dela poderia enroscar no estribo, ela poderia cair e ser pisoteada...

Pego a faca de cobre. *Não entre em pânico.*

— Precisamos afastar Gisele dos outros cavaleiros — digo.

Fico perto do pescoço de Ragne e puxo a perna esquerda para cima. As coisas vão ficar intensas.

Ragne dá um encontrão na égua prateada, não com força suficiente para tirar Gisele da sela, mas o bastante para enviá-la para longe do resto do grupo. Passamos pelas árvores, guiando a égua até um campo aberto. Então, corto minhas rédeas e amarro uma das pontas na cintura de Gisele, agarrando os braços dela e soltando do estribo o pé que consigo alcançar. Ela está em um transe tão pesado que nem luta comigo.

— Ragne, para de correr quando eu contar até três. Um, dois, *três*...

A égua continua galopando, o pelo coberto de suor. Ragne freia, e nós duas conseguimos puxar Gisele da cela.

Ela cai na neve, depois se senta, os olhos alarmados e atentos.

— O que foi *isso*?

Antes que eu possa responder, cascos ressoam pela floresta. Adalbrecht surge do nada, com uma lança em mãos, o arco nas costas. Eu fico ainda mais gelada que a neve. Ele pode tentar matar a nós duas aqui, enquanto os convidados ainda estão presos na caçada.

No entanto, gritos confusos cortam o bosque. Parece que tirar Gisele do cavalo rompeu o poder da *Wildejogt*.

A raiva perpassa o rosto de Adalbrecht antes de ser disfarçada com espanto.

— Minha flor, o que aconteceu?

Dessa vez, a resposta é um rosnado.

Um lobo cinzento gigantesco pula das árvores, na direção de Gisele.

Ela grita e se atira para fora do caminho. O rosto de Adalbrecht está impassível, avaliando a situação. Assim tão perto, consigo ver o vislumbre azul nos olhos do lobo e sentir o cheiro podre do pelo. É um *mahr*, como aquele em Lähl.

Vejo uma forma escura na neve: a Morte observando da beirada da clareira, o rosto mudando, mudando, mudando. As feições de Gisele aparecem várias vezes ali.

As vozes aumentam. Pessoas se apressam por entre as árvores.

Ragne tenta dar um coice no *nachtmahr*, mas o monstro se afasta. Ela grita, furiosa.

Aquilo parece incomodar o alazão de Adalbrecht. O animal bufa.

— Empine e tente assustar o cavalo dele — sussurro para Ragne.

Ela obedece, jogando as patas da frente no ar, relinchando quando caio da sela. A faca de cobre ainda está desembainhada na minha mão. Tento acertar o lobo-*mahr*. A criatura rosna, mas o cobre a assusta, abrindo mais espaço para Gisele e eu.

De canto de olho, vejo um punhado de caçadores e nobres quase nos alcançando. Sem dúvida, Adalbrecht ensaiou tudo isso: eles serão testemunhas de que uma fera selvagem estraçalhou sua noiva.

Porém agora o corcel dele também empina. Ele deixa a lança cair e se segura nas rédeas.

E Gisele se joga para pegá-la. A lança estremece quando ela a usa para levantar, a neve caindo por seu manto. Mesmo com a ilusão das pérolas, reconheço o foco em seus olhos, o ângulo do ombro, a familiaridade da arma em suas mãos.

O lobo-*mahr* tenta atacá-la de novo. Dessa vez, ela se inclina para trás, se preparando — e então, enfia a lança no meio da barriga dele.

O lobo uiva, sibilando, e se debate na neve. Passo a faca de cobre para ela, e Gisele rasga a garganta do *mahr*.

O bicho fica imóvel. Uma mancha fedorenta se espalha pela neve.

Adalbrecht parece que quer obliterar Gisele agora mesmo. Os muitos, muitos nobres reunidos ao nosso redor parece que acabaram de testemunhar o nascimento de um santo.

E, quando olho em volta à procura da Morte, vejo que ela se foi.

Gisele entrega a faca de volta para mim e a floresta recai em silêncio. A luz do sol volta a ficar dourada.

— É uma pena que não podemos servir carne de lobo no banquete — ela diz, tranquila. — Alguém pode encontrar meu cavalo?

TRINTA E TRÊS

Indesejada

Está ficando escuro quando finalmente chegamos de volta ao castelo Reigenbach. Gisele e eu enfrentamos um jantar rápido e barulhento com o resto do grupo que foi à caçada, na qual a história de sua vitória é cantada repetidas vezes. Não posso deixar de notar o fato de que o conde Von Hirsching está parecendo cada vez mais inquieto com a quantidade de nobres que dão tapinhas no ombro de Gisele. Guardo essa informação para depois. Se Gisele está ficando popular, isso significa que novas tentativas de assassinato vão receber mais escrutínio do que Adalbrecht pode querer.

Ragne está nos esperando no quarto. Quase imediatamente depois que a porta do corredor se fecha, ouvimos uma batida na porta da varanda. Deixo Emeric entrar.

Ele está surpreendentemente pálido, praticamente perturbado; as mangas estão completamente amassadas de terem sido enroladas e desdobradas diversas vezes.

— Ouvi contarem que um lobo atacou vocês — diz no instante em que entra. Ele me segura pelos ombros, como se quisesse verificar que ainda estou inteira. — Você está machucada? Foi o marquês?

— Foi o marquês — Ragne responde.

Emeric pisca. Daria para jurar que ele tinha esquecido que ela estava ali. Gisele pendura o manto no cabideiro.

— Estamos todas bem, mas a faca de cobre foi muito útil.

— O lobo era um *mahr*. Já vi maiores — explico. — Mas agora também concordo com você. Cavalos são horríveis.

Ele me solta, parecendo um pouco envergonhado, e murmura:

— Eles gostam de *morder* coisas sem motivo nenhum.

Pego a faca de cobre do meu cinto e a entrego de volta para ela, um sorriso se formando no meu rosto.

—Você estava preocupado com a gente, não estava?

Emeric começa a remexer uma das mangas.

— Claro que estava.

— Encontrou alguma coisa no escritório? — Gisele pergunta, sentando-se no baú para desamarrar as botas.

Emeric balança a cabeça.

— Von Reigenbach deixou dois soldados de guarda do lado de fora dessa vez. Eu poderia lidar com isso, mas vão saber o que os atingiu, então...

— Deveríamos deixar isso para logo antes de invocar as Cortes Divinas — comento, deixando as luvas na penteadeira.

Emeric segura meu pulso com a ponta dos dedos, observando aquela nova profusão de pérolas. Cada uma tem o tamanho de um centavo branco.

— Está ficando pior, não é?

Abaixo a cabeça.

— A lua cheia é no domingo à noite, depois do casamento. Se não tivermos conseguido derrubar Adalbrecht até lá, tenho problemas maiores.

Ninguém parece saber o que falar.

Eu sei o que Gisele está pensando: ela poderia pegar seu lugar de volta agora, mas seria apenas para me ajudar. E isso até poderia piorar a maldição. Também sei o que Ragne está pensando: a maldição da mãe dela está matando sua primeira amiga.

Eu nunca sei bem o que Emeric está pensando; só sei que ele me aperta mais forte por um instante antes de me soltar.

Gisele tenta esconder um bocejo, mas não dá certo. Emeric parece acordar com isso.

—Acho melhor eu ir embora — ele murmura. —Vocês todas precisam descansar. Boa noite.

Antes que eu consiga dizer que ele pode ficar, Emeric já saiu.

Gisele suspira.

— Desculpe, Vanja.

— Por que está pedindo desculpa?

Ragne e Gisele trocam um olhar.

— Eu acho — Ragne diz delicadamente — que a Emeric queria ficar sozinho com você.

Eu dou uma risada um pouco alto demais.

— Ele não queria não, ele só queria garantir que estávamos bem depois da caçada.

Gisele ergue as sobrancelhas.

— Claro. — Então ela boceja outra vez.

Aproveito o momento para mudar de assunto.

—Você pode dormir aqui se quiser. A catedral fica longe, e se não estiver usando as pérolas Adalbrecht pode achar que você é uma criada e tentar algo desesperado.

— Eu não quero te incomodar — Gisele diz, mas dá para ver que ela está exausta.

Também suspeito que já faz bastante tempo que ela não dorme em uma superfície que não seja uma cama de palha.

—Você e Ragne podem ficar na cama e eu durmo de frente para a lareira.

Aquilo funciona. Dividimos os cobertores e apagamos as velas, e logo a escuridão é preenchida com os roncos baixinhos que lembro de escutar no castelo Falbirg. Encaro as brasas vermelhas da lareira, esperando o sono vir, mas, por algum motivo, ele não vem.

Não sei se é o frio ainda nas joias ou o outro ângulo de familiaridade nisso tudo, Gisele na cama de penas e eu deitada na lareira. Talvez seja a dor que não consigo compreender, aquela que faz meu estômago dar nós cada vez que Gisele ou Ragne me provocam sobre Emeric.

Não sei explicar a elas que isso só me lembra do que eu não sou e do que nunca vou ter. Que só porque esse jogo entre mim e ele não segue as regras da trindade do desejo... não significa que ele queira uma garota como eu.

Só me lembra que ninguém iria querer se relacionar com garotas como eu, que não são nada belas, tampouco doces. Que garotas como eu servem apenas como passatempo.

Eu quero que ele corra atrás de mim, porque significaria que sou mais do que isso. Significaria que uma vez na vida estou sendo vista.

De repente, percebo o que está me deixando acordada. É a coisa que une todas essas pontas: medo.

Já faz mais de um ano que roubei as pérolas, que me joguei dentro dessa grandiosa mentira, que decidi trilhar meu próprio caminho. Já faz quase quatro anos desde que paguei o preço pela lealdade. E treze anos desde que observei o lampião de minha mãe desaparecer na noite.

E se alguém me visse agora, dormindo diante da lareira, abdicando de tudo por Gisele, deixando pessoas entrarem no meu coração, ousando até ter uma faísca de esperança... bem.

Apenas um tolo olharia para mim agora e pensaria que aprendi alguma coisa.

A quinta-feira passa como um borrão. Gisele e eu trocamos nossos deveres: ela acompanha as refeições rígidas e constrangedoras com seus pais e Adalbrecht, e eu vou aos chás com os nobres locais que vêm me elogiando o ano todo. Ela comparece à reunião final com os decoradores e eu experimento o vestido de casamento pela última vez.

Provavelmente deveríamos ter trocado esses dois; eu preciso tomar cuidado para esconder a eclosão de joias preciosas nas mãos e canelas. Pior é me ver com um vestido azul-Reigenbach brilhante, as camadas de brocados e a pele de arminho dignas de uma rainha. E pior de tudo é o peso da coroa matrimonial Reigenbach, uma monstruosidade de ouro, diamantes e safiras que faz minha cabeça doer depois de usar por só cinco minutos. Espero que nem eu nem Gisele precisemos voltar a colocar aquilo.

Ao menos a popularidade dela continua aumentando. A nobreza local já estava puxando o saco dela por causa do marquês; agora, aristocratas do outro lado do império imploram para que ela conte mais uma vez a história de como matou o lobo. A única pessoa mais irritada com isso do que Adalbrecht é Irmgard von Hirsching.

Uma mensagem no espelho nos chama de volta para a catedral da Fortuna naquela noite, mais cedo do que estávamos planejando. Joniza, Barthl e Emeric nos esperam na biblioteca do dormitório do clero, uma salinha composta de poltronas gastas e estantes cheias de livros em volta de uma lareira. Uma mesa quadrada foi arrastada do canto ao qual claramente pertencia, pedaços de carvão e papéis de uma bolsa de couro derramados sobre a superfície. Emeric está em pé reclinado sobre a mesa, escrevendo furiosamente em um pergaminho grande, completamente focado. Seus ombros tensos dizem que algo grave acabou de nos atingir.

— O que aconteceu? — Dou um passo para o lado quando entro, deixando a bolsa e o manto em uma poltrona, que solta uma lufada de poeira.

Emeric ergue o olhar, o rosto tenso.

— Você estava certa sobre Hubert. O marquês queria algo que só ele tem. Quando o entreposto estava preparando seu corpo para os ritos finais, os sacerdotes descobriram... — A voz dele falha. — Cortaram a tatuagem das costas dele.

Sinto o estômago se revirar.

— A da segunda iniciação?

Emeric assente.

— A marca que ligava Hubert ao poder dos Deuses Menores. Mas não a que o ligava às suas regras.

— O que Adalbrecht pode fazer com isso? — Gisele parece nauseada.

— Muita coisa, suspeito eu — Emeric responde. — E nada de bom.

— Deve ser por causa disso que ele prometeu os Estados Livres — Joniza sugere, embaixo de um cobertor, sentada em uma poltrona em frente à lareira. — Aposto que ele vai fazer alguma coisa para deixar os Deuses Menores fora disso. Ou talvez agora que a marca o prende ao poder deles ele possa prender os *Deuses* de volta.

Ragne se empoleira nas costas de outra poltrona. Eu tenho certeza que ela já sabe como cadeiras funcionam agora, e só decidiu ignorar.

— Se ele se prendeu a alguma coisa, então deve ter uma marca de algum tipo no corpo. Especialmente se quer usar o poder dos Deuses Menores.

Eu me aproximo da mesa para ver o que Emeric escreveu. São ângulos diferentes do caso, uma série de listas, e as evidências que juntamos.

— Você vai invocar a corte, então?

Ele assente, apertando os lábios.

— Com a marca de Hubert em jogo, é seguro dizer que seja lá o que ele esteja planejando não vai ser sutil. O que significa que ele precisa fazer logo depois do casamento, para que ao menos o seu direito ao sacro-trono imperial não possa ser questionado. Se invocarmos a corte antes de domingo, nós ganhamos.

É isso. É assim que derrubamos o lobo.

Porém vejo que as mãos de Emeric estão tremendo.

Pouso uma das minhas no papel.

— Me conte tudo.

Emeric respira fundo e endireita a postura, analisando seu diagrama.

— Temos como provar que ele se uniu aos *nachtmären* com o crânio no escritório, e, como Ragne disse, com a marca que ele deve ter no corpo. Nós *possivelmente* podemos acessar o histórico do crânio para verificar feitiços, mas, se não, Ragne, eu, Gisele e Vanja temos como testemunhar sobre os ataques de *mahr*. Mesmo se não tivermos provas de que ele ordenou esses ataques, existe um padrão claro de nos perseguir quando é para benefício próprio. E a posse da tatuagem de Klemens o envolverá no assassinato. Podemos estabelecer a motivação com as cartas dos Von Hirsching e a brecha da questão da adrogação. As cartas, com todo o contexto, também providenciam uma admissão implícita de culpa.

— Isso vai ser o bastante? — Gisele segura a mão de Ragne.

Emeric fica em silêncio. Algo está pesando sobre ele, algo que me incomoda.

— Deveria ser. Mas precisamos coordenar tudo direitinho. As pessoas em volta podem observar o julgamento, e se eu não conseguir convencer os Deuses Menores vocês vão precisar de pessoas com poder político para levar o marquês à justiça.

Não deixo de notar a mudança do "eu" para "vocês" na frase.

— Como assim? — Ele não responde. Sinto um frio repentino. — *Emeric*. O que acontece se você não conseguir?

Ele encara a mesa, sério.

— Não importa o que aconteça... invocar as Cortes Divinas vai me matar.

— Não — eu digo imediatamente —, *não*...

— Se eu ganhar o caso, os Deuses Menores me trazem de volta à vida — ele continua. — Se eu perder... eles não têm paciência para prefeitos mirins que desperdiçam seu tempo.

— Vamos encontrar outro jeito.

— Não tem outro jeito.

— Eu disse que vamos encontrar!

— E *eu* disse que o levaria à justiça, fosse o que fosse. — A voz de Emeric fica mais alta. — Não vou deixar v... Não vou deixar ele escapar. Ele precisa responder pelo que fez.

O protesto morre na minha língua. Claro. Ele quer vingança por Klemens. Quer tanto que está disposto a morrer por isso.

Ele quer isso mais do que...

Quer ficar comigo.

A esperança é mesmo uma coisa vã e inútil.

Eu sou mesmo uma coisa vã e inútil.

Lógico que Klemens é mais importante; eu sou uma garota que ele mal conhece, mesmo que... mesmo que eu tivesse me permitido pensar que haveria um *depois* para nós. Os anos se passaram, e eu continuo a mesma tolinha fungando em um pano de prato porque o garoto que ela gosta escolheu outra coisa. Uma coisa que importava mais.

— Por que isso funciona assim, caramba? — Joniza pergunta. — Não faz sentido gastar todo esse tempo treinando você para te matar na primeira vez que você testa seus limites.

— Se eu tivesse sido ordenado, não seria um problema — Emeric explica. — É como o pó-de-bruxa. Os prefeitos mirins podem ter as ferramentas, mas o risco impede que abusemos disso. A segunda tatuagem é o que permite a um prefeito sobreviver à canalização do poder dos deuses.

Eu não vou desistir.

— Como funciona a invocação? A gente pode, sei lá, dispersar o poder de alguma forma?

— Não, a invocação requere um encantamento específico da moeda dos prefeitos e... — Ele para de falar, engolindo em seco. — É tudo o que vou dizer.

Eu não sei o que me magoa mais, se é ele pensar que vou sabotar a invocação, ou que ele me pegou tentando descobrir exatamente como fazer isso.

Ele sabe o que eu sou, afinal: egoísta. Está estampado no meu rosto. Deixaria Minkja queimar até virar pó se conseguisse arrastar pelo menos nós dois da fuligem.

— Cada um de nós esteve com a vida em risco em algum momento disso tudo — Emeric prossegue, tentando suavizar o golpe. — E, se o marquês ganhar, nenhum de nós vai conseguir escapar vivo...

— Ah, pois eu definitivamente vou — Joniza diz, o tom seco. — Tá brincando? Eu não vou morrer nesse poço de lama.

— Ninguém vai morrer. — Eu me inclino sobre a mesa, tentando pensar. Acidentalmente apoio a mão na bolsa de Emeric, e assim acabo empurrando-a, deixando cair vários bastões de carvão. Eu gesticulo para ele não se mexer e me abaixo para limpar. — Pode deixar que eu faço isso.

— E o baile no sábado à noite? — Barthl se pronuncia pela primeira vez. Ele estava espreitando no canto, inquieto como sempre, apesar de eu não poder culpá-lo. — Adalbrecht estará longe do escritório, então podemos pegar o crânio. Representantes da Corte Imperial estarão presentes, com suas equipes de segurança, e outros nobres que não são parte da aliança dos Von Hirsching. Mesmo no pior caso, é um público que pode conter Adalbrecht, se os Deuses Menores não fizerem isso.

Guardo o último carvão de volta na bolsa e... congelo ao sentir uma caderneta com encadernação de lona familiar.

O livro-registro de Yannec ainda está ali.

Não, digo a mim mesma. Não é hora disso. Devolvo a bolsa para a mesa.

— Eu também devo tocar no baile — Joniza diz. — Podemos coordenar com minhas músicas de novo.

— Perfeito. Barthl e eu podemos lidar com os guardas no escritório, pegar o crânio e o levar para o baile. E aí eu invoco a corte. — Emeric encara o teto, pensativo. — Se ganharmos o caso... Gisele, a adrogação funciona a seu favor. Talvez alguns tentem anular o título, mas, seja lá qual punição Von Reigenbach encarar, você provavelmente herdará tudo. Isso significa que deve levar as pérolas para o baile, e Ragne vai protegê-la.

— Por mim, tudo certo. — Gisele sorri para Ragne.

— Espera — digo. — Deixa eu pegar o crânio. Não é como se os guardas na porta já tivessem me impedido antes, e se você precisar derrubá-los podem acabar descobrindo eles. Além do mais, alguém precisa arrombar a fechadura...

Barthl pigarreia.

— Eu tenho as chaves.

— Desde que consigamos sair e chegar ao baile, não importa se os guardas forem descobertos — Emeric diz. — É uma aposta segura.

— Então o que eu faço? — pergunto.

Um silêncio desconfortável reina ali, e eu compreendo. Gisele tem as pérolas, Barthl tem as chaves, Joniza tem o palco, Ragne tem suas garras e Emeric tem sua moeda. Eles não precisam de uma ladra e uma mentirosa.

Não precisam de mim.

De alguma forma, aquilo me assusta talvez mais do que Adalbrecht von Reigenbach.

— Irmgard — Gisele diz rapidamente. — Alguém precisa ficar de olho em Irmgard. Você pode vir ao baile como minha criada e Ragne se esconde com você, e se Irmgard tentar alguma coisa você pode impedir.

Gisele, sempre entregando esmolas de caridade. Todos nós sabemos que essa é uma desculpa fraca. Eu assinto, pressionando a língua contra o céu da boca até começar a doer.

— Tá — replico.

— Acho que é o melhor para todos — ela acrescenta.

Gisele não tem como saber por que essas palavras me atingem com tanta força. Ela não vê o lampião na encruzilhada; não ouve minha mãe me deixando para a Morte e a Fortuna com aquela mesma desculpa.

Eles conversam sobre os sinais, o tempo e posições, mas não presto muita atenção. Está tudo bem, porque nada disso depende de mim. Nenhum *deles* depende de mim.

Isso não deveria ser pessoal, mas é, sim.

É o medo que me consumiu ontem à noite, roendo algo difícil de engolir. Não só eu não aprendi *nada* nos últimos treze anos, como cometi um erro novo e terrível.

No fim de tudo, Gisele provavelmente vai ter o castelo Reigenbach, vai ter Ragne, vai ter riqueza, poder e um final feliz de contos de fadas. Eu vou ter sorte se acabar com os bolsos cheios de ouro. E talvez não tenha nem o garoto de quem estupidamente decidi gostar.

No entanto, esse não é meu erro novo.

De alguma forma, deixei todas essas pessoas, até mesmo Barthl, se tornarem relevantes para mim. Encontrei abrigo para eles, coloquei todos para dentro do castelo, lutei com monstros e, de alguma forma, de *alguma forma*, eu me permiti ser... leal.

Agora, eles não precisam de mim. E não confiam em mim.

Que erro bobo e terrível, pensar que a lealdade algum dia retribuiria meus serviços.

Ganância, ódio, amor, vingança, medo. De uma forma ou de outra, são essas as minhas motivações.

Vou ajudar a conter Adalbrecht. Vou salvar Gisele para quebrar a maldição. Depois, vou pegar meu dinheiro e fugir, e vou lembrar desta lição quando deixar o Sacro-Império para trás: existe apenas uma pessoa no mundo que posso confiar que vai precisar de mim, e sou eu mesma.

Eles podem não precisar de uma ladra e uma mentirosa, mas eu preciso. Eu preciso, se quiser sobreviver.

Quando deixo a catedral da Fortuna mais tarde naquela noite, levo o livro-registro de Yannec escondido na bolsa.

TRINTA E QUATRO

Nada roubado

Sexta-feira amanhece fria e nublada, o céu prateado claro e plano como um centavo branco, e eu me encontro nas ruas de paralelepípedos arrumadas do Obarmarkt. Qualquer um que me vir com a bolsa e o brasão da criadagem da casa Reigenbach vai pensar que estou fazendo algum serviço para o casamento; os guardas da porta certamente acreditaram naquela mentira com facilidade.

Ninguém precisa saber que estou carregando uma pequena fortuna nessa bolsa — as joias Eisendorf.

É bem simples descobrir para quem Yannec estava vendendo. Assim como eu esperava, ele registrava no livro usando carvão, e os registros sobreviveram ao mergulho no Yssar. Tudo que precisei fazer foi passar pelas entregas que ele fez depois de cada um dos meus roubos. Um cliente aparecia todas as vezes: um ourives chamado Frisch, cujo endereço era próximo à Salzplatt.

Eu nem precisei inventar uma desculpa para a *prinzessin* passar a manhã no quarto, porque a verdadeira Gisele passou a noite ali e eu dormi mais uma vez em frente à lareira, e ela está tomando o desjejum no salão de banquetes, e se eu pensar demais nesse assunto me esqueço de respirar. Até Ragne está com ela agora, por segurança.

Joniza disse que nada roubado era meu de verdade. É só... devastador ver o quanto da minha vida era roubada, mesmo o tempo que passei com ela. E como tudo está se esvaindo tão rápido.

Um vento gelado sopra pela rua, e todas as eclosões de joias do meu corpo doem em resposta. Mais rubis apareceram durante a noite, dessa vez como sementes, começando dos tornozelos e na parte interna do pulso. Ao contrário das outras erupções, essas continuam crescendo. A cada hora, sinto uma coisa aparecer junto da linha das artérias, se aproximando mais do meu coração, como o sangue envenenado de uma ferida infectada.

Pior ainda, consigo ver os brotos de joias inchando minha barriga, caroços duros que rolam ao toque. Não sei até que ponto meu corpo vai aguentar, mas uma coisa está clara:

Hoje, amanhã e domingo. É tudo o que me resta.

Uma placa dourada brilha adiante, balançando no gancho com o vento. Três anéis dourados e o nome *Frisch*, todos banhados a ouro. Aperto o passo, ao menos para sair do frio, e escondo o brasão Reigenbach no bolso.

Um sino tilinta quando eu entro. Um homenzinho sem graça está no balcão, polindo meticulosamente um colar maravilhoso de prata e safira, que cintila em uma base de veludo preto. Estou bem certa de que roubei da penteadeira de Irmgard von Hirsching a pedra preciosa ali no centro.

— *Meister* Frisch?

O homem assente, ainda absorto com o colar.

— Como posso ajudar, *frohlein*?

— Acredito que tenha feito negócios com um parceiro meu — digo, fechando a porta. — Yannec Kraus.

Frisch deixa o pincel de lado e se endireita, me avaliando. A voz dele está tensa quando fala:

— Talvez tenha sido o caso.

— Esse negócio praticamente acabou — declaro, apoiando a bolsa no balcão. — Mas estava com esperança de que pudesse fazer um último acordo.

Para algo que demorou tanto tempo, a troca é rápida e sem delongas. Frisch parece tão ávido por guardar as joias Eisendorf quanto eu estou por me livrar delas. Deixo a loja com duzentos *gilden*, mais do que eu esperava e muito mais do que Yannec estimava. Eu sabia que ele ficava com uma parcela, mas nós acordamos um décimo do dinheiro, não um quinto. Porém não é como se eu o tivesse pegado no pulo, então vai saber há quanto tempo ele estava quebrando o acordo.

Repasso o plano a caminho do castelo. Faço as malas hoje enquanto Gisele estiver fora. Não vou levar muita coisa, só uma roupa digna de uma princesa, e uma digna de uma criada. E, claro, meus *gilden*.

Assim que estiver claro que ela retomou seu lugar e minha maldição for quebrada, vou partir, no mais tardar no domingo. Vou fingir ser uma criada uma última vez e contratar uma carruagem, com o pretexto de que minha senhora, uma convidada do casamento, ficou bêbada demais e deu sua carruagem de presente para a noiva. Então, na manhã seguinte, vou usar o vestido roubado, os pós roubados, a educação roubada, e me tornarei uma *prinzessin* pela última vez. E vou partir naquela carruagem... para qualquer lugar.

Bom, não qualquer lugar. As guerras fronteiriças de Adalbrecht estriparam o sul e o leste, até mesmo entrando na floresta Eiswald. No entanto, posso ir para o oeste ou o norte, o mais longe que eu quiser.

Eu sei que Emeric disse que me seguiria, mas isso foi antes de deixar claro que vingar Klemens importa mais do que tudo. Foi minha culpa ter acreditado nele. Não vou cometer esse erro de novo.

Um *craque* como um trovão me faz praticamente pular assim que entro na Salzplatt. A estátua de bronze de Kunigunde levou a sua lança ao pedestal de mármore. Prendo a respiração, na certeza de que ela vai me apontar como ladra — mas em vez disso ela congela outra vez, franzindo a testa.

Um vislumbre azul-claro chama minha atenção do outro lado da praça. A carruagem de Adalbrecht está estacionada na frente da câmara municipal, uma pequena multidão reunida ali. Ele surge por entre as portas duplas, sorrindo e acenando com uma expressão de triunfo. Os Von Falbirg devem ter encontrado tempo para assinar os formulários de adrogação matrimonial.

Isso conclui a parte da papelada do seu roubo.

Eu não quero correr o risco de que ele me veja, ou de que Kunigunde aponte para mim. Saio da Salzplatt e espero não ver nenhum dos dois a caminho do castelo.

É fácil guardar as roupas e esconder a mala no guarda-roupa. Preciso de mais tempo para contar os *gilden*, e então recontar, para me certificar de que tenho mil. Nas duas vezes, conto um pouco mais do que isso.

Eu começo a contar pela terceira vez, não porque acho que contei errado, mas porque quando vejo as pilhas de moedas diante de mim... tudo parece real. Eu consegui. Sinto o cheiro da liberdade.

Acabei de chegar a trezentos quando sinto um pulso quente de calor na coxa. Primeiro penso que é outra eclosão de joias, e então lembro que ainda estou carregando o espelho-mensageiro. Tiro do bolso e vejo a caligrafia de Emeric na superfície embaçada:

Precisamos
conversar.

Deve ter uma mudança nos planos. Escrevo de volta: *Onde?*

Quando entro na catedral da Fortuna quinze minutos depois, espero ver todos ali reunidos, ansiosos enquanto algum acontecimento tenebroso reduz ainda mais nossas chances. Nem me dei ao trabalho de fazer as tranças; só escondi o ouro, peguei um manto e um cachecol e saí correndo com os cabelos soltos feito uma doida numa peça de teatro.

No entanto, nem Gisele, nem Ragne, nem Barthl, nem Joniza estão por aqui. Só vejo Emeric esperando por mim no vestíbulo, sozinho. O santuário em si está quase vazio, com exceção da acólita que a Fortuna possuiu da primeira vez que apareci aqui, me lançando um olhar de soslaio enquanto varre o corredor entre os bancos. Não tem como saber com certeza quando serão feitos os ritos da Fortuna, já que as sacerdotisas jogam ossos para saber se vão fazer uma cerimônia ou não a cada seis horas. (A Fortuna me disse uma vez que fazia isso só para ver se todo mundo continuava esperto.)

Emeric inclina a cabeça para a capela menor na lateral. Eu o sigo, deixando o manto embaixo do braço. O cômodo é um pouco menor do que a biblioteca do clero, com apenas algumas janelinhas em cima, mas é ladeado por velas bruxuleantes em prateleiras escuras. O cheiro de pavio queimado e cera derretendo é forte. Há também um altar raso nos fundos, vazio com exceção de um arco de folhas douradas entrelaçado a ossos de animais.

Esse é o Altar dos Apostadores, onde as pessoas acendem uma vela e juram completar uma façanha em nome da Fortuna. Supostamente, ela deveria favorecê-los se conseguissem, e dispensá-los se fracassarem.

Talvez Emeric queira acender uma vela para o julgamento.

Deixo o manto no banco de pedra simples. As portas da capela se fecham atrás de mim, e eu me viro, de repente nervosa.

— O que está acontecendo?

Emeric continua de costas para mim, as mãos na porta.

— Eu poderia te perguntar a mesma coisa. — Ele suspira, e então se vira de frente. Mesmo sob a luz bruxuleante, noto suas olheiras. — O que você está fazendo, Vanja?

Semicerro os olhos.

— Do que você está falando?

Ele tira os óculos, passando uma das mãos na testa.

— No dia seguinte depois que você me jogou no Yssar, fiz uma visita ao *meister* Frisch. Eu disse a ele que os prefeitos tinham motivos para acreditar que ele estava comprando as joias roubadas do *Pfennigeist*, baseado no livro-registro de Yannec Kraus, e que eu pediria por clemência se ele concordasse em mandar um mensageiro para o entreposto *assim* que alguém tentasse vender a ele as joias Eisendorf. — Ele aperta o nariz. — E então eu me esqueci completamente disso. Ao menos até hoje de manhã, quando o mensageiro chegou e eu descobri que você tinha roubado o livro.

Scheit.

— Não é da sua conta — eu digo.

Ao menos não deveria ser. Não se ele estiver mantendo a promessa de deixar o caso do *Pfennigeist* só para depois de acabarmos com Adalbrecht.

— É por causa do plano de amanhã? — ele pergunta, exausto, recolocando os óculos no rosto. — Porque eu sei que não é perfeito, mas é o melhor...

O melhor para todos. Isso me faz sentir mal de novo. Então eu minto, claro.

— *Não*. Não é por causa do plano, é só uma ponta solta. — E aí percebo exatamente o motivo de ele se importar. — Você é o único que sabe que eu vendi as joias roubadas. Não vai arranjar problema por eu ter feito isso enquanto estou com a ficha de anistia a não ser que me dedure você mes...

— Quê? Não, eu não... — Emeric gesticula. — Eu não me importo com isso. Como assim, uma ponta solta?

Desvio o olhar.

— Ficou bem claro que tudo vai dar certo sem mim, então... eu preciso cuidar dos meus assuntos.

O antes que eu vá embora fica implícito.

Uma corrente eletrizante e estranha faísca no ar entre nós, estalando perto de um barril de pólvora. Quero brigar, gritar, fugir. Quero ter esperança de novo. Mais do que qualquer outra coisa, quero que ele me peça para ficar.

Mas ele só balança a cabeça, incrédulo.

— Assuntos. Você é inacreditável.

— Eu disse que não era da sua conta.

— Mas está te *matando*! — ele explode. —Toda vez que você é egoísta, isso só alimenta a maldição! Eu não consigo acreditar que depois de... depois de tudo, você ainda só se importa com você mesma!

— *PORQUE EU SOU A ÚNICA QUE VAI FAZER ISSO!*

Minha voz ecoa na capela como o sino das horas. Emeric me encara, completamente devastado.

— Você não tem *nenhum* direito — eu rosno — de me falar *um ai* sobre com que eu devo me importar. Eu não vou ter nada depois disso fora o que eu pegar pra mim. Eu sou uma plebeia, uma órfã e uma criada, e eu *só* sobrevivi sendo egoísta, por que *quem mais* vai se importar com uma garota como eu?

—Vanja... — ele começa, mas eu não acabei.

Ele cortou uma artéria, e estou sangrando em forma de palavras.

— Quando isso tudo acabar, pra onde eu vou voltar? Para a mãe que me deixou pra morrer? Para as madrinhas que só querem uma criada? Gisele pode voltar para Ragne e o castelo que os pais dela compraram quando *me venderam*. E *se* você sobreviver, você pode voltar pra sua família, os seus prefeitos. — Esfrego o punho nos olhos, com vergonha da forma como minha voz estremece. — Que é *só* um "se" porque você prefere se matar por vingança em nome de Klemens do que... do que...

— É você — Emeric diz abruptamente.

Aquilo me faz parar na hora.

Ele empalidece, como se aquilo o estivesse matando.

— É... é por você. Eu poderia esperar os outros prefeitos chegarem, se só quisesse justiça por Hubert. Mas aí seria tarde demais. Você não pode quebrar a maldição enquanto Von Reigenbach é uma ameaça.

Balanço a cabeça, totalmente confusa, me *recusando* a compreender. Ele não está dizendo o que acho que está dizendo. Não, não estou ouvindo direito, eu sei bem o que eu sou, é impossível...

Emeric se aproxima de mim, deixando apenas centímetros inquietantes entre nós.

— Eu também estou com medo — ele confessa baixinho. — E eu não quero ir. — Ele levanta os dedos, trêmulo, hesitando, e traça a linha do meu maxilar com cuidado, com o mesmo toque leve de antes, como se pudesse ser a última vez. Ele segue até o canto da minha boca, e sua voz adquire um tom de angústia. — Mas, por favor, Vanja, não me peça para ver você morrer.

O medo e a raiva estão estampados no rosto dele, familiar como meu coração é um espelho, como se eu tivesse traçado tudo na superfície. O medo e a raiva — e o mesmo calor desesperado que busca o outro.

Emeric inclina a cabeça, vai até a metade do caminho, se abaixando para mim. Está esperando. Perguntando. Ainda posso correr. Eu deveria, deveria, tudo em mim quer correr...

Para ele.

Sempre acabaria com ele.

Eu o seguro pelo colarinho e o puxo o que falta.

Nós colidimos como ímãs, movidos por forças incompreensíveis. Não é tanto um beijo quanto uma respiração aturdida, suave e perplexa, compartilhada entre nós dois. Estamos quase congelados, com medo de arruinar o que acabamos de ganhar. Nenhum de nós sabe o que está fazendo. Só sabemos o que queremos.

Mas eu sou egoísta, e quero mais. Passo a mão pelo cabelo dele e ele me beija de novo, me puxando mais para perto pela cintura com um dos braços.

A sensação daquela pressão de nós dois juntos é como lançar um fósforo no óleo de lamparina do meu sangue. Qualquer receio some como fumaça. Compensamos com uma voracidade catastrófica o que nos falta em experiência, indo com tudo, só instinto e desejo. Eu me sinto... eu me sinto como se estivesse rompendo ao meio, uma geleira rachando e derretendo, o gosto dele ardendo doce na minha língua. Quando finalmente nos separamos para respirar, ficamos os dois de olhos arregalados, completamente espantados.

— Então — eu consigo balbuciar —, sobre o... o... interesse inapropriado.

Emeric encosta a testa na minha, segurando meu rosto com as mãos trêmulas.

— *Nada* — ele diz, febril — na forma como me sinto sobre você é... apropriado. — Ele solta uma risada rouca. — Há dias que não é.

— Quê? — replico. — Não. Como assim?

— Você não notou quando as pérolas começaram a funcionar de forma diferente em mim? Eu quase trombei na porta, eu não conseguia parar de pensar...

Ele se interrompe, ficando mais corado.

Sinto um embrulho no estômago.

—Ah, bom, sabe — murmuro —, é o que o encantamento faz, é pra eu ficar mais bonita...

É minha vez de me interromper, quando os lábios dele roçam na minha têmpora.

—Vanja — ele diz, a voz mais rouca —, as coisas em que eu estava pensando... não envolviam as pérolas.

Isso faz uma coisa *completamente* diferente com o meu estômago.

—Ah — digo, baixinho.

Parte de mim fica furiosa com essa indecência, com a tola que estou me tornando. O resto de mim tem outras prioridades.

— Diz outra vez. — Minha voz estremece. Ele faz um barulho, como se não tivesse entendido, e eu o sinto na sua garganta, ecoando em cada centímetro do meu corpo. — Meu nome. — Meu rosto está ardendo, eu sou uma bagunça e uma tola e não me importo nem um pouco. — Por favor.

A boca dele roça meu ouvido quando ele se aproxima. Então Emeric fala, em um sopro:

—Vanja.

Um calafrio percorre minha coluna, me fazendo arquear contra ele, e sinto o sorriso de Emeric no meu queixo. Eu ficaria irritada e envergonhada, mas mal consigo pensar, menos ainda quando ele beija minha bochecha.

—Vanja — ele repete, como se o gosto fosse tão doce para ele quanto é para mim.

Afundo as mãos no cabelo dele quando outro calafrio me percorre. Não consigo acreditar que eu disse para ele como me quebrar completamente. Maldição, *maldição*...

— *Vanja* — ele sussurra contra minha boca, e eu me desfaço.

Derretemos em outro beijo, cambaleando para trás até eu colidir com o altar. Sou rapidamente erguida para me acomodar nele, as costas contra a parede, na altura de Emeric enquanto o puxo de novo para perto. Eu poderia me perder naquela boca, na forma como o seu toque me faz sentir como se um nó fosse desatado. Eu não sei se esse é o amor como nas cantigas, mas estou começando a entender o motivo de terem sido escritas.

Ele entrelaça os dedos nos meus. E então fica mais perto, levando nossas mãos entrelaçadas à parede...

E aí, de repente, não consigo respirar.

É como quando caí da cachoeira, a memória me arrastando para baixo, Adalbrecht prendendo minhas mãos, me imprensando contra a parede de uma forma muito parecida com essa, enfiando as mãos no meu corpete feito um porco, a humilhação, o pavor...

Estou presa, indefesa, congelada...

Isso é uma armadilha... não é real...

Meus pés atingem o chão, o mais próximo que chego de racionalizar tudo.

Eu deveria ter entendido quando ele falou das pérolas. É tudo mentira, tudo um truque, e eu caí. Eu deveria saber. Eu deveria *saber*.

Nunca escapei da trindade do desejo.

Não sou uma coisa para ser amada.

Sou uma coisa para ser usada.

Preciso ir embora, preciso... preciso...

Solto uma das mãos e pego a primeira das facas dele que encontro. Desembainho com facilidade. A luz das velas reflete na lâmina dourada que eu aperto contra o pescoço dele.

Emeric fica completamente imóvel.

Por um instante, o único som ali é o de nós dois nos esforçando para respirar.

—Você quase me pegou — digo, amarga como cianeto. Puxo a outra mão, e então saio do altar enquanto Emeric cambaleia para trás. Isso foi só mais uma fuga que consegui fazer por pouco, percebo, a armadilha mais cruel que já consegui evitar. E eu falo essa linguagem com perfeição. — Você quase... Não é à toa que eu não sou parte do plano. A ficha de anistia... é falsa. Você ia me prender aqui. Hoje.

Emeric dá mais um passo para longe, as mãos erguidas entre nós, como se não conseguisse decidir se quer que eu fique longe ou me mostrar que está desarmado. Ele abre a boca, ainda corado. Alguma coisa terrível relampeia nos olhos dele, quase como uma tristeza. A voz dele sai tão baixa que mal consigo ouvir.

— Eu te dei minha palavra.

Não. Não, meu medo nunca está errado. Não pode estar.

Lembro vagamente de sentarmos juntos na alcova na noite do baile, o peso na voz dele quando disse que não poderia fingir nada desse tipo. Ele não tinha motivo para mentir naquele dia.

Não tem motivo para mentir agora.

Não posso estar errada sobre ele. Não posso.

Porque, se estiver, encontrei alguém de quem eu gostava, alguém que conhecia minhas cicatrizes, alguém que gostava de uma garota como eu.

E quando ele se mostrou vulnerável eu empunhei uma faca.

Eu me certifiquei de que ele nunca vai confiar em mim e nunca vai tocar em mim de novo.

Não posso estar errada. Meu medo não pode estar errado.

Nada que é roubado é meu de verdade. Porém existe uma outra face dessa moeda: tudo que é meu sempre pode ser roubado.

Eu não vou ser criada de ninguém, nem mesmo de mim mesma. Sempre serei uma ladra. Nunca vou me permitir ser feliz.

Eu sempre, sempre vou roubar a felicidade de mim mesma.

Pressiono os punhos fechados contra os olhos. O pânico me toma por inteiro, e não consigo afastar aquela onda, estou perdida em meio à vergonha e o pavor, eu sou uma idiota, não consigo fazer nada certo, vou sempre ser assombrada por mim mesma...

A faca dourada cai no chão.

— Isso foi um erro — digo, a voz falhando.

Então, passo por Emeric, pego meu manto e faço o que eu deveria ter feito desde o início: fujo.

TRINTA E CINCO

Bons sonhos

O QUARTO ESTÁ VAZIO e em um marasmo quando entro, tanto que chega a ser quase chocante. Estou tremendo, com frio, com calor, furiosa e quebrada, e a pior parte de tudo é saber que fui eu que fiz isso comigo mesma. Estou caindo, caindo, e quanto mais tempo passo em queda, maior será o baque quando chegar ao chão.

As lágrimas vêm, eu sei disso. Se eu parar por um segundo que seja, tudo vai me derrubar. Por isso, digo a mim mesma para voltar a arrumar as malas, contar o ouro, me preparar para fugir...

Acabo pisando em um pedaço de papel. Devo ter derrubado de cima do balcão. É uma mensagem curta de Gisele:

> *O "padeiro" decidiu que não precisa socializar essa tarde, então vou fazer o mesmo. Ragne e eu vamos ficar de olho nas crianças hoje à noite para dar um descanso para Umayya. Ragne deve voltar depois, e eu te vejo amanhã. — G*
> *P.S.: Se segurança for um problema, conheço alguém disposto a passar a noite outra vez!*

Não percebi até este instante que queria falar com ela. Ou Ragne. Ou Joniza. Ou até minhas mães, só uma vez. Qualquer um.

Maldição, eu... eu quero falar com Emeric.

Mas pelo visto não consigo fazer isso sem ameaçar cortar o pescoço dele. É aí que o choro me alcança.

Engulo um soluço, mas outro se forma no lugar, e mais outro. O papel fica amassado na minha mão. Eu o deixo cair no chão e cambaleio até a cama. Uma parte distante de mim lembra de chutar as botas antes de me enfiar embaixo dos cobertores, mas só lembro de desamarrar o manto depois.

Tem alguma coisa de errada na cama. Preciso de um instante para perceber o que é: está com cheiro de lavanda.

É como se eu já tivesse partido.

Eu me enrosco e enterro o rosto em um travesseiro enquanto outro soluço me sacode como uma porta solta na tempestade. Achei que poderia vencer isso — meu medo, meu passado, o lobo nos meus calcanhares. Achei que poderia vencer esse jogo.

Porém é no máximo um empate. Vou deixar Minkja com vida, meu ouro e uma promessa de liberdade. Duas semanas atrás, isso teria sido o suficiente.

Duas semanas atrás, eu não sabia que poderia perder tanta coisa.

Choro no travesseiro até os soluços virarem arfadas secas, e quando gasto até essas, fico deitada ali na névoa dolorida e entorpecida da derrota. Minha cabeça dói de tanto chorar, as joias ardem, e cada vez que penso no olhar de Emeric meu coração se parte outra vez.

O dia se transforma em uma tarde fria, e então no comecinho da noite. O quarto está basicamente nas sombras quando ouço os passos dele no corredor. Odeio que sei que pertencem a ele. Eles se demoram perto da minha porta um instante... e depois seguem caminho.

É claro. Emeric tem problemas maiores.

É evidente que Adalbrecht está ocupado demais para o jantar também, já que ouço quando Trudl traz bandejas para a ala de frente para o rio. O agradecimento abafado de Emeric é como um soco no estômago. Eu não respondo quando ela bate na porta, porque Gisele levou as pérolas com ela e eu não tenho tempo de cobrir as linhas de rubi marchando na direção do meu coração. A bandeja é deixada no corredor e Trudl segue em frente.

Pouco depois, o espelho-mensageiro pulsa no meu bolso.

Eu me reteso. Não quero olhar, não quero encarar o dano que eu fiz — mas estaria mentindo se dissesse que não estou sedenta por uma migalha que seja de esperança.

Sentindo o coração na garganta, pego o espelho e o abro. Vejo as palavras na superfície embaçada:

Vanja,
Eu não posso

Espero mais. Precisa ter mais coisa. É o Emeric, e ele não faria nada menos do que um ensaio em três partes, com direito a notas de rodapé e bibliografia.

A névoa desaparece, reaparece.

E diz de novo:

Vanja,
Eu não posso

Algo se parte dentro de mim. Encaro o espelho, observando aquelas palavras serem rabiscadas de novo e de novo. A dor percorre meu corpo, as pedras preciosas brilhando enquanto aumentam de tamanho. Talvez seja apenas a maldição, me lembrando que só tenho mais dois dias. Talvez seja apenas a minha ganância.

Sou demais para ele. Não sou o suficiente.

No fim das contas, descubro que ainda tenho lágrimas para derramar.

Em dado ponto, acabo caindo em um sono inquieto.

Não sei o que me acorda. Ainda está escuro, mas não tanto. Uma luz azul gélida preenche o quarto, mas lá fora o céu ainda está escuro demais para marcar o amanhecer.

— Levante.

Eu me viro.

Adalbrecht está parado do lado da minha cama, como uma montanha de granito me encarando.

Os seus olhos ardem com aquela mesma chama azul, o cabelo loiro solto emoldurando o rosto de pedra. Ele está usando apenas calça e botas, o torso nu pálido, úmido de suor.

Uma ferradura de cavalo está presa de cabeça para baixo sobre o seu coração. Uma luz gélida emana do ferro a cada pulsar.

Eu grito, e minhas mãos escorregam nos lençóis enquanto tento me afastar. Ele só agarra meu antebraço e me arrasta da cama.

— Pare de fazer tanto barulho — ele ordena, me jogando no chão, ainda enrolada nos cobertores. — Ninguém no castelo vai te ajudar.

O jantar.

—Você envenenou a comida.

Mas então, Emeric...

— Não seja estúpida, eu não limparia uma bagunça dessas. — Ele vai em direção à porta. — Eles vão dormir o quanto eu quiser que durmam.

Pontos pretos formam um aro ensanguentado entre as escápulas dele, envolvendo um pedaço de pele cinzenta com círculos de runas complicados.

Sinto a bile subir. É a tatuagem de Klemens. Adalbrecht a costurou nas próprias costas.

De repente, encaixo as peças. A ferradura, o crânio, a visão da cabeça de cavalo. Ele não usou a marca para se prender aos Deuses Menores. Ele a usou para se unir aos *nachtmären*, e eles existem na mesma proporção que os sonhadores.

É assim que ele vai destruir os Estados Livres ou qualquer território que resistir. É por isso que quer usar o Göttermarkt para o casamento: para se certificar de que os sinos dos templos não toquem durante o que quer que esteja planejando.

Percorro o quarto com os olhos enquanto me esforço para ficar de pé, buscando uma saída. As pérolas estão com Gisele, e não sei o que ele quer comigo, não tenho tempo de questionar nada. Ragne também não está aqui. A varanda... não, eu não vou conseguir descer a treliça e chegar na Estrada dos Amantes rápido o bastante. As janelas apresentam o mesmo problema. E ele está bloqueando a porta do corredor. A lareira...

Está queimando com chamas azuis geladas.

Sinto um enjoo ainda maior.

— O que você fez com Poldi?

— Lembrei ao *kobold* quem é o mestre do castelo — Adalbrecht diz. — Pare de se arrastar e venha comigo.

Eu não tenho saída. Ainda. Então o sigo pelo corredor.

Os corpos estão esparramados por ali, como se tivessem caído no sono bem onde estavam. Há *nachtmären* em cima de cada um, atacando e rindo, acariciando as orelhas e fazendo nós nos cabelos. Claro — um para cada sonhador. E agora Adalbrecht manda no sono.

Isso vai muito além de qualquer coisa que eu pudesse ter me preparado para enfrentar.

Olho na direção das escadas. O corredor está livre, talvez eu possa correr.

Então, percebo que Adalbrecht está me levando até Emeric.

Não tenho escolha a não ser seguir.

As mesmas chamas azuis lançam uma palidez estranha sobre o quarto de Emeric quando Adalbrecht escancara a porta. Emeric está deitado sobre a escrivaninha, a cabeça apoiada nos pulsos; ele sequer tirou os óculos, uma das hastes forçando a têmpora.

Um *mahr* pálido e sorridente está agachado sobre os ombros dele, abraçando os próprios joelhos e se balançando.

Adalbrecht segura o ombro do *nachtmahr*, fechando os olhos como se escutasse uma música distante. Um segundo depois, ele suspira.

— Entendido. Eu estava certo. — Ele pensa um instante. — Acredito que foi informada sobre a forma como meu pai morreu. Se quer evitar que Conrad se esvaia em sangue pelos pés, vai me escutar com atenção. Fui claro?

Assinto.

— Fui *claro*? — ele repete.

— Sim — digo em voz alta. Os olhos dele faíscam azuis, e percebo o que ele está esperando. A palavra gruda como carvão na língua. — Milorde.

— Já faz duas semanas que sei que você é uma farsante — ele declara. — O *nachtmahr* me disse tudo que conseguiu encontrar na sua cabeça: as pérolas, a maldição, até mesmo *essa*... — ele gesticula de forma desdenhosa para Emeric — fachada ridícula. Era a verdadeira Gisele no quarto naquela noite do baile, não era? Eu não sabia de onde lembrava de tê-la visto, até me recordar do orfanato sujo dos seus sonhos.

— Você está blefando — replico. — Se soubesse onde ela estava, poderia ter me exposto dias atrás.

— E deixar o império todo descobrir que uma parasita vergonhosa tinha se infiltrado no meu castelo? Acho que não. Eu planejava matá-la como presente para Gisele, e então ir até ela como seu salvador. Ela teria sido salva da miséria, uma *prinzessin* renascida.

— E então você a mataria — retruco.

Adalbrecht dá de ombros.

— É claro. Mas ela teria morrido feliz, e você também tirou isso dela. Eu de fato devo algo a você, sabe. É impossível encontrar uma marca de vínculo como essa em qualquer outro lugar. Os prefeitos deixam esse segredo bem guardado. O *Pfennigeist* me deu uma desculpa para chamá-los sem sujar as mãos. Depois disso, tudo que precisei fazer foi me certificar de que você e o garoto se mantivessem ocupados.

Sinto como se minhas entranhas tivessem virado chumbo. Eu fiz isso. Tornei isso possível. A dança, o quarto de visitas, a charada do *interesse impróprio* — no fim das contas, sempre fui um instrumento a ser usado.

Adalbrecht toca o *nachtmahr* outra vez. O monstro sofre uma convulsão e então começa a encolher. Emeric não mexe nem um dedo.

— Você sabe o que fazemos com os ladrões em Bóern? — Adalbrecht pergunta, muito calmo.

A resposta para uma pergunta dessa, como sempre, é "não". No caso:

— Não, milorde.

— Depende do que foi roubado. Qual você acha que deveria ser a punição para uma criada traiçoeira que roubou o nome da sua senhora? Que roubou a sua vida? — Adalbrecht observa o *mahr* encolher até ficar do tamanho de um besouro. Ele desliza até o pescoço de Emeric.

— Eu... não sei, milorde — gaguejo.

O *mahr* entra no ouvido de Emeric.

Adalbrecht me encara com seus olhos ardentes, pousando a mão sobre a nuca de Emeric.

— Pense mais um pouco.

A resposta deveria ser "não", mas...

— Enforcamento — respondo, desesperada. *Os pequenos ladrões vão para a forca.*

Emeric convulsiona, as sobrancelhas franzindo com a dor. Adalbrecht me encara, aguardando.

Ele quer algo pior.

— Enforcamento — digo rapidamente —, mas... mas a criada cai em um barril forrado com pregos ao pender da corda. E se rasga inteira enquanto se debate.

Emeric para de se mexer.

— Boa garota — Adalbrecht declara.

O que foi que eu fiz?

Adalbrecht decide explicar, sacudindo as mãos.

— Como agradecimento por ter me trazido o prefeito, vou te dar uma escolha. Amanhã à noite, vou prender a criada de Gisele von Falbirg pelos crimes cometidos pelo *Pfennigeist*. No dia seguinte, Gisele se casará comigo na parte da tarde. A criada será enforcada da forma como você descreveu ao final da cerimônia de casamento. Gisele morrerá logo depois da noite de casamento. Você pode ficar com qualquer um dos dois papéis, e ela também. Então aqui está meu presente: um dia para decidir qual de vocês duas vai para a forca, e qual vai para o altar.

Cerro os punhos, apertando a saia.

— Nada impede que ela fuja.

—Você é uma ladra e uma mentirosa. Tenho certeza de que pode convencê-la. — Adalbrecht afasta uma sujeira do ombro de Emeric. — E se não conseguir... vamos descobrir quanto um *mahr* precisa crescer até implodir o crânio de um garoto por dentro.

Vou vomitar.

Ele está sorrindo daquele jeito gentil e selvagem que diz que sabe que acabou.

Ele sabe que me pegou. Sabe que vou fazer isso, porque minha ganância está estampada no meu rosto.

Eu o odeio tanto... Quero pegar a faca de cobre e ver se o sangue dele todo sai azul. Porém ele vai matar Emeric antes que eu sequer consiga arranhá-lo.

— Por que está fazendo isso? — questiono. —Você já nasceu com *tudo*. Família, poder, riqueza...

— Para de drama — ele diz, calmo. — Enquanto Bóern for forte, é uma ameaça ao trono imperial, a não ser que o trono seja *meu*. Fiquei olhando enquanto meu pai mandava meus irmãos para a morte, um depois do outro, como agradecimento pela casa Reigenbach manter o império seguro. Ele se curvou diante de uma imperatriz quando nós merecíamos ser reis. Então ele me enviou, e tudo que eu tinha no campo de batalha eram meus pesadelos. Você deveria entender melhor do que ninguém. Não são mesquinharias e jogos bobos que estão em jogo. É o controle da minha vida. Estou fazendo isso para sobreviver.

E por um instante a montanha estremece, a sinceridade deixando à mostra a base de tudo. Ele acredita nisso. Ele acredita ser uma vítima porque acha que não tem a vida que merece. Que o mundo o traiu, assim como me traiu. Que ele me conhece, porque nesse quesito somos iguais.

Ele nunca vai entender, porém, que garotas como eu se tornam mentirosas, ladras, fantasmas, apenas para sobreviver a homens como ele.

— Eu roubei de nobres mimados que mal sentem falta do dinheiro — sibilo. — Se você não gostava da sua vida, poderia ter sumido no império. Poderia ter vivido uma vida como todos nós, mas não queria perder seu castelo. Não está fazendo isso por sobrevivência, e sim por conforto. Você é só um monstro e um assassino.

Adalbrecht se aproxima e me segura pelo queixo com aqueles dedos de ferro. Me arrasta para perto, abrindo aquele sorriso terrível.

— E, ainda assim, você sonha comigo.

Ele me joga de lado feito um trapo. Eu caio no assoalho com força o bastante para perder o fôlego. Quando levanto, ele já se foi.

Emeric está imóvel, ainda caído sobre a escrivaninha. O fogo na lareira ainda queima naquele tom de azul inclemente, o único barulho no silêncio frígido. Poldi não pode me salvar.

Eu estou sozinha.

TRINTA E SEIS

A ladra e a mentira

Não sei quanto tempo passa enquanto fico encolhida ao lado da cama, tentando lutar contra o pânico, mas não dá certo.

Não dá certo, não dá certo, não dá certo. Não importa quantas vezes eu diga a mim mesma para não entrar em pânico, a ordem nunca cria raízes.

Os sinos das horas começam a soar.

Fecho os olhos. Digo a mim mesma que posso entrar em pânico enquanto os sinos tocam. Posso sentir medo e posso me deixar cair até o silêncio me dizer que cheguei ao fundo do poço.

Então, faço isso. Por mais onze badaladas dos sinos, eu me permito ficar apavorada. Com raiva. Ser egoísta. Eu deixo tudo aquilo me percorrer que nem veneno, inspiro tudo que é feio, mesquinho e trêmulo. Estou morrendo. Não sou o suficiente. Sou uma garota quebrada em um mundo que quer me partir em ainda mais pedacinhos.

Deixo esse terror maligno encher todas as minhas cavidades e transbordar.

Os sinos param.

O medo ainda está ali, mas já dei o seu tempo.

Eu me forço a ficar em pé. Respiro fundo, com calma, esperando o medo se acomodar. Então espano minhas roupas e começo a pensar exatamente em como vou arrombar essa fechadura.

Ganância, amor, ódio, vingança, medo. Ragne, Gisele, Joniza, Barthl. Esses são meus pinos; eu sou a arrombadora. Se eu mover tudo direitinho, todos nós escapamos.

Porém Emeric é a fechadura, e se eu cometer algum erro ele vai acabar quebrado.

Preciso testar isso primeiro. Enquanto Adalbrecht mantiver Emeric fora da jogada, não tenho o que fazer. Ele vai manter a ameaça verdadeira longe: a justiça advinda das Cortes Divinas.

Precisa existir um jeito de tirar o *nachtmahr* de Emeric. Viro o rosto dele com cuidado para examinar seu ouvido. Tudo o que consigo ver são dois pontinhos de luz azul me encarando de volta.

Talvez Ragne possa se encolher para arrancar aquilo dali... não, aí vai começar a crescer e vou perder tanto Emeric quanto Ragne. Sei que poderia tentar jogar sebo dentro do ouvido de Emeric para tentar afogar o *mahr*, mas Adalbrecht sabe quando uma de suas criaturas morre.

Talvez eu possa atraí-lo para fora de algum jeito... mas Adalbrecht parecia estar lhe dando ordens tácitas. Não sei quais, apenas suas consequências ameaçadas.

Deixo meus dedos pousarem sobre Emeric, dizendo a mim mesma que estou só verificando o batimento cardíaco, tentando ignorar o brilho das pérolas na minha pele que anunciam meu fim. O coração bate em um ritmo constante e baixo como sempre, e nenhum de nós dois tem tempo para sentimentalismo; eu me forço a seguir em frente. Talvez ele tenha deixado alguma engenhoca dos prefeitos por aí. Examino a escrivaninha.

Em uma das mãos, ele segura o espelho-mensageiro. Ainda está mostrando o *Vanja, eu não posso*, de novo e de novo. Porém, embaixo do cotovelo está uma caderneta aberta, o carvão borrando a manga dele. A página parece quase toda preenchida. Ergo o cotovelo de Emeric e a pego.

É o rascunho de uma carta. Endereçada a mim.

Vanja,

~~Eu quero~~

~~Você significa mais~~

Eu não posso ver você morrer. Você disse que não achava que eu era um covarde, mas ~~é isso que eu sou~~ fico apavorado com a ideia de te perder, seja por causa da maldição ou porque fracassei com você. Achei que eu não acreditava em coragem — mas só não sabia o que ela era até conhecer você. Você viveu com monstros por treze anos, e continua escolhendo encará-los, lutar contra eles e voltar para dentro da casa deles.

Eu sei que a coragem é algo real porque vejo você escolhê-la todos os dias. Sinto que vou ser mais uma pessoa a fracassar com você. ~~Sei~~ Acho que você também tem medo disso. ~~Por favor não fuja~~ Não posso pedir para você escolher ~~a mim, a nós, isso aqui~~ ficar, mas quero estar com você mais do que tenho medo de te perder. Se você quer que eu te persiga, vou te perseguir. Se quiser que eu te encontre, vou te encontrar. Se você me aceitar, vou escolher você todas as vezes. ~~Talvez eu finalmente tenha aprendido a ser corajoso.~~

Esse *desgraçado*. Eu... Eu vou... Eu vou salvar ele primeiro, só para poder estrangulá-lo por ter me feito chorar de novo. Talvez eu beije ele primeiro. Mas *depois* com certeza é o estrangulamento.

Ele deveria estar começando a traçar a mensagem no espelho quando caiu no sono. Ele não estava desistindo de mim. E agora...

Como ele pode me pedir para ficar, quando estou tão perto de perdê-lo?

A porta da varanda chacoalha. Um gato preto está batendo no vidro. Deixo Ragne entrar.

— O que aconteceu? — ela mia, o rabo eriçado enquanto pula na escrivaninha. — O *kobold* está doente, sinto cheiro de *nachtmären* e... o que tem de errado com a Emeric? Por que está tudo errado?

— Adalbrecht o pegou. — Esfrego a manga no rosto, gemendo quando o tecido enrosca nas pedras preciosas tomando meu antebraço. — Ele descobriu tudo. Tem um *mahr* no ouvido do Emeric, e se a gente não fizer o que o marquês mandou ele vai morrer.

As orelhas de Ragne ficam caídas. Então, ela cutuca meu cotovelo com a cabeça.

— O que podemos fazer?

Respiro fundo, me equilibrando na ponta de uma faca.

Se eu não usar cada um de nós da forma *certa*, essa fechadura vai quebrar.

Eu fracassei como ladra. Preciso fazer isso como mentirosa.

Entrego o espelho-mensageiro para Ragne.

— Não podemos fazer nada sozinhas. Pode ir buscar Gisele e Joniza? Traga as duas pelos corredores da criadagem. Pode trazer as duas por trás da cachoeira como um urso.

Ragne se transforma em uma enorme coruja preta, o estojo prateado do espelho-mensageiro faiscando no meio das garras quando ela voa pela porta aberta. Assim que ela se vai, eu fecho a porta mais uma vez e começo a andar de um lado para outro, murmurando para mim mesma, refletindo sobre os pontos difíceis da mentira que estou prestes a contar.

Falo sozinha, pensando nos laços e fios e nós enquanto o fogo arde até virar brasas azuis sinistras. Pego uma vareta da urna de cobre na lareira e acendo velas o bastante para conseguir ver, mas até mesmo essas chamas ficam azuis. Não sei o que Adalbrecht fez com Poldi. Não sei se uma tigela de mel e grãos vai ser capaz de salvá-lo.

De vez em quando, a mão de Emeric treme ou ele abre os lábios conforme se revira na cadeira, e eu prendo a respiração. Uma vez, ele murmura algo que soa como meu nome. No entanto, não acorda.

Não sei o que vou fazer se ele não acordar.

Quando Gisele e Joniza chegam, faltam poucas horas para o amanhecer. Ragne chega logo atrás, embrulhada em uma camisola. A temperatura no castelo está abaixando; as chamas azuis emitem um calor fraco, que não dura.

Gisele vai até Emeric e sacode o ombro dele, empalidecendo.

— É verdade? — ela pergunta. — Ragne disse que tem um *mahr* no... no...

— Se a gente não fizer o que Adalbrecht quer, vai aumentar até matar o Emeric. — Minha voz sai trêmula. — Ele usou o *nachtmahr* para ver a mente de Emeric. Ele já sabe de todo o nosso plano, então precisamos de um novo.

Joniza ainda está perto da porta, retesada como um arco.

— Sem ele, não tem plano nenhum.

— Não, a gente pode... a gente ainda pode fazer isso. — Eu lanço um olhar cansado para Gisele e para ela. — Não precisamos das Cortes Divinas. Barthl disse que representantes da Corte Imperial vão comparecer ao baile, então dá para enganar Adalbrecht e forçá-lo a se revelar ali. Ele está com a tatuagem de Klemens costurada nas costas e uma ferradura no coração. Podemos provar tudo se fizermos ele mostrar essas coisas. Gisele, você pode fingir ser minha criada, e eu vou ser você, e Barthl pode ir pegar o crânio. A gente pode...

— Não vai funcionar — Gisele diz lentamente. — Não é o suficiente.

Balanço a cabeça, frenética.

— Não, vai, sim! Os guardas da Corte Imperial podem prender Adalbrecht.

— Se ele sabe de tudo, vai reconhecer Gisele fingindo ser a sua criada — Joniza fala. — E, assim que perceber que alguma coisa está acontecendo, vai matar Conrad.

— Então... Ragne pode fazer isso. Ou... — paro de falar.

A voz de Gisele é baixa e pesarosa.

— Vanja, eu sinto muito, mas... acho que não temos como salvá-lo. Acho que só podemos nos salvar.

— Eu não vou fazer isso — digo de prontidão. — Eu não vou deixar ele aqui.

— Você que sabe. Mas eu ainda tenho muito a viver. — Gisele segura a mão de Ragne. — Eu... eu vou seguir com a cerimônia de casamento. E vou embora de Minkja depois.

— Eu vou com você — Joniza diz, pesarosa. — Desculpa, Vanja. Você pode vir com a gente.

— Não, por favor... vocês precisam me ajudar... preciso salvar o Emeric... — Eu me viro para Ragne, que ficou quieta esse tempo todo. — Ragne. Ragne, *por favor*.

Ela olha de mim para Gisele, os olhos vermelhos arregalados, sem saber o que fazer. Gisele pousa a mão no ombro dela. Ragne engole em seco.

— Eu prometi... prometi que ia proteger o Gisele.

Um silêncio vazio e nauseante recai sobre o quarto.

Então, pego a urna dos palitos e a atiro nos pés de Gisele. A madeira se esparrama.

— *SAIAM DAQUI!* — eu grito. — *DROGA, SAIAM DAQUI!*

Ela abre a boca, e em seguida a fecha de novo, se retirando do quarto sem dizer mais nenhuma palavra. Joniza a segue. Ragne hesita por um instante — e depois também vai embora.

Ouço a porta do meu quarto se abrir e fechar. Quase dou uma gargalhada. É *claro* que elas foram para lá.

Emeric ainda não está se mexendo.

Libero toda a minha raiva e a minha tristeza em um único soluço animalesco, e me afundo no chão ao lado dele.

Então, pego sua mão, as lágrimas escorrendo pelo rosto, e traço a palma com os dedos, como no espelho, escrevendo minha última súplica, a mais desesperada:

Fique.

Fique.

Fique.

SEXTA FÁBULA

AS TRÊS DONZELAS

ERA UMA VEZ TRÊS DONZELAS que compareceram ao casamento do lobo.

Na noite antes do casamento, a primeira donzela se sentou em um quarto frio e escuro, de luto por uma vida que poderia ter sido sua. Ela estava sozinha com suas escolhas, as más e as boas; estava em uma prisão que ela mesma criara, atrás de grades que ela forjara com as próprias mãos. E, quando os guardas do lobo apareceram para buscá-la, ela foi com eles, já que ninguém poderia salvá-la de si mesma.

Na noite antes do casamento, a segunda donzela se vestiu com seu melhor vestido e foi dançar com o lobo. Ela rodopiou e sorriu e cumpriu o papel da *prinzessin* com perfeição; deixou que os padrinhos do lobo a "raptassem" para o outro lado do salão para fazer o lobo pagar seu resgate na forma de cerveja, elogios e promessas. Ela se certificou de que quando ria todos viam seus dentes, já que ela se casaria com o lobo no dia seguinte e ele não era o único com caninos afiados.

Na noite antes do casamento, a terceira donzela vestiu um rosto que não era o seu, mas que ela conhecia bem. Era um rosto que fora usado para servi-la e machucá-la, o rosto de uma amiga, o rosto de uma mentirosa, o rosto de uma criada leal. E ela acompanhou sua princesa enquanto ela dançava com o lobo. Ela conhecia bem criaturas como o lobo. Sabia que se ninguém estivesse vendo ele devoraria a princesa em uma só bocada.

(Agora lembre-se: não siga as cartas. Mantenha o olhar no verdadeiro alvo.)

No dia do casamento, a segunda donzela se vestiu com o azul do lobo e portou a coroa pesada do lobo. Era tudo pesado demais, mas ela aguentou firme, erguendo o rosto enquanto a criada leal pousava a coroa sobre sua cabeça e se certificava de que ficasse ali.

No dia do casamento, a terceira donzela entrou na casa cerimonial que o lobo construíra no Göttermarkt, trajando o azul do lobo. Ela não estava lá pelo mesmo motivo que a maioria dos convidados; ela estava ali para se casar.

No dia do casamento, a primeira donzela foi levada para o Göttermarkt, até a forca que o lobo mandara construir ao lado das casas de ambos. Ela ficou parada, com o rosto pétreo e sozinha, enquanto o carrasco encaixava a corda no seu pescoço. Abaixo dela aguardava um barril cheio de pregos, preparado para estraçalhá-la.

Você viu as cartas serem embaralhadas, escudos e cálices, rosas e sinos, cavaleiros e pajens, rainhas e reis. Acho que é justo deixar que tente adivinhar onde está a dama. As donzelas são três: uma criada leal, uma noiva coroada e uma ladra na forca.

Qual das donzelas era eu?

TRINTA E SETE

Encontre a dama

Faz um lindo dia em Minkja, e estou prestes a morrer.

— Gentil povo de Bóern — Adalbrecht anuncia —, temos duas causas para celebrar no dia de hoje.

A voz dele ecoa pelo Göttermarkt, que parece mais que alguém deu um socão no cofre e acabou derramando por toda a praça. (Adalbrecht. Adalbrecht foi quem socou tudo.)

As casas cerimoniais em si são como pequenas catedrais, uma delas coberta por tecido vermelho-Falbirg, outra em azul-Reigenbach, e a casa do altar, aberta entre as duas, está drapeada com cortinas de ouro. A casa de Gisele é a única parte vermelha; o resto da decoração é todo composto de seda azul e dourada, grandes arcos de flores, guirlandas de azevinho e pinheiros banhadas a ouro e bandeiras bóernenhas sacudindo na brisa suave. Tapetes grossos foram estendidos sobre as pedras, e as cadeiras foram separadas para a aristocracia, todas voltadas para a casa dourada do altar em um dos lados da praça. Os braseiros foram posicionados em volta das fileiras para manter os convidados aquecidos, e há um domo brilhante sobre todos, feito por uma guilda de bruxas. Vai evitar que caia neve ali, embora até mesmo o clima pareça ter cedido à vontade de Adalbrecht, oferecendo um céu de tarde completamente azul.

Do outro lado da praça está a forca, a estranha plataforma que os vi construindo na semana passada. Me sinto um pouco mais humilhada ao saber que o marquês estava planejando isso há um tempo.

Parado no meio do corredor central, no qual vai caminhar com sua noiva assim que os votos forem feitos, ele saboreia seu triunfo. Está segurando o cetro da oficiante de cerimônias, que também possui outra especialidade da guilda: um encanto para amplificar sua voz. Ela ecoa entre a nobreza sentada e alcança a multidão de pé, que cerca a praça para assistir.

— Fico contente em dizer a vocês que graças ao trabalho duro e perseverança da guarda da cidade, o *Pfennigeist* foi pego — Adalbrecht anuncia. — Ela estava se disfarçando de criada da princesa... — Ele gesticula para Gisele ao seu lado. Ela oferece um sorriso tão pálido e duro quanto as pérolas em seu pescoço, mas não olha nenhuma vez para mim, nem mesmo quando ele me aponta. — E agora vai aprender o que fazemos com os ladrões em Minkja.

Ah, *até parece*.

— Demos a ela a honra de ser a primeira convidada a dançar no nosso casamento! — Adalbrecht prossegue, sorrindo para mim na plataforma da forca. — Apesar de que isso se dará sob uma corda.

Uma risada desconfortável se espalha pela multidão.

— Que tradição de casamento merda — murmuro. Tudo em mim dói naquele frio; algumas das joias cresceram tanto que roçam uma na outra embaixo das mangas. Os rubis estão quase chegando ao meu coração. O fato de que minhas mãos foram algemadas nas costas também não ajuda em nada. — O que foi que aconteceu com o "alguma coisa emprestada"?

Um dos guardas no cadafalso me olha de soslaio. Eu o encaro até ele se virar.

Adalbrecht continua tagarelando, mas eu mal ouço. Estou um pouco distraída, afinal, o carrasco está enfiando minha cabeça no laço da corda. Talvez eu esteja sendo chata, mas a corda é *muito* áspera. Adalbrecht é um mão de vaca até o fim.

Por outro lado, ao subir na plataforma, tive uma visão perfeita do barril que me aguarda embaixo do alçapão. Aparentemente, o orçamento comportava a compra de centenas de pregos.

Ouço um arroubo de aplausos. Adalbrecht joga o cetro da oficiante de volta para ela. Ele e Gisele caminham até o fim do corredor, e então andam de forma solene e rígida para suas respectivas casas enquanto a banda começa a tocar uma marcha nupcial abominavelmente alegre. As duas casas têm portas nas laterais, uma voltada para mim, outra para o altar — outro simbolismo (absurdo). Quaisquer mazelas que os futuros noivos carregarem deverão ser seladas nas casas com eles, e depois deixadas para trás.

Eles ficam nas casas, supostamente para que possam rezar para os deuses por um momento, intercedendo por um casamento feliz. Suspeito que tanto Gisele quanto Adalbrecht estejam rezando por outra coisa.

A marcha nupcial chega ao fim. As outras portas se abrem. Adalbrecht e Gisele surgem e procedem para o toldo dourado do altar.

Todos os olhos estão voltados para eles. Tiro um grampo da manga e começo a mexer na fechadura.

— *Ei.* — O mesmo guarda está olhando de novo. Ele anda até mim e tira o grampo da minha mão, erguendo-o para mostrar ao carrasco. — Esse terrorzinho está tentando outra tolice.

O carrasco ri.

— Devolva para o cabelo para ela ficar bonita quando conhecer a Morte — ele sugere.

— Eu já conheço a Morte — retruco. — Ela não liga se eu estou bonita.

O carrasco franze a testa.

— Verifique os bolsos. Não deve ter nada ali a não ser a tarifa do Barqueiro.

O guarda faz uma busca rápida e tira o centavo vermelho que todos recebem antes de serem enforcados.

— Nada — anuncia ele, devolvendo o centavo ao meu bolso.

— Fique de olho nela. Se ela não for enforcada, o marquês vai pendurar nós dois na corda.

— Sim, senhor. — O guarda fica parado atrás de mim, para olhar bem minhas algemas.

A oficiante posiciona o cetro no altar, e então segura as mãos de Gisele e Adalbrecht.

— Gisele-Berthilde Ludwila von Falbirg — a oficiante começa. — Você vem a este altar por vontade própria para se casar com esse homem?

Não consigo ver o rosto de Gisele claramente dessa distância, mas consigo ouvir a tensão na sua voz quando ela responde:

— Sim.

A oficiante se vira para Adalbrecht.

— E você, senhor, vem a este altar por vontade própria, para se casar...

— Sim — ele responde rapidamente.

Ninguém fala nada, mas vejo a inquietação da multidão, as pessoas trocando olhares. O marquês não é exatamente acanhado, mas tanta pressa assim no dia do casamento? Consigo até ver o que estão pensando: um herdeiro vai vir antes do final do ano que vem.

Quero gritar com eles que não vai haver herdeiro nenhum.

— Você jura, milady, manter seu casamento com honra e confiança, ser fiel e verdadeira, até que a morte os separe?

— Sim — Gisele responde, a voz agora firme.

Esse é o primeiro sinal.

Um grampo cai na palma da minha mão.

— E você jura, milorde, manter seu casamento com honra e confiança, ser fiel e verdadeiro, até que a morte...

— Sim — Adalbrecht interrompe mais uma vez.

Dessa vez, o burburinho é audível na multidão ao redor da praça.

Joniza está fazendo um trabalho incrível como oficiante, para alguém que foi ordenada como representante temporária da Fortuna da noite para o dia, mas eu ficaria chocada se ela não estiver revirando os olhos neste instante.

Ela espera até os risos cessarem e então continua, erguendo os olhos brevemente para mim. Adalbrecht se recompôs, mas ainda parece impaciente, mesmo de longe. Joniza se esforça para equilibrar tudo. Nós coordenamos tudo ontem, analisando quanto tempo ela conseguiria enrolar para fazer o resto dos votos enquanto eu mexia na algema com o grampo, e quanto tempo eu teria em média (não muito).

Dito e feito, sinto o mecanismo se abrir no instante em que Joniza declara:

— Em nome dos Deuses Menores e Maiores, de acordo com as leis mortais e divinas, declaro-os casados. Pode beijar a...

É Gisele que se mexe rápido demais dessa vez. Ela praticamente pula nos braços de Adalbrecht.

Bem, não exatamente.

Já voltamos para essa questão. Porque nesse instante exato o carrasco puxa a alavanca do alçapão. A portinhola se abre para a bocarra enorme e perigosa do barril, praticamente a boca de um lobo monstruoso.

Porém a única coisa que cai ali são as algemas.

Segurei o nó da forca com as duas mãos, impedindo que meu peso o force, enquanto meus pés balançam em cima do buraco.

Se isso fosse um enforcamento normal, seria uma queda curta e eu já teria morrido, mas porque *alguém* não ficava feliz com uma execução padrão, a corda precisava ser comprida suficiente para eu cair no barril embaixo da plataforma. E isso, amigos, *isso* me deu tempo o bastante para agarrá-la e me segurar como se minha vida dependesse disso.

Talvez depois de hoje Adalbrecht perceba que cada vez que ele me der espaço, eu vou usar.

Você pode estar se perguntando qual é a jogada aqui, afinal. E é uma pergunta válida! Ainda estou pendurada em cima de um barril cheio de pregos, e minha força braçal não é exatamente o que eu gostaria que fosse, o que no caso é "forte o bastante para segurar nessa corda por tempo indefinido".

A resposta para isso é o braço ao redor da minha cintura, me puxando de volta para a plataforma. Um borrão de aço corta a corda.

— Ah, então é para isso que serve a de aço — balbucio, arrancando o laço da forca assim que me viro para Emeric.

— São facas, Vanja, todas servem para cortar cordas.

Ele me abraça, e acho que chegamos a um acordo tácito de fingir que nenhum dos dois está tremendo de alívio. Mesmo em um uniforme de guarda roubado, ele tem cheiro de junípero. Gostaria de poder dizer que é um poder místico de garoto, mas eu sei bem o motivo.

E eu *sei* que você está se perguntando como conseguimos fazer isso.

Tá, tudo bem, já que você foi tão paciente, vou contar o truque só dessa vez.

Vamos voltar o relógio um pouco mais de um dia atrás, ainda no quarto de Emeric. Joniza, Gisele e Ragne fizeram a atuação da vida delas. Estavam esperando no meu quarto para ver se o nosso blefe daria certo, e enquanto isso eu estava ocupada chorando como uma menina cujo gatinho acabou de ser levado por um gavião bem diante dos seus olhos. (Uma visão estranhamente específica, estou ciente, mas eu vi *muitas* coisas horríveis em Sovabin.)

Nem todas as lágrimas eram falsas, lógico. Eu estava aterrorizada com a possibilidade de que aquilo não funcionasse, que eu estivesse errada, que eu fosse perder Emeric. Eu tinha escrito exatamente isso para Gisele no espelho-mensageiro que Ragne havia levado para ela: *Tudo que eu disser sobre Emeric é verdade. Tudo que eu disser sobre como consertar as coisas é mentira. Confie em mim. Se recuse a ajudar.*

Tudo que eu traçara na palma da mão dele era verdade. Eu precisava que ele ficasse.

Então, eu me fiz ficar imóvel e quieta, respirar fundo, quase dormir. E, alguns minutos depois, ouvi um farfalhar quando o *mahr* se esgueirou para fora do ouvido de Emeric.

Adalbrecht ficou tocando na criatura para dar ordens. E, conhecendo o desgraçado, ele ia querer saber exatamente o que estávamos planejando, então eu tinha oferecido ao *mahr* uma ótima fofoca para relatar.

E quando ele se rastejou pelo chão, sem dúvida para ir até Adalbrecht e voltar antes de eu acordar, agarrei a urna de cobre dos palitos — *convenientemente* vazia depois que eu a joguei em Gisele — e a bati com força no *mahr* que se debatia.

— Cresce *nisso* agora, seu bostinha — soltei.

Em seguida, levantei, procurando algo pesado para colocar em cima da urna, caso aquele *nachtmahr* em particular fosse masoquista e gostasse de se jogar em cobre.

Eu tinha acabado de depositar uma pilha de livros em cima da urna quando um som me fez congelar.

— *Vanja?* — Emeric estava se afastando da escrivaninha, piscando, aturdido.

Eu posso ou não tê-lo derrubado da cadeira quando joguei meus braços ao redor do pescoço dele. (Fiz isso. Claro.)

Ele ainda parecia completamente desnorteado, mas enterrou o rosto no meu cabelo mesmo assim, me abraçando com tanta força que eu quase me esqueci de respirar.

— Não acredito que você ia escrever tudo aquilo no espelho — falei, arfando, meio rindo, meio chorando.

Então, expliquei a ele o que aconteceu com o *mahr*, e o motivo para não tocar na urna que estava no chão, e também porque iríamos para a catedral da Fortuna o mais rápido possível. E, o mais doloroso de tudo, contei a ele por que eu tinha corrido.

E então ele me disse por que sempre me seguiria.

E então… bem. Precisamos de mais alguns minutos para sair do quarto dele e atravessar a treliça até o meu. Você provavelmente deve imaginar o porquê.

(Ainda estou impressionada de ele conseguir encontrar um lugar que não estava coberto de joias para deixar um chupão. Não fico superfeliz que tenha sido no meu pescoço, mas, naquele momento, eu não me importei nem um pouco. Só depois, quando Joniza viu e quase morreu de tanto rir, mas, já que ele ficou tão envergonhado quanto eu, eu o perdoei dessa vez. Pelo menos está na época de usar cachecol.)

Agora vamos voltar para o casamento, no qual muitas pessoas confusas estão tentando compreender o que está acontecendo, principalmente o carrasco.

Ele provavelmente vai ter ainda mais perguntas depois que Emeric devolve os óculos para o rosto e diz:

— Eu peço desculpas por isso.

E então o chuta com força, fazendo-o descer a escadaria da forca rolando.

— Não peça desculpas, ele quase me matou — replico, indignada.

Os convidados do casamento estão virando nos assentos, observando a comoção na plataforma. O guarda restante nos encara, sem dúvida avaliando as opções e refletindo sobre o seu salário, e aí se dando conta de que recebe pouco para encarar isso.

Então, todo mundo tem acesso a uma nova distração.

— Parem! Parem o casamento imediatamente!

Adalbrecht von Reigenbach, marquês de Bóern, irrompe da casa cerimonial Reigenbach, desgrenhado, suando e parecendo um pouco queimado.

Pois, quando ele entrou naquela casa para seu momento de reza e reflexão, encontrou duas coisas.

Primeiro: o mesmo feitiço de banimento que Emeric usou para atrasar o *nachtmahr* em Lähl. (Com uma pequena modificação para esconder qualquer grito. Era Adalbrecht, afinal. Com certeza haveria muitos gritos.)

E segundo: Ragne, com o rosto dele e esperando nos trajes matrimoniais da família Reigenbach. Idênticos, apenas um pouco mais velhos, e muito mais fáceis de roubar para Barthl.

Tudo está sempre, sempre nos detalhes.

Então, quando o Adalbrecht verdadeiro marcha até o altar, onde Gisele está agarrada a Ragne ainda com o rosto dele, a atenção de todo mundo está focada exclusivamente neles.

Exatamente onde eu quero que esteja.

TRINTA E OITO

Ladrões no altar

— Esse homem é um farsante! — Adalbrecht ruge, apontando para Ragne. Está saindo fumaça do seu paletó, e eu não consigo expressar direito como fico feliz por isso. — Eu fui atacado! Isso... é uma fraude! Um *grimling* ou... alguma coisa!

Emeric e eu fugimos da forca, e Gisele arfa em surpresa, segurando Ragne com ainda mais vontade.

— Como você ousa falar sobre meu querido Adalbrecht dessa forma! Como sabemos que *você* não é o impostor?

Emeric segura minha mão com mais força. Tudo nesse plano precisa ser perfeito, mas esse momento acima de todos os outros.

— Por favor, milady, um passo para trás. — Joniza se posiciona entre Gisele e Ragne. Ragne manteve o olhar de fúria adoecida típico de Adalbrecht esse tempo inteiro, e é convincente até demais. Joniza gesticula para os dois Adalbrecht. A voz dela ecoa perfeitamente pelo Göttermarkt. — Isso é bem simples. Claramente forças malignas estão atuando aqui, mas se um dos senhores for um *grimling* haverá uma marca no corpo.

Ragne assente solenemente e começa a desabotoar o colarinho, já que nunca se importou com nudez em público.

— Eu não temo nada — ela declara, naquela voz indiferente de Adalbrecht. Ficamos *horas* repassando essa fala com ela. — Não tenho nada a esconder.

O Adalbrecht verdadeiro balbucia em fúria, esticando a mão para os próprios botões... e então para.

Emeric e eu demos a volta pela beirada da praça, passando por arcos de flores e atrás das bandeiras, mas agora estamos perto o bastante para ver o instante em que o marquês percebe.

Se ele tirar a camisa, todos vão ver a ferradura de cavalo pregada ao seu coração e a tatuagem do homem morto nas costas.

E se a nobreza do Sacro-Império de Almândia ali reunida tem perguntas *agora*, não serão nada se comparadas às que virão em seguida.

Adalbrecht olha para Ragne, alegremente desabotoando o colete, e depois para Gisele, que o encara com os olhos arregalados e uma expressão de espanto. Por fim, ele olha para a forca — e vê que está vazia.

O último prego no caixão, porém, é quando Barthl sai da casa cerimonial Falbirg segurando o crânio de cavalo do escritório.

Aquele coberto de runas de um feitiço de vínculo, que praticamente gritam "eu estou fazendo uns negócios ilegais e bem blasfematórios", sabe. *Esse* crânio.

Adalbrecht vê isso. E Barthl. E então faz a *última* coisa que eu recomendaria a alguém, pessoal e profissionalmente: ele entra em pânico.

Adalbrecht faz um sinal no ar com a mão. Uma luz azul passa pelo Göttermarkt, e os convidados do casamento caem todos em seus assentos, apagados. Ouço um baque tremendo quando as multidões ao redor da praça caem onde estão.

Porém Emeric, Gisele, Joniza, Barthl, Ragne e eu continuamos de pé.

Não sabíamos exatamente com o que estávamos lidando nessa coisa contra Adalbrecht, então viemos preparados. Ulli Wagner passou a noite toda depois do sabá no entreposto da Ordem dos Prefeitos, transformando moedas que dei a elu em amuletos de proteção. O cobre para os *grimlingen* foi bastante fácil de pegar dos centavos, e para as maldições... bom, eu tinha um pouco de ouro de sobra guardado.

Com todos caídos, Adalbrecht finalmente me vê com Emeric. Ele arregala os olhos, ligando os pontos — e aí sua expressão é tomada pela fúria.

Os lábios dele começam a se mover em um cântico silencioso. Ouço um sussurro como o de uma música, uma canção de ninar feroz, e então mais e mais *mahrs* aparecem do nada, se agachando nos ombros de cada um dos sonhadores. O paletó de Adalbrecht queima em cima da ferradura de ferro, os olhos com chamas azuis refletindo poder e ódio.

A coisa com homens como Adalbrecht von Reigenbach é a seguinte: eles presumem que assim que algo está sob seu controle, vai *permanecer* sob seu controle. Se dissserem aos subordinados que querem o distrito de templos inteiro em silêncio, o distrito fica em silêncio. Eles veem coisas como anéis de sinete perdidos como uma inconveniência, e não um risco. Eles não conseguem imaginar um mundo onde outra pessoa tenha esse mesmo poder.

E é por isso que Gisele passou boa parte do dia de ontem levando um grupo dos órfãos mais velhos pelos templos mais perto da praça, explicando que ela persuadira o noivo a fazer um pouco de *caridade*. Esses jovens órfãos maravilhosos não poderiam ser as crianças a tocarem os sinos nupciais dentro dos templos (convenientemente à prova de *grimlingen*)?

E ninguém recusaria ordens por escrito, seladas com o próprio anel de sinete do marquês.

Adalbrecht von Reigenbach acha que está no controle, porque eu quero que ele ache que está no controle. Então nem imagina o que está por vir quando Joniza se inclina sobre o cetro de oficiante, que vai espalhar sua voz por todo o Göttermarkt, e calmamente declara:

— Bora, monstrinhos. Deixem soar.

Os sinos tocam nas torres, roucos e ruidosos e inegáveis. Não é o golpe comedido dos sinos das horas, mas uma guerra por todos os lados. Os *nachtmären* gritam, vidro quebrando em toda a praça. Sob os uivos, ouço Adalbrecht gritando também. Os *nachtmären* se estilhaçam como o *mahr*-cavalo fez em Lähl, se dividindo em todas as direções, virando uma horda fraturada.

Os sinos continuam tocando. Adalbrecht cai de joelhos, cobrindo os ouvidos. Emeric e eu seguramos as mãos com mais força. É isso. Estamos com o crânio de cavalo, as cartas, o marquês de joelhos. Podemos chamar as Cortes Divinas e trazer um fim a isso.

Então, ouço um gemido terrível e fragmentado.

Olho para Barthl. O crânio de cavalo está tremendo — *se debatendo* — nas mãos dele. Cada uma das runas faz bolhas, soltando fumaça. Fissuras começam a se espalhar pelo osso.

E então o crânio — sabe, o crânio do vínculo? A evidência principal?

Aquela que conecta todos os monstros, cumprindo a vontade de *Adalbrecht*? Então, *esse* crânio...

... se estilhaça.

Isso não fazia parte do plano.

Os *nachtmären* espiralam, gritando, rindo e soluçando, milhares de olhos azuis irrompendo da pele branca apodrecida.

Em seguida, todos se juntam em Adalbrecht. Ele nem sequer tem tempo de gritar.

Gisele puxa Joniza e Ragne para trás do altar enquanto uma massa cinzenta esbranquiçada se enrola no marquês e vai inchando, borbulhando, como uma monstruosidade de membros. Então, de um jeito horrível, começa a se transformar em... não sei exatamente o quê.

É como o *mahr* da noite do baile, uma mistura entre cavalo e homem. Vejo os olhos de Adalbrecht em um rosto humano esticado sobre o crânio de um cavalo; vejo um pescoço comprido e musculoso coberto por centenas de bocas furiosas; vejo cabelos loiros em uma crina suja; vejo braços como os de um homem, porém esticados e grotescos como as pernas dianteiras de um cavalo, cascos de ferro na ponta de todos os dedos.

Ah, e talvez eu devesse comentar: é quase tão grande quanto o templo mais próximo. E continua crescendo.

Emeric, com um ar de mártir justificado, diz, fraco:

— *Cavalos*.

Adalbrecht deixa escapar um rugido de suas centenas de bocas. Um instante depois, um baque responde por todo o Göttermarkt. Os sinos ficam em silêncio.

Uma nova onda de gritos irrompe conforme os sonâmbulos vão acordando. Tanto nobres quanto plebeus começam a correr da praça, e Barthl, Emeric e eu nos enfiamos atrás da casa cerimonial Falbirg para sair do caminho deles.

— LADRÕES! — A voz sofrida de Adalbrecht ecoa pelo Göttermarkt. — É TUDO MEU! A GAROTA É MINHA! O IMPÉRIO É MEU! COMO OUSAM ROUBAR DE MIM!

Espio pelo canto à medida que a onda de pessoas fugindo diminui. Gisele, Ragne e Joniza estão escondidas atrás dos destroços da casa do altar. Adalbrecht, em sua forma monstruosa, avança pela praça, esmagando cadeiras e derrubando braseiros. Com seu punho gigante, ele golpeia a casa cerimonial Reigenbach, que colapsa em um amontoado de ouro e seda azul.

Emeric se afasta da casa Falbirg.

— Preciso invocar a Corte antes que isso fique pior.

Ouço outro estrondo na praça, mas juraria que vem do meu coração.

— Acabamos de perder a evidência mais importante.

Emeric tira as cartas do paletó.

— Eu diria que a essa altura o próprio Adalbrecht é a nossa maior evidência. E podemos provar todo o resto com isso.

— Podemos? — pergunto.

Ele tensiona a mandíbula, encarando o chão.

— Eu prometi a você — é tudo que ele diz.

— Ragne, espera!

O grito de Gisele nos alcança, e todos nos viramos. Vemos Ragne correndo até a praça, caindo de quatro. Ela se transforma em uma leoa preta, com os olhos vermelhos ardentes — e então continua crescendo, até ficar quase do tamanho de Adalbrecht.

Ela disse que ficaria maior e mais poderosa na lua cheia. Só não imaginei que em relação ao tamanho também.

Ragne se atira em cima dele, as garras de fora.

Os dois caem na praça, Adalbrecht gritando enquanto ela o arrasta em cima do carvão quente derramado dos braseiros. O chão treme, as pedras se rachando sob o peso deles. Fumaça sai dos tapetes, labaredas subindo entre as cadeiras quebradas. Adalbrecht esmaga a lateral da cabeça de Ragne com um punho de ferro, mas ela afunda seus dentes na perna dianteira dele e sacode. Escuto um som parecido com o de uma árvore caída, e então um uivo de estourar os tímpanos vindo de Adalbrecht.

Ouço outro ruído abafado. Emeric cambaleia para a frente com um grito perplexo.

Uma flecha de besta está saindo das costas do ombro esquerdo dele, tão perto do coração que por um instante penso que ele... se foi. O braço dele treme, derrubando as cartas no chão.

Em um arroubo de saias douradas, a *filha da puta* da Irmgard von Hirsching as pega.

Ela se afasta, com as cartas embaixo do braço e erguendo a besta na minha direção. Deve ter pegado a arma de algum guarda que fugiu. Eu apoio Emeric enquanto ele luta para ficar em pé; ele ainda está aqui, ainda comigo, mas não consigo imaginar a dor que está sentindo. Me dá apenas uma satisfação mínima ver que o vestido de Irmgard está completamente arruinado, as faixas brilhantes emaranhadas.

Ainda não muda o fato de que ela está apontando a besta para mim.

— Ah, *Rohtpfenni* — ela fala, provocando. — Você achou que conseguiria impedir isso? Adalbrecht vai governar Almândia comigo. Você é só uma cadelinha que chora quando é chicoteada.

Eu fico imóvel. Um único passo em falso e não vou mais precisar me preocupar com a maldição, ou qualquer outra coisa. E se não conseguirmos as cartas...

Precisamos pegar as cartas de volta. Preciso ser esperta.

Como sempre, Irmgard vê minha hesitação.

— De joelhos — ela cantarola. — Implore para mim. Implore para eu deixar você viver. — Então ela inclina a cabeça, sorrindo. Aponta a besta para Emeric. — Implore para eu deixar *ele*...

Eu me lanço contra ela antes que ela termine a frase.

A cabeça de Irmgard bate na calçada. A besta solta a flecha, que vai para longe. Então, ouço Ragne gritar, e ergo o rosto.

Ela está cambaleando para trás, uma pata tocando o olho. Um jorro vermelho vívido escorre pela bochecha. Em seguida, ela some — não, virou um corvo, cambaleando e batendo as asas enquanto cai, devagar, e então um gato, balançando a cabeça.

Precisou mudar para se curar, mas isso tira sua energia.

Ragne corre até Gisele. O pelo está eriçado, apavorada, enquanto Adalbrecht avança atrás dela, o corpo tremendo com uma risada faminta.

O que mais poderia segurá-lo?

Ouço um *bum* distante. Então outro, mais perto. E outro. E de novo. Até mesmo Adalbrecht para e olha em volta, esperando para ver o que está vindo.

Então, *ela* aparece.

Ela pula por cima do Yssar, a lança erguida. Um trovão sacode o Göttermarkt quando ela aterrissa. Mais se seguem enquanto ela corre até a praça, o rosto gélido e furioso, cada passo deixando uma marca do tamanho de um boi na rua.

Não sei se é um Deus Menor ou o fantasma de Kunigunde von Reigenbach naquela estátua, mas de uma coisa tenho certeza: ela está aqui para enfrentar Adalbrecht.

Irmgard pisca espantada para a estátua de bronze irrompendo pela praça. Arranco a besta do punho dela, atirando-a nos carvões de um braseiro virado ali perto.

Ela sorri para mim.

Então, ergue o outro punho, cheio das cartas do pai, e também as atira no fogo.

TRINTA E NOVE

Luar

— Não! — Eu TENTO PEGAR AS CARTAS, mas elas se vão em um piscar de olhos.

Isso era... era tudo que tínhamos como prova.

Emeric não pode invocar a corte agora. Ele não tem um caso.

Kunigunde pode ser a única forma que restou de impedir Adalbrecht. E, mesmo se não for, vê-la atacar a cabeça dele com a lança de bronze ajuda muito, muito mesmo.

Ele solta um rugido gutural, e eu procuro por Gisele e Ragne. Vejo dois olhos vermelhos brilhantes em uma bola de pelos aninhada nos braços de Gisele. Ao menos Ragne salvou seu olho, mas depois de manter a forma de uma leoa do tamanho de um templo e ainda precisar se curar tenho certeza que essa luta acabou para ela. Nem mesmo a lua cheia pode lhe dar energia infinita.

A lua cheia.

Ah, *scheit*.

Ergo o olhar. O sol está se pondo atrás do castelo Reigenbach, a luz dourada incandescente sobre o Göttermarkt, refletindo no vidro quebrado e iluminando os campanários em silêncio e os destroços que restaram das casas matrimoniais.

Tenho poucos minutos até a lua cheia aparecer.

O chão sacode e pula quando Kunigunde leva um tombo. Adalbrecht tenta abocanhá-la, mas seus dentes travam no bronze, que não cede. Um estrondo horrível de algo rachando se segue. Ele sacode a cabeça, a voz rouca com novo uivo, e pedaços de dentes se esparramam pela praça. Então ele se joga em Kunigunde, empurrando-a em cima do carvão derrubado. Ele segura uma das patas dianteiras contra o peito — está sangrando, mas com a outra ele pisa com força na canela da estátua. O metal amassa.

Então, descubro que eu não deveria ter deixado Irmgard de lado tampouco, porque ela acerta o joelho no meu estômago. Eu cambaleio, uivando de dor.

Surpreendentemente, Irmgard também grita, puxando a perna para trás. Sangue vermelho mancha a saia dourada.

Olho para baixo. Espinhos de rubis estão começando a romper pelo tecido da minha roupa de prisioneira. A joelhada acertou bem ali.

Irmgard rola de lado, e aí levanta e vai mancando até o templo mais próximo. Ela observa Kunigunde e Adalbrecht por cima do ombro enquanto corre.

Não vê Gisele deixar Ragne de lado, ficar de pé e pegar a enorme e pesada coroa matrimonial Reigenbach.

Gisele arremessa. E não erra o alvo.

Desta vez, Irmgard fica no chão.

É a melhor coisa, porque, assim que tento levantar, percebo que meu pé inteiro ficou dormente. Rubis e pérolas irrompem pelas meias arruinadas.

Meu tempo já quase acabou.

Assim como Eiswald avisou, eu me tornei minha ganância.

Emeric ajoelha na minha frente, o rosto franzido de dor, o braço esquerdo ainda pendendo.

— Vanja. Preciso fazer isso. Eu sou a única pessoa que pode impedir isso.

Ele segura a moeda dos prefeitos, e somente ele sabe como invocar a corte.

Abaixo a cabeça.

— Eu sei.

Eu sei disso, e ainda assim. Ainda assim. Ainda assim.

Kunigunde mal consegue conter Adalbrecht agora. A cacofonia reina quando ele arranca a lança das mãos dela, e o objeto sai voando pela praça e aterrissa na forca.

Emeric segura meu rosto com sua mão boa. Me forço a encará-lo. É o mínimo que posso fazer por ele agora.

Tudo que consigo pensar é que ele é uma boa pessoa, pronto para morrer porque vai salvar inúmeros estranhos, e eu... eu estou morrendo por causa do meu próprio egoísmo.

A história acaba com ele, e eu não estou preparada para isso.

A lua cheia começa a espreitar de trás do ombro dele.

Os lábios de Emeric se mexem, como se ele estivesse se esforçando para encontrar as palavras. Eu encosto a ponta dos dedos em sua boca, enquanto eles ainda me pertencem. A julgar pela sensação dormente espalhando dos meus joelhos, a maldição não vai me deixar ficar com minhas mãos por muito mais tempo.

— Me diga depois — sussurro.

Então, eu o beijo uma última vez. Ficamos ali por um breve momento, roubado enquanto os monstros lutam atrás de nós, enquanto a maldição me devora por dentro.

Emeric pega a moeda de prefeito do bolso. Fecha os olhos, os nós dos dedos brancos e trêmulos.

— Em nome de Emeric Conrad — ele sussurra —, neófito de Hubert Klemens, do Primeiro Gabinete da Ordem dos Prefeitos das Cortes Divinas de Helligbrücke, eu convoco a Corte dos Deuses Menores.

Um silêncio longo e brutal se instala enquanto ele espera a coisa acontecer.

Mas nada acontece.

Nesse instante, fico grata por três coisas.

Emeric abre os olhos, sem compreender.

Quando ele abre a mão, fico grata que só agora minhas mãos começaram a virar rubis.

Fico grata que ele não viu meus lábios se mexerem, dizendo o nome dele, não pegaram as palavras que mal consigo soprar à medida que meus pulmões se calcificam em pérolas.

E fico grata que esse lindo garoto idiota deixou a moeda de prefeito no mesmo bolso em que sempre deixa.

Na palma da mão dele está um centavo vermelho.

— ... das Cortes Divinas de Helligbrücke — ofego —, eu convoco...

—Vanja, *NÃO*... — Ele segura meu braço, se cortando nos rubis.

É tarde demais. Com meu último sopro, enuncio as palavras finais do encanto:

— ... a Corte dos Deuses Menores.

QUARENTA

Vanja, sim, senhor

O Tempo é o primeiro Deus Menor a chegar, ou ao menos o primeiro que eu noto. Porém é difícil não notar o Tempo.

O mundo se aquieta de uma forma que não se ouve fora do mundo dos Deuses Menores. Me lembra da época em que morei no chalé da Morte e da Fortuna; é uma espécie de silêncio que nada pode quebrar, nem você mesmo. Eu poderia chorar e rir e gritar o máximo que quisesse, e ninguém me diria para calar a boca.

O Tempo entra na praça usando trajes fluidos e brilhantes, analisando a cena.

— Hum — ele diz. — Caramba, *que bagunça*.

A Morte chega em seguida.

— Vanja, o que você fez? — ela exige saber. Seu rosto está congelado nas minhas feições.

É assim que eu percebo com um sobressalto que estou parada em cima de... bom, de mim mesma. Pareço estar com os dois pés plantados em uma pilha de rubis e pérolas. É o meu corpo, ou o que restou dele.

Não consigo conter uma gargalhada. O negócio acabou me matando, assim como Emeric disse que aconteceria. Agora eu sou *mesmo* o Centavo Fantasma. Ao menos meu fantasma não carrega a maldição das joias.

As coisas param de ser engraçadas quando vejo o rosto congelado de Emeric, pálido de horror.

A Fortuna surge no mesmo estado emocional da Morte.

— Você enlouqueceu, foi? Era só ter chamado qualquer uma de nós duas para ajudar!

— Ah, *era só ter chamado*, é? — pergunto, ácida.

Não temos tempo de entrar no assunto antes do resto da corte aparecer. Ouvi dizer que a Corte dos Deuses Menores é composta do Tempo, da Justiça e da Verdade, no mínimo, mas normalmente com a adição de algumas divindades locais em busca de um pouco de entretenimento.

Yssar e Eiswald estão presentes, mas muitos, muitos outros ocupam a praça, da Tecelã até Uivo da Ventania e o Ferreiro Prateado, a Fome, o Badalisco, e até deuses muito menores, de montanhas e costas distantes.

Era como se estivessem aguardando aquele chamado.

Faz-se um estrondo como o de uma mandíbula se fechando. A Justiça chegou.

Ela tem quase a altura da forma distorcida de Adalbrecht e usa robes de pergaminhos abertos. O texto neles muda constantemente, leis imensuráveis escritas e reescritas para servir ao mundo. Lampiões idênticos queimam onde deveriam estar seus olhos — ou estariam, se o rosto dela fosse algo além de um crânio desnudo. Acima dela paira a Verdade, hoje na forma de uma roda de olhos (normal, tudo isso é normal).

— A Corte dos Deuses Menores foi convocada — a Justiça declara, batendo o cetro no chão. — Verdade. Como devemos endereçar sua forma divina durante esse julgamento?

A Verdade gira por um momento, e então diz:

— Eu sou "elu" por enquanto.

— Compreendido. Começaremos com as observações iniciais. Se Verdade ouvir alguma falsidade disparatada, está livre para interromper. Compreendido, prefeito... — A Justiça olha para baixo, e, por mais que um crânio não possa franzir a testa, ela *certamente* conseguiu passar a mesma sensação. — O que é isso? Quem é você?

—Vanja, Meritíssima — respondo. — Eu convoquei a corte.

—Você não é da Ordem dos Prefeitos. Não tem esse direito.

Ok, isso já está indo mal. Gesticulo para a balbúrdia e a destruição congeladas do Göttermarkt.

— É meio que uma emergência?

— Essa corte foi convocada em nome de Emeric Conrad — a Justiça rebate. — Como você conseguiu posse da moeda dele? Como sabia as palavras corretas?

Umedeço os lábios.

—Vamos começar sinalizando que no momento o marquês de Bóern está em uma forma meio-humana, meio-*mahr*, e é um assassino filho da mãe por completo...

— Ela roubou a moeda — Verdade sussurra, e de alguma forma ecoa por toda a praça. — Ela o enganou para dizer as palavras.

— Eu nunca gostei muito de você mesmo — murmuro baixinho.

— Isso é basicamente verdade — Verdade sussurra de novo.

— Ainda assim, não deveria ser possível convocar a corte sem uma conexão com os deuses — a Justiça vocifera.

— Ela é nossa afilhada — a Morte diz, ao meu lado. — Minha e da Fortuna.

A Justiça as encara por um instante, as chamas do lampião brilhando, e então diz, em um tom sarcástico:

— Bom, *isso* explica muita coisa. — Acho que ela não quis dizer só sobre a conexão. Ela se abaixa para ficar mais perto de mim. — Você pagou com sua vida para invocar a corte, mas, se fracassar, você entende que não será restaurada?

— Entendo. — Dou de ombros. — Eu já ia morrer mesmo.

— Você nos invocou em nome de Emeric Conrad. Deseja permissão para que ele auxilie na apresentação do caso?

— Ah, você nem sabe o quanto! — exclamo.

A Justiça bate com o cetro no chão outra vez.

— Muito bem. Tempo, solte o prefeito mirim.

Emeric cai para a frente. Tento pegá-lo — e minha mão passa pelo ombro dele. Ele olha para mim, depois para a assembleia de Deuses Menores reunida. E então volta para mim, balançando a cabeça, e pergunta:

— *Por quê?*

— Eu só tinha mais alguns segundos — respondo baixinho. — Você ainda tem anos. — Ele continua parecendo devastado, então acrescento: — Além do mais, sabe quanto vale essa moeda? Eu chuto que *pelo menos* uns cinco cavalos.

— Incorreto — replica a Verdade, com um suspiro.

Eu me viro para encarar elu mortalmente.

— Precisa mesmo?

Seus olhos piscam para mim, lentos e um depois do outro.

— Sim.

— Alguém conserte o braço do garoto — a Fortuna interrompe. —

Ele está sangrando por tudo. Não dá para esperar que seja de muita ajuda assim.

O ombro de Emeric estremece, e há um ruído quando a flecha da besta cai. Ele expira, e não deixo de compartilhar um alívio quando levanta.

— Comecemos. — A Justiça bate com o cetro mais uma vez. — Prefeito, você pode auxiliar a garota no caso. Primeiro, vocês dois, declarem quem são para a corte aqui reunida.

Emeric endireita os óculos.

— Prefeito mirim Emeric Conrad, nascido dia 9 de setembro do ano de 742 da Era Abençoada, em Rabenheim, despachado a pedido do Primeiro Gabinete de Helligbrücke.

Os Deuses Menores me encaram. Mudo o peso de um pé para o outro.

— Vanja. Meu nome é Vanja. Não sei onde nasci ou meu sobrenome, e acho que tenho dezesseis anos.

A Morte tosse.

— Dezessete. A partir de hoje.

Ela sempre sabe.

Alguma coisa nisso me dá mais segurança.

— Sou filha da Morte e da Fortuna, de Sovabin e Minkja. Já fui órfã, criada, ladra e princesa.

— E qual desses é agora? — pergunta a Justiça.

— Vanja — respondo. — É tudo que eu tenho.

Verdade pisca outra vez.

— Isso é verdade.

A Justiça desenha um anel no chão com o cetro.

— Vanja, quem você está acusando?

— *Markgraf* Adalbrecht von Reigenbach de Bóern.

A Justiça bate no chão. O monstro que estava atacando Kunigunde desaparece. Adalbrecht aparece dentro daquele anel, de volta à sua forma humana, ensanguentado, acabado e segurando um braço quebrado. A ferradura de ferro de cavalo desapareceu, mas deixou uma marca de queimadura acima do seu coração, que ainda emite uma luz azul.

Ele vira a cabeça, avaliando os Deuses Menores, depois Emeric e eu. Ele faz menção de avançar contra mim — e bate em um escudo de luz ao tentar sair do anel.

Os deuses reunidos murmuram.

— Hum — a Justiça grunhe. — Vanja, do que esse homem é acusado?

Eu não pensei nada muito além de "metade homem, metade *mahr*, filho da mãe por completo" porque achei que isso resumia bem a situação. Olho para Emeric.

— Apenas o que podemos provar — ele diz baixinho. — Com testemunhos e evidências físicas somente, acho que podemos mostrar como ele se vinculou aos *nachtmären* com a intenção de prejudicar pessoas. — Ele pressiona os lábios. — Ele deve receber uma maldição, e provavelmente ser banido da comarca.

Olho para Adalbrecht. Ele está de cabeça erguida, desafiador, com um sorriso torto no rosto.

Ele sabe que é a minha palavra contra a dele. Que o que nós podemos provar não é o suficiente.

A ferradura arde em seu peito. Algo naquilo puxa um fio solto dentro da minha cabeça.

Todos sabemos quanto Adalbrecht ama sua reputação e imagem como Lobo Dourado. E os *nachtmären* podem tomar qualquer forma, então... por que usar um crânio de cavalo? Por que vi uma cabeça de cavalo com as Lágrimas de Áugure? Por que ele está abraçando toda essa coisa equina?

Respiro fundo.

— Eu o acuso de se vincular aos *nachtmären* com intenção de prejudicar pessoas.

O sorriso de Adalbrecht se intensifica.

Então, acrescento:

— E de tentativa de assassinato, solicitação de assassinato e conspirar para cometer... qual é a palavra aqui? Impericídio?

Emeric me encara.

— Vanja, *não*.

— Vanja sim, senhor. *Regicídio*, isso! — Estalo os dedos. — Conspirar para cometer regicídio. Ele fez isso. E conspiração para hum, invadir? Ele estava planejando dissolver os Estados Imperiais Livres, então o que quiserem chamar isso aí. Tenho bem certeza que também é ilegal.

— Correto — Verdade sussurra.

— Talvez eu goste de você, Verdade.

Eu diria que Verdade pisca para mim, mas elu tem uma infinidade de olhos, então sinceramente é só um chute.

Adalbrecht não está mais sorrindo.

Emeric tenta agarrar meu ombro, e passa direto por ele.

— O que está fazendo? — ele sibila, frenético. — Você precisa provar *todas* essas coisas ou não vão trazer você de volta à vida!

— Eu preciso tentar, ou ele só vai fazer uma coisa pior daqui a uns anos. — Abano a mão. — Às vezes a gente precisa jogar *spätzle* por aí e ver se colhe maduro, Mirim.

— Não se faz isso *de jeito nenhum*, *spätzle* não nasce em árvore...

A Justiça pigarreia.

— É hora de sua declaração de abertura, Vanja.

— Certo. — Eu me viro para Emeric. — O que é isso?

Emeric se recompõe, apertando o nariz, e estou bem certa de que ele está questionando muitas das escolhas de vida que o trouxeram até aqui.

— Só... explique por que achamos que Reigenbach fez todas essas coisas e como. Conte a história. E lembre que você pode chamar testemunhas depois para sustentar tudo. Mas é *só* isso que você tem.

— Eu sei. Eu posso ser muito convincente.

Ele olha para mim como se quisesse me beijar. E um pouco como se quisesse me estrangular. Nós fomos *mesmo* feitos um para o outro.

— Eu confio em você — ele diz, engolindo em seco. — Então você já *me* convenceu, pelo menos.

Droga, agora *eu* é que quero beijá-lo. Tenho ainda mais motivação para vencer isto aqui.

Contar a história. Sei como fazer isso. E quando olho para o rosto tenso e furioso de Adalbrecht, lembro de por que quero fazer isso.

Então dou um passo à frente e conto uma fábula para os Deuses Menores.

QUARENTA E UM

O preço

Eu conto aos Deuses Menores sobre os lobos em Sovabin.

Conto sobre marqueses mortos e marqueses famintos, conto a eles sobre prefeitos e *grimlingen*, cartas e brechas, venenos e crânios. Conto a eles sobre ladrões. Sobre incêndios. Sobre sinos.

E quando termino chamo as testemunhas.

Chamo Ragne. Joniza. Barthl. Todos chegam confusos e inseguros, mas contam o que viram e ouviram, Verdade confirmando suas histórias.

Adalbrecht tem a oportunidade de responder depois de cada depoimento. Ele oferece desculpas e argumentos, tecendo palavras tão astutamente que Verdade assente e resmunga:

— Ele acredita que... é *verdade*.

Ele alega que queria uma noiva jovem, assim como muitos homens. Alega que queria proteger Bóern com os *nachtmären*. Alega que não deu a ordem de matar Klemens na noite do baile, que os Wolfhünden tinham medo de encarar o escrutínio do prefeito.

Todas as vezes, os Deuses Menores sussurram entre si.

Eu deixo isso acontecer. Eu sei como essa história acaba.

Chamo Irmgard, observando-a se contorcer enquanto a Verdade diz, paciente:

— Isso é mentira.

Isso se repete de novo e de novo até a Justiça tirar Irmgard da corte. Adalbrecht nem se dá ao trabalho de responder.

Chamo Emeric, e ele sustenta o meu olhar quando peço que dê seu relato.

Por fim, chamo Gisele. Peço que ela fique do meu lado, que diga que minha história é verdade.

Dessa vez, ela faz isso.

Suas palavras trazem um inverno, o mesmo frio gélido de Sovabin que habita em mim, as cicatrizes de gelo antigo gastando pedras por anos enquanto se arrasta para baixo do vale. Conhecemos bem as feridas que deixamos uma na outra, e respondemos por elas. Atravessamos os espinhos. Sabemos como sair da montanha.

Quando ela acaba, a Justiça pergunta a Adalbrecht:

— Qual é sua resposta?

Ele planta os pés no anel, sem se dar ao trabalho de esconder sua confiança.

— Tudo que eu fiz foi porque acreditei ser o melhor para todos.

Verdade gira e se revira, rodopiando, rodopiando e rodopiando. Por fim, declara:

— Ele acredita que... seja majoritariamente verdade.

A Justiça tamborila os dedos no cetro. Dá para ver que ela está infeliz, e eu sei o motivo.

Nós expomos os danos que foram feitos. Explicamos por que Adalbrecht tinha motivos para fazer isso. Demonstramos como ele se beneficiou disso. Porém, sem as cartas ou o crânio, não temos nenhuma prova irrefutável da responsabilidade dele. Mesmo que houvesse um poder a reivindicar, brechas para explorar e assassinato para encomendar, não podemos provar que Adalbrecht deliberadamente fez tudo isso.

No entanto, eu sei o que pode provar.

Então só posso sorrir quando a Justiça se vira para mim e pergunta:

— Tem mais alguma testemunha para chamar?

— Sim. — Eu me viro para Gisele. — Qual era o nome do seu cavalo? Ela balança a cabeça de leve, parecendo incrédula.

— Quê?

— O de Sovabin. Eu nunca lembro.

Emeric para. Vejo seus olhos se iluminarem. Ele *definitivamente* vai me beijar no fim de tudo isso.

— Falada — Gisele responde. — Mas...

— Eu chamo Falada — digo à Justiça.

— O *cavalo*? — a Justiça questiona, tão perplexa quanto Gisele.

Eu assinto. Ela ergue as mãos como se dissesse "claro, por que não? Vamos chamar o cavalo". Então, bate o cetro no chão.

Fragmentos de ossos chacoalham de diversos pontos da praça e se reúnem diante de nós.

A cara que Adalbrecht faz é quase o suficiente para me trazer de volta à vida bem ali.

Sabe, tem outra coisa sobre homens como Adalbrecht von Reigenbach. Ele gasta dinheiro no casamento *dele*, com o exército *dele*, com os planos *dele*, mesmo se estiver tirando dinheiro do bolso alheio. E é mão de vaca com relação a todas as outras coisas.

Antes de se vincular com os *nachtmären* com a tatuagem de Klemens, ele se vinculou a uma quantidade suficiente deles para nos aterrorizar. E fez tudo isso com o crânio na sua parede, cujo fantasma estava presente em cada *mahr* que criava.

Sei reconhecer um ladrão quando vejo um, pequeno ou grande. E sei que se ele precisava sacrificar um cavalo para um feitiço de vínculo, não usaria o dele.

O crânio partido se reúne diante de nós e Gisele cobre a boca, as lágrimas enchendo os olhos. Feixes de luz prateada se transformam em um focinho comprido e cernelha elegante, e então o fantasma do alazão está diante de nós, balançando a cabeça.

— Falada — eu digo, como se estivesse em uma conversa casual —, você foi usado para vincular os *nachtmären* a Adalbrecht von Reigenbach, correto?

— Deixe eu pegar um tradutor. — A Justiça se vira e acena para a assembleia atrás dela. Alguém solta um grito que mais parece com todos os idiomas do mundo ao mesmo tempo. A Justiça inclina a cabeça. — Dá pro gasto.

Um lamento desolado e estranho sai trêmulo de Falada. Quando ele responde, parece luto.

— *Pela mão do marquês fui abatido, para ele se unir ao pesadelo a ser difundido.*

Claro que o cavalo morto falante se expressa em rimas. Mas eu vou ter que aguentar firme, porque tem uma pergunta muito mais importante que ele precisa responder:

— Através do seu vínculo, você conseguia saber as intenções dele? As escolhas que ele fazia?

— *Vi todas as escolhas, cruéis e más. Vi o desejo de devorar aqui e dominar acolá.*

(Preciso admitir que estou impressionada que ele esteja inventando essas rimas na hora. Nada mal, sabe, para um cavalo.)

— Falada, ele usou você para tentar nos matar?

— *Osso por osso, às feras me alimentou.* Mahr *atrás de* mahr, *ao inimigo assolou.*

— Alimentou e assolou? Essa rima foi pobre, hein. — Eu ignoro um olhar desdenhoso do alazão. — Por que ele queria se casar com Gisele?

— *Para esmagar o trono sem nenhum mistério, roubar para si todo um império.*

—Verdade? — chamo.

Verdade não hesita.

— Não detecto nenhuma mentira.

— Certinho, então. Só isso mesmo.

Falada descansa a cabeça no ombro de Gisele por um instante. Então, uma brisa suave sopra e ele se vai.

Levo as mãos aos quadris e olho para a Justiça.

— Acho que o cavalo-fantasma resumiu bem a coisa.

Os lampiões da Justiça oscilam. Ela finca o cetro no centro da praça uma última vez, e um som idêntico ao de um sino ecoa das pedras.

— Deuses Menores, já ouviram o bastante?

Os deuses rugem em resposta.

— Alguém se pronuncia em favor de Adalbrecht von Reigenbach?

Aquele mesmo silêncio opaco preenche o ar.

— Quem entre nós declara que ele é inocente dessas acusações?

Silêncio mortal.

Acho que é aí que Adalbrecht percebe que ele está sozinho. Penso nisso porque reconheço aquele pavor no seu rosto, aquele momento de desamparo.

Eu vi esse olhar no espelho com as Lágrimas de Áugure. Vi no fantasma da garota que fui. Vi a cada vez que queria pedir ajuda e me dava conta de que ela vinha com um preço que eu não poderia pagar.

Porém escolhi um jeito diferente.

— Quem entre nós declara que ele é culpado?

Outro rugido ensurdecedor.

A Justiça assente.

— Então está decidido. Eiswald, esse é o seu território. Determine a sentença da forma que preferir.

Um por um, os deuses começam a desaparecer. A Justiça aponta seu cetro para mim, mas está olhando — ao menos eu *acho* que está — para Emeric.

— Vanja, você será restaurada de acordo com nosso combinado. E quanto a você, prefeito mirim, vou dizer a Helligbrücke que está na hora de você ser promovido. E talvez queira pensar em recrutá-la.

— Ele tentou — eu digo. — Prefiro só ficar de freela.

Você sabia que um crânio com lampiões no lugar dos olhos poderia ainda assim revirá-los? Eu não sabia.

Todos os Deuses Menores desaparecem com exceção de três: a Morte, a Fortuna e Eiswald. Acho que a Fortuna quer falar comigo. Suspeito que sei o motivo, mas vou ignorar mais um pouco. Eiswald está aqui por causa do marquês. E a Morte...

Apesar de o tempo permanecer congelado, a Morte agora está com o rosto de Adalbrecht.

Acho que ela está gostando de sorrir para ele. Ele certamente não está curtindo o momento, preso ao anel brilhante da Justiça.

Eiswald se vira para mim. Então, em um piscar de olhos, ela está à minha frente, me encarando. A esfera escura equilibrada entre sua galhada agora é um disco prateado brilhante: a lua cheia. Claro.

—Você quebrou meu presente, pequena Vanja.

— Quebrei? — Eu me viro para onde a massa amorfa que era meu corpo estava antes. Foi dissolvido em uma pilha de rubis e pérolas.

—Você se importou com algo além de si mesma, com todo o seu coração — ela diz. — Compensou sua ganância.

Uma mão roça na minha, morna e dolorosamente familiar. *Estou viva.*

Emeric parece que também não consegue acreditar, erguendo meu rosto como se eu fosse uma relíquia sagrada.

—Você conseguiu — ele diz, maravilhado. —Você... seu terror deslumbrante, você *conseguiu...*

Então, ele me puxa para aquele beijo que eu previa, e descubro que é ainda mais doce, considerando que eu tinha pensado que o anterior seria nosso último.

Eiswald emite um ruído de irritação extremo.

— Em respeito ao que fez, eu te darei outro presente.

— *EU PASSO* — murmuro enfaticamente contra a boca de Emeric, completando com um gesto grosseiro. — Estou muito ocupada.

Ele se afasta de toda forma, envergonhado. Nós dois sabemos que presentes dos deuses quase nunca são coisa boa.

Porém, dessa vez, Eiswald não tem nenhuma armadilha escondida naquelas mangas de pele de urso.

— Creio que irá gostar desse. Te darei uma escolha: o que será feito do *markgraf* Adalbrecht von Reigenbach?

Existem poucas coisas mais deliciosas no mundo que o olhar de um homem que passou a vida sendo adorado, seguido e pisando em todo mundo sem pagar por isso... percebendo exatamente quem veio acertar essa conta.

Olho para Eiswald, depois para os rubis e pérolas que antes estavam na minha pele. Então, abro um sorriso.

— Eu acho — digo a ela, descansando a bochecha no peito de Emeric — que ele deveria conhecer o preço de ser desejado.

Ragne solta uma gargalhada feroz, de volta à sua forma humana, e parecendo melhor no segundo melhor traje de Adalbrecht do que ele atualmente está no que restou da sua melhor roupa. Para alguém que parece alérgica a se sentar corretamente em uma cadeira, descobriu bem a forma certa de se sentar nas costas de Irmgard para impedir que ela vá a algum lugar.

Os olhos vermelhos de Eiswald cintilam de animação. Ela se vira para Adalbrecht.

— Não — ele protesta —, você não entende, meu pai...

— Você matou seu pai, e não ficou satisfeito. — Eiswald segura a cabeça dele com a mão de nós dos dedos vermelhos. — Então você se tornará sua ganância.

Ela o atira no meio da praça. Ele cai de quatro, convulsionando enquanto a estátua de Kunigunde se ergue, e então se ajoelha diante de Eiswald. O tempo está lentamente voltando ao normal.

Um brilho dourado começa a percorrer as mãos de Adalbrecht.

Kunigunde se levanta, sem os amassados no bronze — porém agora não é mais Kunigunde. Ela tem o rosto de Gisele, minhas tranças duplas e os olhos de sempre. Um vestido de casamento rasgado, uma coroa antiga e um par de algemas quebradas. Ela atravessa a praça para pegar sua lança.

Quando volta para perto de Adalbrecht, ele está caído de lado, convulsionando enquanto os seus braços e pernas incham e dobram. Ouro líquido surge aos montes de sua pele.

Então, tudo congela: a estátua de um grande lobo dourado acovardado de costas e a garota de bronze com uma lança na garganta dele, ainda maior.

— Poético — Emeric declara.

Eu seguro as lapelas de Emeric, de olhos arregalados.

— Sabe quanto vale essa estátua?

— Cinco cavalos?

— *Tantos* cavalos!

— Não poderá ser derretida ou destruída — Eiswald diz, seca. — É para servir como aviso, e não uma inspiração.

— Tá, agora é a vez da Irmgard — digo.

Eiswald balança a cabeça.

— Creio ser melhor que ela responda na justiça dos homens. Vou voltar para minhas árvores e consertar o dano que ele causou a elas. Que nós nos encontremos em uma estrada mais amistosa no futuro.

Semicerro os olhos, fazendo cálculos desagradáveis enquanto ela começa a desaparecer. Os campos de batalha de Adalbrecht estavam começando a invadir o território de Eiswald.

— Ei, espera aí. Espera. Você não… Eiswald. Você me amaldiçoou para eu impedir Adalbrecht?

O crânio de urso desaparece noite adentro, mas eu poderia jurar que ela está rindo.

— Eu disse que seria o que você decidisse.

Emeric está tremendo. Demoro um instante para perceber que ele também está rindo.

— Isso não é engraçado — rosno.

— Ela enganou *você* — ele diz, achando muitíssima graça — para que você depusesse um tirano. É *muito* engraçado.

A voz da Fortuna nos interrompe.

—Vanja, querida. Precisamos conversar.

Ela e a Morte ainda estão aqui. Algo na forma como ela contorce os dedos faz um calafrio percorrer minha coluna.

—Você invocou a corte. E isso significa que nos pediu ajuda.

Fico tão imóvel quanto as estátuas na praça. Estava esperando, *torcendo* para que não fizessem essa conexão.

Emeric segura minhas costas com mais força.

— Isso… isso não…

O rosto da Morte voltou a mudar constantemente sob o capuz. As palavras parecem carregadas com uma tensão estranha.

— Como mães dela, oferecemos uma escolha, e nós esperamos... — ela estica as sílabas — *quatro anos* para que ela se decidisse. Somos Deuses Menores, e não podemos voltar atrás nas nossas palavras.

— Espere. Vanja, espera aí. É dia treze. — Emeric olha para mim, depois para a Morte e a Fortuna, e para mim de novo. — É seu aniversário. Você tem dezessete anos. Você pertence só a você mesma.

Eu o encaro.

Completei dezessete anos hoje.

— Eu tenho dezessete anos — digo, sem entender. Então, mais fervorosa: — *Tenho dezessete anos.*

— Já basta — a Morte interrompe. Quase consigo ouvir o alívio em sua voz. — Ela tem dezessete anos. Não podemos mais reivindicar qualquer autoridade sobre ela como nossa filha.

É aí que eu percebo.

A Morte sempre sabe.

A Fortuna quase parece envergonhada, a grinalda de moedas e carvão chacoalhando.

— Agora, óbvio, deuses nunca erram, Vanja. A Morte disse, só queríamos... te proteger.

— Deuses nunca erram — diz a Morte —, mas as mães, sim.

A Fortuna pousa a mão na minha bochecha.

— Como deusas, não podemos mais sacudir o mundo para te manter segura. Mas, se precisar de nós, iremos até você, como suas mães. E você sempre nos verá em ação. — Então ela pisca. — Podemos mexer uns pauzinhos para você de vez em quando. Afinal, você é nossa filha.

Eu não preciso mais correr.

Não preciso sair de Almândia.

Posso ir para qualquer lugar. E, pela primeira vez na vida — eu posso só ficar.

— E quanto a você, garoto — a Morte anuncia à medida que ela e a Fortuna começam a desaparecer. — Está cortejando a filha da Morte e da Fortuna, e queremos que ela seja feliz. Basta uma prece para nos chamar. Se alguma coisa der errado e você acreditar que vai ficar por isso mesmo... é melhor tirar o *cavalo* da chuva.

Elas desaparecem na noite cada vez mais escura. Assim que o último traço delas some, Emeric murmura, baixinho:

— Então é daí que você puxou.

Começo a rir, depois ele começa a rir, e então nenhum de nós consegue parar, segurando um ao outro como se nossa vida dependesse disso, nos beijando em meio às risadas e rodopiando na pilha de rubis como bêbados alegres sob a lua cheia.

Estou delirante, mais feliz do que imaginei que poderia ser, trêmula de tanta alegria, alívio e euforia.

Eu tenho dezessete anos. Sou uma filha, e não sirvo a ninguém a não ser a mim mesma.

Sou desejada.

Sou *livre*.

QUARENTA E DOIS

A Rainha de Rosas

Ponho sete cartas na mesa e espero.

Os outros seis rostos do outro lado da mesa já conhecem o jogo. Prendem a respiração enquanto Ragne passa a mão sobre o arranjo, e então toca em uma carta. Ela ainda não a puxa, pensativa.

— Você já sentiu o gosto da sua própria cera de ouvido? — diz.

Ela vira a carta: o Pajem de Cálices. Barthl desmorona na cadeira.

— Isso é uma baixaria.

— É o festival de inverno — *markgräfin* Gisele cantarola —, você precisa seguir as regras do jogo!

Ragne está sentada no chão da biblioteca aconchegante, mas se arrasta mais para perto para descansar a cabeça no joelho de Gisele, exibindo um sorriso grande. Ela agora é a embaixatriz oficial de Eiswald, o que significa que tem todo o tempo do mundo para passar com a nova marquesa de Bóern.

(Talvez ela também seja esposa de Gisele? Não temos certeza, e ninguém perguntou. As duas parecem felizes demais para se importar.)

Barthl esconde o rosto nas mãos. Para minha surpresa e alegria, ele fica bêbado muito fácil; só precisou de duas taças de *glohwein* para começar a tropeçar nas palavras.

— Eu nunca senti o gosto — ele diz lentamente — da *minha* cera de ouvido.

— Que específico — Emeric murmura contra a taça ao meu lado.

Contenho uma risada, e ele me lança um sorriso torto, os olhos enrugados nos cantos.

Embaralho as cartas e as posiciono de novo.

— Barthl, sua vez.

Barthl bate a mão em uma carta.

— Hábito favorito… do seu parceiro.

Ele vira a carta da Rainha de Escudos. Uma pausa constrangedora se segue enquanto Umayya ajeita o xale. Ela se mudou para o castelo, junto com os outros residentes da Gänslinghaus. Ela, Trudl e Gisele estão trabalhando para converter os andares de baixo do castelo em uma escola para muitas outras crianças além daquelas do orfanato. Eu nunca perguntei, mas sempre presumi que Umayya não tinha tempo para nenhum namorado.

Presumi errado.

— Ele faz carinho em todos os gatos e cachorros que vemos no caminho — ela confessa.

A sala irrompe em gritos chocados. Aparentemente, eu não sou a única que fez suposições. Joniza está boquiaberta.

Somos só nós sete na biblioteca da ala de frente para o rio. Oito, se contar Poldi, que encontramos ardendo na lareira de Adalbrecht ressentido depois do casamento. Ele está deitado na lareira com uma garrafa de hidromel agora, mas não pode pegar nenhuma carta sem queimar o papel.

Tecnicamente, sendo a primeira noite do festival de inverno, era de esperar que a nova marquesa desse uma festa maior. Porém a nova marquesa está fazendo as coisas do seu jeito.

A explicação oficial é que o julgamento a mudou, assim como mudou Kunigunde e Adalbrecht. Ela abraçou aquela ideia, porque isso também lhe dá mais desculpas para expulsar os lobos do castelo e ajudar a Ordem dos Prefeitos a pegar os Wolfhünden.

E nessa noite o jeito de Gisele significa guirlandas elegantes que deixam a sala com cheiro de pinheiro fresco, uma chaleira quente de *glohwein* e um jogo de cartas.

Umayya escolhe a próxima carta.

— Quem nessa sala você venderia por dez mil *gilden*?

A carta virada é a Rainha de Cálices.

— Todo mundo — Joniza responde sem nenhuma hesitação. Ela também se mudou para o castelo. É uma posição muito melhor do que ser apenas a trovadora do castelo Falbirg. — Dez mil? Na hora. E depois eu contrataria Vanja para roubar vocês de volta.

— Eu devia aumentar meu preço — digo.

Ragne boceja. Já faz mais de uma semana que o Göttermarkt adquiriu aquelas novas estátuas, e estamos mais perto da lua nova. Ela gosta de ficar na forma humana perto de Gisele o máximo que pode, mas tenho certeza que é cansativo.

— Última pergunta da noite. — Eu espalho as cartas.

Joniza me observou com cuidado. E ela é uma das únicas duas pessoas nessa mesa que sabem o que procurar quando eu dou as cartas. Dito e feito: ela vira a Rainha de Rosas.

— Para onde você vai agora?

Pego as cartas de volta, encaixando no baralho.

— Para a estalagem.

— Você entendeu o que eu quis dizer.

— Ainda não sei — confesso. — Eu digo quando tiver certeza.

Emeric está me avaliando de novo, mas guarda o que está pensando para si.

Saímos juntos do castelo Reigenbach. Os guardas nos portões ainda estão confusos tentando entender o que aconteceu; um me chama de Vanja e o outro me chama de Marthe, e os ouço discutindo enquanto Emeric e eu descemos o morro, de braços dados.

Depois que me mudei da ala em frente ao rio na semana passada, ele voltou para o entreposto dos prefeitos. Eu estaria mentindo se não dissesse que ficava um pouco comovida. Eu também estaria mentindo se dissesse que não me certifiquei de escolher uma estalagem que ficasse perto do entreposto.

Eu não podia mais ficar no castelo Reigenbach. A ala do marquês tinha sido limpa, e descobriram diversas coisas escondidas que provavam bem que ele merecia mesmo ser transformado em uma estátua vergonhosa. Cartas, planos, uma coleção de crânios de animais... e isso tudo só no escritório.

Eu não poderia ficar lá. Nem mesmo depois que Gisele devolveu as pérolas para a mãe e pediu que seus pais fossem embora.

Existiam sombras, memórias e fantasmas demais por lá. Agora o castelo é minha casa cerimonial; trancarei minhas mágoas ali e as deixarei para trás.

Digo isso de forma tanto figurativa quanto na prática. Irmgard está em uma das masmorras. Pensei em ir até lá vê-la, fazer umas provocações, e então percebi que ela precisaria viver o resto da vida com a consciência de que eu estava correndo por aí, livre como um passarinho, enquanto ela estava trancafiada em uma cela escura e gelada.

(Fui até lá provocá-la mesmo assim. Não me arrependo de nada. Eiswald me enganou para eu derrubar Adalbrecht, não me fez virar uma santa.)

E então peguei os mil *gilden* e os levei para a câmara municipal. Quando fui embora, nenhum cidadão em Minkja devia um único centavo vermelho para a comarca.

Quer dizer, isso foi só bom senso. Eu saí do Göttermarkt com o equivalente ao meu peso — meu peso real, matematicamente falando — em rubis e pérolas. Devo ter dinheiro pelo resto da vida. E *com certeza* tenho para o tempo que for necessário para decidir o que quero fazer a seguir. (Vejo um futuro repleto de cavalos.) Não precisava de outros mil *gilden*.

Além disso, todo mundo sabe que o *Pfennigeist* foi enforcado no dia do casamento desastroso. Porém Vanja tem a chance de começar as coisas com o pé direito.

Emeric e eu chegamos ao fim do morro e atravessamos a Ponte Alta. Conforme vamos nos aproximamos do Göttermarkt, ouvimos um grupo de músicos tocando.

A noite ainda é uma criança, e a meia lua ainda está baixa no céu. Emeric olha para mim. Tem alguma coisa nisso que mexe comigo, mas ainda não descobri bem o quê. Tudo o que eu sei é que toda vez que ele olha para mim eu me sinto quentinha e feliz, como se tivesse bebido *glohwein* o bastante para desbancar até mesmo Ezbeta von Eisendorf.

— Gostaria de uma dança, *frohlein* Vanja? — ele pergunta.

— Acho que sim, *meister* Conrad.

Já limparam todos os destroços do casamento da praça do Göttermarkt, e as barracas de *sakretwaren* não perderam um segundo e logo se restabeleceram, mesmo que o clero ainda estivesse varrendo vidro quebrado e remendando janelas escancaradas. Essa noite, a praça está cheia de vida, com lampiões coloridos acesos, fogueiras e música, os casais dançando em meio à neve que cai.

Nós nos juntamos a eles até ficarmos sem fôlego, parando para beber canecas de *glohwein* e depois voltando para a festa. Dançamos canções rápidas e lentas, alegres e doces, até que os músicos finalmente deixam seus instrumentos de lado e, um por um, os lampiões vão se apagando.

Emeric e eu ficamos sentados juntos em um banco. Descanso a cabeça no ombro dele, e ele apoia o queixo no topo da minha cabeça, e penso que talvez essa seja a melhor noite de toda a minha vida, e talvez seja por isso que estou me preparando para a hora que ela acabar.

Ele tira algo do casaco e passa para mim, inquieto de repente.

— Eu, er... fiz isso para você. Pelo seu aniversário. Desculpe pelo atraso.

— Acho que nós dois estávamos mais preocupados com outras coisas — respondo, abrindo o presente. — Como assim, você *fez*...

Paro de falar. É uma caderneta encapada em couro, assim como a dele. A capa tem uma estampa intrincada de rosas pintadas em vermelho.

— Foi só um chute — ele diz rapidamente. — Achei que poderiam ser suas flores favoritas. E sua cor favorita. Se estiver errado, eu posso...

Puxo o rosto dele para o meu e expresso que, como sempre, ele acertou tudo.

Quando nos separamos, passo a mão pela lã do bolso frontal do casaco dele, tentando memorizar cada fibra ali, cada segundo daquele momento. Então, eu pergunto:

— Qual é a má notícia?

Ele suspira.

— Zimmer e Benz.

Esses são os prefeitos ordenados que chegaram na semana passada para auxiliar Emeric. Não sei o que mais os incomodou: o fato de que esse caso é gigante e complicado e tem uma quantidade de papelada nunca vista antes, ou que estão presos com ela porque um prefeito mirim pretensioso resolveu o caso antes de eles chegarem.

— Eles já estão na metade dos relatórios — ele explica. — Devem acabar até o fim do festival de inverno, na semana que vem. Depois disso, temos ordens de voltar para Helligbrücke.

— Você precisa mesmo fazer sua segunda iniciação.

— Sim. Eu só... — Ele dá uma risada. — Eu poderia esperar. Eu queria mais do que uma semana.

— Eu posso roubar os relatórios, e aí eles precisariam refazer tudo — proponho. — Já é quase certo mesmo que vou voltar pra vida do crime no segundo em que acabar de gastar os rubis.

— Eu adoraria que você não dissesse isso quando é minha obrigação profissional te impedir. — Emeric sorri de um jeito como se dissesse que vai deixar passar dessa vez. Em seguida, acaricia meu rosto com os nós dos dedos. — Você poderia vir comigo. Se eu vou ser ordenado logo... podemos começar a procurar sua família biológica juntos.

Ele se lembrou. E não é *algum dia*, não *depois*; é *logo*. É *juntos*. Isso me faz querer chorar.

Talvez essa não tenha sido a melhor hora para ter algemado Emeric no banco.

Emeric olha para baixo e vê uma algema de ferro ao redor de um dos pulsos.

— *Vanja*.

— Você não deveria ficar levando algemas se não quer que eu use — informo antes de beijá-lo mais uma vez.

E de uma coisa eu sei: eu quero isso. Quero que ele vá atrás de mim. Quero que ele seja parte da minha história.

Pelo calor da boca dele na minha, também acredito que ele quer que eu seja parte da história dele.

Levanto do banco, andando de costas para poder continuar sorrindo para ele. Dou um tapinha no peito, bem onde ficaria um bolso frontal do casaco.

— É onde você deixou a chave? — Emeric resmunga, vasculhando com a mão solta. Porém, em vez de uma chave, ele tira uma carta do bolso: a Rainha de Rosas.

Ele ergue o rosto para mim, com um olhar inquisitivo.

— Quero que você venha me pegar — respondo, e é estranho e empolgante dizer isso em voz alta.

Então, eu sigo noite adentro, sabendo que ele vai manter sua palavra e me seguir.

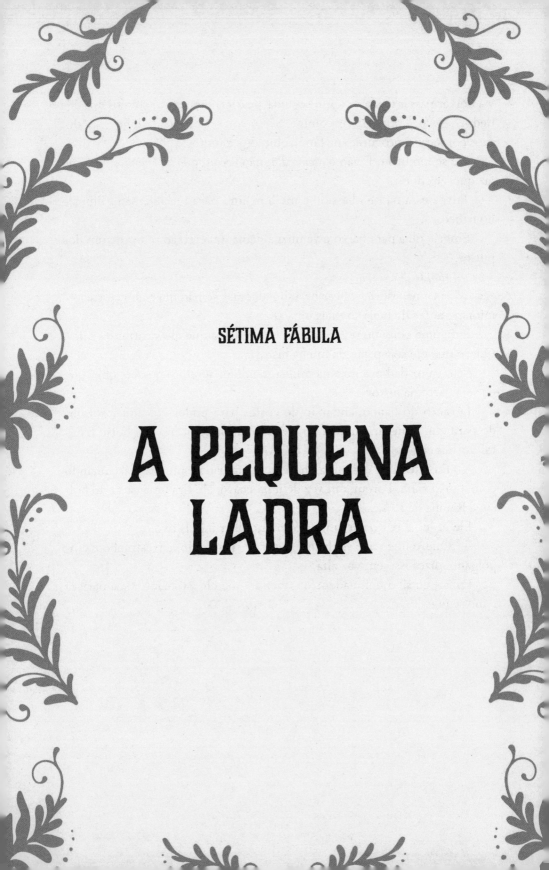

SÉTIMA FÁBULA

A PEQUENA LADRA

ERA UMA VEZ UMA MENINA FRIA COMO UM INVERNO, gananciosa como um rei e solitária como um órfão. Ela era uma mentirosa, uma ladra e uma criada malvada, que roubou da família que a abrigou e atirou sua senhora para os lobos. Ela fez o que foi preciso para sobreviver, e não se martirizaria por isso.

Ela era uma pequena ladra, e todos disseram que ela morreu na forca.

Um dia, ela contou sua própria história, e tudo mudou.

Vou continuar contando essa sétima fábula, por quanto tempo eu desejar. (Sete é um número da sorte.)

Eu sou filha da Morte e da Fortuna, e desci a montanha com minhas irmãs. Passamos pelos espinhos. Expulsamos o lobo. Contamos nossas histórias, e nós mesmas criamos nosso destino. Se eu cair, vou cair sem medo.

Então agora eu digo isto a vocês: meu nome é Vanja.

E essa é a história de como sou pega.

GLOSSÁRIO

TÍTULOS NOBILIÁRIOS E ÓRGÃOS GOVERNAMENTAIS

Komte/komtessin: conde/condessa. Nobres que detêm territórios menores entre os marquesados e principados e servem de vassalos para as famílias governantes de posições mais altas.

Kronwähler: o (relativamente inconsistente) corpo eleitoral que pode eleger um imperador. É composto de sete *prinzeps-wahl*, e até 27 outros cardeais e delegados que representam diversas facções e interesses imperiais.

Markgraf/markgräfin: marquês/marquesa. Uma posição da nobreza das comarcas fronteiriças do império, que comandam os exércitos mais poderosos. Em troca de força militar, essas casas nobres desistiram de sua eligibilidade como Sacro-Imperador.

Prinz-wahl/prinzessin-wahl/prinzeps-wahl: príncipe/princesa/princeps-eleitore. Nobre que descende de uma das sete linhagens reais, que governam os principados do império. O poder e a influência das casas reais varia de uma para a outra, mas, além de uma pequena força de segurança, elas não podem ter seu próprio exército. Um membro designado da família pode ser eleito como Sacro-Imperador... caso essa vaga esteja disponível.

Sacro-Imperador: governante do Sacro-Império de Almândia. Eleito entre as sete linhagens reais através do Kronwähler.

TODAS AS COISAS MALIGNAS E DIVINAS

Deuses Menores: Manifestações das crenças humanas, imbuídas de diversos poderes. Diferente dos Deuses Maiores, que são inomináveis e inefáveis, os Deuses Menores possuem nomes e papéis específicos, mas variam de região para região de acordo com o folclore local.

Grimling/grimlingen: criaturas sobrenaturais malignas menores.

Kobold: espíritos da lareira que protegem os lares... desde que se mostre o devido respeito.

Loreley/Loreleyn: lindas mulheres d'água com rabos de peixe que atraem os marinheiros para a morte.

Nachtmahr/nachtmären: *grimlings* que controlam e se alimentam de pesadelos, ocasionalmente roubando o sonhador e cavalgando em cima deles até o amanhecer.

Sakretwaren: mercadorias sagradas vendidas do lado de fora dos templos, por exemplo: incenso de preces, amuletos da sorte, relíquias feitas à mão, oferendas pré-montadas, suprimentos para rituais etc.

Wildejogt: a Caçada Selvagem, conduzida por diversos Deuses Menores na calada da noite. Os cavaleiros podem ser outros espíritos, deuses locais, voluntários humanos ou aqueles que desagradaram o líder.

MOEDAS

Gelt/gilden: moeda de ouro que vale dez centavos brancos, cinquenta *sjillings* ou quinhentos centavos vermelhos.

Rohtpfenni: centavo vermelho, feito de cobre. A menor moeda imperial.

Sjilling: moeda feita de bronze. Vale dez centavos vermelhos.

Weysserpfenni: centavo branco, feito de prata. Vale cinco *sjillings*.

TERMOS E EXPRESSÕES DIVERSOS

Damfnudeln: bolinhos doces feitos no vapor.

Glohwein: vinho tinto adocicado com especiarias, servido quente no inverno.

Mietling/mietlingen: alguém que se contrata para um serviço, o termo neutro e educado para profissional do sexo.

Pfennigeist: o Centavo Fantasma, e o resto não é da sua conta.

Scheit: cocô, fezes. Extremamente estimado por narradores escrupulosos.

Sjoppen: caneca de cerveja.

AGRADECIMENTOS

Este livro é, acima de tudo, para todos que decidiram contar suas histórias. Quer tenha sido fácil ou angustiante, diante de uma plateia cheia ou em uma página em branco, quer tenha deixado uma cicatriz ou uma cratera fumegante. Obrigada por dizerem essas palavras, e saibam que isso mudou alguma coisa, mesmo que essa mudança pareça imensurável.

Já faz três livros que estou nessa montanha-russa, e só não estou perdida em um pântano vestindo um saco de batata graças à minha equipe incrível. Tiff, obrigada por ver a estátua escondida no bloco de mármore com este aqui, por aguentar meus chiliques infinitos e *especialmente* por me deixar seguir com as cenas de intimidação à base de salsichas. O que seria de mim sem sua magia?

V, obrigada por lutar por este livro desde quando ainda o estávamos chamando de *Untitled Goose Girl*, e por continuar no modo pugilista mesmo com um bebê a tiracolo e uma pandemia acontecendo. Não acho que exista uma catástrofe por aí que não fosse sair correndo assim que visse você. (Apesar de que... estou escrevendo isto em 2021, então melhor não testar essa teoria.)

Obrigada à maravilhosa equipe de marketing e publicidade da Voltron, composta de Morgan, Jollegra, Teresa, Molly, Allison, Caitlin e Melissa, na Mac Kids, que *também* aguentaram meus chiliques infinitos, e, com a graça e a paciência digna de santos, não começaram uma vaquinha para me enviar em um foguete para o espaço. Isso que é ter habilidade com as pessoas. Com sorte, quando este livro finalmente ficar pronto, já vai estar tranquilo para sair e comprar as bebidas que certamente estou devendo para todo mundo. Também devo uma oração e talvez uma oferenda a

Mike Corley e Angela Jun, por fazerem o livro mais espetacular do mundo. Olha só que lindeza!

A comunidade de escrita continua sendo um dos melhores recursos existentes para todas as pessoas que querem falar sobre os altos e baixos de suas jornadas de publicação (ou, vamos ser sinceros, que querem procrastinar). Aos meus primeiros leitores e resenhistas, aos parceiros de mensagens bobas, à turma de PW de 2015 e "Lake Denizens in Protagonist Jackets": vocês foram os pontos altos da jornada. Se eu falar o nome de cada um, vamos passar horas aqui, e ninguém trouxe lanchinhos. Saibam que vocês todos são os amigos metamorfos improváveis desta gremlin aqui.

Para meus amigos e minha família: do alto da minha arrogância, nos agradecimentos do meu último livro, brinquei que todos vocês tinham sobrevivido a incêndios, e aí a Costa Oeste inteira ficou pegando fogo por um mês. Enfim. Obrigada, como sempre, por aguentarem meus discursos acalorados sobre o mercado editorial, que provavelmente devem ser como se a Leslie Knope tivesse preparado uma apresentação de slides sobre o Pepe Silvia. Estou com os dedos cruzados para termos um ano significativamente menos parecido com o Velho Testamento! (A não ser que estejam bebendo mais que os tiranos e decapitando-os em seguida; nesse caso, é bom me ligarem.)

Meus gatos foram vagamente úteis para este livro, ao menos a fim de pesquisa, então eles ganham um único parágrafo. Não vou elaborar mais.

E, por último, a todas as garotas horríveis: é tudo mentira. Vocês merecem o mundo.

ESTA OBRA FOI COMPOSTA POR VANESSA LIMA EM PERPETUA
E IMPRESSA PELA GRÁFICA SANTA MARTA EM OFSETE SOBRE PAPEL PÓLEN NATURAL
DA SUZANO S.A. PARA A EDITORA SCHWARCZ EM MARÇO DE 2024

A marca FSC® é a garantia de que a madeira utilizada na fabricação do papel deste livro provém de florestas que foram gerenciadas de maneira ambientalmente correta, socialmente justa e economicamente viável, além de outras fontes de origem controlada.